Karl-May-Weltkarte, Amerika
Die Ziffern bezeichnen die Handlungsorte der Karl-May-Bände 1-70
Mercator Projektion

Axel Vogt

KARL MAY'S GESAMMELTE WERKE

BAND 31

ARDISTAN UND DSCHINNISTAN

1. BAND

KARL-MAY-VERLAG BAMBERG

ARDISTAN

ROMAN

VON

KARL MAY

195. TAUSEND

KARL-MAY-VERLAG BAMBERG

Der vorliegende Roman bildet den Schlußteil der zweibändigen Reiseerzählung ‚Ardistan und Dschinnistan', die in den Jahren 1907—09 entstand und erstmalig in der Zeitschrift ‚Deutscher Hausschatz' abgedruckt wurde. Über die Entstehungsgeschichte unterrichtet der Abschnitt ‚Gestalt und Idee' in Band 34 ‚ICH' sowie eine Fülle von Aufsätzen und Abhandlungen, deren Verzeichnis ebenfalls in Band 34 zu finden ist. Die vorliegende Fassung enthält den ungekürzten Text der ersten Buchausgabe (Freiburg 1909), in der lediglich einzelne veraltete Stilformen behutsam revidiert wurden.

Herausgegeben von Roland Schmid

Ein Verzeichnis der arabischen (Symbol-)Wörter und ihre Bedeutung befindet sich am Schluß des Bandes

---

Satz und Druck: St. Otto-Verlag, Bamberg

ISBN 3-7802-0031-7

INHALT

IM LANDE DER STERNENBLUMEN

Meine Erzählung beginnt in Sitara, dem in Europa fast gänzlich unbekannten ‚Land der Sternenblumen', von dem ich im ‚Reiche des silbernen Löwen[1] erzählt habe. Die Sultanin dieses Reiches ist Marah Durimeh, die allen meinen Lesern wohlbekannte Herrscherin aus uraltem Königsgeschlecht. Zu Sitara gehört auch das in meinem Drama ‚Babel und Bibel'[2] erwähnte, weit ausgestreckte Gebiet von Märdistan mit dem geheimnisvollen Wald von Kulub, in dessen tiefster Schlucht, wie man sich heimlich erzählt, die Geisterschmiede liegt, in der die Seelen durch Schmerz und Qual zu Stahl und Geist geschmiedet werden. Ein späterer, hochinteressanter Ritt wird uns Gelegenheit geben, diesen Wald und diese Schmiede kennenzulernen. Für heute verzichten wir auf diesen Ort der Marter und der Pein und wandeln durch die Gärten von Ikbal, um alles Leid der Erde zu vergessen.

Ikbal[3] ist eine der schönsten Residenzen Marah Durimehs. Ihre fürstliche Wohnung, mehr einem Tempel als einem Schlosse gleichend, hebt sich wie die aus weißem Marmor gedichtete Strophe eines salomonischen Psalms hell, klar, rein und leuchtend von dem dunklen Hintergrund der himmelanstrebenden Berge ab. Diese liegen im Norden. Nach Süden dehnt sich die blaue, von silbernen Fäden durchzogene See, leise atmend, wie ein schlafendes, glückliches Kind, das im Traume lächelt. Und wie köstliche, schimmernde Perlen, die von einer reichen,

[1] Ges. Werke Band 28/29, ‚Im Reiche des silbernen Löwen' und ‚Das versteinerte Gebet'

[2] Enthalten in Band 49 ‚Lichte Höhen'

[3] Zur Bedeutung und Aussprache der Namen siehe das Verzeichnis am Schluß dieses Bandes.

kunstsinnigen Fee aus der Meerestiefe emporgeholt und am Ufer in grünenden Gärten gebettet wurden, so haben sich die Häuser der Untergebenen dem Palaste der geliebten Gebieterin zu Füßen hingestreckt. Die Seeluft mildert die Glut der strahlenden Sonne. Schattige Wege führen von Tal zu Berg, von Berg zu Tal. Goldige Früchte winken aus dunklem Laub. Jede Bewegung der Luft spendet süßen Blumenduft. Ed Din, der Fluß, tritt, unberührt vom Schmutz des alltäglichen Lebens, wie eine Offenbarung aus höheren Welten aus dem Gebirge hervor, schließt Ikbal in zwei schwellende Arme ein und tritt dann in die See, um ihre Flut zu läutern und zu klären.

Der kleine Hafen von Ikbal ist mit der Außenwelt nur durch einen einzigen größeren Segler verbunden, der ‚Wilahde' heißt und immer segelfertig gerichtet ist. Dieses Schiff gleicht einer Arche. Sein Bau ist uralt. Es hat die Formen und die Linien vergangener Jahrtausende. Sein Tau- und Segelwerk mag im ältesten Babylonien oder Ägypten erfunden worden sein. Aber man hat trotzdem keinen Grund, irgend etwas daran zu tadeln, denn alles, was man sieht, ist ganz dem Zwecke, dem es dienen soll, entsprechend eingerichtet. Wir werden diesem Fahrzeug in meinen späteren Erzählungen noch oft begegnen; darum verzichte ich für jetzt darauf, es zu beschreiben. Ebenso wird es Sache meiner künftigen Berichte sein, das Land Sitara und die Stadt Ikbal eingehender zu schildern. Für heute habe ich sie beide nur kurz zu erwähnen, weil sie den Ausgangspunkt der vorliegenden Erzählung bilden. —

Ich war mit meinem Hadschi Halef Omar, dem obersten Scheik der Haddedihn vom Stamme der Schammar, zu Marah Durimeh gekommen, um für einige Zeit ihr Gast zu sein und bei dieser Gelegenheit das ‚Land der Sternenblumen' noch besser kennenzulernen, als es mir bisher möglich gewesen war. Sie hatte mich in einer Weise aufgenommen, als ob ich ein naher Verwandter, ja, als ob ich ein Sohn von ihr sei. Wir wohnten nicht in der Stadt, sondern bei ihr im Palast, ich in demselben Stockwerk mit ihr, Halef aber im Erdgeschoß bei den dienenden Geistern. Sie liebte auch ihn. Sie war von seiner fast beispiellosen Liebe und Treue gerührt. Sie beglückwünschte mich, ihn gefunden und mir zum Begleiter erzogen zu haben. Aber sie tadelte an ihm, daß er sich keine Mühe gab, seine Seele in Geist umzusetzen, und sie hielt gerade das, was andere an ihm lobten, nämlich seine Liebenswürdigkeit, für seine größte Schwäche. Sie, die unvergleichliche Menschenkennerin, konnte keinen Menschen für entwickelt halten, der nicht die Kraft besaß, über die Forderungen seiner körperlichen Anima hinauszukommen.

Alle, die meine Bände ‚Im Reiche des silbernen Löwen' gelesen haben, werden sich gern an Schakara, die ‚Seele', erinnern, die von Marah Durimeh damals zu uns gesandt wurde, uns gegen unsere Feinde beizustehen. Diese Schakara, die mich vom beinahe sicheren Tod errettete, war ein besonderer Liebling ihrer Herrin und durfte sie nur dann verlassen, wenn es sich um sehr wichtige Dinge handelte. Sie war auch jetzt bei ihr in Ikbal und sorgte für mich in genau derselben schwesterlich aufopfernden Weise wie damals, als ich krank am Boden lag.

Unsere Abreise war auf morgen festgesetzt. Am Nachmittag waren wir, nämlich Marah Durimeh, Schakara und ich, noch einmal durch die Stadt und ihre Umgebung gewandelt, um die mir liebgewordenen Plätze aufzusuchen. Dann gingen wir nach der hinter dem Palaste liegenden, üppigen Weide, wo unsere beiden Pferde grasten, bei deren Namen sich jeder meiner Leser herzlich freuen wird, ihnen wieder zu begegnen. Es waren die beiden Rappen Assil Ben Rih und Syrr, der erstere für Halef und der letztere für mich. Wer diese beiden edelsten der Pferde, die es gegeben hat, noch nicht kennt, der wird sie im Verlaufe unserer Erzählung kennenlernen. Sie hatten uns aus fernem Land hierher getragen und sollten uns auf demselben Wege wieder zurückbringen. So dachten wir. Aber es sollte anders kommen, als wir uns vorgenommen hatten.

Später, einige Zeit nach Sonnenuntergang, saßen wir drei auf dem hohen Söller beim Abendessen, das nicht aus Fleisch, sondern nur aus Brot und Früchten bestand. Unter uns im Hof saß Halef bei einer Anzahl von Dienern und Dienerinnen. Er erzählte von seinen Abenteuern. Er tat das in seiner wohlbekannten, bombastischen, nach Beifall hungrigen Weise. Aber der Erfolg, den er an jedem anderen Ort einzuheimsen verstanden hatte, hier fiel er aus. Man hörte ihm ruhig zu; kein Lob erscholl; kein Beifall ließ sich hören. Ein nachsichtiges Kopfnicken oder gar ein ironisches Lächeln, weiter gab es keinen Dank. Da stand er von seinem Platz auf, warf die Arme verächtlich in die Luft, ließ die Zuhörer sitzen und ging zum Tor hinaus.

Wir achteten nicht auf ihn und diese seine wohlverdiente Niederlage. Wir hatten nur Augen, nur Sinne für die vor uns liegende, köstliche Gotteswelt, die im Glanz der untergehenden Sonne fast überirdisch leuchtete und glühte. Ganz draußen im äußersten Süden, da, wo das Meer sich mit dem Himmel einte, gab es einen kleinen, sich aber vergrößernden, weil immer näherkommenden Punkt, der bald wie ein Blitz aufzuckte, bald goldig schimmerte, bald silbern funkelte, bald in einer oder in mehreren der sieben Regenbogenfarben flackerte.

„Ein Bote kommt", sagte Schakara und deutete mit ausgestrecktem Arm nach diesem Punkt.

Marah Durimeh richtete den Blick nach der bezeichneten Richtung, ließ ihn dort nur einen Augenblick lang ruhen und sagte dann, näher bestimmend:

„Ja, ein Bote, aber kein fremder, sondern der unsrige.“

„Welcher?“ fragte Schakara.

„Der mir die Antwort bringt vom Mir von Dchinnistan.“

Was für Augen hatte diese Frau, deren Alter so groß war, daß man es kaum mehr bestimmen konnte! So sehr ich die meinigen anstrengte, ich konnte doch nur ahnen, aber nicht deutlich bemerken, daß dieser in der Sonne schillernde Punkt eigentlich ein weißes Segel war. Sie aber sah das Boot und sah wohl auch den Mann, der es regierte! Und ebenso wie die Schärfe ihres Auges verblüffte auch der Name, den sie nannte. Der Mir von Dschinnistan! Welcher von meinen Lesern hat schon einmal von diesem berühmten Mann, von diesem Beherrscher eines großen, hochwichtigen Reiches gehört? Wohl keiner! Auch ich war ohne Ahnung von seiner Existenz, bis ich Marah Durimeh kennenlernte und aus ihrem eigenen Munde nach und nach die Namen der zahlreichen Gebiete erfuhr, über die sich ihr persönlicher Einfluß erstreckte. Der Mir von Dschinnistan stand unter ihrem ganz besonderen Schutz. Der Bote, der sich jetzt sehr schnell dem Hafen näherte, weil günstiger Wind ihn trieb, war bei ihm gewesen. Die Kunde, die sie von ihm erwartete, schien von großer Wichtigkeit für sie zu sein, denn sie stand von ihrem Sitz auf, beschattete mit der Hand ihre Augen, bog sich über die Brüstung des Söllers hinaus und verfolgte das schwimmende Boot wohl eine Minute lang mit gespannter Aufmerksamkeit. Dann sagte sie:

„Ja, er ist es!“ Und mit einem langen, tiefen Atemzug fügte sie hinzu: „Nun wird es sich entscheiden!“

Dann setzte sie sich wieder auf ihren Platz zurück, sah tief nachdenklich vor sich nieder, hob dann den Blick zu mir empor und fragte:

„Mußt du heim, Sihdi, oder mußt du nicht heim?“

„Ich muß nie“, antwortete ich.

„Das weiß ich“, nickte sie mir freundlich zu. „Vielleicht ist es gut, daß du noch bei uns bist, daß du uns noch nicht verlassen hast.“

„Gut? Für wen?“ fragte ich.

„Für dich, für mich und besonders auch für den Mir von Dschinnistan.“

Da war ich es nun, der von seinem Sitz aufsprang und überrascht ausrief:

„Für uns und auch für ihn? Wieso? Das ist ein Rätsel. Ich bitte, es zu lösen!“

Sie richtete ihre Augen groß und voll auf mich, als ob sie mit diesem Blick mein ganzes, inneres Wesen durchdringe, und antwortete dann:

„Das größte aller Rätsel bist du selbst. Indem du dieses lösest, lösest du auch das des Mir von Dschinnistan. Setze dich! Und warte, bis ich mit dem Boten gesprochen habe!“

Das war so ihre Art, Problem mit Problem zu beantworten. Ihr größtes Glück bestand darin, menschheitsinnerliche Werte zu verschenken; aber sie warf sie nicht billig hin, sondern man hatte sie durch eigenes Nachdenken zu finden und sich anzueignen. Daß ich ein Rätsel bin, versteht sich ganz von selbst. Jeder Mensch ist eines. Wer das erkennt, hat schon mit der Lösung begonnen. Die Antwort auf die Menschheitsfrage suchen heißt leben. Wer da stirbt, ohne gesucht zu haben, der hat nicht gelebt, sondern nur vegetiert und wird Kompost, weiter nichts!

Das, was zunächst ein Punkt gewesen war, hatte sich inzwischen vergrößert. Es erschien als weißes Segel. Dann sah man, daß es drei Segel waren. Später bemerkte ich, daß das Boot nicht einen, sondern zwei Masten hatte, an welche die Segel kreuzweise gezogen waren. Eine solche Stellung der Leinwand hatte ich noch nie gesehen; aber sie war außerordentlich praktisch. Das Vordersegel schraubte sich als Luftbohrer in die Ferne, und die beiden

Hinterbootsegel standen wie ein Pflug, mit scharfer Schneide nach vorn, nach hinten aber breit offen, so daß nicht der geringste Teil des Luftdrucks verlorengehen konnte. Bemannt war das Boot mit nur zwei Hilfspersonen, welche die Leinen und das Steuer führten; ihr Gebieter aber stand ganz vorn am äußersten Bug. Hoch aufgerichtet, weiß gekleidet, den einen Arm stolz in die Hüfte gestemmt, mit nachflatterndem Turbantuch, glich er in der gegenwärtigen Beleuchtung weniger einem gewöhnlichen, irdischen Boten, sondern vielmehr einem jener überirdischen Wesen, von denen die uralte, orientalische Sage erzählt, daß sie mit ihren Fahrzeugen ganz plötzlich aus der Tiefe des Meeres auftauchen und an den Wohnorten der Menschen landen, um ihnen den Gruß der Ewigkeit und den Segen des Himmels zu bringen.

Und jetzt, da sich das Boot dem Hafen näherte, kam der Augenblick, da die Sonne versank. Durch all das Licht, das auf den Meeresfluten lag, zuckte ein durchsichtiger, leicht violetter Schatten. Die Heiterkeit des goldenen Tages verwandelte sich mit einem Schlag in den Ernst des nahenden Abends. Von der nahen Moschee erscholl der Ruf des Mueddin:

„Heeehhh alas salah! Heeehhh alal felah! Auf zum Gebet! Auf zum Heil! Die Sonne hat sich in das Meer getaucht! Die Zeit des Untergangs ist da, und mit ihr die Stunde des Gebets. Gott ist groß! Gott ist groß! Gott ist groß!"

Vom freien Platz herauf ertönte die Stimme des Vorbeters:

„Im Namen des allbarmherzigen Gottes! Lob und Preis sei Gott, dem Weltenherrn, dem Allerbarmer, der da herrschet am Tage des Gerichts! Dir wollen wir dienen, und zu dir wollen wir flehen, auf daß du uns führest den rechten Weg, den Weg derer, die deiner Gnade sich freuen —"

Weiter konnten wir hiervon nichts mehr hören, denn nun fielen die ehernen Stimmen der christlichen Glocken ein und zogen jeden anders schwingenden und anders klingenden Ton in ihr herrliches Abendgeläute. Da stand Marah Durimeh auf und wir mit ihr. Wir falteten die Hände. Sie aber deutete nach dem Turm, wo man läutete, und sprach:

„Dies ist der Ton, der durch das Weltall klingt,
der einz'ge Ton, der Glück und Frieden bringt.
In ihm verschwindet aller Erdenstreit;
gepriesen sei der Herr in Ewigkeit!"

In diesem Augenblick hatte das Boot den Hafen erreicht. Der Bote sah seine Herrin auf dem Söller stehen. Er grüßte mit beiden Armen zu ihr herauf. Dann kniete er da, wo er gestanden hatte, nieder und faltete die Hände, um ebenso, wie alle Welt, zu beten. Der Eindruck, den dies machte, läßt sich gar nicht beschreiben. Diese ganze, unvergleichliche, erdenferne Örtlichkeit! Diese am Himmel und über die Erde hinzuckenden, mehr und mehr ersterbenden Tinten! Die dunkle Mauer des hinter uns drohenden Gebirges! Die immer magischer und mystischer werdende Färbung der See! Dieses Glockengeläute, und zwar an einem Ort, den außer mir gewiß noch kein europäischer Christ betreten hatte! Vor allen Dingen aber die hoch aufgerichtete Gestalt unserer Gebieterin! Diese Stirne, dieser Nacken, diese Augen! Wie oft hatte Hadschi Halef, wenn er ernstlich über sie nachdachte, zu mir gesagt:

„Sie ist kein gewöhnliches Weib; sie ist auch keine Königin. Sie ist ein Dschinni, eine Seele, ein Geist. Ja noch mehr: sie ist nicht nur Seele oder Geist, sondern sie ist die Herrin und die Gebieterin aller Seelen und aller Geister, die es gibt. Allah segne sie!"

Er versuchte, sich in dieser ihm eigentümlichen Weise über sie klar zu werden, und ich muß gestehen, daß ich ihm niemals widersprochen habe. Und gerade jetzt, in diesem Augenblick, überkam auch mich ein Etwas, das mehr als eine Ahnung war: daß in dieser unvergleichlichen Frau Gedanken, Gesinnungen und Kräfte lebten, die meine Schulpsychologie unmöglich zu fassen vermochte. Es war mir zumute wie einem unbefangenen, gläubigen Kinde, das zum erstenmal in seinem Leben in das Theater kommt und nicht im geringsten daran zweifelt, daß die Zauberwelt, die sich vor seinen Augen entrollt, in Wirklichkeit vorhanden ist. Die Menschheitsseele ist in jedem Menschen tätig, in vielen einzelnen sogar in ganz besonderer Weise, in Marah Durimeh aber so, wie sonst wohl niemals wieder. Und der Mann, der da unten an der Spitze seines Bootes im Gebete kniete, kam mir vor wie ein Abgesandter der Menschheit, die nach ihrer Seele sucht und nach Rettung aus Leibesgefahr.

Nun verstummten die Glocken. Das Gebet war vorüber; die Dämmerung stieg von den Bergen. Der betende Mann im Boot erhob sich und lenkte sein Fahrzeug an das Ufer. Dort stieg er aus und verschwand zwischen den Häusern, auf dem Wege, der zu uns führte. Nach kurzer Zeit wurde gemeldet, daß er da sei und darum bitte, die Herrin sprechen zu dürfen. Sie entfernte sich, um seinen Wunsch zu erfüllen. Ich blieb mit Schakara allein. Diese hatte in ihrer schwesterlich fürsorglichen Weise den Wunsch, mich vorzubereiten. Sie sagte:

„Vielleicht wäre es besser, du hättest uns schon verlassen. Ich befürchte, die Herrin gibt dir Schweres zu tun!"

„Wohl gar Unmögliches?" fragte ich lächelnd.

„Nein; das tut sie nicht."

„So sorge dich nicht, o Schakara! Seit sie den Mir von Dschinnistan genannt hat, hoffe und wünsche ich sogar, daß ich noch nicht abzureisen brauche."

„Reisen wirst du auf jeden Fall!"

„Aber wohin, wenn nicht heim?"

„Zum Mir."

„Zu ihm?" fragte ich, ebenso erfreut wie erstaunt.

„Ja, zu ihm. Du warst noch nie in Dschinnistan. Aber du weißt, wo es liegt?"

„Ja."

„Und wie außerordentlich unzugänglich es ist?"

„Auch das. Es gibt nur zwei Wege: entweder vom Madaris-See aus, und der ist entsetzlich weit; oder man reitet durch das ganze Reich von Ardistan, und der ist wohl kürzer, aber gefährlicher."

„Viel, viel gefährlicher! Kennst du den Mir von Ardistan?"

„Nein. Aber gehört habe ich von ihm."

„Was?"

„Er ist ein Gewaltmensch, ein Tyrann —"

„Ein Freund des Krieges, ein Hasser des Friedens," fiel sie lebhaft ein. „Jeder gesunde Mann seines Landes ist Soldat. Für die Werke des Friedens hat er nur Kranke und Krüppel übrig."

„Das ist zwar traurig, aber was geht das mich an? Ich will doch nicht zu ihm, sondern zum Mir von Dschinnistan. Und selbst wenn ich zu ihm wollte, würden seine kriegerischen Neigungen doch wohl kein Grund für mich sein, auf die Reise zu ihm zu verzichten. Ich glaube sogar, daß sie mir eher Nutzen als Schaden brächten."

„Unter gewöhnlichen Verhältnissen, vielleicht. Aber auch da ist es für jeden Europäer in hohem Grade gefährlich, sein Land zu betreten. Er haßt alles, was aus dem Westen kommt, besonders aber haßt er die Menschen, die dort wohnen. Wenn er erführe, daß du ein Europäer bist, so —"

Sie konnte den angefangenen Satz nicht vollenden; sie wurde unterbrochen. Marah Durimeh kehrte zurück. Sie besaß eine beispiellose Selbstbeherrschung. Trotzdem aber bemerkte ich, als sie zu sprechen begann, an dem nicht ganz zu unterdrückenden Zittern ihrer Stimme, daß sie innerlich erregt war.

„Die Audienz ist nur für einstweilen unterbrochen", sagte sie. „Der Bote hat mir noch viel zu berichten. Er wird wiederkommen. Für jetzt mußte ich vor allen Dingen zu euch zurück, um euch zu sagen, daß das entsetzliche Unglück, das ich verhüten wollte, nicht abzuwenden ist."

Da schlug Schakara erschrocken die Hände zusammen und fragte:

„Es gibt — Krieg?"

„Ja — Krieg!" nickte Marah Durimeh.

„Zwischen wem?" fragte ich.

„Zwischen Ardistan und Dschinnistan."

„Ist er schon erklärt?"

„Erklärt —? Welch ein Wort! Eine vorherige Erklärung gibt es nur zwischen zivilisierten Herrschern. Der Mir von Ardistan aber ist Barbar. Er schlägt los, sobald es ihm beliebt, ohne vorher zu fragen und ohne vorher etwas zu melden. Ich kann auf deine Frage also nur die Antwort erteilen, daß es Krieg geben wird, daß er aber noch nicht begonnen hat. Ich habe ihn verhüten wollen und der Mir von Dschinnistan ebenso; aber alle unsere Mühe ist vergeblich gewesen. Nun müssen wir schnell handeln, er und ich. Ich brauche einen Mann, auf den ich mich verlassen kann: Ich brauche ihn sofort, sofort! Einen Mann der nicht pfiffig, nicht hinterlistig, nicht verschlagen ist, sondern ehrlich, klug, nur klug, aber so klug, daß ihn selbst der abgefeimteste Pfiffikus weder täuschen noch betören kann!"

Nach diesen Worten wandte sie sich mir zu und fragte:

„Kennst du einen solchen Mann, Sihdi?"

„Nein", antwortete ich.

„Wirklich nicht!" lächelte sie.

„Wirklich nicht!“ antwortete ich ernst und überzeugt.

Da fiel Schakara ein: „O doch, es gibt einen! Und der bist du selbst!“

„Du irrst, Liebling, du irrst!“ wies ich sie zurück. „Einen Menschen, der so klug ist, daß ihn selbst der abgefeimteste Pfiffikus weder täuschen noch betören kann, habe ich noch nie gesehen und werde ich wohl auch niemals zu sehen bekommen. Aber es gibt einen, der sich Mühe geben will, so bedachtsam, so klug und so mutig wie möglich zu handeln, und der bin allerdings ich. Wenn du, o Herrin, in diesem Augenblick keinen Besseren hast, so bitte ich dich, mich zu schicken!“

Die letzten Worte waren an Marah Durimeh gerichtet. Sie antwortete nicht sogleich. Sie trat an die Brüstung des Söllers und schaute hinaus über die See und hinauf zum sich dunkler färbenden Himmelsblau, an dem die ersten Sterne zu glänzen begannen. Schakara ergriff meine Hand, drückte sie leise und flüsterte mir zu:

„Ich danke dir! So war es recht. Nun ist sie gerührt und spricht, ohne daß du es ahnst, mit deiner Seele. Das nennen die Menschen Liebe.“

Nach einiger Zeit drehte sich die Gebieterin uns wieder zu und gab mir den Bescheid:

„Ja, du sollst gehen, Sihdi, du! Ich hoffte, daß du dich mir anbieten würdest, freiwillig, ohne von mir aufgefordert worden zu sein. Es ist geschehen. Das freut mich so, wie ich mich selten freue. Den Dank, den ich dir schulde, kann ich nicht geben, so von Hand zu Hand, wie ich es wohl wünschte. Du hast ihn dir selbst zu holen, in Ardistan und Dschinnistan, wo er dir blühen wird auf allen Wegen, die du zu gehen hast. Aber doch eine Art von Dank soll es sein, daß ich dir heute schon sage, warum du es bist, dem ich diese meine Mission am liebsten anvertraue. Komm her zu mir!“

Ich trat zu ihr hin. Sie ergriff mit der Rechten meine Hand und deutete mit der Linken zum Himmel empor.

„Als ich hier stand, ohne dir zu antworten, sprach ich mit den Sternen. Schau hinauf zum Firmament! Nicht deine heimischen Sterne leuchten, sondern die Sterne des Südens. Du siehst die Jungfrau, den Raben, den Becher und den Kelch. Hier das Herz, den Kompaß, das Schiff; dort Antares, den Wolf, den Zirkel und das Kreuz. Aber nicht diese Sterne waren es, mit denen ich sprach. Meine Astrologie ist eine andere. Ich schöpfe sie nicht aus dem sichtbaren Firmamente, das hier über uns flammt und glüht. Aber indem ich meinen irdischen Blick an die Gestirne, die ich dir nannte, hefte, mache ich mein inneres Auge für seelische und für geistige Firmamente frei, und da werden mir Sterne sichtbar, die andere nie erschauen. Auch den deinen habe ich gesehen, den deinen. Soll ich ihn dir zeigen?"

Es war ein sonderbarer, doch nein, ein wunderbarer Augenblick! Sie stand vor mir wie eine der berühmten Wahrsagerinnen aus der Zeit, in der die Menschen den Turm von Babel bauten. Ihre geisterhaften Züge waren wie aus leicht angedunkeltem Alabaster gemeißelt. Ihre Augen schienen im Glanz der Sterne von einer unergründlichen, nie auszuschöpfenden Tiefe zu sein. Die beiden langen, starken, silberweißen Zöpfe ihres Haares hingen rechts und links bis nahe zum Boden herab. Ihre Stimme klang wie nicht von dieser Welt. Und um ihre ganze Gestalt wehte ein leiser duftender Hauch, eine ganz eigenartige, geheimnisvolle Atmosphäre, für die in keiner der vielen Sprachen, die es gibt, das richtige, das bezeichnende Wort zu finden ist. Was sie sagte, das verstand ich nicht ganz, aber ich ahnte von ungefähr, wie sie es meinte.

Darum bat ich:

„Ja, zeige ihn mir!"

„Du sollst und wirst ihn sehen", antwortete sie. „Aber nicht, indem ich mit dem Finger auf ihn deute und dir sage, ‚da oben ist er, dort', sondern indem ich dir zeige, wo und wie er zu suchen ist. Denn nur derjenige Stern kann der deinige sein, den du selbst zu finden verstehst. Wenn Gott, der Herr, es will, wirst du ihn in Dschinnistan erblicken, sobald er dort über deinem Haupt steht. Du kennst dies Land noch nicht. Auch in Ardistan bist du noch nicht gewesen. Ich werde dich in die Bibliothek führen, um dir die Bücher, Karten und Pläne vorzulegen, aus denen du dich unterrichten kannst. Vorher aber habe ich dir ein unendlich Wichtiges zu sagen, was du unbedingt wissen mußt, wenn deine Sendung nach Dschinnistan gelingen soll. — Setzen wir uns!"

Wir nahmen wieder Platz. Marah Durimeh begann:

„Im Abendland würde man über das, was ich dir sagen werde, höchstwahrscheinlich lachen. Mir ist es aber ernst, ja bitter ernst. Man würde höhnen: ‚Ein altes Kurdenweib spricht über hohe Politik und über die Gesetze der Zivilisation!' Ich aber stehe auf dem von Gott gegebenen Standpunkt, von dem aus auf dem Feld von Bethlehem die Weissagung der himmlischen Heerscharen erklang: ‚Ehre sei Gott in der Höhe, und Friede auf Erden!' Daß man ihm, dem Weltenherrn, die Ehre zollt, die ihm gebührt, dafür sorgt er in seiner Allmacht und Weisheit am allerbesten selbst. Aber daß hier auf Erden Frieden werde, das ist zwar sein Gebot, muß aber unsere Sorge sein, der wir gehorchen müssen."

„Wann wird er kommen, dieser Friede?" fragte Schakara. „Es scheint fast, nie!"

„Er kommt!" antwortete die Herrin mit schwerer Betonung. „Er muß kommen, denn Gott will es."

„Es vergingen Tausende von Jahren, ohne daß er kam!"

„Aber es werden nicht mehr Tausende vergehen!"

„Im Abendlande regt es sich bereits", fiel ich ein. „Die edelsten der Männer und der Frauen vereinen sich, ihm freie Bahn zu brechen."

„Freie Bahn?" fragte Marah Durimeh. „Im Abendland? Ich weiß, ich weiß! Aber was können die Vorschläge selbst der edelsten Menschen fruchten, wenn man die großen, die deutlichen, die riesenhaft in die Augen fallenden Winke nicht beachtet, die das Leben selbst erteilt? Und wenn sich hundert Kaiserinnen und tausend Königinnen vereinen, um ihre Stimmen für den sogenannten ewigen Frieden zu erheben, was wäre der Chor dieser Stimmen gegen den fürchterlichen, ununterbrochenen Schrei des Blutes, der von Anfang an bis heute vergossen worden ist, ohne daß auch nur ein einziges Jahr erschien, von dem man sagen könnte, daß es Frieden auf Erden gab."

„Die Herrscher und Fürsten beschicken Friedenskonferenzen", sagte ich, „auf denen —"

„Auf denen man den Krieg, nicht aber den Frieden organisiert!" unterbrach mich Marah Durimeh.

„Man humanisiert den Krieg!"

„Das heißt, man tötet schneller und schmerzloser, aber — man tötet! Ich sage dir, mein Freund, der stolze Krieg steigt nie zum Frieden herab, um ihm die Hand zu reichen, sondern der Friede muß zu ihm empor, um ihn, der ewig widerstreben wird, herabzuschmettern. Hat der Krieg eine eiserne Hand, so habe der Friede eine stählerne Faust! Nur die Macht imponiert, die wirkliche Macht. Will der Friede imponieren, so suche er nach Macht, so sammle er Macht, so schaffe er sich Macht. Du siehst, daß der Friede niemals wirklich Friede sein kann. Er ist es nur so lange, wie er die Macht besitzt, es zu sein. Er hat stets auf Vorposten zu stehen. Sobald er sich beschleichen und überfallen läßt, tritt der Feind an seine Stelle. Alle Rüstung der Erde und alle Rüsung ihrer Völker war bisher auf den Krieg gerichtet. Als ob es unmöglich wäre, in eben derselben und noch viel nachdrücklicheren Weise auf den Frieden zu rüsten! Begreifst du, was ich meine?"

„Ich verstehe dich", antwortete ich. „Krieg oder Friede.

Wer von beiden die größere Macht besitzt, der wird herrschen. Woher aber bezieht der Krieg seine Macht?“

„Das wirst du in Ardistan sehen.“

„Und woher der Friede die seinige?“

„Das sollst du in Dschinnistan erfahren. Heute in diesem Augenblick, ist nicht die Zeit, über diese Fragen viele Worte zu machen. Worte tun es überhaupt nicht, sondern Taten müssen geschehen. Ihr habt Kriegswissenschaften, theoretische und praktische. Und ihr habt Friedenswissenschaften, theoretische, aber keine praktischen. Wie man den Krieg führt, das weiß jedermann; wie man den Frieden führt, das weiß kein Mensch. Ihr habt stehende Heere für den Krieg, die jährlich viele Milliarden kosten. Wo habt ihr eure stehenden Heere für den Frieden, die keinen einzigen Para kosten, sondern Milliarden einbringen würden? Wo sind eure Friedensfestungen, eure Friedensmarschälle, eure Friedensstrategen, eure Friedensoffiziere? Mehr will ich jetzt nicht fragen. Denn alle, alle diese Fragen werden sich in Ardistan vor dir erheben, und die Antworten werden dir in Dschinnistan erscheinen, doch nur dann, wenn du die Augen offen hältst. Dein Ritt nach diesen beiden Ländern ist ein Studien- und ein Übungsritt, und was du dir da geistig aneignest, das betrachte als meinen Dank für die Bereitwilligkeit, mit der du meinen Auftrag übernimmst. Diese beiden Länder werden dir ein ziemlich treues Bild der Erde bieten, der Erde, ihrer Bewohner und aller möglichen Verhältnisse, in denen die Völker zueinander stehen. Und wenn dir da Rätsel begegnen, die du nicht lösen kannst, so denke an das Bild, das ich dir jetzt entwerfe.“

Sie machte eine langsame, andeutende Armbewegung nach dem Osten und fuhr dann fort:

„Da hinten ist die gelbe Rasse aus einem langen, tiefen Schlaf erwacht. Sie regt nur erst die Glieder. Sie beginnt erst, frei zu atmen. Wehe, wenn sie, ihre Kräfte fühlend, vom Lager aufspringt, um zu zeigen, daß sie genauso wie andere berechtigt ist, zu leben!"

Hierauf zeigte sie nach dem Westen und sprach weiter:

„Da drüben liegt Amerika, das ihr so falsch als ‚Neue Welt' bezeichnet. Dort lebt der rote Mann, von dem ihr meint, daß er dem Untergang gewidmet sei. Ihr irrt. Dieser rote Mann stirbt nicht. Kein Portugiese, kein Spanier, kein Englischmann, kein Yankee hat die Macht, ihn auszurotten. Und der Deutsche geht nicht hinüber, um des Indianers Feind zu sein. Sie haben beide das, was wohl kein anderer hat, nämlich Gemüt, und das wird sie vereinen. Der sogenannte ‚sterbende' Indianer wird wieder aufstehen. Es gibt ein übermächtiges, weltgeschichtliches Gesetz, das befiehlt, daß der mit dem Schwert Besiegte mit dem Spaten dann der Sieger sei. Der gegenwärtige Yankee wird verschwinden, damit sich an seiner Stelle ein neuer Mensch bilde, dessen Seele germanisch-indianisch ist. Diese neue amerikanische Rasse wird eine geistig und körperlich hochbegabte sein und ihren Einfluß nicht auf die westliche Erdhälfte allein beschränken. Sie wird sich aller geistigen Triebkräfte des Abendlandes bemächtigen, und wehe dem alten Europa, wenn es dem nichts anderes entgegenzusetzen hat als nur die alten Vorurteile, die alte Selbstüberhebung, die alten Kultursünden und — die alten Kanonen! Denn auch der Orient beginnt schon, sich zu regen. Er streckt die Glieder; er prüft die Muskeln, die Gelenke. Er glaubt, was Japan konnte, das könne er auch! Der Riese Islam, dessen mächtige Gestalt auf europäischer, asiatischer und afrikanischer Erde ruht, fürchtet sich nicht vor der scheinbaren Übermacht des Abendlandes. Das Kismet, an das er glaubt, ist unwiderstehlich im Angriff und von unendlicher Ausdauer. Es wiegt die Übermacht der europäischen Waffen auf. Gebt dem Morgenlande gute Führer, so wird es siegen.

Und siegt es nicht, so wird sein Untergang zugleich der eure sein. Die gelbe Rasse wird sich dann mit der germanisch-indianischen in die Herrschaft über die Erde teilen. Und warum? Weil das Abendland nicht groß, gerecht und edel genug war, seine angeblichen ‚Interessensphären' einer humanen Nachprüfung zu unterwerfen und sich mit dem Morgenlande auszusöhnen!"

„Sich mit dem Morgenlande auszusöhnen?" fragte ich. „Das ist falsch. Es muß heißen, das Morgenland mit sich auszusöhnen, denn nicht das Abend-, sondern das Morgenland ist der beleidigte, der schwer gekränkte, der unterdrückte Teil. Fast alles, was das Abendland besitzt, hat es vom Morgenlande. Seine Religion, seine Kunst, seine Wissenschaft, seine ganze Bildung und Gesittung, seine Zerealien, seine Früchte. Den ganzen Grund und Boden seines äußeren und inneren Lebens. Und was es nicht unmittelbar von ihm hat, dazu ist doch wenigstens der Anstoß von ihm ausgegangen. Wie unendlich groß ist der Dank, den wir ihm schuldig sind! Und wie haben wir ihn gelohnt? Wie und womit?"

„Du fragst sehr richtig, sehr richtig!" antwortete Schakara. „Wie habt ihr uns gelohnt, und womit? Nachdem wir euch alles gaben, was wir besaßen, nur unsere Erde nicht, denn die gehört nicht uns, sondern Gott, kommt ihr mit allerlei Listen und Waffen, uns auch noch diese wegzunehmen! Hätte euch der Orient weiter nichts als nur das eine, einzige Wort gegeben, ‚Gott ist die Liebe, und wer in der Liebe bleibt, der bleibt in Gott und Gott in ihm', so könntet ihr ihm diese eine Gabe nicht mit allen Sonnen, Monden und Sternen belohnen, so viele ihrer auch am Himmel stehen; Ihr aber habt nicht nur hierfür, sondern überhaupt für alles, was ihr bekamt, keine einzige Tat des Dankes, sondern nur Blut und Krieg und Neid und Haß gegeben."

„Wenn du das im Abendlande sagtest, würde man darüber lachen, o Schakara", warf ich ihr zu. „Man behauptet dort das gerade Gegenteil. Man glaubt, dem Morgenlande Wohltat über Wohltat zu erweisen, indem man zu ihm geht, um — —"

„Um ihm die Liebe aufzudrängen, die es nicht mag, weil sie die falsche ist", fiel Marah Durimeh ein. „Ich spreche nicht von der Mission, ich spreche von der Nächstenliebe der europäischen Politik. Man zeige mir ein Herz, das durch sie gewonnen worden wäre! Es gibt kein einziges! Und doch ist es die größte, die wichtigste, ja die heiligste Aufgabe des Abendlandes, das Herz des Orients zu gewinnen, wenn es zukünftige Kämpfe vermeiden will, aus denen es wohl kaum als Sieger hervorzugehen vermag. Und nicht nur nach der Liebe des Orients hat es zu trachten, sondern auch nach seiner Achtung, seinem Vertrauen!"

„Aber wie?" erkundigte ich mich.

„Das fragst du, der du doch schon längst auf dem rechten Wege bist, dir alles zu gewinnen? In allen Büchern, die du schreibst, lehrst du die Liebe zu dem Morgenland! Aus all deinen Schriften lächelt die Seele des Orients — sehnsüchtig, wehmutsvoll! Es ist ein Lächeln durch Tränen! Wärst du das Abendland, du hättest den Orient wohl schnell gewonnen, denn du liebst ihn, und du kommst nicht, um ihn auszunützen. Aber du bist nur ein einzelner Mensch, und es müßten außer dir und denen, die dich lesen, noch viele, viele Tausende kommen, um in demselben Sinn zu wirken und zu leben. Man schicke, so wie du, die deutsche Kunst ins Morgenland! Da lernt man es am besten kennen und lieben! Man sende auch die Wissenschaft, doch nicht nur, um in Babylon nach alten Steinen zu graben, sondern um überhaupt nach dem ruhenden Geist des Orients zu suchen. Die Wege, die vom Abendland zum Morgenlande führen, sollen nicht mehr Wege des Krieges, sondern Pfade des Friedens sein! Laßt Waffen- und Soldatentransporte verschwinden! Der Handel blühe! Die Wohlfahrt eile freudig hin und her, um Zwiste auszugleichen, Schäden zu heilen und Segen zu verbreiten! Dann wird der Mensch des Menschen würdig sein. Und wenn die große, schwere Stunde kommt, in der im fernen Westen wie im fernen Osten die Schicksalsfrage: ob Krieg oder Friede, klingt, dann werden beide, der Orient und das Abendland, als unüberwindliche, weltgebietende Freunde beieinanderstehen und die Völker der Erde zwingen, ihre Schwerter verrosten zu lassen!"

„Wann wird dies sein?" fragte ich. „Wie bald, wie spät?"

„Geh nach Dschinnistan; dort wird die Stunde schlagen", antwortete sie. „Jetzt bin ich mit der Vorrede zu Ende, und nun will ich dir meinen Auftrag geben, kurz und bündig, indem ich dir sage, daß wir Menschen den Frieden, der uns nur von oben gegeben werden kann, nicht unverdient geschenkt erhalten. Wir haben uns seiner würdig zu zeigen und ihm, wenn er sich dann zu uns herniederneigt, in treuer Sorge und fleißiger Arbeit entgegenzugehen, um ihn zu fassen und festzuhalten für immer. Und jetzt, in dem uns vorliegenden Fall, sollst du es sein, der ihm entgegengeht."

„Dem Frieden? Entgegengehen? Ich? Du sprichst in Bildern?" fragte ich.

„O nein", antwortete sie. „Es soll sich hier nicht um Bilder, sondern um Wirklichkeiten handeln. Es wurde beschlossen, daß der jetzt beginnende Krieg der letzte sei, der zwischen Ardistan und Dschinnistan zum Ausbruch kommen darf. Ich habe alles getan, ihn zu verhüten; es ist mir nicht gelungen. Dieser Mir von Ardistan setzt seinen Willen durch. So wappne ich nun auch den meinen. Zwingt er Dschinnistan zum Krieg, so zwingt er auch mich dazu; ich nehme die Fehde an. Aber meine Strategie und Taktik ist anders als die seine. Er will Blut vergießen, ich aber will es nicht. Ich werde diesem Mann trotz aller seiner Heere zeigen, daß wir ihn niederwerfen, ohne daß von unserer Seite ein einziger Schuß zu fallen braucht. Wäre es nicht Torheit, das Leben auch nur eines einzigen Edelmenschen gegen das Leben eines blutgierigen Gewaltmenschen einzusetzen? Soll ich die, welche mich lieben und die ich wieder liebe, gegen Tiger hetzen? Nein! Nie! Mein Feldzugsplan lautet: Raubtier gegen Raubtier, Panther gegen Panther. Ja, ich wiederhole es: Panther gegen Panther! Du kannst das jetzt nicht begreifen, wirst aber bald erfahren, was und wen ich dabei meine. Ich weiß, du kennst keine Furcht, Effendi. Dennoch frage ich dich in diesem Fall: Könnte dir auch der Mir von Ardistan nicht das Gefühl der Bangigkeit erwecken?"

„Nein", antwortete ich.

„Würdest du den Mut haben, ihn als sein erklärter Gegner in seiner Hauptstadt Ard aufzusuchen, um mit ihm Auge in Auge zu verkehren?"

„Wenn meine Sache gerecht ist, gewiß!"

„Sie ist gerecht. Du sollst dort, in Ard, mit dem Mir von Dschinnistan zusammentreffen!"

„Mit ihm?" fragte ich erstaunt. „Wir beide als Gegner des Mir von Ardistan?"

„Ja."

„In der Hauptstadt unseres Feindes?"

„Ja."

„Wohl am Schluß des Krieges als Sieger?"

„Nein! Mitten im Krieg! Vollständig unbeschützt! Ohne alle Waffen, du nur mit Hadschi Halef und er mit nur zwei oder drei Begleitern! In der Höhle des Tigers, die zugleich auch die Höhle des Panthers ist, von dem ich eben sprach."

„Dein Wille trifft stets das Richtige und Beste; ich bin bereit dazu."

„Ich danke dir! Der Mir von Dschinnistan wird von seinen Bergen herniedersteigen, um Ardistan den Frieden zu bringen, indem er es ohne einen einzigen Schwertstreich besiegt. Und du sollst ihm von den tiefgelegenen Sümpfen der Ussul aus entgegensteigen, um Ardistan und seinen Herrscher auf ihn vorzubereiten. Erschrick nicht, mein Freund! Es wird nichts Unmögliches von dir verlangt. Ja, du sollst zwar Seltsames erfahren, sollst Seltsames sehen und sollst auch Seltsames tun; aber das Seltsame ist hier endlich einmal als das Natürliche erkannt, während das, was man bisher für natürlich gehalten hat, zur Seltsamkeit, zur Schrulle und zum Hirngespinst wird. Also du bist bereit, diesen Weg für mich zu tun, Effendi?"

„Von ganzem Herzen gern", versicherte ich der Wahrheit gemäß und tief innerlich erfreut.

„So komm mit mir zur Bibliothek, um dort ausführlichere Anweisungen zu empfangen und die Bücher, Karten und Pläne zu sehen, aus denen du dir dann Vorbereitung holst!"

Ich folgte ihr vom Söller nach der Bücherei, wo sie mich über die Aufgabe, die ich lösen sollte, des näheren instruierte und mir aus den vorhandenen Werken diejenigen heraussuchte, mit deren Hilfe ich mich über die geplante Reise instruieren konnte. Dann gab sie den Befehl, ‚Wilahde', das Segelschiff, zu meiner Abreise für morgen klarzumachen. Hierauf brachte sie mir den heute von Dschinnistan zurückgekehrten Boten, mit dem es eine längere Besprechung gab, die mir für späterhin von großem Nutzen war. Dann, gegen Mitternacht, war ich allein und ging, wie ich es täglich tat, bevor ich mich niederlegte, noch einmal hinunter zu den Pferden. Sie waren das so gewohnt, daß sie gewiß nicht eingeschlafen wären, wenn ich es einmal vergessen hätte, ihnen diesen Besuch zu machen.

Sie waren nicht allein. Halef befand sich bei ihnen. Er saß im Gras. Ich grüßte ihn; er antwortete nicht. Ich grüßte abermals; er schwieg noch immer. Ich grüßte zum dritten Male; auch da war er still. Da sagte ich:

„Gute Nacht, Halef!“ und tat, als wollte ich gehen. Das wirkte. Er rief sehr schnell:

„Gute Nacht, Sihdi! Aber denke ja nicht etwa, daß du mich hierdurch zum Sprechen bringst. Ich schweige!“

„Warum?“

„Weil ich schmolle.“

„Mit wem?“

„Mit dir! Oder meinst du, mit den Pferden? Die besitzen mehr Bildung des Herzens und bessere Formen des persönlichen Umgangs als du! Wärst du mein Weib, so würde ich dreimal zu dir sagen: ‚Wir sind geschieden!‘ Dann müßtest du meinen Harem verlassen und könntest meinetwegen bei jedem anderen Manne unterkommen, aber ja nicht wieder bei mir!“

„So schlimm steht es?“

„Ja, sehr, sehr schlimm! Ich rede nicht mehr mit dir!“

„Aber ich höre doch, daß du sprichst!“

„Ich rede nicht für dich, sondern nur für mich, weil du sonst gleich wieder davonläufst und ich dann keinen Bescheid bekomme. Oder soll ich gar nichts wissen und gar nichts hören und gar nichts erfahren?“

Er sprang aus dem Gras auf, trat nah an mich heran und fuhr fort:

„Sihdi, du weißt, wie ich dich liebe. Ich stelle dich dreimal, fünfmal, ja zehnmal höher als das schönste Reitkamel vom Stamm der Bischarin. Meine Achtung für dich reicht höher, als der allerlängste Pfahl meines Zeltes. Und meine Treue zu dir ist grenzenloser als ein Krug, der keinen Boden hat. Ich bin mit dir geritten, gelaufen und gefahren durch alle Länder, die auf Erden sind, nur einige wenige abgerechnet, die nicht in der Nähe lagen. Ich habe mit dir gehungert und gedürstet, gefroren und geschwitzt. Ich habe dich geärgert, und du hast mich geärgert. Dadurch sind unsere Seelen eng miteinander verbunden, fast noch enger als zwei Maultiere, denen man eine Sänfte aufgeladen hat. Und diesen schönen Bund der Herzen willst du zerreißen, willst du entzweien, willst du behandeln wie eine kurdische Hose, deren zwei Beine du vom Bauche bis zum Rücken mitten auseinanderschneidest. Was habe ich dir getan, daß du von unserer unendlichen Zusammengehörigkeit so plötzlich nichts mehr wissen willst? Ich fordere Antwort, sofortige Antwort. Du kannst sie mir nicht verweigern. Du hast keinen gewöhnlichen Mann vor dir. Ich bin Hadschi Halef Omar, der oberste Scheik der Haddedihn vom großen, berühmten Stamme der Schammar. Weißt du das?"

„Das weiß ich wohl. Aber, warum du mir in so entsetzlicher Weise zürnst, das weiß ich nicht."

„Wirklich nicht? Sollte ich falsch berichtet worden sein? Sihdi, sei so gut und schau hinunter nach dem Hafen! Siehst du das Schiff im Schein des Mondes liegen?"

„Ja."

„Und siehst du die Lichter, die sich auf dem Verdeck und im Innern bewegen?"

„Ja. Die Luken sind alle erleuchtet."

„Das sind Menschen, die das Fahrzeug vorzubereiten haben, den Hafen zu verlassen. Weißt du, wohin es fährt?"

„Nach Ardistan."

„Und wer es ist, den es dorthin zu bringen hat?"

„Warum soll ich es nicht wissen, da du es auch schon weißt."

Der kleine, leicht zornige Mann wollte mir die Leviten lesen. Er besaß ein großes, leicht erregbares Ehrgefühl. Er hatte erfahren, daß wir morgen nach Ardistan fahren würden, anstatt in die Heimat zurückzukehren, und daß ich nicht sofort und direkt zu ihm gelaufen war, ihm dies mitzuteilen, das hatte ihn beleidigt. Daß ich gewiß noch nach den Pferden sehen würde, wußte er bestimmt. Darum hatte er sich hierher gesetzt, um mir aufzulauern und mir die wohlverdiente Strafpredigt zu halten. Dergleichen Szenen waren nicht allzu selten. Sein Ärger war in allen solchen Fällen in hohem Grade ernst gemeint; ich aber pflegte der Sache soviel wie möglich eine humoristische oder für ihn überhaupt unerwartete Wendung zu geben, die ihn verblüffte. So auch hier.

„Ja, auch ich weiß es“, rief er in seinem vorwurfsvollsten Ton. „Aber nicht von dir, sondern von fremden Menschen!“

„Genauso wie ich! Auch ich habe es von fremden Menschen erfahren, nicht aber von dir!“

Da stutzte er. Er ahnte, daß ich jetzt wieder einmal im Begriff stand, den gegen mich gerichteten Spieß umzudrehen. Dann fuhr er fort:

„Um es von dir zu erfahren, mußte ich erst hierher zu den Pferden!“

„Ich ebenso! Und doch wäre es deine Pflicht gewesen, sofort zu mir zu kommen, sobald du es erfahren hattest. Aber anstatt dies zu tun, hast du mir zugemutet, dir nachzulaufen, bis ich dich hier traf! Das muß ich mir verbitten, hörst du, Halef, verbitten!“

Da trat er einige Schritte zurück und wiederholte in höchst erstauntem Ton den Gedankengang meiner Rede:

„Meine Pflicht —! Sofort zu dir —! Zugemutet —! Nachzulaufen —! Verbitten —! Sihdi, ich bin starr! Ja, bitte, erlaube mir, starr zu sein, vollständig starr! Ich bin hierhergekommen, um dir die niederschmetternde Gewalt meiner Vorwürfe in das Gesicht zu schleudern, und der nun schleudert, der bin nicht ich, sondern der bist du! Und das Schlimmste dabei ist, daß es mir so vorkommt, als hättest du ebenso recht wie ich.“

„Ebenso wie du? Was fällt dir ein! Wenn überhaupt nachgelaufen werden muß, wer ist es da, der nachzulaufen hat? Ich dir oder du mir?“

„Nicht du, sondern ich!“ gestand er ehrlich ein.

„Und doch bist du nicht zu mir gekommen, sondern ich

habe zu dir gemußt! Halef, Halef, das war früher nicht! Da warst du pflichtgetreu! Da wärst du mir rund um die Erde nachgelaufen, um mir mitzuteilen, daß etwas Wichtiges geschehen sei. Heute aber setzest du dich faul in das Gras und wartest, bis ich komme!"

Da trat er noch um einen Schritt weiter zurück, schlug die Hände erschrocken zusammen und stöhnte:

„Faul in das Gras! Faul, faul! Ist so etwas möglich! Das geht mir über alle meine Begriffe. Ich und faul! Aber ich bin wirklich hierher gelaufen, anstatt zu dir! Ich habe wirklich hier im Gras gesessen! Und ich habe wirklich gewartet, bis du kamst! Das ist nicht abzuleugnen, obwohl du vor mir stehst wie einer, der es darauf abgesehen hat, mich auf den Turban meiner Gedanken zu setzen, anstatt ihn mir auf den Kopf zu tun! Ich fühle mich ganz wirr hinter der Stirn und bitte dich, mir zu verzeihen, daß ich nichts von dir erfahren habe!"

Ich mußte mir Mühe geben, ernst zu bleiben.

„Wer war es, der es dir sagte?"

„Der Oberste des Schiffs, der an mir vorüberging, als er sich an Bord begab. Ich habe mit ihm gesprochen. Wir werden über drei Tage lang auf dem Wasser sein, ehe wir die Küste von Ardistan zu sehen bekommen. Weißt du, wie lange wir dort zu bleiben haben?"

„Nein. Es kann Monate dauern, aber auch Jahre."

„Allah, Allah! Auch Jahre?"

„Ja. Ich weiß, du freust dich, die Heimat nun bald wiederzusehen — —"

„Nicht nur die Heimat", fiel er ein, „sondern auch Hanneh, mein Weib, die schönste und lieblichste Blume unter allen Blumen, die es auf Erden gibt. Und Kara Ben Halef, den Sohn meines Herzens, den ich erzogen habe zum klügsten und besten der Menschen, die unter der Sonne wohnen."

„Und nun sollst du nicht heim, sondern mit nach Ardistan und Dschinnistan. Das tut dir leid."

„Leid? Nein! Ich will dir zwar ehrlich gestehen, daß ich lieber zu Weib und Kind zurückgekehrt wäre; aber es gibt zwei Punkte, die wohl zu erwägen sind. Der eine Punkt bist du. Es ist mir unmöglich, dich zu verlassen. Ich reite mit dir, bis die Erde unter den Hufen unserer Pferde aufhört, und auch dann noch immer weiter und weiter! Und der zweite Punkt ist die Freude an der Gefahr. Und Gefahren wird es geben, mehr als du denkst und ahnst. Das sage ich dir im voraus!"

„Wirklich?"

„Ja. Ich war zwar noch niemals dort, und es gibt überhaupt nur sehr wenige Menschen, die einmal dort gewesen sind, aber man hat mir viel davon erzählt, und was ich da gehört und erfahren habe, das könnte mir nicht nur Furcht und Angst, sondern gar Schrecken und Entsetzen einjagen, wenn ich nicht Hadschi Halef Omar wäre, der oberste Scheik der Haddedihn vom großen und berühmten Stamme der Schammar. Du weißt, Sihdi, daß es für einen Haddedihn unmöglich ist, sich zu fürchten. Auch du kennst keine Furcht. Darum kann ich dir erzählen, was ich über Ardistan und Dschinnistan erfahren habe. Einem anderen müßte ich es verschweigen, sonst zöge es ihm die Haut vom Rücken los. Darf ich?"

„Ja."

„So höre!"

Unsere Pferde lagen vor uns, um die allabendliche Liebkosung zu erwarten. Wir setzten uns zu ihnen nieder, Halef zu Assil Ben Rih und ich zu Syrr, der mir die Hände zärtlich leckte und mich hierdurch bat, ihm Hals und Mähne zu kraulen.

„Ardistan und Dschinnistan liegen nebeneinander", begann Halef seinen Bericht, „oder vielmehr übereinander. Denn Ardistan liegt an der See und wird nur von einigen, nicht sehr bedeutenden Höhen durchzogen; Dschinnistan aber steigt bis zu den höchsten Bergen auf, die es auf Erden gibt. Die eigentliche Grenze zwischen den beiden Ländern kennt niemand, sie ist unbestimmt. In Ardistan herrscht ein Mir, und in Dschinnistan herrscht ein Mir. Dieses Wort ist die Abkürzung von Emir, was so viel wie Fürst bedeutet. Der Mir von Ardistan ist ein Teufel, und der Mir von Dschinnistan ist ein Engel."

„Können Menschen Engel oder Teufel sein?" fragte ich.

„Jawohl", antwortete er. „Denn Hanneh, mein Weib, die kostbarste Perle unter allen Perlen des Meeres und der Flüsse, ist ein Engel. Das weiß ich, und das beschwöre ich. Und auf der anderen Seite weißt du ebensogut, daß es auch Frauen gibt, welche Teufel sind. Und was die Weiber können, das können wir Männer wohl auch. Wenn du der Wahrheit die Ehre geben willst, so mußt du sagen, daß ich ein Engel bin, und aus Dankbarkeit leiste ich dir dann denselben Dienst. Übrigens erzähle ich nur das, was ich gehört habe, und ob du es glaubst, das ist nicht meine Sache, sondern deine. Ich aber glaube es!"

„Und fürchtest dich nicht?"

„Fürchten? Vor wem? Etwa vor dem Mir von Dschinnistan? Der ist ja ein Engel, und vor Engeln hat man doch keine Angst! Oder vor dem Mir von Ardistan? Der ist ja ein Teufel, und ich habe, solange ich lebe, stets den Wunsch gehabt, den Satan kennenzulernen. Und nun, da mir dieser Herzenswunsch endlich, endlich in Erfüllung geht, soll ich mich vor ihm fürchten? Im Gegenteil, ich freue mich auf ihn! Übrigens, ob Engel oder Teufel, ist ganz gleich; es kann uns weder der eine noch der andere etwas schaden, denn alles, was mit uns geschieht, ist im Buch des Lebens vorgezeichnet, und nur Allah allein kann etwas daran ändern; dem aber fällt es ganz und gar nicht ein, gerade deinet- oder meinetwegen eine Änderung vorzunehmen. Du hast von diesen beiden Gegenden wohl überhaupt noch nie etwas gehört und noch nie etwas gelesen?"

„Etwas Bestimmtes nicht. Doch vorhin gab mir Marah Durimeh Karten und Bücher, aus denen ich mich unterrichten kann. Ich nehme sie mit auf das Schiff, um sie während unserer mehrtägigen Fahrt ausgiebig zu studieren."

„Und dann etwa mitzuschleppen?"

„O nein. Das wäre Torheit."

„Ich gebe überhaupt auf solche Dinge nichts. Solche Karten sind doch nur mit Tinte gezeichnet, und die Tinte läuft bekanntlich, wohin sie will. Und mit den Büchern steht es noch schlimmer. Bücher zu schreiben, ist eine saure Arbeit. Nur dumme Menschen können so töricht sein, solche Arbeit zu verrichten. Wer klug ist, der sagt, was er weiß, der gibt sich nicht die ungeheure Mühe, es erst niederzuschreiben, dann wieder abzudrucken und es schließlich vorzulesen. Darum dient mir jedes Buch, welches ich in die Hand bekomme, als sicherer Beweis, daß der, welcher es schrieb, ein Esel ist. Und mit den Produkten solcher armer, beklagenswerter Geschöpfe solltest du dich auch auf dem Schiff nicht schleppen! Ich bin sehr begierig auf die Narrheiten, die in diesen Büchern stehen werden. Wenn du klug bist, so hörst du nicht auf sie, sondern auf mich. Hast du denn schon hineingeschaut?"

„Ja."

„Und auch gelesen?"

„Ja."

„Stand etwas drin von fliegenden Menschen?"

„Nein."

„Von Menschen mit Krokodilsköpfen?"

„Nein."

„So taugen diese Bücher nichts! Es gibt in Ardistan Menschen, die Krokodilstränen weinen. Hieraus folgt, daß sie Krokodilsköpfe haben müssen. Die Krokodilstränen sind Stück für Stück genauso groß wie ein Straußenei und werden — —"

„Von Elefanten ausgebrütet, nicht wahr?" fiel ich laut lachend ein.

„Du lachst?" zürnte er. „Bei so ernsten Dingen? Sihdi, Sihdi, nimm dich in acht! Die Bücher haben schon manches menschliche Gehirn verschoben und verschroben. Wie ungeheuer schädlich sie sind, kannst du schon daraus ersehen, daß ein jeder, der in ein Buch vernarrt ist, sich auf das Sofa legt, um es zu lesen, und gerade das Sofa ist doch jedenfalls nur dazu da, darauf nichts zu tun oder einzuschlafen. Ich bitte dich nochmals, laß dich warnen! Vielleicht steht auch das nicht in den Büchern, daß Ardistan das Land der Flöhe, der Läuse, der Wanzen und der Soldaten ist?"

„Allerdings nicht."

„So wirf sie weg, Sihdi, wirf sie weg; denn Bücher über Ardistan, in denen nichts von diesen Dingen steht, haben keinen Wert. Nimm alle deine Gedanken in eine Hand zusammen, und merke auf, was ich dir sage! Ich werde dir nicht nur die beiden Länder beschreiben, sondern auch die Menschen, die Tiere, die Pflanzen und dazu auch noch alles andere, was du wissen mußt. Höre mir zu! Du wirst hören, daß das, was ich in meinem Kopfe habe, tausendmal mehr wert ist als alle Bücher, Karten und Pläne, die sich nicht darin befinden. Merke also auf!"

Halef begann nun einen Vortrag von so ungeheuerlichem Inhalt, als ob er alle Unmöglichkeiten der Geographie, Geschichte und Naturgeschichte eigens für diese Mitternachtsstunde zusammengesucht habe, um mich um den Verstand zu bringen. Und das tat er mit einem Ernst und einer Überzeugung, als gälte es zum mindesten die Seligkeit oder irgendeinen anderen der höchsten Geistespunkte unseres Lebens. Ich habe viel Phantastisches gelesen und gehört, so etwas aber doch noch nicht. Darum verhielt ich mich zunächst ganz still, als er fertig war; denn ich fand nicht die rechten Worte, mein Erstaunen über den Unsinn auszudrücken, den er mich glauben machen wollte. Er aber legte diesem Schweigen ganz andere Gründe unter.

„Nicht wahr, du bist ganz weg, Sihdi?“ fragte er. „Meine Kenntnisse haben dich übermannt! Die Schönheit meiner Sprache, die Erhabenheit meiner Bilder, die Unbesiegbarkeit der Wahrheiten, die ich dir vorgetragen habe! Ja, so etwas findest du in keinem Buche, mag es nun gedruckt oder mag es geschrieben sein! Aber ich bin müde geworden von diesem vielen und anhaltenden Sprechen. Du nicht auch?“

„Nein, denn ich war still.“

„So kannst du noch bleiben, ich aber muß schlafen gehen.“

„Allah sei Dank!“

Er hatte schon aufstehen wollen, ließ sich aber bei diesen meinen Worten wieder niederfallen und fragte:

„Wie meintest du das?“

„Daß du dir die Ruhe verdient hast, die der Schlaf zu bringen pflegt.“

„So! Das ist etwas anderes! Man weiß bei dir nicht immer gleich, wie du es meinst. Du hast zuweilen Ausdrücke, die etwas ganz anderes ausdrücken, als was durch sie ausgedrückt wird. So dachte ich auch hier; nun aber bin ich beruhigt. Leltak mubarake — Deine Nacht sei gesegnet!“

Nun stand er auf.

„Die deine auch“, antwortete ich.

Er ging drei oder vier Schritte fort, blieb überlegend stehen, wandte sich dann wieder nach mir um und sagte:

„Effendi, ich bin froh, daß es morgen fortgeht, daß wir nicht länger hier bleiben.“

„Warum?“

„Es gefällt mir hier nicht!“

„Höre, Halef, das ist undankbar! Eine Gastfreundschaft wie hier, haben wir noch nie gefunden!“

„Das ist wahr. Aber was nützt mir die Gastfreundschaft, wenn sie mir gerade das nicht bietet, was mir das liebste ist."

„Was meinst du da?"

„Den Ernst."

„Den Ernst? Wieso? Ich meine doch, daß wir uns bei sehr ernsten Personen befinden!"

„Das dachte ich auch, aber es stellte sich sehr bald heraus, daß es ein Irrtum war. Es gibt hier keinen Ernst!"

„Wirklich?"

„Ja. Sie lachen alle, alle!"

Ah, jetzt wußte ich, was er meinte. Er ärgerte sich darüber, daß man seine Übertreibungen für das nahm, was sie waren, und sich auch gar keine Mühe gab, ihm dies zu verbergen.

„Sie lachen?" fragte ich. „Über was? Über wen? Doch nicht etwa über mich?"

„Über dich? Sihdi, das wollte ich ihnen nicht raten; da haute ich einfach zu! O nein, über mich lachen sie, über mich! Da solltest eigentlich du zuhauen!"

„Sehr gern, sehr gern, nämlich, wenn ich es sehe!"

„Das ist es eben, was mich ärgert. Du bekommst es gar nicht zu sehen, sondern nur ich. Vor dir haben sie Achtung; vor dir verbergen sie es; vor mir aber nicht! Je größer, je schöner und je wunderbarer die Sachen sind, die ich ihnen erzähle, um ihr Staunen zu erregen, desto deutlicher wird ihr Lachen und desto weniger glauben sie mir. Das ist beleidigend, das ist niederträchtig; das holt meinen Zorn aus mir heraus und steckt ihn doch immer wieder in mich hinein, weil es mir als Gast verboten ist, grob zu werden. Dieser ewig hin- und hergehetzte Zorn macht mich krank. Er verdirbt mir den Appetit. Ich verliere das Fleisch. Ich fühle mehr und mehr, daß ich nicht hierher gehöre und daß ich zu vornehm bin für die Personen, bei denen ich hier wohne.

Warum wohne ich nicht auch, wie du, bei Marah Durimeh und Schakara? Die lachen nicht! So bin ich also froh, daß wir nicht länger bleiben; leltak sa'ide — — deine Nacht sei glücklich!"

Er ging.

„Die deine ebenso", antwortete ich.

Da blieb er noch einmal stehen.

„Sihdi, erlaubst du mir eine Frage?"

„Ja, aber nur unter der Bedingung, daß du dann wirklich gehst."

„Ich gehe dann, gewiß!"

„Sprich!"

„Früher erlaubtest du mir, meine Nilpferdpeitsche in den Gürtel zu stecken. Das war eine Lust. Wenn niemand mehr Verstand haben wollte, meine Kurbatsch, die hatte ihn. Dann wurdest du plötzlich gebildet und human. Du verbotest mir die Peitsche. Das tat mir wehe. Denn je weher man dem Feinde tut, desto wohler tut man dem Freund. Seit ich die Kurbatsch wegstecken mußte, haben wir kein wirkliches, kein großes Abenteuer mehr erlebt. Hierzu kam, daß du auch auf den Gebrauch deiner Gewehre verzichtetest. Der schwere, sicher treffende Bärentöter, der fünfundzwanzigschüssige Henrystutzen, mit denen du uns aus so vielen Gefahren rettetest, sie wurden weggepackt. Du wolltest dich nicht mehr auf die Waffen, sondern auf die Liebe, auf die Humanität verlassen. Aber weißt du, was dann kam? Was die Folge war?"

„Die Vorsicht trat an Stelle des Mutes. Wir erlebten nichts mehr."

„Ja, so ist es! Die Humanität brachte uns um die Abenteuer. Wir erlebten nichts mehr. Und nun kommt meine Frage: Soll das in Ardistan und Dschinnistan auch so sein? Willst du auch dort den Waffen Schweigen gebieten?"

„Nein", antwortete ich trotz der gegenteiligen Instruktion, die ich von Marah Durimeh erhalten hatte. Es gab Gründe, die mich hierzu veranlaßten.

Da kam er mit einem großen Freudensprung auf mich zu, faßte meine Hand und rief:

„Warum?"

„Weil es Wahnsinn wäre, in einem Land wie Ardistan auf sie zu verzichten. Ich bin überzeugt, es wäre unser sicherer Tod."

„Hamdulillah, Hamdulillah! Es wird wieder geschossen! Es wird wieder gestochen! Und es wird wieder gehauen!"

Er drehte sich fünf-, sechsmal um sich selbst und machte dabei die Armbewegung, als ob er eine Peitsche in der Hand habe.

„Gehauen? Wieso?" fragte ich, wobei ich mich stellte, als begriffe ich ihn nicht.

Er antwortete:

„Du meinst doch, daß ich den Bärentöter, den Henrystutzen, das Jagdmesser und die Revolver wieder auspacken darf?"

„Allerdings."

„Und meine alte, gute, arabische Flinte auch, und das Doppelgewehr, das dein Geschenk ist, auch, und die beiden Pistolen auch?"

„Ja. Wir schleppen dann wieder ein ganzes Arsenal mit uns herum."

„Und weißt du, was zu diesem Arsenal gehört, ganz unbedingt, ganz unbedingt zu ihm gehört?"

„Was?"

„Die Kurbatsch, die Peitsche, die Nilpferdpeitsche!"

„Oho!"

„Ja, die Peitsche!" jubelte er. „Du weißt doch ebenso wie ich, was ich alles mit ihr erreicht habe! Sie macht den Ungehorsamen gehorsam, den Stolzen demütig, den Untreuen treu, den Zweifler gläubig, den Geizigen wohltätig, den Groben höflich, den Langsamen schnell, den Zornigen sanft und, wenn es sein muß, sogar den Toten lebendig! Sihdi, sag, darf ich sie mit auspacken?"

Er beugte sich zu mir nieder, strich mir mit der Hand liebkosend über die Wange und bat im liebevollsten seiner Töne:

„Sihdi, wenn du mich nur noch ein ganz, ganz klein wenig lieb hast, so erlaube mir, daß ich die Peitsche wieder tragen darf! Ich bitte dich, ich bitte!"

Wer meinen kleinen, lieben Hadschi Halef kennt, der wundert sich gewiß nicht über diese seine Bitte; sie entsprang aus keiner schlechten Quelle und stützte sich auf die Eigenheiten der orientalischen Verhältnisse. Und wer mich kennt, der weiß, daß auch ich mich nur aus guten Gründen zu der Antwort entschloß, die ich ihm gab:

„So trage sie wieder, Halef; trage sie!"

„Ich darf?" fragte er in einem Tone, der vor Freude beinahe überschnappte.

„Du darfst. Doch stelle ich die Bedingung, daß du dich ihrer nur dann bedienst, wenn ich es dir gestatte."

„Sehr gern, sehr gern! Ich danke dir, Sihdi, ich danke dir! Es ist die größte Freude, die ich mir hier denken kann, wo ich nichts erlebt habe als nur Ärger! Ich darf die Schurken niederhauen die Schufte, die Spitzbuben, die Scheusale, die Auswürfe! Ich bin entzückt! Ich muß jubeln! Ich muß tanzen und springen! Und du, Sihdi, du springst mit! Komm, komm!"

Er faßte mich und zog mich von meinem Sitz empor. Er wollte sich mit mir im Kreise drehen. Ich wehrte mich. Das gab Lärm. Die Pferde sprangen auf. Mein Syrr besah sich die Sache ohne Aufregung; Assil Ben Rih aber wieherte laut auf, als er seinen Herrn in einer so seltenen, freudigen Erregung sah. Das befreite mich von Halef. Er ließ mich los und wandte sich zu dem Rappen:

„Recht so, Assil, recht so! Wenn der Effendi nicht mit mir tanzen will, so tanze ich mit dir. Du hast mehr Verstand als er. Paß auf! Es geht los!"

Er schwang sich mit einem federkräftigen Satz auf den Rücken des Pferdes, jagte es einigemal im Kreis herum und galoppierte dann fort, hinaus in die mondhelle Nacht. Syrr legte sich wieder nieder. Ich verabschiedete mich von ihm und kehrte nach der Wohnung zurück. Ich bitte, nicht darüber zu lächeln, daß ich sage, ich habe mich von meinem Pferd verabschiedet. Ein so hochedles Roß wie Syrr ist ein ganz anderes Wesen als ein gewöhnlicher Gaul unseres heimischen Schlages, hat ganz andere Regungen, ganz andere Neigungen, und muß darum auch ganz anders behandelt werden. Wir werden auf dieses eigenartige und hochinteressante Gebiet noch oft zu sprechen kommen.

Es war mir unmöglich, schlafen zu gehen. Der Gedanke, die beiden geheimnisvollsten Gegenden der Erde besuchen zu dürfen, wäre mir zu jeder Zeit von höchstem Interesse gewesen. Hier aber handelte es sich um mehr, als nur um einen gewöhnlichen, zwecklosen Besuch. Ich hatte einen hochwichtigen Auftrag auszuführen. Dieser Auftrag war von Marah Durimeh als eine Mission bezeichnet worden, und zwar mit vollem Recht. Das erweckte in mir das Gefühl einer ungewöhnlichen Verpflichtung, einer außerordentlichen Verantwortlichkeit, das mich unruhig machte und nach der Bibliothek trieb, wo ich bis zum frühen Morgen über den Büchern und Karten saß, um mir später sagen zu können, daß ich nichts versäumt habe, was nötig gewesen sei, den an mich gestellten Anforderungen zu genügen.

Auch Marah Durimeh war schon früh wach, ebenso Schakara. Sie fanden mich in der Bibliothek. Von da gingen wir zum Frühstück auf den Söller. Dort erfuhr ich, daß die ‚Wilahde' genau um Mittag die Anker lichten werde. Schakara sollte mich über die See hinweg bis zur Stunde unserer Ausschiffung begleiten, um mir bis dahin auf meine Fragen alle ihr mögliche Auskunft zu erteilen. Dann hatte sie direkt nach Ikbal zurückzukehren.

Als unsere Utensilien für die Fahrt verpackt werden sollten, legte Marah Durimeh einige Gegenstände dazu, von denen sie sich Nutzen für uns versprach. Es befand sich ein blank polierter Brustschild dabei, kein ganzer Panzer für den Oberleib, sondern nur ein Schild, leicht und dünn, der bestimmt war, das Herz und die Lunge zu schützen. Er war aus einem mir unbekannten Metall oder einer Metallegierung und so außerordentlich gefügig, daß man ihn unter einem dünnen Gewandstoff tragen konnte, ohne daß er auffiel.

„Diesen Schutz legst du an, noch ehe du Ardistan betrittst!“ sagte Marah Durimeh.

„Glaubst du, daß uns dort so große Gefahren drohen?“ fragte ich.

„Gefahren wird es geben, nicht wenige und nicht leichte“, antwortete sie. „Aber ich habe keine Sorge um euch; ihr werdet sie bestehen. Zwar ist dieser Schild wohl auch zu deinem Schutz bestimmt, und er hat Achselriemen, um auf der Brust getragen zu werden; zugleich aber ist er auch ein Erkennungszeichen zwischen dir und gewissen Personen, denen du begegnen wirst.“

„Darf ich schon jetzt erfahren, wer sie sind?“

„Nein. Du sollst frei sein. Kein Name darf dich binden.“

„Aber wenn sie mich an dem Schild erkennen, woran erkenne ich sie?“

„An genau demselben Schild. Es ist der Schild der Schwarzgewappneten und der Lanzenreiter von Dschinnistan. Trage ihn, aber sprich nicht von ihm! Doch, triffst du auf jemand, der dir sagt, daß er einen solchen Schild besitze, so teile ihm mit, daß auch du einen bekommen habest, und zwar von Marah Durimeh. Ihr könnt euch beide trauen, euch aufeinander verlassen in jeder Not und Gefahr.“

URMENSCHEN

Landung an fremden Gestaden

Als die Zeit der Abreise gekommen war, brachten wir unsere Pferde selbst an Bord, denn sie waren so wertvoll, daß wir sie keiner anderen Person anvertrauten. Auch Schakara war dabei, und Marah Durimeh begleitete uns, einfach, bescheiden, wie ein gewöhnliches Weib, von allen, die uns unterwegs sahen, mit Ehrerbietung und Liebe gegrüßt, doch unauffällig, in selbstverständlicher und ungekünstelter Weise. So war der Abschied auch. Sie stand am Ufer und grüßte mit der Hand, als das Schiff den Anker hob. Hierauf ging sie. Kurze Zeit später sahen wir sie auf dem Söller erscheinen. Da stand sie, bis wir sie nicht mehr sehen konnten. Dann verschwand auch der Palast, die Stadt, das dunkle Gebirge, das ganze, uns bekannt gewordene Sitara, und wir sahen nichts mehr, als nur die unendlich weite See, der wir auf Treu und Glauben überliefert worden waren.

Zu jeder anderen Zeit hätte ich mich um das Schiff, seine Bemannung und seine Einrichtung gewiß sehr eingehend gekümmert; jetzt aber hatte ich keine Zeit dazu. Ich mußte jede Minute ausnutzen, um mich zu unterrichten. Die Bücher, die ich mitgenommen hatte, mußten mit Schakara wieder zurückgehen. Ich hatte sie also bis dahin durchzunehmen und las und las und schrieb und schrieb, um alles, was ich für wichtig hielt, zu notieren. Schakara half mir dabei. Als drei Tage vorüber waren, hatte ich einen dicken Stoß von Notizen, deren Wert gar nicht abzumessen war. Mit ihrer Hilfe war es mir möglich, mich in jeder Lage und an jedem Ort zurechtzufinden.

Es war uns während dieser drei Tage kein anderes Fahrzeug begegnet. Nun näherten wir uns dem Ziel unserer Fahrt. Wir durften erwarten, am Mittag des vierten Tages die Küste von Ardistan zu erreichen; aber auch da bekamen wir kein Schiff, nicht einmal einen Kahn, ein Boot zu sehen. Der Grund hiervon war, daß wir es vermieden, uns einem Hafen zu nähern. Unsere Landung mußte in der größten Heimlichkeit geschehen, und darum wählten wir einen ganz einsamen Teil der Küste, die dort völlig unzugänglich zu sein schien; doch gab es eine Stelle, wo eine kleine, schmale Bucht zwar nicht erlaubte, den Anker zu werfen, aber doch Gelegenheit zum Ausbooten gab. Das Land fiel hier überall so schroff und so tief in die See hinab, daß kein Ankertau lang genug war, den Boden zu erreichen.

Kurz nach Mittag tauchte eine dunkle Linie vor uns auf, der wir uns bei gutem Wind näherten. Das war Ardistan, eine niedrige, aus Sumpf und Moor bestehende Küste.

Die Segel wurden so gestellt, daß sich die Schnelligkeit des Schiffes verminderte. Wir gingen bis auf eine halbe Seemeile an die Küste heran; dann wurde beigedreht. Wir lagen, wie vor Anker. Nun ging das große Boot zu Wasser mit den beiden, darin angebundenen Pferden. Sie verhielten sich ruhig. Übrigens saßen auch die Ruderer bei ihnen. Das Fallreep wurde niedergelassen; dann stiegen wir nach, Halef und ich, auch Schakara, die das Steuer führen wollte.

Es war der Pferde wegen kein leichtes Manöver, aber es gelang. An der Bucht standen nahe am Ufer einzelne Bäume. Das gab uns die Möglichkeit, das Boot derart zu befestigen, daß die Pferde bequem gelandet werden konnten. Sie waren gesattelt. Wir brauchten nur aufzusteigen. Hadschi Halef verabschiedete sich mit großem Redeschwall von Schakara. Dann reichte ich ihr die Hand. Sie sagte nichts, aber ihre Lippen zitterten, und ihre Augen waren feucht. Dann gab sie das Zeichen, das Boot vom Land zu stoßen. Da legte sich nun das Wasser zwischen uns, die tiefe, die geheimnisvolle See! Als ob diese meine Gedanken auch die ihren seien, rief sie uns nun doch noch zu:

„Effendi, wenn dir eine Gefahr naht, die dir unbezwinglich erscheint, oder wenn die Tränen des Erdenleidens über dir zusammenfluten, so verliere nicht den Mut, sondern glaube mir, daß Marah Durimeh und Schakara dir immer nahe sind! Auf Wiedersehen!"

„Auf Wiedersehen!" antwortete ich.

„Nasuf wussak — — auf Wiedersehen!" rief auch Halef.

Dann schoß das Boot von der Küste ab, dem Schiff wieder zu. Wir beide standen am Land und schauten hinterdrein. Wir sahen das Boot anlegen; wir sahen, daß es aufgewunden wurde. Die ‚Wilahde' stellte die Segel wieder voll und drehte sich dann unter dem Druck des Windes von uns ab. Ein weißer Wimpel stieg bis zur Spitze des Hauptmastes empor. Das war der letzte Gruß. Neben mir erklang ein nicht ganz unterdrücktes Schluchzen. — Halef weinte.

„Lach mich nicht aus, Sihdi!" sagte er. „Ich mag von dem Land Sitara nichts wissen, weil man da über mich lacht, aber heulen muß ich doch. Wozu hat man die Tränen? Doch nicht etwa, um sie immer darin stecken zu lassen? Die müssen heraus! Ich schelte zwar zuweilen auf die Bewohner dieses Landes, aber lieb sind sie mir doch! Besonders Marah Durimeh und Schakara! Da fährt das Schiff nun hin. Ich setze mich. Und ich sehe ihm nach, bis es verschwunden ist. Eher stehe ich nicht wieder auf."

Er sprach diese Sätze einzeln und stoßweise aus, in weinerlichem Ton. Ich wußte wohl, wie tief er Schakara, unsere junge, edle Freundin, in sein Herz geschlossen hatte. Der Abschied von ihr ging ihm innerlich nahe.

Er setzte sich wirklich auf den Boden nieder, obwohl dieser sehr feucht war, und schaute dem Schiff so lange nach, bis es am fernen Horizont verschwand. Da stand er wieder auf und sagte:

„Nun ist es vorüber! Der Abschied tut zwar weh, aber wir sind doch keine Kinder, sondern Männer. Und vor allen Dingen wissen wir, daß ein unbekanntes Land und ein Leben voll reicher Abenteuer vor uns liegen. Da müssen wir uns zusammennehmen und tapfer vorwärts schauen, anstatt zurück auf das, was hinter uns liegt. Hast du alle deine Sachen beisammen, Sihdi?"

„Ja", antwortete ich.

„Ja, allerdings, diese Erkundigung war im höchsten Grade überflüssig, denn vergeßlich bist du nie gewesen, niemals! Aber erlaube mir die Frage nach deinem Panzer! Du solltest ihn anlegen, noch ehe du hier dieses Land betrittst. Hast du das getan?"

„Ja."

„Und die Abschriften von den Landkarten, Plänen und viel tausend Namen, die du angefertigt hast? Die hast du doch nicht etwa vergessen?"

„Nein."

„Wo hast du sie?"

„Hier in der Brusttasche. Ich hatte mir den Panzer gerade auf die Brust gebunden und zog die Jacke über die Weste. Die Abschriften lagen neben mir. Ich steckte sie eben ein, als Schakara kam, und da — und — — und — — doch nein, ich irre mich! Ich steckte sie nicht ein, ich wollte sie einstecken; da kam Schakara und unterbrach mich. Ich ließ die Abschriften liegen, und — —"

„Und da liegen sie noch?" fiel Halef schnell ein.

„Ja — — nein — — nein — — ja — — unmöglich! Es ist nicht denkbar! Sie sind zu wichtig, viel zu wichtig! Ich kann und kann und kann sie nicht vergessen haben!"

Ich griff in die Brusttasche; da waren sie nicht. Ich

suchte in allen anderen Taschen, vergeblich. Ich hatte sie liegen lassen, gewiß und wirklich liegen lassen! Diese Abschriften, die ich mir mit so großer Mühe gemacht hatte und die ich so unendlich notwendig brauchte! So etwas war mir noch nie im Leben passiert! Eine solche Gedankenlosigkeit hatte ich bisher für unmöglich gehalten! Mir wurde ganz schlimm. Ich setzte mich nun auch nieder, trotz der Feuchtigkeit des Bodens. Ohne diese Notizen war ich vielleicht ganz außerstande, mich in diesem fremden Land und seinen Verhältnissen selbständig zu bewegen! Jeder Zufall könnte mir zum Meister und Gebieter werden. Soeben hatte Halef uns ‚Männer' genannt; aber nun ich diese Aufzeichnungen nicht bei mir hatte, glichen wir Kindern, die nur Fehler begehen können, wenn es ihnen einmal einfallen sollte, einen eigenen Entschluß zu wagen! Ich war im höchsten Grade zornig auf mich selbst und zugleich auch so verstimmt, wie wohl noch nie in meinem ganzen Leben. Dazu stellte sich Halef mit auseinandergespreizten Beinen gerade vor mich hin und sagte:

„So! Da sitzest du nun! Gerade wie vorhin ich! Es fehlt nur noch, daß dir die Tropfen ebenso über die Backen laufen wie mir! Du hast sie also vergessen — doch vergessen?"

„Leider! Ja!" gestand ich ein.

„Das dachte ich mir!" fuhr er fort, „denn du bist stets vergeßlich gewesen! Fürchterlich vergeßlich, solange ich dich kenne!"

„Oho!" widersprach ich ihm.

„Ja, ja!" behauptete er. „Du hast zwar auch noch einige andere Fehler, mein lieber Sihdi, aber der größte unter ihnen war doch stets die Vergeßlichkeit; sie wird es wohl auch bleiben! Du weißt es ebensogut, wie ich, daß ich mir alle Mühe gegeben habe, dich von dieser Gedankenlosigkeit zu befreien; aber einen Erfolg habe ich leider nicht gehabt. Dies ist zwar für einen so verständigen Mann, wie ich bin, kein Grund, dir zu zürnen oder dich etwa gar zu mißachten, denn Fehler, die angeboren sind, können nicht geheilt werden; aber betrübend ist es doch jedenfalls für mich, daß gerade ich dazu berufen zu sein scheine, immer neue derartige Mängel an dir zu entdecken. Daß du diese Notizen auf dem Schiff liegen lassen konntest, ist für mich geradezu unbegreiflich. Ich suche nach den Gründen dieser deiner innerlichen Fehlerhaftigkeit. Du würdest sie wohl nicht finden; bei meinem bekannten Scharfsinn aber ist es für mich eine Kleinigkeit, sie schleunigst zu entdecken. Darf ich sie dir nennen, Sihdi?"

„Ja", antwortete ich.

Wer mich und meinen Hadschi Halef kennt, der weiß, warum ich zuweilen stillschweigend darauf einging, mir von ihm derartige Predigten halten zu lassen. Er liebte und verehrte mich aufrichtig und wahr; aber immerwährend nur Verehrung, das erschien ihm langweilig; er mußte zuweilen fünf Minuten haben, in denen er seine ganze Entrüstung über mich ausschütten konnte; das lag so in seiner Natur, und dann war er sofort wieder der liebe, treue, aufopfernde Mensch, von dem ich verlangen konnte, was mir beliebte, sogar den Tod. Übrigens hatte ich jetzt gerade eine strenge Strafpredigt verdient, und darum ließ ich dem, was er sagte, freien Lauf.

„Es sind zwei", fuhr er fort. „Ist es dir vielleicht möglich, sie zu erraten?"

„Nein."

„So will ich sie dir nennen, ohne deinen Verstand unnötig zu belästigen. Es ist nämlich entweder die Dummheit oder die Altersschwäche. Begreifst du das?"

„Noch nicht."

„So ist es nicht die Altersschwäche, sondern die Dummheit allein. Für alle Fehler, die der Mensch macht, gibt es nämlich nur einen von diesen beiden Gründen.

Sie genügen für alles, was geschieht. Nach noch anderen brauchen wir also nicht zu suchen. Du bist genau so alt wie ich. Darum weiß ich, daß Altersschwäche bei dir ausgeschlossen ist. Also kann es sich, wenn ich nach dem Grunde deiner Fehlerhaftigkeit forsche, nur um die Dummheit handeln. Und weil dir diese Fehler angeboren sind, muß dir auch die Dummheit angeboren sein. Hast du mich verstanden?"

„Ja."

„Das wundert mich! Wer von Geburt dumm ist, der pflegt sonst nicht so schnell zu begreifen! Aber ich freue mich darüber. Denn da darf ich hoffen, daß du auch das begreifen wirst, was ich dir noch weiter zu sagen habe."

Er stellte den Kolben seiner Flinte auf die Erde, stützte sich mit den Händen auf den Lauf und fuhr dann fort:

„Du weißt, Sihdi, daß wir nach Ardistan und Dschinnistan gesandt worden sind, um gewaltige Abenteuer zu erleben und jene Art von großen Taten zu verrichten, die keinem anderen Geschöpf als nur uns beiden möglich sind. Wenn du deine Pläne und Karten bei dir hättest, so würde es dir wohl nicht ganz unmöglich sein, das Vertrauen zu rechtfertigen, das Marah Durimeh in dich setzt. Nun du sie aber vergessen hast, gibst du gewiß ohne weiteres zu, daß du bei deinen angeborenen Mängeln unfähig bist zu tun, was sie von dir verlangt. Hieraus folgt mit unbestreitbarer Sicherheit, daß nun ich es bin, auf den ihr beide euch verlassen müßt. Die großen Taten habe ich auszuführen, nicht du. Und die berühmten Abenteuer habe ich zu erleben, nicht du! Früher warst du die Hauptsache, und ich war die Nebensache. Jetzt aber ist es gerade umgekehrt: Jetzt bin ich die Hauptperson, und die Nebenperson bist du. Gibst du das zu, Effendi?"

„Sehr gern", antwortete ich.

„Sehr gern?“ fragte er, während er einen ungewissen Blick auf mich warf. „Der Ton, in dem du das sagst, gefällt mir nicht! Ich hoffe, du meinst es ehrlich!“

„Im höchsten Grade ehrlich!“ versicherte ich. „Es ist mir geradezu eine Wonne, zu erfahren, daß du von jetzt an die Hauptperson bist.“

„Eine Wonne? Wieso?“

„Weil ich jetzt nichts mehr zu bedenken, zu überlegen und zu verantworten habe. Ich tue nur, was du befiehlst.“

„Hm!“ brummte er. „Nicht mehr denken willst du? Gar nicht mehr?“

„Gar nicht mehr!“ versicherte ich. „Bei meiner angeborenen Dummheit ist es mir sehr lieb, daß nun du an meiner Stelle denkst.“

„Und verantworten soll ich alles?“

„Natürlich. Ich bin nur Nebensache!“

„Hm! Wenn ich nur wüßte, wie du das meinst, ob ehrlich oder hinterlistig! Du bist nämlich in Beziehung auf die angeborene Dummheit ein höchst gefährlicher Mensch! Es ist möglich, daß du mich damit nur in Versuchung führst. Aber da es nicht abzuleugnen ist, daß du deine Karten und Pläne vergessen hast, so bleibt es bei dem, was ich gesagt habe: die Hauptperson bin ich! Ich werde also während dieser ganzen Reise befehlen, und du hast zu gehorchen. Nicht?“

„Ja.“

„So erhebe dich jetzt vom Boden, und steig aufs Pferd! Wir brechen auf!“

Ich stand auf. Wir hatten uns beide durch das Sitzen auf dem feuchten Boden beschmutzt. Das erzürnte Halef, der ungemein auf Sauberkeit hielt.

„Allah w' Allah! Nun klebt der ganze Sumpf an unsern Kleidern!“ rief er zornig aus. „Das ist Ardistan! Genau so, wie man es mir beschrieben hat! Bei uns daheim ist auch die Wüste so rein, daß sogar der Gläubige, bevor er betet, sich mit Sand anstatt mit Wasser wäscht, wenn ihm dieses fehlt. Wer aber den Boden von Ardistan betritt, der versinkt in Schmutz schon gleich beim ersten Schritt und kann sich nicht eher von ihm befreien, als bis er die Grenze von Dschinnistan erreicht! Beeilen wir uns, diesem Dreck und Schlamm zu entweichen!"

Er stieg in den Sattel. Ich tat das auch. Nun wartete er, daß ich voranreiten würde. Ich aber machte eine abwehrende Handbewegung und forderte ihn auf:

„Zeig du den Weg; ich bin nur Nebensache!"

„Gut, das werde ich!" antwortete er in scheinbar zuversichtlichem Ton. Aber schon weniger zuversichtlich fügte er hinzu: „Du brauchst aber trotzdem nicht hinter mir zu reiten, sondern kannst dich getrost an meiner Seite halten. Du kennst mich doch. Du weißt, daß ich auch als Hauptperson sehr leutselig bin!"

Der kleine Schlaue wollte mich neben sich haben, um sich nach der Fühlung mit mir richten zu können. Ich ging aber nicht darauf ein, sondern blieb hinter ihm. Das brachte ihn in keine geringe Verlegenheit. Er wußte von meinen Absichten, wie man sich ländlich auszudrücken pflegt, weder Kix noch Kax und war also vollständig unfähig, auch nur die Richtung unseres Ritts zu bestimmen. Darum wandte er sich schon nach kurzer Zeit mit der Bitte an mich zurück:

„Sihdi, sag mir doch wenigstens, ob ich so richtig reite!"

„Es ist richtig", antwortete ich. „Immer geradeaus."

„Wenn aber ein Sumpf kommt?"

„So biegen wir um ihn herum."

„Es scheint hier überhaupt alles Sumpf zu sein. Ich finde das schrecklich. Die Pferde versinken bis an die Knie!"

„Um über die morastige Ebene zu kommen, brauchen wir drei Tage."

„Drei Tage? Allah erbarme sich! Was gibt es da für Menschen?“

„Keine. Auf menschliche Wesen treffen wir erst jenseits dieser Niederung.“

„Welchem Volk gehören sie an?“

„Dem Stamm der Ussul.“

„Weißt du das genau? Ich denke, du hast deine Notizen vergessen? Da kannst du doch nichts wissen!“

„Warum nicht? Ich habe mir doch sehr viel von dem gemerkt, was ich in den Büchern von Marah Durimeh gelesen und mir nach ihren Karten ausgerechnet habe.“

„Gemerkt?“ fragte er. „Sihdi, das ist nicht wahr; das glaube ich nicht!“

„Warum nicht?“

„Weil ich es besser weiß! Ich habe dir schon gesagt, daß ich Ardistan kenne, und zwar sehr genau. Darum bin ich ja die Hauptperson und reite jetzt voran. Ein jeder, der in diesem Land gewesen ist, der weiß, daß es das Land des Vergessens ist.“

„Wieso?“

„Wer es betritt, der vergißt alles, was und wo und wie und wer er vorher gewesen ist.“

„Wer hat dir das weisgemacht?“

„Weisgemacht? Ich bitte dich, mich nicht zu beleidigen! Ich habe mit sehr, sehr vielen Leuten über Ardistan gesprochen. Der klügste von ihnen war ein alter, gelehrter und vielgereister Derwisch, der sich über zehn Jahre lang dort aufgehalten hatte und es also genau kannte. Er sagte, daß es mit Ardistan dieselbe Bewandtnis habe wie mit dem Menschenleben überhaupt.“

„Wie meinst du das?“ fragte ich ihn.

„Das will ich dir sofort erklären,“ antwortete er. „Du gibst doch zu, daß wir beide nicht aus Ardistan stammen, obwohl wir uns jetzt hier befinden! Ebenso gibst du auch zu, daß wir nicht von der Erde stammen, obgleich wir uns auf ihr befinden?“

„Einverstanden!"

„Aber weißt du, wo du gewesen bist, bevor du hier geboren wurdest?"

„Nein."

„Damals aber, wo du dich dort befandest, hast du es gewußt?"

„Höchstwahrscheinlich!"

„So hast du es also in dem Augenblick, an dem du geboren wurdest, vergessen. Der alte, kluge Derwisch behauptete, daß die Erde eine Strafanstalt für Geschöpfe sei, die Allah nicht gehorchen wollten. Sobald sie durch das Tor der Geburt in das diesseitige Leben treten, vergessen sie alles Frühere. Sie wissen nicht mehr, wer und was und wo sie gewesen sind, und können sich nur durch unbedingten Gehorsam und unerschütterlichen Glauben, durch treue, ehrliche Arbeit und gute Werke nach dort zurückfinden, woher sie gekommen sind. Glaubst du das, Sihdi?"

„Die Ansicht dieses alten Derwischs ist interessant; man muß über sie nachdenken."

„So denke nach! Er sagte, daß es im Leben eines jeden Menschen Augenblicke gebe, an denen ihm die Erinnerung an das vergangene Leben aufleuchte wie ein Blitz, der ebenso schnell verschwindet, wie er kommt."

„Und so oder ähnlich ist es auch mit Ardistan?"

„Ja. Es ist ein Land des Vergessens, wie die Erde. Man behauptet sogar, daß das Leben in Ardistan ein ganz genaues Bild des Erdenlebens sei. Du lächelst, Sihdi? Ist das, was ich sage, nicht wert, geglaubt zu werden?"

„Ob wert oder nicht, das kommt hier nicht in Betracht. Weißt du, wer du bist?"

„Ja. Wozu diese Frage?"

„Und weißt du, wo wir gestern waren?"

„Ja."

„Und vorgestern und all die Tage, Wochen und Monate vorher."

„Ja."

„Du hast es also nicht vergessen?"

„Nein."

„Wie kann da Ardistan das Land des Vergessens sein?"

Er hielt sein Pferd an, blickte nachdenklich vor sich hin und brummte:

„Ja! Deine Frage ist nicht dumm, auch nicht angeboren dumm. Vielleicht verwechsle ich das eine mit dem anderen. Oder ich drücke mich nicht richtig aus. Oder die Vergeßlichkeit tritt nicht mit einemmal ein, sondern langsam, nach und nach. Bei dir ist sie ja schon da, denn du mußt doch zugeben, daß du deine Karten und Schreibereien liegengelassen hast. Streiten wir uns nicht, sondern warten wir ab, ob uns das Gedächtnis schwindet oder nicht. Kommen wir lieber auf den Stamm der Ussul zurück, von dem wir sprachen. Kennst du ihn?"

„Nein", antwortete ich, während wir weiterritten.

„So sei froh, daß ich jetzt die Hauptperson bin! Ohne mich wärest du vollständig verloren, wenn du zu ihnen kommst. Ich weiß nämlich, woran ich mit ihnen bin. Ich habe von ihnen gehört. Nimm dich in acht, Effendi! Die Ussul sind nämlich ein Volk von lauter Riesen. Sie haben Beine wie die Elefanten. Ihre Arme sind so lang und so stark wie zwanzigjährige Baumstämme. Ihre Haare gleichen der Mähne eines Löwen. Ihre Augen glühen wie Laternen. Ihre Stimmen machen den Lärm des Donners, und wenn sie zornig sind, zittert die Erde, auf der sie stehen. Sie wohnen in starken Burgen, die sie nur in das Wasser bauen. Sie leben vom Mord und vom Raub. Sie glauben nicht an Allah und auch nicht an den Teufel, und wer mit ihnen in Streit gerät, ist unbedingt verloren!"

„Das klingt ja außerordentlich beruhigend! Von wem hast du das gehört? Wohl von demselben Derwisch?"

„Nein, sondern von anderen Personen, die aber nicht

weniger glaubhaft und zuverlässig sind. Es ist ganz unmöglich, einen Mann vom Stamm der Ussul im Kampf zu besiegen. Darum besteht die Leibgarde des Mir von Ardistan nur aus solchen Kriegern, von denen es jeder gut und gern mit dreißig bis vierzig Feinden aufnehmen kann."

„So ist es gut, daß wir nicht vierzig sind, sondern nur zwei!"

„Warum?"

„Weil sie es da gar nicht versuchen werden, es mit uns aufzunehmen!"

„Hohnlächle nicht, Sihdi! Was ich weiß, das weiß ich genau, und was ich erzähle, das ist wahr! Als Nebenperson steht es dir überhaupt nicht gut, über das zu lächeln, was die Hauptperson erzählt — — — was ist? Was gibt es?"

Diese beiden Fragen sprach er unwillkürlich aus, denn sein Pferd war plötzlich stehengeblieben und ließ ein warnendes Schnauben hören. Auch Syrr hielt die Schritte ein, doch ohne ein Zeichen von Angst; er stampfte vielmehr mit den beiden Vorderfüßen, als ob er die Absicht habe, einen Feind mit den Hufen zu zermalmen. Die Augen beider Pferde waren nach der linken Seite gerichtet. Wir sahen nicht gleich, um was es sich handelte. Es war ein sumpfiger Rhizophorenwald, durch den wir ritten, nicht so dicht, wie Mangrove- und Manglewälder gewöhnlich sind. Die Stämme, die der Art Konjugata angehörten, standen ziemlich weit auseinander, schickten aber doch eine solche Menge von Luftwurzeln von oben herab, daß die Aussicht sehr behindert war. In die angegebene Richtung schauend, bemerkte ich erst nach ziemlich beträchtlicher Zeit, daß eine dieser Luftwurzeln sich ganz eigenartig bewegte. Halef sah es zu derselben Zeit. Er erschrak, streckte den Arm aus und rief:

„Eine Schlange! Eine Riesenschlange! Wenigstens zehn Meter lang! Siehst du sie, Sihdi?"

„Ja", antwortete ich. „Es ist eine Peddapoda[1]."

„Ich werde sie sofort niederschießen, sonst verschlingt sie uns mitsamt den beiden Pferden!"

Er nahm sein Gewehr zur Hand, um seinen Entschluß auszuführen. Der gute Halef übertrieb auch hier, wie so oft. Man behauptet zwar, daß die Tigerschlange sechs Meter und noch länger werde, diese war aber ganz sicher noch nicht einmal vier Meter lang. Daß sie uns beide mitsamt den Pferden verschlingen würde, war eine jener Vergrößerungen, die der kleine Hadschi liebte. Die Riesenschlange hing mit dem Schwanz oben an einem Baum und bewegte mit nach unten gerichtetem Kopf den Körper in einer Weise, als ob sie irgendeinen Gegenstand in der Luft zu fangen habe. Sie tat das jedenfalls in der Aufregung über unser Erscheinen. Wir konnten zwar nicht sehen, wohin ihr Auge blickte, aber daß sie uns bemerkt hatte, verstand sich von selbst. Ich nahm den Henrystutzen vom Rücken, um nachzuhelfen, falls Halefs Kugel nicht treffen sollte. Es war kein leichtes Zielen, denn der Kopf der Peddapoda blieb keinen Augenblick an derselben Stelle. Darum ging der Schuß des Hadschi fehl, und auch ich traf erst beim zweitenmal. Die durch den Kopf geschossene Schlange schlug mit dem Vorderkörper einen konvulsivisch zuckenden Kreis, hing dann eine halbe Minute lang in gerader Linie vom Baum und fiel hierauf, indem die Ringel des Schwanzes sich lösten, zur Erde nieder. Wir ritten hin und stiegen von den Pferden.

„Heil uns!" rief Halef. „Das erste Abenteuer im Lande Ardistan ist überstanden, ohne daß es uns das Leben gekostet hat! Das Ungetüm ist tot! Sein Leben ging dahin, sobald wir kamen! Es wollte uns fressen, nun aber wird es von uns gefressen! O Glück, o Heil, daß es keine Beine hat, sonst wäre es aus Angst vor unserer Tapferkeit im Galopp davongelaufen! Schau es dir an,

1 Tigerschlange

Sihdi, dieses Ungeheuer, diesen Drachen, dieses Scheusal, dieses Ungetüm, diese Ausgeburt der Hölle, diesen Racker, diesen Hundesohn, diesen Abschaum, Schuft und Menschenfresser! Siehst du das Maul, und siehst du die Zähne? Weißt du, daß so eine Schlange einen Ochsen verschlingt — —"

„Das wohl nicht, mein lieber Halef", unterbrach ich lachend seine Rede.

„Wenn nicht einen Ochsen, so doch wenigstens eine Kuh!" behauptete er.

„Nein!"

„Ein Kalb!"

„Auch nicht!"

„Einen Hammel!"

„Selbst diesen nicht! Und an einen Menschen wagt sie sich höchstens aus Versehen."

Da machte er ein sehr enttäuschtes Gesicht und klagte:

„Aber so ist es ja gar keine Heldentat, die wir ausgeführt haben!"

„Leider nicht."

„Wie schade, jammerschade! Konnte das Vieh nicht zwanzigmal länger sein und zehnmal dicker, als es ist?! Dann würde auch unser Ruhm zwanzigmal länger und zehnmal dicker sein! Wozu haben wir sie nun erschossen? Kann man sie essen?"

„Ja. Die Neger essen Schlangen gern."

„Allah behüte mich! Ich bin kein Neger!"

„So nehmen wir die Haut."

„Wozu?"

„Man macht Schuhe und Taschen daraus, auch Satteldecken."

„Satteldecken? Das ist mir recht! Bei uns daheim gibt es keine Riesenschlangen. Wenn ich da mit einer solchen Satteldecke komme, preisen mich alle Völker, und mein Lob erschallllt über alle Länder der Erde. Das Fell will ich haben, das Fell!"

Wir zogen der Schlange mit Hilfe unserer Messer die rötlich braun gefleckte Haut vom Leibe und setzten dann den unterbrochenen Ritt fort. Die Haut hatte Halef an sich genommen; er betrachtete sie als seine Beute, obgleich die Schlange durch meine Kugel erlegt worden war. Ich hatte nichts dagegen. Das Zusammentreffen mit der Peddapoda hatte mir mehr gebracht als nur eine Schlangenhaut, nämlich die Freude über meinen Syrr, der beim Anblick des Reptils keine Spur von Angst gezeigt hatte, obgleich er einem solchen Tier noch nie begegnet war. Diese Furchtlosigkeit war für mich von hohem Wert.

Es ist nicht der Zweck dieser Zeilen, eine zusammenhängende und lückenlose Beschreibung unseres Ritts zu geben. Ich habe lediglich das zu erzählen, was für den Grundgedanken, den ich verfolge, von Bedeutung ist, und kann daher nur sagen, daß wir volle drei Tage lang die Küstenniederung durchquerten, ohne daß etwas Wichtiges oder auch nur Erwähnenswertes geschah. Ich sorgte während dieser ganzen Zeit zwar dafür, daß wir die Richtung nach dem Binnenland einhielten, stellte mich dabei aber so, als ob Halef der Führer sei und ich ihm ohne eigenen Willen folge. Ich freute mich schon im voraus auf das Gesicht, das er machen würde, sobald es sich herausstellte, daß er der gar nicht war, für den er sich hielt.

Für Essen brauchten wir in diesen Tagen nicht zu sorgen; wir waren von Schakara mit Vorrat versehen worden. Geschlafen wurde an geeigneten Stellen des Waldes, wo es trockenen Boden und möglichst wenig Mücken gab, die überhaupt eine große Plage dieser tiefliegenden Gegend bildeten. Am Morgen des vierten Tages veränderte sich das Land. Es wurde trockener, und der Urwald bekam Bäume, welche die Nässe weniger lieben als der bisherige Mangrovewald. Es bildeten sich wiesenartige, freiliegende, grüne Flächen, die unseren Pferden gutes und wohlschmeckendes Futter boten. Wir kamen an lebendige Wasserläufe, die man getrost als Bäche bezeichnen konnte. An geeigneten Stellen bildeten sich von ihnen Teiche und Seen an, und in denen es ein außerordentlich reges Tierleben gab. Auch Menschen schienen hier zuweilen zu verkehren; wir fanden Spuren davon. Diese Spuren waren alt, schon fast ganz verwischt. An einer Stelle aber, wo sie durch hohes Gras führten und sich darin kreuzten, als ob hier sehr eifrig nach irgend etwas gesucht worden sei, schienen sie jüngeren Datums zu sein, so daß es angezeigt war, sie zu untersuchen. Ich hielt darum mein Pferd an.

„Warum nicht weiter", fragte Halef.

„Siehst du nicht diese Spuren?" antwortete ich, während ich auf sie deutete.

„Natürlich sehe ich sie! Sie scheinen von Hirschen oder wilden Säuen zu stammen."

„Hirsche? Wilde Säuen? Halef, schäme dich!"

„So meinst du wohl, von Menschen?"

„Ganz selbstverständlich. Das sieht man doch gleich beim ersten Blick!"

„So müssen wir sie wohl prüfen?"

„Allerdings."

„So bitte ich dich, abzusteigen."

„Ich? Warum ich?"

„Sonderbare Frage! Das Prüfen der Spuren ist doch bisher immer deine ganz besondere Arbeit gewesen. Warum nun plötzlich jetzt nicht mehr?"

„Das Spurenlesen ist sehr schwer und außerordentlich verantwortungsvoll. Ein Irrtum kann da leicht das Leben kosten. Darum wird das stets nur von den Hauptpersonen besorgt. Ich aber bin doch nur Nebenperson!"

Sein Gesicht wurde um einige Zentimeter länger.

„Hm!" brummte er verlegen. „Habe ich etwa behauptet, daß ich auch in Beziehung auf das Fährtenlesen die Hauptperson bin?"

„Eine solche Behauptung war gar nicht nötig. Zum Verständnis so verworrener Spuren, wie diese hier sind, gehört eine Klugheit, die kein Mensch besitzen kann, dem die Dummheit angeboren ist. Also bist du es, der abzusteigen hat. Vorwärts, Halef, vorwärts! Bedenke, wie gefährlich die Ussul sind, die du mir beschrieben hast! Wenn solche Riesen hier herumliefen! Oder gar, wenn wir ihnen begegneten! Also steig ab! Wir müssen unbedingt erfahren, was für Menschen es sind, von denen diese Fußeindrücke stammen!"

Da schwang er sich aus dem Sattel und begann die Arbeit, die ihm verhaßt war, weil er es niemals so weit gebracht hatte, Schluß auf Schluß zu bauen. Diese Kunst aber wird von einem jeden verlangt, der sich anmaßt, Spuren und Fährten lesen zu können. Auch ich stieg ab, doch nicht, um mich an dieser Arbeit zu beteiligen, sondern um es mir im Gras bequem zu machen und ihm zuzusehen.

Es war spaßhaft, wie unbeholfen er sich anstellte. Er hatte oft gesehen, mit welcher Sorgfalt ich so eine Spur behandelte. Sie durfte nur betrachtet, nicht aber berührt oder gar vernichtet werden. Er aber lief auf all diesen Eindrücken hin und her, trat sie nieder und löschte sie aus, ohne zu bedenken, daß dies ein unverzeihlicher Fehler war. Und als er damit fertig war, berichtete er:

„Sihdi, du hast Unrecht, vollständig Unrecht. Das sind keine Menschen gewesen!"

„Was sonst?"

„Elefanten! Oder Nashörner! Oder Nilpferde! Große, mächtige Tiere!"

„Warum das?"

„Wegen der großen Stapfen. Solche Füße kann nur ein Elefant oder Hippopotamus haben!"

„Wieviel Beine hat ein Elefant?"

„Natürlich vier."

„So stimmt es nicht. Die Untiere, die hier herumgelaufen sind, haben nicht vier, sondern nur zwei Beine gehabt."

„Das muß ich bezweifeln! Wie willst du das überhaupt wissen? Man sieht doch nicht die Tiere, sondern nur die Stapfen ihrer Füße; es ist also im höchsten Grade fraglich, ob zwei Stapfen oder ob vier Stapfen zu einem Exemplar gehören. Du stimmst für zwei, ich aber für vier, und es ist dir doch wohl bekannt, daß die Mehrzahl stets den Sieg behält. Es sind also Elefanten oder Nashörner, nicht aber Menschen!"

„Hast du die Spuren nicht vielleicht auch daraufhin betrachtet, ob Sporen an den Stiefeln waren?"

„Sporen? An den Stiefeln?" Er brach in ein sehr herzlich gemeintes Gelächter aus und fuhr, immer lachend, fort: „Seit wann tragen die Elefanten Stiefel? Und gar mit Sporen daran!"

„Seit sie auf deinen Nilpferden reiten", antwortete ich, während ich in das Lachen einstimmte. „Übrigens bist du ja noch gar nicht fertig mit deiner Arbeit. Bis jetzt hast du bestimmt, ob es Menschen oder ob es Tiere waren. Nun gilt es, noch zu erfahren, woher sie gekommen und wohin sie gegangen sind."

„Und da soll ich nachsehen?"

„Selbstverständlich!"

„Sihdi, wenn du mir doch dabei helfen wolltest!" bat er.

„Nein", antwortete ich. „Ich würde dadurch deine angeborene Klugheit beeinträchtigen. Also geh!"

Ich sagte das in etwas scharfem Ton. Darum drang er nicht weiter in mich, sondern bemerkte nur:

„So will ich wenigstens meine Gewehre ablegen, die mich in der Bewegung hindern, wenn ich suche."

Er hatte seine lange, arabische, reich mit Elfenbein ausgelegte Flinte und das von mir geschenkt erhaltene europäische Doppelgewehr an Riemen über dem Rücken. Er nahm sie ab und schnallte sie quer über den Sattelknopf. Dann machte er sich von neuem auf die Suche. Um das nun Kommende zu verstehen, muß man sich ein Bild der Gegend machen können, in der wir uns befanden.

Von da aus, wo ich bei unseren Pferden im Gras saß, lag rechts und links ziemlich dichtes Gebüsch, an das sich zu beiden Seiten der hohe Wald anschloß. Gerade vor mir gab es die freie, grasige Lichtung, auf der Halef jetzt die Spuren untersuchte. Sie zog sich vielleicht zweihundert Schritte lang geradeaus, stieß dann an den Wald und ging nach links, wo sie hinter dem Gebüsch verschwand. Die Spuren kamen rechts von mir aus dem Gebüsch heraus, liefen, verschiedentlich durchkreuzt, über den ganzen Grasplatz hin und bogen dann mit ihm um die linke, hintere Ecke des Gebüsches. Es konnten drei bis vier Personen sein, die da gegangen waren. Das Durch- und Übereinanderlaufen der Fußeindrücke ließ mich vermuten, daß man hier nach Blumen, eßbaren Wurzeln oder sonst etwas Ähnlichem gesucht habe. Die Stapfen sahen allerdings sehr groß aus, auch schon von weitem. Das lag zunächst an der Höhe des Grases, jedenfalls aber auch an der Art der Fußbekleidung, die man getragen hatte. Meine Frage nach Stiefel und Sporen war selbstverständlich nicht ohne guten Grund gewesen. Es ist immer von großer Wichtigkeit zu erfahren, ob Leute, die man vor sich hat, beritten sind oder nicht.

Halef hielt es für nötig, vor allen Dingen nachzuforschen, wohin die Spuren führten. Es war seine Ansicht, daß er dann wohl gar nicht zu wissen brauchte, woher sie gekommen waren. Er verfolgte sie jetzt also über die ganze Lichtung hin, soweit ich sie überblicken konnte, und verschwand sodann nach links, hinter der schon erwähnten Ecke des Gebüsches. Ich hielt es für gar kein Wagnis, ihn in dieser Weise sich selbst zu überlassen. Er besaß zwar nicht den weiten, fernschauenden Blick und die alles scharf zusammenfassende Kombinationsgabe, ohne die man eine Reise, wie die unsrige war, nicht unternehmen kann, aber er war doch klug, er war sogar pfiffig, und ich nahm keineswegs an, daß er mit Eingeborenen zusammentreffen würde, denn die Fußeindrücke waren zwar noch jung, aber doch nicht mehr so neu, daß man die Anwesenheit der betreffenden Personen hier noch vermuten konnte. Ich war also ohne Sorge um ihn, zumal es sich doch ganz von selbst verstand, daß er sich nicht allzuweit entfernen und sofort zu mir zurückkehren würde, sobald ihm etwas Verdächtiges in die Augen fallen sollte.

Halef war noch nicht lange verschwunden, als ich von Syrr ein warnendes Zeichen bekam. Er stellte sich nahe an mich heran, hob den kleinen, feinen Kopf, legte die Ohren vor und sog die Luft mit jenem leisen, sich stoßweise unterbrechenden Geräusch durch die roten Nüstern, das ein Beweis des beginnenden Verdachtes ist. Assil Ben Rih, das Pferd Halefs, stutzte sofort auch. Beide Tiere schauten nach rechts, und zwar nach der Stelle, wo die Spuren aus dem Gebüsch traten. Sollten noch andere Leute desselben Weges kommen? Ich strengte mein Gehör an, vernahm aber nichts. Ich legte den Kopf auf die Erde und lauschte. Da spürte ich nun allerdings ein Geräusch, das sich zu nähern schien, denn es war leise, wurde aber stärker. Es klang wie langsame, schwere Schritte, die ein Blätterrauschen begleitete. Ich richtete mich wieder in sitzende Stellung auf. Jetzt war das Geräusch zu vernehmen, auch ohne daß mein Ohr die schalleitende Erde berührte. Es näherte sich wirklich. Es wurde stärker und immer stärker, zuletzt so stark, daß ich allerdings an Halefs Elefanten, Nashörner und Nilpferde dachte. Das Gezweig rauschte und schlug klatschend zurück; Äste knackten; stampfende Schritte dröhnten. Aber diese Schritte waren wohl kaum die Schritte eines wilden Tieres. Sie klangen in genauen Intervallen, wie abgemessen, dabei behaglich, behäbig, als ob ein Riese in vortrefflicher Stimmung durch den Wald spazierengehe und gar nicht darauf achte, daß er dabei die Büsche und den Boden zerknattert und zerstampft. Ich stand aber doch nun auf und griff nach meinen Gewehren.

Auf den Spuren des Ursprungs

Das Gesträuch teilte sich weit auseinander, und die lebendige Ursache des Geräusches trat vor meine Augen. Man lächle nicht, wenn ich sage, daß ich bei dem Anblick, der sich mir da bot, unwillkürlich an einen heimatlichen Künstler denken mußte, nämlich an Arnold Böcklin, den berühmten Maler der rätselvollen Groteske. Seine Kentauren, sein Einhorn im ‚Schweigen im Walde' traten mir in die Erinnerung, als ich das Wesen, oder vielmehr das Doppelwesen erblickte, das mich ganz in derselben Weise anstaunte, wie es von mir angestaunt wurde. Oder waren es zwei verschiedene Wesen, von denen das eine auf dem anderen saß? Ja, richtig! Ein Reiter! Aber was für einer! Und das Tier, auf dem er saß, war das ein ausgeartetes Nilpferd, ein entarteter Tapir, ein vorweltlicher Riesenhirsch ohne Geweih oder ein überfüttertes Kamel mit Elefantenbeinen und weggefallenem Höcker? Es hatte von alledem etwas; aber bei näherer Betrachtung konnte ich die Idee nicht von mir weisen, daß diese zoologische Merkwürdigkeit den entfernten Zweck verfolgte, ein Pferd zu sein. Hufe hatte es, und zwar richtige, wirkliche Pferdehufe, aber von einer Größe, die mir noch nie vor die Augen gekommen war. Der Kopf glich dem eines Riesenelks, besonders in Beziehung auf das Maul, oder richtiger ausgedrückt, auf die Schnauze. Die Mähne war außerordentlich reich und lang, aber von so kräftiger Struktur, daß sie nicht aus Haaren, sondern aus Bindfaden zu bestehen schien. Ihre

Farbe, wie überhaupt die Farbe des ganzen Tieres, war schwer zu bestimmen, denn sie war unter einem dicken, panzerartigen Schmutzüberzug vollständig verschwunden. Solche Schlammfutterale hatte ich an den nordamerikanischen Büffeln gesehen, die sich in Schmutz zu wälzen pflegten, um den Insektenstichen zu entgehen. Ganz besonders erwähnenswert an dieser auffälligen Kreatur waren die Augen und der Schwanz. Ob der letztere lange Haare hatte oder nur eine Quaste an der Spitze, das konnte ich nicht sehen. Viel Haare aber waren es jedenfalls nicht, und das wenige, was man sah, war mit einer solchen Kruste von Schorf, Grind und Unrat überzogen, daß man viel eher an einen verunglückten Biberschwanz als an das edle Behänge eines Pferdes denken konnte. Und das Erstaunlichste hierbei war, daß dieser Schwanz trotz seiner Festigkeit und Kompaktheit in einer unausgesetzten, nicht endenwollenden Bewegung war. Er hing nicht still, sondern regte und rührte sich immerfort, und zwar meist im Kreis. Es sah so aus, als ob ein unsichtbarer Musikant das Pferd für einen Leierkasten und den Schwanz für den Drehling halte. Dieser Unsichtbare stand nun hinter dem Tier und drehte den Schwanz mit einer Begeisterung und einer Ausdauer, die geradezu ideal zu nennen war. Und eben weil man ihn nicht sah, sondern nur den immer in einer und derselben Richtung kreisenden Schwanz, machte diese Bewegung auf den Beschauer einen Eindruck, der ganz unmöglich zu beschreiben ist. Von ganz derselben Rastlosigkeit waren auch die beiden Augen. ‚Augen' ist eigentlich Übertreibung, es muß ‚Äuglein' heißen. Sie waren viel zu klein für den Koloß, dessen Körper das Fleisch von zwei ausgewachsenen Ochsen in sich vereinigte. Diese Äuglein waren unbegreiflich ruhelos. Es schien fast unmöglich zu sagen, wohin sie schauten. Nach rechts, nach links, nach oben, nach unten, nach hüben, nach drüben, überall schauten sie, und zwar, wie es schien, im selben Augenblick. Man sah immerfort das Weiße des Augapfels. Das wirkte so ungewohnt, so pfiffig, ja fast beängstigend. Es sah aus, als ob in diesem dicken, plumpen, ungeschlachten Körper eine Seele wohne, die während ihres früheren Lebens irgendeinem Tausendkünstler oder Geheimpolizisten angehört habe. Gleich beim ersten Blick, den man auf diese überall allgegenwärtigen Äuglein warf, mußte man sich sagen: Mit dieser Bestie darf man nur in Liebe verkehren, über das Ohr hauen läßt sie sich nicht.

Doch nun zu dem anderen Wesen, das als Reiter auf dem beschriebenen Tiere saß:

Das war ein Mensch, ja, aber was für einer! Wer ihn sah und die Bibel kannte, der mußte an Goliath, den Philister, denken, von dem die Heilige Schrift erzählt, daß er sechs Ellen und eine Hand breit hoch gewesen sei. „Und er hatte einen ehernen Helm auf seinem Haupte und war mit einem schuppichten Panzer angetan, und das Gewicht des Panzers war fünftausend Seckel Erz. Und er hatte eherne Schienen an seinen Beinen, und ein eherner Schild bedeckte seine Schultern. Und der Schaft seines Spießes war wie ein Weberbaum, und selbst das Eisen seines Spießes hielt sechshundert Seckel Eisen."

Dieser Goliath war höchst wahrscheinlich nicht größer und stärker gewesen als der Reiter, den ich jetzt vor mir sah und der um anderthalb Kopf länger war als ich, mit dementsprechender Schulterbreite und Muskulatur. Er trug zwar keinen ehernen Helm auf seinem Haupt und keinen erzenen Panzer um den Riesenleib, aber die Lanze in seiner rechten Faust glich auch einem Weberbaum, und das Messer, das in seinem Gürtel steckte, hatte eine derartige Form und Schwere, daß es zugleich als Beil, wenn nicht gar als Axt gebraucht werden konnte. Auf dem Rücken hing ihm ein gewichtiger, aus Krokodilsrücken gefertigter Bogen und darunter ein für Wurfspeere und Pfeile undurchdringlicher Köcher aus

Schildkrötenschale, der infolge seiner Größe auch als Schild zu verwenden war. Die Füße steckten bis herauf an das Knie in dicken, stiefelähnlichen Baströhren, die dadurch festeren Halt bekamen, daß man sie mit breiten Lederriemen umwunden hatte. Die Sohlen waren von einer solchen Länge und Breite, daß sie die Größe der Stapfen im Gras mehr als hinreichend erklärten. Die Oberschenkel steckten in sehr festen, ledernen Hohlzylindern, die man unter Zuhilfenahme der Phantasie als Hose bezeichnen könnte. Von Leder war auch die Bekleidung des Leibes, eine Art von Koller, das vorn sehr weit offenstand und eine vollständig und sehr dicht behaarte Brust sehen ließ. Man hatte bei diesem Anblick das Gefühl, daß auch der ganze übrige Körper in der gleichen Weise behaart sein müsse. Dementsprechend war der unbedeckte Kopf durch einen dunklen Haarwald geschützt, der wie eine Mähne bis halb über den Rücken herunterhing, und vom Gesicht waren nur einige kleine Stellen Haut zu sehen; alles andere war Bart, der vorn fast noch weiter herniederreichte als hinten das Haar des Hauptes. Die Augen dieses Mannes konnten, genau wie die seines Pferdes, nur als ‚Äuglein' gelten; sie waren viel zu klein für diese Hünengestalt, für diesen Riesenkopf und für dieses breite Gesicht, über dessen Haarwald sich eine zwar niedrige, aber außerordentlich kräftige Stirn erhob. Einen Sattel gab es nicht, Steigbügel auch nicht, und das Zaumzeug bestand einfach aus einem Riemen, der dem Pferd um das Maul geschlungen war, so daß der Reiter die beiden Enden in den Händen hatte. Das war sehr bequem für das Tier, nicht aber für den Reiter, dem in dieser Weise weiter nichts als nur der Schenkeldruck zur Verfügung stand, sich das Pferd gefügig zu machen.

Man denke ja nicht, daß es in der Absicht dieser Beschreibung liegt, Roß und Reiter lächerlich zu machen. Ich habe im Gegenteil zu konstatieren, daß die ungewöhnlichen Formen beider mich zwar überraschten, doch keineswegs nach der heiteren, sondern nur nach der ernsten Seite hin. Die Doppelfigur, die vor mir stand, machte den Eindruck der aufrichtigen ungekünstelten Natürlichkeit, der ungeschmälerten Kraft, der unbedingten Furchtlosigkeit, der überstrotzenden Gesundheit und — *last not least* — jener geraden, unbekümmerten Gutmütigkeit, die allen ihrem Ursprung noch ziemlich nahestehenden Wesen eigen ist. ‚Ursprung', ja, das war das richtige Wort für die Vorstellung, die man sich beim Anblick dieses Mannes und dieses Pferdes machte. Hätte ich ein Märchen zu schreiben, in dem der Urmensch auf dem Urpferd zu erscheinen hat, so würde ich unbedingt zu dem Bild greifen, das ich hier vor Augen hatte.

Der Riese betrachtete mich ebenso still und forschend, wie ich ihn. Dann fragte er:

„Wo kommst du her?"

Ich deutete hinter mich und antwortete:

„Daher."

„Vom Meer?"

„Ja."

„Wo willst du hin?"

„Dorthin."

Als ich dies sagte, deutete ich vorwärts. Da forderte er mich auf:

„Drücke dich bestimmter aus! Daher und dorthin, das sind keine Antworten! Du scheinst mich nicht zu kennen?"

„Ich habe dich allerdings noch nicht gesehen."

„So höre, was ich dir sage, und merke es dir! Ich bin Amihn, der oberste Scheik des unbesiegbaren Stammes der Ussul. Hast du das verstanden?"

„Ja."

„So verhalte dich dementsprechend! Das ganze Land, von der Küste des Meeres an bis dort hinauf, wo hinter der Landenge El Chatar die Wüste der Tschoban beginnt, ist mein Eigentum. Alles, was in diesem Lande wächst, wohnt und wandert, gehört mir. Also auch du! Hast du das verstanden?"

„Ja", nickte ich.

„Wenn mir der Mann gehört, so versteht es sich, daß mir auch alles gehört, was er besitzt. Gibst du das zu?"

„Ja."

„Das freut mich, Fremder. Du scheinst überhaupt nicht dumm zu sein! So schnell wie du hat bisher noch keiner eingesehen, daß ich der rechtmäßige Inhaber seines Eigentums bin. Ich werde dich einmal genau betrachten und deine Sachen dann auch."

Er kam bis heran zu mir geritten und stieg von seinem Urpferd. Nun sah man erst, was dieser Mann für Füße, für Schenkel, für Arme hatte! Seine Hände waren fast noch einmal so groß wie die meinigen. Diese Breite der Schultern! Ich stand fast wie ein Zwerg vor ihm! Er faßte mich hüben und drüben an den Oberarmen und drehte mich zweimal um mich selbst. Ich ließ mir dies ruhig gefallen, doch nicht etwa aus Angst, o nein! Hier stand der Körper dem Geist, die rohe, ungefügige Kraft der geschulten Überlegung, der Muskel dem Gehirn gegenüber, und wer da schließlich die Oberhand behalten mußte, das kam nicht erst in Frage. Diese meine scheinbare Gefügigkeit schien ihn für mich einzunehmen, denn er sagte:

„Du gefällst mir! Du bist von jetzt an mein Knecht, hast also bei mir zu bleiben. Ich weiß zwar nicht, wozu du mir dienen und welchen Nutzen du mir bringen sollst, aber es wird sich wohl schon etwas finden, wodurch du mir beweisen kannst, daß du nicht ganz und gar wertlos bist. Zeig her, was du da hast!"

Um beide Hände frei zu bekommen, rannte er seinen Spieß in den Erdboden und griff nach meinen Gewehren, um sie zu betrachten. Den fünfundzwanzigschüssigen

Henrystutzen behielt er nur einen Augenblick in der Hand, dann warf er ihn weg; er war ihm zu leicht.

„Ich kenne diese Dinger nicht, mag sie auch nicht", sagte er in sehr verächtlichem Ton. „Spielzeug für Kinder!"

Die ungewöhnliche Schwere des Bärentöters aber imponierte ihm. Er wiegte ihn hin und her, nahm ihn dann bei den Läufen, schwang ihn durch die Luft, als ob er jemand mit dem Kolben erschlagen wolle, und ließ sich zu der lobenden Bemerkung herab:

„Diese Flinte ist besser! Die zerbricht nicht, wenn man sie einem Feind auf den Schädel schlägt!"

Für ihn schienen Gewehre wohl nur als Keulen, nicht aber zum Schießen vorhanden zu sein. Dennoch gefiel es ihm, das Schloß der Büchse einer näheren Betrachtung zu unterziehen, doch sah ich ihm an, daß er sich nicht viel Kluges dabei dachte. Während der Urmensch sich mit dieser meiner Waffe beschäftigte, beliebte nun auch dem Urgaul eine Annäherung an mich. Er schob mit der Schnauze seinen Herrn einfach zur Seite, kam zu mir heran, kurbelte mit dem Schwanz, beäugelte und beschnüffelte mich und schien mich für einen ganz annehmbaren Kerl zu halten, denn er tat mir die Ehre an, seine nasse Schnauze an meinem Gesicht abzutrocknen. Da gab ich ihm eine Ohrfeige, und zwar was für eine! Das beleidigte ihn aber nicht. Im Gegenteil, es schien ihm zu gefallen, denn er hob den ungeschlachten Kopf hoch empor, schloß vor lauter Glückseligkeit die beiden Äuglein, riß das Maul sperrangelweit auf und — — — wieherte etwa? O nein! Das, was ich da zu hören bekam, das war kein Wiehern, das war kein Trompeten eines Elefanten, kein Brüllen eines Löwen, kein Nebelhorn eines Seedampfers und auch keine Hupe eines Automobils; aber es hatte etwas von alledem, und das klang so außerordentlich überraschend, daß ich am liebsten umgefallen wäre, nur weiß ich nicht, ob vor

Schreck oder vor Lachen. Da drehte sich sein Herr zu ihm um und fuhr ihn in strafender Weise an:

„Bist du toll? So zu brüllen! Hier im freien Feld, wo man gar nicht weiß, ob nicht noch andere Fremde da sind, die nicht wissen dürfen, wo wir uns befinden! Schäme dich!"

Da fiel der Kopf des Gauls schnell wieder herab, noch tiefer, als er vorher gehangen hatte; der Schwanz unterbrach seinen Radumlauf; die Äuglein näherten sich einander, um beschämt an der Nase herabzublicken, und aus dem Herzen stieg ein so langer, schwerer, unendlich tiefer Seufzer auf, als ob das liebe Vieh im Begriff stehe, aus lauter Scham und Reue in die Erde zu versinken. Ich fühlte mich im Innern meiner Seele aufrichtig gerührt. Es gab keinen Zweifel darüber, daß dieses Urpferd zugleich auch ein Gemütspferd war!

„Er heißt Smihk[1]", erklärte mir der Scheik, während er auf den Leierkasten deutete, dessen erste Töne wir soeben zu hören bekommen hatten. „Er ist nicht der einzige, den wir haben; wir besitzen ihrer viele. Du wirst sie zu sehen bekommen."

„Wann?" fragte ich.

Er ahnte nicht, wie viele Erkundigungen in diesem kurzen Wort steckten, und gab mir den Bescheid:

„Morgen oder übermorgen. Heute sind wir nicht daheim, sondern auf der Jagd."

„Wo?"

„Da drüben im Wald."

Er streckte den Arm nach der Richtung aus, in der Halef verschwunden war.

„Wie viele Jäger seid ihr?"

„Zwanzig, ohne die Frauen. Die Männer jagen; die Frauen graben nach Wurzeln, die zum Fleisch gegessen werden."

Um nicht aufzufallen, fragte ich nicht weiter; ich

1 ‚Der Dicke'

wußte schon jetzt genug. Die Weiber hatten hier auf der grasigen Lichtung nach Wurzeln gesucht; daher die Spuren. Diese Spuren führten nach dem Lager, wo es zwanzig riesige Ussul gab, die, wenn sie ihrem Scheik glichen, zwar gutmütige, für uns aber dennoch gefährliche Menschen waren. Halef blieb zu lange aus. Er hatte sich zu weit entfernt. Es war sehr leicht möglich, daß man ihn gesehen und festgenommen hatte. Wenn bei den Ussul der Grundsatz herrschte, daß jeder Fremde, der ihr Gebiet betrat, ihnen gehörte, und zwar mit allem, was er besaß, so hatte man diesen Grundsatz auch an Halef geltend gemacht, und wie ich ihn kannte, mußte ich annehmen, daß ihm nicht eingefallen war, sich dies gefallen zu lassen. Er hatte sich dagegen gewehrt, war überwältigt worden und befand sich nun in Gefahr. Ich mußte ihm folgen, um ihm beizustehen. Da gab es für mich eine Waffe, die besser und erfolgreicher als jede andere war, nämlich den Scheik selbst, den ich festzunehmen hatte, damit er mir als Geisel dienen konnte. Das erforderte voraussichtlich einen Kampf zwischen ihm und mir, vor dem mir aber nicht bange war. Die körperliche Überlegenheit dieses Gegners fürchtete ich nicht. Er war das, was man einen Simpel, einen Tolpatsch nennt, und es gehörte keine große, geistige Anstrengung dazu, die Chancen gleichzustellen.

Nachdem er mich in Augenschein genommen hatte, tat er dasselbe auch mit unseren Pferden. Da stellte es sich denn sofort heraus, daß er kein Kenner war. Sein Urgaul galt ihm mehr als unsere beiden Rappen zusammengenommen. Er meinte, sie seien viel zu leicht, um ihn tragen zu können, und für die hiesige Gegend habe man überhaupt auf sie zu verzichten, weil sie bei der Kleinheit ihrer Hufe bei jedem Schritt in den Sumpf einbrechen und mit ihrem Reiter ertrinken oder ersticken würden. Je größer und je breiter die Hufe, desto wertvoller sei das Pferd.

Als er mir das erklärte, schlich sich Smihk, der ‚Dicke', von hinten an mich heran, um mich liebkosend in den Nacken zu beißen. Er bekam sofort eine zweite Ohrfeige, die noch weit kräftiger als die erste war. Er hielt aber auch sie nur für ein Zeichen meiner Gegenliebe, denn er hob ganz genau wie vorhin den Kopf hoch empor, machte die Äuglein zu und sperrte das Maul dafür um so weiter auf, um den fürchterlichen Grundton seines Wesens zum zweitenmal hören zu lassen. Da aber fiel ihm noch im letzten Augenblick ein, daß sein Herr ihn vorhin aufgefordert hatte, sich zu schämen; er schluckte das, was empor hatte klingen wollen, wieder herunter, machte das Maul wieder zu, die Äuglein dagegen auf, senkte den Kopf und schielte uns beide schwanzdrehend an, ob wir uns wohl als fähig erweisen würden, seine Selbstüberwindung zu bewundern. Das rührte mich. Das ging mir nahe und brach mir fast das Herz. Ich klopfte und klatschte ihm liebkosend den Hals. Das hatte aber gerade den entgegengesetzten Erfolg. Er warf seine ganze Selbstüberwindung sofort über den Haufen, schwang den Kopf schnell wieder in die Höhe und fing an, zu brüllen, zu trompeten, zu hupen, zu wiehern, zu kreischen und zu tuten, daß mir hätte angst und bange werden mögen. Da zog der Scheik seinen Spieß aus der Erde, holte aus und schlug derart auf den Sänger ein, daß dieser sofort verstummte. Hieraus war wohl mit vollem Recht zu schließen, daß die Urpferde bei den Ussul in guter Zucht und Sitte standen. Ich aber machte diese Strenge seines Herrn bei Smihk sofort wieder gut, indem ich meine Liebkosung fortsetzte. Dabei sah ich, daß ihm die Augen- und Mundwinkel, die Nüstern, die Ohrlöcher und andere, empfindliche Körperstellen so voller Bremsen und Sumpffliegen steckten, daß er jedenfalls nicht geringe Qualen auszustehen hatte. Der gewöhnliche Orientale hat für solche Dinge weder Verständnis noch Abhilfe. Sieht man doch

z. B. in Ägypten überall Mütter mit kleinen Kindern auf dem Arm, deren kranke Augen vollständig mit saugenden Fliegen bedeckt sind, ohne daß es einer solchen Mutter einfällt, diese quälenden Insekten zu entfernen. Daher die vielen blinden Menschen dort! Mich dauerte Smihk, der Dicke. Ich hob ein Hölzchen von der Erde auf und entfernte damit die Insekten, die an einigen Stellen förmliche Trauben bildeten. Das war dem Tier noch nie passiert. Es stand still, bis ich fertig war, stöhnte dann vor Erlösung und Dankbarkeit tief auf und versuchte, mir mit Hilfe aller möglichen Zärtlichkeiten zu zeigen, daß ich hierdurch sein ganzes Herz gewonnen hätte. Ich leistete dem Dicken auch später diesen Dienst, sooft es nötig war, und er hat ihn mir durch eine Liebe vergolten, die ich fast als Zärtlichkeit bezeichnen möchte.

Es war eine geradezu kindliche Naivität, mit welcher der Scheik alle Gegenstände, die ich bei mir hatte, betrachtete und sie sofort in Gedanken und Worten derart registrierte, als ob sie nun zweifellos schon in seinen Besitz übergegangen seien. Meine Uhr gefiel ihm so, daß er sie mir gleich gar nicht wiedergab, sondern sie einfach zu sich steckte. Ich machte ihn darauf aufmerksam, daß sie in meine, nicht aber in seine Tasche gehöre. Da sah er mich fast ohne Verständnis an, schüttelte den Kopf und sagte:

„Ich begreife dich nicht! Ich habe dir doch gesagt, daß all diese Gegenstände mir gehören, und du hast dich damit vollständig einverstanden erklärt!"

„Du irrst!" widersprach ich ihm.

„Ich irre nicht!" behauptete er. „Ich will zu deiner Ehre annehmen, daß du ein schlechtes Gedächtnis besitzt. Wenn ich das nicht täte, müßte ich dich für einen Lügner halten, und du gibst doch wohl zu, daß dies das allerschlimmste ist, was einem Menschen geschehen kann! Oder hast du etwa auch nicht zugegeben, daß jeder Mann mir gehört, der dieses mein Land betritt?"

„Nein, das habe ich allerdings nicht zugegeben."

„Du hast aber doch ja gesagt!"

„Aber hierzu nicht! Du fragtest mich, ob ich verstanden habe, was du sagtest, hierauf sagte ich ja. Und darauf sagtest du, wenn der Mann dein Eigentum sei, verstehe es sich ja ganz von selbst, daß dir auch alles gehöre, was er besitzt. Da habe ich allerdings zugestimmt. Aber bezieht sich denn das auf mich? Und wie willst du mir beweisen, daß ich dir gehöre, daß ich dein Diener, Knecht oder Sklave bin?"

„Ich habe es dir gesagt; das ist der Beweis. Eines anderen bedarf es nicht!"

„Da irrst du eben!"

„Ich irre nie!" behauptete er. „Ich bin der oberste Scheik der Ussul, und was in meinem Stamm Recht und Sitte ist, das führe ich aus. Es ist Recht und Sitte, daß du mein Eigentum geworden bist; dabei bleibt es!"

Er sprach jetzt in sehr bestimmtem Ton.

„Und wenn ich nicht will? Wenn ich mich dagegen wehre?" fragte ich.

Er sah mich von oben herunter an, lachte belustigt auf und antwortete:

„Du dich wehren? Du Knirps! Schau nur hier meine Hände an! Sag noch ein Wort dagegen, so drücke ich dir mit diesen Fäusten den dummen Kopf zusammen, daß er mir als Brei an den Finger klebt!"

Bei diesen Worten hielt er mir seine Gigantenhände drohend vor das Gesicht.

„Es würde dir keinen Segen bringen", warnte ich ihn. „Ich bin nämlich nicht allein!"

„Nicht allein?" fragte er, während er rund um sich schaute. „Ich sehe niemanden!"

„Aber du siehst doch zwei Pferde! Hast du wirklich noch nicht daran gedacht, daß einer der beiden Reiter fehlt?"

„Er fehlt? So? Warum? Wo befindet er sich?"

Das war mehr als kindlich naiv! Er verstellte sich nicht; es war keine Finesse, keine Kriegslist von ihm. Er dachte wirklich genau so, wie er sagte. Er suchte mit den Augen nach dem Verschwundenen. Ich aber meinte es weniger ehrlich. Ich beabsichtigte, ihn auszuforschen, und richtete meine Antwort daraufhin ein, obgleich sie keine Lüge, sondern die volle Wahrheit enthielt:

„Wo er sich jetzt befindet, weiß ich leider nicht. Er bemerkte die Spuren hier im Gras und wollte sehen, von wem sie seien. Darum ging er hinter ihnen her und ist noch nicht wieder zurückgekommen."

„Ging er hier geradeaus und dann links um die Ecke des Gebüsches?"

„Ja."

„So kommt er überhaupt nicht wieder."

„Warum?"

„Er ist unser Gefangener."

„Du meinst, daß deine Leute ihn gesehen haben?"

„Gesehen und festgenommen! Unbedingt. Von unserem Lagerplatz aus kann man gerade bis an jene Ecke sehen."

„So lagert ihr wohl da drüben, links, jenseits des Gebüsches, im Wald?"

„Nicht im Wald selbst, sondern am Rande. Man hat deinen Kameraden sofort gesehen, als er um die Ecke gebogen war. Ist er ebenso klein wie du?"

„Noch kleiner."

„Noch kleiner?" lächelte er. „So hat man sich wohl überhaupt gar keine Mühe mit ihm gegeben."

„Und wenn er sich gewehrt hat — —?"

Das war meine Hauptfrage. Ich war gespannt, was er hierauf sagen werde.

„So ist er tot", antwortete er. „Wir dulden keine Gegenwehr. Wir verlangen Gehorsam. Und so ein Zwerg, der sogar noch kleiner ist als du, wenn der es wagt, uns widerstehen zu wollen, so machen wir es sehr kurz mit ihm. Die Erde braucht keine Zwerge. Sie sind unnütz. Alles, was zu klein ist und was krank ist, steht dem Großen, dem Gesunden im Wege. Es hat zu verschwinden. Also, wenn dein Genosse ungehorsam gewesen ist, so ist er tot. Aber das geht dich und mich doch gar nichts an! Ich habe nachzusehen, was du alles besitzt. Wenn das vorüber ist, reiten wir nach dem Lager. Dort wird das, was du bei dir hast, geteilt. Ich aber will schon jetzt sehen, was mir gefällt, damit ich es bei der Verteilung bekomme."

Das war sehr aufrichtig, aber nicht auch sehr beruhigend! Daß ich allerdings das Lager betreten würde, aber nicht als Gefangener, das verstand sich ganz von selbst. Dazu gehörte zunächst die Überwältigung dieses Riesen. In welcher Weise sie zu bewerkstelligen sei, das war noch nicht bestimmt. Schuß- und Stichwaffen waren ausgeschlossen. Der Scheik war ein guter, lieber und zudem auch hochinteressanter Mensch, den ich weder verletzen noch gar töten durfte. Ich mußte im Gegenteil danach trachten, mir die Zuneigung der Ussul zu gewinnen. Dieser Stamm konnte mir als Stütz- und Ausgangspunkt für alles dienen, was später zu geschehen hatte, und dazu war zunächst erforderlich, mich jeder nicht schonenden Behandlung ihres Anführers zu enthalten. Übrigens stellte es sich als gar nicht nötig heraus, mir den Kopf darüber zu zerbrechen, in welcher Weise ich ihn in meine Gewalt bringen könne. Er kam mir nämlich hierhin von selbst entgegen, und zwar in so bequemer Weise, daß ich weiter nichts zu tun hatte, als nur zuzugreifen.

Während er mich und meine Sachen untersuchte, fragte er nach jedem einzelnen Gegenstand, um dessen Gebrauch und Wert kennenzulernen. Er wollte für die spätere Verteilung schon jetzt seine Auswahl treffen. Darum fragte er nach allem, was er sah, und ich erteilte die gewünschte Auskunft in so bereitwilliger Weise, als ob ich mich vollständig in das mir bestimmte Schicksal ergeben hätte. So kam er auch an den langen, höchst künstlich zusammengeflochtenen Fangriemen, der am Hals meines Syrr hing.

„Was ist das?“ fragte er, während er ihn betrachtete und betastete.

„Ein Lasso“, antwortete ich.

„Ein Lasso? — Noch nie hörte ich dieses Wort! Dieses Flechtwerk ist eine große Kunst. Auch wir flechten Riemen, aber kurz, nicht so lang. Und so fest, so gleichmäßig und so schön bringen wir es nicht fertig. Das heißt also ein Lasso! Wozu wird es gebraucht?“

„Zum Fangen der Menschen.“

Ich hatte natürlich meine ganz bestimmte Absicht dabei, ihm diese nicht ganz richtige Antwort zu geben.

„Menschen fangen mit diesem Riemen?“ fragte er schnell und angelegentlich. „Also doch wohl Feinde?“

„Ja.“

„Während des Kampfes? Wenn sie entfliehen wollen?“

„Überhaupt bei jeder Gelegenheit, wenn man sie fangen will.“

„Bei jeder Gelegenheit? Die Feinde fangen? Das ist ja wichtig, im höchsten Grade wichtig! Und du weißt, wie man das macht?“

„Ja, natürlich.“

„Kannst du es mir zeigen?“

„Wenn du es wünschst, gern.“

„So tue es schnell! Seine Feinde fangen, mit so einem Riemen! Das ist ja herrlich! Schau, hier an meinem Gürtel hängt auch ein ganzer Pack von Riemen. Die sind aber nicht, um die Feinde zu fangen, sondern nur, um sie zu binden; da muß man sie aber vorher erst haben. Also zeig es mir!“

„Aber an wem soll ich es dir zeigen?“ fragte ich, während ich den Lasso vom Hals des Pferdes schlang. „Es ist ja kein Feind vorhanden, den ich fangen könnte!“

„Das schadet nichts“, meinte er. „Denke einmal, ich sei einer! Dauert es lange?“

„Nur wenige Augenblicke.“

„Und tut es weh?“

„Gar nicht.“

„So fang an! Was habe ich dabei zu tun?“

„Setze dich auf dein Pferd, und versuche, mir auszureißen!“

„Schön! Gut! Wohin soll ich fliehen?“

Ich deutete in die Richtung zurück, aus der ich mit Halef gekommen war, denn die kannte ich. Es kam mir darauf an, den Scheik von hier zu entfernen, wo das Lager seiner Leute so verhältnismäßig nahe war. Ein Hilferuf von ihm, den sie hörten, konnte meinen ganzen Plan vereiteln. Und zu seiner Ausführung brauchte ich einen versteckt liegenden Baum, an den ich den Riesen binden konnte, ohne befürchten zu müssen, daß man ihn so bald entdecken werde.

„Flieh dorthin zu“, antwortete ich, „und zwar so schnell du kannst!“

„Willst du mich etwa einholen?“ erkundigte er sich mit breitem Lachen.

„Ja.“

„Und dann mich fangen? Zu Pferde? Mit diesen Hunden, die gar keine Pferde sind? Hörst du, ich lache dich aus! Aber versuche es! Die Schande, die du erlebst, ist dann nicht meine, sondern deine!“

Er hatte keinen Steigbügel, sich bequem aufzuschwingen; so kletterte er mühsam auf den breiten First seines Urgauls.

Dort angekommen, setzte er sich in der behaglichen Weise zurecht, wie man es sich nach Feierabend auf den Kissen eines alten lieben Kanapees bequem zu machen pflegt, nickte dann zufrieden von oben herunter und forderte seinen Untertanen, der mit ihm jetzt davonjagen sollte, auf:

„Jetzt fort von hier, Smihk! Aber schnell, sonst setzt es gewaltige Prügel!"

Das liebe Tier schien diese Worte weder zu verstehen noch auf sich zu beziehen. Es tat gar nicht, als ob es irgendwen auf dem Rücken habe oder als ob außer ihm und mir noch irgendein anderes Wesen vorhanden sei. Es richtete seine ganze Aufmerksamkeit auf mich allein. Seine Blicke bewegten sich ausschließlich immer nur auf meiner Person herum, und zwar mit einem so entschiedenen Ausdruck von Wohlwollen, daß seine Zuneigung zu mir, dem Fremden, gar nicht zu verkennen war. Anstatt den Willen seines Herrn zu tun, kam es wieder auf mich zu, rieb seine Schnauze an meinem Arm und streckte dann die lange fette Zunge heraus, um mit ihr einen liebevollen Spaziergang über mein Gesicht zu machen. Da aber riß der Scheik den Kopf des Pferdes mit Hilfe des Zügelriemens von mir weg und rief drohend aus:

„Was fällt dir ein? Wenn du nicht sofort galoppierst, werde ich mir Gehorsam verschaffen! Verstehst du mich?"

Er bückte sich bei diesen Worten zum Kopf des Pferdes nieder, um ihm seine drohende Faust zu zeigen. Das Tier schien ihn diesmal verstanden zu haben, denn es versuchte, ihm einen strafenden Blick nach hintenüber zuzuwerfen, stieß ein höchst unwilliges, antediluvianisches Getöse aus, das ich jedenfalls als Wiehern hinzunehmen hatte, trat rasch an mich heran und machte mir mit der Zunge so schnell, daß es nicht zu verhindern war, einen Querstrich über das Gesicht.

„Er hat dich lieb; wahrhaftig, er hat dich lieb!" wunderte sich der Scheik. „Wie es nur kommen mag, daß gerade du ihm so gefällst?"

Ich nahm diese Worte hin, ohne mich lange zu fragen, ob ich mich über sie freuen oder ärgern sollte. Doch schien das mit der Zunge auch mir eine Art von Liebeserklärung zu sein. Es fiel mir dabei ein kleines Ereignis aus meiner Jugendzeit ein, das mir damals psychologisch hochinteressant gewesen war. Das geschah während meiner Schülerzeit. Ich ging während einer Ferienwanderung an einer langgestreckten Gebirgswiese hin, auf der das Gesinde des Besitzers ‚Heu machte', wie man das da oben auszudrücken pflegt. Die Leute verrichteten ihre Arbeit sehr ernst und fleißig, einen einzigen Knecht ausgenommen, der mit der vor ihm postierten Großmagd in einem fort schäkerte. Sie war ein großes, starkes, ungeschlachtes Frauenzimmer: Eben als ich vorübergehen wollte, umfaßte er ihre riesenhafte Taille, hielt sie fest und gab der Magd einen Kuß. Dann warf er mir, dem Zeugen seiner Heldentat, einen triumphierenden Blick zu, der aber nicht von langer Dauer war, denn die Magd holte aus und gab ihm eine so gut gesalzene Ohrfeige, daß er das Gleichgewicht verlor und, so lang er war, in das Heu zu liegen kam. Ein allgemeines Gelächter erscholl, und nun war es die Magd, die mir, dem Zeugen ihrer Heldentat, einen triumphierenden Blick zuwarf. Ich kleines, gern auch einmal lustiges Männchen blieb stehen und lachte mit. Als er das sah, sprang er zornig auf und rief mir zu: „Was hast denn du zu lachen, du Knirps, du nichtsnutziger, du? Daß sie mir die Maulschelle 'geben hat, ist doch der Beweis, daß sie mich gern hat! Wannst es net glaubst, so geh her und frag sie doch gleich selber!" Sie aber wartete es gar nicht ab, ob ich es tun werde, sondern sie stemmte die Arme in die Hüften, nickte mir sehr überlegen zu und belehrte mich: „Is richtig, alles richtig! Er is der Meinige. Einen andern hau ich net!" Meine damalige Menschenkenntnis reichte noch lange nicht an das Verständnis dieser eigenartigen Logik heran. Darum machte ich mich schleunigst auf den Weg, um im stillen darüber nachzudenken, welche Gründe man haben kann, nur immer ‚den Meinigen' zu hauen, aber keinen anderen. Daß dieses scheinbare psychologische Rätsel etwas psychologisch sehr leicht Begreifbares ist, das sah ich erst nach Jahren ein. Und jetzt, wo der Scheik sich über die Zuneigung seines Urpferdes wunderte, kehrte mir die Erinnerung an jenen Ferientag zurück. Sollte das Urpferd den Ohrfeigen, die ich ihm gegeben hatte, dieselbe Bedeutung beigelegt haben? Sollte es mich für ‚den Seinigen' halten? Der Scheik trieb es von neuem an zu laufen. Es blieb stehen und äugelte mit mir. Er stieß ihm die Fersen in die Weichen. Es blieb stehen und äugelte mit mir. Er schlug es mit der Faust auf den Schädel, daß ich glaubte, es müsse ein tiefes Loch entstehen. Es rührte sich nicht von der Stelle und äugelte mit mir. Da begann er, es mit dem schweren Spieß zu bearbeiten. Als auch das nichts half, rief er mir zornig zu:

„Siehst du denn nicht, daß es nicht will? Treib es doch an! Gib ihm eins hintendrauf!"

„Ich soll es antreiben, ich?" fragte ich. „Bin denn ich der Reiter?"

„Nein. Aber es scheint seinen Narren an dir gefressen zu haben. Es will nicht von dir fort. Da bist du doch verpflichtet, es von dir fortzujagen. Es ist doch nicht dein, sonder mein!"

Ich hatte Mühe, das Lachen zu unterdrücken und antwortete:

„Ist das vielleicht die Schande, die du mir vorausgesagt hast? Was soll das für ein Wettrennen werden, wenn dein Pferd überhaupt nicht von der Stelle will! Hast du es denn nicht in der Gewalt?"

„Natürlich habe ich es! Und wie! Wenn es vorwärts soll, drücke ich ihm meine Schenkel an den Leib —"

„Da geht es vorwärts?" fragte ich.

„Ja. Wenn es nach rechts soll, ziehe ich an der rechten Leine — —"

„Da geht es nach rechts?"

„Ja. Wenn es nach links soll, ziehe ich an der linken Leine — —"

„Da geht es nach links?"

„Ja. Wenn es stehen bleiben soll, ziehe ich an der rechten und an der linken Leine zugleich — —"

„Da bleibt es stehen?"

„Ja."

„Das glaube ich nicht. Beweise es mir! Du treibst es ja an; es geht aber nicht!"

„Weil ich die Einleitung vergessen habe. Ich wollte nicht wieder herabsteigen, um es nachzuholen. Darum bat ich dich um deine Hilfe. Aber, um dir zu beweisen, daß es gehorcht, muß ich dennoch wieder hinunter. Paß auf!"

Er arbeitete sich schwerfällig vom Pferd zur Erde nieder, drehte seinen Spieß um, hob ihn hoch empor und schrie dem Gaul zu:

„Ich weiß, was du willst! Du willst erst Prügel haben! Ich muß dir jedesmal, ehe ich aufsteige, zeigen, daß ich der Herr bin, nicht aber du; sonst glaubst du es nicht. Da hast du die Hiebe — da — da — da — da—und da!"

Er schlug mit aller Gewalt auf das Tier ein, daß es nur so klatschte und puffte. Das Pferd senkte den Kopf, steckte ihn, damit er nicht getroffen werde, so weit wie möglich zwischen die Vorderbeine und nahm im übrigen die Hiebe wie etwas Alltägliches und Vertrautes hin, das einem gewohnt und lieb geworden ist. Als es sein Deputat aufgezählt bekommen hatte, turnte sich der Scheik wieder auf seinen Sitz hinauf und sagte:

„Nun paß auf, wie es laufen wird. Wenn es durchbrennen soll, muß ich vorher Feuer machen. Dann läuft es, und wie! Keine Möglichkeit, mich einzuholen! Komm!"

Sobald er oben war, zog der Gaul seinen Kopf zwischen den Vorderbeinen hervor, warf ihn hoch empor, ließ herausfordernd seine unbeschreibliche Stimme erschallen und schoß dann vorwärts, aus Leibeskräften und in einer Art und Weise, als ob er sich vorgenommen habe, mit dem Kopf durch alle Mauern von Ardistan zu rennen. „Komm! Hol mich ein!" rief der Scheik nochmals zurück. Dann war es aus mit dem Reden, denn er hatte sich alle Mühe zu geben, nicht herabgeschleudert zu werden. Das ebenso plötzliche wie eilige Vorwärtsschießen des unbeholfenen, massigen Pferdekörpers machte einen so unwiderstehlich heiteren Eindruck, daß ich laut auflachen mußte. Mit der Verfolgung brauchte ich mich nicht zu übereilen. Halefs Ben Rih war mehr auf Lasso eingeübt als mein Syrr. Den ersteren hatte ich jahrelang geritten, den letzteren aber nur erst kurze Zeit, und den starken, die Knochen sehr angreifenden Ruck, den der Lasso kurz nach dem Wurf gibt, wollte ich dem hochedlen Syrr ersparen. Ich sorgte also dafür, daß die Gewehre und alles, was an den Riemen hing, nicht schleudern und schlagen konnten, band Syrrs Zügel am Sattelknopf fest, warf den Lasso in Schlingen und schwang mich auf Ben Rih. Der Lasso wurde im Sattelring eingehakt und dann ging es vorwärts. Rih folgte ganz von selbst, ohne alle Aufforderung. Die klugen Tiere begriffen, daß es sich darum handelte, den vor uns hinstürmenden Reiter einzuholen.

Der Urgaul leistete, was er leisten konnte. Als ich in den Sattel stieg, hatte er gewiß schon vierhundert Pferdelängen zurückgelegt; aber ihn einzuholen, erforderte für uns, selbst ohne daß ich meine Pferde anzutreiben brauchte, nur eine so kurze Zeit, daß es gar nicht nötig war, sie zu berechnen. ‚Kleine Hunde' hatte der Scheik meine Pferde genannt, und wie Hunde, die ein Wild zu erjagen haben, flogen sie nun hinter ihm her, ohne daß es nötig gewesen war, sie vorher erst durch eine ‚Einleitung' mit dem Spieß zu begeistern.

Das Terrain war nicht ungeeignet zu einer solchen Jagd; rechts und links entweder Wald oder hoch aufstrebendes Gebüsch. Und nun schossen wir über ein Meer von Wohlgerüchen dahin, das niedrigen Papilionaten entströmte, die einen schmalen, sich lang hinschlängelnden, baumlosen Strich ausfüllten. Es waren zwei Arten der orientalischen Genista, die eine hochgelb, die andere metallisch weiß blühend. Diese letztere wird auch in der Heiligen Schrift erwähnt. Die gelbe glänzte genau wie Gold, die weiße wie reines, schmelzendes Silber. Ob beiden oder nur einer von ihnen der herrliche Duft entströmte, das war bei der Eile, die ich hatte, nicht festzustellen.

Die goldig silberne Bahn, der ich folgte, verlief nicht gerade, sondern in häufigen Biegungen. Darum verschwand der Scheik bei jeder dieser Krümmungen vor meinen Augen. Sooft er dann wieder erschien, konnte ich deutlich ersehen, um wieviel ich ihm nähergekommen war. Das ging unbeschreiblich schnell. Es waren wohl kaum zwei Minuten vergangen, seit ich ihm folgte, so trennten mich nur noch acht oder neun Pferdelängen von ihm.

„Hier bin ich!“ rief ich ihm zu. „Paß auf!“

Er drehte sich um. Als er sah, wie nahe ich ihm war, rief er aus:

„Das schadet nichts. Ich fange ja nun erst an zu galoppieren!“

Das war einfach lächerlich. Sein Pferd strengte sich ehrlich an, konnte aber schon fast nicht mehr. Es stöhnte bei jedem Sprung, den es tat; das hörte ich. Es war bereits außer Atem. Und nun trieb er es mit den Füßen, den Fäusten und dem Spieß derart an, daß ich schon aus Mitleid mit dem Tier ein Ende zu machen hatte.

„Halte dich fest!“ warnte ich ihn. „Jetzt fasse ich dich!“

Er nahm sich gar nicht Zeit, sich wieder umzuschauen. Er rief die Antwort, die er mir gab, so vor sich hin, daß ich sie nicht verstand, schlug aber mit verdoppeltem Eifer auf sein Pferd ein. Da nahm ich die wohlgeordneten Schlingen des Lasso so leicht, daß sie schnell ablaufen konnten, in die offene, linke Hand, hob die Schleife über meinen Kopf empor, gab ihr den nötigen, genau berechneten Schwung und ließ sie fliegen. Der Augenblick hierzu war günstig gewählt, denn der Scheik hatte gerade jetzt seine beiden Arme gesenkt. „Andak!“[1] rief ich meinen Pferden zu. Nur noch ein Sprung, da standen sie still. Die unzerreißbare, lederne Schleife schwebte gerade über dem Kopf des Scheiks. Eine kleine Bewegung meiner Hand und dann ein kräftiger Ruck, so fiel sie nieder und legte sich ihm um die Oberarme. Im gleichen Moment bekam Ben Rih den schon erwähnten Ruck, den er aber sehr wohl kannte. Er stellte sich schief, um nicht umgerissen zu werden, und so wurde der Scheik von dem scharf angespannten Lasso vom Pferd geschleudert. Sein Gaul tat noch einige Sprünge und blieb dann mit schlagenden Flanken stehen, um zunächst wieder zu Atem zu kommen. Als dies geschehen war, drehte er sich um, jedenfalls in der Absicht nachzuschauen, wohin sein Herr so plötzlich verschwunden sei. Dieser aber lag so tief in den duftenden Schmetterlingsblüten, daß er gar nicht zu sehen war. Dafür sah der Gaul mich, der ich soeben aus dem Sattel sprang. Er kam augenblicklich auf mich zu, blieb vor mir stehen, warf den Kopf empor, riß das Maul auf und begann eine derartige welterschütternde Lamentation über die Zumutung, die an ihn gestellt worden war, daß höchstwahrscheinlich Steine erweicht worden wären, wenn sie dagelegen hätten. Leider durfte ich mir nicht die Zeit nehmen, die Triller und Läufer dieser noch etwas ungeschulten Stimme zu genießen, denn der Scheik stand nicht wieder auf. Er lag vollständig bewegungslos an der Stelle, auf die er gefallen war. Ich ging hin und kniete bei ihm nieder. Er befand sich in tiefer Ohnmacht. Jedenfalls war er mit dem Kopf so stark auf die Erde geprallt, daß er die Besinnung verloren hatte.

1 ‚Halt an!‘

Ihm war diese Ohnmacht zu glauben. Bei einem Indianer hätte ich sie zunächst für Verstellung gehalten, für die Absicht, mich zu überlisten. Der Scheik der Ussul aber besaß wohl keine Veranlagung zu einer solchen Komödie. Seine Ohnmacht war jedenfalls echt, obwohl ich seinen Puls ziemlich deutlich schlagen fühlte. Und mir war sie hochwillkommen, denn durch sie wurde es mir möglich, ihn so vollständig und so mühelos unschädlich zu machen, wie es mir nicht möglich gewesen wäre, wenn er die Besinnung behalten hätte. Da kam mir denn der Pack Riemen gelegen, den er, wie bereits erwähnt, an seinem Gürtel hängen hatte. Ich machte ihn von meinem Lasso los, band ihm mit Hilfe dieser Riemen die Beine eng zusammen und die Arme fest an den Leib und schnitt aus dem nächsten Buschwerk einige Stangen, an die ich ihn lang ausgestreckt fesselte, um seinen eigenen Körper als Tragbahre zu benutzen, die ich meinen beiden Pferden aufladen wollte. Eben als ich die letzten Knoten schlang und er mir nun vollständig sicher war, kam er wieder zu sich. Er öffnete die Augen, die er zunächst ganz ausdruckslos auf mich richtete. Bald aber kehrte ihm auch das Gedächtnis zurück. Er erkannte mich, er besann sich. Seine erste Frage war:

„Wo ist Smihk? Ich sehe ihn nicht!" Doch ohne auf meine Antwort zu warten, fügte er sogleich hinzu: „Du hast mich also doch eingeholt! Unglaublich!"

„Und sogar gefangen genommen!" fügte ich hinzu. Erst durch diese meine Worte wurde er darauf aufmerksam, daß er sich nicht bewegen konnte. Er versuchte zwar, die Glieder zu rühren, doch ohne Erfolg. Da rief er aus:

„Richtig! Ich bin sogar auch gefangen!"

„Wer hat also die Schande? Etwa ich?"

„Nein, du nicht, sondern ich!" antwortete er, während er einen grimmigen Blick an sich herniedergleiten ließ. „Das werde ich bestrafen!"

„An wem?“ erkundigte ich mich.

„An Smihk! Das kannst du dir doch denken! Oder meinst du etwa, ich sei schuld daran? Er ist eine faule Bestie! Ich schlage ihn tot! Wo ist er denn? Ich sehe ihn noch immer nicht!“

„Da steht er, gleich hinter dir. Wenn er deine Worte verstehen könnte, würde er dich auslachen.“

„Auslachen? Warum?“

„Weil du, der berühmte, tapfere Scheik der Ussul, nicht Mut genug besitzt, einen kleinen Fehler, den du gemacht hast, einzugestehen, sondern ihn auf ein unschuldiges Wesen wirfst, das sich nicht dagegen wehren kann. Das ist eine Feigheit. Ja, das ist noch mehr als Feigheit; das ist Lüge, und du hast doch behauptet, daß die Ussul die Lüge hassen und verachten!“

„Ja, das tun wir; ja, die hassen wir! Der Lügner ist ein Feigling! Aber ich kann doch nicht einsehen, daß ich unwahr gesprochen habe. Wäre Smihk schneller gelaufen, so hättest du mich nicht einholen und vom Pferde werfen können. Sogar gebunden und gefesselt hast du mich! Wer ist also schuld daran? Nicht ich, sondern er!“

„Nein! Nicht er, sondern du! Du kanntest meine Pferde nicht, die mit dem Wind um die Wette laufen. Und du kanntest auch mich nicht, der ich weder Lust noch Veranlassung habe, mich wegen deiner Körpergröße vor dir zu fürchten! Es war eine unbegreifliche Unvorsichtigkeit von dir, mich und meine Pferde gegen dich und deinen dicken Gaul herauszufordern. Wenn du Verstand hast, so siehst du das ein!“

„Hm!“ brummte er nachdenklich. „Da hätte ich also diesen Smihk um Verzeihung zu bitten? Gut, ich tue es! Ich lüge nicht! Und ich habe Verstand! Ich bin der Scheik der Ussul, die nur die Wahrheit reden! Also, es war eine Dummheit von mir! Das ändert aber daran nichts, daß du ohne meine Erlaubnis in mein Reich getreten bist, und daß ich folglich dein Gebieter bin, dem du zu gehorchen hast. Ich befehle dir also, mich loszubinden!"

„Sehr gern, aber jetzt noch nicht!" antwortete ich in meinem freundlichsten Ton.

„Warum nicht?" fragte er.

„Weil ich noch nicht ganz damit fertig bin, dich gefangenzunehmen."

„Wieso?"

„Weißt du denn nicht, daß die Gefangennahme eines Menschen erst dann vollendet ist, wenn er im Gefängnis steckt?"

„Hältst du mich für so dumm, daß ich das nicht weiß?"

„Oder du mich für so dumm, daß ich es nicht ausführe? Du hast über mich gelacht. Du hast es für unmöglich gehalten, daß ich dich in meine Gewalt bringe. Ich muß dir also beweisen, daß ich es kann. Daraus folgt, daß ich dich in das Gefängnis zu schaffen habe."

„Wo gibt es denn eins?"

„Hier in der Nähe."

„Du irrst. Das einzige Gefängnis, das in dieser Gegend vorhanden ist, das gibt es in meinem Schloß!"

„Wie?" fragte ich. „Du hast ein Schloß?"

„Ja. Ein großes, herrliches Schloß. Und rundum wohnt die Menge meiner Leute. Dieses Schloß kannst du doch wohl nicht meinen?"

„Nein."

„Ein anderes Gefängnis aber gibt es doch nicht!"

„Du irrst."

„So sag nur, wo?"

„Ganz in der Nähe hier."

Er lachte und rief aus:

„Du kennst als Fremder Orte, die ich, der Besitzer dieses Landes, niemals sah! Und nach diesem Gefängnis, das ich nicht kenne, willst du mich bringen, um deinen Sieg zu vollenden?"

„Ja.“

„Wie willst du das anfangen? Ich bin ja gefesselt!“

„Ich lasse dich als Sänfte von meinen Pferden tragen. Oder ich binde dich an den Schwanz deines Smihk und lasse dich durch ihn an Ort und Stelle schleppen.“

„Das muß ich mir verbitten! Ich bin weder eine Sänfte, die getragen, noch ein Holzbündel, das geschleppt werden muß. Ich werde reiten!“

„Und mir entfliehen? — Nein! Darauf gehe ich nicht ein!“

„So werde ich gehen!“

„Auch das nicht.“

„Warum nicht?“

„Weil ich dich da losbinden müßte.“

Das leuchtete ihm ein. Er war fast ebenso ein Urgeschöpf wie sein famoser ‚Dicker‘. Er sann einige Zeit sehr beträchtlich nach und sagte dann:

„Du hast recht! In das Gefängnis muß ich, falls du Wort halten willst. Wenn du mich aber losbindest, werde ich dir unbedingt entfliehen. Da gibt es nur ein Mittelding, auf das wir uns einigen können. Du gibst mir nämlich nur die Füße frei, die Arme aber nicht.“

„Gut! Einverstanden!“ stimmte ich bei. — „Dafür aber darfst du dich nicht dagegen wehren, daß ich dich, sobald wir das Gefängnis erreichen, in festen Gewahrsam nehme!“

„Das verspreche ich dir sehr gern“, lachte er. „Dieses Gefängnis existiert ja nur in deiner Einbildung. Wieviel Löcher hat es?“

„Keins. Es ist so gebaut, daß die Gefangenen nicht hineingeschafft, sondern nur außerhalb, also im Freien, untergebracht werden können.“

„Im Freien? Bist du verrückt? Und das nennst du ein Gefängnis? Höre, daß ich dich getroffen habe, das beginnt, mir großen Spaß zu machen. Es wollte mir erst so gar nicht passen, daß ich gefesselt und gefangen bin;

in der Weise aber, wie du es treibst, fängt es an, mir zu gefallen. Gib mir die Füße frei! Dann gehen wir."

„Das heißt: Du gehst, ich aber reite!"

„Ich habe nichts dagegen"!

Er nahm an, daß ich mich auf eines meiner Pferde setzen würde. Ich führte sie aber zur Seite, pflockte sie an und gebot ihnen, sich zu legen. Sie gehorchten sofort, und ich wußte, daß sie hier bleiben und erst bei meiner Wiederkehr aufstehen würden. Als der Scheik das sah, fragte er verwundert:

„Du läßt sie hier? Ich denke, du willst reiten?"

„Allerdings, aber nicht auf einem von diesen beiden Pferden."

„So wohl gar auf meinem Smihk?"

„Allerdings."

Da schlug er ein schmetterndes Gelächter auf und rief dabei:

„Auf meinem Smihk will er reiten! Er, der Knirps! Auf meinem Smihk, der nicht einmal mir gehorcht! Eine solche Verrücktheit ist ganz unerhört! Das Pferd schmeißt ihn doch gleich beim ersten Schritt herunter!"

„Wollen sehen!"

Bei diesen Worten trat ich nahe zu dem Gaul heran. Ich warf ihm die beiden herabhängenden Enden des Zügelstricks nach oben, griff in den Kamm und schwang mich hinauf. Er ging vor Überraschung mit beiden Vorderbeinen in die Höhe, stand dann aber still und legte die Ohren derart nach hinten, als ob er mich mit ihnen besichtigen wolle. Auf diese kurze, schnelle und wenig umständliche Art war ihm noch niemand auf den Rücken gekommen.

„Paß auf! Jetzt fliegst du wieder herab!" warnte mich der Scheik.

Es fiel aber dem ‚Dicken' gar nicht ein, sich gegen mich zu sträuben. Als er fühlte, daß ich die beiden Strickenden in die Hände nahm, warf er den Kopf in die Höhe und ließ ein so außerordentliches Triumphgeheul hören, als ob er im Begriff stehe, vor Wonne zu platzen. Ich gab ihm beiderseitigen Schenkeldruck; er ging. Ich zog rechts, und ich zog links; er gehorchte augenblicklich. Er trabte und galoppierte, je nachdem ich den Schenkeldruck verstärkte. Und er blieb sofort stehen, als ich beide Zügel zugleich spannte. Dann stieg ich wieder ab. Da drehte er den Kopf zu mir herum und ließ ein behaglich brummendes Schnauben hören, das sehr deutlich sagte: „Das war mir eine Freude! Ich danke dir! Steig nur bald wieder auf!“ Der Scheik gestand aufrichtig ein:

„Ich weiß nicht, was ich sagen soll! So etwas hat er noch nie getan, noch nie! Wie mag das wohl kommen?“

„Davon später. Jetzt haben wir keine Zeit, uns mit den Gedanken und Gefühlen der Tiere zu beschäftigen.“

„Gedanken und Gefühle?“ fragte er. „Meinst du, die haben sie auch?“

„Natürlich!“

„Aber die gehen uns doch nichts an! So ein Vieh hat zu gehorchen, weiter nichts!“

„Du irrst. Doch wiederhole ich: hiervon später! Jetzt habe ich dich nach dem Gefängnis zu bringen.“

„Ja, nach dem Gefängnis, das keine Gefängnisse hat“! lachte er. „Da hast du mich aber von den Stangen loszubinden!“

„Das nicht“, erwiderte ich.

„Warum nicht? Da kann ich doch den Körper nicht bewegen!“

„Das sollst du auch nicht. Zum Gehen brauchst du nur die Beine. Es genügt also, wenn ich nur sie freigebe. Halt still“!

Ich entfernte den Riemen von den Füßen an bis herauf zu den Hüften, schob ihm die Stangen höher an den Leib hinauf, daß sie unten nicht zu lang waren, und stand ihm dann bei, sich von der Erde aufzurichten. Er nahm diese seine Hilflosigkeit mit außerordentlich guter Miene hin. Die Situation machte ihm sichtlichen Spaß. Das war eine Naivität, die nur im Land der Ussul möglich sein konnte. Er hatte in seiner Einfalt eben nicht den allergeringsten Zweifel daran, daß er mein Herr und Gebieter sei und daß ich es nicht wagen würde, ihm in irgendeiner Weise zu widerstehen. Seine Harmlosigkeit ging so weit, seine Fesseln als etwas Selbstverständliches und zum heiteren Spiel Gehöriges hinzunehmen. Ich band ihn an das eine Ende seines Spießes, nahm das andere fest in die Hand, um ihn dirigieren zu können, und schwang mich wieder auf den breiten Rücken seines Urgauls. Dann traten wir den Weg nach dem ‚Gefängnis' an. Meine Pferde konnte ich unbesorgt hier zurücklassen, denn erstens hatte ich gar nicht die Absicht, mich sehr weit von ihnen zu entfernen, zweitens wußte ich, wie bereits gesagt, daß sie liegenbleiben würden, und drittens war mit Gewißheit anzunehmen, daß es ringsum keinen einzigen Menschen gab, der hier zu erwarten war.

Ich habe schon angedeutet, daß ich unter dem mehrfach erwähnten Gefängnis einen Baum verstand, an den ich den Scheik binden wollte. Ich sah einen hierzu passenden in der Nähe. Aus einem Gebüsch von Tamarix gallica erhob sich eine hohe Pappel von der Art Populus euphratica. Die war fest, und das Gebüsch bildete einen dichten Schirm, hinter dem ich meinen Gefangenen verschwinden lassen konnte, ohne daß er so leicht zu sehen war.

Als wir die Stelle erreichten, stieg ich vom Pferd und führte den Scheik durch das Gesträuch hindurch bis zur Pappel.

„Lehne dich an den Stamm, aber recht fest!" forderte ich ihn auf.

„Warum?" fragte er.

„Ich muß dich anbinden."

„Gehört das auch noch mit dazu?"

„Ja."

„So tue es!"

Er lehnte sich, um es mir möglichst bequem zu machen, so fest er konnte, an die Pappel und sah ganz ruhig zu, daß ich erst seine eigenen Riemen und dann auch meinen Lasso dazu benutzte, ihn so an den Stamm zu befestigen, daß es ihm nur mit fremder Hilfe möglich war, wieder loszukommen. Dabei sagte er treuherzig:

„Ich sehe aber ganz und gar nicht ein, warum du mich hier an diese alte Pappel bindest. Wenn du die Zeit hier verschwendest, wie lange soll es da dauern, bis wir an das Gefängnis kommen, das du mir versprochen hast?"

„Gar nicht mehr dauert es", antwortete ich. „Wir sind schon da."

„Schon da? Wieso?" fragte er erstaunt, während er um sich schaute.

„Diese Pappel ist das Gefängnis."

Ich hatte ihn jetzt ebenso fest wie sicher und setzte mich nieder.

„Diese Pappel — —!" fuhr er fort. „Ist das Gefängnis — —? Höre, Fremder, ist das Scherz oder ist es Ernst?"

Sein Gesicht nahm jetzt einen Ausdruck an, der bedenklich und immer bedenklicher wurde.

„Es ist mein Ernst", antwortete ich.

„Und ich habe es so halb und halb für einen Scherz genommen, obwohl der Scheik der Ussul eigentlich kein Mann ist, mit dem man ungestraft Scherze treiben darf. Aber merke dir, daß ich den Scherz mit dir getrieben habe, nicht etwa du mit mir! Also dieser Baum ist das Gefängnis! Und also darum hatte es keine Löcher, in die man gesteckt wird! Und also darum werden die Gefangenen nur außen herum untergebracht, im Freien! Der jetzige Gefangene bin ich?"

„Ja, du!"

„Wie lange? Wann werde ich wieder frei?"

„Sobald du willst."

„Das ist gut! Das freut mich! Ich fordere dich also auf, mich augenblicklich wieder loszubinden. Ich muß zu meinen Leuten in das Lager, und du mußt mit!"

„Das eilt nicht so!"

„Du hast mir aber doch gesagt, sobald ich will. Und ich will!"

„Das hast du zu beweisen."

„Beweisen? Wieso?"

„Dadurch, daß du dafür sorgst, daß meinem Begleiter, der sich höchstwahrscheinlich in eurem Lager befindet, nichts geschieht, was mir nicht gefällt."

„Allah w' Allah! So würde ich verwundert ausrufen, wenn ich Mohammedaner wäre. Da ich aber keiner bin, so rufe ich es nicht, sondern sage dir nur, daß ich Amihn heiße und der Scheik der Ussul bin. Du bist mein Eigentum, und darum ist alles mein, was du besitzt."

„Mit welchem Recht?"

„Mit dem Recht der Gewohnheit, der Sitte, des Gebrauchs."

„So hat also jedermann das zu tun, was Recht und Gepflogenheit seines Stammes ist?"

„Natürlich!"

„Schön! Einverstanden! So sind wir also einig!"

„Gewiß sind wir einig! Bei den Ussul ist es Recht und Sitte, daß die Personen und das sämtliche Eigentum jedes Menschen, der ohne besondere Erlaubnis zu ihnen kommt, ihnen gehört. Darum bist du mein und hast mir zu gehorchen. Herrscht diese Sitte bei euch nicht auch?"

„Gewiß! Doch aber in etwas anderer Weise!"

„In welcher?"

„Bei uns heißt es nicht: Jeder Mensch, der zu uns kommt, sondern: Jeder Mensch, zu dem wir kommen."

„Ich verstehe dich nicht ganz."

„So paß auf: Jeder Mensch, zu dem wir kommen, gehört uns, und zwar mit allem, was er besitzt."

„Da seid ihr schöne Kerle! Pfui Teufel!"

Er machte eine Gebärde des Abscheus und spuckte dabei aus.

„Findest du das etwa nicht richtig?" erkundigte ich mich.

„Ganz und gar nicht richtig! Es müßte denn sein, daß ich dich falsch verstanden habe. Nach deinen Worten ist es doch folgendermaßen: Wenn ihr in ein fremdes Land kommt, so ist dieses Land euer, samt allen seinen Bewohnern und aller ihrer Habe. Ist es so?"

„Ja."

„So sage ich noch einmal ‚Pfui Teufel'! Ihr Räuber, ihr Gauner, ihr Schufte, ihr Schurken!"

Er spie jetzt wieder aus. Dann fuhr er fort:

„Was seid ihr denn eigentlich für Menschen? Wie heißt dein Stamm?"

„Dscherman[1] heißt er."

„Das wundert mich. Ich habe von diesem Stamm gehört. Die Dschermanen sollen im fernen Westen des Abendlands wohnen und sehr gute, sehr kluge, sehr tapfere und sehr vernünftige Leute sein."

„Das sind sie allerdings!"

„Nein, das sind sie nicht, wenn sie so sind, wie du sagst! Wenn du als Deutscher hierherkommst, so bin ich also dein?"

„Ja."

„Pfui Teufel! Was habt ihr für eine Religion?"

„Wir sind Christen."

„Das will ich glauben! Denn wohin die Christen nur kommen, da stehlen sie alles, alles weg, was sie nur finden."

„Woher weißt du das?"

1 Deutsche

„Das weiß doch die ganze Welt! Erst sind die Christen Bettler gewesen, blutarme Leute, haben gar nichts gehabt und ihren Hunger von den Ähren des Getreides gestillt. Isa Ben Marryam[1], der Stifter ihrer Religion, hat nicht einmal gehabt, wohin er sein Haupt legte. Und heute gehören ihnen die meisten Länder und die meisten Völker der Erde. Das alles haben sie sich zusammengeraubt und zusammengestohlen, teils mit List und teils mit Gewalt. Und sie sind hiermit nicht etwa zufrieden, sondern sie rauben und stehlen weiter, und sie werden mit ihren Listen und Gewalttaten nicht eher aufhören, als bis sie alles besitzen, was es auf Erden gibt! Und zu diesen Räubern, Mördern und Gaunern gehörst auch du?"

„Ja."

„Pfui Teufel!"

Er spuckte wieder aus. Dann wollte er mich höchst verächtlich ansehen, brachte es aber nicht fertig, denn er sah das ruhige Lächeln meines Gesichts, regte sich darüber auf und fuhr also zornig fort:

„Und da bist du so ruhig dabei, wenn ich pfui Teufel sage? Und da lächelst du so freundlich, so gütig und so selbstbewußt, als ob du einer der vielen Engel seist, von denen das Christentum und der Islam berichten? Hast du kein Gewissen, keine Scham?"

„Ich bitte dich, diese Frage nach dem Gewissen und nach der Scham erst dir selbst vorzulegen, ehe du sie an mich richtest!"

„Willst du mich beleidigen?"

„Nein. Ich will nur einmal der Spiegel sein, in dem du dich selbst erkennst. Gesetzt, es wäre wahr, daß wir den fremden Leuten, zu denen wir kommen, alles nehmen, was ihnen gehört, so berauben wir eben doch nur fremde Leute. Du aber bestiehlst nicht fremde Leute, sondern die Menschen, die zu dir kommen und also

1 Jesus, Mariens Sohn

deine Gäste sind. Wer ist also der größere Räuber, Gauner, Schuft und Schurke?"

Er machte ein sehr überraschtes Gesicht, gestand aber ehrlich, wenn auch nicht allzu schnell ein:

„Wir, natürlich wir! Denn den Gastfreund berauben, das ist die größte Schlechtigkeit, die es auf Erden gibt! Ich habe nicht gedacht, daß wir so schurkische —"

„Da hielt er plötzlich im Satze inne, dachte nach und fuhr dann langsamer fort:

„Aber — — aber — — da sehe ich plötzlich, daß du mich mit einer Rede überrumpelt hast, deren Wahrheit erst zu prüfen ist, bevor man an sie glaubt! Beraube ich wirklich meine Gäste?"

„Gewiß!"

„Beweise es mir! Bist du etwa mein Gast? Indem ich nach deinem Eigentum greife, nehme ich es einem Menschen, der mir vollständig fremd ist. Und sind denn alle die, die ihr um ihre Länder bringt, euch fremd, vollständig fremd gewesen? Gibt es keinen einzigen Fall, in dem ihr ihre Gäste gewesen seid? Ich bitte dich also, dich ja nicht etwa zu brüsten. Es ist ein Räuber wie der andere und ein Spitzbube wie der andere! Seien wir ehrlich und lügen wir uns nicht an! Wer in des anderen Hände fällt, der hat unrecht, immer unrecht. So ist es bei euch und auch bei uns. Und da du es bist, der in meine Hände fiel, so habe ich recht, du aber unrecht. Ist das etwa nicht richtig?"

„Nein. Zeig mir doch einmal deine Hände, in die ich gefallen bin!"

„Das kann ich augenblicklich nicht, denn du hast sie mir ja gebunden."

„So sieh hier meine Hände! Die sind frei!"

Ich stand vom Boden auf, zeigte sie ihm hin, faßte ihn bei beiden Armen und fuhr dann fort:

„Und nun schau und fühle, wer es ist, der mir in diese meine Hände fiel! Sag mir, wen halte ich fest?"

„Mich," antwortete er, schon wieder erstaunt.

„Befinde ich mich also in deiner Gewalt? Oder du dich in der meinen?"

Das ging ihm über alle Begriffe. Er warf den Kopf hoch und öffnete den Mund, fast ebenso weit, wie sein ‚Dicker' zu tun pflegte, doch nicht in derselben Absicht, um zu wiehern. Er machte ihn im Gegenteil sehr bald wieder zu, ließ den Kopf wieder sinken und sagte dann:

„Höre, Fremder, du sprichst Gedanken aus, denen man unmöglich folgen kann. Ich werde besorgt um dich. Du bist kein guter, sondern ein gefährlicher Mensch, ein sehr gefährlicher!"

„Und da wirst du nicht besorgt um dich, sondern um mich?" lächelte ich.

„Lächle mich nicht in dieser Weise an," zürnte er mir. „Ich kann es nicht leiden! Weißt du, man sieht bei diesem deinem Lächeln ein, daß man unrecht hat. Und das will ich nicht! Und man gewinnt dich bei diesem deinen Lächeln lieb. Und das will ich auch nicht! Ich beginne zu ahnen, daß du mir nicht gehorchen willst. Sei aufrichtig und sage mir: Was hast du für Gedanken?"

„Das sollst du gleich erfahren. Zunächst sage ich dir, daß ich ein freier Mann bin und nicht etwa dir gehöre. Ich stehe im Begriff, dir das zu beweisen. Ferner sind auch die Gegenstände, die ich bei mir habe, nicht dein Eigentum. Darum hole ich mir zurück, was du mir vorhin genommen hast."

Ich griff ihm in die Tasche und steckte meine Uhr wieder zu mir.

„So ist sie also nicht mehr mein?" fragte er naiv.

„Nein."

„Schadet nichts! Ich nehme mir sie wieder!"

„Versuche es! Jetzt reite ich nach eurem Lager, um mit — —"

„So mach mich los!“ unterbrach er mich.

„Geduld, Geduld! Ich reite zunächst allein.“

„So nimmt man dich gefangen, wie man deinen Gefährten jedenfalls auch gefangengenommen hat!“

„Pah! Du nahmst mich ja auch gefangen — — und wer ist jetzt der Gefangene?“

„Ich war nur eine Person und traute deiner Rede; sie aber sind ihrer viele und trauen dir nicht!“

„Ob sie mir trauen oder nicht, das ist mir gleich; ich will nur, daß sie mir gehorchen.“

„Wie wolltest du sie dazu zwingen?“

„Durch dich.“

„Durch mich? Ich gebe mich nicht dazu her, sie zum Gehorsam gegen dich zu verführen!“

„Du sprichst, ohne dabei zu denken! Du hast dich ja schon dazu hergegeben, nämlich mir! Nun reite ich auf deinem dicken Smihk nach eurem Lager und — —“

„Auf meinem Smihk?“ unterbrach mich der Scheik. „Das wirst du mit deinem Leben zu bezahlen haben. Meine Krieger machen dich tot, sofort tot!“

„Warum?“

„Weil sie glauben, daß du dich an mir vergriffen hast!“

„Das ist es ja gerade, was ich will! Sie sollen es nicht nur glauben, sondern ich werde es ihnen selbst sagen, selbst mitteilen.“

„So bist du verloren!“

„Im Gegenteil: Es wird meinen Gefährten retten, falls sie etwas Böses mit ihm vorhaben.“

„Du kennst sie nicht!“

„Das ist auch gar nicht nötig. Ich brauche nur mich zu kennen. Ich sage ihnen, daß ich dich gefangengenommen und festgebunden habe, und daß du sterben mußt, wenn man gegen mich oder meinen Gefährten auch nur die geringste Feindseligkeit unternimmt.“

„Sterben?“ fragte er erschrocken.

„Ja."

„Welch ein Schreck für Taldscha, meine Frau!"

Taldscha heißt Schneeglöckchen. Sollte dieser Mann eine Frau besitzen, die an Schönheit, Reinheit, Lieblichkeit und Zierlichkeit mit einem Schneeglöckchen zu vergleichen war? Ich wurde neugierig, dieses niedliche Glöckchen zu sehen.

„Du willst also meinen Leuten mit meinem Tode drohen?" fuhr er fort.

„Ja", antwortete ich.

„Sie können einem solchen Knirps, wie du bist, unmöglich glauben, daß du mich überwältigt hast!"

„Darum reite ich auf deinem ‚Dicken'. Wenn sie sehen, daß ich dir den abgenommen habe, werden sie überzeugt sein, daß du dich in meiner Gewalt befindest."

„Fremder, du bist ein ganz verteufelter, ein ganz pfiffiger Kerl! Wenn man nur nicht so gezwungen wäre, dich lieb zu haben! Wann wirst du wiederkommen?"

„Das kann kurze Zeit, das kann auch Stunden dauern, je nachdem deine Krieger mit sich reden lassen oder nicht."

„Und während dieser Zeit soll ich hier hängenbleiben?"

„Ja."

„So rufe ich um Hilfe! Ich brülle! Meine Leute werden mich suchen und es hören, wenn sie in die Nähe kommen! Dann binden sie mich los, und du bist verloren!"

„Du wirst nicht um Hilfe rufen können, denn ich werde dir einen Knebel in den Mund stecken."

„Einen Knebel? Könntest du wirklich so schlecht sein?"

„Ja. Sogar noch viel schlechter."

„Dann werde ich wenigstens so laut brummen, daß man es hören muß. Das kann man selbst bei verschlossenem Munde!"

„So binde ich dir auch die Nase zu!"

„Wirklich? Dann müßte ich doch unbedingt ersticken!"

„Das weiß ich ebenso gut wie du; aber du willst es ja

nicht anders. Du drohst mir mit Schreien und Brummen und weißt doch, daß ich das verhüten muß. Jammerschade!"

Ich sprach dieses letztere Wort im Ton des Bedauerns aus. Er sah mich prüfend an und fragte dann:

„Schade? Was ist jammerschade?"

„Daß du mich zwingst, so streng gegen dich zu sein. Ich quäle dich nur ungern damit, daß ich dir Mund und Nase verschließe."

„Ungern? Wirklich? Ja! Du bist nicht nur ein kluger Mensch, sondern auch ein sehr lieber, guter Kerl. Der Knebel, den du mir in den Mund stecken willst, tut deinem Herzen wehe. Aber, warte einmal! Ich will nachdenken. Vielleicht finde ich ein Mittel, den Knebel zu umgehen."

Er zog seine Stirne in ihre tiefsten Denkerfalten und blinzelte mit den Augen, um mir anzudeuten, daß die angeborene Intelligenz in ihm zu arbeiten beginne, dann rief er plötzlich aus:

„Ich hab's! Was wirst du tun, wenn ich dir verspreche, weder um Hilfe zu rufen noch zu brummen?"

„Dann werde ich dir weder Mund noch Nase verschließen, denn ich weiß, daß du dein Versprechen unbedingt halten wirst."

„Unbedingt!" stimmte er bei. „Habe ich dir noch nie gesagt, daß die Ussul die Lüge hassen? Ich bliebe still, selbst wenn meine Leute kämen."

„Aber losbinden ließest du dich von ihnen?"

„Auch das nicht, falls du mir versprichst, bestimmt zurückzukehren, um mich wieder loszumachen."

„Und glaubst du diesem meinen Versprechen?"

Da sah er mich verwundert an und antwortete:

„Warum soll ich dir nicht glauben? Du glaubst ja doch auch mir! Hältst du mich etwa für schlechter, als du bist?"

Welch ein Mensch! Ich fühlte mich innerlich verpflichtet,

diese beispiellose Rechtschaffenheit sofort zu belohnen. Darum sagte ich:

„Wie sehr ich deinem Wort traue, das will ich dir beweisen. Wenn du mir versprichst, hier an diesem Baumstamm sitzen zu bleiben und ihn als dein Gefängnis zu betrachten, bis ich zurückkehre, so binde ich dich los."

„Ich verspreche es. Genügt dir das?"

„Ja."

Ich knüpfte erst den Lasso und dann auch alle Riemen auf. Während ich dies tat, gestand ich ihm aufrichtig:

„Ich bin sogar bereit, dich vollständig freizugeben und nach eurem Lager mitzunehmen, wenn du mir dein Wort gibst, mich und meinen Begleiter nicht als Feinde zu behandeln."

Er schüttelte den Kopf und erklärte:

„Aus diesem Vorschlag spricht die Stimme deines Herzens, aber es ist mir verboten, auf sie zu hören."

„Von wem?"

„Von der Ehrlichkeit. Wir Ussul geben niemals Versprechen, von denen wir wissen, daß sie höchstwahrscheinlich nicht zu halten sind. Ich weiß ebenso wenig wie du, wo dein Begleiter steckt und was er getan hat, oder was mit ihm geschehen ist. Falls man ihn ergriffen hat, kommt es darauf an, ob er sich dagegen wehrte. Ein einziger Tropfen Blut kostet ihn das Leben. Und selbst wenn er keinen Widerstand leistete, bin ich nicht der einzige, der über sein Schicksal zu bestimmen hat. Der Sahahr[1] hat auch mit zu bestimmen. Ich kann dir also kein Versprechen machen und bleibe lieber als rechtschaffener Mann hier im Gefängnis sitzen, als daß ich mir die Freiheit durch Betrug erkaufe!"

Er war inzwischen von seinen Fesseln befreit, setzte sich nieder und lehnte sich an den Pappelstamm mit der Miene eines Mannes, der entschlossen ist, an Ort und Stelle zu bleiben.

1 Zauberer

„So reite ich denn allein fort", sagte ich. „Du wirst also hier warten, bis ich zurückkehre?"

„Ja."

„So werde ich mich beeilen. Leb wohl!"

Ich reichte ihm die Hand. Er schüttelte sie mir in höchst brüderlicher Weise, ließ über sein urwaldbärtiges Gesicht ein freundliches Lächeln gehen und sprach:

„Kehre bald zurück! Ich freue mich darauf. Ich habe dich schon sehr gern, genau so gern wie der Smihk!"

Er bezog sich mit dieser Äußerung auf den Urgaul, der vor Wonne zu trampeln begann, als er sah, daß ich beabsichtigte, mich wieder auf seinen Rücken zu schwingen. Und als ich oben war, stieß er einen Jubelschrei aus, der genau so klang, als ob der tiefste Ton einer Baßposaune mit dem höchsten Ton einer Pikkoloflöte im heftigsten Zweikampf liege, und rannte mit solcher Schnelligkeit davon, als ob er den Scheik der Ussul im ganzen Leben nicht wiedersehen wolle.

Ich bin einmal mit einem feschen Tirolerbuben, der am Tage vorher Hochzeit gemacht hatte, auf die Alm gestiegen. Der konnte sich vor lauter Glück nicht fassen und stieß alle fünfzig oder hundert Schritte einen schallenden Juchzer aus, sonst wäre er vor Seligkeit zerplatzt. Mein ‚Dicker' schien ähnlich wirkende Seligkeiten im Busen zu tragen, denn er benahm sich in genau derselben Weise. Während er spornstreichs dahinrannte, ohne sich nach rechts oder links umzusehen, riß er von Intervall zu Intervall das Maul auf und ließ einen Juchzer hören, der so klang, als ob ein Kanonenschuß, ein Ziegenmeckern, ein Hähnekrähen, ein Eselsschrei und das Zischen einer dampfabblasenden Lokomotive zusammengemischt und dann mit aller Gewalt durch einen Klarinettenschnabel hinausgeblasen würden. Und wunderbar war es, daß ich ihn fast nicht zu lenken brauchte. Er schien mein Gespräch mit seinem Herrn genau verstanden zu haben und infolgedessen sehr wohl zu wissen, wohin ich jetzt wollte. Denn er rannte von der Pappel aus direkt nach der Stelle zurück, an der ich seinen Herrn mit dem Lasso festgenommen hatte, und bog dann ohne das geringste Zögern rechts auf die Spuren ein, durch welche die Richtung bezeichnet wurde, aus der wir gekommen waren. Er trug mich also durch die duftenden Papilionaten nach der Stelle zurück, auf der unsere Begegnung stattgefunden hatte, und zwingt mich dadurch noch heute zu einem Geständnis, durch das ich mich ganz unbedingt blamiere.

Nämlich, wenn meine Reiseerzählungen wirklich nur aus der ‚reinen Phantasie' geschöpft wären, wie zuweilen behauptet wird, so käme ich jetzt ganz gewiß mit großen, wunderbaren Reiterkünsten, durch die ich den ‚Dicken' besiegte und dazu zwang, nun hier an diesem Ort, wo die Gefahr für mich begann, gehorsam anzuhalten, damit ich die nötige Bedachtsamkeit und Vorsicht üben könne. Aber ich erzähle bekanntlich nur Wahrhaftiges und innerlich wirklich Geschehenes und Erwiesenes. Meine Erzählungen enthalten psychologische Untersuchungen und Feststellungen. Kein wirklicher Psychologe aber würde mir Glauben schenken, wenn ich so töricht wäre zu behaupten, daß es im fernen und doch so nahen Land des Menschen-Innern so leicht sei, ein Urpferd bzw. Urgeschöpf zu zähmen. Diese Urgefühle gleichen dem dicken Smihk in so auffallender Weise, daß ich unbedingt bei der Wahrheit bleiben und meine Ohnmacht eingestehen muß, ihn mir untertan zu machen. Es ging mir vielmehr ganz genau so, wie vorhin dem Scheik selbst: Ich hatte während des ungemein holperigen Galopps nur darauf zu achten, nicht herabgeschleudert zu werden. Der ‚Dicke' ging nicht etwa durch mit mir, o nein. Was er tat, das tat er mit voller Überlegung und aus reiner Liebe. Er wollte mir zeigen, was für ein vortrefflicher Renner er sei. Ich sah dies ein und hoffte, daß er da, wo Hadschi Halef sich von mir getrennt hatte, anhalten werde. Aber das fiel ihm gar nicht ein. Im Gegenteil! Sobald er dort die breiten Spuren der Ussul zu Gesicht bekam, vergrößerte sich sein Eifer. Er hatte zwar fast keinen Atem mehr, aber er lief trotzdem noch schneller als vorher. Ich tat alles, dies zu verhindern, doch vergeblich. Der Zügelstrick wirkte nicht. Schenkeldruck gab es nicht. Dazu war das liebe Tierchen denn doch zu dick! Ich versuchte es mit begütigenden Zurufen. Sie bewirkten gerade das Gegenteil: Smihk glaubte, ich wünsche noch größere Schnelligkeit. Ich kannte die Interjektionen noch nicht, durch welche die Ussul ihre Pferde kommandieren. Schließlich wandte ich die Sporen an, um höchst albernerweise das Pferd dafür zu strafen, daß es mich nicht verstand. Da wurde es noch toller. Es rannte nicht mehr, sondern es flog. Aber was war das für ein Flug! Wie eine Löffelgans mit Sperlingsflügeln! So ging es ächzend, stöhnend, fauchend, schnurrend und knurrend auf den Spuren der Ussul weiter, zwischen den Buschgrenzen dahin, um die linke Ecke, hinter der mein Hadschi verschwunden war, und dann direkt auf das Lager der Ussul zu. Denn der Scheik hatte mir ja gesagt, daß man vom Lager aus gerade bis nach dieser Ecke sehen könne. Ich nahm an, daß man mich jetzt dort bemerkte und daß der Dicke, dort angekommen, stehenbleiben werde. Ich hatte mich heimlich anschleichen wollen und kam jetzt so gewaltsam öffentlich! Was hatte ich zu erwarten? Mochte es sein, was es wollte, ich besaß keine Macht, es abzuwenden. Ich konnte nur dahin trachten, womöglich nicht bemerken zu lassen, daß nicht ich, sondern das Pferd der Lenker war.

Unser Weg, nämlich die Lichtung, führte gerade auf den Wald zu und dann in diesen hinein. Er verlief dort nicht eben, sondern er senkte sich; er ging abwärts. Das ermöglichte mir einen sehr willkommenen Überblick. Die eigentliche, vollständig freie Aussicht, die ich hatte, war zwar nicht breit, aber zu beiden Seiten von ihr standen die Riesenbäume so weit auseinander, daß sich mir die Situation zwischen ihren Stämmen hindurch sehr deutlich vor Augen stellte.

Das Lager war am Waldesrand errichtet: Hütten aus Stangen, Zweigen und Laub mit mehreren Feuerstätten. Von da ging es zwischen den Bäumen nach einer Art von See hinunter, in dem eine Insel lag. Auf diese Insel zu schwamm ein Boot, ein riesiger ‚Einbaum', aus einem einzigen Stamm durch Feuer ausgehöhlt. Es wurde von zwei Männern gerudert. Zwei andere saßen darin, ohne etwas zu tun, das sah ich deutlich. Denn die gerade auf die glänzende Fläche des Sees zu verlaufende Lichtung wirkte zwischen dem dunklen Saum der Bäume wie ein Fernrohr, welches das Objekt vergrößert und verdeutlicht. Ich konnte die Kleidung und die Gesichtszüge nicht erkennen, aber der eine von den beiden war bedeutend kleiner als der andere. Im Lager schien sich niemand zu befinden. Die Leute, die ich sah, standen am Ufer des Sees oder waren unterwegs, zurück nach dem Lager.

Je mehr ich mich diesem näherte, desto bestimmter wurden die Umrisse dessen, was ich sah. Die Gesichtszüge derer, die mir näher waren, wurden deutlicher, und ich erkannte die Kleidung des kleinen Mannes im Kahn; Halef war es. Ich vermutete, daß man ihn gefangengenommen hatte und nun nach der Insel schaffen wollte. Man hatte mich bis jetzt noch nicht bemerkt, weil die Aufmerksamkeit auf den Kahn gerichtet gewesen war; nun aber sah man mich. Das Pferd des Scheiks, und ein fremder Mensch darauf! Im rasenden Galopp, wie man den ‚Dicken' noch niemals hatte laufen sehen! Man erhob ein lautes Geschrei und kam von der mir entgegengesetzten Seite auf das Lager zugerannt. Es waren lauter riesige Gestalten, einige von ihnen sogar noch größer als der Scheik. Sie rissen ihre Waffen von den Baumstämmen, an denen sie hingen oder lehnten, und schauten mir drohend entgegen. Natürlich glaubten sie, daß ich am Lager anhalten würde. Der ‚Dicke' schien allerdings dieses Willens zu sein, denn als wir noch ungefähr dreißig Pferdelängen entfernt waren, minderte er die Schnelligkeit seines Laufs. Da aber kam mir ein Gedanke: War es einmal gelungen, meinen Halef nach der Insel zu schaffen und dort zu isolieren, so bildete er in den Händen der Ussul eine Geisel gegen meine Geisel, und ich verlor den besten Trumpf, den ich besaß. Der fette, runde ‚Dicke' war auf alle Fälle ein guter Schwimmer. Er durfte nicht stehenbleiben. Er mußte zum See und mit mir in das Wasser. Ich stieß ihm also die Sporen in die Seiten. Da gab er den Vorsatz anzuhalten auf und griff von neuem aus. Ich steckte meine Revolver, um sie gegen Nässe zu schützen, in das Innere meines ledernen Gürtels und nahm die beiden Gewehre in die Hand, um sie beim Sprung ins Wasser hochzuhalten. So schossen wir an dem Lager vorüber, in den Wald hinein und auf den See zu. Die dort Stehenden hörten das Geschrei derer, die sich auf dem Weg nach dem Lager befunden hatten. Sie sahen mich und stimmten in das Geschrei mit ein.

Es gab eine hochinteressante, unendlich wilde Szene. Diese mächtigen Urwaldbäume! Dieser schlangengleich sich windende, mir wie ein lauerndes Unglück entgegenschimmernde See! Diese gigantischen Menschengestalten! Diese unartikulierten Stimmen! Diese grotesken, ungeschlachten Bewegungen, in die sie ihre Drohungen kleideten! Dazu der ungewöhnliche Anblick, den ich auf dem vor Anstrengung laut stöhnenden ‚Dicken' bieten mußte.

Meine Sporen trieben ihn vorwärts. Er weigerte sich nicht im geringsten. Er schien keine Spur von Furcht vor dem Wasser zu besitzen und das hinter uns und vor uns erdröhnende Geschrei für eine sehr ästhetische Anregung zu halten; denn als er dem Wasser in nächste Nähe kam, brüllte er laut und ehrlich mit und flog in einem wahren Riesensprung vom Ufer weg in die tiefe Flut hinein. Wie es geschehen konnte, daß das Wasser mich nicht von seinem breiten Rücken hob, das weiß ich heute noch nicht. Ich hielt im Sprung die Gewehre hoch, sank aber infolge der Schwere mit dem ‚Dicken' so vollständig unter, daß auch die Waffen naß wurden, doch glücklicherweise nur äußerlich, denn wir tauchten sofort wieder auf, und da war es ein sehr günstiger Umstand, daß ich noch fest saß und mich von dem ‚Dicken' tragen lassen konnte, anstatt selbst schwimmen zu müssen.

Das Urpferd benahm sich so, als ob es von den Amphibien stamme, die im Wasser ebenso zu Hause sind wie auf dem Land. Es schwamm nicht nur gut, sondern auch schnell. Und, was die Hauptsache war, es sah das Boot, das nach der Insel strebte, und schwamm ihm augenblicklich nach, und zwar mit einem solchen Eifer, als ob es meine Absichten begriffe. Hätte es eine andere Richtung eingeschlagen, so wäre es mir wohl sehr schwer geworden, dem Boot nicht nur zu folgen, sondern gar es einzuholen. Nun sah ich auch die Züge des kleinen Mannes deutlich, der darin saß: es war wirklich Halef. Ganz selbstverständlich erkannte er auch mich.

„Hamdulillah, Allah sei Preis und Dank, daß du kommst!" rief er mir zu. „Man will mich hier auf der Insel einsperren. Ich bin Gefangener!"

Er sprach in seinem heimatlichen, Moghrebiner Dialekt, den von den Ussul jedenfalls keiner verstand.

„Bist du gefesselt?" antwortete ich ihm über die Wasserfläche hinüber.

„Nur die Hände auf den Rücken gebunden. Weiter nichts."

„Wie sind die Leute im Boot bewaffnet?"

„Sie haben nur Messer. Der Kerl, neben dem ich sitze, ist der Zauberer."

„Hast du schon gesagt, wer wir sind?"

„Ist mir nicht eingefallen!"

„Von mir gesprochen?"

„Kein Wort! Ich habe so getan, als ob ich ganz allein sei."

„Aber sie haben sich nach deinem Pferd erkundigt?"

„Nein."

„Du hast doch Sporen! Folglich mußten sie sich sagen, daß du beritten bist!"

„Hierzu sind sie zu dumm. Willst du das Boot einholen?"

„Ja."

„Das werde ich dir erleichtern."

Während dieser kurzen Wechselrede wurde ihm das Sprechen von dem Zauberer wiederholt verboten. Ich konnte das zwar nicht deutlich verstehen, aber ich ersah es aus den Gestikulationen. Jetzt wandte sich Halef zu ihm hin, um Fragen, die man an ihn richtete, zu beantworten. In wie pfiffiger Weise er dies tat, war sehr bald zu ersehen. Der Zauberer erteilte den Ruderern einen Befehl, infolgedessen das Boot gewendet wurde und dann gerade Richtung auf mich nahm.

„Sie wollen dich ergreifen", rief er mir zu.

„Das ist mir lieb", antwortete ich. „Bleib fest sitzen, daß du nicht herausfällst! Das Boot wird sehr ins Schwanken kommen. Ich werfe den Zauberer in das Wasser."

„Allah, Wallah, Tallah! Nun du da bist, gibt es doch gleich einen anderen Ton!"

Mein ‚Dicker' paddelte sich mit großer Energie vorwärts, und auch die beiden Ruderer holten sehr kräftig aus. So kamen wir einander schnell näher, und der Zauberer hielt es für an der Zeit, das Wort an mich zu richten. Es war ein Hüne, doch bei Jahren, mit weißem Haar und Bart. Auch seine nackte Brust war dicht und weiß behaart. Das gab ihm etwas Eisbärartiges, zumal seine Bewegungen zwar nicht plump, aber ziemlich ungelenk waren.

„Wer bist du?“ fragte er mich.

„Das wirst du bald erfahren“, antwortete ich aus dem Wellenkreis heraus, den mein Urgaul um mich schlug.

„Was willst du hier?“ fuhr er fort.

„Nach der Insel hinüber will ich.“

„Das darfst du nicht! Du hast hierherzukommen, in mein Boot!“

„Fällt mir nicht ein!“

Natürlich verstellte ich mich bloß, um ihn sicher zu machen.

„Du hast zu gehorchen! Ich zwinge dich!“ drohte er.

„Versuche, ob es dir gelingt!“

„Wenn du dich weigerst, schlagen wir dich einfach mit den Rudern tot!“

Da tat ich, als ob ich erschräke, und meinte in zaghaftem Ton:

„Das werdet ihr doch nicht! Oder seid ihr etwa Mörder?“

„Nein! Wir sind Ussul, und ich bin der Sahahr, der Priester. Wir morden nicht. Aber wer es wagt, uns zu widerstehen, der gefährdet sein Leben. Paß auf! Ich gebe dir die Hand und ziehe dich vom Pferd in das Boot herein!“

Der gute, alte Mann! Er tat so außerordentlich martialisch und hatte dabei doch das gutmütigste Gesicht, das man sich denken kann! So, wie er aussah, pflegt man sich den heiligen Nikolaus, den ‚Weihnachtsmann‘, den Knecht Ruprecht vorzustellen, der kurz vor dem Christfest in Dorf und Stadt herumzugehen pflegt, um böse Kinder zu strafen, gute aber mit Pfefferkuchen, Äpfeln und Nüssen zu beschenken. Er stand aufrecht in der Mitte des Einbaums und ließ ihn so steuern, daß er gerade vor mir und dem ‚Dicken' zu halten kam.

„Komm herein!" befahl er, während er sich niederbeugte und mir die Hand entgegenhielt. „Greif zu; ich helfe dir!"

„Nimm erst diese Gewehre und leg sie in das Boot!" forderte ich ihn auf.

Ich gab sie ihm; der unbeholfene Mann nahm sie wirklich und legte sie fürsorglich auf die trockenste Stelle des Fahrzeugs. Dann hielt er mir die Hand wieder hin und wiederholte:

„Faß zu! Ich werde dich ziehen!"

Da glitt ich vom Pferd, klammerte mich mit der Linken fest an den Bord und griff mit der Rechten zu, um ihn zu fassen, aber nicht an der Hand, sondern am oberen Arm. Ein kräftiger Ruck — — ein Schwung — — und anstatt mich hereinzuziehen, flog er aus dem Boot heraus in das Wasser, in dem er für einige Augenblicke so vollständig verschwand, daß gar nichts von ihm zu sehen war. Nur einen kurzen Moment später stand ich im Einbaum, an derselben Stelle, an der er gestanden hatte, zog mein Messer und schnitt den Riemen entzwei, mit dem Hadschi Halef gebunden worden war. Dieser sprang sofort vergnügt in die Höhe, warf die freigewordenen Arme in die Luft und rief jubelnd aus:

„Allah sei Lob, und dir sei Dank gesagt, Effendi, daß ich wieder im Besitz meiner Hände bin! Du wirst gleich sehen, was ich tue."

Er nahm meinen schweren Bärentöter vom Boden auf, richtete ihn auf den Mann, der im Vorderteil ruderte, und rief ihm zu:

„Leg das Ruder herein und mach dich von dannen, sonst schieße ich dich augenblicklich tot!"

Dieser Mann war ein Riese und Halef gegen ihn ein Zwerg. Aber der auf ihn gerichteten Kugelmündung widerstand er nicht. Er zog gehorsam das Ruder ein und sprang über Bord. Der Hadschi richtete den Lauf nun auch auf den Mann, der im Hinterteil saß. Dieser wartete den Befehl des Kleinen gar nicht erst ab. Er riß das Ruder herein, ließ es fallen und sprang hinaus in die Flut.

„Sind das Helden!“ lachte Halef, während er das Gewehr wieder von sich legte.

„Vor allen Dingen weg von ihnen!“ warnte ich, während ich das eine Ruder ergriff und Halef durch einen Wink aufforderte, das andere zu nehmen.

Ich wollte, daß die drei Ussul das Boot nicht wieder betreten, sondern im Wasser bleiben sollten. Das Boot hatte durch den Schwung, mit dem der Zauberer herausbefördert worden war, einen Stoß erhalten, der es von der Stelle trieb. Wir bemühten uns jetzt, diese Entfernung noch zu vergrößern. Die Ussul erwiesen sich als sehr gewandte Schwimmer. Sie wollten außerdem auch noch die Kraft des Pferdes zu Hilfe nehmen. Der Zauberer bemühte sich, ihm auf den Rücken zu steigen, und die beiden Ruderer trachteten danach, die Enden des Zügelstricks zu fassen. Aber der ‚Dicke‘ wehrte sich. Er schlug und biß nach ihnen und strampelte das Wasser derart zu Gischt und Schaum, daß man meinen konnte, ein Okeanidenbild aus der griechischen Mythologie vor sich zu haben.

„Das ist ein großartiges Vieh, dieses Pferd!“ ließ sich Halef hören. „Wo hast du es her, Sihdi? Das möchte ich hören!“

„Zu hören, wie du in dieses vorweltliche Boot gekommen bist, ist noch viel wichtiger“, antwortete ich.

„Kannst du mir nicht erlassen, es dir zu erzählen, Sihdi?“ fragte er.

„Nein.“

„So erlaube, daß ich dich dabei nicht anzusehen brauche! Denn ich schäme mich!"

„Ah? Wirklich?"

„Ja!"

Da draußen auf dem Wasser plagten sich die drei Ussul noch mit dem Pferd herum. Ich saß, das Ruder in der Hand, an dem einen Ende des Kahns, Halef am anderen. Er sah vor sich nieder, warf dann mit einer energischen Bewegung den Kopf nach hinten und sprach:

„Es hilft nichts! Ich kann nicht anders; ich muß es eingestehen! Sihdi, ich bin ein Schaf, ein Ochse, ein Kamel, kurz, ein Dummkopf, wie es gar keinen größeren geben kann!"

Er machte eine Pause, die ich dazu benützte, ihn zu fragen:

„Ist das wirklich deine Ansicht?"

„Nicht nur meine Ansicht, sondern sogar meine felsenfeste Überzeugung! Sie gefällt dir wohl nicht?"

„O doch! Sogar sehr! Aber vorher dachtest du doch wohl anders?"

„Allerdings! Sihdi, mein lieber Sihdi, ich sage dir: Es gibt Augenblicke, in denen ich mich für den klügsten und vortrefflichsten Menschen halte, den Allah in seiner Güte erschaffen hat. Und es gibt wieder andere Augenblicke, in denen ich darauf schwören kann, daß ich der dümmste Mensch der ganzen Erde bin. Glaubst du das?"

„Ich glaube es, denn jeder noch nicht vollständig ausgereifte Mensch hat derartige Augenblicke. Worauf schwörst du denn wohl jetzt? Etwa auf die Klugheit?"

„Nein, sondern auf die Dummheit."

„Das freut mich, Halef! Das freut mich ungemein!"

„Wie, Sihdi? Du freust dich darüber, daß ich dumm bin?" fragte er in seinem vorwurfsvollsten Ton.

„Nein. Sondern darüber, daß du einsiehst, es zu sein. Wer seine Fehler erkennt, der befindet sich auf dem Weg der Besserung. Und daß du jetzt, in diesem Augenblick, an diese deine Besserung denkst, das versteht sich ganz von selbst!"

„Richtig! Sehr richtig! Ich denke an sie!"gestand er ein. „Später werde ich es dir noch ausführlicher sagen, denn jetzt habe ich keine Zeit dazu; aber es war im höchsten Grade lächerlich von mir, zu denken, daß ich die Hauptperson sei, du aber nur die Nebenperson. Ich habe mich betragen wie ein Knabe, dessen Hirn erst Milch und noch nicht Nervenmasse ist. Ich bin wie ein Tapps den Spuren nachgelaufen, ohne auch nur mit einer Silbe daran zu denken, daß man mich schon von weitem sehen muß. Sie haben mich bemerkt, ohne daß ich ahnte, wie nahe ich ihrem Lager war. Sie versteckten sich zu beiden Seiten hinter den Sträuchern und fielen über mich her, sobald ich diese Stelle erreichte. Dann schleppten sie mich zum Lager hin, um über mich zu verhandeln. Sie wollten wissen, wer ich sei, woher ich komme und was ich hier bei ihnen wolle — —"

„Was hast du da gesagt?" unterbrach ich da den Fluß seiner Rede.

„Nichts", antwortete er.

„Nichts? Unmöglich! Du hast doch eine Antwort geben müssen!"

„Nein! Ich habe keine gegeben. Es fiel mir nichts ein, was ich hätte sagen können, gar nichts."

„Das ist geradezu unglaublich! Dir nichts einfallen? Meinem Hadschi Halef nichts einfallen? Das ist dir doch wohl in deinem ganzen Leben nicht ein einziges Mal geschehen!"

„Allerdings nicht. Heute aber geschah es zum erstenmal."

„Vor Schreck etwa?"

„Nein, sondern vor Erstaunen."

„Über die Größe dieser Leute?"

„Das nicht. Du weißt ja, Sihdi, daß körperliche Größe mich nicht verblüfft. Auch hier nicht, obwohl diese Ussul fast ohne Ausnahme alle Riesen sind. Aber ihre Behaarung! Allah w' Allah! Was sind das für Menschen! Diese Köpfe, diese Bärte und diese Haarmähnen, die bis auf die Lenden herabreichen! Ich sage dir, ich war derart erstaunt, daß mir die Stimme versagte, daß ich die Sprache verlor. Und dumm sind sie, diese Menschen, geradezu blitz- und hageldumm. Denke dir nur: Sie hielten mich für einen entsprungenen Hofnarren, für den Zwerg und Possenreißer irgendeines Herrschers. Und später kam der Zauberer gar auf die wahnsinnige Idee, daß ich sehr wahrscheinlich der Leibzwerg des Mir von Ardistan sei, aber nicht ihm entsprungen, sondern von ihm als Spion gesandt, das Gebiet von Ussula auszukundschaften! Ich und ein Zwerg! Ein Kundschafter und Späher! Aber die andern glaubten es ihm. Wäre der Scheik zugegen gewesen, so hätte man mich auf der Stelle umgebracht. Da man mit diesem Urteil und seinem Vollzug aber bis zu seiner Rückkehr warten mußte, so beschloß man, mich inzwischen auf die Insel hinüberzuschaffen, von der aus ich nicht entfliehen könne."

„Hast du dich gewehrt?"

„Nein. Ich konnte nicht. Als man mich ganz unerwartet ergriff, nahm man mir sofort das Messer, die Pistolen und alles andere, was ich im Gürtel trug. Womit hätte ich mich da wohl wehren können? Etwa mit den Händen, wo die ihren viermal größer sind als die meinen? Nun ist es ein Glück, daß du gekommen bist! Wie gedenkst du uns zu befreien?"

„Uns zu befreien? Welch eine Frage! Wir sind ja frei!"

Er sah mich an, schaute rundum, lachte dann fröhlich auf und rief:

„Das ist allerdings richtig, ganz außerordentlich richtig! Es gibt hier nur dieses einzige Boot. Wir brauchen doch nicht zu ihnen zurückzukehren, sondern einfach nur quer über den See zu rudern. Wir kommen viel eher dort an als sie, die den weiten Umweg längs des Ufers machen müssen. Aber, weißt du, Sihdi, das, was sie mir abgenommen haben, möchte ich ihnen nicht gern lassen!“

„Das sollst du auch nicht. Wir haben gar keine Veranlassung zu fliehen. Sie haben uns zu gehorchen. Ich werde sie zum Frieden zwingen. Ihr Scheik befindet sich nämlich in meiner Gewalt.“

„Hamdulillah! Nun sind wir wieder groß!“

Er stand von seinem Sitze auf, tat einen Freudensprung, daß der Kahn ganz gefährlich zu schaukeln und zu rollen begann, und fuhr dann fort:

„Unser Gefangener, unser Gefangener ist er! Was können diese Giganten uns nun tun? Nichts! Wenn sie uns nicht gehorchen, so schlachten wir ihn ab und fressen ihn auf mit Haut und Haar und Knochen! Sihdi, das müssen wir ihnen sagen, sofort sagen! Greif zum Ruder! Wir fahren hinüber zu ihnen. An das Ufer! Sofort, sofort!“

Er setzte sich wieder an seinen Platz, um seine Worte auszuführen. Ich hatte nichts dagegen und fragte nur, wo die Sachen, die ihm abgenommen worden waren, zu suchen seien. Er antwortete:

„Die Dame Taldscha hat alles zu sich gesteckt. Sie sagte, daß es dem Scheik gehöre und also sie es in Verwahrung zu nehmen habe. Mir scheint, daß sie es ist, die den Stamm regiert, nicht er. Sogar der Zauberer wagte nicht zu widersprechen. Er ist sehr höflich zu ihr. Sie hat einen Ledersack an ihrer Seite hängen; da hinein hat man alles getan. Sie gefällt mir sehr. Sie ist fast schön. Sie scheint die Frau des Scheiks zu sein.“

Diese kurze, sehr notwendige Unterredung erforderte zwischen Halef und mir natürlich nicht so viel Zeit, wie man braucht, um sie zu lesen. Dennoch hatten sich die drei von uns aus dem Boot getriebenen Ussul schon ziemlich weit von uns entfernt. Sie schwammen dem Ufer zu, an dem ihre Leute standen und durch alle möglichen Arten von Geschrei und Lärm kundgaben, wie unverständlich ihnen das sei, was sich ereignete. Auch wir ruderten ihm zu, aber langsam und bequem; denn wir hatten keinen Grund, eine sonderliche Eile zu entwickeln. Darum stieg der Zauberer mit seinen beiden Ruderern viel eher an das Land, als wir es erreichten. Der Urgaul kümmerte sich jetzt weder um sie noch um mich. Er schwamm bald hierhin, bald dorthin, und stieß dabei von Zeit zu Zeit ein äußerst behagliches Grunzen aus. Es schien, als ob ihm dieses Reinigungsbad eine Wonne sei; doch kaum hatte er das Ufer erreicht, so begann er sofort, sich in dem dortigen, tiefen Schlamm zu wälzen, um den von der Haut heruntergespülten Überzug zu erneuern.

Unsere Aufmerksamkeit war selbstverständlich auf die hochinteressanten Menschen gerichtet, die ihr Geschrei eingestellt hatten und unserer Annäherung nun still entgegensahen. Ich zählte sie. Es waren neunzehn Männer und nur eine Frau. Von den Männern fehlte also nur der Scheik, und von den Frauen war es höchstwahrscheinlich nur seiner Frau gestattet, an so wichtigen Vorkommnissen teilzunehmen. Als wir so weit an sie herangekommen waren, daß es nur noch zweier Ruderschläge bedurfte, uns an das Land zu treiben, gab ich Halef das Zeichen anzuhalten. Es war unter ihnen nicht eine einzige gewöhnliche Gestalt; sie alle waren Riesen. Und sie alle waren mit einem außerordentlich reichen Kopf- und Barthaar ausgestattet und ebenso oder ähnlich gekleidet wie ihr Scheik. Als dieser mir den Kosenamen seiner Frau, Taldscha, sagte, hatte ich erwartet, daß ich später über ihn lachen würde; aber sonderbar, nun ich diese Frau vor mir stehen sah, fand ich nicht den geringsten Grund zur Ironie. Im Gegenteil! Die Frau machte Eindruck auf mich, und zwar in einer Weise, die mir anfänglich als ein Rätsel erschien und erst nach und nach begreiflich wurde.

Sie war ganz in Leder gekleidet, aber in ein so feines und weiches, wie ich es noch nie gesehen hatte. Und man denke sich: dieses Leder war blau und wie mit einem überaus feinen Blumen- oder Schmetterlingsstaub bedeckt, der metallisch silbern glänzte. Etwas stärker war das Leder der naturfarbenen Schuhe. Diese, in höchst kunstvoller Weise aus einem einzigen Stück geschnitten, erhielten durch Zug und Riemen die Form der wohlgestalteten Füße, die in ihrem Verhältnis zur Körpergröße als klein und niedlich zu bezeichnen waren. Verhältnismäßig kleiner noch waren die Hände. Ich hatte später noch oft Gelegenheit zu sehen, wie sorgfältig gepflegt, wie blütenweiß und rosig sie waren. Das Haar der Frau war fein, dicht und goldig blond, weder aschfarben noch rötlich, sondern von jenem mittelfarbigen, lebenden Gold, das echt und edel ist. Es hing hinten bis über den Gürtel herab, in leisen Wellen rieselnd, die vermuten ließen, daß es häufig in Zöpfe geflochten wurde. Und diese goldig schimmernde Flut war mit den Federn des Paradiesvogels geschmückt, so einfach, so natürlich, so ungesucht, daß ich mit dem Wort Schmuck nicht eigentlich das treffe, was ich bezeichnen will. Obgleich wir uns mitten in der Wildnis befanden, sah man an der hohen Gestalt dieses Weibes nicht das kleinste Fleckchen und nicht die kleinste Spur von Schmutz und Unsauberkeit. Frisch, rein, unbefleckt, natürlich, lauter, so war der Eindruck, den ich gleich beim ersten Blick auf sie von ihr erhielt, und da kam mir der Vergleich, der in ihrem Namen lag, gar nicht unpassend vor. Ihr Auge war groß und von einem Blau, das für diese so weit entlegene Gegend des Orients eine ausgesprochene Seltenheit zu nennen war. Später bemerkte ich, daß ein leiser, feiner, wohltuender Duft von dieser Frau ausging, ein Duft der Gesundheit, der Lebenskraft, der immerwährenden Verjüngung, ein seelischer Zwang, in ihrer Gegenwart alles, was nicht gut ist, zu vermeiden. Es war, als ob ich diesen Duft schon jetzt, aus der Entfernung, mit den Augen spürte; denn es tat mir wohl, sie vor mir stehen zu sehen, ganz abgesehen davon, daß die Fremdartigkeit ihrer Erscheinung meine Augen und mein Interesse auf sich zog.

Sie war nach der Stelle des Ufers geschritten, wohin der Lauf unseres Bootes gerichtet gewesen war. Da stand sie jetzt, neben ihr nur der Zauberer, einige Schritte hinter ihnen zunächst fünf Männer, die übrigen dann noch weiter seitwärts oder zurück. Hierin lag für mich der Beweis, daß die Frau, wenigstens in Abwesenheit des Scheiks, die Gebieterin war, wenn auch unter Beihilfe des Zauberpriesters. Später erfuhr ich, daß sie auch den Scheik zu beherrschen wußte und daß dieser nichts tat, ohne sich vorher mit ihr besprochen zu haben. Sie war geliebt und verehrt als eine Art höheres und besseres Wesen und genoß den Ruf, nur das Gute zu wollen und nie etwas Böses getan zu haben.

Als wir unser Boot anhielten, wechselten der Sahahr und Taldscha einige leise, uns unverständliche Worte miteinander. Wahrscheinlich hatte sie die Unterredung oder Untersuchung nicht beginnen wollen, sondern ihn aufgefordert, es zu tun, denn er trat einen kleinen Schritt vor und fragte zu uns herüber:

„Warum zögert ihr? Ihr habt vollends heranzukommen und auszusteigen!"

„Warum?" fragte ich.

„Weil ich es euch befehle!" antwortete er.

„Es gibt keinen einzigen Menschen, der uns etwas zu befehlen hat! Wer bist du?"

„Ich bin der Zauberpriester des Riesenvolks der Ussul. Und hier, neben mir, steht Taldscha, die Frau unseres Scheiks!"

„Und der Scheik selbst? Wo befindet er sich?"

„Er ist nicht hier, wird aber bald kommen. Also, ich befehle euch, jetzt auszusteigen. Ich habe euch zu verhören."

„Ich sagte dir bereits, daß wir keinem Menschen Gehorsam schuldig sind; da seid auch ihr mit inbegriffen. Aber ich bin gewohnt, jeder Person, die man mir als Priester bezeichnet, mit Achtung zu begegnen, und in dem fernen Land, wo ich geboren bin, ist es Sitte aller guten Menschen, die Frauen zu ehren und allen ihren Wünschen, wenn sie vernünftig sind, entgegenzukommen. Ich bin also mit dem Verhör, das du wünschest, vollständig einverstanden, muß aber, bevor es beginnt, einen Irrtum berichtigen, in dem du dich befindest."

„Einen Irrtum? — Ich weiß keinen!"

„Wenn du ihn wüßtest, wäre es kein Irrtum, sondern Betrug oder Lüge!"

„Dann weiß ich ihn sicherlich nicht", fuhr er auf; „denn bei den Ussul gibt es keine Lüge. Sage ihn mir!"

„Du hältst dich für den, der das Verhör vorzunehmen hat. Das ist falsch. Ich bin es! Ich habe euch zu verhören, nicht aber du uns."

Da lachte er, und die anderen lachten mit.

„Er ist verrückt!" rief er aus, und: „Er ist verrückt, er ist verrückt!" riefen auch die Übrigen, während sie ihr Lachen zum schallenden Gelächter steigerten.

Da wandte Taldscha sich halb nach ihnen um und hob die Hand. Das Gelächter verstummte sofort.

„Dieser Fremde ist nicht verrückt", sagte sie. „Seht ihm in das Gesicht und seht ihm in die Augen! Der weiß sehr wohl, was er sagt und was er will. Sprich weiter mit ihm, doch ohne ihn zu beleidigen!"

Dieser Befehl galt dem Zauberer. Taldschas Stimme klang wohllautend und kräftig. Sie hatte etwas von jenem bestimmten und zugleich milden Klange an sich, den man beim Kirchengeläut an der Alt- oder Mittelglocke zu beobachten pflegt. Der Klang einer Menschenstimme ist auch psychologisch von großer Wichtigkeit. Der Zauberer fuhr, wieder ernst geworden, zu uns gewendet, fort:

„Also du willst uns verhören? Wer gibt dir das Recht dazu?“

„Euer Scheik.“

„Unser Scheik?“ fragte er erstaunt. „Kennst du ihn?“

„Ja.“

„Seit wann?“

„Seit einer Stunde.“

„Nicht länger? Und da gibt er dir schon das Recht, uns zu verhören? Ich würde jetzt wieder lachen und dich für verrückt halten; aber Taldscha hat dies verboten, und so muß ich ernst und höflich bleiben. Du hast ihn also gesehen? Du hast mit ihm gesprochen? Warum ist er nicht da? Warum kam er nicht mit dir?

„Er ist mein Gefangener.“

„Dein — dein — — dein Gefangener!“ wiederholte er meine Worte in einem Ton, als ob er seinen Ohren nicht traue. „Habe ich recht gehört?“

„Du hörtest ganz richtig. Amihn, der Scheik der Ussul, ist mein Gefangener.“

Ich sah, daß er wieder mit dem Lachen kämpfte; aber er beherrschte sich und fragte:

„Wie soll er denn in deine Gefangenschaft gekommen sein?“

„Ich habe ihn vom Pferd gerisssen und gebunden.“

„Gebunden? — Womit?“

„Mit seinen eigenen Riemen.“

„Mit — — eigenen — —? Und vorher vom Pferd gerissen? Du — —?“

Er kämpfte schon wieder mit dem Lachen, und diesmal wollte ihm der Sieg gar nicht gelingen. Er warf einen Blick auf mich, auf den ich ganz und gar nicht stolz zu sein brauchte, drehte sich dann nach seinen Leuten um und fragte:

„Glaubt ihr das? Er — er — — er — — dieser Knabe von Gestalt, will unseren Scheik vom Pferd gerissen haben und mit seinen eigenen — —"

Er kam nicht weiter, denn es brach ein brausendes Gelächter los. Da hob die Frau zum zweitenmal die Hand empor, und wieder wurde es augenblicklich still. um sie.

„Schweigt!" befahl sie. „Dieser Fremde hat unseren Zauberpriester aus dem Boot geschleudert und dann auch die Ruderer verjagt. Da ist es möglich, daß sich auch der Scheik von ihm hat überraschen lassen! Ich verbiete euch, ihn auszulachen! Jetzt weiter!"

Diese beiden letzteren Worte galten dem Sahahr. Er gehorchte und wandte sich wieder an mich:

„Du mußt verzeihen, Fremder! Was du sagst, klingt wie die größte Lüge, die es gibt, und — —"

„So schau dich um!" unterbrach ich ihn, während ich nach dem Urgaul deutete, der das Wasser soeben verlassen hatte und sich nun im tiefen Schlamm wälzte. „Sieh dort sein Pferd! Du hast es schon gesehen; denn ich wurde von ihm bis an dein Boot getragen. Daß ich auf diesem, seinem eigenen Pferd geritten komme, muß dir doch sagen, daß er von mir überwältigt worden ist! Und daß ich mich nicht gefürchtet habe, meinen Kameraden zu befreien, dich aus dem Boot zu werfen und, ohne zu fliehen, hierher zu euch ruderte, gibt doch wohl den Beweis, daß ich ihn sicher habe und daß es ihm unmöglich ist, mir zu entkommen!"

„Das Pferd! Ja, das Pferd!" antwortete er verlegen. „An das habe ich gar nicht gedacht! Da du auf seinem Rücken zu uns gekommen bist, muß man wohl überzeugt sein, daß du ihn auf irgendeine Weise überwältigt und festgenommen hast. Aber sag, warum hast du das getan?"

„Um eine Geisel zu haben. Ihr hattet meinen Gefährten gefangengenommen; darum nahm ich euern

Scheik gefangen, um euch zu zwingen, meinen Begleiter freizugeben."

„Aber wie konntest du dich an diesen Mann, an diesen Giganten, an diesen Helden wagen, der noch nie im Leben besiegt wurde?"

„Das will ich dir sofort zeigen", antwortete ich.

Vorhin, als der Scheik von mir vom Baum losgebunden worden war, hatte ich den Lasso wieder in Schlingen gelegt und mir um die Schulter gehängt. Jetzt nahm ich ihn herab, behielt das eine Ende in der linken Hand und schleuderte das andere hinüber nach dem Zauberer. Ein kräftiger Ruck — — seine Arme wurden ihm an den Leib gezogen — — ich hatte ihn fest und riß ihn von seinem Platz hinweg, zu mir herüber. Er stürzte zunächst in das Wasser, doch griff Halef schnell mit zu, und so lag er schon im nächsten Augenblick bei uns im Boot und wurde mit dem Lasso derart fest umwunden, daß er sich nicht mehr rühren konnte. Nun nahm ich das Messer aus dem Gürtel und schwang es drohend über ihm. Da schrien die Ussul vor Angst laut auf. Er aber rief:

„Halt ein, halt ein! Willst du mich ermorden? Ich habe dir doch nichts getan!"

Ich steckte das Messer in den Gürtel zurück, erhob mich aus meiner gebeugten Stellung und antwortete:

„Dich zu töten fällt mir nicht ein; denn ich bin euer Freund, aber nicht euer Feind. Ich wollte dir nur zeigen, wie leicht es ist, einen Ussul gefangenzunehmen."

„So gib mich frei und laß mich fort!" bat er in ziemlich verzagtem Ton.

„Jetzt nicht wieder! Ich habe dich schon einmal aus der Hand entkommen lassen. Anstatt dich dankbar zu erweisen, hast du mich als Gefangenen behandeln und ein Verhör mit mir anstellen wollen. So leicht kommst du jetzt nicht weg. Du bleibst hier liegen, bis ich sicher bin, daß ihr mich als Gast und Freund betrachtet."

„Und wenn wir das nicht tun?" fragte er.

„So stoße ich dir das Messer bis an den Griff in das Herz!" erwiderte ich, worauf Hadschi Halef mit ganz gewaltigem Augenrollen hinzufügte:

„Und wenn du davon nicht ganz sterben solltest, so schlage ich dich sogar noch eigens tot! Darauf kannst du dich verlassen; denn ich bin Hadschi Halef Omar Ben Hadschi Abul Abbas Ibn Hadschi Dawuhd al Gossarah, der berühmte Scheik der Haddedihn vom großen Stamm der Schammar!" Der lange Name schien die beabsichtigte Wirkung nicht zu verfehlen; denn der Zauberer meinte ziemlich schüchtern:

„Ein berühmter Scheik bist du? Das hast du uns gar nicht gesagt! Und wer ist denn der andere?"

„Er ist der größte Held und Gelehrte des Abendlandes. Sein in der ganzen Welt bekannter Name lautet Emir Hadschi Kara Ben Nemsi Ben Emir Hadschi Kara Ben Dschermani Ibn Emir Hadschi Kara Ben Alemani. Sein Säbel ist scharf und spitz, seine Kugeln gehen nie daneben, und wenn er eine lange Rede hält, so bringt er sie stets an das richtige Ende. Er hat in seinem ganzen Leben noch niemals eine Schlacht verloren. Kein Feind kann ihn ihm Kampfe niederringen. Und wenn er seine Gelehrsamkeit erscheinen läßt, so ist sie wie ein Wirbelsturm, der, ohne stillzustehen, rund um die ganze Erde geht und alles niederreißt, was ihm zu widerstehen wagt!"

„Ich habe weder deinen noch seinen Namen jemals gehört", entschuldigte sich der Zauberer. „Und ich kenne dein Land und deinen Stamm ebenso wenig wie sein Volk und seine Gegend, in der er geboren wurde. Ich bin der Zauberpriester der Ussul. Ich wirke nur für die Religion und habe keine Zeit, mich mit der Politik und Geographie und Weltgeschichte abzugeben. Ihr müßt also verzeihen, daß ich in diesen Dingen nicht bewandert bin und meinen Ruhm nur darin suche, daß unsere

Nation an ihren Gott und Schöpfer glaubt. Wenn wir bestimmen, was mit euch geschehen soll, so habe ich nur in Beziehung auf eure Religion mit zu beraten, sonst aber nicht. Glaubt ihr an Gott?"

„Ja."

„So bin ich beruhigt. Denn wer einen Gott hat, der schlägt keinen Menschen tot!"

„Ihr aber habt mir doch damit gedroht!" warf Halef ein.

„Gedroht? Ja! Aber haben wir es getan?"

„Bis jetzt allerdings noch nicht."

„So wartet also ab, ob es geschieht!"

„Abwarten?" lachte Halef. „Ja, das werden wir, und zwar mit größtem Vergnügen! Es hat nämlich bisher noch keinen gegeben, dem es gelungen ist, uns totzuschlagen, und so soll es mich verlangen zu erfahren, wie ihr es anfangen werdet, dies zu tun!"

Da kam Taldscha von der Höhe des Ufers langsam zu uns herabgestiegen, blieb am Wasser stehen und gab der Verhandlung folgenden, für beide Teile günstigen Verlauf:

„Ist der, der sich Hadschi Halef Omar nannte, ein Araber?"

„Ja", nickte dieser.

„Wirklich ein Scheik?"

„Ja."

„Und aus welchem Land ist Emir Kara Ben Nemsi?"

Halef hatte vorhin in seiner bekannten Art und Weise über mich und seine Person geflunkert, um zu imponieren. Ich brauchte mich dieser Aufschneiderei allerdings nicht etwa in mich selbst hinein zu schämen; denn was er tat, ist orientalischer Gebrauch oder vielmehr morgenländische Ausdrucksweise. Ihn zu verbessern, hätte nichts nützen können, aber sicherlich geschadet. Dennoch war ich entschlossen, seine Angaben jetzt, falls Taldscha mich fragen würde, auf die reine, nackte

Wahrheit zurückzuführen. Es kam aber nicht so weit. Die Ussul waren zu naiv und selbst viel zu wahrheitsliebend, als daß es ihnen eingefallen wäre, an den Worten des Hadschi herumzumäkeln.

„Ich bin aus Dschermanistan", antwortete ich.

„Das kenne ich nicht. Folglich kann es nicht in unserem Erdteil liegen", erklärte sie.

„Es liegt allerdings nicht im Morgen-, sondern im Abendland."

Es war mir nahegelegt worden zu verschweigen, daß ich ein Abendländer war; aber diesen hellen, klaren, außerordentlich ehrlich blickenden blauen Augen gegenüber, die jetzt auf mich gerichtet waren, fühlte ich mich nicht imstande, etwas anderes als die Wahrheit zu sagen. Ich ersah aus einer schnellen Bewegung ihres Kopfes, daß sie sich nicht unangenehm überrascht fühlte. Sie fuhr fort: „Im Abendland? Und wo wolltest du jetzt hin?"

„Durch das ganze Ardistan."

„Dann bist du entweder ein sehr unvorsichtiger oder ein sehr kühner Mann. Denn der Mir von Ardistan würde dich höchstwahrscheinlich töten lassen, sobald er erführe, daß du ein Abendländer bist. Glücklicherweise aber wirst du diesem Tod entgehen, weil du gar nicht zu ihm kommst, sondern für immer bei uns bleibst. Nach den Gesetzen unseres Landes bist du unser Eigentum."

„Nach den Gesetzen meines Landes aber bin ich es nicht", entgegnete ich.

„Wir haben den Gesetzen unseres Landes zu gehorchen, nicht aber den Gesetzen des deinigen!"

„Das begreife ich. Und du wirst ebenso begreifen, daß ich den Gesetzen meines Landes zu gehorchen habe, nicht aber den Gesetzen des eurigen!"

„Du willst dich gegen uns wehren?"

„Ja."

„Es wird vergeblich sein!"

„Du irrst. Bisher war es sehr von Erfolg. Wir befinden uns keineswegs in eurer Gewalt. Wir sind frei. Dagegen ist euer Scheik und euer Priester in unsere Hände geraten. Wenn wir mit diesem Boot gerade quer über den See rudern, kommen wir viel eher an das jenseitige Ufer als ihr. Wer will uns hindern, erst den Priester und dann auch den Scheik zu töten, falls wir davon überzeugt sind, daß ihr nicht Frieden halten wollt?"

Sie antwortete nicht gleich; sie überlegte. Und sie musterte uns dabei mit prüfenden Augen. Dann aber sagte sie:

„Ich bin ungewiß und unzufrieden. Ihr gefallt mir sehr, ja, wirklich sehr. Ich möchte gern recht viel über das Abendland erfahren. Und es wäre wohl schön, wenn du als freier Mann, nicht aber als Knecht und Sklave von ihm erzähltest. Es würde mich freuen, wenn ich zu dir sagen dürfte: du bist mein Gast, bist nicht mein Eigentum! Aber ich habe den Gesetzen meines Landes zu gehorchen, nicht meinen Wünschen. Es gäbe zwar einen Weg, ein Mittel — —"

Sie sprach nicht weiter. Sie machte eine Handbewegung, wie um anzudeuten, daß sie das, was sie dachte, für unmöglich halte.

„Welchen Weg? Und welches Mittel?" erkundigte ich mich.

„Es ist für euch überflüssig, hiernach zu fragen", antwortete sie, während sie die Handbewegung wiederholte.

„Weißt du das so genau? Ich wiederhole meine Frage und bitte dich, mir Auskunft zu erteilen, damit auch ich mich darüber aussprechen kann, ob es so überflüssig ist, wie du meinst!"

Wieder dachte sie nach, und wieder musterte sie uns mit zwar wohlwollenden aber unzufriedenen Augen. Hierauf sprach sie:

„Es gibt ein Mittel, euch von der Knechtschaft, die

euch droht, zu befreien. Das Gesetz liefert euch in unsere Hände; dasselbe Gesetz aber macht euch wieder frei, indem es euch gestattet, euch von uns loszukämpfen."

Als Halef diese Worte hörte, warf er beide Arme hoch empor und rief aus:

„Sihdi, wir kämpfen uns los!"

Ich aber beachtete ihn und seinen Ausruf nicht. Gerade er hatte während der letzten zwei Stunden bewiesen, daß er nicht der Mann war, einen solchen Kampf aus eigener Kraft zu bestehen. Ich faßte die rätselhafte Frau, die vor uns stand, nun ebenso scharf in die Augen, wie sie uns, und entgegnete:

„So hattest du allerdings recht. Die Auskunft, die du uns erteilst, ist überflüssig, völlig überflüssig. Du glaubtest, uns etwas mitzuteilen, wovon wir keine Ahnung haben. Du eröffnest uns, daß euer Gesetz uns die Möglichkeit biete, uns durch einen siegreichen Kampf von euch zu befreien. Hierbei sagt uns der Blick deines Auges, daß du einen Sieg von unserer Seite für ausgeschlossen hältst — — —"

Da fiel sie mir in die Rede:

„Daß ihr auf alle Fälle gegen uns unterliegen würdet, das kannst du doch nicht leugnen!"

„Unterliegen?" fragte ich, während ich auf den gefesselten Zauberpriester deutete. „Nennst du das unterliegen? Du zeigst uns den Kampf, durch den wir uns von euch befreien können, als eine entfernte Möglichkeit, um die wir euch wohl gar zu bitten haben. Siehst du wirklich die Größe der Täuschung nicht, in der du dich befindest? Dieser Kampf ist nicht mehr bloß möglich, liegt nicht mehr in der Ferne, sondern er ist schon hier; wir stehen mitten drin. Und der Sieg hat bisher nur auf unserer, nicht aber auf eurer Seite gelegen!"

Sie schaute mich mit frappiertem Blick an, tat einen langen, tiefen Atemzug und gab dann zu:

„Das klingt so seltsam, und doch hast du recht. Ihr

seid noch frei und habt schon zwei Gefangene von uns gemacht."

„Und was für Gefangene! Bedenke das!" warnte ich sie. „Der Scheik vertritt bei euch die weltliche und der Sahahr die geistliche Gewalt. Diese beiden Gewalten befinden sich augenblicklich in unserer Macht. Nicht ihr, sondern wir sind jetzt Herren über Wohl oder Wehe, über Leben oder Tod. Siehst du das ein?"

Sie drehte sich nach ihren Leuten um und fragte: „Hört ihr es?"

Man antwortete ihr mit einem unbestimmten Murmeln und Brummen, dessen Bedeutung sie aber wohl verstand; denn sie wandte sich mir wieder zu und sprach: „Ihr scheint ganz andere Menschen zu sein als wir. Wir verstehen euch nicht, und doch zwingt ihr uns, euch zu begreifen! Wo ist der Scheik?"

„An einem Ort, wo ich ihn sicher habe."

„Gebunden und gefesselt?"

„Ja."

„Womit?"

„Mit seinem Wort."

Da machte sie eine Bewegung der Überraschung und fragte:

„Du hast ihm Vertrauen geschenkt?"

„Ja. Erst war er gefesselt, so daß er sich nicht rühren konnte. Ich wollte ihn sogar noch knebeln. Da versprach er mir, an der Stelle zu bleiben, selbst wenn alle seine Ussul kämen, um ihn wegzuholen. Ich band ihn los."

„So hast du ihm geglaubt?"

„Warum sollte ich nicht?"

„Er könnte den Ort sofort verlassen, wenn er sein Wort brechen wollte?"

„Ja."

Da wandte sie sich wieder nach ihren Leuten um: „Habt ihr es gehört? Dieser Fremdling liebt die

Wahrheit ebenso wie wir. Er hat dem Wort eures Scheiks geglaubt. Ist das die Gesinnung eines Knechtes, eines Sklaven?"

„Nein!" antworteten die fünf in der Nähe Stehenden, und: „Nein, nein, nein!" antworteten auch die anderen.

„Das tun nur freie Männer!" fuhr sie fort.

„Nur freie Männer!" erklang es hinter ihr im Chor.

„Diese beiden Fremden sind es also wert, daß wir ihren Widerstand als Kampf betrachten, sich von uns zu befreien!"

„Sie sind es wert; sie sind es wert!" stimmten alle ohne Ausnahme ihr bei.

Dann fuhr sie, sich uns wieder zuwendend, fort:

„Ich bitte dich, Emir, mich zu meinem Mann, unserem Scheik, zu führen. Bist du bereit dazu?"

„Gern. Doch muß ich fragen, was du bei ihm willst!"

„Ich will mit ihm beraten über euch."

„Wer noch?"

„Weiter niemand als der Sahahr."

„So müßte ich ihn hierzu freigeben?"

„Ja. Ich bitte dich darum!"

„Weißt du, was du da von mir verlangst?"

„Ich weiß es. Du sollst dich der Vorteile begeben, die du über uns errungen hast. Aber nur einstweilen."

„Wirklich?"

„Wirklich! Du bindest den Sahahr hier los, damit er mit uns gehen kann. Wenn ich beim Scheik keinen Frieden erreiche, führe ich euch in dieses Boot zurück, wo der Sahar genauso wieder gefesselt wird, wie er hier vor uns liegt. Glaubst du, daß dies geschieht?"

„Ich glaube dir. Aber es gehen nur vier Personen zum Scheik, nämlich du, euer Zauberpriester und ich mit meinem Begleiter?"

„Ja."

„Die anderen Ussul bleiben hier zurück, um auf unsere Wiederkehr zu warten?"

„Ja."

„So gebe ich ihn frei. Wir können gehen."

Ich löste den Sahahr aus den Umschlingungen des Lassos, den ich mir wieder um die Schulter warf, und sprang mit ihm aus dem Boot an das Ufer. Halef folgte, trat vor Taldscha hin und sagte, auf die wunderbar gearbeitete Ledertasche deutend, die an ihrem Gürtel hing:

„Du hast in diesem Sack mein Eigentum. Wann bekomme ich es wieder?"

„Wenn beschlossen worden ist, daß es dir wieder gehört."

„Das muß aber sicher sein! Ausreden dulde ich nicht! Und betrügen lasse ich mich auch nicht!"

„Ausreden? — Betrügen?" fragte sie verwundert. „Taldscha, die Herrin der Ussul, kennt weder Ausrede noch Betrug! Nimm hin, was dir jetzt noch gar nicht wiedergehört! Daß Kara Ben Nemsi ein Emir ist, das glaube ich; denn er hat sich als Emir betragen. Aber daß Hadschi Halef Omar ein Scheik ist, das muß ich nun bezweifeln, bis er mir Beweise gibt, denen ich besser glauben kann als seinen Worten!"

Er nahm sein Eigentum zurück, ohne die Größe des Vorwurfs, den sie gegen ihn erhob, völlig zu ermessen. Er fühlte zwar, daß sie unzufrieden mit ihm war, machte sich aber nichts daraus. Wie schwer er da gefehlt hatte, ahnte er gar nicht.

„Können wir gehen? Oder ist es so weit, daß wir reiten müssen?" erkundigte sich die Frau.

„Es ist zwar nicht sehr nahe, doch bitte ich, daß wir gehen", antwortete ich, denn es lag mir daran, den Weg zu der Stelle, an der sich Amihn befand, gehörig auszunützen, um die Seele seines Weibes kennenzulernen.

Wir brachen unverweilt auf. Ich hielt mich zu Taldscha, Halef zu dem Zauberpriester. Die anderen folgten uns nur bis an das Lager. Da blieben sie alle zurück, ohne daß Taldscha es ihnen befahl; keiner machte Miene, uns zu folgen.

Wir hielten uns genau auf derselben Fährte, die mich hergeführt hatte. Sie wurde von Taldscha und dem Sahahr zwar beachtet, aber nur nebenbei und keineswegs in der eingehenden Weise, wie es bei den Indianern oder Beduinen geschieht. Ich glaubte daraus schließen zu dürfen, daß die Ussul nicht von so großen Gefahren bedroht seien, wie die Völker der Wüsten und Savannen.

Halef ging mit dem Zauberer hinter uns. Ihr Gespräch kam so rasch in Fluß, daß sie auf gar nichts anderes achteten. Sie hielten von Zeit zu Zeit ihre Schritte an, wie man es bei interessanten Stellen der Unterhaltung zu tun pflegt, und blieben darum immer weiter und weiter zurück. Es ging dem Hadschi wie überall und immer: er nahm die Menschen sehr schnell für sich ein. Wir beiden anderen aber gingen ernst, ganz still auf den Spuren hin. Da bemerkte ich zum erstenmal den feinen, unerklärlichen Duft, der von Taldscha ausging. Es war Blumenduft, aber von welcher Baumart, das konnte ich trotz alles Nachdenkens nicht entscheiden. Ein uraltes, orientalisches Märchen sagt, daß die Schwingen der Engel aus Blumenduft gebildet seien und daß die menschliche Seele nur im Blumenduft ihren Körper verlassen und zu ihm wiederkehren könne. Und als ich an dieses Märchen dachte, mußte ich mich an Sitara erinnern und an das Tal der Sternenblumen, durch das ich an der Seite von Marah Durimeh so oft gegangen war. Als ich mich an dem unendlich lieben, reinen, keuschen Duft dieser Blumen entzückte, hatte meine alte Freundin und Beschützerin gesagt: „Es gibt unendlich wenig Seelen, die es verstehen, diesen Duft im Körper festzuhalten. Wenn du einen solchen Körper triffst, mag er noch so häßlich sein, so traue seiner Seele; denn sie stammt aus dem Licht, nicht aus der Finsternis und wird dich niemals täuschen!“ Und nun fiel es mir mit einem Mal ein, daß dieser Duft, der die Frau des Scheiks umfloß, der Duft der Sternenblumen war, und es kam ein wohltuendes Gefühl der Freude, des Vertrauens und der Sicherheit über mich. Hierzu kam die ungewöhnliche Art und Weise, wie Taldscha sprach. Es gab bei ihr keine Neugierde, keine Spur von Sucht, Gewöhnliches zu erfahren. Und man hörte jedem einzelnen ihrer Worte an, daß es wohl überlegt worden war. Sie erkundigte sich nach dem Abendland und gestand, daß dies das Land ihrer Sehnsucht sei. Sie hatte viel Böses und viel Seltsames von ihm gehört, glaubte aber nicht an diese Berichte. Sie äußerte sich hierüber: „Wäre alles wahr, was man über euch erzählt hat, so beständen eure Völker nur aus Dieben, Lügnern, Betrügern und bösen Zauberern, vor denen man sich sehr in acht zu nehmen hat. Gäbe es wirklich solche Völker, so gäbe es auch keinen Gott! Und ich sehe ja dich, der du ehrlich bist und uns nicht belogen und nicht betrogen hast, obwohl du genügend Veranlassung dazu hattest. — Ich freue mich, daß ich nun endlich die Wahrheit über jene fernen Länder hören kann, und es werden schöne Abende werden, an denen wir rund um das große Feuer sitzen und deinen Berichten lauschen.“

„Wie dir mit uns, so ergeht es mir mit euch“, antwortete ich. „Man hat mir so viel Unglaubliches und Fabelhaftes über euch erzählt, daß ich mich unbedingt vor euch fürchten müßte, wenn es mir überhaupt möglich wäre, Angst vor Menschen zu haben. Und nun sehe ich dich! — Du bist das helle, klare Gegenteil von dem, was ich erfuhr!“

„Und ich dich!“ gab sie mir mit einem kurzen, schalkhaften Lachen zurück. „Ihr wurdet bei uns, und wir wurden bei euch verleumdet. Und nun wir so nahe beieinander stehen, ergibt es sich, daß wir uns erlauben dürfen, einander zu achten. So soll es sein, so weit die Erde reicht — das ist Gesetz! Wo Völker und Menschen sich nähern, soll es nie im Haß, sondern nur in Liebe geschehen. Gott will es so! Du kennst doch Gott?"

„Ja. Ich bin Christ."

„Christ? — Also Heide?"

„Heide?" fragte ich.

„Ja. Die Christen sind doch Heiden?"

„Wieso?"

„Weil jeder Mensch, der sich nicht zu unserer Religion bekennt, ein Heide ist."

„So sagen auch wir, indem wir jeden, der nicht an den Gott der Christen glaubt, als Heiden bezeichnen."

„Das ist wohl recht und billig. Ihr haltet eure Religion ebenso für richtig, wie wir die unsrige. Ihr habt also genau dasselbe Recht, uns Heiden zu nennen, wie wir euch."

„So erlaube mir, dich nach euerm Glauben zu fragen, wie du mich nach dem unseren gefragt hast!"

„Nach unserem Glauben? — Wir haben keinen!"

„Unmöglich!"

„O doch! Wir haben Gott. Wozu brauchen wir da noch einen eigenen Glauben an ihn? Wir glauben nicht an ihn, sondern wir haben ihn. Wenn dein Vater noch lebt, wenn er wirklich und persönlich bei dir wohnt, so glaubst du doch nicht nur, daß du einen Vater hast, sondern du weißt es so genau, daß das Wort Glaube völlig ausgeschlossen ist. Die Ussul haben eine Religion, aber keinen Glauben! Sie haben Gott! Das ist das Höchste, was es gibt. Das geht noch über jede Art des Glaubens!"

Das klang so sonderbar, so stolz, so felsenfest und unerschütterlich! Es konnte mir nicht einfallen, mich jetzt, heute, da wir uns noch gar nicht kannten, in einen religiösen Streit mit ihr einzulassen. Wer Frauen überzeugen will, der hat sich an ihr Herz und an die Logik der Tatsachen zu wenden und sich zu hüten, irgend etwas zu verletzen, was ihnen heilig ist. Darum hob ich mir das, was ich jetzt von ihr gehört hatte, zur späteren Beantwortung auf und sorgte dafür, daß unser Gespräch diesen doch immerhin heiklen Gegenstand nicht wieder berührte.

Endlich sah ich die Stelle vor mir liegen, wo ich unsere Pferde angepflockt hatte. Ich führte Taldscha nicht dorthin, sondern nach links, durch das Gebüsch und zu dem Stamm, an dem der Scheik noch ganz genauso saß, wie ich ihn verlassen hatte. Sie blieb hoch aufgerichtet vor ihm stehen und fragte:

„Du bist Gefangener?"

„Ja", antwortete er, ohne einen Versuch zu machen, aufzustehen.

„Wie ist das möglich?"

„Er überlistete mich."

„Weißt du, was das heißt?"

Der Ton, in dem sie das sagte, klang vorwurfsvoll. Er senkte die Augen. Dann hob er den Blick wieder zu ihr empor und antwortete in geradezu rührender Wahrheitsliebe: „Das heißt, daß er klüger und vorsichtiger gewesen ist als ich. Verzeihe mir; du hast auch diesmal recht!"

Und sich nun an mich wendend, fuhr er fort:

„Sie warnt mich nämlich immer, doch ich gehorche nicht. Ich verlasse mich auf meine Fäuste; sie aber behauptet, das kleinste Stückchen Geist sei viel stärker und mächtiger als ein meilenlanger und bergeshoher Körper. Ich weiß zwar sehr genau, daß dies richtig ist, aber wenn dann der Augenblick erscheint, an dem ich glaube, meinen Geist zu zeigen, dann bringe ich nichts fertig als nur Knabenstreiche. Du hast es ja gesehen!"

„Du scheinst während meiner Abwesenheit nachgedacht zu haben?" antwortete ich.

„Allerdings! Und was ich da gefunden habe, sieht nicht so aus, als ob ich darauf stolz sein könnte. Ich bekam Angst. Du scheinst ganz so einer zu sein, wie meine Frau wünscht, daß ich werden soll. So ein kleines Stückchen Geist! Verstehst du mich? Als du mich verlassen hattest, fragte ich mich, was daraus werden könne, wenn dieser Geist jetzt plötzlich in meine guten, ahnungslosen Ussul fahren würde — —"

„Das hat er auch getan", unterbrach sie ihn, „und du kannst nur froh sein, daß es nicht ein böser, sondern ein guter Geist gewesen ist, den er mit sich brachte. Er kam auf deinem Pferd wie ein Sturmwind dahergebraust, am Lager vorüber und gerade in den See hinein, wo der Sahahr mit zwei Männern im Boot saß, um den Gefangenen, den wir gemacht hatten, nach der Insel zu bringen. Er schwamm auf dem Pferd zum Boot hin, warf den Sahahr heraus, stieg selbst hinein, schnitt die Fesseln des Gefangenen durch und trieb dann auch die Ruderer ins Wasser. Dann kam er nach dem Ufer und nahm den Zauberpriester mit dem Riemen gefangen, um uns zu zeigen, auf welche Weise er dich überwältigt hat. Was konnten wir nun tun, nachdem er erst den weltlichen und dann auch noch den geistlichen Anführer der Ussul in seine Gewalt gebracht hatte? — Ihn etwa töten?"

„Ja! Das dachte ich!" antwortete er.

„Niemals! Man tötet nur Ungeziefer, nicht aber ehrliche Menschen!"

„Aber, wenn er tot war, brauchte ich mein Wort nicht mehr zu halten! Ich hätte diese Stelle verlassen und zu euch zurückkehren können!"

„Er hätte sich gewehrt. Wenigstens der Sahahr wäre verloren gewesen."

„Aber bedenke nur: Du hattest neunzehn Jäger bei dir! Riesenstarke Männer mit Spießen, Messern und Pfeilen!"

„Neunzehn Männer mit Spießen, Messern und Pfeilen!" fiel ich da lächelnd ein, während ich den Henrystutzen in die Hand nahm. „Schau diese kleine, dünne Flinte! Sie ist mehr wert als alle eure Lanzen, Pfeile und sonstigen Waffen. Hast du den Quittenbaum gesehen, an dem wir unweit von hier vorübergekommen sind? Steh auf und folge mir! Ich will euch etwas zeigen."

„Ich darf aufstehen?" fragte er.

„Ja", nickte ich.

„Bin also nicht mehr gefangen?"

„Doch! Ich gebe dich erst dann frei, wenn du mein Freund geworden bist."

„Gut! Du bringst mich wieder hierher, sobald du willst."

Ich schritt voran, und die beiden kamen hinterdrein. Wir gingen bis an die Stelle zurück, wo die Quitte stand. Das war ganz in der Nähe der Hauptrichtung, aus der wir links eingebogen waren. Gerade als wir den Baum erreichten, der voll von noch sehr kleinen, flaumigen, silbern schimmernden Früchten hing, kamen Halef und der Sahahr daher. Sie befanden sich in einer sehr lebhaften Unterhaltung und schienen sich unterwegs leidlich einander angefreundet zu haben. Der gute Verlauf unseres bisherigen Abenteuers stand für mich fest. Ich deutete auf einen Außenzweig der Quitte und fragte den Scheik:

„Wieviel Quitten trägt dieser Zweig?"

„Zusammen zwölf", antwortete er, nachdem er gezählt hatte.

„Ich will dir zeigen, was aus deinen Jägern geworden wäre, wenn sie es gewagt hätten, sich an mir oder meinem Hadschi zu vergreifen. Ich werde nur sechs von diesen Früchten herabschießen, dann aber auch den ganzen Zweig mit den sechs übrigen."

Ich entfernte mich, um eine möglichst imponierende Distanz zu nehmen. Diese Pause benutzte Halef, der die Situation sofort begriff, um die Sache möglichst wichtig aufzubauschen. Er rief aus:

„Es kommt ein Meisterstück, ein ungeheures Meisterstück! Sechs Quitten, eine nach der anderen! Und dann der ganze Zweig! Und zwar ohne auch nur ein einziges Mal zu laden! Mit diesem Zaubergewehr kann man nämlich, wenn man es zu behandeln versteht, in alle Ewigkeit weiterschießen, ohne laden zu müssen! Ihr werdet eure Wunder sehen; ich sage euch, eure Wunder!"

Als ich mich in der gewünschten Entfernung befand, drehte ich mich um und legte das Gewehr an.

„Jetzt, jetzt!" schrie Halef. „Es beginnt!"

Ich zielte sehr genau, denn wenn ich die beabsichtigte Wirkung erreichen wollte, durfte es keinen Fehlschuß geben. Es gelang. Sechs Schüsse schnell hintereinander für die Früchte, und dann noch zwei, um den Zweig herabzubrechen, denn mit nur einem der kleinen Projektile gab es keine Garantie. Als ich den Zweig fallen sah, setzte ich das Gewehr ab. Halef jubilierte in seiner lauten Art und Weise. Die drei Ussul standen ganz erstaunt. Sie fanden keine Worte. Aber es sollte noch weit besser kommen. Die Schüsse hatten einen Raubvogel aufgescheucht, der höchstwahrscheinlich beim Fraß gesessen hatte, und zwar in solcher Nähe von uns, daß wir seine Stimme noch eher hörten, als wir ihn sahen. Er stieg, weit ausholend, in die Höhe, und zwar nicht etwa in schräger Richtung uns entfliehend, sondern senkrecht in einer erst weiten und dann immer enger werdenden Schneckenlinie, beständig über uns bleibend.

„Ein Nisr el Afrit[1]!" rief der Scheik, für den Augenblick meine Schüsse ganz vergessend.

„Ein Nisr el Afrit!" rief auch der Zauberpriester, und der Ton, in dem dies geschah, sagte deutlich, daß dieser Vogel hier zu den seltensten und wertvollsten Jagdbeuten gehörte.

„Ein Nisr el Afrit!" rief ebenso die Scheikin, während sie ihre Arme verlangend emporstreckte. „Wenn man die Steuerfedern hätte — die Steuerfedern nur!"

1 Riesenadler

„Willst du sie haben?“ fragte ich, während ich den Stutzen wegwarf und nach dem weit- und hochtragenden Bärentöter griff.

Sie sah mich verwundert an und antwortete nicht. Halef rief ihr zu: „Sag ja, sag ja! Dann holt er ihn dir herab!“

Ich hob das Gewehr und zielte. Der Schuß krachte. Der Vogel zuckte zusammen, als ob er über den lauten Knall erschrocken sei. Aber es war die Kugel, unter der er zusammenzuckte. Der Körper hing einen Augenblick vollständig unbeweglich in der Luft; dann begannen die Schwingen, konvulsivisch zu schlagen. Der Körper drehte sich um sich selbst und fing an zu sinken, erst langsam, dann schnell und immer schneller, den einen Flügel fest an den Leib gezogen, den anderen weit ausgestreckt, kam das Tier, zu Tode getroffen, zur Erde nieder, und zwar gar nicht sehr weit von uns, auf dem von Bäumen freien, schmalen Strich, auf dem das Wettrennen zwischen dem Scheik und mir stattgefunden hatte. Halef rannte spornstreichs hin, um ihn zu holen, und der Zauberer vergaß seine priesterliche Würde so ganz und gar, daß er ihm nacheilte, um ihm tragen zu helfen. Als sie den Adler brachten, sah ich, daß es ein außerordentlich schönes und großes Weibchen war, hellbraungolden, mit reinem, fleckenlosem Flügelspiegel, einen ganzen Meter lang, aber weit über zwei Meter breit. Ich trug ihn zur Frau des Scheiks, legte ihn vor sie hin, breitete die Schwingen und Steuerfedern aus und sagte:

„Du hast diese Federn gewünscht. Ich bitte dich, sie von mir anzunehmen!“

„Du willst sie mir schenken?“ fragte sie.

„Ja, wenn du es mir erlaubst.“

„Kennst du denn ihren Wert?“

„Sie haben nur dann einen Wert für mich, wenn sie dir Freude machen.“

„Sie werden hier in Ardistan als Zeichen hoher

Würde getragen und sind bei uns von großer Seltenheit, weil unsere Kugeln und Pfeile nicht den Adler in den Lüften zu ereilen vermögen. So reiche Geschenke darf man nur von einem Freunde annehmen, nicht aber von einem Fremden, den man zum Knecht und Sklaven machen will. Ich bitte dich, mir deine Gewehre zu zeigen."

Ich gab ihr erst die Doppelbüchse, deren Schwere sie zu überraschen schien; denn sie reichte sie dem Scheik mit den Worten hin:

„Diese Fremden sind stärker als man denkt. Es ist gewiß nicht leicht, mit solchen Gewehren zu schießen."

„Ich habe diese Flinte schon in der Hand gehabt", antwortete er. „Aber ich ahnte nicht, daß sie ihre Kugeln nach so außerordentlichen Höhen sendet."

Dann griff sie nach dem Stutzen. Sie betrachtete ihn genau, wendete ihn hin und her, hielt ihn an das Ohr, schüttelte ihn, um vielleicht etwas zu hören, und sagte:

„Das ist allerdings ein richtiges und wirkliches Zaubergewehr; denn so sehr man sich auch Mühe gibt, man kann doch unmöglich entdecken, wie es angeht, mit ihm immerfort zu schießen, ohne zu laden. Zu einem solchen Gewehr gehört aber auch ein Schütze wie du!"

So sagte sie zu mir. Zum Scheik aber sprach sie:

„Ich bin überzeugt, daß dieser Emir Kara Ben Nemsi Effendi imstande ist, dich und deine neunzehn Ussul in Zeit von zwei Minuten zu erschießen. Du nicht auch?"

„In Zeit von nicht zwei, sondern nur einer!" warf Halef ein.

Der Scheik kratzte sich den Untergrund seines Bartes und antwortete:

„Daran ist fast kein Zweifel. Hoffentlich aber tut er es nicht! Und da habe ich einen großen, schönen, köstlichen Gedanken. Darf ich ihn dir sagen?"

„Sprich!" forderte sie ihn auf.

„Solche Gewehre und so einen Schützen müßte man auf der Jagd haben!"

Sie nickte.

„Und im Kampf gegen die Tschoban!"

„Gerade jetzt!" fiel da der Zauberer ein. „Wir wissen ja, daß sie sich rüsten, uns zu überfallen."

Um mich zu unterrichten, fügte Taldscha in erklärendem Ton hinzu:

„Wir schicken alle unsere Leute auf die Jagd, um Mundvorrat für diesen Kampf zu sammeln, der lange währen kann und stets sehr blutig ist."

„Wer sind diese Tschoban?" erkundigte ich mich, als wüßte ich es noch nicht.

„Ein wildes Reitervolk, das draußen auf der Steppe und in der Wüste lebt. Die Tschoban züchten Pferde, Kamele, Rinder und Schafe. Sie haben keine bleibende Stätte. Sie sind Nomaden; sie beten einen Gott an, den sie Allah nennen, und sie haben die Blutrache. Immer, wenn ein böses, hungriges Jahr ihre Herden weggefressen hat, fallen sie bei uns ein, um uns die unsrigen wegzunehmen. Wir erwarten für die nächste Zeit einen derartigen Einbruch in unser Gebiet, und nun machen wir Fleisch, um uns für die Belagerungen vorzubereiten, die wir auszuhalten haben werden."

„Belagerungen?" fragte ich. „Kämpft ihr nicht auf offenem Feld?"

„Nein. Dazu sind sie zu zahlreich, und wir haben vor allen Dingen unsere Tiere zu schützen. Wir ziehen uns mit ihnen hinter das Wasser zurück und lassen uns da von den Tschoban belagern. Wer es am längsten aushält, der hat gesiegt. Deine Gewehre tragen außerordentlich weit. Ob sie verzaubert sind, darüber frage ich dich noch. Von höchstem Wert ist es, daß du so genau zu treffen verstehst."

Bei diesen Worten bückte sie sich, hob den herabgeschossenen Quittenzweig von der Erde auf, betrachtete ihn genau und fragte mich dann:

„Würdest du uns gegen diese Feinde beistehen, Emir?"

„Beistand zu leisten, ist man nur Freunden schuldig", antwortete ich.

„Du bist doch unser Freund!"

„Beweise es!"

„Ich habe es beschlossen!"

Sie sagte das in sehr bestimmtem Ton und sah dabei den Scheik und den Zauberer an. Der Erstere beeilte sich, mir zu erklären:

„Ja, wenn sie es beschlossen hat, so kann es nicht anders sein. Ich stimme bei."

Und der Zauberer sagte zu mir:

„Wenn unsere Scheikin beschließt, ist keine Beratung nötig. Sie trifft stets das Richtige. Ich gebe ihr meine Zustimmung gern. Wenn es dir recht ist, Emir, kannst du schon morgen, wenn wir nach unserer Stadt zurückgekehrt sind, Ussul werden. Das ist eine heilige Zeremonie, die ich als Priester vorzunehmen habe, nachdem du vorher bewiesen hast, daß du wert bist, ein Ussul zu sein."

„Wie habe ich das zu beweisen?"

„Durch den Kampf mit einem unserer Leute. Besiegt er dich, so kannst du nicht aufgenommen werden."

„Und besiege ich ihn, so trete ich wohl an seine Stelle und er wird ausgestoßen?"

Diese Frage verwirrte ihn. Es dauerte eine kleine Weile, bevor er Antwort gab:

„Nein. Das kannst du nicht verlangen. Es geschieht dem größten Helden, daß ein Zufall ihn besiegt. Das ist eben Zufall, keine Schande. Warum ihn also ausstoßen?"

„Wir kämpfen, Sihdi, wir kämpfen!" rief Halef begeistert aus. „Wer wird mein Gegner sein?"

„Du hast das Recht, ihn dir zu wählen", unterrichtete ihn der Zauberer.

„So wähle ich dich", sagte der kleine Hadschi und machte ihm eine sehr tiefe, höfliche Verbeugung.

„Mich — —? Warum gerade mich — —?"

Er dehnte diese Frage sehr lang und unlustig heraus.

Es schien ihm keine große Freude zu machen, daß Halef seine Wahl auf ihn gelenkt hatte.

„Weil du mir gefällst“, antwortete dieser. „Weil ich dich liebgewonnen habe. Und auch darum, weil ich noch nie Gelegenheit hatte, mit einem Sahahr zu kämpfen. Es wird die Größe meines Ruhmes vermehren, wenn ich daheim erzählen kann, daß ich dich im Kampf überwunden und getötet habe.“

„Getötet? — Du tötest auch in einem solchen Probekampf?“

„Natürlich! Der Sieg ist doch nur dann vollständig errungen, wenn der Gegner tot am Boden liegt. Wer hat die Waffen zu bestimmen?“

„Der Fremde, der aufgenommen werden soll.“

„Also ich? Gut, so schießen wir uns!“

„Schießen?“ fuhr der Zauberpriester auf. „Das wäre ja mein Tod, obgleich ich gegen dich ein Riese bin!“

„Das ist es ja eben, was ich will!“ lachte Halef. „Riesen totzuschießen, ist mir eine wahre Wonne! Nur um ihnen zu zeigen, daß es nicht auf den Körper ankommt. Was für Waffen wählst denn du, Effendi?“

„Dieselben“, antwortete ich, auf seine heitere Absicht eingehend.

„Und mit wem wirst du kämpfen?“

„Mit dem Scheik.“

Da rief dieser erschrocken aus: „Mit mir? Warum gerade mit mir?“

„Weil du mir gefällst; weil ich dich liebgewonnen habe. Du hörst, daß ich ganz genau dieselben Gründe habe wie mein Hadschi Halef. Er ist Scheik, und ich bin Emir. Wir können unmöglich mit gewöhnlichen Kriegern kämpfen. Darum wählen wir Euch, und wir sind überzeugt, daß ihr diese Wahl als das betrachtet, was sie ist, nämlich als eine Ehre für euch beide!“

Das sagte ich zum Scheik. Mich von ihm an seine Frau wendend, fügte ich hinzu:

„Also, wir sind bereit, Ussul zu werden. Dies kann, wie ich gehört habe, erst morgen geschehen. Was sind wir bis dahin? Freunde oder Feinde?"

„Freunde", antwortete sie. „Du kannst den Scheik und den Sahahr getrost aus ihrer Gefangenschaft entlassen. Ihr seid frei."

„Nur für jetzt oder für immer?"

„Für immer. Hier meine Hand darauf!"

Sie reichte mir ihre Hand, die ich freundschaftlich drückte. Auch die beiden Männer gaben mir ihre Hände, ebenso dem Hadschi. Taldscha aber tat das letztere nicht. Sie schaute über Halef weg, als ob er für sie nicht vorhanden sei. Er hatte es verdient, obgleich er als Moslem keine Übung besaß, mit Frauen zu verkehren.

Nun der Scheik sich frei wußte, drängte er, nach dem Lager zurückzukehren. Er nahm den Adler auf, um ihn zu tragen. Seine Frau behielt den Quittenzweig, um ihn ihren Kriegern vorzuzeigen. Wir gingen zu unseren Pferden, die wir genau so fanden, wie ich sie verlassen hatte. Als sie aufsprangen, stieß Taldscha einen Ruf der Verwunderung aus. Sie besaß ein besseres Auge als der Scheik.

„Was für schöne, herrliche Tiere!" rief sie, die Hände vor Freude zusammenschlagend. „Viel kleiner als die unseren! Aber unendlich herzig, anmutig und wohlgestaltet! Man muß sie küssen!"

Sie umschlang den Hals Ben Rihs und küßte ihn auf die Stirn. Er ließ sich dies gefallen, ohne sich zu regen. Aber als sie es auch bei Syrr tat, öffnete dieser die Nüstern weit, sog den Duft ihrer Atmosphäre ein und ließ dann ein frohes Wiehern hören, so zart, gedämpft und eigenartig, wie ich es noch nie von ihm gehört hatte. Da trat sie rasch zwei oder drei Schritte von ihm zurück, sah mich seltsam prüfend an und fragte:

„Effendi, knistern die Haare dieses Pferdes?"

„Ja", antwortete ich.

„Immer?"

„Nein, sondern nur, wenn ich selbst sie kämme und streiche."

„Wie heißt dieses Pferd?"

„Syrr."

„Syrr? Also Geheimnis, Rätsel! Als ich seinen Hals berührte, fühlte ich etwas durch meine Hände gehen. Das war genau dasselbe Gefühl wie damals, als mir der Mann, der aus Sitara kam, seine Hände reichte."

„Was ist Sitara?" fragte ich, als ob ich es nicht wüßte.

„Ein Land in weiter Ferne, von dem man hier fast nur den Namen kennt, weiter nichts. Darf ich einmal versuchen?"

Sie deutete auf Syrr. Ich wußte zwar nicht, was sie meinte, antwortete aber mit einem zustimmenden Nikken. Da trat sie wieder an das Pferd heran und begann, seine Mähne zu streichen. Sie horchte und winkte mir dann, näherzukommen. Ich tat es und horchte mit. Ich vernahm jenes charakteristische, elektrische Knistern, das ich im letzten Band von ‚Im Reich des silbernen Löwen'[1] ausführlich beschrieben habe.

„Hörst du es?" fragte sie.

„Ja. Wenn es nachts und dunkel wäre, würdest du es sogar sehen."

„Kleine, helle Funken, bläulich gelb, die zwischen Haar und Hand herüber- und hinüberspringen. Nicht wahr, Emir?" antwortete sie.

„Du kennst es also schon?"

„Ja."

„Woher?"

„Von Aacht und Uucht."

Aacht und Uucht heißt Bruder und Schwester. Sie sah mir an, daß ich zu wissen begehrte, was für ein Geschwisterpaar das sei, und erklärte mir also:

„Aacht und Uucht sind zwei Hunde, wie es gewiß

1 Ges. Werke Bd. 29 ‚Das versteinerte Gebet'

keine mehr gibt. Die Ussul sind berühmt durch die Größe, Schönheit und Stärke ihrer Bärenhunde, die sie ziehen. Wir schickten vor einigen Jahren dem Mir von Dschinnistan ein Paar. Solch ein Verkehr mit ihm ist hier in Ardistan verboten; aber er hatte uns eine große Liebe erwiesen, für die wir ihm durch diese Gabe danken wollten. Das mußte natürlich heimlich geschehen. Ebenso heimlich kam dann später ein fremder Mann zu uns, der aus Sitara stammte und im Begriff stand, dorthin zurückzukehren. Er war beim Mir von Dschinnistan gewesen und brachte dessen Gegengabe, auch zwei Hunde, schöner und schneller und klüger noch als die unsrigen, aber nicht so stark. Der Mann aus Sitara war derselbe, von dem ich soeben sprach. Er teilte uns die Bedingung mit, die der Mir von Dschinnistan an seine Gabe knüpfte. Sie war seltsam. Nämlich die Nachkommen einer Kreuzung seiner und unserer Rasse sollen alle uns gehören, ein einziges Paar ausgenommen, Bruder und Schwester, die einem Gaste auszuhändigen seien, der mit einem verborgenen Schild auf der Brust zu uns kommen und uns von großem Nutzen sein werde. Dieses Paar wurde geboren und Aacht und Uucht genannt. Ich behaupte, daß es keine schöneren, stärkeren, klügeren und schnelleren Hunde gibt als diese beiden. Und sonderbarerweise sehe und höre ich kleine Funken knistern, wenn ich sie liebkose, genau wie bei Syrr, deinem Pferd. Sitzt nun auf! Wir kehren nach dem Lager zurück."

„Ich reite mit!" sagte der Scheik. „Ich setze mich auf das Pferd deines Begleiters."

Er ging zu Ben Rih und griff nach seinem Zügel. Halef wollte sich das nicht gefallen lassen; ich gab ihm jedoch einen heimlichen Wink, Amihn nicht zu beleidigen.

Er gehorchte mir, doch nur scheinbar, denn ich sah, daß er seinem Pferd jenes andressierte Zeichen gab, von dem ich bei früheren Gelegenheiten wiederholt gesprochen habe. Ben Rih wußte sofort, was er zu tun hatte. Als der Scheik die Hand nach dem Sattel hob, warnte ihn Halef:

„Ich an deiner Stelle würde nicht reiten, o Scheik!"

„Warum nicht?" fragte dieser.

„Dieses Pferd wirft jeden ab, der nicht darauf gehört."

„Auch mich?" lachte der Ussul.

„Auch dich!" nickte der Hadschi mit jenem Lächeln, das mir nur zu bekannt an ihm war.

„Das wollen wir doch versuchen! Wehe dem Rappen, wenn er glaubt, einen Mann wie mich herunterzubringen!"

Er schwang sich hinauf, oder vielmehr, er kletterte hinauf, wie er es bei seinem ‚Dicken' zu tun gewohnt war. Noch aber hatte er das rechte Bein nicht ganz hinüber, so tat das Pferd, steifbeinig wie ein Bock, einen Satz zur Seite, augenblicklich hierauf einen zweiten nach vorn und blieb dann stehen; der Reiter aber saß hinter ihm tief in den duftenden Blüten. Taldscha wollte sich beherrschen, um das Lachen zu verbergen; es gelang ihr nicht. Auch der Zauberer lachte. Ich dagegen blieb ernst und Halef ebenso. Daß der Riese von seiner Frau ausgelacht wurde, das war wohl kein allzu seltenes Ereignis; aber daß es in unserer Gegenwart geschah, das regte ihn auf und ärgerte ihn derart, daß er beschloß, die erlittene Niederlage augenblicklich wettzumachen. Er sprang also schnell wieder in die Höhe, faßte die Zügel des Rappen von neuem und hob den Fuß, um ihn in den Bügel zu setzen.

„Hüte dich!" warnte der Hadschi.

„Schweig!" donnerte der Scheik. „Die Bestie muß gehorchen, sage ich dir. Sie muß!"

Er glaubte, den Trick des Pferdes jetzt zu kennen und darum gegen ihn geschützt zu sein. Aber er sah nicht, daß Halef jetzt ein anderes Zeichen gab, und daß der Hengst sich also auch anders zu verhalten hatte. Der Scheik stieg sehr langsam im Bügel empor, um gleich wieder abspringen zu können, falls das Pferd mit seinem ‚Mätzchen' zu schnell beginnen würde. Als dies nicht geschah, warf er das rechte Bein schnell hinüber auf die andere Seite und faßte rasch den dortigen Bügel, um gleich fest zu sitzen und sich nicht bereits im Aufsteigen überraschen zu lassen. Das gelang ihm vollständig.

Das Pferd rührte sich nicht, selbst dann nicht, als er schon vollständig festen Sitz genommen hatte.

„Nun, kann ich es, oder kann ich es nicht?" triumphierte er.

„Du kannst es nicht!" behauptete Halef.

„Du siehst aber doch, daß — —"

Er konnte den Satz nicht aussprechen, weil Ben Rih plötzlich kerzengerade emporstieg, im Niedersinken zur Seite abbockte und dann die Hinterbeine so hoch in die Luft warf, daß der Scheik aus dem Sattel und über den Kopf des Pferdes zur Erde flog.

„— — daß du wieder herunter mußt!" vollendete Halef den angefangenen Satz des Scheiks. „Ich werde dir zeigen, wie man es machen muß, um fest sitzenzubleiben!"

Er schwang sich auf das Pferd, um dem Scheik jede Gelegenheit zu nehmen, sich wieder in den Sattel zu wünschen. Der Scheik sprang auf, im höchsten Grade wütend, daß er sich abermals lächerlich gemacht hatte. Es fiel ihm nicht ein, den zweimal mißlungenen Versuch zu wiederholen.

„Dein Vieh ist verrückt!" rief er. „Kein Mensch kann es reiten!"

„Auch ich nicht?" fragte Halef.

„Auch du nicht! Paß auf, wie schnell auch du herunter mußt!"

Er ballte die gewaltigen Hände, holte aus und schmetterte sie dem Pferde derart zwischen die Augen, daß es klang, als ob die Stirn zersplitterte. Ben Rih stand einen Augenblick lang ganz bewegungslos; er war betäubt. Halef saß noch nicht fest.

„Um Gottes willen! Nimm Sitz und Zügel!“ rief ich ihm zu. „Das Pferd bricht aus!“

Er raffte sich sofort zusammen, und zwar gerade noch zur rechten Zeit. Ben Rih begann zu zittern und zu zucken. Er tat einen gewaltigen Satz nach vorn, einen nach rechts und einen nach links, warf sich dann weit herum und jagte davon, als ob die Hölle hinter ihm sei, um ihn zu fangen.

„Pfui!“ rief ich dem Scheik zu. „Ein so edles Tier mit der gemeinen Faust zu schlagen! Das war nicht recht von dir! Das bringt dir keine Ehre!“

Ich warf meine Gewehre über und schwang mich auf Syrr.

„Wo willst du hin?“ fragte Taldscha.

„Ihm nach! Wenn der Huf des Pferdes in einer dieser festen Schmetterlingsschlingen hängenbleibt, können beide die Hälse brechen!“

„Wann kommst du zurück?“

„Ich weiß nicht. Vielleicht nie! Wir sehnen uns nicht nach groben Quälereien!“

„Aber wenn nun ich dich bitte — —“

Mehr hörte ich nicht. Syrr flog davon, den flüchtigen Ben Rih einzuholen, den ich schon nicht mehr sah, weil er hinter einer der schon beschriebenen Krümmungen verschwunden war. Es war wirklich so, wie ich der Frau gesagt hatte. Ich brauchte um Halef eigentlich keine Angst zu haben. Er hatte mir jahrelang bewiesen, welch ein vortrefflicher Reiter er war und daß er mit einem durchgehenden Pferd auch gut ohne meine Hilfe fertig werden konnte. Auch war der Rappe, den er jetzt ritt, ein zu edles Tier, als daß der Schreck über den Schlag, den er erhalten hatte, länger als nur kurze Zeit anhalten konnte. Aber die dichten, mannigfach gelegenen und zusammengewirrten Zweige der Schmetterlingsblütler, durch die der sausende Ritt ging, boten tausendfältige Gelegenheit, mit dem Fuß hängenzubleiben, und wenn dies geschah, so konnte der unvermeidliche Sturz bei der Schnelligkeit, die das Pferd entwickelte, sehr leicht tödlich ausgehen. Es stellte sich auch bald genug heraus, daß meine Befürchtung in Erfüllung gegangen war, denn als ich eine ziemlich bedeutende Strecke im schnellsten Galopp zurückgelegt und mehrere Krümmungen des Weges hinter mir hatte, sah ich Ben Rih stehen, weit draußen von mir, mitten in den Papilionaten, den Kopf zur Erde gesenkt — — seinen Reiter aber sah ich nicht. Er lag jedenfalls am Boden, an der Stelle, nach der sich der Kopf des Pferdes richtete.

Der ‚Panther'

Es war so, wie ich dachte. Als ich hinkam, sah ich Halef liegen, steif und unbeweglich, mit geschlossenen Augen, wie einen Toten. Aus den Spuren ersah ich sofort, daß das Pferd hängengeblieben und gestürzt war. Die zähe, feste Pflanzenschlinge hing noch an seinem Fuß. Wäre sie nicht abgerissen, so hätte Ben Rih unbedingt das Bein gebrochen, und es wäre mir nichts übriggeblieben, als ihn zu töten. Halef lebte noch. Er war nur ohnmächtig. Auch verletzt hatte er sich nicht, denn ich konnte seinen Körper und alle seine Glieder bewegen, ohne daß der Schmerz ihn weckte. Das beruhigte mich so, daß ich mich gemütlich neben ihn hinsetzte, um sein Erwachen zu erwarten. Selbstverständlich untersuchte ich vorher Ben Rih. Auch er hatte nicht den geringsten inneren oder äußeren Schaden genommen.

Es dauerte eine geraume Zeit, ehe Halef sich zu regen begann. Er öffnete die Augen, sah mich an, machte sie wieder zu und sagte:

„Da sitzt er — — ganz, ganz ruhig — — aber ich muß reiten — — —!“

Das sogenannte ‚Ich‘ in seinem Innern befand sich also noch mitten im Galopp! Nach einiger Zeit fuhr er fort, doch ohne die Augen aufzuschlagen:

„Wenn er im Gesträuch hängenbleibt — — und ich stürze, — — so breche ich den Hals!“

Sein Körper lag ruhig. Auch seine Mienen waren unbewegt. Aber plötzlich nahmen sie den Ausdruck der äußersten Spannung an, und er schrie:

„Es hält ihn fest — —! Er stürzt — —! Er überschlägt sich mit mir — —! Auf, schnell auf — — sonst drückt er mich tot!“

Bis zu diesem Wort hielt er die Augen geschlossen. Nun aber sprang er auf und rief im Ton der Freude:

„Ich kann auf — —! Ich bin auf — —! Und ich sehe, daß ich — —“

Hier hielt er mitten in der Rede inne, denn als er jetzt die Augen öffnete, sah er Ben Rih vor sich stehen. Da fuhr er verwundert fort:

„Er ist auch schon aufgesprungen! Gleich mit mir! Soeben jetzt! Und er steht so ruhig, als ob — —“

Er unterbrach sich abermals, denn in diesem Augenblick sah er auch mich. Da fragte er erstaunt:

„Auch du bist hier, Sihdi? Auch du? Ich bin doch soeben erst an dir vorübergejagt! Du saßest still und schautest mich erwartungsvoll an, ob ich bei dir anhalten würde oder nicht. Der Rappe lief aber weiter, weit, weit, und stürzte — ich mit ihm. Ich schlug mit dem Kopf auf. Er tut mir weh, und — — und — — du lächelst?“

„Ja“, nickte ich.

„Warum?“

„Vor Vergnügen darüber, daß du mir eine sehr wichtige, wissenschaftliche Frage beantwortest.“

„Ich? Eine wissenschaftliche Frage? Das wäre das erstemal in meinem ganzen Leben! Wie lautet diese Frage?“

„Es ist die Frage, was im Innern eines Menschen vorgeht, der in Ohnmacht gefallen ist."

„Ohnmacht? — Willst du behaupten, daß ich bewußtlos gewesen bin?"

„Ja."

„Warum?"

„Infolge des Sturzes."

„Aber ich bin doch sofort wieder aufgesprungen!"

„So schnell, wie du denkst, wohl nicht. Ich bin dir nachgeritten und habe, nachdem ich dich hier liegen fand, mich zu dir hergesetzt und eine ziemlich lange Zeit gewartet, bis dir das Bewußtsein zurückkehrte und du wieder aufstehen konntest."

„Das Bewußtsein? Sihdi, sei doch aufrichtig! Behauptest du wirklich, daß mir das Bewußtsein zurückgekehrt ist?"

„Allerdings. Es war weg, und jetzt ist es wieder da!"

„Nein! Das ist falsch! Es war nicht weg! Du hast es nur nicht sehen können! Es war da! Aber nur bei mir! Nämlich nicht hier außen, sondern drin, im Innern. Da hat es sich das, was außen geschehen ist, noch einmal innerlich betrachtet!"

„Aha! Oberbewußtsein und Unterbewußtsein!" nickte ich mit wichtiger Miene.

Da sah er mich mit bedenklichem Gesichtsausdruck an und fragte:

„Ober und Unter? Also ein Bewußtsein, das oben und ein Bewußtsein, das unten ist? Was soll das sein?"

„Das sind wissenschaftliche Ausdrücke aus der Müdschewwedet[1], die du nicht begreifen kannst."

Da lachte er laut auf und antwortete:

„Nicht begreifen? Ich? Bilde dir das ja nicht ein, Sihdi! Wann hätte ich denn einmal etwas nicht begriffen! Ich bin Hadschi Halef Omar, der hochberühmte Scheik der Haddedihn vom großen Stamm der Scham-

1 Psychologie

mar und begreife alles. Über eure sogenannte Müdschewwedet lache ich! Und ebenso über eure ganze Wissenschaft! Hörst du?"

„Ja", nickte ich.

„Soll ich es dir erklären?"

„Ich bitte dich darum."

„So höre: Mein Bewußtsein, das bist doch nicht du, sondern das bin ich. Wenn ich mit meinem Bewußtsein hoch oben auf dem Pferde sitze, so ist dies mein Oberbewußtsein. Und wenn das Pferd mich mitsamt meinem Bewußtsein herunterwirft, so daß ich die Besinnung, den Verstand und alles Höhere verliere, so stürze ich in das Unterbewußtsein, wohin mir kein Pferd, kein Sihdi, kein Effendi, kein Gelehrter und keine Müdschewwedet zu folgen vermag. Wo ich da bin, und was ich da tue, das weiß keiner von euch, denn niemand hat es bisher entdecken können. Aber wenn es dir Vergnügen macht, es zu erfahren, so will ich gern mein Möglichstes für dich und deine Wissenschaften tun. Ich brauche nur zu warten, bis ich wieder einmal mit einem durchgehenden Pferd aus dem Oberbewußtsein in das Unterbewußtsein stürze und — — *Allah w' Allah!* Schau, Sihdi! Siehst du es?"

Während er seine Rede unterbrach, deutete er nach drei Reitern, die plötzlich in einiger Entfernung von uns auftauchten und jetzt anhielten. Es ist nötig, einen Blick auf die Örtlichkeit zu werfen, wo der Vorgang, den ich erzähle, sich abspielte.

Wir befanden uns noch immer auf dem schmalen, von Schmetterlingspflanzen bewachsenen Strich, auf dem ich den Scheik der Ussul gejagt und gefangen genommen hatte. Dieser Strich glich einer künstlich angelegten, dann aber verwilderten Schneise, die zu beiden Seiten dicht von Bäumen eingefaßt war. Hinter uns hatten wir das Lager der Ussul, waren aber so weit entfernt, daß ein Fußgänger wohl über eine Stunde gebraucht hätte, um es zu erreichen, denn unser Ritt war zwar nur kurz, aber außerordentlich schnell gewesen. Vor uns ging dieser schmale Weg nur noch eine kurze Strecke fort, um dann, wie es den Anschein hatte, in eine freie Lichtung zu verlaufen. Er wirkte für unsere Augen fast wie ein Fernrohr. Seine Richtung war hier schnurgerade. Das Dunkel der Baumreihen hüben und drüben hielt die Lichtstrahlen fest und klar zusammen. Die Perspektive ließ dieses Rohr scheinbar immer enger werden. Und gerade an dem Punkt, wo es da draußen auf die freie Lichtung führte, hielten die drei Reiter wie vor einer Linse, die ihre Gestalten, ihre Umrisse und Bewegungen außerordentlich bestimmt und deutlich erscheinen ließ. Sie waren aus der Lichtung nach dem schmalen Weg gekommen, sahen in diesen langen Weg hinein und berieten, ob sie ihm folgen sollten oder nicht. Das merkte man aus ihren Bewegungen. Sie kannten also diese Gegend nicht; es waren demnach wahrscheinlich Ussul, die noch nie Gelegenheit gehabt hatten, hier zu sein. Doch durfte ich auch den Fall nicht ausschließen, daß sie überhaupt nicht zu den Ussul gehörten.

Als ihre Beratung zu Ende war, setzten sie sich in Bewegung und zwar auf uns zu. Dies geschah in einer auffälligen Weise. Sie vermieden nämlich die Mitte des Weges, wo sie weit gesehen werden konnten, und hielten sich vielmehr, zwei hüben und der dritte drüben, so nah an die Bäume des Waldes, daß sie für den Fernblick ganz verschwanden.

„Das sind keine Ussul!“ behauptete Halef, als er das sah.

„Auch keine Freunde von ihnen“, fügte ich hinzu. „Sie wollen nicht gesehen werden, kommen also in feindlicher Absicht.“

„Verstecken wir uns?“ fragte er.

„Nein. Es ist zu spät dazu. Sie sind zwar noch ziemlich fern, aber sie würden doch wahrscheinlich sehen, daß sich jemand hier bewegt. Setz dich her zu mir, und unsere Pferde mögen sich legen!"

Er nahm an meiner Seite Platz. Für die zwei wohlgeschulten Rappen bedurfte es nur eines kurzen Befehls, so legten sie sich gerade da, wo sie standen, mitten ins Gesträuch. Diese ginsterhohen und ginsterfarbigen Pflanzen verdecken uns so, daß wir nur aus der nächsten Nähe gesehen werden konnten.

Die Fremden ritten langsam. Wir hatten also genug Zeit, sie genau zu betrachten, noch ehe sie uns erreichten. Es waren zwei bärtige Männer im höheren Alter, doch noch nicht weißhaarig, und ein Jüngling, oder vielmehr ein junger Mann von ungefähr fünfundzwanzig Jahren. Ihre Pferde waren nicht so massig wie der famose Smihk, aber doch von einem so schweren, hohen und knochigen Schlag, daß man sie in Deutschland selbst für die Artillerie noch zu ungelenk befunden hätte. Sattel und Zaumzeug waren sehr einfach, von ungefärbtem Naturleder. An Waffen sah ich Pfeil und Bogen und Messer. Jeder führte Lanze und Flinte, letztere, wie es schien, nach alter, unvorsichtiger Beduinenart, nämlich in ihren Eisenteilen leicht, dünn und unzuverlässig und dabei für so rohes Pulver, daß ein Schuß dem Schützen leicht gefährlicher werden konnte als dem Wild oder dem Feind. Gekleidet waren sie in schreiend gefärbte Stoffe, wie Steppenbewohner sie gern zu tragen pflegen, Hose, Weste, Jacke, einen mantelähnlichen Umhang, Turban und lederne Halbstiefel mit fürchterlichen Sporen, deren blutige Spuren die armen Pferde an ihren Flanken trugen. Die beiden älteren Männer sahen ernst und grämlich aus. Der jüngere, dessen Bart seine ersten Kräuselversuche zu machen schien, hatte ein offeneres Gesicht, in dem ich aber später auch die Spuren der Grausamkeit und Hinterlist entdeckte. Seine Begleiter schienen geschorene Köpfe zu haben; unter seinem Turban aber hingen zwei wohlgeflochtene Zöpfe hervor, die mit goldenen und silbernen Münzen geschmückt waren. Es gibt ja wilde und halbwilde Stämme, bei denen derartige Zöpfe das Zeichen besonderen Standes oder auch besonderer Verdienste sind. Halef, der ihn mit großem Interesse in Augenschein nahm, sagte zu mir:

„Sihdi, mir ist, als hätte ich eine Vision. Dieser Jüngling ist ein verzauberter Märchenprinz, und sein plumper, großer Gaul ist der Hexenmeister, der ihn verzaubert hat. Beide reiten miteinander aus, um sich durch irgend eine Tat, die wir noch erfahren werden, vom Zauber zu befreien. Meinst du nicht auch?"

„Hm!" antwortete ich. „Ein ganz gewöhnlicher Mensch scheint er allerdings nicht zu sein, wenn auch kein Prinz oder Fürst. Aber wenn er einer wäre, so gehörte er unbedingt zu denjenigen Herrschern, bei denen es nur an einem kurzen, entscheidenden Augenblick liegt, ob sie die Engel oder die Teufel ihrer Völker werden. Paß auf! Nun sind sie da!"

Sie waren uns schon ganz nahe gekommen, ohne uns zu sehen. Da erhob ich mich. Alle drei parierten ihre Pferde.

Halef sprang auch empor. Anstatt zu warten, bis ich sprach, rief er ihnen drohend zu:

„Was wollt ihr hier?"

Der Eine, der sich drüben befand, ritt schnell herüber zu den beiden andern. Sie wechselten einige Worte, und dann antwortete er:

„Nichts wollen wir. Wir reiten hier nur durch. Das Meer ist unser Ziel."

„Wer seid ihr?"

„Reisende."

„Von woher?"

„Aus dem Innern des Landes."

„Von welchem Volk?"

Der Fremde warf den Arm in die Luft, lachte laut auf und sprach:

„Das fragt euch selbst, nicht uns!"

Er griff nach seinem Gewehr. Die beiden Andern folgten seinem Beispiel. Drei Schüsse krachten. ohne daß einer traf; dann jagten sie davon, in der Richtung zurück, aus der sie gekommen waren. Es ist gar nicht schwer, dem Schuß so ungeübter und unbedachter Leute auszuweichen; aber das war gar nicht nötig gewesen, denn sie hatten vergessen zu zielen.

„Was für unsinnige Menschen!" rief Halef. „Auf! ihnen nach!"

Er sprang zu seinem Pferd.

„Vorsicht!" warnte ich ihn.

„Wohl wegen des Sturzes in das Unterbewußtsein?" lachte er.

„Ja."

„Das überlasse ich eurer gelehrten Müdschewwedet. Ich stürze nicht wieder. Ich bin gewarnt."

„Also vorwärts! Aber schone Mensch und Tier. Nur lebendig nützen sie uns!"

Wir ritten ihnen nach, und zwar so, daß wir sie nicht ganz einholten, sondern ihnen nur so nahe kamen, daß sie keine Zeit fanden, sich etwa zu trennen und im Waldesdickicht Schutz zu suchen. Die eigentliche Aktion sollte draußen auf der Lichtung stattfinden, wo es mehr Platz gab, sich mit den Pferden auszutummeln. Schon gleich, als wir sie zuerst erblickten, war in mir der Gedanke aufgestiegen, daß sie vielleicht zu den Tschoban, den Feinden der Ussul, gehörten, die zeitweilig kamen, um sie zu überfallen und auszurauben. In diesem Gedanken wurde ich durch das Verhalten der drei Männer bestärkt.

Als sie sich das erstemal nach uns umschauten, stiegen wir eben erst zu Pferd. Als es zum zweitenmal geschah, lagen wir bereits im scharfen Trab. Sie machten höhnische Armbewegungen und lachten uns aus. Bald aber bemerkten sie, daß wir uns ihnen näherten. Da stießen sie ihren armen Tieren die gewaltigen Sporen derart in die blutigwunden Weichen, daß die Tiere, vor Schmerz laut aufwiehernd, oder vielmehr laut aufbrüllend, ihre Schnelligkeit zu vermehren suchten. Das gelang ihnen aber nur für kurze Zeit, denn sie ließen bald wieder nach. Sie ermüdeten rasch, und der Atem ging ihnen aus. Die Reiter gebrauchten ihre Sporen in geradezu unmenschlicher Weise, jedoch vergeblich. Als sie aus der schmalen Schneise in die weite Lichtung kamen, waren wir kaum noch zwanzig Sprünge hinter ihnen. Ich rief ihnen befehlend zu, anzuhalten. Sie gehorchten nicht, antworteten aber dadurch, daß sie ihre Bogen spannten und, sich im Reiten nach uns umdrehend, uns mehrere Pfeile sandten. Im Gebrauch dieser Art von Geschossen waren sie jedenfalls geübter als in der Führung von Schießgewehren. Die Pfeile waren außerordentlich gut gezielt.

Die Lichtung war vielleicht eine halbe Wegstunde breit und hatte eine solche Länge, daß wir ihre uns entgegengesetzte Grenze nicht sehen konnten. Sie bestand aus einer sandigen Anlagerung, mitten in den dunklen Moorgrund hinein, und war nur von spärlichem Grün bedeckt, aus dem hier und da ein armer Busch den Versuch machte, der unfruchtbaren Erde sein dürftiges Leben abzuringen. In Deutschland hätte man beim Anblick dieses weiten, ebenen Planes sofort gesagt: „Ein ganz vortrefflicher Exerzierplatz für einige Reiterregimenter."

Ich hatte natürlich vermutet, daß die drei Reiter hier auf diesem Terrain auseinandergehen würden, um auch uns zur Trennung zu zwingen. Dies geschah aber nicht. Sie blieben beisammen, und der Grund hierzu war bald zu ersehen. Die beiden Älteren ließen nämlich den Jungen immer voran. Sie hielten sich so viel wie möglich hinter ihm, um ihn gegen uns zu decken. Er war also jedenfalls eine vornehme, wichtige Person, die sie zu beschützen hatten und nicht verlassen durften. Darum nahm ich mir vor, mich vor allen Dingen seiner zu versichern. Ich sann auf einen guten Trick, sie von ihm zu trennen; es wollte mir aber kein brauchbarer Gedanke einfallen. Doch stellte sich glücklicherweise heraus, daß ich gar nichts Derartiges brauchte, denn die Fremden kamen meinem Wunsch ganz ahnungslos von selbst entgegen. Sie riefen einander einige Worte zu, die ich nicht verstehen konnte; jedenfalls aber enthielten diese einen Plan, der jetzt befolgt werden sollte, denn der Jüngere ritt in unveränderter Eile weiter geradeaus, die beiden Andern dagegen parierten ihre Pferde, kehrten sich gegen uns um und nahmen ihre Lanzen in die Fäuste.

„Sihdi, ihm nach!“ rief Halef mir zu. „Diese beiden unvorsichtigen Knaben nehme ich auf mich!“

Er zügelte sein Pferd, zog seine Pistolen und ritt dann langsam auf sie zu. Ich aber flog an ihnen vorüber und hinter dem Jüngeren her, der uns entkommen sollte. Als sie dies sahen, ließen sie von Halef ab, warfen ihre Rosse herum und folgten mir. Nun war der Hadschi als der Letzte hinter ihnen her.

Es gab keine Möglichkeit für sie, mich einzuholen. So kurz die Zeit gewesen war, die sie gebraucht hatten, sich von ihrem Gefährten zu trennen und gegen uns zu wenden, sie hatte für diesen doch genügt, einen ziemlichen Vorsprung zu gewinnen. Ihn einzuholen, das war wohl mir, nicht aber ihnen möglich. Ich sah mich nach ihnen um und bemerkte, daß sie wieder gewendet hatten. Um Halef brauchte ich also keine Sorge zu haben. Ich konnte mich ruhig mit dem jungen Mann befassen, den ich vor mir hatte. Er sah mich hinter sich und trieb sein Pferd derart mit Peitsche und Sporen an, daß es zum Erbarmen war. Ich machte also kurzen Prozeß und beschloß, ihn nicht, wie ich anfangs beabsichtigt hatte, mit dem Lasso, sondern lieber gleich mit der Hand festzunehmen. Ich gab für Syrr einen kurzen, scharfen Pfiff. Da beschleunigte er seinen Lauf. Wir kamen dem Flüchtigen von Sekunde zu Sekunde näher. Er sah das, denn er schaute sich öfters um. Da griff er wieder zum Bogen und sandte mir, nach rückwärts schießend, einen Pfeil zu, der so gut gezielt war, daß er mich getroffen hätte, wenn ich mich nicht hurtig im Sattel niedergebeugt hätte. Um so schneller war ich dann aber bei ihm, Pferd an Pferd, Seite an Seite. Ich erfaßte ihn am Gürtel — ein leiser Fersenstoß für Syrr, der sofort einen weit ausgreifenden Satz in schräger Richtung tat — und der Reiter wurde durch diesen Sprung meines Pferdes von seinem Tier herabgerissen. Ich hielt ihn fest, gab ihm einen Schwung und ließ dann los, worauf er in einem weiten Bogen zur Erde niederflog. Syrr blieb stehen. Ich sprang ab und trat zu dem Besiegten. Er wollte schnell wieder auf, konnte aber nicht, sondern brach wieder zusammen.

„Bleib! Rühre dich nicht von der Stelle!“ gebot ich ihm. „Du bist mein Gefangener!“

„Dein Gefangener?“ lachte er. „Siehst du nicht, daß sie kommen?“

Er deutete auf seine Gefährten, die eben heranjagten.

„Die tun mir nichts,“ antwortete ich. „Weg mit den Waffen“!

Lanze und Flinte waren ihm schon entfallen, als ich ihn vom Pferd zog. Jetzt entriß ich ihm auch den Köcher samt den Pfeilen, die vergiftet sein mochten, und auch das Messer, nach dem er griff, um nach mir zu stoßen. Ich schleuderte beides ein Stück weit fort, wo es sicher lag, weil es ihm unmöglich war, sich aufzurichten, um es zu holen. Zu untersuchen, ob er irgendwie Schaden gelitten hatte, dazu war jetzt keine Zeit, denn die beiden anderen kamen jetzt heran. Ihre Gewehre während des Rittes zu laden, dazu fehlte es ihnen höchstwahrscheinlich am Geschick. Auch von Pfeil und Bogen konnten sie unter den gegenwärtigen Umständen keinen Gebrauch machen. Darum drangen sie mit den Lanzen auf mich ein. Ich parierte den Stoß des Vorderen von ihnen leicht mit meinem Bärentöter. Der Angreifer schoß dabei an mir vorüber und zügelte dann sein Pferd, um es zu wenden; aber mit zwei, drei schnellen Sprüngen war ich ihm nach, griff ihm in die Zügel und riß sein Pferd auf die Hinterfüße. Es wollte augenblicklich wieder in die Höhe, aber ich drängte ihm den Kopf tief nieder. Es schnellte die Hinterhand hoch empor. Der Reiter verlor dadurch den Halt und flog aus dem Sattel. Zwar sprang er rasch wieder auf, aber noch stand er nicht fest, so traf ich ihn mit dem Kolben des Bärentöters derart auf die Schulter, daß er mit einem Schmerzensschrei zusammenbrach. Im Nu war er entwaffnet. In diesem Augenblick nahte sein Gefährte heran, der nur nach vorn, nicht aber hinter sich schaute, wo Halef ihm hart auf der Ferse war. Der zweite Angreifer hatte nur den einen Gedanken, an mich zu kommen. Die Lanze einlegend, spornte er sein Pferd auf mich zu. Er kam aber gar nicht zum Stoß, denn Halef trieb, das Gewehr in der Luft wirbelnd, seinen Rappen zum entscheidenden Sprung an und schlug den Gegner mit dem Kolben an den Kopf, daß der Getroffene die Lanze und die Zügel fallen ließ und mit beiden Händen nach dem turbanbedeckten Schädel fuhr. Sein Pferd tat einen Satz zur Seite, und er taumelte herab. Da warf sich Halef schnell von seinem Tier herunter und nahm den Besiegten beim Genick.

„Hamdulillah!" rief er fröhlich aus. „Nun sitzen sie alle unten! Wollen wir sie zusammentragen?"

„Ja — komm!"

Der von ihm Besiegte war stark betäubt. Halef zog ihn vom Boden auf, stieß ihn vor sich her und brachte ihn zu dem jungen Mann, der noch immer nicht von der Stelle konnte. Ich holte den anderen herbei, dem mein Kolbenhieb so gut bekommen war, daß er keinen Versuch des Widerstands machte. Als nun alle drei beisammen saßen und ihre Waffen in der Nähe auf einem Haufen lagen, setzte sich Halef mit jener wohlbekannten Miene zu ihnen hin, die er stets zu zeigen pflegte, wenn ihm der Schalk im Nacken saß. Er sah sich einen nach dem andern an, sehr lange, sehr genau und sehr freundlich. Dann sagte er:

„Es freut mich unendlich, daß wir einander wiederhaben. Ich bitte, mir zu sagen, womit wir euch so gekränkt hatten, daß es euch nicht mehr bei uns gefiel!"

„Wer bist du?" fragte der Jüngere in kurzem, bestimmtem Ton, ohne sich von der Freundlichkeit des kleinen Hadschi betören zu lassen.

„Wie kommst du zu dieser Frage?" antwortete Halef. „Wie kommt es überhaupt, daß du das Wort ergreifst? Deine Gefährten sind älter und also wohl auch erfahrener als du."

„Ich bin der Vornehmere!" fuhr der Gefragte auf.

„Vornehmer?" fragte Halef. „Was nennst du vornehmer?"

„Ich bin der Ilkewlad[1]!"

Er sprach dieses Wort so aus, daß man es nicht nur im gewöhnlichen Sinne, sondern auch als Titel nehmen mußte, also in der Bedeutung, die bei uns das Wort Kronprinz hat. Darum fragte Halef:

„Also der Erstgeborene des Herrschers?"

„Ja."

„Welches Herrschers?"

„Das geht dich nichts an!"

„Du irrst. Erfahren werde ich es jedenfalls, wenn nicht von dir, so doch von den anderen. Es wäre für dich aber vorteilhafter, wenn du aufrichtig mit uns redetest."

1 Erstgeborene

„Mit Leuten, wie ihr seid, spricht man nicht vertraulich. Ihr seid unsere Feinde. Ihr seid Ussul!"

„Ussul? Wir?" fragte Halef und schlug ein lautes Gelächter auf. „Sihdi, wir sind Ussul! Wer das behauptet, der muß blind und taub und alles andere sein, aber nur nicht bei Sinnen!"

„Wollt ihr es etwa leugnen?" fragte der „Erstgeborene" in verweisendem Ton.

Da nahm der eine seiner Begleiter das Wort, und zwar in sehr höflichem Tone:

„Sie sind kleiner als die Ussul; das haben wir bisher außer acht gelassen. Und der eine wird von dem anderen Sihdi genannt. Dieses Wort ist bei den Ussul nicht gebräuchlich. Man findet es nur bei den türkischen und persischen Arabern."

„So seid ihr wohl Türken?" fragte der Jüngere.

„Nein", antwortete Halef.

„Oder Perser?"

„Nein."

„Was sonst?"

„Das geht dich nichts an! Wer uns keine Auskunft gibt, der hat auch von uns keine zu erwarten. Ich will aber hier eine Ausnahme machen und meine Gnade über dir leuchten lassen, indem ich dir sage, wer wir sind. Wir sind nämlich auch, ‚Erstgeborene', er der meinige und ich der seinige. Ich bin also sein Vater, und er ist mein Vater. Folglich sind wir beide noch viel mehr als bloß nur erstgeboren, und du reichst mit deiner einfachen Erstgeburt in keiner Weise an unsere doppelte heran!"

„Narr!" rief der junge Mann beleidigend aus. „Der Witzbold ist überall der niedrigste Mensch des ganzen Stammes. Ich verachte dich! Ich mag gar nicht wissen, wer und was ihr seid. Packt euch von dannen!"

„Das werden wir allerdings tun. Euch aber packen wir zusammen und nehmen euch mit!"

„Wohin?"

„Auch das geht euch nichts an!"

„Wagt es, euch nochmals an uns zu vergreifen! Wir sind keine Ungläubigen wie die Ussul. Wir sind Moslemin!"

„Meinst du, daß du dir hierauf etwas einbilden kannst? Ich sage dir: Auch ich bin Moslem. Du scheinst wundergroß von dir zu denken, bist aber in Wahrheit nichts als ein beispiellos dummer, unerfahrener Bursche, dem ich zeigen werde, wie solche Leute, wie ihr seid, zu behandeln sind."

Er sprang auf, zog seine geliebte Kurbatsch aus dem Gürtel, schwippte sie hin und her und fuhr fort:

„Seht euch zunächst eure armen Pferde an! Die Sporenlöcher zu beiden Seiten! Voller Blut und Eiter! Seid ihr Menschen? Auch das Pferd ist Allahs Geschöpf, tausendmal schöner, vornehmer und edler als ihr! Bildet euch ja nicht ein, daß wir euch gefühlvoll, zart und sanft behandeln werden! Das beste Wort für euch ist nur die Peitsche!"

„Hund!" schrie der junge Unbekannte. „Du wagst es, mir mit der Peitsche zu drohen? Dafür verlange ich dein Blut und Leben! Ich werde — —"

Er sprach nicht weiter. Er hatte versucht, aufzuspringen, sank aber mit einem Schmerzensruf wieder zurück.

„Mein Blut und Leben?" lachte Halef. „Kamelmilchknabe, der du bist! Betrachtet euch doch, wie jammervoll wir euch hier vor uns haben! Noch nie in meinem Leben habe ich die dreifache Dummheit so nahe bei mir gesehen wie jetzt! Wie dumm kamt ihr zu Stelle geritten, an der wir euch überraschten! Wie dumm war eure Flucht! Wie unendlich dumm war es von euch, beisammen zu bleiben! Wie beispiellos dumm fingt ihr es an, diesem einen von euch zur Flucht zr verhelfen! Wie entsetzlich dumm seid ihr uns in die Hände gelaufen! Und wie unsagbar dumm ist es von euch, euch trotz alledem stolz aufzublasen und uns, die wir doch Herren eures Schicksals sind, zu beleidigen! Wir werden euch — —!“

„Nichts werdet ihr!“ unterbrach ihn der Ilkewlad mit brüllender Stimme. „Schweig!“

„Ja, schweig!“ forderte auch ich jetzt Halef auf, „diese Männer kehren jetzt mit uns zurück!“

„Wohin?“ fragte der Erstgeborene, während er mich mit blitzenden Augen maß.

„Wohin es uns beliebt,“ antwortete ich ruhig.

Ich war bis jetzt still gewesen und hatte zwischen ihnen und ihren Waffen gestanden, damit es den Beiden, die gehen konnten, nicht einfallen möge, unvermutet aufzuspringen und sich zu bewaffnen. Dem Dritten war dies unmöglich, weil er sich verletzt hatte. Ich trat jetzt zu ihm und fragte:

„Wo hast du Schmerzen? Ich will nachschauen, ob etwas gebrochen ist. Wir müssen es verbinden.“

Da herrschte er mich wütend an:

„Fort von hier, Schakal, räudiger! Weißt du, wer wir sind?“

„Nein,“ antwortete ich ohne Zorn.

„Bei uns ist es das größte Verbrechen, sich an dem Scheik oder seinen Söhnen zu vergreifen. Das habt ihr getan, ihr seid dem Tod verfallen. Ließe ich mich von euch berühren, so brächte euch das nach unsern Gesetzen das Recht, begnadigt zu werden.“

„Ich danke dir für diese Warnung, denn nach Gnade trachte ich allerdings nicht. Aber ich sage dir eins: Wenn du dich so vor der Berührung durch unsere Hände scheust, so scheue dich auch vor der Berührung durch unsere Peitsche!“

Er sah mich an, ich ihn auch. Es kochte in ihm. Er wollte losbrechen, doch gab mein Blick dies nicht zu. Er bezwang sich und fragte:

„Auch du wagst es, von der Peitsche zu sprechen?“

„Wagen? Pah! Wenn ich dich peitschen will, so peitsche ich dich; gewagt ist nichts dabei. Und nun paß auf, was du hörst! Ihr werdet jetzt unbedingt tun, was ich befehle, augenblicklich, ohne Weigerung. Zögert ihr, zu gehorchen, so bekommt ihr allerdings die Peitsche, und zwar alle Drei. Und wer von euch es jetzt noch wagt, zu sprechen, ohne daß ich ihn dazu auffordere, der bekommt für jedes Wort einen Hieb. Merkt euch das! Ich scherze nicht!"

„Allah verfluche euch! rief einer der beiden anderen und machte Miene, sich zu erheben. Da aber sauste schon die Peitsche Halefs auf ihn nieder. Ich zog meine beiden Revolver, hielt sie ihnen hin, ließ, um ihnen die Ladung zu zeigen, die Walzen spielen und sagte:

„Seht diese Pistolen! Wie ihr euch überzeugen könnt, ist jede sechsmal geladen. Ich kann euch also zwölf Kugeln geben, ohne daß ich zu laden brauche. Nehmt euch in acht! Erst die Peitsche und, wenn diese nicht hilft, dann die Kugel!"

Das wirkte. Sie verstanden die Mechanik der Revolver nicht, aber sie sahen die Kugellöcher und fühlten sich von dem Geheimnis, das dabei waltete, gebannt. Keiner wagte mehr ein Wort, doch in ihren Gesichtern stand mit größter Deutlichkeit zu lesen, was wir zu erwarten hätten, falls sie einmal das Glück haben würden, uns in ihre Hände zu bekommen. Ich blieb mit gespannten Pistolen bei ihnen stehen, während Halef ihre Pferde zusammenbinden mußte, und zwar eines hinter das andere. Dann mußten die beiden Älteren ihren jüngeren Gefährten, der nicht von uns berührt werden durfte, nach dem vorderen Gaul schaffen, in dessen Sattel sie ihm emporhalfen. Hierauf wurden ihnen selbst die Hände nach hinten gebunden, und wir halfen ihnen auf ihre Pferde. Und nun setzten wir uns in Bewegung, Halef voran und ich hinterdrein. Ihre Waffen wurden selbstverständlich mitgenommen.

Es war ein eigentümliches Erlebnis. Ich hatte das Gefühl, als ob durch die Gefangennahme dieser drei Männer dem Stamm der Ussul ein großer Dienst erwiesen sei, wir aber für uns beide damit auch den Grund zu späteren Verdrießlichkeiten oder gar Gefahren gelegt hätten. Mochte dies nun sein, wie es wollte — wir trugen an der Entwicklung der Dinge keine Schuld. Hätten sich die drei Fremden anders verhalten, wären sie nicht so ohne allen sichtbaren Grund geflohen, ja, wären sie wenigstens später nicht so schroff und feindselig gewesen, so hätte sich diese Begegnung gewiß ganz anders gestaltet. Und selbst im schlimmsten Fall, daß sie nämlich zu den Todfeinden der Ussul, zu den Tschoban, gehörten, hätte sich gewiß ein Weg finden lassen, um wenigstens Feindseligkeiten zu vermeiden. Ich war gespannt darauf, ob man bei den Ussul einen von ihnen oder vielleicht gar alle drei kennen werde.

Auf demselben Weg, auf dem wir gekommen waren, kehrten wir zurück. Wir kamen da ein sehr gutes Stück über die Stelle hinaus, wo Halef mit Ben Rih gestürzt war. Noch aber hatten wir das Gefängnis Amihns nicht erreicht, so sahen wir ein halbes Dutzend Reiter uns entgegenkommen, lauter hohe, breitschultrige Gestalten auf massigen, urpferdartigen Rossen. Als sie sich genügend genähert hatten, erkannten wir sie. Es war Amihn, Taldscha und der Sahahr mit noch drei anderen Ussul. Sie wunderten sich, daß sie nicht zwei, sondern fünf Reiter sahen, und zwar im Gänsemarsch hintereinander. Sie erkannten Halef, den Vordersten von uns, sogleich und hielten an, um uns herankommen zu lassen. Natürlich war Halef es, der das erste Wort haben mußte. Er rief ihnen, noch lang bevor wir sie erreichten, zu:

„Heil, Heil und Heil! Den Mutigen ist es gelungen! Die Tapferen haben gesiegt! Der Kampf ist zu Ende! Triumph, Triumph!“

„Gekämpft habt ihr?“ fragte Amihn von weitem.

„Mit drei Fremden. Wir kennen sie nicht. Sie sind unserer Macht erlegen und vor unserer Faust in den Staub gefallen. Hier sind sie! Schaut sie an!“

Er wich mit seinem Pferd etwas zur Seite, so daß die Ussul nun den Vordersten unserer Gefangenen sahen.

„Wallahi!“ rief Amihn aus. „Das ist Palang[1], der älteste Sohn des Scheiks der Tschoban!“

„Palang, der Ilkewlad!“ fügte der Zauberer hinzu.

„Der Blutgierige! Der Mörder der Ussul!“ beteiligte sich auch Taldscha an den Ausrufungen.

„Wo habt ihr ihn gefunden?“ erkundigte sich der Scheik.

Halef öffnete schon den Mund, um eine seiner berühmten Lobreden loszulassen, ich ließ es aber nicht dazu kommen, sondern fiel ein:

„Wir sahen sie eine Strecke weit da hinten. Als sie uns erblickten, rissen sie aus. Wir eilten ihnen nach, sie zu ergreifen und zu dir zu bringen. Du siehst, daß es uns gelungen ist.“

„Ihr habt ein schweres und gefährliches Werk vollbracht. Kein Zweifel, es ist der Panther der Tschoban. Ich habe ihn wiederholt gesehen. Die beiden anderen, die bei ihm sind, kenne ich nicht. Als wessen Gefangene sind sie zu betrachten?“

„Als die meinigen.“

„Herr, wenn du sie an uns abtreten wolltest!“

Die andern Ussul stimmten diesem Wunsch sofort und lebhaft zu. Ich hatte die Gefangenen hierhergebracht, um sie ihnen auszuliefern, hielt es aber für besser, hiermit noch zurückzuhalten. Darum antwortete ich:

„Es ist nicht unmöglich, daß ich sie euch überlasse, doch würde ich meine Bedingungen stellen.“

„Welche?“ fragte die Frau. „Sag es schnell!“

„Ihr dürftet sie nicht ohne meine Erlaubnis wieder freigeben.“

1 Der Panther

„Einverstanden! Völlig einverstanden! Dürfen wir sie uns nehmen?“

Ihre Begleiter schickten sich schon an, sich an die Gefangenen heranzudrängen. Diese hatten sich bis jetzt ganz schweigsam verhalten, aus Angst vor Halefs Peitsche. Jetzt aber fragte mich Palang, der Panther:

„Darf ich jetzt wieder reden?“

„Ja,“ nickte ich.

Da wandte er sich an den Scheik und dessen Frau und sagte:

„Wenn dieser Fremdling uns euch auslieferte, würdet ihr gezwungen sein, uns freizugeben.“

„Warum?“ fragte Taldscha, der die Männer das Wort sehr gern zu überlassen schienen.

„Weil man nur Feinde gefangen nimmt, nicht aber Freunde.“

„Du bist doch Feind!“

„Nein! Jetzt nicht, heute nicht! Ich kam als Freund hierher. Mein Vater sendet mich mit einer Friedensbotschaft zu euch. Der Überbringer solcher Botschaften ist heilig, so weit die Erde reicht. Ihr wißt, was folgen würde, wenn es euch einfiele, mich als Feind zu behandeln. Er würde euer Land mit Krieg überziehen und jeden Ussul töten, der in seine Hände fällt.“

„Ja, das würde er“, bestätigte die Frau. „Wir dürfen dich nur dann als Feind betrachten, wenn du in feindlicher Absicht kommst. Das ist aber sicher der Fall!“

„Wie willst du das beweisen?“

„Kein Tschoban kommt als Freund zu uns!“

„Diesmal doch! Ich bin sogar gesandt, ein Bündnis mit euch abzuschließen, ein Bündnis für lange Zeit, wenn möglich für immer.“

„So rufe nun ich dir zu: Wie willst du das beweisen?“

„Indem ich es abschließe. Das kann ich aber doch wohl nicht hier und auch nicht heute und morgen. Dazu gehören lange Tage und lange Verhandlungen. Und selbst wenn diese Verhandlungen nicht zum Ziel führten, dürftet ihr euch nicht an mir vergreifen und müßtet mich ruhig weiter ziehen lassen, denn ich komme als Friedensbote und Freund!"

„Und hast als Friedensbote auf uns geschossen!" fiel ich ein.

„Auf euch?" fragte er wegwerfend. „Seid ihr Ussul?"

„Nein!"

„So schweig! Zu dir wurde ich nicht gesandt!"

„Das ist richtig. Darum aber habe ich auch nicht nötig, dich als Freund zu behandeln. Du bist mein Gefangener."

„Das wird mich aber nicht hindern, mit den Ussul zu verhandeln, und ich sage dir: Sie werden mich von dir fordern. Wehe dir, wenn du mich ihnen verweigerst!"

In diesem ernsten Augenblick geschah etwas unendlich Drolliges. Der Scheik ritt natürlich seinen dicken Smihk. Dieser hatte sich, solang die anderen sprachen, sehr ruhig verhalten; als aber ich das Wort ergriff, hielt er nicht mehr still. Er strampelte von einem Bein auf das andere, schlug sich mit den Ohren um den Kopf, wirbelte den Schwanz, kurz, er tat alles, um meine Aufmerksamkeit auf sich zu lenken. Und als ich mich gleichwohl nicht um ihn bekümmerte, kam er trotz aller Gegenwehr seines Reiters herbei, stellte sich gerade vor mich hin, riß das Maul auf und ließ eine so jammervolle Klage über meine Hartherzigkeit los, daß alle Anwesenden, die Gefangenen ausgenommen, in ein lautes Gelächter ausbrachen. Dann begann er, mir die Stiefel abzulecken, eine Liebkosung, die eigentlich meiner Hand gewidmet war. Ich mußte Syrr beruhigen, der den Urgaul nicht leiden zu können schien, was auch kein Wunder war, wenn man sich erinnert, daß dieser sich erst kurz vorher im tiefen Schlamm gewälzt hatte, um seine geliebte Kruste zu erneuern.

Ich war durch den Urgaul verhindert, dem Panther

die ihm gebührende Antwort zu erteilen. Darum wurde ich von Taldscha gefragt:

„Wie entscheidest du dich, Herr? Überläßt du ihn uns oder nicht?"

„Ich behalte ihn einstweilen noch für mich. Doch ist das nur für kurze Zeit. Denn sobald ich euch bewiesen habe, daß er sich als euer Feind in dieser Gegend befindet, trete ich ihn euch ab."

„Diesen Beweis erbringst du nicht", herrschte er mich an.

„Diesen Beweis erbringe ich, noch ehe der heutige Tag vorüber ist!" antwortete ich ihm. „Und nun macht vorwärts, daß wir in das Lager kommen!"

Diese letztere Aufforderung war an die Ussul gerichtet, von denen drei sich zu den Gefangenen gesellten, ohne ein Wort mit ihnen zu sprechen, während der Scheik, seine Frau und der Priester mit mir hinterdrein ritten. Es war für sie ein unendlich wichtiges Ereignis, den ‚Erstgeborenen' ihrer Todfeinde in ihrer Gewalt zu haben. Sie befanden sich dadurch im Besitz einer Geisel, die mit keiner noch so großen Summe Geldes zu bezahlen war. Freilich konnte sich diese Waffe auch als zweischneidig erweisen, doch nur für den Fall, daß er wirklich als Friedenshändler gekommen war. In jedem anderen Fall aber stand das Recht aller Völker und Stämme von Ardistan auf der Seite der Ussul, denen ihr Gefangener mit Leib und Leben gehörte.

Vorerst mußten sie sich an den Gedanken gewöhnen, daß sie ihn überhaupt besaßen. Ein solches Glück war ihnen während aller bisherigen Kämpfe mit den Tschoban noch nie widerfahren. Sie hielten diesen jungen Mann für einen Ausbund von Grausamkeit, List und Tapferkeit, während ich wenigstens von den beiden letzteren Eigenschaften nicht den geringsten Beweis erhalten hatte. Im Gegenteil war mir sein Verhalten geradezu als dumm und feige erschienen.

„Es ist ein großes Wunder, daß ihr noch lebt!" sagte

Amihn, während wir nebeneinander herritten. „Sie sind zwar nicht so groß und stark wie wir, ihr aber seid noch kleiner als sie. Auch seid ihr nur zwei, sie aber sind drei!"

„So hast du dir eben zu merken, daß es weder auf die Länge und Breite des Körpers noch auf die Zahl der Personen ankommt", antwortete ich. „Das ganze Menschenleben beweist, daß es nicht auf diesen Körper, sondern auf die Seele, auf den Geist ankommt. Du selbst sagst, daß die Tschoban kleiner sind als ihr, und trotzdem seid ihr ihnen meist unterlegen. Ich sage dir, daß der Kleinste unter uns allen, nämlich mein wackerer Hadschi Halef Omar, es mit einer ganzen Menge dieser Leute aufnimmt, ohne sich zu fürchten. Hingegen können eure Körper noch so stark und riesig sein, wenn euch aber der Geist fehlt, den großen Vorteil, den euch der Besitz des ‚Erstgeborenen' bietet, auszunützen, so wird euer Leib euch nur von Schaden sein. Glaubt ihr, daß er in friedlicher Absicht gekommen ist?"

„Nein", antwortete der Scheik. „Das ist er auf keinen Fall. Dennoch müssen wir, sobald du ihn uns schenkst, auf Verhandlungen mit ihm eingehen, bis seine feindlichen Absichten offen erwiesen sind. Glaubst du wirklich, dies noch heute tun zu können?"

„Ich bin überzeugt davon."

„Wer soll uns Auskunft geben?"

„Er selbst oder seine Begleiter, je nachdem."

„Die werden sich hüten!"

„Die werden sich nicht hüten, sondern es sogar als eine Wohltat empfinden, ihre Geheimnisse ausplaudern zu können. Man muß sie scheinbar zum Schweigen zwingen und ihnen dann heimlich Gelegenheit geben, sich auszusprechen. Laßt mich nur machen! Wenn ihr mir helft, wird alles wohlgelingen. Wo kann ich meinen Gefangenen während der Nacht unterbringen, so daß er leicht zu bewachen ist?"

„Auf der Insel oder im Lager. Wir binden die drei Männer einfach an drei Bäume, wie du es mit mir getan hast. Ein einziger Mann genügt, sie zu bewachen. Die anderen können schlafen."

„Wie einfach und wie leicht das klingt! Wenn ihr in dieser Weise zu verfahren pflegt, so ist es wahrhaftig kein Wunder, daß die Tschoban euch stets überlistet haben. Im Lager wird während der Nacht kein Mensch bleiben."

„Warum?"

„Glaubt ihr vielleicht, daß der Scheik der Tschoban den unverzeihlichen Fehler macht, seinen Erstgeborenen und Nachfolger mitten in euer Gebiet zu schicken, nur von zwei Männern begleitet?"

„Dieser Gedanke ist richtig, sehr richtig!" stimmte der Scheik schnell bei. „Ich würde es auch nicht tun."

„Trägt man bei den Tschoban Säbel?" fragte ich.

„Fast jedermann!"

„Diese drei haben keine. Warum? Weil sie ihnen im Weg sein würden. Sie wollen schleichen, forschen, spüren, suchen, leise, ungehört und ungesehen. Da ist der Säbel hinderlich. Und wenn euer Gebiet durchsucht werden soll, und wenn man erfahren will, was ihr tut, wo ihr euch befindet, genügen hierzu armselige drei Männer?"

„Nein! Herr, du machst mir Angst!"

„Das will ich nicht. Aber selbst wenn es dir wirklich bange würde, so ist das jedenfalls besser als ein Überfall, dem ihr unterliegt, weil er euch völlig unvorbereitet trifft. Also, ich glaube nicht, daß diese drei Tschoban die einzigen sind, die sich jetzt bei euch herumschleichen. Darum werde ich mich hüten, unsere Gefangenen so wohlfeil hinzustellen, daß sie leicht befreit werden können. Und darum rate ich auch ab, heute im Lager zu übernachten, das vielleicht schon längst ausgekundschaftet worden ist. Die Art und Weise, wie der Ilkewlad sich näherte, läßt vermuten, daß er die Richtung kennt, in der es liegt. Vorher dachte ich anders, jetzt aber nicht mehr."

„Es hat schon seit undenklichen Zeiten dagelegen!"

„Um so schlimmer! Und um so gefährlicher ist es, es zu einer Zeit zu beziehen, wo Feinde in der Nähe sind."

„Welche andere Stelle schlägst du vor?"

„Jetzt noch keine. Ich kenne die Gegend nicht, werde mich aber, bevor es dunkelt, umsehen. Mag aber kommen, was da will, so könnt ihr überzeugt sein, daß euch heute ein großes Glück widerfahren ist. Der ‚Erstgeborene ist ein Schatz, den euch die Vorsehung sendet, damit ihr — — —"

„Die Vorsehung?" unterbrach mich der Zauberer. „Da hört man, daß ihr Christen Heiden seid! Gott hat ihn gesandt, nur Gott! Das Wort Vorsehung gilt nur für Leute, die zweierlei falsche Scham besitzen. Sie schämen sich, nicht an Gott zu glauben, und sie schämen sich doch, ihn offen und ehrlich zu bekennen. Da sprachen sie von Vorsehung, Fügung und ähnlichen Dingen, die wie voll klingen und doch keinen Inhalt haben. Wir Ussul besitzen nur Gott allein. Weiter brauchen wir nichts!"

Diese Worte wurden schon in der Nähe des Lagers gesprochen. Als wir dort ankamen, erneuerte sich das Erstaunen über die drei Tschoban. Die hier zurückgebliebenen Ussul brachen in lauten Jubel aus. Mit den Begleitern des ‚Panthers' wurde wenig Federlesens gemacht. Wir banden sie einfach an zwei Bäume, doch so, daß sie nicht miteinander sprechen konnten. Ihn selbst aber mußten wir legen, denn er konnte nicht stehen. Der neugierige Zauberpriester untersuchte ihn und fand, daß sein Fuß gebrochen war und schneller Hilfe bedurfte, wenn er nicht vollständig lahm bleiben sollte. Da bekam der Tschoban Angst. Er bat, sogleich verbunden zu werden, und der Sahahr, der zugleich der Arzt seines Volkes war, machte sich, unterstützt von zwei Ussul, daran, diesen Wunsch zu erfüllen. Wie dies geschah, das kümmerte mich nicht. Ich hatte Wichtigeres zu tun. Die Hauptsache für mich war, einen anderen, bequemeren Lagerort zu suchen und dann nach der Insel zu rudern, um zu forschen, ob sie für meine Zwecke geeignet war. Es galt nämlich, die Gefangenen unter sich zu einer Unterredung zu bringen, die wir zu belauschen hatten und also scheinbar verhüten mußten. Der Scheik begleitete mich. Halef wollte auch mit, mußte aber zurückbleiben, um die Gefangenen zu beaufsichtigen und dafür zu sorgen, daß sie weder unter sich noch mit anderen sprechen konnten. Es sollte dadurch in ihnen die Sehnsucht, sich mitteilen zu können, gesteigert werden.

Ein Platz, der sich zum Lagern während der Nacht gut eignete, war bald gefunden. Dann ging es hinüber nach der Insel. Ich hatte angenommen, daß nur das große, schwere Boot, das ich kennengelernt hatte, vorhanden sei; es gab aber, sorgfältig im Gebüsch des Ufers versteckt, noch ein kleines, leichtes Kanu aus Holzstützen und Lederbezug und zum Zerlegen eingerichtet, um überall mitgenommen werden zu können. In diesem ruderten wir uns hinüber. Vorher hatte der Scheik einen seiner Leute nach seiner ‚Residenz' geschickt, um den Bewohnern die Freudenbotschaft zu überbringen, daß der ‚Erstgeborene' ihres Hauptfeindes gefangen worden sei, weshalb man sich für morgen auf einen feierlichen Empfang einzurichten habe. Er sprach da, jedenfalls in bedeutend beschönigender Weise, von seiner ‚Hauptstadt' und seinem ‚Schloß', seiner ‚Burg'. Auch gab es einen ‚Tempel' zur Abhaltung des Gottesdienstes. Dies trug dazu bei, die Spannung auf den morgigen Tag in mir zu erhöhen.

Die Insel war nicht groß, ungefähr fünfzig Schritte lang und halb so breit, rundum am Wasser von dichtem Gebüsch umsäumt. Es standen mehrere Bäume da, die für meinen Zweck vorzüglich paßten. Der eine ganz nahe an einer kleinen, schmalen Einbuchtung des Wassers, die nur ganz wenig breiter war als unser Kanu.

„An diesen Baum wird der Panther gefesselt", erklärte ich dem Scheik.

„Wann?" fragte er.

„Während der Nacht."

„Er soll also herüber auf die Insel?"

„Ja. Doch nicht nur er, sondern auch die beiden anderen Tschoban. Mein Hadschi Halef Omar, der ein außerordentlich pfiffiger Geselle ist, wird sie mit Hilfe zweier Ruderer herüberschaffen. Vorher aber haben wir, du und ich, uns hier eingestellt. Wir kommen mit unserem Lederboot in diese Einbuchtung. Der Baum, an den der Panther gebunden werden soll, steht so nahe daran, daß wir ihn fast mit der Hand erreichen können. Aber sehen wird man uns trotzdem nicht, weil die Wasserpflanzen und Schlinggewächse des Ufers uns verbergen, die wir außerdem jetzt derart ordnen und zurichten werden, wie wir es für unsere Zwecke nur wünschen können. Es kann uns kein Wort entgehen, das an diesem Baum gesprochen wird. Die beiden anderen werden da drüben am jenseitigen Ufer angebunden, aber nicht so fest, wie er, sondern leichter und lockerer, so daß es ihnen mit einiger Mühe möglich ist, sich loszumachen. Sie werden dies ganz sicher tun und dann zu ihrem Vorgesetzten kommen, um sich mit ihm zu beraten."

„Schlau! Außerordentlich schlau!" lobte der Scheik. „Der Plan ist gut; aber ob er in Erfüllung gehen wird, das ist die Frage. Werden sie wirklich so unvorsichtig sein, miteinander zu sprechen? Werden sie nicht Verdacht schöpfen? Werden sie gar nicht auf den Gedanken kommen, daß man sie belauschen will?"

„Sicher nicht! Ich bin überzeugt, daß uns alles gelingen wird", antwortete ich. „Wenn sie vom Lager fortgeschafft werden, sehen sie doch, daß wir alle dort beisammen sind — —"

„Wir alle? Wir beide sind doch fort, du und ich! Und gerade das ist es, was ihnen aufzufallen hat.“

„O nein! Wir gehen doch nicht vor ihnen fort, sondern nach ihnen, wenn sie es nicht mehr sehen können. Hierzu kommt, daß sie mit dem langen, schweren Boot transportiert werden, möglichst langsam, wobei anstatt der geraden Linie ein Bogen geschlagen wird. Wir aber nehmen das leichte, schnelle Kanu und sind also viel eher hier als sie. Sie befinden sich gewiß in der festen Überzeugung, daß nur Halef und die Ruderer vom Lager abwesend sind. Und wenn man sie hier angebunden hat, kann nur der ‚Panther‘ nichts gewahren, weil er auf der entgegengesetzten Seite ist; seine beiden Gefährten aber sehen und hören bestimmt, daß die drei Männer im großen Kahn sich wirklich entfernen und nicht auf der Insel bleiben. Sie werden sich also für unbelauscht halten und in entsprechender Weise miteinander verkehren. Vorbedingung ist, daß wir uns nicht etwa selbst verraten. Bist du geübt, das Husten und Niesen zu unterdrücken?“

„Sorge dich nicht! Das übt man schon von früher Jugend an. Selbst wenn wir die ganze Nacht im Wasser stecken müßten, würdest du nicht das geringste Geräusch von mir zu hören bekommen.“

„So sind wir für jetzt hier fertig und wollen wieder an das Ufer zurück. Ich habe noch meinen Halef heimlich hierherzubringen, um ihn in unseren Plan einzuweihen und zu unterweisen. Es kommt sehr darauf an, daß er, während er die Tschoban nach der Insel bringt, ja nichts tut, was geeignet wäre, ihren Verdacht zu erregen.“

Wir verließen also die Insel und ruderten uns zurück. Dort legten wir so an, daß uns kein Mensch sah. Das geschah natürlich nicht etwa aus Mißtrauen gegen die Ussul, sondern weil ich wünschte, daß überhaupt niemand daraufkam, von dem kleinen Lederkanu zu sprechen. Die Tschoban brauchten nicht zu erfahren, daß es eins gab. Ebenso sorgte ich dafür, daß Halefs Entfernung aus dem Lager ganz unauffällig vor sich ging. Unterwegs nach der Insel erzählte ich ihm, um was es sich handelte. Er war gleich Feuer und Flamme.

„Sihdi", versicherte er, „ich werde meine Sache so machen, daß du gezwungen bist, mich zu loben. Ich gäbe viel darum, wenn ich dann mitlauschen könnte, aber ich sehe ein, daß dies unmöglich ist. Du wirst mir die Bäume zeigen, an die ich die Gefangenen zu fesseln habe. Ich werde das mit größter Sorgfalt und aber doch so besorgen, daß die beiden Halunken, wenn es ihnen gelungen ist, sich loszubinden, über mich lachen und spotten. Das werde ich sehr ruhig tragen, denn meine Rache kommt dann nach!"

Es handelte sich jetzt nur darum, ihm die Örtlichkeit zu zeigen, damit er dann im Dunkel des Abends genau wußte, woran er war. Ich zeigte ihm, als wir an der Insel ausgestiegen waren, die betreffenden drei Bäume, und er weihte mich in all die kleinen und großen Finten ein, deren er sich bedienen wollte, die Tschoban so gründlich wie möglich zu täuschen. Wir verdichteten auch das Ufergesträuch in der kleinen Bucht, wo wir zu landen und uns zu verbergen hatten, derart, daß unser Kanu dann am Abend darunter verschwand und gar nicht bemerkt werden konnte. Dann kehrten wir nicht nach dem alten, sondern gleich nach dem neuen Lagerplatz zurück, den die Ussul inzwischen aufgesucht und eingenommen hatten, und wo man dürres Holz zusammensuchte, weil der Tag sich zu neigen drohte und es also nötig wurde, Feuer anzuzünden. Taldscha begann mit den Frauen das Abendessen zu bereiten. Wir Männer setzten uns um das größte der Feuer, an dem sich sehr bald eine eigenartige und angeregte Unterhaltung entwickelte, in welche die drei Gefangenen absichtlich mit keinem Wort verflochten wurden. Sie waren auch hier angebunden, doch derart voneinander getrennt und abgewendet, daß ihre Augen und Blicke sich nicht treffen konnten. Aber hören mußten sie jedes Wort, und so waren die Ussul alle beflissen, das Gespräch so hin und her zu leiten, daß die Tschoban nur solche Dinge zu hören bekamen, die ihnen imponierten und Angst vor dem, was sie erwartete, einflößten. Daher kam es wie von selbst, daß die Ussul taten, als ob ich und Halef halbe Götter und außerdem auch ihre besten Freunde seien. Das Verhältnis zwischen uns und ihnen wurde in die beste und innigste Beleuchtung gestellt, und es versteht sich ganz von selbst, daß in dieser Beziehung mein kleiner Halef das allermeiste und das Menschenmöglichste leistete. Er behandelte die Ussul so ungeniert und vertraut wie vielerprobte, gute Freunde, und sie gingen in einer Weise hierauf ein, daß es ihnen unmöglich wurde, uns später dann etwa als Feinde zu behandeln. Was mich betrifft, so verhielt ich mich möglichst still. Was von unserer Seite gesprochen werden mußte, das sprach der Hadschi in mehr als reichlicher Weise, und mir lag doch alles daran, die Ussul nicht nur im allgemeinen und insgesamt, sondern auch einzeln so genau wie möglich kennenzulernen.

Das Essen bestand aus erjagtem und am Feuer gebratenem Fleisch mit einer Pflanzenzugabe, die aus wilden, aus dem Gras herausgestochenen Zwiebeln und einer gerösteten Art der Canna indica zusammengesetzt war. Es schmeckte vortrefflich. Auch unsere Pferde wurden reichlich mit gutem Futter und Wasser versehen. Sie standen in unserer Nähe. Die Gäule der Ussul aber befanden sich weiter fort von uns. Sie hatten während des ganzen Tages gefaulenzt und gefressen und sich nun niedergelegt, um auszuruhen. Nur einer nicht, nämlich Smihk, der Dicke. Der kam durch die Finsternis der Waldesnacht zum Lager herbeigeschlichen und suchte so lange rundherum, bis er mich sitzen sah. Er nahte mir, wie meist alles, was man nicht gern kommen sieht, von hinten. Das tat er so leise, wie es der pfiffigste Apatsche oder Komantsche nicht leiser fertiggebracht hätte, und strich mir, als sein Kopf den meinen erreicht hatte, mit der Zunge so zärtlich quer über das Gesicht, daß es schien, als ob sie daran klebenbleiben wolle. Ich langte natürlich sofort zu ihm hinauf und gab ihm eine Ohrfeige, die jedes andere Tier in den höchsten Zorn versetzt hätte; er aber nahm sie für einen überzeugenden Beweis meiner Gegenliebe und ließ ein Freudengewieher und Jubelgeheul erschallen, das die anderen dicken Ur-, Jagd- und Streitrösser so sehr entzückte, daß sie aus Leibeskräften mit einfielen und den ganzen Wald, so weit ihre Stimmen reichten, mit Wonnetönen erfüllten.

„Er hat dich in sein Herz geschlossen", sagte der Scheik. „Nimm es ihm nicht übel!"

Dabei schlug er ihm den Spieß an den Kopf, daß beide krachten, nämlich der Spieß und auch der Kopf; aber Smihk, der Dicke, ließ sich dadurch nicht stören, sondern orgelte weiter, bis er glaubte, seine Gefühle genügend ausgesprochen zu haben, so daß nichts mehr zu sagen war.

Dann legte er sich hinter mir nieder und schloß die Augen, um in dem beseligenden Gedanken zu entschlafen, daß ich nun wisse, wie teuer ich ihm sei.

Als endlich auch für die Menschen die Zeit kam, sich schlafen zu legen, wurden auf meine Veranlassung hin Wachen ausgestellt, die während der Nacht dreimal abzulösen waren. Dann wurde, natürlich nur zum Schein, eine kurze Beratung abgehalten, wie wir uns während des Schlafes unserer Gefangenen am besten versichern könnten. Der Scheik machte den Vorschlag, sie nach der Insel zu schaffen und dort festzubinden, weil da kein besonderer Wächter für sie nötig sei. Wir anderen stimmten bei, und Halef bot sich an, sie hinüberzuschaffen, falls man ihm zwei Ruderer mitgebe, ihm zu helfen. Das wurde in völlig unbefangener und unauffälliger Weise gesagt und vorgeschlagen. Keiner der drei Tschoban kam auf den Gedanken, daß es abgekartete Sache sei. Man band sie von den Bäumen los und führte sie fort, dem Wasser zu, wo hinter einem Ufergebüsch, durch das sie nicht zurückschauen konnten, der große Einbaum zu ihrer Aufnahme bereit lag. Dann eilte ich mit dem Scheik nach der anderen Stelle, an der das Kanu auf uns wartete. Das leichte, kleine Fahrzeug brachte uns im Uferschatten sehr schnell so weit, daß die Insel zwischen uns und dem Einbaum lag und wir, von diesem aus ungesehen, nun gerade auf sie lossteuern konnten. Das taten wir und erreichten die kleine, schmale Bucht noch rechtzeitig genug, um es uns unter den dichten Zweigen, die eine Decke über uns bildeten, bequem zu machen. Der Baumstamm, an den der Panther festgebunden werden sollte, stand uns so nahe, daß auf dieser Seite seine Wurzeln unmittelbar aus dem Wasser tranken.

Nun nahte das große Boot. Wir vernahmen die Ruderschläge, noch viel eher aber die Stimme des Hadschi, der absichtlich laut sprach, damit wir sein Kommen hören sollten. Er landete drüben an der anderen Seite, dennoch unterschieden wir jedes Wort, das er sagte, denn er sprach sehr langsam und deutlich, und die Breite der Insel war nicht beträchtlich genug, seine Worte zu verschlingen.

Er hatte nicht erst jetzt begonnen, mit den Gefangenen zu sprechen, sondern dies schon während der ganzen Fahrt getan. Er besaß so eine pfiffige Art, die Leute auszufragen, und fing es nicht weniger pfiffig an, mich jetzt schon von weitem hören zu lassen, was er von ihnen erfahren hatte.

„Also ihr beide seid die Erzieher des Prinzen der Tschoban, den man Palang, den Panther, nennt. Von dem einen lernt er das Regieren und von dem anderen das

Kriegführen. Der eine ist Kalam el Berinz[1] und der andere Sef el Berinz[2]. Beide werden angebunden, und dann er selber auch. Zuerst Kalam el Berinz! Komm! Steig aus!"

Er führte die ‚Feder des Prinzen' aus dem Boot nach dem betreffenden Baum und band ihn dort mit Riemen scheinbar fest, die er zu diesem Zweck mitgebracht hatte. Dabei sagte er:

„Nun ich von euch gehört habe, was für ein vornehmer Herr du bist, tut es meiner Seele vom Kopf bis herunter zu den Füßen weh, daß ich gezwungen bin, dich hier an diesen Stamm zu fesseln, der nichts von deinem hohen Stande weiß. Doch wenn ich mich nachher entferne, lasse ich dir den süßen Trost zurück, daß ich morgen früh wiederkommen werde, um mich zu erkundigen, ob du gut geschlafen hast."

Hierauf holte er das ‚Schwert des Prinzen', um ihn nach dem anderen Baum zu führen und dort anzubinden. Auch er bekam einige ironische Bemerkungen zu hören. Dann mußten die beiden Ruderer den ‚Panther' nach dem dritten Baum tragen, eben dem, in dessen unmittelbarer Nähe ich mit dem Scheik verborgen war. Die beiden anderen waren aufrechtstehend angekoppelt worden; dieser aber durfte sich seines verletzten Fußes wegen niedersetzen und wurde nur mit dem Rücken an den Stamm gebunden. Während Halef dies besorgte, sprach er:

„Ich liebe dich, o Prinz. Du hast mein Herz gewonnen. Zwar hast du es nur heimlich gewonnen, als du vorhin leise zu mir sagtest, daß du mir eine ganze Satteltasche voll Goldstücke geben würdest, wenn ich bereit sei, euch zu euren Pferden zu bringen und mit euch zu fliehen; dafür aber sage ich es nun laut, um deine Güte zu rühmen. Deine Goldstücke gehören nicht mir, sondern meinen Freunden, den Ussul. Wenn ich jetzt hinüber-

1 Feder des Prinzen 2 Schwert des Prinzen

komme, werde ich ihnen und ihrem Scheik sagen, wie gern du zahlen wirst. Schlaf wohl! Ich gehe! Allah sende dir ein ganzes Dutzend glücklicher Träume aus dem Vorrat seines siebenten Paradieses!"

Er entfernte sich und stieg mit seinen beiden Ussul in den Einbaum. Man hörte die Ruder in das Wasser schlagen, und man hörte die Stimme Halefs, der sich absichtlich laut mit seinen Begleitern unterhielt, noch lange, bis sie wegen des zu großen Abstandes verscholl. Das ging alles so ungesucht und selbstverständlich, daß die drei Tschoban gar nicht auf den Gedanken gerieten, sie seien nicht allein hier, oder Halef werde heimlich zurückkehren, um sie zu belauschen. Selbst falls er diese Absicht gehabt hätte, wäre es ihm wegen der Größe des Bootes wohl schwerlich gelungen, die Insel unbemerkt wieder zu erreichen.

Nun warteten wir. Der Scheik war in hohem Grade gespannt, ob sich die Richtigkeit meiner Voraussetzung bestätigen werde; bei mir aber gab es nicht den geringsten Zweifel daran, daß die Gefangenen die Gelegenheit schleunigst benutzen würden, miteinander zu sprechen. Und richtig! Kaum hörte man Halefs Stimme nicht mehr, so rief die ‚Feder des Prinzen' den beiden anderen zu:

„Gebt acht! Hört ihr mich?"

„Ja, ja!" lautete die Antwort von hüben und von drüben.

„Wir sind allein!"

„Weißt du das genau?" fragte der Prinz.

„Ja. Ich konnte dem Boot von hier aus nachschauen, bis es nicht mehr zu sehen war. Sie sind fort, und kein Mensch ist hier, der uns hört. Wie dumm diese Leute sind!"

„Bist du fest angebunden?"

„Es scheint so; aber ich will es doch einmal untersuchen."

„Ich auch!" stimmte das ‚Schwert des Prinzen' bei. „Mir scheint, ich kann vielleicht los."

Es wurde für kurze Zeit still; dann hörten wir gleich hintereinander zwei Freudenrufe. Beiden war es gelungen, sich von dem Riemen zu befreien, doch lag es ihnen völlig fern, hier eine Hinterlist zu vermuten. Sie jubelten laut auf und eilten herbei, um auch den ‚Panther loszumachen und mit ihm zu besprechen, wie sie sich nun wohl befreien könnten. Hier zeigte es sich, welchen Einfluß Geburt und Erziehung auf Menschen haben, die sonst ziemlich gleichgestellt sind. Er war edler geboren als sie, und er zeigte sich trotz ihres höheren Alters und ihrer größeren Erfahrung als der Bedachtsamste und Vorsichtigste von ihnen.

„Halt! Mich nicht losbinden!" befahl er. „Wir wissen nicht, ob wir uns vielleicht nicht wieder anbinden müssen. Wäre dies der Fall, so könnten wir die Schleifen und Knoten nicht genauso wiederherstellen, wie sie waren, und das würde uns verraten, daß wir frei gewesen sind."

„Uns wieder anbinden müssen? Das fällt uns doch wohl nicht ein!"

„So? Könnt ihr schwimmen?"

„Nein. Wir sind keine Fische oder Frösche! Hätte Allah uns Flossen oder Schwimmhäute gegeben, so läge es in seinem Ratschluß, daß wir schwimmen sollen. Du hast es trotzdem gelernt, aber dein Fuß ist verletzt —"

„Ja, dieser Fuß, dieser Fuß!" klagte der ‚Panther.' „Daß dieser fremde Hund mich vom Pferd gerissen und lahmgemacht hat, das würde ich ihm nicht vergessen, selbst wenn Allah mit Mohammed vom Himmel käme, um für ihn zu bitten! Ich hoffe, daß die Zeit erscheint, in der ich mit ihm abrechnen kann. Dann wird es keine Gnade geben — keine!"

Er knirschte das grimmig zwischen den Zähnen heraus und fuhr dann fort:

„Also an das Ufer zu schwimmen ist unmöglich; folglich müssen wir hier bleiben. Ich bleibe angebunden, wie ich bin, damit man früh nicht spürt, daß ihr schlecht angebunden gewesen seid. Auf mich paßt man besser auf als auf euch."

„So sollen wir also auf jeden Versuch, die Flucht zu ergreifen, verzichten?" fragte das ‚Schwert'.

Der ‚Panther' sann einige Augenblicke lang nach und antwortete dann:

„Ich muß mich fügen! Wegen meines Fußes! Aber nicht ihr. Ihr könntet fliehen, sobald sich euch eine Gelegenheit dazu bietet. Aber klüger ist es, hierauf zu verzichten, um meinetwillen. Denn eure Flucht würde mir wohl sehr übel angerechnet werden. Sie würde meiner Behauptung widersprechen, daß wir in Frieden kommen und Abgesandte meines Vaters sind."

„Aber wir können doch nicht so lange bleiben, bis sie merken, daß dies eine Lüge ist! Die beiden Fremden glauben schon jetzt nicht daran! Bedenke, daß unser Heer heute über eine Woche den Engpaß Chatar überschreiten wird! Wenn wir da noch Gefangene der Ussul sind, so ist es um uns geschehen! Die Stunde, in der sie erfahren, daß wir keinen Frieden wollen, sondern ganz im Gegenteil wieder mit einem großen Heer im Lande eingefallen sind, wird unsere Todesstunde sein!"

„Das stünde allerdings mit größter Sicherheit zu erwarten", stimmte der ‚Panther' bei. „Aber noch ist keine Gefahr. Wenn wir unsere Rolle gut spielen, so werden wir sehr bald entlassen. Wir schließen mit ihnen einen angeblichen Vertrag, den mein Vater durchzuprüfen hat, ehe er ihm sein Siegel gibt. Diesen Vertrag haben wir ihm zu bringen; also müssen wir fort von hier."

„Aber wenn sie diesen Vertrag abweisen und gar nicht auf ihn eingehen?"

„Das ist unmöglich! Wir wissen ja, daß wir diesen Vertrag überhaupt nicht halten werden, also können wir die Sache so appetitlich für sie machen, daß sie unbedingt anbeißen werden. Diese Ussul sind Dummköpfe. Es gibt keinen einzigen Menschen unter ihnen, den man als klug bezeichnen könnte. Der Dümmste von allen aber ist der Scheik. Hätte er nicht die Frau, die sich bemüht, das bißchen Verstand, das er beinahe besitzt, zusammenzuhalten, so gäbe es auf der ganzen Erde keinen größeren Narren und Einfaltspinsel als ihn! Den nehme ich bei unserem nächsten Sieg gefangen und zeige ihn in unserem ganzen Land herum, damit man endlich einmal erfahre, wie ein Mensch aussieht, der — — —"

„So sieht er aus!" erscholl hinter ihm eine donnernde Stimme, die ihn mitten in der Rede unterbrach, und zugleich erhielt er eine Ohrfeige, die allerdings noch ganz anders klatschte als die, mit der ich meinem guten, dicken Smihk zu antworten pflegte, wenn er sich eingehender mit mir beschäftigte, als ich wünschte. Nämlich von dem Augenblick an, der uns die Gewißheit gab, daß die friedliche Sendung dieser drei Männer eine Lüge war, hatte sich der Scheik nicht mehr zu beherrschen vermocht. Sein Atem begann hörbar zu werden. Ich faßte ihn am Arm, um ihn zur Vorsicht zu mahnen. Dies hätte vielleicht auch gefruchtet, wenn nicht die persönliche Beleidigung gefolgt wäre, die ihn in laute Wut versetzte. Er richtete sich, die Zweige, die uns verbargen, auseinanderstoßend, im Kanu auf, so lang er war, gab dem Prinzen den Schlag ins Gesicht, und sprang sodann an das Ufer. Ich folgte ihm auf der Stelle.

„Allah w' Allah!" rief das ‚Schwert' erschrocken.

„Und auch der Fremde!" fügte die ‚Feder' hinzu.

Der ‚Panther' sagte kein Wort. Wahrscheinlich nahm die Ohrfeige seinen Kopf so ganz und gar in Anspruch, daß ihm die Sprache versagte.

„Ja, der Scheik und der Fremde!" donnerte der Ussul weiter. „Der Scheik, den ihr in euerm ganzen Lande sehen lassen wollt! Der Scheik, der der dümmste von allen Dummköpfen ist! Ihr aber habt die Klugheit schon von Kindesbeinen an euch in den Kopf geschaufelt und es mit ihrer Hilfe so himmelweit gebracht, daß man euch nur an den ersten besten Baum zu binden braucht, um alle eure Geheimnisse zu erfahren. Fort mit euch von hier! Ihr gehört an eure Bäume!"

Diese Aufforderung war an die ‚Feder' und das ‚Schwert' gerichtet. Der Scheik nahm den einen hüben und den anderen drüben beim Genick und schaffte sie von ihrem Prinzen fort. Sie wagten nicht, eine Hand zum Widerstand zu regen, was ihnen auch wohl schlecht bekommen wäre. Ich folgte. Wir banden sie wieder fest, und zwar so, daß es ihnen nicht wieder gelingen konnte, sich zu befreien. Dann begaben wir uns nochmals zum ‚Panther' hin, weil sich dort unser Kanu befand. Ich untersuchte seine Fesseln. Sie waren ihm so gut angelegt, daß ich nichts daran zu ändern hatte.

„Schurke!" giftete er mich an.

„Ich kam nur hierher, um mein Wort zu halten", antwortete ich.

„Welches Wort?"

„Du fordertest mich auf, dir zu beweisen, daß du ein Feind der Ussul bist, und ich gab dir mein Wort, daß ich diesen Beweis erbringen würde, noch ehe der heutige Abend vorbei sei. Ich habe es getan, und es ist noch lange nicht Mitternacht. Leb wohl! Wir sehen uns am Morgen wieder."

Wir stiegen in das Boot und verließen die Insel. Als wir uns so weit von ihr entfernt hatten, daß wir nicht gehört werden konnten, sagte der Scheik:

„Wie recht hast du gehabt, und wie gut war es, daß wir sie belauschten!"

„Und wie falsch war es, daß du so vorzeitig dazwischen fuhrst!" tadelte ich ihn. „Es ist gar nicht zu ahnen, was wir alles noch erfahren hätten, wenn du ruhig geblieben wärst."

„Verzeih! Ich hielt es nicht länger aus. Es ist kein Spaß, sich als einen Dummkopf bezeichnen zu lassen, wenn man keiner ist! Übrigens glaube ich, daß wir genug erfahren haben. Nun wissen wir, woran wir sind. Mehr brauchen wir nicht. Wir kennen sogar den Tag, an dem das Heer der Tschoban durch den Paß von Chatar reitet."

„Wo liegt der Paß von Chatar, und wie ist er beschaffen?"

„Er liegt an der Grenze der Wüste, welche die Steppen der Tschoban von meinem außerordentlich fruchtbaren Lande trennt. Er besteht nur aus Stein. Er ist so lang, daß man fast einen halben Tag braucht, um zu Pferde von seinem Anfang an sein Ende zu kommen. Seine Breite ist gering; sie beträgt an ihrer beträchtlichsten Stelle den Ritt von nur einer Viertelstunde. Es gibt aber Punkte, wo sie so schmal ist, daß ich auf der einen Seite die Worte genau verstehe, die mir jemand von der anderen herüberruft."

„Was gibt es rechts und links? Etwa Gebirge?"

„O nein! Sondern Wasser."

„Was für Wasser?"

„Das Meer."

„Das Meer?" fragte ich verwundert. „So ist dein Land eine angeschwemmte Erde? So ähnlich wie das Delta des Nils? Eine Halbinsel, die mit dem Festland derart in Verbindung steht, wie zum Beispiel die griechische Pelopomes durch die Landenge von Korinth mit Hellas zusammenhängt?"

Da kratzte er sich verlegen den Bart und antwortete: „Was Delta ist und Korinth und Hellas und Peloponnes, das weiß ich nicht; aber gelehrte Leute sollen behauptet haben, daß das Land der Tschoban früher ein ungeheurer See gewesen sei, während im Süden davon, also da, wo wir uns jetzt befinden, das Meer gelegen habe. Beide, der See und das Meer, seien durch einen starken Felsenkamm getrennt gewesen. Ein großer Fluß habe den See gespeist und dessen Wasser so schwer gemacht, daß der Felsenkamm endlich nicht länger widerstehen konnte. Der Druck der Wassermenge zwang ihn, sich zu öffnen. Sie rauschte in das Meer hinaus und riß die Felsenbrocken mit sich fort, um sie hüben und drüben weit in das Meer hinein aufzutürmen. So soll der jetzige Engpaß Chatar entstanden sein. Als der See hierdurch leer geworden war, zeigte es sich, daß der Boden seines südlichen Teiles nur aus unfruchtbarem Steingeröll bestand. Das ist die Wüste der Tschoban, die ich schon erwähnte. Der nördliche Teil erwies sich als nützlicher; er brachte nach und nach Gräser und Stauden hervor, wenn auch keine Bäume. Das ist die Steppe der Tschoban. Der Fluß ging durch beide hindurch, durch die Steppe und durch die Wüste. An seinen Ufern wuchsen nach und nach Büsche und Bäume; aber eben auch nur da, am Ufer, weiter nicht. Denn das fruchtbare Land, das der Fluß aus den höherliegenden Gegenden brachte, wurde von ihm bis hinaus in das Meer getragen und dort von ihm niedergesenkt und aufgebaut. Es wuchs, es wurde immer größer und größer, immer breiter und breiter. Der Fluß teilte sich in viele, in unzählige Arme und Zweige, die alle an der Entstehung des neuen Landes zu arbeiten hatten. Wahrscheinlich ist es dasselbe, was du vorhin Korinth oder Hellas oder Delta nanntest. Die Wasser und die Winde brachten Körner und Samen, die guten Boden fanden. Es entstanden Wälder, deren Größe ebenso wuchs wie die Größe des Landes selbst. Das ist das Land der Ussul, in dem du dich befindest."

„Und der Fluß?" fragte ich. „Wo finde ich den?"

„Der ist verschwunden, fort, für alle Zeit."

„Wohin?"

„Hm! Wohin! Hierüber gibt es eine alte Sage, die zu lang ist, als daß ich sie dir jetzt erzählen könnte, weil wir sogleich das Ufer erreichen werden. In der Steppe und in der Wüste der Tschoban gibt es seitdem keinen einzigen Tropfen fließendes Wasser mehr, und so sind die Bäume und Sträucher gänzlich verschwunden, die damals am Ufer des Flusses standen. Das Land der Ussul aber ist wie ein Schwamm, der die Wasser des Meeres an sich saugt, um sie zu reinigen und trinkbar zu machen. Schau dieses Wasser hier, das aus dem Meer stammt und doch keinen Tropfen Salz mehr hat! Und morgen, wenn wir in die Hauptstadt kommen, wirst du sehen, daß wir an Durst niemals zu leiden brauchen und gerade an dem, was die Tschoban sich vergeblich wünschen, reicher sind als reich."

Das Gespräch mußte abgebrochen werden; denn wir landeten. Was ich da gehört hatte, war höchst interessant. Und nicht bloß das allein; denn er hatte es auch in einer Weise gesagt, die nicht seine gewöhnliche war. Wahrscheinlich brauchte man zu der angeborenen Intelligenz der Ussul nur liebevoll hinunterzusteigen, um sie wecken und emporheben zu können. Ich freute mich schon jetzt darauf, die Sage von dem verschwundenen Fluß zu hören.

Der Fluß des Paradieses

Als wir im neuen Lager ankamen, war es unser erstes, zwei Ussul nach der Insel zu schicken, um die Gefangenen zu bewachen. Ich hielt dies zwar nicht für unumgänglich notwendig, aber nach dem, was wir erfahren hatten, waren die drei Tschoban so wichtig für uns geworden, daß keine Handlung der Vorsicht als unnütz bezeichnet werden konnte. Dann wurde erzählt. Die Kunde, die wir brachten, wirkte aufregend. Die Ussul hatten zwar gehört, daß die Tschoban zu einem neuen Einfall rüsteten; aber so gewiß wie jetzt, hatten sie es doch nicht gewußt. Und ebensowenig hatten sie geahnt, daß es so bald geschehen würde. Der jetzige Jagdzug war nur zum Zweck der Verproviantierung unternommen worden, und ich erfuhr nun, daß auch noch andere Jagdgesellschaften in die Wälder geschickt worden waren, um das zu tun, was der Indianer als ‚Fleischmachen' bezeichnet. Man sah sich gezwungen, diesmal mehr als früher das Wild heranzuziehen, weil die zahmen Herden sich von dem Verlust, den ihnen der letzte Einfall der Tschoban bereitete, noch nicht wieder erholt hatten. Der Scheik und auch Taldscha versicherten mir, daß ihr ganzer Stamm der Hungersnot verfallen müsse, wenn es nicht gelinge, die ihnen bevorstehenden neuen Verluste abzuwehren.

„Was gedenkt ihr zu tun? Habt ihr einen Plan?" fragte ich.

„Ja", antwortete der Scheik.

„Welchen? — Darf ich ihn erfahren?"

„Den, den wir immer verfolgen."

„Also die Belagerung?"

„Die Belagerung!" nickte er. „Wir schaffen, wenn wir den Überfall zeitig genug erfahren, unsere Herden nach der Hauptstadt. Auch alle Krieger vereinigen sich da. Die Weiber und Kinder verstecken sich, bis die Gefahr vorüber ist. Der Feind kommt und umzingelt uns; wir aber sind vom Wasser gedeckt; er kann nicht herüber und muß wieder abziehen."

„Wie lange dauert das immer?"

„Oft mehrere Wochen."

„Hm! Während dieser Zeit zieht der Feind raubend im Lande herum! Ihr aber steckt tatenlos hinter dem schützenden Wasser und habt nicht nur die Menschen zu ernähren, sondern auch die Herden zu füttern! Das kann euch doch nur schädigen, selbst wenn der Feind schließlich gezwungen ist abzuziehen! Ist das so oder nicht?"

„Es ist so!" antwortete Taldscha diesmal an Stelle

ihres Mannes. „Auch dann, wenn die Tschoban die Belagerung aufheben mußten, ohne uns ausgeraubt zu haben, nahmen sie doch noch ganz bedeutende Beute mit, die sie sich ringsum zusammengeholt hatten. Und in unseren Herden brach dann infolge des Hungers und des Zusammengedrängtseins fast immer ein Sterben aus, das große Opfer forderte."

„Ihr habt euch stets nur dadurch gewehrt, daß ihr euch einschließen und belagern ließet?"

„Ja."

„Warum das?"

„Weil es so Sitte war. Unsere Vorfahren haben es stets getan, und so taten wir es auch."

„So seid ihr niemals auf den Gedanken geraten, die Angreifer zu machen, anstatt nur immer die Angegriffenen zu sein?"

„Nie!"

„Sonderbar!"

„Ja, sonderbar, höchst sonderbar!" fiel hier Halef ein. „Die Herrin der Ussul hat es mir übelgenommen, daß ich ihr zugetraut habe, einmal nicht Wort zu halten. Ich bemerke das erst jetzt, weil sie es beharrlich vermeidet, mich anzusehen. Ist ihre Ehre so fein und so empfindlich, daß sie schon ein kleines, unbedachtes Wort so gewaltig übelnimmt, so sollte diese ihre Ehre zu anderen Zeiten nicht so grob und unempfindlich sein, daß man sie wochenlang belagern und ihr ganze große Herden rauben darf, ohne daß sie sich hiervon beleidigt zu fühlen scheint. Mich, den einzelnen, kleinen Menschen, den sie nur für einen unbedeutenden Zwerg gehalten hat, verfolgt sie mit ihrer Rache. Was hat sie getan, um sich an den Tschoban zu rächen? Mich bestraft sie eines einzigen, unschädlichen Wortes wegen. Womit hat sie die riesengroßen Missetaten der Tschoban bestraft? Reicht ihr Mut nur zur Verachtung und Bestrafung von Zwergen aus? Oder fehlen ihr die Einsicht, die Klugheit und die nötige Begabung, die dazu gehören, einen Plan abzufassen und auszuführen, nach dem man sich mutig wehrt, anstatt daß man sich, seine Krieger und seine Herden langsam abschlachten läßt? Ich sage euch: Ich, der gegen euch winzige Hadschi Halef Omar, hätte mir so etwas nie gefallen lassen; ihr aber, die ihr euch Riesen nennt, sammelt in eurer Feigheit schon wieder Fleisch, um euch auf eine elende, unmännliche und furchtsame Belagerung vorzubereiten, anstatt den Feinden entgegenzuziehen und ihnen zu zeigen, daß ihr Hirn im Kopf, Blut in den Adern und Mark in den Knochen habt! Ob jemand mich ansieht oder nicht, das ist mir völlig gleich; aber wer da meint, mich verachten zu dürfen, der sollte doch wohl derart zu handeln gewohnt sein, daß ich ihm meine Achtung nicht auch zu versagen habe!"

Diese lange Rede des kleinen Hadschi kam mir wie ein Blitz aus heiterem Himmel, vollständig unerwartet. Daß die Frau des Scheiks so ganz über ihn hinwegzusehen wagte, das ärgerte ihn nicht nur, sondern das erboste ihn. Seit er bemerkt hatte, daß ihre Blicke ihn mieden, kochte es in ihm, und ich kannte ihn gut genug, um zu wissen, daß er die erste beste Gelegenheit ergreifen werde, die Hiebe auszuteilen, die er für nötig fand. Und das hatte er jetzt soeben getan. Nach den Folgen pflegte er bei solchen Dingen nie zu fragen. Die Hauptsache war, daß er seine Meinung gesagt hatte, und was dann kam, das fiel dann stets auf mich. So auch hier.

Die ‚Dame' Taldscha hatte ihm sehr gut gefallen, darum ärgerte es ihn doppelt, daß gerade sie es war, die ihn nicht sehen wollte. Ich fand es also nicht unbegreiflich, daß er in diesem Fall die Rücksicht vergaß, die man den Frauen selbst dann schuldet, wenn sie sich Mühe geben, einen gar nicht zu bemerken. Dazu kam, daß ich ihm in Beziehung auf das, was er gesagt hatte, keineswegs so Unrecht geben konnte. Es schien wirklich mehr als hergebrachte Überlieferung und Bequemlichkeit zu sein, daß diese riesenhaft gebauten Menschen vor ihren bedeutend kleiner gestalteten Gegnern fortwährend zu Kreuze krochen. Jeder Psychologe weiß, daß der Riese gemütlicher zu sein pflegt als der Zwerg, aber diese Gemütlichkeit darf doch nicht in eine Passivität ausarten, die an Feigheit grenzt. Kurz und gut, mein kleiner Halef war grob, sehr grob gewesen, aber er hatte dabei auch mir mit aus dem Herzen gesprochen, und so war ich gewillt, mich seiner anzunehmen, falls sich dies als nötig herausstellen sollte.

Zunächst war man darüber, daß so etwas hatte gewagt werden können, völlig starr. Dann sprang der Scheik von seinem Sitz empor, und die anderen stießen laute Rufe des Zorns aus. Nur Taldscha blieb ruhig. Sie bewegte sich nicht und schloß die Augen, als ob sie innerlich nachschauen wollte, ob Halef berechtigt sei, in dieser Weise über sie zu sprechen. Der Scheik aber rief:

„So hat noch niemand zu uns gesprochen, noch niemand! Soll ich dich zwischen diesen meinen Fäusten zu Pulver zerreiben oder zu Brei zerquetschen? Wähle eins von beiden, ich tue es sofort!“

Er hielt dem Hadschi die beiden ungeschlachten Hände hin. Dieser blieb ruhig sitzen, zog eine seiner Doppelpistolen aus dem Gürtel, richtete sie auf den Scheik, ließ die Hähne knacken und antwortete:

„Soll ich dich mit dem Schrot oder mit der Kugel erschießen? Wähle eins von beiden; ich tue es sofort!“

Ich nahm einen meiner Revolver zur Hand und knackte mit dem Hahn, ohne ein Wort zu sagen. Da machte Taldscha die Augen auf. Sie sah die auf ihren Mann gerichteten Waffen, ließ jene gebieterische Handbewegung schauen, die ich schon beschrieben habe, und sagte zu ihm und den anderen Ussul:

„Schweigt! Ich habe nachgesonnen, und ich fühle, daß

Scheik Hadschi Halef Omar nicht Unrecht hat. Doch soll er uns sagen wie er sich unsere Gegenwehr gegen die Tschoban denkt!"

„Ich denke mir eure Gegenwehr genauso, wie ich mir ihren Angriff zu denken habe", antwortete er, ohne einen Augenblick zu zögern.

Der Scheik gehorchte seiner Frau; er setzte sich wieder nieder. Die anderen unterdrückten ihre Zornesrufe. Da steckte Halef die Pistole wieder ein, und auch mein Revolver verschwand.

„Wie meinst du das?" fragte Taldscha.

„Die Tschoban greifen euch an, indem sie in euer Land eindringen. Wer hindert euch, denselben Weg zu gehen und bei ihnen einzufallen? Das Gesetz, dem sie gehorchen, nämlich der Islam, gebietet, Gleiches mit Gleichem zu vergelten. Ihr würdet also ihr eigenes Gesetz beachten und ehren, wenn ihr an ihnen ganz dasselbe tätet, was sie an euch schon so oft getan haben!"

„Bei ihnen einfallen — —?" fragte die Frau in einem Ton, als ob ihr etwas ganz und gar Unmögliches zugemutet werde.

„Bei ihnen einfallen!" rief auch der Scheik.

„Bei ihnen einfallen! — Bei ihnen einfallen! — Bei ihnen einfallen!" rief man im Kreise auch weiterhin von Mund zu Mund.

„Warum nicht?" fragte Halef. „Was die Tschoban können, das könnt ihr doch wohl auch!"

„Das meine ich wohl!" beteuerte der Scheik.

„Wenn ihr das wißt, warum tut ihr es dann nicht? Fehlt es euch an Mut?"

„Nein, nein!" versicherte der Scheik.

„Nein, nein! Nein, nein!" klang es im Kreise weiter.

„Oder an Geschicklichkeit, an Flinkheit, an Verstand?"

„Auch nicht!" stellte der Scheik fest.

„Auch nicht!" fielen die anderen rundum ein.

„So begreife ich nicht, warum ihr es nicht tut! Es gibt

da nur noch einen einzigen Grund, den man sich denken kann."

„Welchen?" erkundigte sich der Scheik.

„Daß ihr zu faul seid."

„Zu faul?" fuhr der Scheik grimmig drein. „Wer das behaupten will, den schlage ich tot!"

Und er hob schon wieder seine beiden Fäuste empor.

„Den schlage ich tot, den schlage ich tot!" riefen die anderen ebenfalls, während auch sie ihre Fäuste zeigten.

„Nun, so tut es doch, so tut es doch!" warf Halef ihnen zu.

„Was aber sollen wir drüben?" fragte nun der Zauberpriester.

„Ganz dasselbe, was sie hier bei euch wollen!"

„Also sollen wir stehlen, rauben, plündern und brandschatzen?"

„Ja! Stehlen, rauben, plündern und brandschatzen! Was sie glauben, an euch tun zu dürfen, das kann euch doch nicht verboten sein, an ihnen zu tun!"

„O doch!" fiel da die blonde Herrin ein, und zwar in ernstem Ton. „Kein Dieb soll mich verführen, auch zu stehlen, und kein Räuber kann mich veranlassen, ihn auch zu berauben. Zu deiner Ehre will ich annehmen, daß auch du dieser meiner Ansicht bist und nur vom Standpunkt der Tschoban aus redest, die Mohammedaner und also Heiden sind, aber ich bitte — —"

„Heiden?" unterbrach Halef sie da schnell.

„Ja, Heiden!" antwortete sie. „Oder ist es nicht heidnisch, zu stehlen, weil andere stehlen, und zu rauben, weil andere rauben?"

Der Hadschi hatte sich da in eine arge Klemme hineingeredet. Er war gewiß schwer, außerordentlich schwer in Verlegenheit zu bringen, diesmal aber wußte er sich keinen Rat. Er warf mir einen bittenden Blick zu, und so fiel ich nicht nur um seinetwillen, sondern auch um meinetwillen ein:

„Der Scheik der Haddedihn meint es nicht wörtlich so, wie er es sagt. Er will euch nicht verleiten, ohne Grund in das Gebiet eurer Feinde einzufallen, um dort zu sengen, zu brennen, zu plündern und zu morden. Aber wenn sie vor euch die Flucht ergreifen müßten und ihr sie bis hinüber verfolgtet, so wäre das wohl nicht gegen dein zwar menschenfreundliches, aber auch entschlossenes und tapferes Gefühl."

„Nein, gewiß nicht!" gestand sie zu. „Ich würde sogar dazu raten."

„Wirklich?" fragte ich mit besonderer Betonung.

„Wirklich!" versicherte sie.

„So tut es doch! Schlagt sie aus eurem Reich hinaus und in das ihrige hinüber! Oder noch besser: Wartet gar nicht erst, bis sie herüberkommen, sondern fallt gleich an eurer Grenze über sie her, daß sie umkehren müssen!"

„Sie hinausschlagen — —?" fragte Taldscha erstaunt.

„Über sie herfallen!" rief der Scheik.

„Daß sie umkehren müssen! An unserer Grenze?" so wiederholten auch die andern.

„Das fordert Blut, viel Blut!" warnte Taldscha.

„Nein!" antwortete ich. „Vielleicht keinen Tropfen, keinen einzigen!"

„Unmöglich! Man kann doch kein ganzes Kriegsheer über die Grenze hinübertreiben, ohne daß Blut vergossen wird!"

„Das meine ich auch!" stimmte der Scheik bei. „Aber das sollte uns wohl nicht hindern, diesen Rat zu befolgen, der mir gar nicht übel gefällt. Es ist besser, einige Tote zu haben, als von den Tschoban und aller Welt als feig verschrien zu werden. Ich bitte dich, Effendi, uns deinen Plan mitzuteilen. Ist es möglich, ihn auszuführen, so daß er uns Nutzen schafft, so werden wir ihn ausführen. Ich bin überzeugt, daß Taldscha einverstanden ist."

Sie nickte nur. Ich aber entgegnete:

„Einen Plan kann ich euch noch nicht sagen; denn ich habe noch keinen. Ich kenne euer Land und folglich auch die Gegend noch nicht, um die es sich handelt. Freilich, einen Gedanken habe ich bereits jetzt. Und der scheint gut zu sein. Aber, um ihn sich entwickeln zu lassen, muß ich Fragen tun, die ich euch heute unmöglich vorlegen kann. Dazu ist morgen Zeit. Ich halte es nämlich für sehr möglich, die Tschoban zu besiegen und für immer zurückzutreiben, ohne daß es euch einen einzigen Toten oder eine einzige Wunde kostet. Wenn ihr wollt, so könnt ihr es morgen erfahren. Für heute aber soll nun Ruhe sein. Es ist nun schon über Mitternacht. Ich gehe schlafen!"

„Ich auch!" stimmte Halef bei, der meine Absicht, nur von der Unterhaltung loszukommen, sehr wohl verstand.

Wir gingen also zu unseren Pferden, bei denen wir uns so niederlegten, daß ihre Hälse unsere Kopfkissen bildeten. Das waren sie und auch wir gewohnt. Die Ussul aber blieben noch sitzen, um das für sie unendlich wichtige, aber auch unendlich unbegreifliche Thema, das ich ihnen gegeben hatte, weiter auszuspinnen. Das ganze Heer der Tschoban besiegen und für immer zurückzuschlagen, ohne daß es einen einzigen Toten oder auch nur eine einzige Verwundung kosten sollte! Das wollte ihnen nicht in die trägen Köpfe, ihnen, die bisher weiter nichts gewußt hatten, als auszureißen, sich zu verstecken und dann hinter den abziehenden Feinden herzujammern und zu schimpfen. Mein Gedanke kam mir aus der Beschreibung, die der Scheik mir über den hochinteressanten Engpaß Chatar geliefert hatte. Und ich dachte dabei an eins meiner Erlebnisse bei den Haddedihn-Arabern, deren Scheik jetzt Halef war; nämlich an das erfolgreiche Zusammentreiben aller ihrer Feinde im ‚Tal der Stufen', das ich im ersten Band meiner ‚Reiseerzählungen' beschrieben habe. Vielleicht eignete sich der Engpaß noch viel besser zu solch einem pfiffigen Streich als jenes Tal der Stufen, in das die Gegner gelockt werden mußten, während die Tschoban auf alle Fälle gezwungen waren, ihren Weg durch den Paß zu nehmen, von dem ich überzeugt war, daß er ihnen leicht verhängnisvoll werden könne.

Als ich Halef hierüber eine kurze Bemerkung machte, wich der Schlaf sofort von ihm. Er richtete sich halb empor und sagte: „Sihdi, das wäre eine Wonne für mich, so etwas wieder zu erleben! Wie bist du auf diesen prachtvollen Gedanken gekommen?"

„Durch den Scheik, der mir die Örtlichkeiten beschrieb. Zwar kann man das, was dieser gute Mann behauptet, nicht als geologisch erwiesen annehmen, sondern man muß es erst prüfen; aber etwas Wahres ist doch jedenfalls daran, und man könnte viel Blutvergießen verhindern, wenn man die Ussul veranlaßte, den Tschoban heute über eine Woche in diesem schmalen Engpaß entgegenzutreten."

Ich erzählte ihm, was ich von dem Scheik während des Ruderns erfahren hatte. Als ich damit zu Ende war, teilte er mir mit, daß während unserer Abwesenheit das Gespräch auch unter den Ussul auf den verschwundenen Fluß gekommen sei. Auf seine Bitte habe der Sahahr ihm dann die Sage erzählt.

„So kennst du sie nun?" fragte ich.

„Ja", antwortete er. „Willst du sie hören?"

„Sehr gern."

„Sie raubt uns nur wenig Schlaf, denn sie ist kurz. Vorher aber muß ich dir sagen, daß die Ussul nur Gott allein verehren, keinen anderen bei oder neben ihm. Bei ihnen ist nur er der Inbegriff der Allmacht, Weisheit und Liebe. Nur er allein kann, was er will, und wenn die Hilfe und das Erbarmen des Himmels sich der Erde nahen, so geschieht dies nur durch ihn. Das war es, was du wissen mußtest. Und nun kann ich erzählen."

Halef machte wie immer, wenn er etwas Derartiges erzählte, vorher eine Pause, um seine Gedanken zu sammeln und den richtigen, klar hindurchführenden Faden zu finden. Dann begann er:

„Weit, weit von hier, hoch über Dschinnistan hinauf, liegt das verlorene einstige Paradies. Seine Tore sind geschlossen. Wer nach ihm sucht, der sieht es von weitem glänzen, jedoch hinein kann keiner. Sogar dem Blick ist es versagt, die himmelhohen Mauern zu übersteigen. Bei Tage in sonnengoldenen Lettern, bei Nacht in flammenheller Sternenschrift sieht man über ihm den göttlichen Ruf erstrahlen:

„Ist Friede auf Erden, dann kommt!"

Sooft ein Jahrhundert vorüber ist, springen alle Pforten und Tore des Paradieses auf, und eine unendliche Fülle durchdringenden Lichtes flutet über die Erde und über die Menschen hin, die auf ihr wohnen. Da wird alles, alles offenbar, was je geschehen ist und was noch heut geschieht. Die Erzengel treten vor die Tore. Ihre Scharen erscheinen zu Tausenden und zu Zehntausenden auf den Mauern. Sie schauen herab, ob endlich Friede sei; aber stets ist Krieg und Mord und Zank und Streit. Da erheben sie ihre Stimmen. Ein Weheschrei erschallt; er steigt vom Himmel auf die Erde nieder. Das Licht verschwindet, mit ihm das Paradies. Den Schrei aber hören nie die Mächtigen, die Reichen, die Sieger, sondern nur die Schwachen, die Armen, die Unterdrückten und Geknechteten, die händeringend und hilfeflehend in stiller Kammer beten, daß Gott der Herr sie von ihrem Leid, von ihrer Qual erlöse.

Diese Bitten und Gebete sind mächtiger als die mächtigsten der Menschen. Was kein Sterblicher vermag, das vermögen sie. Sie steigen unsichtbar zum Paradies empor, versammeln sich vor seinen Mauern und wachsen zu Millionen und Millionen an. Sie helfen einander, heben einander über die Mauern hinweg, dringen ein in das

Paradies und klammern sich an die Engel. Sie heften sich an die Flügel der Gnade, an die Fittiche des Erbarmens, die über dem Paradies wehen, und werden von ihnen emporgehoben zum Allbarmherzigen, um in sein Herz zu dringen und es anzufüllen, bis es überschwillt. „Gib Frieden!“ jammert es über die Erde. „Gib Frieden!“ klagt es durch das Paradies. „Gib Frieden!“ bittet es in Gottes eigener Seele. Da sendet er den strengsten aller Geister, der Moses heißt, zum Sinai hernieder. Der schreibt in Stein:

„Du sollst nicht töten!
Wer Menschenblut vergießt, des Blut soll auch vergossen werden!“

Kaum hat das Volk der Menschen dieses Wort vernommen, so bricht es auf vom Berge Sinai, stürzt über das Land der Kanaaniter und opfert ganz demselben Gott in Strömen von Menschenblut, die durch Jahrhunderte fließen und bis zum Himmel rauchen. „Gib Frieden!“ jammert es wieder über die Erde. „Gib Frieden!“ klagt es wieder durch das Paradies. Und „Gib Frieden!“ bittet es wieder in Gottes eigener Seele. Da sendet er den liebevollsten aller Geister, der Jesus heißt, zur Erdenwelt hinab. Der lehrt und ruft, daß man es durch alle Lande hört:

„Liebet eure Feinde! Segnet, die euch verfluchen! Tut Gutes denen, die euch hassen! Und betet für die, welche euch verleumden und verfolgen! Denn wer zum Schwerte greift, der wird durch das Schwert umkommen!“

Dies heilige Wort der Menschen- und der Nächstenliebe ist nie verklungen. Es klingt noch heute. Man hört es wohl, doch keiner will es achten. „Gib Frieden!“ jammert abermals die Erde. „Gib Frieden!“ klagt das leere Paradies. Und „Gib Frieden!“ bittet Gottes eigene Seele.

Da sendet er den irdischsten aller Geister, mit Namen Mohammed, der fast noch menschlich spricht und darum leicht begriffen werden kann. Doch der verirrt sich zwischen Paradies und Erde und sucht vergeblich nach dem rechten Weg, der tief hinab zum Menschenherzen führt. Da spricht der Herr: „Wenn keiner es erreicht, daß Friede werde, so gehe ich nun selbst!“ Er schlägt den Mantel menschlicher Gestalt um seine Schulter und steigt zur Quelle Ssul[1] im Paradies hinab. Die wächst bis Dschinnistan zum breiten Strom und fließt von da durch Ardistan, an beiden Ufern Frucht und Segen spendend, um an der Mündung neues Land und neues Volk zu schaffen. So wandert er, dem Flusse folgend, hinab nach Dschinnistan, um dort zunächst den Willen des Himmels zu verkünden. Doch kaum hat er sein Friedenswerk begonnen, wird er erkannt, und alles eilt herbei, ihn anzubeten. Er segnet jeden, der vor ihm erscheint, doch nur dem Mir gestattet er, die Zeiten fern zu schauen, in denen nicht der Säbel mehr und die Kanone, doch nur der blanke Geist, der blitzende Gedanke die Schlachten schlagen. Dann wandert er noch weiter, am Strome abwärts, bis nach Ardistan. Er glaubt, er komme grad zur rechten Zeit; denn überall, wo er erscheint, ertönen Kriegstrompeten. Der Mir von Ardistan will Dschinnistan erobern und rüstet heimlich zum jähen Überfall. Der Herr versucht an vielen Orten zum Wort zu kommen, um das Verhängnis aufzuhalten, doch vergeblich. Und als er in der großen Stadt des Mir, die glänzend wie ein Traumbild aus dem Märchenland am Strome liegt, die Stimme zu erheben und von Friedensbruch zu sprechen wagt, wird er als Landesverräter festgenommen und vor den Mir gebracht. Der hält an ihm Gericht und spricht das Urteil aus: „Man führe ihn auf die Brücke und stürze ihn ins Wasser, weil er sich vor dem Blut des Krieges fürchtet!“ Da fragt der Herr:

1 Der Friede

„Ist jemand, der dies Urteil ändern kann?“ — „Es gibt nicht einen einzigen, der das vermag!“ antwortet ihm der Mir. — „Auch Gott nicht?“ — „Nein! Allah ist Gott! Und der hat uns befohlen, sein Reich durch Schwert und Feuer zu verbreiten! Es werde Krieg!“ Da hebt der Herr die Hand empor und ruft: „Es bleibe Friede! Hoch über dem, den ihr zum Gott gemacht, steht der Erbarmer gegen den Verderber. Ich sage dir, o Mir: du bleibst daheim; kein Tropfen Blut wird fließen!“ Da springt der Mir von seinem Sitze auf und donnert ihm entgegen: „Und ich, ich sage dir, dem Feigling und Verführer meiner Krieger: So wenig, wie der Fluß, der dich ersäufen soll, vor unserer Brücke umkehrt, dich zu schonen, so wenig kehrt die Klinge, die ich zum Krieg gezogen habe, zurück in ihre Scheide! Das Urteil ist gesprochen; es werde ausgeführt!“ Da hebt der Herr die Hand zum zweitenmal und spricht: „So sei es, wie du sagst. Das Urteil ist gesprochen; es werde ausgeführt: Wenn Gott nicht mehr durch Worte lehren kann, so predigt er durch Taten. Der Strom floß euch zu Friedenswerken zu, nicht aber, um das Leben zu zerstören. Er werde euch genommen! Nicht eine Pfütze bleibe euch, die Wasser hat, nur einen einzigen Menschen zu ertränken! Und wehe euch, wenn ihr ihn durch die Waffe zwingt, zu euch zurückzukehren! Denn alles, was da lebte, würde sterben!“ — Ein Hohngelächter folgt diesen Worten. Man führt ihn hinaus zur Brücke, der Mir auf hohem Roß voran. Der gibt, als die tiefste Stelle erreicht ist, den Befehl, den Gefangenen zu ergreifen und hinabzuwerfen. Da hebt dieser zum drittenmal die Hand, doch ohne ein Wort zu sagen. Sofort verfinstert sich der Himmel. Blitze zucken; drohende Donner rollen. Von der Brücke abwärts fließt das Wasser weiter; von ihr aufwärts aber bleibt es stehen. Es bäumt sich auf, wächst höher und höher und bildet eine Mauer, die zum Himmel zu streben scheint. Brüllend vor Angst und Entsetzen eilen die Menschen an die Ufer zurück. Nur einer bleibt, der Gefangene. Leuchtenden Angesichts steht er auf der Brücke, die von den steigenden Wogen von der Erde gelöst und hoch emporgetragen wird, bis sie verschwindet. Dann sinkt das Wasser zusammen und beginnt wieder abzufließen, doch nicht abwärts, wie bisher, sondern aufwärts, nach oben, woher es gekommen ist. Der Himmel wird wieder hell. Das Bett des Flusses aber liegt leer, und die entsetzte Menschheit flieht aus der Stadt, deren Trümmer heutigen Tages wasserlos in die Steppe starren, durch die sich der dürre, ausgetrocknete Lauf in zahllosen Windungen vor Durst und Hunger krümmt, bis er in den Wäldern der Ussul verschwindet."

Als Halef bis hierher erzählt hatte, machte er eine Pause, um eine innere Betrachtung anzustellen, die er mir dann mitteilte, indem er fortfuhr:

„Ist es nicht rührend, wie lieb die Ussul sich ihren Gott denken, Sihdi?"

„Ist er es etwa nicht?" fragte ich.

„Na, höre, was unseren Herrn Allah betrifft, so kommt er mir schon längst nicht mehr so freundlich vor wie früher. Es muß sich einer von uns beiden geändert haben, er oder ich. Der Gott der Christen ist nicht bloß Herr und Gebieter, wie Allah, sondern zugleich auch Vater und Patriarch, und zwar ein außerordentlich gerechter und guter. Das gefällt mir sehr an ihm. Das habe ich früher nicht gewußt, sondern erst durch dich erfahren. Und betrachte ich mir die Sage, die ich soeben erzählt habe, so erscheint mir der Gott der Ussul dem Gott der Christen viel, viel ähnlicher als unserem Allah. Nur fehlt ihnen die Lehre von Gottes Sohn, dem Erlöser. Doch glaube ich, daß nur ein wirklicher, ein wahrer, ein guter Christ hierherzukommen und ihn zu verkünden brauchte, so würde er sehr bald und sehr viele gläubige Schüler finden. Übrigens weiß ich von dir, daß eine jede Sage eine Wahrheit enthält, die man in der Tiefe suchen muß. So ist es wohl auch mit dieser Sage von dem verschwundenen Fluß, der plötzlich umgekehrt und aufwärtsgelaufen ist, um nach seiner Quelle zurückzugehen?"

„Jedenfalls."

„Und die Wahrheit, die sich in dieser Sage verbirgt?"

„Ist wahrscheinlich eine zweifache, eine äußerliche und eine innerliche, eine geographische und eine sozial-philosophische."

„Das verstehe ich nicht. Du kannst mir nicht zumuten, aus dem Unterbewußtsein in das Oberbewußtsein zu steigen, während ich doch jetzt, um einzuschlafen, aus dem Oberbewußtsein in das Unterbewußtsein zu fallen habe. Das wäre gerade der umgekehrte Weg. Also, sprich deutlicher!"

„Der äußere oder geographische Kern der Sage ist, daß es hier wirklich einen Fluß, und zwar einen bedeutenden, gegeben hat. Der ist verschwunden. Jedenfalls infolge eines Naturereignisses, das man sich nicht erklären konnte, so daß man zur Sage griff, um es sich verständlich zu machen."

„Aber so große Flüsse können doch nicht verschwinden, wenigstens nicht so schnell!"

„Allerdings nicht. Aber sie können ihr altes Bett verlassen, ihren bisherigen Weg verändern, sogar infolge von Entwaldungen der Berge sich nach und nach zurückziehen. Wie es sich in diesem Fall verhält, werden wir erfahren, wenn wir erst längere Zeit im Lande gewesen sind."

„Und die andere Wahrheit der Sage, die innere?"

„Die bezieht sich darauf, daß die Entwicklung des Menschengeschlechts nicht nach kriegerischen, sondern nach friedlichen, versöhnlichen Wegen zu suchen hat. Der Name der Quelle und des Flusses war Ssul, das ist Friede. Diese Quelle liegt im Paradies. Der Friede ist

Himmelsgabe. Wo er fließt, da segnet er nicht nur das, was bereits besteht, sondern auch das, was er bringt und schafft. Er setzt neue Länder an, sichtbare und unsichtbare, im Handel und Gewerbe, in der Kunst und in der Wissenschaft. Und das alles geht wieder zurück, wenn der Strom des Friedens vertrocknet, und die Rüstungen alles, was er schaffte, wieder verschlingen. Oder wenn der Krieg mit einem einzigen rohen Streich die Gaben vom Tische wirft, die der Friede dort bescherte. Dann weicht dieser bis dahin zurück, woher er kam, bis ins Paradies, oder wenigstens bis Dschinnistan, wenn nicht für immer, so doch für lange, lange Zeit. Und kehrt er endlich wieder, so geschieht das nur langsam, furchtsam, zögernd; er läßt sich nicht zwingen, Darum ist es sehr richtig, was die Sage Gott in den Mund legt, wenn er warnend sagt: „Und wehe euch, wenn ihr ihn durch die Waffe zwingt, zu euch zurückzukehren; denn alles, was da lebte, würde sterben!" Der Völkerfriede, den wir anstreben, kann sich nur nach und nach entwickeln. Umfaßt er mit seinen Wurzeln die ganze Erde, ein Saug- und Faserwurzelchen in jedes Menschenherz, so wächst er hoch über Irdisches empor und trägt als Früchte die ewigen Sterne in seiner Krone. Ein Welt- und Völkerfriede aber, der nicht im Herzen der Menschheit wurzelt, sondern mit Gewalt und plötzlich herbeigezwungen werden soll, der würde zerstören und vernichten, nicht aber erzeugen und beleben. Und hier gibt es in der Sage vom zurückgekehrten Fluß einen Punkt, den ich nicht sehe, oder ein Geheimnis, das ich nicht begreife. Fast will es klingen, als ob es möglich sei, ihn mit den Waffen in der Hand zu zwingen, ganz plötzlich und unvorbereitet zurückzukehren, also eine noch gräßlichere Katastrophe, als sein Verschwinden war. Eine Sage, die sich so fest gebildet und gestaltet hat wie diese hier, erzählt nie etwas Unnützes. Sie hängt wie eine schwere Drohung für

Ardistan hoch über Dschinnistan, und wenn in dieser von der schauenden Volksseele gedichteten Erzählung kein Geringerer als Gott vor der Entladung dieser Wolke warnt, so ist die Gefahr nicht nur in der Dichtung, sondern auch in der Wirklichkeit vorhanden."

„Meinst du? — Du glaubst also an Sagen?"

„An ihren eigentlichen Inhalt, ja."

„Ich auch. Es freut mich, daß wir auch in dieser Beziehung zusammenstimmen. Nun aber lege ich mich wieder nieder. Allah gibt den Schlaf nicht, daß man ihn bewachen soll. Gute Nacht, Sihdi!"

„Gute Nacht, Halef!"

Schon nach einigen Minuten war er eingeschlafen, ich aber nicht. Nach so wichtigen Tagen ist man innerlich verpflichtet, sich das Geschehene zurechtzulegen, um das, was kommen soll, darauf zu bauen. Das war bei mir allerdings bereits geschehen. Aber nun hatte die Sage dazuzukommen, die für mich mehr, weit mehr, als nur eine kurze, hübsche, aber nichtssagende Erzählung war. Aus solchen Dingen spricht nicht nur die Volks-, sondern auch die Menschheitsseele, deren Schritte man nur im stillen Denken und Fühlen sich nahen hört. So lag ich still und sann und sann. Über mir breiteten sich die dunklen Wipfel der Bäume, die keinen Blick des Sternenhimmels durchließen. Aber wenn ich mich auf die Seite wandte, wo unweit von meiner Lagerstätte die freie Lichtung begann, so konnte ich zwischen den Stämmen hindurch zwei Sterne erkennen, die tief am Himmel standen und meine Augen auf sich zogen, weil sie die einzigen waren, die ich sah. Es war der Deneb und die Mira vom Bild des Walfisches. Die letztere ist interessant, weil ihre Helligkeit innerhalb nicht ganz eines Jahres von zweiter bis zu zehnter Größe schwankt. Heute war sie ganz beträchtlich. Die Mira steht bekanntlich am Hals und der Deneb am Schwanz des Sternbildes, also voneinander entfernt. Während mein Auge an ihnen hängenblieb, schien sich von mir zu ihnen ein lichtglänzender Weg zu ziehen, der so breit war, wie sie scheinbar auseinanderstanden. Auf diesem Wege schienen die Gedanken, die mich beschäftigten, zu kommen und zu gehen. Solche Eindrücke gibt es nur während jener ungestörten, sich selbst gehörenden Stunden, in denen die Seele den Körper ganz und restlos beherrscht. Infolge der Sage befand sich die Seele jetzt unterwegs nach Dschinnistan und dem Paradies. Vor dem körperlichen Auge lagen die beiden Sterne. Die Seele bemächtigte sich ihrer. Dort, von woher die beiden leuchtenden Welten strahlten, sah meine Phantasie das Tor, aus dem der Erzengel trat, und die Mauern, auf denen seine Scharen erschienen, um nach dem Frieden auszuschauen. Ich sah dann auch Gott selber kommen. Ich sah ihn in Dschinnistan erscheinen und den Herrscher dieses Landes ihm zu Füßen anbetend niedersinken. Und ich sah ihn dann nach Ardistan wandern. Ich sah ihn in der Hauptstadt auf der Brücke. Ich sah das Wasser wie eine Mauer steigen und nach seiner Quelle zurückkehren, als der Herr verschwunden war. Ich sah die Stadt verdorren und verfallen. Ich stand dann auf ihren Trümmern. Ich suchte und forschte in ihren Ruinen, denn ich wollte den Palast des Königs finden, in dem man Gott gerichtet und zum Tode verurteilt hatte. Ich entdeckte den Weg. Er führte hügelaufwärts, durch ein riesig hohes und breites steinernes Tor, dessen Pfeiler eine alte, babylonische Sonnenuhr trugen. Nur eine kurze Strecke weiter stand der gesuchte Palast, von Mauern rings umgeben. Das Tor war geschlossen. Ich klopfte an. Der Pförtner erschien. Ich bat ihn, zu öffnen und mich einzulassen. Da schüttelte er den Kopf und antwortete: „Heute noch nicht, aber wahrscheinlich später." — „Warum nicht jetzt?" erkundigte ich mich. „Weil du jetzt schläfst", belehrte er mich. „Wir brauchen hier nur wachende Geister und Seelen!" Hierauf nahm er plötzlich die

Gestalt, die Kleidung und das Gesicht meines kleinen Hadschi an, ergriff meinen Arm, schüttelte mich und rief: „Wach auf, Sihdi, wach auf! Wir sind schon alle munter. Man bereitet soeben das Essen. Ist dies vorüber, so brechen wir auf von hier!"

Ich sprang auf. Ich hatte geschlafen, und zwar tief, sehr tief. Alles, was ich gesehen hatte, war Traum, aber ein so eigenartiger und vertrauenerweckender Traum, daß ich das sofortige Bedürfnis fühlte, mir nichts, gar nichts davon wegnehmen zu lassen, sondern mir alles genau zu merken. Ich hütete mich also zu sprechen und ging, ohne ein Wort zu sagen, ein Stück in den Wald hinein, um das, was mir in dieser Nacht gezeigt worden war, in mir zu befestigen. Solange wir unsere gerühmte Psychologie nur theoretisch treiben, sind wir keine Psychologen. Praktisch sein, in das reale Leben greifen, unsere Seele und unseren Geist an uns selbst studieren, sie keinen Augenblick aus den Augen lassen! Alles, was wir fühlen, denken, wollen und tun, auf sie beziehen! Wer das nicht tut, der nenne sich ja nicht Psycholog! Was mich betrifft, so lasse ich keinen meiner Träume ohne den Versuch, ihn festzuhalten, vorüberziehen. Ich komme im späteren Verlauf der Ereignisse auch auf diesen Punkt zurück.

Ich hatte länger als alle anderen geschlafen, und Syrr, dessen Hals, wie erwähnt, mein Kopfkissen bildete, hatte ebensolang, um mich nicht aufzuwecken, ganz ohne Bewegung gelegen. Dafür hatte ihm Halef das saftigste Gras und die besten Stauden geschnitten, die es hier gab, und legte sie ihm nun jetzt als Frühstück vor. Den Scheik sah ich nicht. Er war hinüber nach der Insel, um die drei Gefangenen selbst zu holen. Sie machten, als er sie brachte, nicht etwa einen niedergeschlagenen Eindruck, sondern ihr Aussehen und Verhalten ließ deutlich den Wunsch nach Rache erkennen. Sie wurden reichlich gespeist und dann genauso wie gestern auf ihre

Pferde gebunden. Hierauf wurde der Heimritt nach der ‚Hauptstadt' angetreten.

Wir hatten uns nicht mit Packpferden zu befassen, denn der Ertrag der Jagd war schon vorgestern nach demselben Ziel abgegangen. Wir ritten mit dem Scheik, seiner Frau und dem Sahahr voran; die andern folgten weit hinterher. Die Entfernung bis zur Stadt war so bedeutend, daß wir uns sehr sputen mußten, um noch vor Abend anzukommen.

Die Gegend, durch die war kamen, war durchaus eben, lauter auf- und angeschwemmtes Land. Häufig trafen wir auf natürliche Kanäle, die das Aussehen von plötzlich erstarrten Flüssen hatten; das Wasser bewegte sich nicht, sondern es stand. Es schien aber dennoch rein zu sein, denn die Pferde tranken es, ohne sich zu weigern. Wir kamen durch ausgedehnte Wälder, meist Laubwaldungen. Dazwischen lagen grüngoldene Triften für gezogene, freigewordene oder freigeborene Rinder- und andere Herden. Das Ganze machte den Eindruck einer jungfräulichen Natur, die mit den Menschen noch nicht in Berührung gekommen ist.

Alle die kleinen, schmalen Kanäle mündeten in einen außerordentlich breiten, tiefen und mit Wasser gefüllten Kanal, der einiges Gefälle zu besitzen schien, denn das Blattwerk, das auf ihm schwamm, bewegte sich zwar langsam, aber doch in einer ganz bestimmten Richtung.

„Das ist Es Ssul, der Fluß", sagte der Sahahr, während er auf das Wasser deutete.

„Der aus Dschinnistan und Ardistan kommt?" fragte ich, nicht etwa, weil ich zweifelte, sondern um auf diesen Gegenstand einzugehen.

„Ja, derselbe", nickte er.

„Der also auch durch den Engpaß Chatar geht?"

„Ja. Man kann ihn bis hinauf verfolgen."

„Aber dort hat er kein Wasser mehr?"

„Nein, keinen Tropfen."

„Ich vermute, daß eure Hauptstadt an ihm liegt?"

„Du vermutest richtig. Unser Land hat keine Berge, keine Felsen, keine Steine. Wir können keine Mauern bauen, um uns zu schützen. Nur unser Gottestempel und der Palast des Scheiks sind von Stein. Das Material hierzu wurde vor langer Zeit aus Ardistan geholt. Damals bekam nämlich jeder Ussul, der dorthin reisen wollte, nur dann die Erlaubnis dazu, wenn er sich verpflichtete, einen so großen Stein mitzubringen, wie sein Pferd ihn tragen konnte. Auf diese Weise sind wir zu dem Mauerwerk für die beiden Gebäude gekommen. Du wirst hierüber lachen?"

„O nein. Dieses Verfahren ist mir bekannt."

„So tut man dasselbe auch bei euch?"

„Ja; jedoch auf anderem Gebiet. Jede Wissenschaft und jede Kunst holt da ihr Fundament und ihre hervorragenden Bauten aus dem nächsthöheren Gebiet. Ganz ebenso steht es auch mit jedem einzelnen Geisteswerk. Es ist ein Weltgesetz, daß allüberall der Ussul das, was er nicht besitzt, obgleich er es braucht, aus Ardistan oder gar aus Dschinnistan zu holen hat. Aber du wolltest von der Lage eurer Residenz sprechen! Wie heißt die Stadt?"

„Ihr Name ist Ussula. Sie ist sehr groß. Weil wir sie nicht mit Mauern decken konnten, so mußten wir sie durch das Wasser schützen. Darum wurde sie an den Strom gebaut, und darum wurde viele Jahre lang das Erdreich ausgehoben, um ihn zu zwingen, nicht nur mitten durch die Stadt, sondern auch um sie herumzugehen. Außerdem rahmt sich jeder Besitzer das Land, das ihm gehört, durch tiefe Gräben ein. So ist fast jedes Haus eine Festung zu nennen, welche die Tschoban, wenn sie kommen, erst einzunehmen haben, ehe sie sagen können, daß sie sie besitzen. Außerdem liegt im Osten und Westen der eigentlichen Stadt je ein großer See, die beide mit in ihren Bereich gezogen sind. Da gibt es viele,

viele Wohnungen, teils an das Ufer, teils ins Wasser gebaut. Die Bewohner verkehren nur schwimmend oder in Kähnen miteinander, und wenn letztere versteckt oder ganz fortgeschafft worden sind, so würde der Besitz der Stadt für die Tschoban doch unnütz sein, weil sie nicht schwimmen können."

Nach dieser Beschreibung mußte ich mir die Ussul als Pfahlbauern denken, und es stellte sich später allerdings heraus, daß sie es wirklich waren. Es war bei ihnen alles für den Aufenthalt am oder im Wasser eingerichtet, auch ihre Gestalt, ihre Stark- und Fettleibigkeit, ihre ganze Lebensweise. So ging es auch ihren Pferden. Zwar soll man den Menschen nicht mit dem Tier vergleichen, aber alle diese guten, unbeholfenen Leute schienen mir sowohl innerlich wie auch äußerlich mehr oder weniger mit Smihk, dem Dicken, verwandt zu sein.

Der Ritt verlief während des ganzen Tages für mich und Halef im höchsten Grade interesselos. Es geschah nichts, was uns beschäftigen konnte. Jeder Abweg aus der Richtung, auch der kleinste, wurde vermieden und jeder Erregung wich man aus. Ich sah, wie die Ussul vor allen Dingen ihre Bequemlichkeit liebten. Solche Menschen und solche Völker pflegen aber dann, wenn sie einmal aus ihr aufgerüttelt worden sind, viel schwerer wieder zur Ruhe zurückzukehren.

Nur einmal gab es eine Art von Szene, aber auch nicht äußerlich, sondern nur innerlich. Das war, als man sich bemühte, mir eine Beschreibung der Stadt zu geben. Man schilderte den Tempel, den Palast, die Straßen und Gassen, die freien Plätze und die wichtigsten Gebäude. Unter diesen wurde auch das Syndan[1] genannt und mir beschrieben. Gegenwärtig war der gefährlichste unter den Gefangenen ein Wahnsinniger, der zugleich auch räudig war und der Ansteckungsgefahr wegen von

1 Gefängnis

allen Menschen abgesondert gehalten werden mußte. Der Wahnsinn fordert auf alle Fälle unser ganzes Mitgefühl heraus, und von einer derartigen Räude, die kein Aussatz war, hatte ich noch nie etwas gehört. Daher erkundigte ich mich nach diesem Gefangenen mit viel größerem Interesse, als ich den übrigen Gegenständen der Unterhaltung gewidmet hatte.

„Gibt es bei euch einen Arzt, der es versteht, derartige Krankheiten richtig zu behandeln?“ fragte ich, wobei ich mich unbefangener stellte, als ich war.

„Natürlich gibt es ihn!“ antwortete der Sahahr in selbstbewußtem Ton. „Ich selber bin's!“

„Glaubst du, ihm helfen zu können?“

„Nein. Diesem Dschirbani[1] kann nicht geholfen werden. Er wird an der Räude sterben. Und auch sein Wahnsinn ist unheilbar. Er wächst, und die Räude frißt ihn auf. Man hat weiter nichts zu tun, als diesen Menschen streng abzusondern, damit seine Krankheit nicht auf andere übergeht.“

„In welcher Weise äußert sich sein geistiges Leiden?“

„Darin, daß er alles anders macht als wir.“

„Hm!“ brummte ich, und Halef lächelte. Da konnte man wohl sehr vieles anders machen, ohne gerade irr im Kopf zu sein!“

„Auch denkt er ganz anders als wir“, fuhr der Sahahr fort. „Er sagt es zwar nicht, aber man sieht es ihm an, daß er sich einbildet, klüger zu sein, als andere Leute. In der Religion, in der Geographie, in der Weltgeschichte, in der Kunst, ein Land und den darin wohnenden Menschenstamm zu regieren, hat er seine eigenen Ansichten. Er spricht nicht davon, aber er lehrt sie, indem er sie befolgt, indem er nach ihnen lebt und handelt. Das ist das Gefährlichste, das Allergefährlichste, was es gibt! Darum sperren wir ihn ein! Denn wer ihn sieht und ihn beobachtet, der läßt sich von ihm täuschen,

1 Der Räudige

gewinnt ihn lieb und handelt so wie er. Und das ist die schlimmste Art des Wahnsinns, weil er ansteckend wirkt!"

„Weißt du, woher er solche Gedanken nimmt? Hatte er einen Lehrer?"

Bei dieser Frage wurde er verlegen.

„Einen Lehrer hatte er eigentlich nicht", antwortete er. „Weißt du, was ein Hamaïl ist?"

„Ja. Das ist ein Koran, der aus Mekka stammt und den man als Andenken an die Pilgerfahrt nach dieser heiligen Stadt an einer Schnur am Halse trägt." Daß ich selbst einen besaß, sagte ich ihm nicht.

„Das ist richtig", fuhr er fort. „Ein solches Hamaïl hat der Dschirbani. Aber dieses Buch an seinem Hals ist kein Koran. Ich habe ihn einmal gebeten, hineinschauen zu dürfen, und er erlaubte es mir. Da stand die Überschrift:

Werde Mensch; du bist noch keiner!

Ist das nicht wahnsinnig? Ist das nicht verrückt? Und als ich ihn fragte, inwiefern wir noch keine Menschen seien, wollte er mir weismachen, daß in jedem Menschen gleich von Geburt an ein Tier stecke, das man entweder totschlagen oder verhungern lassen müsse, wobei der von ihm befreite, gute, edle Mensch dann übrigbleibe. Wenn das kein Wahnsinn ist, so gibt es überhaupt keinen!"

„Könnte es nicht doch etwas anderes sein?" fragte Halef.

„Nein! Unmöglich! Ein Tier im Menschen! Bedenke doch! Ich will es dir an einem Beispiel erläutern: Du bist Hadschi Halef Omar, der berühmte Scheik der Haddedihn, und man sagt von dir, daß du einen Vogel, einen Hund, einen Affen in deinem Innern habest. Wie würdest du dich dazu verhalten?"

„Sehr ruhig. Es würde mir ganz und gar nicht einfallen, es in Abrede zu stellen, denn unmöglich ist es nicht. Ich sehe vielmehr, daß noch ganz andere, viel größere Wunder geschehen."

„Welche?"

„Das nächstliegende ist, daß Smihk, der Dicke, in deinem Kopf herumzurennen scheint. Wenn er nicht bald verhungert oder totgeschlagen wird, wird man dich nie zu den Menschen rechnen können! Das ist es doch, was der Dschirbani meint?"

Der Sahahr schaute den Hadschi mißtrauisch von der Seite her an. Er wußte nicht, ob er die Worte des Kleinen als scherzhaft, als ernst oder gar als beleidigend betrachten solle. Darum gab er lieber keine Antwort und fuhr in seinem vorigen Thema fort:

„Der Dschirbani ist also körperlich und geistig ansteckend. Das ist aber nicht alles. Es kommt noch hinzu, daß er so schwer festzuhalten ist. Er hat schon alle Arten des Gefängnisses durchgemacht, doch gelang es ihm stets, zu entkommen. Darum haben wir ihn nun endlich an den Ort gebracht, von wo aus eine Flucht völlig ausgeschlossen ist. Er steckt im Stachelzwinger und wird von Bärenhunden bewacht, die bei jedem Fluchtversuch ihn oder den, der ihn befreien wollte, sofort in Stücke reißen würden."

Bei diesen Worten schauderte mich. Es wollte eine Ahnung in mir aufsteigen, daß es mit diesem angeblich Wahnsinnigen eine ganz eigene und besondere Bewandtnis habe und daß es infolge meines Naturells und Temperaments ganz und gar nicht ausgeschlossen sei, ihm einen Dienst und Hilfe zu erweisen. Darum erkundigte ich mich nach ihm und fragte:

„Wie als ist er?"

„Nicht viel über zwanzig Jahre."

„Noch so jung und schon so unglücklich? Wie traurig! — Von wem hat er das Buch, von dem du sprachst?"

„Von seinem Vater."

„Wer war sein Vater? Natürlich ein Ussul?"

„O nein. Er war ein Fremder; aber seine — — seine — — seine — — Mutter war eine Ussul!"

Er sagte das stockend. Es schien ihm nicht über die Lippen zu wollen. Schließlich drückte er es förmlich heraus. Sein bärtiges Gesicht nahm einen mehr tierischen als menschlichen Ausdruck an; seine Zähne knirschten, und er fuhr fort:

„Warum soll ich es euch nicht sagen! Ihr werdet es doch erfahren und hören! Sie war — — war — — war meine Tochter!"

„So ist er dein Enkel?" entfuhr es mir in der Überraschung. „Und du sperrst ihn ein?"

„Ja, ich sperre ihn ein!" antwortete er in unendlich gehässigem Ton.

„Zu den Hunden! Die ihn zerreißen, wenn er zu fliehen wagt!"

Da flammten seine zorneslodernden Augen zu mir herüber, und er rief, als ob man es in weite Ferne hören solle:

„Sie mögen ihn zerreißen — — zerreißen! So wie der Zorn, der Grimm und der Kummer mich zerrissen haben, als ich vergeblich mit seinem Vater rang, mein Kind vor ihm und seinem Wahn zu retten! Ich habe nichts mit diesem Räudigen gemein. Er war der Sohn meiner Tochter, also Fleisch von meinem Fleische und Blut von meinem Blute. Aber dieses Fleisch und Blut ist gestorben, es lebt nicht mehr. Er ist mir also fremd, ja fremder noch als jeder andere Mensch, den ich nie gesehen habe. Die Hunde mögen ihn zerreißen — — zerreißen — — zerreißen!"

Er gab seinem Pferd einen Hieb, daß es vor Schreck zusammenzuckte und dann vorwärtsstürzte. Er versuchte gar nicht, es zu zügeln; er kam uns weit voraus. Wir schauten ihm nach. Der Scheik sagte:

„Nun ist er wieder ganz in Wut getaucht, doch hat er recht. Es gilt die Bewahrung der Religion vor wahnsinnig falschen Gedanken. Denke nicht, Effendi, daß es sich um eine körperliche Räude handelt! Der Ausschlag, wegen dem man diesen jungen Mann als Dschirbani bezeichnet, frißt nicht an seinem Leib, sondern an seiner Seele, an seinen Gedanken und Gefühlen. Er hat diese Krankheit von seinem Vater geerbt. Sie ist ansteckend, ungeheuer ansteckend. Er hat sie schon auf Hunderte übertragen, die nun ebenso unheilbar sind wie er. Darum muß man ihn einsperren! Wenn die Religion verpflichtet werden soll zu lehren, daß wir Tiere im Leibe haben, die abzutöten sind, so wird die Erde sehr bald zu einem einzigen, großen Irrenhaus geworden sein! Dennoch spreche ich nur von dem Unheil, das der Dschirbani mir in der Gemeinde und im Stamm anrichtet, indem er Gedanken verbreitet, die gegen alle Gesetze und Gewohnheiten sind, die wir von unseren Vorfahren ererbt haben. Von den Verwüstungen, die er in der Religion anrichten kann, will ich nicht reden, weil dies Sache des Sahahr ist, der die Verpflichtung übernommen hat, alles, was mit dem Gottesdienst zusammenhängt, vor der Beschmutzung und Verfälschung zu bewahren."

„Aber es ist sein Enkel, gegen den er wütet! Das Kind seines eigenen Kindes!" klagte Taldscha, von Mitleid bewegt.

„Um so höher ist es ihm anzurechnen!" versuchte er sie zu widerlegen. „Einen besseren Beweis von Gerechtigkeit und Unparteilichkeit kann es gar nicht geben!"

Er wandte sich zu mir und fuhr fort, auf sie deutend: „Wir sind immer einig, sie und ich, in allen Stücken, nur in diesem einen nicht. Ich behaupte mit dem Sahahr, daß der Dschirbani unschädlich zu machen sei, sie aber nimmt ihn stets in Schutz. Man hat sie sogar im Verdacht, daß ihm die Flucht nicht so oft gelungen wäre, wenn sie ihn nicht dabei unterstützt hätte."

Da machte Taldscha eine ihrer gebieterischen, zum Schweigen auffordernden Armbewegungen und sprach:

„Seine Mutter war meine Freundin von ihrer frühesten Jugend an und ist es geblieben, bis sie starb. Sie war jünger als ich, und ich betrachtete sie ebenso als Schützling wie als Freundin. Ich hatte sie lieb, sehr lieb, und nahm mich ihrer an, als sie verstoßen wurde. Sie starb vor Sehnsucht und vor Herzeleid, und nun sie tot ist, lenke ich meine Liebe auf den über, den sie uns hinterlassen hat. Interessierst du dich für solche Dinge, Effendi?"

„Sogar sehr!" antwortete ich. „Fast möchte ich dich bitten, mir noch mehr von diesem Dschirbani zu erzählen."

„Es gibt keine lange Erzählung, mit der ich dich da ermüden könnte. Die Sache ist sehr kurz und sehr einfach. Es kam ein fremder Mann in unser Land, der aus Dschinnistan stammte, aus dem uralten mythischen Geschlecht der Erdschan, und gar nicht die Absicht hatte, bei uns zu bleiben. Der sah meine Freundin und gewann sie lieb, sie ihn ebenso. Ihretwegen beschloß er, bei uns zu bleiben. Um Ussul werden zu können, mußte er, wie du weißt, mit einem Ussul kämpfen und ihn besiegen. Dies geschah, und zwar sehr leicht, denn der Dschinnistani war zwar von kleinerer Körpergestalt als wir, aber so stark, gewandt und geschickt, daß ihm die rohe Kraft seines Gegners nicht widerstehen konnte. Sobald er Ussul geworden war, begehrte er meine Freundin von ihrem Vater zur Frau. Dieser verweigerte sie ihm, und zwar aus körperlichen und aus geistigen Gründen. Der Sahahr schien ihm an sich schon nicht geneigt zu sein. Sodann behauptete er, als Sahahr der Ussul verpflichtet zu sein, einer körperlichen Entartung des Stammes in jedem, also auch in diesem Fall entgegenzutreten. Und schließlich war er mit den Menschheitszielen, von denen der Dschinnistani nicht nur sprach, sondern förmlich schwärmte, nicht einverstanden. Der letztere versicherte, daß die Menschheit nur durch Friedfertigkeit und

Versöhnlichkeit, durch Liebe und Güte, vorwärts kommen könne. Der Sahahr aber haßte das; er haßt es auch noch heut. Er bezeichnet es als Feigheit, als Dummheit, als Verweichlichung, und ist der Ansicht, daß die Ussul an dieser Menschheitsliebe, falls sie bei uns überhand nähme, unbedingt zugrundegehen würden. Er fiel, sooft er konnte, über den Dschinnistani her; er hielt ihn nicht nur für allgemein schädlich, sondern auch für seinen persönlichen Feind, der ihm die Tochter rauben und verführen wolle. Er erklärte, daß er lieber sterben als sein Kind einem Mann aus Dschinnistan zum Weibe geben werde. Darum kam die Sache vor den großen Rat der Stammesältesten, und dieser entschied genauso, wie er nach den Gesetzen der Ussul zu entscheiden hatte: der Sahahr und der Dschinnistani hatten miteinander zu kämpfen; dem Sieger fiel die Tochter des ersteren zu. Dieser war so ergrimmt und seines Sieges so gewiß, daß er die Bedingungen bis auf Leben und Tod verschärfen ließ. Aber es kam anders, als er dachte, und er unterlag; der Dschinnistani aber schonte ihn und schenkte ihm das Leben. Die Ehe ist außerordentlich glücklich gewesen, obgleich sie dadurch getrübt wurde, daß der Sahahr seine Tochter für immer verstieß und seinen Schwiegersohn unausgesetzt und bis zur Unversöhnlichkeit verfolgte. Es wurde ein Sohn geboren, der sich äußerlich zum Ussul, innerlich aber zum Dschinnistani entwickelte und in jeder Beziehung der Stolz und die Freude seiner Eltern war. Seine Mutter gab ihm den riesenstarken Körper und die reine, liebenswerte Seele. Sein Vater aber schenkte ihm den Geist von Dschinnistan, wurde sein Lehrer und Führer, sein Vorbild und Ideal, dem der Sohn ähnlich zu werden strebte. Ich habe oft dabeigesessen, wenn dieser Geist aus diesem Mann zu seinem Weib und zu seinem Kinde sprach. Was ich da hörte, ist tief in mich gedrungen und hat sich festgesetzt, um niemals mehr zu weichen. Darum gleiche ich nicht den anderen Frauen der Ussul, und darum nehme ich mich dieses Erdschani an, den ich weder für wahnsinnig noch für krank oder gar gefährlich halte. Der Schimpfname ‚Dschirbani' stammt vom Sahahr, der dem Dschinnistani nicht einmal seinen guten Namen lassen wollte —

„Ich habe den Sahahr für einen sehr gutmütigen Mann gehalten!" warf ich ein.

„Das ist er auch; das ist er", antwortete sie. „Aber mit seiner Tochter, die Oberpriesterin geworden wäre, verfolgte er Pläne, die weit über das, was er uns hierüber mitzuteilen pflegt, hinausgegangen sind. Diese Pläne sind ihm durch den Dschinnistani vernichtet worden, und das kann er nie und nie vergessen. Der Sahahr ist nicht imstande, einen Wurm zu töten. Er hat nie und nie einen Menschen gehaßt. Aber den Dschinnistani haßte er aus vollster Seele, und diesen Haß hat er auf dessen Sohn übertragen, obgleich dieser sein eigener Enkel ist. Er verfolgt ihn unbarmherzig, und niemand wagt es, ihm zu widerstehen, weil er der Oberzauberer und der höchste männliche Priester des Landes ist. Für jeden Ausspruch, der dem Sahahr nicht gefiel, wurde der Unglückliche eingesperrt. Jetzt steckt er gar im Stachelzwinger und wird von Blut- und Bärenhunden bewacht. Da gibt es kein Entrinnen, solange er überhaupt lebt!"

„Oho!" rief da der kleine Hadschi aus.

„Was?" fragte sie ihn. „Wozu dieser Ruf?"

„Ich glaube nicht, daß es keine Hilfe gibt."

„Wer sollte da helfen?"

„Mein Effendi! Es gibt weder einen Blut-, noch einen Bärenhund, vor dem er sich fürchten würde. Wenn er den Dschirbani aus dem Stachelzwinger heraushaben will, so holt er ihn heraus; darauf kannst du dich verlassen!"

„Wirklich?" fragte sie.

„Ja, wirklich!" nickte er. „Auch ist mein Sihdi doch nicht allein da, sondern ich stehe an seiner Seite und helfe ihm. Du willst mich zwar verachten, aber wenn es darauf ankommt, diesem armen Enkel eines rachsüchtigen Zauberers Hilfe zu bringen, so glaube ich wohl imstande zu sein, mir Achtung zu verschaffen."

Da reichte sie ihm schnell und in herzlicher Weise die Hand und sagte:

„Verzeihe mir! Es war falsch von mir, dich verachten zu wollen."

Der Sahahr war in seinem Zorn weit vorausgeritten. Der Scheik hatte den Schritt seines Pferdes beschleunigt, um ihm zu folgen. Darum waren wir beide jetzt mit Taldscha allein, und so kam es, daß wir einige Worte mit ihr wechseln konnten, ohne daß Amihn sie hörte. Sie hielt ihr Pferd an. Wir folgten also diesem ihrem Beispiel.

„Ich will euch bekennen, daß ich stets auf der Seite des Erdschani gestanden habe und auch heute noch stehe", sagte sie. „Doch hat der Sahahr in diesem Fall die größere Macht in Händen, weil er so klug gewesen ist, diese Angelegenheit auf das religiöse Gebiet hinüberzuspielen, wo es nicht geraten ist, sich ihn zum Feind zu machen. Wie dankbar würde ich euch sein, wenn ihr mir helfen könntet — mir und ihm!"

„Wir helfen dir!" rief da Halef, von ihrer jetzigen Freundlichkeit begeistert, aus. „Selbst wenn mein Effendi nicht damit einverstanden wäre, so könntest du dich doch auf mich verlassen. Ich brächte es ganz allein fertig, den Dschirbani aus dem Stachelgefängnis herauszuholen und gegen alle seine Feinde in Schutz zu nehmen!"

Er versicherte das in seinem überzeugungsvollsten Ton. Da schaute sie lächelnd auf den kleinen Kerl hernieder und antwortete:

„Du ganz allein! Gegen die Stachelwände? Gegen die Bärenhunde? Gegen den Willen des Scheiks? Gegen die Macht des Sahahr? Und gegen die vielen Menschen alle, die an ihn glauben und auf ihn schwören? Du, der

Fremde, der heute erst zu uns gekommen ist und uns also noch gar nicht kennt! Ja, der sich eigentlich als unser Gefangener zu betrachten hat! Und du sprichst davon, ehe du unsere Stadt auch nur gesehen hast, einen Gefangenen von dort zu befreien!“

Da lachte Halef fröhlich und sagte:

„Wir eure Gefangenen? Es ist gewiß nicht höflich, eine Frau deines Ranges auszulachen, aber wenn du diese Worte wiederholtest, würdest du mich zwingen, diese Unhöflichkeit dennoch zu begehen. Ich habe es weder mit den Stacheln und Bluthunden noch mit dem Scheik und den Ussul, die an ihren Zauberer glauben, zu tun, sondern allein nur mit diesem Zauberer selbst. Sage mir, Herrin der Ussul, ob der Sahahr den Tod verachtet?“

„Das tut er keineswegs; er liebt im Gegenteil das Leben sehr“, antwortete sie.

„Ah! Hast du gesehen, was für einen Eindruck es auf ihn machte, als ich ihm sagte, daß ich mit keinem anderen kämpfen wolle, als nur mit ihm?“

„Ich habe es gesehen.“

„Es schien ihm gar nicht angenehm zu sein?“

„Gewiß nicht. Er ist überhaupt niemals ein Held im Kampf gewesen, und seit er trotz seiner überlegenen Körperstärke damals von dem Dschinnistani besiegt worden ist, hat sich seine Vorsicht gesteigert. Er hat die Wirkung eurer Waffen kennengelernt, und es konnte ihm nicht entgehen, daß ihr alles besser und erfolgreicher als wir in die Hand zu nehmen wißt. Ich zweifle nicht daran, daß er sich vor einem Kampf mit dir fürchtet.“

„Und dieser Kampf ist unvermeidlich?“

„Eigentlich, ja. Aber es wurde schon davon gesprochen, ihn euch zu erlassen, da ihr ja genugsam bewiesen habt, daß ihr würdig seid, Freunde und Verbündete der Ussul zu sein.“

„Wie gütig! Wie freundlich!“ scherzte Halef. „Aber die Sache liegt für uns anders als für euch. Wir beanspruchen dieselben Rechte wie ihr. Das heißt, daß der Sahahr zu beweisen hat, daß er würdig ist, unser Freund und Verbündeter zu sein. Wenn er so furchtsam ist, uns den Kampf schenken zu wollen, so sind dagegen wir mutig genug, ihn zu bestehen!"

„Welch ein Gedanke!" wunderte sie sich. „Aber du hast ganz recht."

„Und höre mich weiter! Es ist Allahs Gebot, daß der Mensch in genau derselben Weise bestraft werde, in der er gesündigt hat. Als der Sahahr damals mit dem Dschinnistani kämpfte, wagte er es, den Kampf bis auf Leben und Tod zu treiben. Er wußte, daß seine Körperkräfte größer waren als die des anderen, und war so töricht, die Kräfte der Seele und des Geistes nicht in Berechnung zu ziehen. Darum wurde er besiegt. Das war die einfache Folge, aber noch nicht Strafe. Diese eigentliche Strafe kommt erst jetzt, wo er einen ähnlichen Kampf bestehen soll. Ich verlange nämlich genau so wie damals er, daß es um Tod oder Leben gehe. Was daraus folgt, kannst du dir denken!"

„Was?" fragte sie in hohem Grade gespannt.

Halef antwortete:

„Entweder bittet mich der Sahahr, von diesem Verlangen abzustehen, dann werde ich es nur unter der einen Bedingung tun, daß er dem Erdschani die Freiheit gibt. Oder er schämt sich, so feig zu sein, und geht dann auf meine Forderung ein. Nun, so kommt es eben zu einer Entscheidung auf Leben und Tod, und mein Effendi wird mir gern bezeugen, daß da nur ein einziger Ausgang möglich ist, nämlich der, daß der Sahahr stirbt. Ist der aber tot, dann wird wohl niemand den Erdschani länger quälen wollen."

„Diese deine Gedanken sind nicht übel", erklärte sie, „aber der letzte ist falsch. Nämlich der Erdschani würde auch nach dem Tode des Sahahr für innerlich räudig gelten. Man glaubt daran, und was sich im Kopf solcher Menschen festgesetzt hat, das ist nur schwer zu beseitigen. Ich spreche mit euch noch weiter über diese Sache. Jetzt müssen wir dem Scheik nacheilen, er wartet."

„Noch eines möchte ich gerne wissen", bat Halef.

„Und das ist?"

„Was ist aus dem Dschinnistani, dem Vater des Erdschani geworden?"

Im Weiterreiten antwortete sie:

„Er ritt jährlich einmal, genau zur Zeit der Sonnenwende, hinauf nach Dschinnistan zu denen, die ihn liebten. Dort holte er Bücher, die er las und aus denen er Weib und Kind unterrichtete. Von dort brachte er nach und nach auch jene weißen Steine mit dunklen Worten mit, die heute auf der Insel der Heiden zu sehen und zu lesen sind. Der Sahahr war dagegen, daß diese Steine aufgerichtet würden. Er bezeichnete ihre Inschrift als die größte Verrücktheit, die es geben kann; aber weil die Insel Eigentum des Dschinnistani geworden war und seinem Sohne heute noch gehört, hatte er das Recht, dort zu tun, was ihm beliebte. Er stellte die Schriftsäule in die Nähe seines Lotosweihers und beschattete sie mit duftenden Nelken- und Magnolienbäumen.

„Warum hast du diesen Ort die Insel der Heiden genannt?"

„Weil es eine Insel ist und weil der Dschinnistani nach unseren Begriffen ein Heide war, denn wer nicht an den Gott der Ussul glaubt, der ist ein Heide."

„So ist also auch sein Sohn, der Erdschani, nach deiner Ansicht ein Heide?"

„Ja."

„Und dennoch liebst du ihn?"

„Gewiß! Ist es bei euch wohl anders? Haßt und verfolgt ihr eure Heiden? Haltet ihr sie vielleicht gar für schlechtere, für minderwertige Menschen?"

„Ja, das tut der Islam allerdings."

„Wie falsch!"

„Falsch? Ist es wohl richtiger, sie für räudig oder für verrückt zu erklären?"

Die Frau des Scheiks ging in echter Frauenweise über diese Frage hinweg, als hätte sie sie gar nicht gehört, und sagte:

„Du wolltest wissen, was aus dem Dschinnistani geworden ist, und ich teilte dir mit, daß er jährlich hinauf nach seiner Heimat geritten ist. Einst kehrte er nicht mehr zurück. Man hat ihn nie wieder gesehen. Alle Nachforschungen sind vergeblich gewesen. So war man gezwungen anzunehmen, daß er unterwegs in die Hände der Tschoban gefallen ist, die ihn ermordet haben. Hierüber ist seine Witwe, meine Freundin, vor Schmerz und Gram zugrunde gegangen. Ihr Sohn hat sie auf der Insel der Heiden bestattet und ihr mitten unter Blumen einen Stein gesetzt, auf dem geschrieben steht:

„Das Erdenleben ist ein Läuterungsfeuer, aus dem
dich nur der Glaube befreien und zum wahren
Menschen erheben kann!"

Wenn ihr es wünschet, werde ich euch nach dieser Insel führen, um euch das Grab und die Schriftsäule zu zeigen. Jetzt aber sprechen wir nicht mehr davon; der Scheik hört es nicht gern."

Wir hatten diesen nämlich jetzt eingeholt und erreichten bald hernach auch den Sahahr, der sich inzwischen beruhigt hatte und nun über die Raschheit seines Temperaments verlegen zu sein schien. Die sich jetzt entspinnende Unterhaltung vermied den bisherigen Gegenstand. Ich beteiligte mich fast gar nicht an ihr, denn, was ich über den Erdschani gehört hatte, beschäftigte meine Gedanken und Empfindungen vollständig. Ich begann zu ahnen, daß sich mir hier bei den Ussul eine Welt erschließen würde, die bis jetzt der meinigen größtenteils fremd gewesen war.

Etwas über die Mitte des Nachmittags kam uns eine

Menge Reiter entgegen, die uns von der Stadt aus zu begrüßen hatten. Es waren die Ältesten und allerlei Beamte oder sonstwie Leute, die irgendeine nicht gewöhnliche Stellung innehatten. Sie waren über uns unterrichtet, denn sie hatten die gestrige Botschaft ihres Scheiks erhalten. Daß der ‚Erstgeborene' der Tschoban ergriffen worden sei, war für sie eine Neuigkeit von allergrößter Wichtigkeit. Sie waren uns entgegengeritten, um ihn so bald wie möglich zu sehen. Und nicht minder groß war ihr Interesse für die beiden Fremden, denen sie diesen Fang zu verdanken hatten. Sie sahen uns wie Wunderwesen an, und als ich während des Weitermarsches gelegentlich einige gutgezielte Schüsse abfeuerte, wuchs ihre Bewunderung ins Riesenhafte. Ich meinerseits verhielt mich zurückhaltend gegen sie; ich brachte ihnen zunächst nur ein allgemeines, wissenschaftliches Interesse entgegen. Sie zeichneten sich alle durch ungewöhnliche Körpergröße aus. In ihrer Kleidung und Bewaffnung glichen sie dem Scheik. Die ganze Truppe, die über vierzig Personen stark war, zählte nur fünf schlechte Gewehre. Ihre Gäule glichen Smihk, dem Dicken, doch muß ich aufrichtig gestehen, daß dieser noch der schönste und edelste von allen war.

Der kleine Hadschi verhielt sich ganz anders als ich. Kaum hatte er sie gesehen, so wurde er auch schon vertraulich mit ihnen. Die Achtung, mit der sie ihn trotz seiner geringen Körpergröße behandelten, gefiel ihm ungemein. Als sie den Wunsch äußerten, die drei Tschoban zu sehen, erklärte er sich sofort bereit, mit ihnen zurückzubleiben, um sie ihnen zu zeigen und hierbei zu erzählen, wie es uns gelungen sei, sie zu besiegen und festzunehmen. Ich hütete mich, ihn hiervon abzuhalten, denn daß er nur bestrebt sein werde, ihre Hochachtung zu vermehren, anstatt sie zu vermindern, das wußte ich zur Genüge. Er wartete also mit ihnen, um unsern eigentlichen Trupp mit den Gefangenen herankommen zu lassen. Nur die Ältesten, fast lauter hochbejahrte Leute, blieben bei uns und kehrten um, um mit uns zu reiten.

Die Einsamkeit, die uns bisher begleitet hatte, minderte sich. Schon tauchten hier und da Leute aus dem Volk auf, und es zeigten sich kleinere und größere Herden von Pferden, Rindern, Schafen, sogar von Ziegen. Hirten standen dabei. Auch etwas Ähnliches wie Felder trat auf. Bei uns in Deutschland würde man freilich derartige Stellen für vollständig verwahrlost und verwildert halten. Der Wald begann zurückzuweichen. Wo Bäume standen, waren es entweder Überreste des Waldes, oder man hatte sie aus Nützlichkeitsrücksichten neu gepflanzt. Wir erreichten ein Netz von Kanälen, an deren Ufern man zuweilen eine Hütte liegen sah. Manches Häuschen war auf Pfählen im Wasser errichtet und bestand ausschließlich aus zusammengefügten Stämmen, Hölzern und Knüppeln, deren Zwischenräume zugestopft und verschmiert worden waren. Die Türen und Fenster waren, zumal für Ussulgestalten, fast lächerlich niedrig, schmal, eng und klein. Diese Pfahlbauten lagen anfangs weit auseinander; erst allmählich näherten sie sich, und die eigentliche Stadt begann. Nun hielten auch wir an, um die Zurückgebliebenen mit den Gefangenen zu erwarten, denn es war ein ‚großer Einzug' geplant.

Noch ehe diese zu uns gestoßen waren, erschienen auch vor uns Leute, denn das Gerücht von unserer Ankunft hatte sich rasch verbreitet. Diese Leute wurden zahlreicher, aber keineswegs in der lauten, energischen und frohen Weise, in welcher der Deutsche einen derartigen Auflauf zu veranstalten pflegt, sondern still, langsam und schwerfällig, als ob es in der Seele gar nichts gebe, was die Arme und Beine zwingen könne, sich auch einmal etwas lebhafter zu bewegen als gewöhnlich. Diese Menschen glichen ganz und gar dem geräuschlosen, stauenden Wasser ihres Landes. In dieser innerlichen und äußerlichen Schwere lag es auch, daß man im Kriege lieber hier sitzen blieb und sich von den heranziehenden Tschoban belagern und aushungern ließ, als daß man ihnen entschieden und schnell zuvorkam, um sie schon gleich an der Grenze zurückzuschlagen. Wenn ich hoffte, sie zu diesem letzteren Verhalten begeistern zu können, so unterlag es keinem Zweifel, daß dies nur unter Anwendung besonderer Mittel zu erreichen war.

Endlich holten die Zurückgebliebenen uns ein. Halef nickte mir schon von weitem zu. Er lächelte beinahe übermütig und zeigte überhaupt ein sehr befriedigtes Gesicht. Als sich der Zug nun wieder in Bewegung setzte, ritten wir beide nebeneinander, und da sagte er:

„Sihdi, es steht alles gut, sehr gut! Ich habe es vortrefflich eingeleitet!"

„Was?" fragte ich.

„Den Kriegszug nach dem Engpaß Chatar. Ich habe erzählt, was damals im Tal der Stufen geschah. Ich habe berichtet, was du damals ganz allein ausgerichtet und vollendet hast. Ich habe geschildert, wie die feindlichen Stämme der Dschowari, der Abu Hammed und der Obeïde von dir an ihren langen Nasen in die Gefangenschaft geführt worden sind. Ich habe ihnen versichert, daß es uns gewiß nicht schwerfallen wird, so Ähnliches auch hier zu tun. Sie wissen schon alles. Sie kennen sogar schon die Länge, Breite, Höhe und Schwere des Löwen, den du damals in der Nacht geschossen hast, ganz allein, während Hunderte in den Zelten steckten und sich fürchteten. Sie staunen über dich, alle, alle! Über deine Klugheit und Bedachtsamkeit, über deinen Mut und deine Stärke! Sie werden dir gern gehorsam sein und alles tun, was du von ihnen verlangst."

Das klang wohl sehr befriedigend, nur kannte ich

leider meinen kleinen Hadschi Halef Omar allzu gut, als daß ich seine Rede wörtlich genommen hätte. Wenn er sagte ‚deinen' Mut und ‚deine' Klugheit, so war dieses ‚deine' sicherlich in ‚meine' umzuwandeln. So stille und sinnende Leute, wie die Ussul waren, pflegen ein scharfes Auge und Ohr für Übertreibungen zu haben. Ich hütete mich also, mich an der Begeisterung Halefs zu erwärmen, und tat, als ob die Umgebung, durch die wir kamen, mich vollauf beschäftigte, so daß ich für seine Worte keine Aufmerksamkeit mehr übrig hätte.

Die Stadt lag auf einer ebenen Fläche, die nicht die geringste Erhebung zeigte und durch unzählige Kanäle und kleinere Gräben in Vierecke eingeteilt wurde. Zuweilen bildete sich auch, wenn mehrere Gräben zusammenstießen, entweder ein Drei- oder Mehreck. An den Außenseiten der Stadt hatte jede derartige Landfigur nur ein einziges Gebäude zu tragen; im Innern der Stadt aber rückten die Wohnungen einander näher. Da standen oftmals zwei, drei oder auch mehrere zusammen. Stets aber bestanden die Häuser und Hütten aus dem schon beschriebenen Material und glichen einander vollkommen in der Bauart. Mauern waren unmöglich auch trennende Zäune gab es nicht, weil ja Gräben vorhanden waren. Wer nicht ganz und gar offen vor den Augen des Nachbars wohnen wollte, der schützte sich durch Büsche und Sträucher, die alle den wasserliebenden Pflanzenarten zugehörten. Der Baumschlag war sehr spärlich. Obstbäume nach unseren Begriffen sah man nicht. Sooft sich ein Baum oder Busch mit Früchten zeigte, schien er mir unmittelbares Naturerzeugnis, nicht aber Veredelung zu sein. Weil der Verkehr der Einwohner unter sich nur auf dem Wasser bewerkstelligt werden konnte, nahmen wir alle möglichen Arten primitiver Ruderfahrzeuge wahr, vom großen Einbaum im Fluß bis zu dem kleinen, aus zusammengebundenen Weidenruten bestehenden Floß im seichten Graben. Brücken waren auffallend wenige zu sehen. Jedenfalls liebte man diese Art der Verbindung nicht. Was man nicht einfach überspringen konnte, das wurde durch Rudern oder Schwimmen überwunden. Wir sahen nicht nur Kinder, die wie die Fische schwammen und tauchten, sondern auch Erwachsene, die dasselbe taten. Daß dabei ihre allerdings spärliche Bekleidung naß wurde, galt ihnen offenbar nichts. —

DER DSCHIRBANI

Im Menschenzwinger

Unser Weg führte nach dem sogenannten ‚Schloß' oder ‚Palast', der in der Mitte der Stadt direkt am Fluß lag. Dieser Weg war einer der wenigen wirklichen ‚Wege', die es gab. Die Anwohner standen zu unserem Empfang bereit, mit ihnen zahlreiche andere Leute aus jenen Stadtteilen, die unser Einzug nicht berührte. Aber alle verhielten sich außerordentlich still. Da war keine Spur jener Freuden- oder gar Jubelrufe, die anderorts bei derartigen Gelegenheiten erschallen. Auch die Kinder verhielten sich ruhig. Wo wir uns zeigten, wichen sie furchtsam zurück und sperrten die Mäuler auf. Um nicht undankbar zu sein, muß ich erwähnen, daß allerdings einige Male ein schüchterner Versuch gemacht wurde, unserem Empfang ein festliches Gepräge zu geben. Das geschah nämlich dann, wenn wir an einem vorüberkamen, der ein Gewehr besaß. Dieses wurde dann abgeschossen, aber mit einer derartigen Wichtigkeit, als handelte es sich um ein ganz außergewöhnliches staatserrettendes Ereignis. War dann aber der Knall verpufft, so fiel die zurückgekehrte Stille doppelt auf. Der voranreitende Scheik aber blickte nach jedem dieser Schüsse zu uns zurück, um sich von der Wirkung zu überzeugen. Halef lächelte hierüber. Er mochte an den Empfang denken, den wir bei seinem Stamm, den Haddedihn, finden würden. Da krachten sicher Tausende von Flinten, und das Pulver blitzte zentnerweise in die Luft! Und welch ein Jubel! Welches Geschrei! Und nun dagegen hier! Das Lächeln verschwand indes nach und nach von seinem Gesicht. Er wurde ernst.

„O Sihdi," sagte er, „was sind das für arme Leute! Sie haben nur so wenig Flinten, und das Pulver scheint bei ihnen sehr teuer zu sein. Aber das ist bei ihnen nicht der einzige Grund. Die Hauptursache liegt in ihrer Seele; das sehe ich ihnen nun an. Sie können auch innerlich nicht! Auch im Land ihrer Seelen gibt es keine Gewehre, und auch in ihrem Charakter und ihrer Natur ist das Pulver teuer! Was kann, was soll, was wird aus solchem Volk werden?"

„Hm! Soeben erst hast du mir versichert, daß sie mir gern gehorsam sein und alles tun würden, was ich verlange!"

„Das glaubte ich, glaubte es wirklich. Jetzt aber kommt es mir vor, als ob ich es nicht mehr glauben dürfe. Die, mit denen wir bisher sprachen, sind die Obersten, die Klügsten und also auch die Lebendigsten ihres Volkes. Die konnte ich begeistern, wenn auch wahrscheinlich nur für kurze Zeit. Aber die unter ihnen stehen, nämlich diese da, die uns anstarren, ohne einen einzigen Laut hören zu lassen, die sind wohl schwer, sehr schwer zu veranlassen, mit uns nach dem Engpaß Chatar zu reiten, um ihre Feinde niederzuringen! Meinst du nicht auch?"

„Warten wir es ab! Man darf nicht so, wie du es tust, zwischen Hoffnungen und Befürchtungen hin und her schwanken, sondern man muß lernen, mit den gegebenen Kräften zu rechnen. Du mußt diese guten Leute nicht mit deinem, sondern mit ihrem Maßstab messen. Es liegt in ihrer Natur, daß sie nur schwer in Gang zu bringen sind; aber wenn sie erst einmal laufen, dann kannst du sicher sein, daß sie nicht bei der geringsten Veranlassung gleich wieder stehen bleiben werden."

Während ich dies sagte, hielt Taldscha, die mit dem Scheik voranritt, ihr Pferd an, bis ich sie eingeholt hatte. Dann setzte sie den Ritt fort und sagte:

„Wir kommen bald an dem Gefängnis vorüber, und zwar an dem hinteren Teil, wo sich der Stachelzwinger befindet. Der andere Teil grenzt an den Fluß."

„Der Stachelzwinger?“ fragte ich. „Derselbe, in dem der Erdschani steckt?“

„Ja.“

„Kann man ihn im Vorbeireiten sehen?“

„Den Zwinger, ja; den Erdschani aber nur dann, wenn er am Tor des Zwingers steht, um nachzuschauen, wer vorüberkommt.“

„Ob er wohl merkt, daß sich hier etwas ereignet?“

„Ganz gewiß. Er hat die Schüsse gehört, die hier überaus selten sind, und nun hört er am Getrappel der Pferde, daß wir näherkommen. Ich halte es für wahrscheinlich, daß er an das Gitter getreten ist, um nach der Ursache dieses Lärms zu schauen.“

„Willst du, daß wir ihn retten?“ fragte der Hadschi.

„Ja, ich wünsche es!“ gestand sie ein.

„Gut! So holen wir ihn gleich jetzt, sofort heraus!“ versicherte der kleine Kerl in seiner gutherzigen, aber unbedachten Weise.

„Das nicht, das nicht!“ wehrte sie ab. „Die Hunde würden euch und ihn zerreißen! Wenn ihr ihn retten wollt, so muß es auf andere Weise geschehen. Durch List, durch Zwang! Aber nicht durch einen Kampf mit den Hunden! Die sind abgerichtet!“

„Von wem?!“

„Vom Sahahr. Wegen ihrer Gefährlichkeit sind auch sie von den Menschen getrennt, durch den einzigen durchsichtigen Zaun, den es hier in der Stadt gibt. Nur dadurch, daß man sie von außen sieht, wird man abgehalten, sich ihnen zu nähern. Wer sich hinter diesen Zaun wagte, der würde ebenso schnell und sicher zerfleischt wie der Erdschani, falls er so tollkühn wäre, den seinigen zu durchkriechen oder zu überklettern. Seht! Da drüben, links, beginnen beide Zäune!“

Sie deutete nach der genannten Richtung hinüber. Meine und Halefs Blicke, von einem großen, unwiderstehlichen Interesse getrieben, folgten sofort dem Fingerzeig. Um das, was nun geschah, zu verstehen, muß man sich die Örtlichkeit vergegenwärtigen. Unser Zug bestand aus der Reiterschar und einer Menge von Fußgängern, die hinter uns herliefen. Er bewegte sich auf dem schon erwähnten Weg, der eigentlich einem Damm glich, weil er zu beiden Seiten von Kanälen eingefaßt wurde, die breiter waren, als die Sprungweite eines guten Pferdes beträgt. Ein Ussulgaul, wie Smihk, wäre gewiß nicht bis zur Hälfte hinübergekommen. Jenseits dieses Wassers lag ein Rasenplatz, der auf eine Breite von vielleicht zwanzig Schritten freigelassen, dann aber von einem Stangenzaun umgeben war, dessen Höhe etwas mehr als die eines Mannes betrug. Die Zwischenräume dieser Stangen ließen alles deutlich sehen, was sich hinter ihnen befand. Hinter diesem Zaun gab es eine zweite Einfriedung, die also innerhalb lag; sie wurde von dicht verschlungenen und hochgewachsenen Dorn- und Stachelgewächsen gebildet. Man konnte weder durch sie hindurch noch über sie hinwegsehen, und ihre natürlichen Nadeln und Schneiden waren so spitz und so scharf, daß es für einen Menschen unmöglich war, sich ohne besondere Werkzeuge hindurchzuarbeiten. Das Morgenland ist an solchen von der Natur bewehrten Pflanzen bekanntlich überreich. Diese undurchdringliche Umfassung schloß den Platz ein, den die Frau des Scheiks als ‚Stachelzwinger' bezeichnet hatte. Es gab in dieser Umgebung nur eine einzige schmale Lücke, die als Ein- und Ausgang diente und von einer hölzernen, über zwei Meter hohen Lattenpforte verschlossen wurde. Der Riegel war an der Außenseite angebracht, so daß es dem Gefangenen unmöglich war, ihn von innen zu öffnen. Aber selbst wenn er dies gekonnt hätte, wäre er nicht entkommen, weil sich zwischen den beiden Zäunen die Hunde befanden, die freien Lauf rund um den Zwinger hatten und den Erdschani also an jeder Stelle, wo er etwa ausbrechen wollte, mit den Zähnen fassen konnten.

Wir waren dem Ort jetzt so nahe gekommen, daß wir die Hunde sahen. Es waren ihrer drei, so groß und riesenstark gebaut, wie ich noch niemals einen Hund gesehen hatte, selbst meinen starken, furchtlosen Dojan nicht, den meine Leser kennen.[1] Ihr dickes, zottiges Fell und der Bau ihres breiten, mächtigen Schädels rechtfertigen den Namen Bärenhund, doch waren sie bedeutend höher, als Bären zu sein pflegen. Auch ihre kurze, weit sich spaltende Schnauze und das kleine tückische Auge erinnerten an den Bären; aber ganz unbärenmäßig waren die großen, weit herabhängenden und immer triefenden Lefzen. Die Tiere hatten eine mächtig breite Brust und außerordentlich kräftige Schenkel, deren Füße mit scharfen Klauen und stark ausgebildeten Schwimmhäuten versehen waren, doch war dieser Brust und diesen Schenkeln mehr Kraft und Ausdauer als Sprungfertigkeit und Schnelligkeit zuzutrauen. Man brauchte diese mächtigen Geschöpfe nur anzusehen, so war man hinlänglich gewarnt. Sie hinterließen außer dem Eindruck der überaus rohen, physischen Kraft auch den der Arglist und Verschlagenheit, und nie ist mir bei dem Anblick eines Tieres der Ausdruck ‚Bestie‘ so klargeworden wie in dem Augenblick, da ich diese Blut- und Bärenhunde sah.

Sie hatten uns kommen hören und sich, um uns sehen zu können, gerade so nach vorn an den Zaun gesetzt, daß wir sie sehr deutlich wahrnehmen mußten. Zwei von ihnen waren bedeutend strammer, derber und schwerer gebaut als der dritte, der etwas schlanker und jedenfalls jünger und behender war als die andern. Ob für ihn die Höhe des Stangenzauns genügte, ihn festzuhalten, das wäre für mich eine sehr wichtige Frage gewesen. Kam es einem so blutgierigen, auf den Menschen dressierten Vieh in den Kopf, über den Zaun und dann noch über das Wasser zu springen, so war das

1 Vgl. Ges. Werke Bd. 2, „Durchs wilde Kurdistan“

Unglück, das hierdurch entstehen konnte, gar nicht abzusehen. Das war nun aber Sache des Sahahr; er mußte wissen, wie weit er diese Bestien in der Gewalt hatte. Wie ich später erfuhr, war er der eigentliche Züchter und Abrichter dieser Riesenhunde, denen nur durch Qual und Pein, durch immerwährende Hiebe und Schläge jener Haß gegen die Menschen aufgezwungen werden konnte, der ihnen dann als Vorzug angerechnet wurde. Priester, Zauberer und Bändiger von Bluthunden! Wie sonderbar dies zusammenklang! Aber nun wurde mir sein grausames Verhalten gegen Tochter und Enkel erst erklärlich. Wer imstande ist, einen treuen, gehorsamen, liebebedürftigen und dankbaren Hund zum blutgierigen Menschenhasser zu verquälen, der ist wohl auch imstande, gegen seinesgleichen so zu handeln, wie der Sahahr gehandelt hatte. Ich begann an der Gutmütigkeit dieses Mannes zu zweifeln und sie für nichts als eine betrügerische Maske zu halten. Daß er auch jähzornig und aufbrausend war, hatte er bereits bewiesen.

Gerade als mich dieser Gedanke beschäftigte, wurde ich von dem Sahahr angesprochen. Er sah, daß Halef und ich mit Aufmerksamkeit nach dem Stachelzwinger schauten; er erinnerte sich seines Zorns über unser Gespräch und da kehrte dieser Zorn ihm zurück. Er wandte sich uns zu, deutete über das Wasser hinüber und sagte:

„Da drüben steckt der Mensch, von dem ihr gewiß noch viel gesprochen habt. Wollt ihr ihn sehen?"

„Ja," antwortete Halef sofort, obgleich er sehr wohl wußte, daß diese Frage nur höhnisch gemeint war.

„So reitet hinüber!" lachte der Zauberer.

„Über das Wasser?" fragte der Kleine.

„Ja", lachte der andere.

„Ist das dein Ernst?"

„Mein voller Ernst!" versicherte der Sahahr, der es für vollständig unmöglich hielt, daß man einen solchen Sprung wagen könne.

„Wohlan! — Dir zu Gefallen werde ich es tun!"

Im nächsten Augenblick flog Halef auf seinem prächtigen Assil Ben Rih durch die Luft und landete drüben auf festem Boden, ohne daß die Hufe seines Pferdes auch nur einen Tropfen des Wassers berührt hatten. Ringsum war ein Schrei des Schreckens erklungen; jetzt erscholl ein zweiter, nämlich ein Schrei der Anerkennung, der Bewunderung. Die drei Riesenhunde richteten sich sofort an der Innenseite des Zauns empor und erhoben ein drohendes Bellen und Heulen.

„Da bin ich!" lachte Halef herüber. „Was soll ich nun noch tun?"

„Zurück, augenblicklich zurück!" befahl ihm der Sahahr.

„Fällt mir nicht ein! Du hast mich herübergeschickt, den Erdschani zu sehen, und das werde ich jetzt tun!"

„Nein, nein! Es ist verboten!"

„Verboten? Von wem?"

„Von mir!"

„Unsinn! Gerade du hast es mir erlaubt! Oder glaubst du etwa, ich lasse mit mir spielen?"

Er wendete sein Pferd dem Zaun zu.

„Um Gottes willen, die Hunde, die Hunde!" warnte die Frau des Scheiks voller Angst.

„Die möchten ihn fressen!" rief der Sahahr. „Aber er soll ihn nicht sehen! Er darf ihn nicht sehen! Denn er würde mit ihm sprechen! Und das will ich nicht! Also zurück, zurück! Herüber!"

„Fällt mir, wie ich dir schon sagte, gar nicht ein!" Und um den Zauberer ganz sicherlich zu ärgern, fügte Halef hinzu: „Ich spreche mit ihm! Ich hole ihn sogar heraus!"

Da griff die Frau des Scheiks besorgt nach meiner Hand und bat:

„Ruf du ihn zurück, ruf du! Dir wird er gehorchen! Sonst ist er verloren!"

Da bat ich sie:

„Hab keine Angst um ihn! Er wird nichts Schädliches unternehmen, denn er weiß, ich bin dabei!"

Der Zauberer aber brüllte dem kleinen Hadschi zornig zu:

„Das darfst du nicht! Das kostet dein Leben! Kehr augenblicklich zurück! Sonst komme ich hinüber!"

„So komm! Oder bist du zu feige dazu?"

Halef drehte sein Pferd herum und sah zu ihm herüber. Da machte der Sahahr seine Drohung wahr und ritt hinüber. Er konnte das wohl ganz ohne alle Gefahr, so meinte er, denn er war ja der Herr der Bluthunde; ihm mußten sie gehorchen. Dies war ihnen durch Kette, Hunger und Schläge beigebracht worden. Und dafür hatten sie jetzt, da sie frei von der Kette waren, ihn noch zu lieben. Aber er hütete sich wohl, seinen dicken, ungefügen Urgaul zum Sprung zu bewegen, denn der wäre auf alle Fälle viel zu kurz geraten. Er trieb den Gaul hübsch langsam in das Wasser hinein, paddelte hinüber und kam ebenso hübsch langsam drüben wieder heraus. Halef sah ihm lachend zu; dann fragte er:

„So! Nun bist du da! Wie willst du es jetzt verhüten, daß ich den Erdschani sehe und mit ihm rede?"

„Indem ich es dir verbiete!" antwortete der Gefragte.

„Sag doch nicht so lächerliche Dinge! Wer mir etwas verbieten will, der muß ein anderer Kerl sein als du! Ich reite hin zu ihm!"

Er wendete sein Pferd wieder dem Eingang des Zaunes zu. Da zog der Sahahr sein Messer und rief:

„Du bleibst! Sonst renne ich dir diese Klinge in die Brust!"

Schleunigst hatte Halef seine Pistole in der Hand, hielt sie ihm entgegen und antwortete:

„Wage es! Aber bedenke, daß meine Kugel schneller ist als dein Messer!"

Dieser laute, ja zornige Wortwechsel hatte unter fortwährendem Geheul der Hunde stattgefunden. Sie waren schon bei Halefs Annäherung am Zaun emporgesprungen. Als der Sahahr, ihr Peiniger, folgte, verdoppelte sich ihre Wut. Sie versuchten den Zaun zu überspringen, was ihnen jedoch nicht gelang, denn sie waren zu schwer; sie fielen immer wieder zurück. Das steigerte ihren Grimm. Der dritte war indes nicht nur der schlankere, sondern auch der intelligentere. Als er sah, daß ihm der Sprung nicht gelang, versuchte er es mit dem Klettern. Auch das mißlang. Nun verband er das Springen mit dem Klettern. Er nahm einen Anlauf und tat einen Sprung, der ihn bis zu drei Viertel der Zaunhöhe emporbrachte, ruschte aber wieder ab, weil es ihm für diesmal nicht gelang, sich mit den Hinterfüßen an der Querstange festzuhalten. Brachte er dieses fertig, so kam er beim zweiten Sprung sicher über den Zaun und war dann gewiß ebenso gefährlich wie ein Panther oder Tiger. Der zweite Versuch gelang schon besser als der erste. Vorsichtshalber rief ich jetzt Halef zu:

„Zurück! Schnell zurück! Bewahre das Pferd vor dem Hund!"

Eben hatte er die Pistole gezogen, fest entschlossen, seinen Willen durchzusetzen. Er hätte mir wahrscheinlich nicht gehorcht, wenn ihn nicht die Liebe zu Ben Rih beeinflußt hätte. Persönlich fürchtete er sich nicht vor diesen Hunden; aber seinen geliebten Rappen unnötig ihren Zähnen preiszugeben, so töricht war er nicht. Er warf also nur noch einen kurzen Blick nach dem Zaun, wo der Hund jetzt gerade zum letzten Sprung ansetzte, und beeilte sich, meinem Befehl nachzukommen. Eben als Ben Rih mit seinem Reiter wieder über das Wasser sprang, kam der Hund über den Zaun herübergeflogen. Ich griff, um Unglück zu verhüten, zum Henrystutzen. War aber nicht so schnell, wie es hätte sein sollen. Der Bluthund hatte diesseits des Zauns kaum Boden gefaßt, so stürzte er sich auf seinen Herrn. Er stieß dabei ein Geheul aus, wie aus Freude, seinen Quälgeist nun endlich, endlich einmal vor sich zu haben, ohne durch Ketten, Stricke, Stacheln und Peitschen an der Vergeltung gehindert zu sein. Die Bestie sprang am Pferd empor, faßte den Reiter, dem vor Schreck das Messer entglitt, am Oberschenkel, riß ihn auf die Erde herab und hätte ihm gewiß die Gurgel zerflleischt, wenn ich dem Vieh nicht schnell eine Kugel in den Leib gejagt hätte. Es gleich mit diesem ersten Schuß zu erlegen, war mir unmöglich, weil ich kein sicheres Ziel hatte. Auf Kopf oder Brust der Bestie konnte ich nicht anlegen, da ich anstatt des Hundes sehr leicht den Menschen treffen konnte. Darum hatte ich nur auf den Körper gezielt, um den Hund von seinem Opfer wegzubringen. Dieser Zweck wurde erreicht. Kaum war der Hund getroffen, so ließ er den Sahahr los, tat einen Seitensprung und sah sich nach dem neuen Feind um. Sein Auge fiel auf mich, der ich noch fest im Anschlag lag, um ihm die zweite Kugel, die nun töten mußte, zu geben. Nun nahm er alle seine Kraft zusammen. Mit zwei Sprüngen kam er an das Ufer, beim dritten flog er über das Wasser herüber. Das gab mir ein gutes Ziel. Meine Kugel traf ihn im Flug, und zwar tödlich, so daß er, als er diesseits den Erdboden erreichte, sofort zusammenbrach und liegenblieb. Ein kurzes, konvulsivisches Zucken lief über den riesigen Körper, der sich streckte, und dann war die Bestie verendet.

Drüben heulten die beiden anderen Hunde. Zwischen Zaun und Wasser brüllte der vor Schmerz sich windende Zauberer um Hilfe. Und hüben gab die Menge der Ussul ihre Freude über diesen Schuß durch laute Zurufe kund. Man sah, daß auch sie zu begeistern waren, nur bedurfte es hierzu so seltener und kräftiger Mittel, wie dieses Ereignis war. Wir hatten nicht Zeit, auf diesen Beifall zu achten. Es war vor allem nötig, dem Sahahr zu Hilfe zu kommen. Er schien zwar nur am Schenkel verwundet zu sein, aber falls etwa eine wichtige Ader verletzt worden war, konnte es sich immerhin um Tod und Leben handeln. Halef setzte also wieder über den Kanal hinüber, und ich folgte ihm auf meinem Syrr, der das Hindernis mit einer so eleganten Leichtigkeit nahm, daß er ringsum laut bewundert wurde. Halef sprang vom Pferd, um sich zu dem Sahahr niederzubücken und nach seinen Verletzungen zu sehen; dieser aber schrie ihn giftig an:

„Weg! Fort mit dir! Rührt mich nicht an! Ich mag euch nicht sehen! Ihr seid schuld daran, daß ich verstümmelt worden bin! Hättest du mir gehorcht, so wäre ich drüben geblieben! Fort, sage ich! Fort, fort mit dir!"

Er rief zu den Ussul die Namen einiger Leute hinüber, die er haben wollte. Diese folgten seinem Zuruf in ganz derselben Weise, in der er vorher den Kanal durchquert hatte; sie gingen also sehr gemächlich ins Wasser und paddelten herüber. Dann stiegen sie von ihren Gäulen und begannen sich mit ihm zu beschäftigen. Unser Reiterzug und die ihn begleitende Menge blieb stehen, um sich die Sache weiter anzuschauen.

Halef schwang sich wieder in den Sattel, weil er infolge der Abweisung, die er erfahren hatte, annahm, daß wir sofort zum Zug zurückkehren würden. Damit zögerte ich aber, denn mir lag daran, den Erdschani zu sehen. Es war jetzt die beste, vielleicht nie wiederkehrende Gelegenheit dazu, und es wäre ein Fehler gewesen sie unbenutzt verstreichen zu lassen. Darum ritt ich nach der Tür des äußeren Zauns, hinter dem sich die beiden Bluthunde befanden. Halef kam hinter mir her. Er nahm sein Gewehr von der Schulter und sagte:

„Sie können freilich nicht heraus; aber bei derartigen Ungetümen muß man auf alles gefaßt sein. Wenn sie uns gefährlich werden, schieße ich beide sofort nieder."

Das sah der Sahahr. Trotz seiner Verletzung nahm er sich die Zeit, sich um uns zu kümmern; er schrie dem Hadschi zu:

„Wage es ja nicht zu schießen! Wer mir einen dieser Hunde tötet, der bekommt es mit mir zu tun! Macht euch von dannen! Was habt ihr dort zu suchen? Ich verbiete es euch!"

Wir achteten auf diese Worte nicht, weil er allein sich unserer Annäherung an den Stachelzwinger widersetzte. Alle andern, der Scheik und die Ältesten dabei, hatten nicht nur nichts einzuwenden, sondern waren sogar gespannt darauf, was jetzt wohl geschehen werde. Wir näherten uns also der bezeichneten Türe, ritten aber nicht ganz dicht hinan, um die Hunde nicht noch mehr aufzuregen; sie bellten und heulten nicht nur, sie brüllten förmlich und gebärdeten sich, als ob sie den Zaun in Stücke reißen wollten. Sogar Halef, der Mutige und oft sogar Übermutige, ließ sich einschüchtern und hielt sich ein wenig hinter mir.

„Das ist fürchterlich! Fast gar nicht auszuhalten!" schrie er mir laut zu. Er mußte so rufen, sonst hätte ich ihn infolge des entsetzlichen Lärms der Hunde nicht verstanden. „Diese Scheusale sind nicht von der Erde, sondern stammen aus der Hölle"!

„So schlimm ist es nicht", rief ich zurück. „Schau unsere Pferde an! Siehst du etwa, daß sie sich fürchten?"

„Nein! Sie sind so ruhig wie immer! Wie das wohl kommt?"

„An ihrer Abstammung liegt es nicht. Auch das edelste Geschöpf hat Furcht vor der Bestie. Sie scheinen die Hunde also nicht für Bestien zu halten. Und betrachte diese einmal genau! Besonders ihre lang herabhängenden Lippen, sie sind feucht und nässend wie immer. Aber siehst du eine Spur von Geifer?"

„Nein!"

„Oder gar von Schaum?"

„Noch weniger!"

„So kannst du dich darauf verlassen, daß diese Tiere nicht halb so schlimm sind, wie sie erscheinen. Auch ich habe sie überschätzt, aber nur bis jetzt. Nun, da ich sie aus solcher Nähe sehe, möchte ich behaupten, daß sie nur infolge ihrer Erziehung, nicht aber von Natur aus so wüten. Sie täuschen ebenso, wie ihr Herr, der Sahahr täuscht. Man hält sie für Bestien, und doch ist die Gutmütigkeit wohl ihre hauptsächlichste natürliche Eigenschaft. Er aber gibt sich als gutmütig, und — —“

„Schau, Sihdi! Da drüben kommt jemand!“ wurde ich von Halef unterbrochen.

Er deutete mit der Hand über den Stangenzaun in den Stachelzwinger hinein. Ich habe schon erwähnt, daß sich in dem Dorn- und Stachelwerk nur eine einzige Lücke befand, und dort war die Tür. Da wir hoch zu Pferde saßen und die beiden Türen mit uns in einer Linie lagen, so konnten wir nicht nur durch ihre Zwischenräume hindurch-, sondern auch über sie hinwegsehen. Das Innere des Zwingers lag also zu einem beträchtlichen Teil vor unseren Augen. Wir überschauten einen freien, grasbewachsenen Platz, auf dem eine Gestalt langsam geschritten kam, um sich der Tür zu nähern. Es schien, als ob dieser Mensch sich um den Lärm in seiner Nähe bisher nicht gekümmert habe und erst jetzt im Begriff stehe, ihn zu beachten. Er war von außerordentlich hoher, imponierender Gestalt. Sein langsamer Gang und seine Haltung waren von einem ganz eigenartigen, charakteristischen Stolz. Seine Kleidung bestand aus einem weiten, bequemen Haïk, der um die Hüften durch einen schmalen Ledergürtel zusammengefaßt wurde. Sein Kopf war unbedeckt. Ein starkes, fast übervolles Haar hing ihm weit über den Rücken herab. Die Züge seines edel geschnittenen Gesichtes waren von einer eigenartigen, fast augenfälligen Schönheit. Einen Bart trug er nicht. Das war gewiß eine außerordentliche Seltenheit hier im Land und in der Hauptstadt der Ussul, die stolz auf ihren starken Haarwuchs waren und jeden bartlosen Mann als einen

Knaben oder gar als verächtlich bezeichneten. Ich sollte sogar sehr bald erfahren, daß es bei ihnen ein Gesetz gab, nach dem Handlungen, die nach ihren Begriffen ehrlos waren, durch das Scheren des Bartes und das Verbot, ihn wieder wachsen zu lassen, bestraft wurden. Sollte dieses Gesetz vielleicht auch auf den Erdschani in Anwendung gebracht worden sein? Als er, den Blick zur Erde gesenkt, sich so allmählich der Pforte näherte, hatte es den Anschein, als ob seine Gestalt mit jedem Schritte immer höher und breiter, immer bedeutender und eindrucksvoller werde. Ob dies nur in seiner Persönlichkeit lag oder zum Teil auch mit in der örtlichen Perspektive, das fragte ich mich nicht. Ich nahm die Wirkung in mir auf, ohne nach ihren Ursachen und Gründen zu forschen. Als er die Pforte erreichte, ließ er seinen Blick über uns gleiten. Es war keine Spur von Überraschung an ihm zu bemerken. Das große, dunkle Auge ruhte forschend auf uns, und als ich meine Hand zum Gruß gegen Brust und Stirn erhob, antwortete er mir in der gleichen Weise. Da fragte ich mit lauter Stimme zu ihm hinüber:

„Bist du der Erdschani?"

Ich mußte wegen der Hunde so laut rufen, daß man es rundum hörte. Er antwortete ebenso laut: „Ich bin es."

Mein kleiner Halef war von der außerordentlichen Erscheinung dieses Mannes, der trotz seiner Jugend einen solchen Eindruck machte, ebenso ergriffen wie ich. Halef war gewohnt, sich derartigen Gefühlen augenblicklich hinzugeben, und so eilte er auch hier sehr schnell zum Wort, ohne daran zu denken, daß dies jetzt mir allein zustand.

„Du bist der Enkel des Sahahr?" erkundigte er sich.

Der Erdschani nickte.

„Wünschest du frei zu sein?"

Da hob der Gefragte die Hände bis zur Höhe seines Gesichts, schlug sie beteuernd zusammen und rief:

„Von ganzem Herzen!"

„So holen wir dich heraus! Sofort! Wir schießen die Hunde nieder!"

Der Zauberer und alle bei ihm hatten jedes dieser Worte gehört. Er wollte sein Verbot wiederholen und richtete sich, so weit es sein Zustand erlaubte, in die Höhe, um uns zuzurufen, brachte es aber nur zu einigen unartikulierten Lauten und fiel dann wieder nieder. Seine Verwundung schien also doch gefährlicher zu sein, als ich angenommen hatte. Die Ussul um ihn sprachen auf ihn ein. Diese Leute gehörten, wie sich von selbst versteht, zu seinen nächsten Freunden und Anhängern. Der eine von ihnen kam jetzt zu uns heran und teilte uns mit:

„Ihr seid Fremde, und Fremden ist es verboten, sich in unsere Angelegenheiten zu mischen. Selbst wenn ihr schon unter die Ussul aufgenommen wäret, hättet ihr kein Recht, euch mit diesem Gefangenen zu beschäftigen. Nur der Sahahr allein hat über ihn zu verfügen. Nicht einmal der Scheik besitzt nach den Gesetzen unseres Volkes ein Recht, in dieser Angelegenheit eine Änderung eintreten zu lassen. Aber weil ihr den Ussul einen großen Dienst erwiesen habt, weil ihr gewillt seid, uns auch fernerhin mit eurer Hilfe beizustehen, und endlich weil der Sahahr euch liebgewonnen hat und dies euch zeigen und beweisen will, aus all diesen Gründen hat er beschlossen, euch zu Willen zu sein und den Dschirbani für immer freizugeben, wenn ihr die einzige Bedingung erfüllt, die er daran knüpft."

„Welche Bedingung?" fragte Halef.

„Ihr müßt die Wächter bezwingen, ohne sie zu beschädigen."

„Die Bestien? — Die Hunde?"

„Ja, die Hunde. Sie dürfen weder verwundet noch getötet werden. Es ist euch streng verboten, ihnen Schaden zu tun. Ihr habt also, bevor ihr mit ihnen kämpft, alle Waffen abzulegen und euch ganz allein nur auf eure Hände zu verlassen. Auch dürft ihr nicht zu zweit zu ihnen hinein, sondern der Emir aus Dschermanistan wird beginnen, und erst dann, wenn er von den Hunden zerrissen worden ist, darf der Scheik der Haddedihn ihm folgen!"

„Das ist ja allerliebst!" rief Halef aus. „Warum ist es denn nicht umgekehrt? Nämlich so, daß die Hunde nicht miteinander auf uns losdürfen, sondern daß der zweite sich erst dann mit uns befassen darf, wenn wir den ersten aufgefressen haben!"

Er hätte in dieser Weise wohl weitergesprochen, wurde aber von anderen Zurufen übertönt. Auch der Ussul hatte nämlich laut reden müssen, und zwar so laut, daß er auf der einen Seite von dem Erdschani und auf der anderen auch von den auf der Straße befindlichen Ussul gehört wurde. Von dort aus rief die Frau des Scheiks uns warnend zu:

„Ich bitte euch bei Allah, das nicht zu tun! Wenn ihr es wagtet, wäret ihr verloren!"

Und der Gefangene selbst, so sehr er seine Befreiung wünschte, warf uns die selbstlose Mahnung herüber:

„Ich weiß nicht, wer ihr seid; aber hütet euch, auf den Vorschlag des Sahahr einzugehen. Er kann bloß beabsichtigen, euch zu verderben! Ich bin doch wohl stärker als ihr, aber ich bleibe doch lieber gefangen, als daß ich es wage, ohne Waffen mit diesen Ungetümen zu kämpfen!"

„Hörst du es?" fragte der Ussul, der an Stelle des Sahahr sprach. „Nun ist es wohl mit euerm Mut zu Ende?"

Ohne diese Verhöhnung zu beachten, fragte ich ihn:

„Würdet ihr Wort halten und den Sohn des Dschinnistani für immer freigeben, wenn es mir gelänge, die Hunde waffenlos zu besiegen, ohne sie zu verletzen?"

„Ja", antwortete der Gefragte.

„Ja", antworteten auch seine Gefährten.

„Ja", antwortete sogar der Zauberer, den der Gedanke, daß ich mich von den Hunden zerreißen lassen würde, für den Augenblick alle Schmerzen vergessen ließ.

Da wandte ich mich an den Erdschani:

„Ich brauche Zeugen hierzu. Hast du gehört, was mir versprochen worden ist?"

„Ja", versicherte er. „Aber du wirst doch nicht etwa so tollkühn sein und — —"

Ich ließ ihn nicht ausreden, sondern richtete an unsere Reitgefährten und an die anwesende Menge die Frage:

„Habt auch ihr es gehört, und wollt ihr es mir bezeugen?"

„Ja, ja, ja, ja — —!" ertönte es wie aus einem Munde, doch sofort erhoben sich auch Stimmen, um mich zu warnen, auf einen ebenso ungewöhnlichen wie ungleichen Kampf einzugehen.

Ich achtete nicht darauf, sondern stieg vom Pferd und gab die Zügel Halef in die Hand. Der sah mich mit weit aufgerissenen Augen an und rief:

„Allah sei uns gnädig! Willst du es wagen, wirklich wagen, Sihdi?"

„Ja", antwortete ich.

„Trotz der entsetzlichen Gefahr, in Stücke gerissen und dann aufgefressen zu werden?"

„Trotzdem! Aber diese Gefahr ist bei weitem nicht so groß, wie du denkst."

„Hättest du doch recht!" seufzte er unter einem tiefen, lauten Atemzug auf.

„Ich habe recht!" versicherte ich. „Hast du aufgepaßt, als der Hund, den ich erschoß, sich auf seinen eigenen Herrn stürzte?"

„Ich habe es gesehen, aber erst dann, als der Sahahr bereits am Boden lag."

„Das war zu spät: da war das, was ich sagen will, schon vorüber. Ich habe genau aufgemerkt, wie diese

Hunde dressiert sind. Sie reißen den Menschen vorher nieder, und erst wenn dies geschehen ist, beißen sie drauf los. Die Hauptsache ist also erstens, sich nicht werfen zu lassen, und zweitens, zu verhüten, daß sie an Hals und Gurgel kommen. Auch wird der Erdschani mir helfen.“

„Der? — Wieso?“

„Er muß die Hunde so beschäftigen, daß sie sich trennen, damit sie nicht beide zugleich nach mir springen.“

„Allah sei Dank! Dieser Gedanke ist gut. Meine Sorge um dein Leben vermindert sich bereits. Dennoch aber sage ich dir: Ich nehme deinen Stutzen zur Hand, und wenn es einem dieser Hunde gelingen sollte, dich niederzureißen, so bekommt er augenblicklich so viele Kugeln in den teuflischen Leib, daß er gar nicht Zeit hat, sie zu zählen!“

Ich gab Halef meine Waffen. Dann band ich mir den Gürtelschal von den Hüften und wand ihn mir, so lang er war, um den Hals.

„Er will! Er will! Er wird! Er wagt es! Er tut es!“ klang es vielstimmig bei den Ussul, als sie meine Vorbereitung sahen.

Die Warnungen wiederholten sich. Auch der Erdschani rief mir die seinige nochmals herüber. Ich aber antwortete ihm:

„Fürchte nichts! Wenn du mich unterstützest, werde ich siegen.“

Dies hatte ich nur so laut gesprochen, daß er es hören konnte. Da trat er ganz nah an die Pforte heran und fragte mich mit unterdrückter Stimme:

„Wie gern möchte ich dich unterstützen! Aber wie könnte ich das?“

„Indem du stark an deiner Tür rüttelst, als ob du herauswollest. Wenn du das tust, so hoffe ich, daß einer der Hunde sich gegen dich richtet und ich es also nicht mit beiden zugleich zu tun haben werde.“

„Wie gern will ich das tun, wie gern! Aber wann? Sag mir den Augenblick!"

„Jetzt gleich! Du kannst sofort beginnen!"

Ich stand mehrere Schritte von der Tür des äußeren Zauns entfernt. Er befand sich den Hunden also viel näher, und als er jetzt an seiner, also der inneren Türe, zu arbeiten, zu stoßen und zu pochen begann, wandten sich beide gegen ihn, mir aber den Rücken zu. Sie heulten überlaut. Das war der rechte Augenblick für mich. Ich sprang zur äußeren Tür, schob den Riegel weg und riß sie auf. Da hörte man einen einzigen, aber vielstimmigen, großen Schrei des Schrecks rund umher: dann aber trat plötzlich tiefe Stille ein. Die Entscheidung war da; sie stand unsichtbar neben mir, an der geöffneten Tür, durch die zu treten ich mich sehr wohl hütete. Sie war nicht breit genug für zwei so große, starke Hunde. Es konnte nur einer allein heraus. Indem ich draußen blieb, sicherte ich mir den Vorteil zu, daß mich nur einer von ihnen angreifen konnte. Im Augenblick achteten sie aber gar nicht auf mich. Ihre ganze Aufmerksamkeit war allein auf die innere Pforte gerichtet, an welcher der Erdschani rüttelte. Daß ich die meine geöffnet hatte, das sahen sie nicht eher, als bis ich durch einen lauten Ruf ihre Blicke auf mich zog.

Es kann nicht meine Absicht sein, durch die Erzählung dieses Ereignisses nach einem Ruhm zu trachten, den ich nicht verdiene. Was ich jetzt tat, war nämlich kein so großes Wagnis, wie es schien. Schon Hunderte und Aberhunderte hatten es gewagt und zwar oft mit Erfolg. Das war drüben in Nordamerika, als in den Süd- und Mittelstaaten der Union noch die Sklaverei bestand. Wie viele jener armen Menschen waren da ihren mitleidslosen, grausamen Herren entflohen! Wie viele dieser Flüchtlinge hatte man mit Bluthunden gehetzt, die eigens für diese Negerjagden dressiert worden waren! Die Schwarzen waren gewöhnlich unbewehrt.

Ihre einzige Waffe gegen die gefährlichen Hunde bestand in dem Trick, ihnen in dem Augenblick, in dem sie nach der Kehle schnappten, die Arme fest um den Hals zu schlagen und die Gurgel derart zusammenzupressen, daß ihnen der Atem verging. Ließ man sie dann fallen, so waren sie erstickt. Freilich durfte dieser Druck der Arme keinen Augenblick zu früh oder zu spät kommen, sonst war der Flüchtling verloren. Jeder Sklave, der auf Flucht sann, übte diesen Griff und Druck. In den Turnvereinen geschah dasselbe. Von jedem Hundehändler bekam man gegen Entgelt irgendeine alte, sonst nutzlos gewordene Bestie geliehen, um sich mit ihrer allerdings höchst unfreiwilligen Beihilfe in den Stand zu setzen, mit unbewaffneten Händen einen feindlich anspringenden Bluthund zu ersticken. Das, was ich mir jetzt vorgenommen hatte, war also nichts Außerordentliches. Es gewann nur dadurch an Schwierigkeit, daß es sich um zwei Hunde handelte und daß diese Ungeheuer bedeutend größer und kräftiger als die amerikanischen Negerfänger waren. Dieser Nachteil wurde aber durch die Beihilfe des Erdschani wieder ausgeglichen. Er besaß den Grad von Intelligenz, der hierzu nötig war, in vollkommener Weise.

Er hatte, wie ich schon erwähnte, die Aufmerksamkeit der Hunde auf sich allein gezogen. Als ich dann vor der geöffneten Tür stand und den lauten Ruf ausstieß, mit dem ich mich den Hunden bemerkbar machte, kam es darauf an, daß der Erdschani einen von ihnen drüben bei sich festhielt. Das gelang ihm vortrefflich. Sobald mich beide sahen, wollten sie sich auf mich stürzen; da aber wiederholte er sein Rütteln und Schütteln mit solcher Stärke, daß der eine Hund sich ihm rasch wieder zuwandte, während der andere, ohne sich irre machen zu lassen, auf mich zugeflogen kam. Es wurde mir leicht, den ungeheuren Anprall, der mich unbedingt umgerissen hätte, abzuschwächen, und zwar mit Hilfe der Tür, die ich schnell wieder halb schloß, so daß sie den ersten Stoß auffing und ich zum Angriff übergehen konnte. Das Tier geriet nämlich mit einem Hinterfuß in die Zwischenräume der Latten. Anstatt sich zu befreien, bohrte es ihn in seiner Hast nur noch weiter hinein, und so gelang es mir ohne alle Mühe und fast gefahrlos, ihm die Arme um den Hals zu schlagen und diesen so fest an mich zu drücken, daß dem Hund der Atem auszugehen begann. So riß ich ihn von der Tür los. Er hing, mit dem Rücken mir zugewandt, mit der Kehle in meinen Armen, heulte vor Todesangst und versuchte vergebens, mich mit den Hinterkrallen zu fassen. Als der andere Hund das Angstgeheul hinter sich hörte, ließ er von dem Erdschani ab und drehte sich um, jedenfalls in der Absicht, seinem Gefährten zu Hilfe zu kommen und mich zu packen. Was nun geschah, war in hohem Grade interessant. Schon setzte er nämlich zum Sprung gegen mich an, da sah er den anderen Hund halb tot und in höchster Atemnot zuckend, in meinen Armen hängen. Er bekam einen Schreck. Ich trat gegen ihn vor, in die Türöffnung hinein. Wollte er an mich kommen, so stieß er nicht auf mich, sondern auf die in meinen Armen hängende Bestie. Er wich zurück. Ich trat weiter vor, er wich weiter zurück. Ich folgte ihm, und nun begann er, der riesige Blut- und Bärenhund, vor Angst zu winseln, zog den Schwanz ein und machte Miene, davonzulaufen. Das mußte ich benutzen. Es galt, ihn nun völlig und für immer einzuschüchtern. Ich schleuderte also den anderen Hund von mir ab, und zwar so, daß er lang auf ihn fiel. Der Getroffene heulte vor Schreck laut auf, rannte davon und blieb erst in sicherer Entfernung wieder stehen, wo er, sich niedersetzend, zurückschaute und durch Seufzen und Stöhnen zu erkennen gab, daß zwar er leidlich entkommen sei, sich aber über das Schicksal seines Gefährten große Sorge mache. Dieser lag vollständig bewegungslos. Nur über die Brust ging ein leises, zitterndes Heben und Senken. Das Maul war weit geöffnet und die Zunge hing heraus. Der Hund war dem Ersticken nahe gewesen. Ich stand neben ihm, bereit, ihn genau wieder so zu fassen wie vorher. Als der erste Lufthauch wieder in die Lunge drang, streckte sich der mächtige Körper. Die verglasten Augen gewannen wieder Blick. Er erhob sich langsam und schwer, als verweigerten ihm seine Glieder noch den Gehorsam. Das war der kritische Augenblick. Ich öffnete die Arme, um sie, falls er sich wieder auf mich stürzen würde, abermals um ihn zu schlagen. Da hob er das Auge. Er sah mich vor sich stehen. Er erblickte die drohend geöffneten Arme. Zugleich hörte er das ängstliche Wimmern des anderen Hundes. Er drehte den Kopf nach ihm um. Als dieser das sah, steigerte er sein Wimmern zum Heulen, und zwar zu jenem eigenartigen, langgezogenen Heulen mit der Fistelstimme, das man meist nur dann zu hören bekommt, wenn irgendwo Feuer ausgebrochen ist. Da stimmte das vor mir liegende Ungetüm ein. Es legte anstatt etwas Feindliches gegen mich zu unternehmen, den Hals und Kopf lang auf die Erde nieder, machte die Augen zu und ließ Jammer- und Klagetöne hören, die anfangs ganz unartikuliert erschienen, dann aber deutlicher und immer deutlicher wurden. Bei jeder Pause, die er machte, sah er mich an, als ob er fragen wollte: „Hast du es gehört?“ Nun sprach ich auf ihn ein. Er schwieg und hörte mich an. Dann antwortete er, indem er weiterheulte. Sobald er fertig war, begann wieder ich, und dann auch wieder er. So sprachen wir miteinander, er heulend und ich begütigend. Er verstand weder meine noch ich seine Sprache, aber in den Tönen lag etwas, was nicht durch Worte ausgedrückt werden konnte. Ich kniete zu ihm nieder und wagte es, ihm den Kopf mit der Hand zu streicheln. Er duldete es. Ich klopfte ihn zärtlich. Ich strich ihm über den Rücken. Das nahm er mit großem

Behagen hin. Als ich mich dann wieder erhob, stand auch er auf und schob mir seine Schnauze in die Hand, um sich weitere Liebkosungen zu erbitten. Als das der andere sah, stellte er sein Jammern ein und verließ seinen Platz, doch nicht etwa, um weiter zu fliehen, sondern um sich mir zu nähern. Das geschah langsam und zagend, so ungefähr wie bei einem gutherzigen Knaben, der bestraft worden ist und sich dann nach und nach wieder an den Vater heranzuschlängeln sucht. Ich unterstützte diese seine erfreuliche Taktik dadurch, daß ich meine Zärtlichkeiten gegen seinen Gefährten fortsetzte und ihm dann mit diesem gar entgegenkam. Der Erfolg war, daß ich schließlich zwischen beiden Hunden stand und ihnen die dicken, nie gekämmten Felle derart klopfte und zauste, daß sie vor Wonne stöhnten. Ich versuchte nun, hin und her zu gehen. Sie gingen mit. Wenn ich umkehrte, taten sie es auch. Da wandte ich mich weiter, rund um den ganzen Stachelzwinger herum. Sie folgten mir. Ihre Augen waren mild und freundlich. Von der früheren Menschenfeindlichkeit gab es keine Spur mehr. Als ich dann von der anderen Seite nach der Tür zurückkehrte, an welcher der Erdschani stand, verhielten sie sich so gleichgültig, als ob sie das, was vorher ihre Pflicht gewesen war, vollständig vergessen hätten. Ich zog den Riegel weg, um die Tür zu öffnen.

„Darfst du das wagen?“ fragte der Erdschani.

„Ja, komm!“ antwortete ich, während ich zurücktrat, um ihm Platz zu machen.

Die Hunde standen rechts und links von mir, eng an mich gedrückt. Ich war so vorsichtig, jeden von ihnen fest an einem Ohr zu halten.

„Auf dein Wort hin will ich es tun, Ssahib[1]!“ sagte er.

Bei diesen Worten stieß er die Tür auf und trat

1 Herr

heraus. Hierbei öffneten sich die unteren Säume seines Haïk, und ich sah, daß er darunter die eigentliche, lederne Kleidung trug. Auch die stiefelartige Fußbekleidung war von Leder, nicht von Bast, wie bei den meisten anderen Ussul. Die Hunde sahen zu ihm auf, ohne ein Zeichen des Hasses oder des Zorns. Auch ich schaute zu ihm auf, ja wirklich, zu ihm auf. Denn er überragte mich nach allen Dimensionen, in der Stärke, in der Höhe, in der Breite.

Was war das für ein Mensch! Wie hehr, wie stolz, wie schön! Mir war, als stünde in diesem Augenblick seine Seele hinter ihm, ihm unbewußt, und rufe mir zu: „Schau her und liebe ihn; er ist von königlichem Geschlecht!"

Bis jetzt war der Zaun, war die Pforte zwischen uns gewesen. Wir standen uns nun also zum ersten Mal ohne Hindernis gegenüber. Der erste Blick, den er frei auf mich richten konnte, war lang, erwartungsvoll und forschend. Dann ging es wie ein warmer, verklärender Sonnenschein über sein Gesicht, und er sagte:

„Du bist nicht aus diesem Land, sondern ein Fremder. Und du bist edel, gut und tapfer. Als ich dich da draußen vor dem berüchtigten Zwinger halten sah, bevor du abgestiegen warst, dein Pferd viel kleiner als die unsrigen, aber unendlich feiner und edler, und auch du um so viel kleiner als ich, aber um so sicherer im Sattel und um so geistiger in allem, was du tust, da kamst du mir vor wie eine Vision, die mir der Himmel sendet. Weißt du, was eine Vision ist?"

„Ja", antwortete ich.

„Und weißt du, daß man mich den Wahnsinnigen nennt?"

„Ja."

„Der Mensch, der Visionen hat, ist von Gott begnadet. Solange er dies weiß, bringt er der Menschheit Segen, man mag an ihn glauben oder nicht. Sobald er dies vergißt, ist er wahnsinnig geworden und gleicht nur noch einer Vision, die nicht in Erfüllung geht."

„Woher weißt du das?" fragte ich erstaunt.

„Es steht in meinem Buch hier."

Er deutete auf die Mitte der Brust, etwas unterhalb des Halses, wo man das ‚Hamail' zu tragen pflegt. Es war also anzunehmen, daß dort das Buch unter seinem Haïk hing. Dann fuhr er fort:

„Als ich dich sah, war es mir in meiner Vision, als ob du, der scheinbar Kleinere, zu mir, dem scheinbar Größeren, herniederkämest von den Sternen, den scheinbar kleinen, die aber immer größer werden, je mehr man sich ihnen nähert. Ich sah es dir sofort an, daß du gekommen seist, mich zu befreien, und daß dir das, was jeder andere für unmöglich halten muß, wie spielend, kinderleicht glücken werde. Dann, als die Vision vorüber war und mein Auge zur Wirklichkeit zurückkehrte, sah ich in dir nur noch den Menschen und hatte Angst um dich. Es ist gelungen! Aber wie! Ohne alle Waffen! Ohne jede Strenge! Und in so kurzer Zeit! Ssahib, ich bitte dich, mir doch zu sagen, wie das alles geschehen konnte!"

„Denke nach!" antwortete ich. „Die Lösung ist sehr einfach. Ich möchte, daß du sie ohne meine Hilfe findest."

Er sah mir einige Augenblicke lang in das Gesicht, wie um nach den Gründen dieser meiner Antwort zu suchen. Dann sagte er:

„Ich danke dir! Du handelst richtig. Was der Mensch sich durch eigenes Nachdenken verdienen kann, das soll er sich nicht schenken lassen! Ich frage dich nicht, wer du bist und woher du kommst. Aber eins möchte ich wissen: Wo wirst du wohnen?"

„Wahrscheinlich beim Scheik, denn ich bin sein Gast."

„So trennen wir uns jetzt. Aber wünschest du, daß ich dich wiedersehe?"

„Von Herzen!"

„Ich ebenso. Kannst du nach meiner Insel der Heiden kommen?“

„Ja. Ich komme sehr gern. Aber wann?“

„Morgen früh, um die Mitte des Vormittags. Ich werde dort auf dich warten.“

„Muß ich allein kommen? Oder darf ich meinen Begleiter mitbringen?“

„Den kleinen Mann, der dein Pferd hält?“

„Ja. Er ist mein Vertrauter. Ich habe ihn lieb.“

„So bringe ihn mit, aber nur ihn allein. Nun laß mich gehen!“

Wir wandten uns der Tür des äußeren Zauns zu. Ich wollte die Hunde innen zurücklassen und die Tür dann von außen verriegeln. Aber als sie meine Absicht bemerkten, drängten sie sich mit aller Gewalt heraus, so daß ich es nicht verhindern konnte. Das hätte mir Sorge machen müssen, denn jetzt, wo sie losgelassen waren, konnte ihre Wildheit ungeheuren Schaden anrichten. Aber es war nicht die geringste Spur von Gefährlichkeit mehr zu sehen, und sie zeigten so wenig Lust, von mir wegzugehen, daß ich ihrer vollständig sicher zu sein glaubte. Ich hielt nur höchstens das eine für nötig, sie wieder, wie vorhin, an den Ohren zu halten, und das ließen sie sich gern gefallen. Jetzt versuchte auch der Erdschani, sie zu liebkosen. Sie duldeten es nicht nur, sondern sie sahen dankbar zu ihm auf, und dabei gewannen ihre Augen einen rührend treuen und ehrlichen Ausdruck, der nicht die entfernteste Ähnlichkeit mit dem früheren hatte. Da sagte er:

„Und solche Tiere zu verderben, gibt sich der Mensch so goße Mühe! Wer steht da höher, er oder sie! Komm Ssahib!“

Wir gingen zunächst dorthin, wo Halef mit den Pferden hielt. Er war abgestiegen. Der Erdschani blieb stehen, schaute ihm in das Gesicht und sprach:

„Ja, den bring mit, morgen, wenn du kommst!“

Dann betrachtete er die Pferde, still, lange Zeit und aufmerksam, mit bewundernden Blicken.

„Gefallen sie dir?“ fragte Halef, der es nicht über sich brachte, hierzu so lange zu schweigen.

Der Erdschani lächelte zu dieser Frage, antwortete aber doch:

„Sie stammen nicht aus diesem plumpen Land. Sie gehören zur Vision. Welch ein Glück für uns, wenn sie zur Wahrheit werden könnte!“

Wir gingen weiter, dem Kanal zu. Wir mußten an der Stelle vorüber, wo der Sahahr lag. Er hielt die Augen geschlossen. Den bei ihm befindlichen Männern war es noch nicht gelungen, das Blut zu stillen. Der Erdschani trat hinzu; ich folgte ihm. Da sprangen sie auf und wichen zurück, um aus der Nähe des ‚Räudigen‘ zu kommen. Man hatte die Kleidung des Sahahr aufgeschnitten, und nun zeigte sich uns die Wunde; sie sah gefährlich aus. Der untere Teil des Oberschenkels war zerfleischt und die Kniescheibe zerknirscht und zermalmt. Der Erdschani griff in seinen Haïk, zog ein Päckchen sehr breiten Bastes aus der Tasche und sagte:

„Wenn diese Wunde nicht sehr sorgfältig behandelt wird, muß er an ihr sterben. Ich werde ihn verbinden.“

„Verstehst du das?“ fragte ich.

„Mein Vater war der berühmteste Arzt, den es gab. Ich bin sein Schüler.“

Er wollte sich zum Sahahr niederbeugen; da öffnete dieser die Augen, richtete sich in sitzende Stellung auf, streckte dem Erdschani beide Hände mit weit ausgespreizten Fingern entgegen und rief ihm im Ton höchsten Abscheus zu:

„Zurück mit dir! Rühr mich nicht an! Du bist verflucht!“

Da richtete sich der Erdschani empor und antwortete trotz der Beleidigung, im ruhigsten Ton:

„Es gibt außer mir hier keinen, der solche Verletzungen richtig zu behandeln versteht. Wirst du aber schlecht verbunden, so tritt Brand und Gift hinzu, und du mußt sterben!"

„So sterbe ich!" schrie der Sahahr. „Fort, fort! Laß deine Hand von mir! Ich habe mit dir, dem Räudigen und Wahnsinnigen, nichts zu schaffen!"

Der Erdschani steckte den Bast wieder zu sich und ging, ich mit ihm.

„Schrecklich!" rang es sich über meine Lippen. Ich wollte schweigen, doch konnte ich nicht. Dieses eine Wort wenigstens mußte ich sagen. Dieser Haß war nicht nur abstoßend häßlich, sondern geradezu unnatürlich. Aber der von seinem Großvater abgewiesene Enkel belehrte mich:

„Nicht schrecklich ist es, sondern im Gegenteil ganz natürlich. Er leidet an dem Selbstbetrug, daß ich verwandt mit ihm sei. Nun weißt du aber bereits: wer die Lügen seiner Einbildung für Wahrheit hält, ist wahnsinnig. Nicht also ich bin irr im Kopf, sondern er ist geisteskrank. Was noch gesund in ihm ist, bäumt sich gegen diese Lüge auf, und es ist nur eine Folge seines Wahnsinns, daß er diesen berechtigten Widerspruch in Haß und Empörung kleidet. Es wäre ungerecht, ihn wegen dieses Hasses nun gleich für einen bösen Menschen oder gar für einen unwürdigen Zauberpriester zu halten. Sein Haß entstammt dem Wahn; sein Glaube an Gott aber ist echt und wahr und frei von jeder Lüge. Ich bitte dich, ihn zu achten!"

Wir hatten jetzt den Kanal erreicht. Da brachte man ein Floß gerudert. Es hatte in der Nähe gelegen und war vom Scheik herbeibeordert worden, um den verwundeten Sahahr nach seiner Wohnung zu schaffen. Das benutzte der Erdschani, um über das Wasser hinüberzukommen. Sobald das Floß angelegt hatte, bestieg er es. Aber der Ruderer stieß einen Schrei des Schrecks aus und sprang ans Land, damit ihn der ‚Räudige' nicht berühre. Dieser achtete gar nicht auf ihn, sondern richtete seine Aufmerksamkeit nur auf mich.

„Ich bedanke mich jetzt nicht bei dir, Ssahib", sprach er. „Wer derart handelt, wie du an mir gehandelt hast, dem sagt man nicht Dank, sondern man lebt ihm Dank. Auch gebe ich dir nicht die Hand, um deinetwillen. Man würde sich scheuen, dich zu berühren!"

Hierauf trieb er durch einen kräftigen Fußtritt gegen das diesseitige Ufer das Floß nach dem jenseitigen hinüber, stieg aus, stieß es wieder herüber und ging von dannen, langsam, ruhigen Schrittes, hoch aufgerichtet wie ein Herrschender, ohne nach rechts oder links zu schauen. Er schien die Menschen, die ihm, sobald er sich ihnen näherte, schleunigst Platz machten, indem sie vor ihm wie vor einem durch und durch Aussätzigen auseinanderprallten, gar nicht zu bemerken. Hier und da aber war es, als ob ihm nicht aus Furcht und Scheu, sondern aus Ehrerbietung Platz gemacht werde. Ich glaubte, dies deutlich zu sehen; es fiel mir auf.

Nicht weniger auffällig war das allgemeine Schweigen, mit dem man seine Befreiung entgegengenommen hatte. Wie gefährlich die Hunde gewesen waren, zeigte die Verletzung ihres eigenen Herrn. Anderwärts hätte man den waffenlosen Sieg über sie wahrscheinlich mit lautem oder gar stürmischem Beifall begrüßt. Hier hatte man nicht ein einziges Wort, einen einzigen Ruf gehört. Diese Stille beim glücklichen Erfolg stach ungemein gegen die vielen, lauten und wohlgemeinten Zurufe ab, mit denen ich vorher gewarnt worden war, das Wagnis zu unternehmen. Welchen Grund das hatte, konnte ich mir wohl denken. Nun da der Erdschani seine Freiheit zurückerhalten hatte, lag es wieder wie ein Alp auf dem ganzen Volk, und da sich dieses vor der Ansteckung fürchtete, nahm es das, was ich getan hatte, nicht als Wohltat, sondern als etwas geradezu Gegenteiliges auf. Ich, der ihnen bisher so sehr Willkommene, hatte ihnen gleich bei meinem ersten Schritt in die Stadt etwas außerordentlich Störendes und Unwillkommenes aufgezwungen. Daher die allgemeine Lautlosigkeit, die man wohl am besten als ‚Stille der Verlegenheit' bezeichnen kann. Denn daß es eine Verlegenheit nicht nur der einzelnen Person, sondern auch großer Menschenmassen gibt, versteht sich ja von selbst.

Mein kleiner Halef schien sich mit ähnlichen Gedanken zu beschäftigen. Er stand, die Zügel der Pferde in den Händen, neben mir, schaute dem sich entfernenden Erdschani mit leuchtenden Augen nach und brummte, als dieser verschwunden war, fast zornig vor sich hin:

„Undankbares Volk! Du hast dein Leben doppelt und dreifach auf das Spiel gesetzt, und nun es dir gelungen ist, sind alle Mäuler stumm. Aber nachmachen kann es keiner! Und schau nur die Augen, die sie auf uns richten! Eindruck hast du doch auf sie gemacht! Da hast du dein Pferd und deine Waffen. Wir müssen wieder hinüber!"

Wir stiegen wieder auf und ließen uns von unseren Pferden über das Wasser setzen. Die Frau des Scheiks befand sich noch immer an der Stelle, wo wir sie verlassen hatten. Sie nahm uns wieder auf. Sie war die einzige, die beabsichtigte, uns ihren Beifall zu zollen. Eben wollte sie damit beginnen, da deutete sie erschrokken auf das Wasser des Kanals und rief:

„Die Unholde! Die Ungeheuer! Sie kommen hinter dir her! Nimm dein Gewehr! Schieß sie nieder!"

Die beiden Hunde waren hinter uns in das Wasser gegangen und schwammen herüber. Alles drängte voller Angst nach vorn und nach hinten, denn nach der anderen Seite konnte man nicht entweichen, weil da auch Wasser war. So wurde die Stelle frei, nach der die Hunde trachteten und wo ich mich mit Taldscha und Halef befand. Jeder, der in der Nähe war, griff nach seiner Waffe, nach Messer, Pfeil oder Spieß, um sich zu schützen. Da hob ich warnend den Arm empor und rief:

„Hütet euch, sie anzugreifen, zu verletzen! Sie würden dann wieder unbändig wie zuvor! Ich stehe gut für sie!"

„Wenn du dich verbürgst, so bleibe ich bei dir", antwortete die Frau des Scheiks beherzt.

Ich sprang vom Pferd und trat an das Wasser, um die Hunde liebkosend zu empfangen. Da leckte mir der eine die ihm entgegengestreckte Hand, und der andere beeilte sich, diesem Beispiel zu folgen. Ich wartete, bis sie sich das Wasser aus den Zotteln geschüttelt hatten, und band sie dann mit Hilfe zweier Riemen rechts und links an meine Steigbügel. Sie ließen sich das nicht nur gefallen, sondern gaben durch ein befriedigtes Winseln sogar ihre Freude darüber zu erkennen. Sie betrachteten es als den Beweis, daß sie nun zu mir gehörten. Das hatten sie ja gewollt, und als ich nun wieder in den Sattel stieg und das Pferd sich in Bewegung setzte, bellten sie laut und gingen fröhlich nebenher. Die Frau des Scheiks betrachtete mich mit dem Ausdruck größten Erstaunens.

„Welch ein Wunder!" rief sie aus. „Du scheinst ein viel, viel größerer und unendlich geschickterer Zauberer zu sein als der Sahahr!"

„Durch Verstand und Liebe gut zu machen, was Unverstand und Haß verschuldet haben, dazu bedarf es nur des guten Willens, nicht aber eines Wunders oder gar der Zauberei", antwortete ich. „Ein Wunder ist es nur, daß ihr das Selbstverständliche und Natürliche für ein Wunder haltet. Bei allem, was soeben geschehen ist, beschäftigt mich nur die eine Frage, ob ich unnütz gehandelt habe oder nicht."

„Unnütz? Wieso?"

„Ist der Erdschani nun wirklich frei?"

„Ja, wirklich!" versicherte sie.

„Er kann nicht wieder eingesperrt werden?"

„Als Aussätziger und Wahnsinniger nie wieder. Der Sahahr hat ihn freigegeben, und zwar unter Bedingungen, die von dir erfüllt worden sind. Er ist also von jetzt an, bis er stirbt, ein freier Mann, dem niemand etwas anhaben darf, solange er sich nicht in anderer und neuer Weise gegen die Gesetze der Ussul vergeht. Ich habe seine Freiheit gewünscht. Ich habe dich um sie gebeten. Ich möchte nun gern von meinem Dank sprechen; aber ich habe nun gehört, was er hierüber sagte, nämlich daß man solchen Dank zu leben hat und nicht nur von ihm reden soll. Ich halte seine Ansicht für klug und weise und richte mich nach ihr, indem ich für jetzt schweige, um von nun an durch die Tat mit dir zu sprechen. Das, was du wünschst, soll mir nicht weniger wert sein, als mein Wunsch dir gewesen ist. Ich bitte dich, mich deine Freundin nennen zu dürfen!"

„Du darfst nicht nur, sondern ich ersuche dich sogar darum, und zwar recht herzlich! Es ist mir eine große Beruhigung zu wissen, daß diese Befreiung des Erdschani für das ganze Leben gilt. Auf den Vorwurf, daß er wahnsinnig sei, habe ich ihn natürlich noch nicht prüfen können, aber ich will dir nicht verschweigen, daß der Haß des Sahahr viel mehr auf Irrsinn deutet als das klare, gütige und so gar nicht rachgierige Benehmen seines Enkels. Wenn dieser zu mir sagte: ‚Nicht ich bin irr im Kopf, sondern er ist geisteskrank', so möchte ich ihm wohl nicht ganz Unrecht geben."

„Wie sonderbar! Auch seine eigene Frau hält ihn zuweilen für geistig irr!"

„Wessen Frau?"

„Des Zauberers Frau. Haben wir noch nicht von ihr gesprochen?"

„Nein, ich erfahre erst in diesem Augenblick, daß seine Frau noch lebt."

„Sie ragt hoch über ihn empor. Ich möchte sagen,

daß sie die Seele, er aber nur der Körper ist. Ich verkehre viel mit ihr. Du wirst sie kennenlernen, vielleicht sogar schon heute. Aber sag, was schaust du so erstaunt um dich?“

Diese Frage bezog sich auf eine Beobachtung, die ich erst jetzt machte, weil wir nun in das Innere der Stadt, in ihre bewohnte Gegend, gekommen waren. Hier wurde der Weg, den wir ritten, viel breiter als bisher; zuweilen hörten die Kanäle auf, und es gab freie Plätze, an denen die Wohngebäude der Reichen und Vornehmen standen. Hier hatten sich viel mehr Menschen aufgestellt als bisher, und unter ihnen bemerkte ich auffallend viel Verletzte, Verunstaltete und Krüppel, die, wenn sie auch nicht zusammen, sondern allein standen, doch infolge einiger Eigentümlichkeiten ihrer Kleidung als zusammengehörig erschienen. Sie hatten nämlich alle sehr hohe, lederne Stiefel an, die denen unserer Kürassiere und Gardereiter glichen. An diesen Stiefeln steckten ungeheure Reitsporen mit riesigen Rädern, die bei jedem Schritt laut klirrten, und darauf schienen diese armen Leute außerordentlich stolz zu sein. Auf dem Rücken trug jeder von ihnen einen schwergefüllten, rucksackähnlichen Ranzen aus Hundefell. Den Inhalt konnte man nicht sehen. Hierzu kamen zwei eiserne Nachbildungen von Kanonenrohren, auf jeder Achsel eines, natürlich in verkleinertem Maßstab. Die Rohre hatten etwas mehr als die Länge der Achselbreite. Sie ragten also noch ein wenig über die Schultern hinaus, was der betreffenden Person den Ausdruck größerer Körperentwicklung und Kraft verlieh. Man hat sich diesen Schmuck oder diese Auszeichnung so ungefähr als Achselklappe oder Epaulette zu denken, unter der auf der linken Seite in heller Schrift „Wir sterben für“ und auf der rechten Seite „den Mir von Ardistan“ zu lesen war. Wie ich später sah, gab es nicht nur solche eisernen, sondern auch versilberte und sogar vergoldete Kanonenrohre, je nach der Höhe des Ranges, den diese Leute auf der Stufenreihe ihrer öffentlichen Geltung einnahmen. Alle, die ich während unseres Einzugs hier stehen sah, hatten ein sehr hilfsbedürftiges Aussehen. Dennoch hielt ich sie nicht für gewöhnliche Krüppel, sondern für eine Art von Kriegsinvaliden, die es verdienten, daß man sie achtete. Darum widmete ich ihnen im Vorüberreiten meine besondere Aufmerksamkeit, die von der Frau des Scheiks bemerkt worden war. Daher ihre Frage, warum ich so um mich schaue.

„Dir scheinen unsere Soldaten aufzufallen", fuhr sie fort.

„Soldaten?" fragte ich. „Du meinst Veteranen, die Gebrechlichen, die Siechen, die Verabschiedeten?"

„O nein! Sie sind Soldaten, wirklich Soldaten!"

„Das heißt, sie sind nicht als invalid zu betrachten? Sie kämpfen noch?"

„Ja, sobald ein Krieg entsteht. Dazu sind sie da. Sie sind es auch, die das eigentliche Heer bilden werden, wenn wir den Tschoban entgegenziehen."

„Und so sind sie es wohl auch, die euch verteidigt haben, sooft ihr von den Tschoban belagert wurdet?"

„Gewiß! Auch das waren sie! Sie sind ja für nichts anderes zu brauchen!"

„So! Hm! — Für nichts anderes zu brauchen! Bei euch nimmt man also zum Kriegführen nur Leute, die sonst unbrauchbar sind?"

„Natürlich! Ist das etwa bei euch anders?"

„Ja! Da sucht man gerade die besten, die kräftigsten, die gesündesten heraus!"

„Wie schade, jammerschade! Ich habe geglaubt, daß bei euch alles so klug, so weise, so wohlüberlegt gehandhabt wird, und nun erfahre ich von dir gerade das Gegenteil!"

„Kannst du mir beweisen, daß ihr in dieser Sache mehr Klugheit und mehr Überlegung zeigt als wir?"

„Ja! Du weißt, es gibt Krieg und es gibt Frieden. Welches von beiden ist der natürliche Zustand, den Gott will und den auch wir wollen?“

„Der Friede.“

„Du gibst also zu, daß der Krieg nur die unglückliche Ausnahme von der glücklichen Regel ist?“

„Ja.“

„Sehr gut! Doch weiter: Es gibt nützliche Menschen und es gibt unnütze, ja, sogar schädliche Menschen. Welcher Zustand von beiden ist der natürliche, der erstrebenswerteste: nützlich zu sein oder unnütz, wohl gar schädlich?“

„Der erstere.“

„Wie würdest du wohl einen Menschen nennen, der anstatt das Gute zum Guten und das Nützliche zum Nützlichen zu fügen, das Böse zum Guten und das Schädliche zum Nützlichen gesellt? Würdest du ihn für klug, für weise, für wohlüberlegt halten?“

„Nein.“

„Also gehören die nützlichen Menschen, die gesunden, die arbeitsfähigen, zum Frieden, die anderen aber für den Krieg! Es ist eine unverzeihliche Unklugheit und Sünde, gerade die Ernährer des Volkes dem Feind entgegenzusenden, damit er sie vernichte! Wir tun das Gegenteil: wir behalten sie daheim —“

„Und werdet darum fast regelmäßig geschlagen?“ warf ich ein.

„Nein! Nicht regelmäßig, sondern nur meist! Aber bedenke, daß die Tschoban nur kommen, um Herden zu stehlen. Ich nehme einmal an, daß sie uns überfallen und uns tausend Ochsen rauben. Ich kann das verhüten, indem ich ihnen zweihundert oder dreihundert junge, kräftige Männer opfere, die im Kampf mit ihnen getötet werden. Effendi, ich sage dir, daß mir die Wahl zwischen diesen tausend Ochsen und den dreihundert Jünglingen nicht schwerfallen kann. Ich werde mit Freuden die Ochsen geben, um die Menschen zu retten! Es kann uns nicht einfallen, dem Mir von Ardistan gerade unsere besten und auserwählten Leute zu schicken, zumal der Tribut, den er außerdem von uns verlangt, kaum zu erschwingen ist."

„Ihr zahlt Tribut?" fragte ich.

„Ihr etwa nicht? Wie nennt ihr es sonst?"

„Steuern."

„Das ist genau dasselbe. Steuern sind erzwungener Tribut. Keiner gibt sie gern. Werden sie für Werke des Friedens verwendet, so bringen sie Segen. Verlangt man sie aber für den Krieg, so bringen sie Fluch. Die Steuer, die wir dem Mir von Ardistan bezahlen, ist nur für den Krieg. Wir haben genau soviel zu entrichten, wie die Unterhaltung seiner Leibgarde kostet. Diese Leibgarde besteht nur aus hochgewachsenen Ussul, mit denen er prangt, und vor denen sich alle fürchten. Die haben wir ihm natürlich auch zu liefern. Wir rechnen also folgendermaßen: Wir haben die Leibgarde und alles zu liefern, was zu ihrem Unterhalt erforderlich ist; folglich liefern wir nur solche Leute, die wir los sein wollen oder die wir auch hier in der Heimat ohnedies unterhalten müßten, ohne daß wir Nutzen davon hätten. Das sind die Kranken, die äußerlich und innerlich Kranken, die Faulen, die Leichtsinnigen, die Unzuverlässigen, die Lügner, die Diebe. In dieser Weise verhindern wir Verbrechen und ersparen Gefängnisse. Nur darum konnten wir dir versichern, daß kein Ussul dich belügen werde, denn die Schlechten sind bei dem Mir, aber nicht mehr bei uns."

„Fügen sie sich denn diesem Brauch, Soldat zu werden?"

„Mit Freuden!"

„Und auch körperlich Kranke sendet ihr?"

„Ja. Nur müssen sie die vorgeschriebene hohe Statur besitzen. Es gereicht ihnen fast stets zum Nutzen. Sobald sie aus unseren niedrig liegenden, feuchten Wäldern hinaus in die Sonne und hinauf in die Berge kommen, werden sie gesund. Auch die sittlich Kranken pflegen gesund zu werden. Die Zucht des Mir von Ardistan ist streng. Wer sich nicht fügt, der geht zugrunde. Daher kommt es, daß alle diejenigen Leibgardisten, die er auf ihren Wunsch ausscheidet und in die Heimat schickt, sehr brauchbar gewordene und bewährte Menschen sind, die ihren Stolz dareinsetzen, hier bei uns geachtet zu werden. Wir haben es für vorteilhaft gehalten, aus ihnen unser kleines, stehendes Heer zu bilden, und ich bin überzeugt, daß du uns sehr bald dafür loben wirst. Du wirst eine ganze Kompanie von ihnen sehen, die bereitsteht, uns zu empfangen, denn unsere Ankunft ist gemeldet worden. Nur noch zwei Minuten, so sind wir am Palast. Erlaube mir, mich wieder zum Scheik zu gesellen!"

Sie trieb ihr Pferd an und befand sich nach wenigen Augenblicken an der Seite ihres Gemahls. Ich war nun wieder mit Halef allein in Reih und Glied. Dieses Glied im Zug nahm allerdings beträchtlich mehr Raum ein als die anderen Glieder, und zwar wegen der Hunde. Man traute ihnen nicht. Voran ritt der Scheik mit seiner Frau; dann folgte die Hälfte der Ältesten; hierauf kamen wir beide. Hinter uns hatten wir die andere Hälfte der Ältesten, denen sich der übrige Zug mit der abschließenden Menge Schaulustiger anfügte. Die vordere Hälfte beeilte sich derart, aus der Nähe der Hunde zu kommen, und die hintere Hälfte zögerte so sehr, sich ihnen zu nähern, daß ich mit Halef mitten in einer großen Lücke ritt, die sich nicht schließen wollte. Die Leute, an denen wir vorüberkamen, konnten uns also sehr bequem und deutlich von allen Seiten betrachten. Der Eindruck, den wir hervorriefen, schien keineswegs so zu sein, daß wir uns ihn zugute halten durften. Wir und unsere Pferde waren ihnen zu klein. Man konnte das ihren Bewegungen entnehmen, die eine Enttäuschung aussprachen. Die Kunde von uns war uns vorausgeeilt. Was Halef von uns erzählt und berichtet hatte, war höchstwahrscheinlich schon überall bekannt. Und nun konnten diese guten Menschen, die gewohnt waren, nur nach der Körpergröße zu urteilen, das, was sie gehört hatten, mit unseren kleinen, zerbrechlich erscheinenden Gestalten nicht in Einklang bringen.

In Ussula

Jetzt tauchten vor uns zwei große turmartige Bauwerke auf, die um so massiger zu werden schienen, je mehr wir uns ihnen näherten. Unser bisheriger Weg nahm ein Ende. Er mündete auf einen großen, freiliegenden Platz von genau quadratischer Form. Die uns gegenüberliegende Seite wurde vom Fluß begrenzt und schien den Hauptlandeplatz zu bilden. An den beiden übrigen Seiten, also rechts und links von uns, standen die erwähnten Türme, die einander vollständig glichen, nur daß der eine Fenster hatte, der andere aber nicht. Sie bildeten genau nach dem Zirkel gebaute Mauerringe im äußeren Durchmesser von vielleicht hundertfünfzig Schritten. Die Höhe der Mauer betrug ungefähr zwanzig Meter; aber die der Türme war viel beträchtlicher, denn aus der Mauer stiegen viele aus sehr starken Holzstämmen gezimmerte Säulen empor, die das Dach trugen. Dieses Dach zeigte die Form eines riesigen Regenschirms, dessen Stock aus den stärksten Bäumen zusammengesetzt war und im Innern der Türme genau auf dem Mittelpunkt des Kreises stand. An diesem Stock führte eine aus einzelnen Gliedern bestehende Holztreppe nach der Höhe empor, nach einer kleinen, mit Geländer versehenen Plattform, die hoch oben auf der Spitze des Schirmdaches lag. Die Säulen, auf denen das Dach ruhte, waren nicht durch Zwischenwände verbunden, sondern standen frei und ließen eine solche Fülle des Lichtes in das Innere fallen, daß man auf Fenster allerdings verzichten konnte. Dennoch war das Innere vollständig gegen den Regen geschützt, weil das Dach rundum weit über die Mauer hinausgriff und dadurch den Regen hinderte, hineinzufallen. Auch die beiden sehr hohen und breiten Tore glichen einander vollständig; sie besaßen die allereinfachste Steinrahmung und enthielten keine Spur eines künstlerischen Schmucks oder Gedankens.

Der Turm rechts von uns, der nur die nackte Mauer und kein einziges Fenster zeigte, war der sogenannte ‚Tempel'; der andere, zur Linken von uns liegend, war der ‚Palast'. Letzterer hatte rundum vier Reihen von Fensteröffnungen, aber klein, schießschartenähnlich und ohne Glas und Rahmen. Dieser Turm war innerlich mit Balken und Wänden von Holz ausgebaut. Die Zimmer, Stuben, Gemächer oder wie man sie sonst nennen will, lehnten sich an die Mauer. Jedes von ihnen hatte ein, zwei oder auch mehrere Fenster. Es gab auch einige größere Räume, die als Säle dienten. Diese Zimmer füllten aber nicht den ganzen Innenraum, sondern es blieb in der Mitte, also um den Stock des Regenschirms herum, ein freier Platz, so eine Art Innenhof, auf dem sich zwei mächtige Feuerherde befanden. Die auf dem Boden liegenden Matten und Kissen deuteten darauf hin, daß er bei schlechtem Wetter die Versammlungs-, Beratungs- und Unterhaltungshalle bilde.

Soviel über den ‚Tempel' und den ‚Palast' der Ussul. Es hatte ihnen genügt, zwei steinerne Gebäude von dieser Größe zu besitzen. Von einer Architektonik war keine Rede. Aber diese Türme wirkten doch und zwar gerade durch ihren Mangel an Ausdruck und Geist. Man sah, dieses Volk hatte architektonisch reden wollen, aber es nicht vermocht und es nur zu diesem einen gewaltigen Schrei, zu diesem einen, großen, unartikulierten Ausruf gebracht; dann war es in das frühere Schweigen zurückversunken und fortan stumm geblieben. Stumm, vollständig stumm? Doch nein! — Ein zweiter Versuch war noch gemacht worden, wenn auch nicht auf architektonischem, sondern auf mehr rein plastischem Gebiet. Nämlich zwischen den breiten Turmmassiven, gerade auf dem Mittelpunkte des freien Platzes, an dem sie lagen, stand auf einem hohen Backsteinunterbau die nicht übel gelungene Statue eines gesattelten Pferdes, das aus starken Holzteilen zusammengesetzt und dann durch Farbe vor den zerstörenden Angriffen der Witterung geschützt worden war.

Massig, schwer und wohlbeleibt, so stand das Pferd hier auf seinem Postament. Es war, wie gesagt, nicht übel geraten, doch wenn man den Kopf nur ein wenig veränderte und hüben und drüben ein Horn ansetzte, so war es ein Ochse. Aber daß es keinen Ochsen, sondern ein Pferd vorstellen sollte, ersah man schon daraus, daß es einen Reiter trug. Dieser Reiter war lebensgroß, das heißt, nach den Maßen der Ussul. Das Pferd aber war überlebensgroß, und darum erschien der Reiter viel zu klein für dieses außerordentlich wohlbeleibte Roß. Man fragte sich, wie der Künstler auf so ein Mißverhältnis hatte kommen können. Und auch über einen noch anderen Punkt war man sich bei Betrachtung dieses Denkmals nicht klar, nämlich über das Material, aus dem man den Reiter verfertigt hatte. Das Pferd bestand, wie bereits gesagt, aus Holz. Der Stoff aber, aus dem die darauf sitzende Gestalt bestand, war nicht zu erkennen, denn die Figur war vollständig bekleidet und mit wirklichen Kleidungsstücken angetan. Auch das Gesicht verriet das Material nicht, weil ein riesiger Bart die Züge unkenntlich machte. Auf dem Kopf des Reiters saß ein heller, großer, indisch gewundener Turban mit einem sehr hohen Agraffenbusch aus Reiherfedern. Die

Gestalt war in eine Art Krönungsmantel eingehüllt, der aus rotem Zeug gefertigt, am Kragen und längs des unteren Saums mit weißem Pelz besetzt war. Infolge der großen Länge und Weite dieses Mantels bedeckte er nicht nur die ganze Figur des Reiters, sondern auch noch den hinteren Teil des Pferdeleibes; man sah nicht einmal die Steigbügel mit den Füßen.

„Ein Denkmal!" sagte Halef erstaunt. „Hier bei den Ussul! Also von Kunst haben sie auch etwas. Wer hätte das gedacht! Den Reiter sehe ich mir noch genauer an. Wie schade um den schönen roten Mantel und um den weißen Turban mit dem Federbusch, wenn es regnet! Jetzt haben wir leider keine Zeit dazu, ihn aufmerksam zu betrachten!"

Das war richtig. Denn der Scheik hatte, sobald die beiden Türme in Sicht kamen, sein Pferd in Trab gesetzt, und wir mußten in demselben Tempo folgen. Er wollte hierdurch den Eindruck erhöhen, den wir zu machen hatten. War doch der große Platz ebenso wie seine Umgebung mit einer bedeutenden Menschenmenge derart angefüllt, daß wir nur noch Raum für uns und die Ältesten fanden, um hindurchzugelangen; die Übrigen mußten bleiben, wo sie waren.

Alles war still. Diese Schweigsamkeit war mehr als musterhaft zu nennen; sie hatte etwas Enttäuschendes, fast gar Beängstigendes. Doch fiel sie nur uns beiden Fremden auf; die Einheimischen waren das gewohnt. Übrigens wurden wir zwei durch das rund um uns her vorhandene Menschengedränge nicht im Geringsten belästigt. Man hielt sich der Hunde wegen in möglichst großer Entfernung.

Als wir uns dem Tor des ‚Palastes' näherten, sahen wir zu seinen beiden Seiten je eine Kanone; bei jeder standen vier Soldaten von der bereits beschriebenen Art. Der eine hielt die brennende Lunte, der zweite den Schrupper zum Auswischen des Rohrs, der dritte und der vierte einen Sack voll Pulver und das Zündkraut bereit. Seitwärts war die ‚ganze Kompanie' Soldaten aufmarschiert, von der die Frau des Scheiks gesprochen hatte. Wir hielten nah vor ihrer Front an, um den militärischen Pomp zu genießen, den man uns zugedacht hatte. Der Scheik und seine Frau hielten sich neben uns, um uns nötigenfalls Auskunft zu erteilen. Die Kompanie zählte vierzig Mann, die mit langen Schleppsäbeln und Feuersteingewehren ausgerüstet waren. Sie bildeten nicht eine Doppel-, sondern eine einfache Linie. Das war länger und imponierte also mehr. Diese Leute waren alle barhaupt, hatten aber die schon erwähnten hohen Reiterstiefel mit mächtigen Sporen an und den gewaltigen, wohlgefüllten Rucksack auf dem Rücken. Es gab da alle möglichen Blessuren, Verwundungen und Krüppelhaftigkeiten zu sehen: ein- und anderthalbbeinige, ein- und anderthalbarmige Leute. Da war kaum ein Körperteil oder Sinneswerkzeug, das nicht bei einem oder einigen entweder fehlte oder doch wenigstens verletzt worden war. Aber sie standen alle höchst wohlgenährt und stramm in Reih und Glied, und als sie nun zu exerzieren begannen, waren ihre Bewegungen so frisch und lebhaft, daß man sah, sie waren mit ganzem Herzen bei der Sache. Zwei waren um einen Schritt vor die Front herausgerückt; sie trugen kein Gewehr, sondern hielten den gezogenen Säbel in der Hand.

„Das sind die Leutnants", erklärte mir der Scheik. „Du siehst, ihre Kanonenrohre auf der Achsel sind nicht schwarz, sondern versilbert."

Einer stand noch weiter voraus, gerade in der Mitte. Der hatte auch einen Säbel, aber hochrote Achselrohre.

„Wer ist das?" fragte ich.

„Das ist der Oberst", belehrte er mich.

„Da fehlen doch der Oberleutnant, der Hauptmann, der Major, und andere"!

„Ja, die fehlen allerdings“, gestand er ein. „Die haben wir nicht, weil uns das viel zuviel Geld kosten würde.“

„Aber ich habe nur von eisernen, von versilberten und vergoldeten Achselrohren gehört, nicht aber von roten!“

„Ja, das ist auch richtig! Als Oberst müßte er eigentlich vergoldete haben, die aber waren mir zu teuer. Da habe ich sie ihm rot anstreichen lassen, und ich finde, daß sie gut aussehen. Er freute sich sogar selbst darüber und sagte, das sei noch niemals dagewesen. Weißt du, Soldaten haben, ist eigentlich gar nicht übel. Man kann dann doch zeigen, wer man ist. Aber sobald es aufhört, einträglich zu sein, und anfängt, Geld zu kosten, so will ich lieber verzichten! Man kann sich doch ganz unmöglich große Kosten machen, um Leute zu erhalten, die im Grunde genommen nur dazu da sind, andere umzubringen! Doch merkt jetzt auf! Das Schießen beginnt! Zunächst mit Kanonen! Alles euch zu Ehren!“

Er hatte diese seine Ansicht über die Daseinsberechtigung des Soldatenstandes in einem so unbefangenen, ehrlichen Ton ausgesprochen, als ob man überhaupt gar nicht anders denken könne. Halef, dem der Anblick von Truppen stets Freude bereitete, lächelte mich heimlich an. Ich antwortete nicht. Was ich hier zu entgegnen hatte, konnte ich später viel besser sagen als jetzt, wo augenscheinlich sehr große Dinge vorbereitet wurden. Der Oberst wandte sich den Kanonieren zu, hob den Säbel hoch und rief:

„Paßt auf!“

Um zu zeigen, daß sie dieses Kommandowort auf sich bezogen und auch erfüllen wollten, warf jeder der acht Feuerwerker den Kopf so weit wie möglich in den Nacken.

„Laden!“ befahl der Oberst.

Kaum hatte er das gesagt, so sprangen die acht Artilleristen mit einem Eifer auf die Geschütze ein, als wollten sie die ganze Welt in Grund und Boden schießen. Wer nicht wußte, um was es sich handelte, der hätte glauben können, daß es ihre Absicht sei, einen Kriegstanz oder Ringelreigen aufzuführen. Dabei wurde gestoßen, geschoben, geklopft, gepocht, geschüttelt, gerüttelt, gewischt, geächzt, gestöhnt, gestrampelt und gesprungen, daß ihnen der Schweiß aus allen Poren brach.

„Es wird Großartiges geleistet!" rief der Scheik voll Anerkennung aus, zu mir gewandt. „Zehn Schüsse! Bedenke, zehn Schüsse! Wie teuer! — Und alles euch zu Ehren!"

Endlich standen die Kanoniere wieder still. Der Mann mit der Lunte blies diese kräftig an.

„Paßt auf!" befahl der Oberst wieder.

Abermals flogen die Köpfe hintenüber. Die Menge aber, auf welche die Läufe gerichtet waren, duckte sich unwillkürlich.

„Feuer!" brüllte der Oberst mit aller Macht.

Da tippte der Mann mit der Lunte die Kanone von hinten an, einmal — zweimal — — vier- und fünfmal — — — doch vergebens! Und genau wie bei der einen, war es auch bei der anderen Kanone! Es fiel weder der einen noch der anderen ein, zu tun, was ihnen zugemutet wurde.

„Was ist denn das?" fragte der Kommandeur.

„Es geht nicht los —!" antworteten die beiden Luntenleute.

„Warum denn nicht?"

„Das Pulver ist ganz naß!" erklärte der eine, und der andere fügte hinzu: „So habe ich also recht? Ich habe gleich gesagt, daß es nicht zünden wird! Du wolltest es aber nicht glauben!"

Dieser Vorwurf war an den Obersten gerichtet. Der warf einen verlegenen Blick auf den Scheik und klagte:

„Es ist ein wahres Unglück mit dem ewig nassen

Pulver hier in diesem feuchten Land! Was kann man da tun? Was soll ich machen?"

Da wandte sich der Scheik an mich:

„Du weißt, daß die Schüsse nur euch gewidmet sind. Und du hörst, daß das Pulver nicht Feuer fangen will. Bestehst du auf den zehn Schüssen, die ich dir versprochen habe, so müssen wir es trocknen!"

„Wie lange dauert das?" erkundigte ich mich.

„Drei oder vier Tage."

„So bitte ich dich, diese tapfere Artillerie ja nicht unnütz zu bemühen! Denn das Pulver würde ja doch wieder feucht."

„Allerdings. Du bist also bereit zu verzichten?"

„Ja."

„Ich danke dir! Zehn Schüsse kosten doch immerhin Geld."

Er sagte das so laut, daß auch die Soldaten es hörten. Darum rief nun der Oberst zu ihm herüber:

„So sind wir mit der Batterie wohl fertig?"

„Ja", nickte der Scheik.

„Und das Exerzieren der abgestiegenen Gardereiter kann beginnen?"

„Ja!"

Jetzt wandte sich der Oberst der langen Linie zu und donnerte sie an:

„Paßt auf!"

Ein jeder von ihnen gab sich einen kräftigen Ruck, um dem Befehl nachzukommen. Hierauf folgten höchst eindrucksvolle Bemühungen, um zu zeigen, wie man einen Menschen totschieße. Die Sache wurde sehr anschaulich gemacht. Das Pulver schien hier bedeutend trockener zu sein als bei der Artillerie, denn von den vierzig Gewehren gingen ungefähr zwanzig bis fünfundzwanzig wirklich los, wenn auch nicht zugleich. Immerhin ergaben jene Flinten, die nicht losgingen, eine Pulverersparung von über vierzig Prozent, was den

Scheik in eine derartige gute Laune versetzte, daß er immerfort schallend Beifall rief.

Es versteht sich ganz von selbst, daß ich in seine Begeisterung einstimmte. Halef gab sich alle Mühe, ihn und mich zu überschreien. So wurden auch die Ältesten angesteckt, daß sie anfingen, mitzuschreien. Und nun öffnete auch Smihk, der Dicke, sein Maul und brüllte in allen möglichen Tönen mit, daß es über den ganzen weiten Platz erschallte. Das wirkte überwältigend. In der Menge wurden erst einige und dann immer mehr mit fortgerissen, bis sich endlich alles an dem Heidenlärm beteiligte. Das ergab einen Spektakel, der gar kein Ende nehmen wollte. Alles war entzückt. Und als sich das Getöse endlich zu legen begann, schritt der Oberst in seiner stolzesten Haltung auf uns zu, machte Honneurs und fragte den Scheik:

„Bist du zufrieden?"

„Ja", antwortete dieser.

„Und du?" wurde auch ich gefragt.

„Sehr zufrieden! Sage deinen tapferen Truppen, daß ich mich über sie freue!"

„Und du?" wandte er sich nun auch an Halef.

„Ich bewundere euch!" lobte dieser. „Ich bitte dich, deinem Heere zu berichten, daß wir es für unüberwindlich halten!"

Der Kommandant kehrte zu seinen Leuten zurück, um ihnen diese Anerkennung mitzuteilen. Über dieses Lob waren sie so erfreut, daß die ‚abgesessenen Gardereiter' diejenigen Flinten, die losgingen, noch einmal abschossen, ohne den Befehl hierzu erhalten zu haben. Auch die beiden Lunteträger von der Artillerie machten noch einen sehr ernstlichen Versuch, ihr feuchtes Pulver anzuzünden. Aber es gelang nicht. Und nun war der feierliche Empfang vorüber. Ich bedankte mich bei dem Scheik und seiner Frau für diese ungewöhnliche Ehrung. Halef folgte meinem Beispiel, und dann wurden wir gebeten, von den Pferden abzusteigen und mit in das Innere des ‚Palastes' zu gehen, um den ‚Willkommen' zu essen und zu trinken. Ich bedeutete den Hunden, bei den Pferden zu bleiben; sie verstanden mich sogleich, setzten sich nieder und blieben bis zu unserer Rückkehr sitzen.

Das Innere des ‚Palastes' sah beinahe wie ein Zirkus aus, in dem man sich nur auf der runden, in der Mitte liegenden Arena bewegen kann, weil der ganze Zuschauerraum ringsum von unten bis oben mit Brettern verschlagen ist. Hinter diesen Brettern lagen die ein-, zwei- und mehrfensterigen Stuben und Räume, von denen ich bereits gesprochen habe; zu den oberen führten schmale Holztreppen empor. Der Mittelplatz, zu dem man uns geleitete, erhielt sein Licht nur von oben. Auf den beiden Herden brannten mächtige Holzfeuer, an denen mehrere Rinderviertel und kleinere Fleischstücke brieten. Gekocht wurde in großen, irdenen Töpfen. Auch gebacken wurde, und zwar lange, schmale Brote, die beinahe so dünn wie Kuchen waren.

„Großartig, Sihdi! Großartig!" sagte Halef entzückt, während er mit der Zunge schnalzte.

Ihm bereitete nämlich der Geruch und Genuß von neugebackenem Brot das denkbar größte Behagen.

„Was meinst du da, das Fleisch oder das Brot?" fragte Taldscha, als sie seine Worte hörte.

„Das Brot!" antwortete er und machte dabei ein Gesicht, das in lauter Wonne glänzte.

Sie lachte und sprach:

„Des Brotes wegen haben wir euch ja in dieses Haus geführt. Ihr sollt den ‚Willkommen' essen, und der besteht aus Salz und Brot. Erlaubt, daß ich euch gebe!"

Sie ging an den Herd, auf dem die noch warmen, duftenden Brote lagen, bestreute eins mit Salz und brach es dann für uns vier Personen in ebenso viele Teile. Die üblichen Worte, die sich auf die Rechte und Pflichten des Wirtes und des Gastes beziehen, wurden gegenseitig ausgewechselt, und dann aß jeder seinen Bissen.

„Noch ein Stück, aber ein ganzes!" bat Halef.

Taldscha erfüllte diesen Wunsch mit Wonne, sah lächelnd zu mir herüber und fragte:

„Auch du noch eins, Effendi?"

„Ja, bitte, auch ein ganzes!" antwortete ich.

Sie holte uns das Gewünschte. Da setzte sich Halef gleich auf den ersten besten Bastdeckel nieder, der an der Erde lag, und begann zu schmausen.

„Komm, Sihdi!" sagte er, während er ein wenig zur Seite rückte, um mir Platz zu bieten. „Setz dich mit her! Ich stehe nicht eher wieder auf, als bis ich fertig bin!"

Ich folgte dieser Aufforderung ungesäumt. Das war allerdings im höchsten Grade unzeremoniell gehandelt, aber der Scheik und seine Gattin freuten sich darüber, und später äußerte man sich meinem kleinen Hadschi gegenüber, daß wir uns durch die ungezwungene Aufrichtigkeit, mit der wir ihre Backkunst ehrten, die Herzen aller Anwesenden im Nu gewonnen hätten.

Hierauf entfernte sich Taldscha für kurze Zeit. Als sie zurückkehrte, hatte sie einen großen Steinkrug in der einen und vier kleine, chinesische Porzellantäßchen in der anderen Hand. Die letzteren gehörten jedenfalls zu ihrem kostbarsten Besitz.

„Der ‚Willkommen' wird bekanntlich nicht nur gegessen, sondern auch getrunken", sagte sie. „Ich bringe euch also auch den Simmsemm, der hierbei üblich ist."

Sowohl Simm wie Semm heißt: Gift; Simmsemm bedeutet also Doppelgift. Das klang nicht sehr verführerisch. Die Flüssigkeit, die sie in die Täßchen goß, war durchsichtig hell und roch stark nach Spiritus. Der Scheik sprach einige begrüßende und bewillkommnende Worte und trank sodann seine Tasse in einem Zug aus. Halef antwortete ihm in seiner höflichen Weise und schluckte dann das Zeug ebenfalls hinab. Ein gewaltiger Hustenanfall war die Folge. Auch Taldscha trank aus; ich sah aber, daß sie sich nur sehr wenig eingegossen hatte. Leider durfte ich dieses messerscharfe Getränk nicht fortschütten; es mußte getrunken werden, weil es eben der ‚Willkommen' war. Ich tat es so langsam wie möglich und darf der Wahrheit gemäß gestehen, daß ich bisher noch niemals etwas so ätzend Widerliches getrunken hatte.

„Verzeihung, o Scheik!" bat Halef, als er seinen Hustenanfall überwunden und die ihm aus den Augen perlenden Tränen abgetrocknet hatte. „Ich habe keineswegs die Absicht, diese Art, uns willkommen zu heißen, zu tadeln, aber ich muß dich wenigstens bitten, mir zu sagen, was für ein Höllentrank und Teufelswasser das ist, damit ich es später verhüte, mein Inneres nach außen und mein Äußeres nach innen wenden zu müssen!"

„Das ist Simmsemm", antwortete der Gefragte. „Ihr habt den Namen bereits gehört. Dieser Trank wird aus viel Getreide und ein wenig Wurzelwerk gemacht und pflegt nur starken Leuten zu bekommen. Ich trinke ihn sehr gern!"

„Leider ja!" tadelte seine Frau, während sie freundlich warnend den Finger hob. „Wer seinen Stamm dadurch glücklich machen will, daß er ihm mit gutem Beispiel vorangeht, der darf solches Zeug nicht trinken. Gott hat dem Menschen das Getreide gegeben, das er das Brot, nicht aber Gift daraus bereite. Wer seinem Nächsten Gift anstatt des Brotes gibt, der tut, was er nicht soll! Wie gut schmeckt euch dieses Brot, und wie wohl wird es euch bekommen! Wie häßlich dagegen schmeckt dieser Simmsemm, der jeden, der ihn oft genießt, in bösen Rausch oder schlimme Krankheit stürzt! Und doch sind beide, der Segen und der Fluch, aus ganz denselben Früchten und Körnern gemacht! Hast du schon einmal hierüber nachgedacht, Effendi?"

„Schon oft, schon oft!“ antwortete ich.

„Wie mag es nur kommen, daß der Mensch sich so energisch bemüht, den Segen, den Gott ihm sendet, in Fluch zu verwandeln? Und hat er das getan, so pflegt er dieses sein Werk noch dadurch zu krönen, daß er den Fluch als Genuß empfindet! Sogar Amihn, der berühmte Scheik der Ussul, hat soeben eingestanden, daß auch er ihn gern trinke!“

Die letzten Worte wurden in scherzhafter Weise gesprochen, waren aber ernsthaft gemeint, und so kam es dem Scheik sehr gelegen, daß wir unser Brot mittlerweile gegessen hatten und es ihm nun erlaubt war, dieses ihm nicht ganz behagliche Thema abzubrechen.

„Der Willkomm ist vorüber“, sagte er; „ich werde euch nun nach eurer Wohnung führen. Sie liegt nicht hier im Schloß, sondern in einiger Entfernung von ihm am Strom.“

„Wir taten das zu eurer Bequemlichkeit“, erklärte seine Frau, um dem Verdacht zu begegnen, daß es ihnen an der uns schuldigen Achtung fehle. „Der immerwährende Lärm des Palastes würde euch in eurem Wohlbefinden stören; auch wäre es für euch nicht möglich, eure Pferde bei euch zu haben. Darum werden wir euch nach einem ruhigen und bequemen Haus bringen, wo es euch besser gefallen wird als hier bei uns. Ich gehe mit.“

Wir verließen also den allerdings sehr geräuschvollen Palast und kehrten zu unseren Pferden zurück. Die Menschenmenge war inzwischen beinahe verschwunden. Es gab nur noch einige kleine Gruppen, die stehengeblieben waren, um uns vor Nacht doch vielleicht noch einmal sehen zu können. Während wir unsere Blicke über den Platz und diese Leute schweifen ließen, rief Halef plötzlich mit einem Schrei der Überraschung:

„Maschallah! Was sehen meine Augen? Es geschehen hier Zeichen und Wunder!“

Er deutete nach dem Reiterstandbild. Mein Blick folgte seinem ausgestreckten Arm nach dieser Richtung, und nun sah ich, daß der Reiter sich auf dem Pferd zu bewegen begann. Er schlug den langen Mantel auseinander und ließ ihn auf das Postament herunterfallen. Dann blickte er sich um, erst nach rechts und links, hierauf hinter sich. Bisher hatte er vollständig unbeweglich nur immer gerade vor sich hingestarrt. Als er sich nun aber überzeugte, daß der Platz vollständig leer geworden war, hielt er es für überflüssig, länger sitzen zu bleiben. Er zog das rechte Bein nach hinten in die Höhe, schwang es über das Pferd herüber und kletterte dann zur linken Seite auf den Ziegelunterbau herab.

„Er lebt! Er lebt!" rief Halef aus. Er fühlte sich so urkomisch berührt, daß er zu lachen begann. „Er lebt! Ein lebender Reiter auf einem hölzernen Pferd!"

Er lachte immer lauter und lauter. Ich mußte mich stark beherrschen, um nicht mitzulachen.

„Was gibt es da, sich zu wundern?" fragte der Scheik, halb erstaunt und halb beleidigt. „Welche Kunst ist wohl größer, Menschen oder Holz in Bildsäulen zu verwandeln?"

Diese Frage verblüffte Halef. Er begriff, daß sein Lachen beleidigend war. Nun senkte er den Blick und schämte sich. Gleich aber sah er wieder empor, wobei er in seiner aufrichtigen, freimütigen Weise antwortete:

„Verzeihe, o Scheik! Aber ich habe so etwas wirklich noch nie gesehen"!

„So bist du also gewohnt zu lachen, wenn du etwas siehst, was du noch nie gesehen hast? Da werde ich dir hier bei uns fast gar nichts zeigen dürfen; denn du würdest da sehr wahrscheinlich so viel Unbekanntes sehen, daß dein Lachen gar nicht zu Ende käme!"

Dieser Hieb saß, aber Halef war viel zu stolz, sich dies merken zu lassen. Er tat, als ob nicht getadelt, sondern gelobt worden sei, und fragte:

„Was aber hat denn diese sonderbare Sache vorzustellen?“

„Eine Übereilung — weiter nichts“, antwortete Taldscha an Stelle ihres Mannes. „Sooft Fremde zu uns kamen, oder ein Ussul aus der Ferne zur Heimat zurückkehrte, hörten wir, daß andere Völker ihre berühmten und verdienten Männer dadurch ehren, daß sie ihnen ein Denkmal setzen. Es soll sogar vorkommen, daß man Personen ein Denkmal stiftet, die sich weder Berühmtheit noch Verdienste erworben haben. Da begannen die Ussul sich zu schämen. Sie glaubten, schon viele große und verdiente Männer gehabt zu haben, aber keinem einzigen unter ihnen war noch ein Standbild errichtet worden. Darum traten die Ältesten zusammen, um hierüber zu beraten. Es wurde beschlossen, diese schöne Sitte mitzumachen und jedem berühmten und verdienstvollen Verstorbenen aus dem Volk der Ussul ein Reiterbild zu setzen, ganz gleich, ob er ein schlechter oder ein guter Reiter gewesen war. Die Hauptsache ist doch nicht das Reiten, sondern das Verdienst, das man ehren will. Es verstand sich von selbst, daß man mit der Reihe der Scheiks beginnen mußte und erst später die anderen großen Geister zu bringen hatte. Es wurden zwei Ausschüsse gebildet, nämlich ein erster Ausschuß für die Erbauung des Denkmals im besonderen und ein zweiter Ausschuß für die Feststellung der Reihenfolge, in der die Abzubildenden einander zu folgen hatten, denn es galt, in dieser Beziehung die Berühmtheit und die Verdienste eines jeden einzelnen mit peinlichster Gewissenhaftigkeit gegen die der anderen abzuwägen, damit ein jeder genau an die Stelle komme, die ihm gebühre. Also handelte es sich zunächst darum, welcher Scheik der größte, der berühmteste und der verdienteste sei, denn nur mit diesem durfte man beginnen. Während der zweite Ausschuß mit den Vorarbeiten und Studien begann, die zu einer ebenso gerechten wie bestimmten Ausführung einer solchen Wahl erforderlich sind, ging auch der erste Ausschuß an seine Arbeit, indem er den Sockel für die erste Säule errichtete. Als dieser fertig war, hatte sich der zweite Ausschuß noch nicht über den Reiter geeinigt, sondern nur erst über das Pferd. Darum wurde weitergebaut. Man begann mit dem Pferd. Als dieses vollendet auf dem Platz stand, war der andere Ausschuß zu der Überzeugung gekommen, daß man gerade dem allerberühmtesten Scheik kein Denkmal setzen könne, weil er ganz ohne Verdienste sei und vielmehr sein Volk an den Rand des Abgrunds gebracht habe. Auch gab es mehrere Ussul, die zwar keine Scheiks gewesen waren, aber an Berühmtheit und guten Werken hoch über ihm standen. Nun begannen Spaltungen, die immer weitergriffen und sich über den ganzen Stamm verbreiteten. Der eine wollte Denkmäler nur für Krieger, der zweite hingegen nur für friedliche Leute; der Dritte war für beide. Der Vierte verlangte Pferde, der Fünfte keine. Der Sechste forderte diese, der Siebente die andere Reihenfolge. Der Achte — — doch kurz und gut, seit das Pferd hier auf dem Platz stand, glaubte jedermann, daß entweder einer seiner Ahnen oder gar er selbst, natürlich erst nach seinem Tode, hinaufzusetzen sei. Es herrschte so viel Zank und Streit und Haß und Zorn, wie es noch nie gegeben hatte. Wir Frauen kannten unsere Männer und Söhne gar nicht mehr. Es gab nur noch Wüteriche, Besessene und Narren. Da traten wir Frauen zusammen. Wir bildeten auch zwei Ausschüsse. Der erste Ausschuß hatte nachzuweisen, wie alle diese berühmten und verdienten Männer aussehen, wenn sie von Frau und Kind betrachtet werden. Der zweite Ausschuß verlangte, daß an Stelle dieser entlarvten Berühmtheiten nur brave und verdiente Frauen Denkmäler zu bekommen haben, und hatte zugleich nach solchen Frauen zu forschen. Da stellte es sich denn sehr bald heraus, daß es viele Tausende gab, die es verdienten, auf einen Sockel gestellt zu werden, und es wurde schleunigst damit begonnen, die Reihenfolge unter ihnen festzustellen. Jetzt gingen den Männern die Augen auf. Sie erkannten an der Dummheit ihrer Weiber, wie dumm sie selbst gewesen waren, und zeigten sich gern bereit, den Frieden zwischen dem männlichen und dem weiblichen Heerlager wieder herzustellen. Die zwei Ausschüsse von hüben traten mit den zwei Ausschüssen von drüben zusammen. Es wurde nun mit Verstand und Herz beraten, und da fand man denn, daß es bei den Ussul noch niemals weder eine männliche noch eine weibliche Person gegeben habe, die es verdient hätte, durch ein Denkmal hoch über die anderen, die keins bekommen, erhoben zu werden. Da hieraus zu schließen war, daß sich auch fernerhin niemand finden werde, der in dieser Weise auszuzeichnen sei, so wurde allerseits beschlossen und genehmigt, von der Errichtung von Denkmälern im Land der Ussul für alle Zukunft überhaupt abzusehen."

„Aber, hier steht doch noch das Pferd! Und heute saß einer darauf!" warf Halef ein.

„Ja", lächelte sie, „das Pferd steht noch. Meinst du etwa, daß wir es hätten wegreißen und verbrennen sollen?"

„Ja; denn es hatte keinen Zweck mehr."

„O doch! Wir ließen es als ein Erinnerungszeichen an unsere Torheit stehen. Das ist doch wohl ein Zweck, und zwar ein guter! Und zu diesem gesellte sich sehr bald ein zweiter. Kurze Zeit, nachdem wir klug geworden waren, forderte der damalige Mir von Ardistan, daß man ihm in allen ihm untertänigen oder tributpflichtigen Reichen und Provinzen ein Denkmal zu errichten habe. Auch wir waren hierzu verpflichtet. Wir berieten und beschlossen, ihm nicht eine gewöhnliche Fußfigur, sondern ein erhabenes Reiterstandbild zu errichten. Das Pferd war ja schon da! So wurden Kosten erspart. Und zweitens beschlossen wir, ihm nicht eine tote Figur, sondern eine wirkliche, lebendige Gestalt zu geben. Tote Figuren sind außerordentlich teuer; Menschen aber hat man überall ganz oder fast umsonst. Wir verzichteten also darauf, uns Künstler und Steine aus der Ferne kommen zu lassen, und verpflichteten den längsten und breitesten Ussul, der sich finden ließ, als Mir von Ardistan. Er bekam einen roten Mantel mit weißen Rändern und einen großen Turban mit Reiherfedern. Lohn beansprucht er dafür nicht; er tut es um die Ehre. Sooft, wie heute bei euerm Einzug, Gelegenheit ist, mit unserem Mir von Ardistan zu glänzen, setzt dieser Mann den Turban auf, wirft sich den Mantel um und steigt auf das Pferd. Da bleibt er sitzen, bis die festlichen Augenblicke vorüber sind, und steigt dann wieder herab. Hat er seine Sache gut gemacht und jede Bewegung vermieden, so daß man ihn wirklich für eine leblose Figur halten konnte, so wird er hierfür besonders ausgezeichnet, indem wir ihm erlauben, am Festessen teilzunehmen. Hat er aber Fehler gemacht, so wird ihm diese Ehre versagt. Seht! Da ist er abgestiegen. Nun steht er da und wartet, ob wir ihn einladen werden oder nicht."

„Wirst du es tun?" fragte Halef.

„Ja, denn er hat sich heute sehr gut gehalten. Den außerordentlich langen Säbel, der an seiner Seite hängt, hat er sich selbst besorgt. Er sagt, dies gehöre zu seiner hohen Würde. Er hat sich nämlich so in die ‚hohe Würde', die er darzustellen hat, hineingelebt, daß er sie bereits für seine eigene hält und sich auch dann als Mir von Ardistan gebärdet, wenn er nicht auf dem Pferde sitzt. Man sagt deshalb, er sei im Kopf irr geworden. Besonders scheinen ihn die verschiedenen Palmen-, Lotos-, Löwen-, Tiger- und andere Orden, die er auf seiner Brust trägt, in den Wahn versetzt zu haben, daß er alle die Tugenden besitze, für die sie verliehen werden."

„Sind sie denn echt?“ erkundigte sich Halef, der gern alles wissen mußte.

„Selbstverständlich! Sie sollen eigentlich nur Belohnungen sein, nicht Bezahlungen; aber die Beherrscher von Ardistan sind stets der Ansicht gewesen, daß man gewisse, wichtige Verdienste viel besser vorher als nachher belohne. So wurden auch die Scheiks der Ussul, sooft es sich um hohe Wünsche handelte, mit Orden bedacht, die sich nach und nach zu einer ganzen Menge angesammelt haben. Der Mir von Ardistan, nämlich dieser hier, nicht der richtige, kam auf den Gedanken, sie jedesmal anzulegen, wenn er in seinen Würden zu erscheinen hat. Wir haben es ihm erlaubt, er darf sie sogar noch während des Essens tragen, und dann dauert es immer tagelang, bis er sich wieder herabläßt, mit jemandem zu sprechen. Daß der Mantel die flimmernden Auszeichnungen verdeckt, ist für ihn eine wirkliche Qual. Darum wirft er ihn stets schon oben ab, wenn er noch auf dem Pferde sitzt, damit man sie so bald wie möglich sehe. Soll er sie euch zeigen?“

„Ich bitte dich darum!“ antwortete Halef, den es in hohem Grade interessierte, sie betrachten zu dürfen.

Taldscha winkte dem Mann. Er kam langsam und seiner Ansicht nach in fürstlicher Haltung bis zu uns her.

„Ich bin der Mir von Ardistan!“ sagte er sehr hoch von oben herunter.

„Und ich“, antwortete Halef, „ich bin — —“

Da schnitt der Mann ihm mit einer geradezu gebieterischen Armbewegung das Wort ab und befahl ihm: „Schweig! Was du mir sagen willst, das weiß ich alles schon längst. Ich habe jetzt keine Zeit, es abermals zu hören!“

Halef sah mich mit einem Blick an, in dem die Absicht lag, eine geharnischte Antwort zu geben; ich winkte aber ab. Taldscha zeigte und benannte uns die einzelnen Orden, ebenso auch die Namen der Scheiks, die sie empfangen hatten. Alle diese Auszeichnungen stammten nur vom Mir von Ardistan, von keinem anderen Fürsten, waren aus unechtem Metall gefertigt und mit unechten Steinen geschmückt, ein Umstand, der meine Achtung vor diesem hohen Herrn nicht gerade förderte. Als wir mit der Betrachtung der Dekorationen fertig waren, sagte Taldscha zu deren gegenwärtigem Träger:

„Du hast deine Sache heute gut gemacht; du darfst also mit uns essen!"

Er gab durch eine herablassende Handbewegung seine gütige Genehmigung zu erkennen.

„Und kannst nun gehen!" fügte sie hinzu.

Da warf er einen vernichtenden Blick auf uns zwei kleine Kerle und schritt majestätisch dem Tor des ‚Palastes' zu, um in dessen Innern auf den Beginn des Mahls zu warten. Wir aber gingen nach dem Haus, das wir bewohnen sollten. Die Pferde folgten uns, ohne daß wir sie zu führen brauchten; die beiden Hunde gingen natürlich mit.

Das Haus lag neben und, weil wir um ihn herumgehen mußten, für uns zugleich hinter dem Palast, und zwar wie dieser am Ufer des Stroms. Es war eigentlich eine in vier Stuben abgeteilte Blockhütte, neben der ein kleines Gebäude zur Unterbringung von allerlei Dingen stand. Jetzt war es leer, und so bestimmten wir es zum Pferdestall. Das Wohnhaus war nach dortigen Begriffen möbliert. Im vorderen der vier Räume befand sich ein Herd, auf dem ein Feuer brannte. Zwei Männer empfingen uns; sie waren zu unserem Dienst bestellt und hatten den Befehl bekommen, ihn ebenso aufmerksam zu leisten wie bei dem Scheik selbst. Das Feuer war keineswegs überflüssig. Alles, was man berührte, fühlte sich feucht an. Schon um das Modern zu verhüten, mußte trockene Wärme geschaffen werden. Für Menschen wäre es unmöglich gewesen, in dieser Wohnung zu bleiben, ohne zu erkranken. Die Herrin der Ussul schaute sich sehr genau im Haus um. Welchen Zweck das hatte, sahen wir erst, als sie mit ihrem Mann gegangen war. Da schickte sie nämlich Kissen, Decken, Gefäße und eine Menge anderer Dinge und Kleinigkeiten, die unsere Behaglichkeit erhöhen sollten.

Als wir allein waren, sorgten wir zunächst für die Pferde. Es war alles da, was sie brauchten, und für die Hunde wurde vom ‚Palast' aus reichlich für Fleisch und Knochen gesorgt. Dann untersuchten wir die Umgebung. Wir wohnten in lauter Gemüse. Das Haus lag nämlich in den großen Gärten des Scheiks. Leider fanden wir nicht Zeit, sie ganz zu überschauen, denn es dunkelte bereits, und in jenen Gegenden ist die Dämmerung bekanntlich sehr kurz. Am Fluß gab es Stufen, die zum Wasser hinabführten. Da hingen mehrere kleine Flöße und Boote, auch ein ledernes Kanu, wie dasjenige draußen im Urwald, in dem wir heimlich über den See gerudert waren. Ich gab den beiden Dienern den Wunsch zu erkennen, dieses Fahrzeug ausschließlich für uns zurückzuhalten.

Von allen Pflanzen hier in den Gärten waren mir die Durio-Bäume am interessantesten. Es gibt Leute, welche die Früchte dieser Bäume als die größte Delikatesse auf Erden betrachten. Der Durio wird sehr hoch, noch höher als unsere ältesten Äpfel- und Birnbäume. Er hat rot-silbergraue, schuppige Blätter und grüngelbe Blüten. Seine Früchte erreichen die Größe eines Menschenkopfes und sind entweder von kugeliger oder länglichrunder Gestalt. Die Schale ist dick und hart und dicht mit Stacheln besetzt. Das Innere enthält fünf Fächer, in jedem Fach einige Samen, die von einem weißen, außerordentlich appetitlichen Fruchtfleisch umgeben sind. Dieses Fleisch schmeckt zwar ebenso gut, wie es aussieht, nämlich wie fein zubereiteter Rahm von allerbester Milch, nur hat man sich, wenn man diese Speise nicht gewohnt ist, beim Essen die Nase zuzuhalten, weil sie, je nach der besonderen Sorte des Baums, sehr stark nach verdorbenen Zwiebeln, faulen Eiern, altem Käse oder stinkigem Fleisch riecht. Es gibt sogar Sorten, und das sind die beliebtesten und gesuchtesten, die nach allen diesen schönen Dingen zu gleicher Zeit duften. In Europa pflegt man diesen Baum Zibetbaum zu nennen, weil angeblich die Zibetkatzen für ihn eine ebenso große Zuneigung besitzen, wie unsere heimischen Katzen für den Baldrian. Er ist ein außerordentlich nützlicher Baum. Seine sehr wohlschmeckenden Samen werden wie Kastanien geröstet, und das Fleisch der Früchte wird trotz seines üblen Geruchs weit höher geschätzt als jedes andere Obst. Unreif wird es als Gemüse zubereitet.

Als ich Halef auf die Eigenschaften dieser Früchte aufmerksam machte, die er noch nicht kannte, sagte er:

„Also gerade wie beim Menschen! Mag er noch so niedrig wachsen oder noch so hoch, wie diese Durio-Kugeln, und mag der Geschmack noch so delikat sein, etwas schlechter Geruch ist fast immer dabei. Zudem pflegen gerade die, die am höchsten hängen, die bösesten Stacheln zu haben! Übrigens wird sich wohl ein Mittel finden lassen, den Gestank zu vermeiden, ohne auf den Wohlgeschmack verzichten zu müssen. Ich glaube, ich kenne es schon."

„Welches?"

„Komm! Ich werde es dir zeigen. Glaubst du etwa, daß es nachher beim Festessen eine Durio-Speise geben wird?"

„Wahrscheinlich sogar mehrere. Die Frucht wird auf sehr verschiedene Weise zubereitet und gehört zu den beliebtesten Nahrungsmitteln der Ussul."

„So wollen wir uns beeilen, nach dem Mittel zu suchen, das ich mir ausgesonnen habe!"

Wir gingen in das Haus, wo er sich über die vorhandenen Kissen hermachte, um nachzusehen, womit sie gefüllt waren. Gleich aus dem ersten, dessen Naht er ein wenig öffnete, quollen ihm weiße, weiche Baumwollflocken entgegen.

„Schau!“ sagte er. „Das ist es, was wir brauchen! Wenn ich mir die Nase damit zustecke, ist sie außerstande, mich mit Gerüchen zu ärgern, mit denen ich mich nicht befassen will. Verstehst du mich, Sihdi?“

„Sehr wohl!“ lachte ich.

„Und bist du bereit, dich an meiner schönen Erfindung zu beteiligen?“

Er begann, die Flocken herauszuzupfen.

„Laß es uns versuchen. Gib her!“

„Hier hast du! Stecke es ein! Das Mittel ist natürlich nicht schon jetzt anzuwenden, sondern erst dann, wenn die unheilvollen Gerüche sich uns nähern. Täten wir es schon jetzt, so verzichteten wir auf alles andere, was der menschlichen Nase Vergnügen und Begeisterung bereitet. Bedenke das köstliche neubackene Brot und den belebenden Duft der Rinderviertel und vielen anderen Braten! Meine Seele schwärmt schon jetzt diesen Genüssen entgegen! Die deinige nicht auch?“

Wer ihn so sprechen hörte, mußte ihn für einen großen Esser halten. Das war er aber nicht. Wenig genügte, ihn zu sättigen, und er hatte oft genug bewiesen, daß ihn im Ertragen von Hunger und Durst kein anderer übertraf.

Übrigens brauchte er auf die Genüsse, auf die er sich innerlich mit Phantasie und äußerlich mit Watte vorbereitete, nicht lange zu warten. Der Scheik kam in eigener Person, uns zum großen Festmahl abzuholen. Er äußerte, daß er wegen der Hunde Sorge habe. Er befürchtete, daß sie es erzwingen würden, mir zu folgen, und daß in diesem Fall eine große Gefahr für seine Gäste entstehe. Ich beruhigte ihn. Die Hunde kümmerten sich jetzt gar nicht um mich; sie lagen bei ihrer Knochenmahlzeit hinter der wohlverriegelten Tür. Das beruhigte ihn.

Es wurde in zwei verschiedenen Räumen gegessen. Die Gäste zweiten Ranges saßen im Mittelraum des ‚Palastes', in der Nähe der Herde. Obenan thronte da der ‚Mir von Ardistan' in der Pracht seiner flimmernden Orden. Er fühlte sich so erhaben, daß er unserer Ankunft, obgleich wir unmittelbar an ihm vorüber mußten, keine Spur von Beachtung schenkte. Die Gäste höheren Ranges waren auch im Erdgeschoß versammelt, aber in dessen größtem Zimmer, das vier nach außen gehende Fenster hatte und sehr wohl mit dem Ausdruck ‚Saal' bezeichnet werden konnte. Der Fußboden dieses Saals bestand aus festgerammter Erde, in die man Pfähle geschlagen hatte, um durch daraufgenagelte Bretter Tische, Bänke und Stühle zu bilden. Man saß hier also nach europäischer Weise an hohen Tischen. Auch die Betten in unserem Haus drüben waren auf hölzernen Gestellen bereitet. Ein Sitzen, Lagern und Liegen in der allgemeinen orientalischen Weise, nämlich unten an der Erde, verbot sich durch die im Lande herrschende außerordentliche Feuchtigkeit.

Gedeckt, aber ohne Tischtuch und ähnliche Raffiniertheiten, war auf einer langen Tafel, über der zwei große Leuchter hingen. Sie bestanden aus zusammengesetzten Geweihen und trugen große, starke, brennende Talglichter, die eine genügende Helligkeit verbreiteten. Versammelt waren die Ältesten, der Oberst, die beiden Leutnants und noch mehrere angesehene Männer, die wir erst noch kennenlernen sollten. Frauen gab es nicht, außer der Herrin der Ussul, die obenan saß und das Mahl und die dabei geführte, sehr angeregte Unterhaltung in einer Weise leitete, daß sich unsere bisherige Achtung vermehrte und befestigte.

Was wir aßen und in welcher Zubereitung und Reihenfolge es aufgetragen wurde, ist natürlich Nebensache. Ich will nur kurz erwähnen, daß die ungeheuren Portionen Fleisch, in welche die Braten für die einzelnen zerlegt worden waren, in so kurzer Zeit verschwanden, daß Halef nur immer auszurufen hatte: „Maschallah! Es geschehen Zeichen und Wunder!“ Die Gemüse waren in noch größeren Mengen vorhanden, doch blieb kein Blatt, kein Stiel von ihnen übrig. Durio-Gerichte gab es mehrere. Man aß die Frucht auch roh, ganz in derselben Weise, in der man bei uns Melonen ißt, und ich will verraten, daß uns hierbei die Watte nicht unwesentliche Dienste leistete. Natürlich hielten wir ihre Anwendung geheim. Später, als wir uns an diese wirklich ausgezeichnete und delikate Speise gewöhnt hatten, lernten wir, auf den aus den Sitzkissen stammenden Schutz unserer Geruchsorgane zu verzichten.

Man hatte mich zur rechten und Halef zur linken Hand der Herrin gesetzt. Der Scheik saß an meiner anderen Seite. Er bewährte sich immer mehr als eine etwas unkultivierte Ansammlung aller möglichen Sorten von Gutmütigkeit. Bei Anwendung nur einiger Vorsicht war es wirklich fast unmöglich, sich mit ihm zu entzweien. Wir erkannten mehr und mehr, daß seine Frau die eigentliche Regentin des Stammes war und daß sie unter Umständen auf das Urteil des Sahahr viel mehr gab als auf die Meinung ihres Mannes. Aber diese Achtung war auch alles, was sie dem Zauberer widmete. Lieb und gern haben konnte sie ihn nicht, weil sie die Freundin des Erdschani war.

Geraucht wurde nicht. Ich will hier gleich ein für allemal sagen, daß die Ussul überhaupt nicht rauchen, weil sie den Tabak für ein sehr schädliches Gift und seinen Rauch für belästigend und störend halten. Das bedeutete für zwei Raucher wie Halef und mich einen nicht geringen Verzicht. Einem anderen Gifte aber, das sogar als Doppelgift bezeichnet wird, hatten sie nicht entsagen können, nämlich ihrem Simmsemm, das in zwei großen Krügen auf der Tafel stand, die beide, als das Essen vorüber war, vollständig ausgetrunken worden waren. Die Scheikin trank nicht davon, Halef nicht und auch ich nicht. Darum glaubte der Scheik, dem dieses Gift sehr behagte, uns eine Begründung schuldig zu sein, und die brachte er, indem er behauptete, daß man wegen der Feuchtigkeit des Landes gezwungen sei, Simmsemm zu trinken.

„Auch ihr werdet schon noch trinken, wenn ihr nur erst lange genug hier gewesen seid!“ fügte er hinzu. „Es ist ja allbekannt, je trockener das Land ist, desto weniger braucht man Gift!“

„Es gibt aber Leute, die ganz das Gegenteil behaupten“, widersprach ich ihm. „Nämlich, je trockener das Land ist, desto mehr müsse man trinken.“

„Nun, so mögen sie es tun!“ lachte er. „Jeder Mensch findet einen Grund, das Gift, das er für nötig hält, zu verteidigen!“

Es muß indes erwähnt werden, daß die Ussul außerordentlich viel vertragen konnten. Hätte ich nur den vierten oder fünften Teil dessen getrunken, was der Mäßigste von ihnen trank, so wäre mir ein ‚Machmurluk el Machmurluk‘, wie Halef sich gern auszudrücken pflegte, nämlich ein ‚Rausch der Räusche‘, sicher gewesen. Diese stämmigen Menschen aber wurden nur heiter und etwas gesprächiger davon, und da habe ich freilich zuzugeben, daß diese Wirkung des Giftes mir sehr angenehm und willkommen war. Die Unterhaltung gestaltete sich hierdurch viel angeregter und lebhafter, und es wurde uns dadurch eine Konferenz erspart, die nach dem Essen abgehalten werden sollte, nun aber schon während des Mahls erledigt wurde.

Diese Konferenz betraf erstens mich und Halef, oder vielmehr unsere Aufnahme in den Stamm der Ussul, und zweitens unseren Feldzug gegen die Tschoban. Ich hatte mir diese Konferenz als sehr kompliziert, sehr erregt und sehr lange dauernd vorgestellt; nun aber vollzog sie sich so außerordentlich schnell und kurz, wie ich es gar nicht für möglich gehalten hatte. Und das brachte der weibliche Scharfsinn und die weibliche Pfiffigkeit fertig, die sich auch hier, wie so oft, meinen Gedanken überlegen zeigte. Man hatte nämlich gehört, daß es in Europa bei derartigen Trinkgelagen Leute gebe, die ein volles Glas in die Hand nehmen und eine Rede halten. Ich wurde gefragt, ob dies wahr sei und welchen Zweck eine solche Rede habe. Ich erklärte es ihnen zunächst theoretisch und sodann auch praktisch, indem ich meine volle Simmsemmtasse, die ich gar nicht hatte berühren wollen, ergriff und einen Trinkspruch auf das Wohl der Ussul, ihres Scheiks und ihrer Scheikin hielt. Die Sache wurde nicht nur sofort begriffen, sondern auch für höchst nachahmenswert gehalten. Die Herrin ging den anderen mit ihrem Beispiel voran, und zwar ganz ohne Zaudern. Kaum hatte ich ausgesprochen, so nahm auch sie die vor ihr stehende Tasse zur Hand und erhob sich von ihrem Sitz, um mir zu antworten. Sie freute sich, daß ich ihr Volk lobte. Sie schloß aus diesem Lob, daß es mir lieb sein würde, ein Ussul werden zu können. Sie erwähnte das Gesetz, nach dem jeder Aufzunehmende mit einem Ussul zu kämpfen habe, um durch seinen Mut seine Würdigkeit zu beweisen. Sie deutete darauf hin, daß ich sogar mit den Bluthunden der Ussul gekämpft und sie besiegt hatte, ohne eine Waffe in der Hand zu haben; dies sei doch noch viel mehr, als das Gesetz bestimme. Und sie legte besonderen Wert darauf, daß wir beide, Halef und ich, den ‚Erstgeborenen' der Tschoban mit seinen Begleitern besiegt und gefangen genommen hatten. Dies hebe uns über jeden ferneren Beweis unserer Tapferkeit und Würde empor, so hoch, daß eine Beratung und Abstimmung über diesen Gegenstand nun überflüssig sei. Sie nehme uns also hiermit in den Stamm der Ussul auf und bitte uns, den Treuschwur in die Hand des Scheiks und der Ältesten zu legen. Der gegenwärtige Trinkspruch sei in ihrem Leben der erste, den sie halte. Sie sei stolz darauf, dies von uns gelernt zu haben, und sie hoffe, auch in Zukunft noch vieles und besseres von uns zu lernen.

Hei, wie die schwerfälligen Gestalten dieser guten Leute da schnell und leicht aufsprangen, ihre vollen Tassen leerten und dann herbeikamen, um mit höchst bereitwillig ausgestreckten Armen sich unseren Handschlag zu holen! Es gab einen unendlichen Jubel, der auch nach der Tafel zweiten Ranges getragen wurde, indem einer hinausging, um die frohe Kunde dorthin zu bringen. Der Lärm, der sich da draußen erhob, war noch größer als der, den wir im eigenen Raum verübten, und der Grund dieses Beifalls war wohl zum großen Teile auch mit in dem Umstand zu suchen, daß da draußen erzählt worden war, welche große Freude wir über das neubackene Brot gehabt hatten. Als ich den Ältesten und dem Scheik die Hände gedrückt hatte, griff auch Taldscha nach der meinen. Sie hielt sie eine Zeitlang fest, ohne ein Wort zu sagen, und sah mir mit einem siegreichen Lächeln, das zugleich einen kleinen ironischen Anflug hatte, in das Gesicht. Dann sagte sie:

„Das ging schneller, als du dachtest, nicht? Zürnst du mir darüber?"

„Keinesfalls!" antwortete ich. „Du hast als Weib gehandelt, und doch zugleich als Scheik. Ich danke dir!"

Halef war überglücklich, Ussul geworden zu sein. Solche Dinge waren so recht nach seinem Geschmack. Die Größe seiner Freude trieb ihn hinaus zu den anderen Gästen, um ihnen einen schmetternden Toast zu halten. Der Erfolg, den er hervorrief, war riesengroß, nach dem Lärm gemessen, der sich hierauf erhob. Später freilich, als wir wieder daheim in unserem Haus waren, gab er zu, daß er sich doch im stillen über die Pfiffigkeit der Scheikin geärgert habe, durch die der vom Gesetz vorgeschriebene Kampf zwischen uns und zwei Ussul vereitelt worden sei.

Und was die Verhandlung wegen unseres Feldzugs gegen die Tschoban betrifft, so stellte sie sich ebenso als unnötig heraus. Die Stimmung der Ältesten war auch in dieser Sache außerordentlich günstig. Sie richteten einfach die Frage an Taldscha, ob sie diesen Feldzug für wünschenswert halte, und als sie eine bejahende Antwort bekamen, erklärten sie, daß der Krieg beschlossen sei und daß diese Angelegenheit also nun nicht mehr in ihre, sondern in die Hand des Obersten gehöre. Der sei der Befehlshaber des Heeres, und der habe sich nur seinen Kopf, nicht aber auch ihre Köpfe zu zerbrechen! Als Taldscha hiergegen einwarf, daß vor allen Dingen ich zu fragen sei, bat ich den Obersten, sich zunächst an meinen tapferen Hadschi Halef Omar, den berühmten Scheik der Haddedihn, zu wenden. Der sei ein sehr erfahrener Krieger und jedenfalls gern bereit, ihm diejenigen Winke zu geben, die unbedingt zum Siege führen würden.

Kaum hatte ich das gesagt, so sprang Halef wie elektrisiert von seinem Sitz in die Höhe und forderte den Obersten und die beiden Leutnants auf, sich mit ihm an einen anderen kleinen Tisch zu setzen; er werde dort mit ihnen weiteressen, um mit den von mir erwähnten Winken augenblicklich beginnen zu können. Sie erfüllten seinen Wunsch mit wahrem Stolz, und als ich im weiteren Verlauf des Abendessens diesen ihren kleinen abgelegenen Tisch einmal als den ‚Tisch der Feldherren' bezeichnete, hatte ich mir die Herzen der drei ‚Offiziere' derart gewonnen, daß sie zu jeder Art von Tapferkeit erbötig waren.

In dieser Weise schaffte ich mir freie Hände. Taldscha war die einzige bestimmende Person. An sie hatte ich mich zu halten. Indem ich alles Belästigende und Nebensächliche auf den kleinen Tisch ablud, bewahrte ich sie vor unbequemen, vielleicht sogar schädlichen Einflüssen und hob sie mit einem einzigen Ruck zu der

Atmosphäre empor, in die sie gehörte. Sie fühlte das, aber sie sagte nichts, doch ging es wie ein unsichtbarer und unhörbarer, jedoch leise, ganz leise zu empfindender Hauch von Dankbarkeit von ihr zu mir herüber. Sie war eine jener tief und edel angelegten Frauen, deren Aufgabe es ist, den Schritt vom gewöhnlichen Menschentum zum geläuterten Geistes-Menschentum ohne abstoßende Leiden, Qualen und Martern zu tun, um andere, die sich auch nach Vervollkommnung sehnen, zur freiwilligen Nachfolge anzuregen.

Ich erfuhr von ihr, daß die gefangenen Tschoban hier im Palast untergebracht seien, in drei verschiedenen wohlverriegelten Räumen, also vollständig getrennt voneinander, so daß eine Verständigung zwischen ihnen ganz unmöglich sei. An eine Flucht war nicht zu denken, so streng wurden sie bewacht. Sie waren noch jetzt mein Eigentum. Aber ich hatte versprochen, sie an die Ussul abzutreten, sobald ich bewiesen habe, daß sie nicht in friedlicher, sondern in feindlicher Absicht gekommen seien. Dieser Beweis war erbracht, doch man hatte die Abtretung noch nicht verlangt, und so hielt ich mich noch immer für berechtigt, allein über sie zu verfügen. Ebenso erfuhr ich von ihr, daß der Sahahr glücklich nach Hause gebracht worden sei und sich ganz sonderbar benehme. Seine Frau wünsche sehr, mich einmal zu sehen, und zwar womöglich noch heute, doch dürfe der Sahahr nichts hiervon wissen. Darum möge diese Zusammenkunft, wenn ich einverstanden sei, im Tempel stattfinden. Als ich erklärte, daß ich sehr gern einwilligte, sagte Taldscha, sie werde dabei sein und mich nach dem Tempel begleiten.

„Wann?“ fragte ich.

„Am Schluß dieses Essens. Ich benachrichtige sie. Dann wartet sie im Tempel, bis wir kommen.“

„Du hast mir gesagt, daß sie die Seele, er aber nur der Körper sei. Es widerstrebt meinem Herzen, so eine

Frau auf mich warten zu lassen. Übrigens wünsche ich nicht, daß die anderen Gäste dann meinetwegen auch gehen müssen. Wie lange wird die Festlichkeit noch währen?"

„Wenigstens bis Mitternacht. Doch kannst du dich entfernen, sobald es dir beliebt. Kein Mensch wird es dir übelnehmen."

„Aber du mußt bleiben?"

„O nein. Warum soll ich nicht ganz dieselbe Freiheit haben wie du und jeder andere? Ich bleibe stets nur so lange, wie es für mich wichtig und geboten ist. Das Wichtigste ist vorüber. Was nun noch kommt, ist nur Essen und Trinken und nebensächliches Gespräch. Ich bleibe also nur deinetwegen. Wünschest du fort?"

„Ja."

„Das ist aufrichtig von dir! Ich bitte dich, stets so offen gegen mich zu sein, denn ich bin es auch gegen dich. Habe nur noch eine Viertelstunde Geduld; denn ich muß meine Freundin vorher benachrichtigen!"

Sie schickte einen Boten. Dadurch sprach es sich herum, daß wir uns entfernen würden, doch verursachte das nicht die geringste Störung. Es fiel niemandem ein, zu denken, daß nun auch er zu gehen habe. Selbst Halef rief mir zu:

„Du willst fort, Sihdi? Ich aber muß unbedingt noch sitzen bleiben!"

„So tue es! Auch ich gehe noch nicht heim. Du hast wohl noch Wichtiges zu verhandeln?"

„Unendlich Wichtiges!" rief er mit der Miene eines Mannes aus, der unter der Menge und der Schwere seiner Pflichten fast erstickt. „Bedenke doch, daß es einen großen Feldzug gilt! Es handelt sich um Leben oder Tod vieler Tausende von Menschen! Und wenn wir einmal siegen, so siegen wir immer weiter. Wir werden nämlich nicht bei diesem einen Sieg stehenbleiben, sondern haben soeben beschlossen, in das Gebiet der Tschoban einzudringen und ihren Scheik abzusetzen. Was wir dann noch weiter erobern und wen wir dann noch weiter absetzen, das werden die ferneren Beratungen ergeben, die wir noch zu halten haben. Denn die heutige ist die erste, noch lange aber nicht die letzte!"

Als die Viertelstunde vorüber war, verabschiedeten wir uns. Dann durch den großen Mittelraum gehend, in dem die anderen Gäste saßen, bemerkten wir, daß der Simmsemm hier bedeutend größere Verheerungen angerichtet hatte als bei uns. Es gab hier alle möglichen Sorten dieser Wirkung, vom leisen ‚Pfiff' und heiteren ‚Schwips' bis zum schweren ‚Affenrausch' hinauf. Dennoch erhoben sich alle von ihren Plätzen, um uns, als wir vorübergingen, ihre Achtung zu erweisen. Nur einer tat das nicht, nämlich der Denkmalsreiter. Der war volltrunken, und doch sprach sich der Spiritus auch bei ihm in ganz individueller Weise aus, nämlich durch Vergrößerung der Selbstüberhebung. Der Mann saß steif an seiner Stelle, stierte nur gerade vor sich hin und lallte immerfort: „Ich bi — — bi — — bin nicht nur der Mi — — mi — — mir von A — — a — — ardistan, sondern sogar der Mi — — mi — — mir von Dschi — — dschi — — dschinnistan!"

Draußen war es dunkle Nacht. Die Sterne leuchteten, und die Sichel des Neumonds, dünn wie ein Strich, stand gerade über dem Weg, auf dem wir nach der Stadt gekommen waren. Wir gingen über den freien Platz hinüber, direkt in den Tempel, dessen Tor offenstand. Ein Diener war dabei, der mit eintrat und es hinter uns gleich wieder verschloß.

Nun standen wir in einem großen, weiten Raum, der nach keiner Richtung hin eine Grenze zu haben schien. Es herrschte tiefste Finsternis. Nur wenn man das Auge nach oben richtete, sah man zwischen den Säulen, die das Dach trugen, die Sterne herunter, wie aus einer anderen Welt herein in das dichte Dunkel leuchten. Da wurde in der Mitte des Raums, also an der Säule, welche die Decke trug, ein Licht angezündet. Das sah so klein, so winzig aus, in der großen, unendlich scheinenden Finsternis kaum zu bemerken. Das war der Anfang der Geschichte dieses Tempels, der Beginn des Gottesglaubens unter den Ussul. So winzig klein das Lichtchen war, man sah es doch, wenn man auch nicht wußte, woher es kam und was es zu bedeuten hatte. Und man ahnte, ja, man fühlte und man war überzeugt, daß sich dort, wo es entstand, etwas Lebendiges, Gütiges und nach Erleuchtung Trachtendes bewege. Ein zweites Licht entstand, ein drittes, viertes, fünftes. Eines half dem anderen, die Dunkelheit zurückzudrängen. Es gesellten sich noch mehrere hinzu. Im Dämmerschein, den sie verbreiteten, wurde nun auch das Wesen sichtbar, durch das sie hervorgerufen wurden. Es war ein weibliches — — die Priesterin. Ein weißes Gewand umhüllte sie, und glänzend weiß floß ein Schleier rundum von ihrem Haupt herab, der bis auf das Knie herniederreichte. Er umhüllte sie vollständig; er machte sie zum scheinbar undurchdringlichen Geheimnis. Aber aus diesem lichtgewordenen Rätsel heraus ertönte jetzt eine liebe, auffordernde Stimme:

„Kommt her zu mir!"

Das klang so eigentümlich, so geisterhaft durch den weiten Raum, in dem es nicht eine Spur von Widerhall gab. Es war, als ob diese Aufforderung gesprochen sei, um in grenzenlose Fernen hinauszugehen. Es erfaßte mich eine ganz eigenartige Regung, die nicht aus mir zu kommen, sondern mich von außen her zu ergreifen schien. Ich fühlte mich an heiliger Stelle. Es war mir, als ob es hier unmöglich sei, über gewöhnliche, gleichgültige Dinge zu sprechen. Wir gingen hin zu ihr. Sie war so hoch und so stolz gebaut wie Taldscha, und als sie nun ihren Schleier lüpfte, sah ich, daß sie älter, viel älter war als diese. Sie war weder schön noch häßlich; aber sie hatte das Gesicht einer Denkerin, und aus der Tiefe ihrer Augen blickte jenes Wohlwollen, das nicht nur angeboren, sondern noch viel mehr auch eine Frucht der innerlichen Betrachtung ist.

„Ich grüße dich!" sagte sie. „Du bist unser Gast, also auch der meine, hier in diesem Gotteshaus."

Ich verbeugte mich vor ihr, als ob sie eine Fürstin sei; ich konnte nicht anders. Geschah das, weil wir uns in einem Tempel befanden? Oder war es nur der Eindruck ihrer Persönlichkeit, die Wirkung davon, daß ich jetzt in ihrer seelischen Atmosphäre atmete?

„Er ist soeben Ussul geworden!" berichtete die Frau des Scheiks.

„Also doppelt willkommen!" sagte die Priesterin, wobei ihrem Schleier ein kleines, feines Händchen entschlüpfte, das sie mir entgegenstreckte. Ich zog es an meine Lippen, ohne antworten zu können; denn sie fuhr fort: „Ussul nur äußerlich! Mit dem Geiste nicht! Aber, wie ich hoffe, mit dem Herzen um so mehr!"

„Das gehört euch allerdings", sagte ich nun, „vom ersten Augenblick an, seit ich eure Herrin sah."

Hierbei deutete ich auf Taldscha; die aber entgegnete:

„Eure Herrin? Die bin ich nicht. Die steht hier."

Sie hob die Hand gegen die Priesterin hin, die diesen Fingerzeig mit der Erläuterung geschehen ließ:

„Wir beide lieben uns. Wir sind Freundinnen. Da gibt es keine Unterschiede, keine Herrin und keine Untergebene. Wir dienen beide, sie und ich! Heut ist mein

Dienst besonders schwer. Aber der Sahar hat Opium genommen, um schlafen zu können. Da fand ich Zeit, zum Tempel zu gehen."

Sie machte eine Rundbewegung mit dem Arm.

„Du befindest dich hier inmitten unseres Glaubens, unserer Religion. Sie bietet dir, wie du siehst, nur einige kleine, mehr als bescheidene Lichter, die sich vergeblich bemühen, die Finsternis zu durchdringen. Das ist der Anfang. Das ist die Sehnsucht, dem Dunkel zu entfliehen. Das sind die ersten Stufen, zu Gott emporzusteigen. Ich rief dich hier in diese Finsternis, um dir ehrlich zu sagen, daß wir uns nicht vermessen, schon Klarheit zu besitzen; nun aber sollst du auch mit hinauf zu unserem Himmel steigen. Hast du ihn schon gesehen?"

„Nein."

„Und willst du mit uns kommen?"

„Ja! — Gern!"

„So mußt du helfen, das Licht zu vermehren. Wir brauchen es beim Steigen."

Sie gab dem Diener, der vorn am Eingang stehengeblieben war, ein Zeichen. Wir hörten das Geräusch von Rollen, die sich bewegten. Er ließ von oben einen Leuchter herab, der viele Lichte trug, die wir anzuzünden hatten. Ich half mit. Als dies geschehen war, begannen wir nach oben zu steigen. Ich habe die Treppe bereits erwähnt, die aus einzelnen Gliedern oder Abteilungen bestand. Sie war nicht sehr breit, aber auch nicht unbequem. Da ich sie noch nicht kannte, nahmen mich die beiden Frauen in die Mitte: die Priesterin ging voran, dann ich, und Taldscha folgte. Während wir dies taten, zog der Diener den Leuchter in genau dem gleichen Tempo empor, so daß immer der Teil der Treppe, auf dem wir uns befanden, hell beleuchtet war. Am letzten Haltepunkt unter der Plattform angekommen, gab die Priesterin das Zeichen, den Leuchter wieder hinabzulassen. Als er zu sinken begann, sagte sie:

„Wir sind von Gleichnissen umgeben. Aus Himmelsnähe steigt unser Licht hinunter in die Tiefe. So verläßt die Offenbarung ihre Heimat, um nach der Erde zu trachten. Und je mehr sie sich ihr nähert, desto kleiner und ärmer und schwächer scheint sie zu werden, bis sie fast ganz in Finsternis verschwindet. Schau hinab!"

Der Leuchter war unten angekommen. Man konnte die Lichter nicht mehr unterscheiden. Der Schein, der von ihnen ausging, war kaum zu sehen. Er bildete nur eine kleine, nebelige Stelle in der allgemeinen großen Finsternis. Es erregte ein bängliches Gefühl, da hinabzublikken. Die Priesterin schien dieses Gefühl schon oft beobachtet zu haben, denn sie sprach:

„Wer da hinuntersieht, der hält es wohl für möglich, daß es Gott um seine Liebe, die er zur Erde schickt, zuweilen angst und bange wird. Kommt, laßt uns unseren Himmel sehen!"

Wir stiegen die letzten Stufen vollends empor. Oben gab es eine Plattform mit Geländer. Mehrere Sitze standen da. Darüber zog sich ein kleines, aber vollständig schützendes Dach. Wir setzten uns nieder und hielten Umschau. Ja, die Priesterin hatte recht! Sie hatte sich ganz richtig ausgedrückt, als sie von dem Himmel sprach, den man hier oben schaue! Zwar war da nicht nur der Sternenhimmel über uns, sondern auch noch ein ganz anderer Himmel gemeint, der nur innerlich zu sehen und zu fühlen ist; aber schon der erste genügte vollständig, uns dafür zu entschädigen, daß wir heraufgestiegen waren.

Diese Klarheit des Firmaments! Diese Reinheit seiner Lichter! Obgleich wir uns in einer Gegend befanden, deren feuchter Dunst der durchdringenden Kraft der Strahlen eigentlich feindlich ist! Ich saß mit dem Rücken nach Süd, schaute also nach Norden, wo Ardistan liegt und über ihm sich Dschinnistan erhebt. Gerade hinter meinem Haupt leuchtete das berühmte Kreuz des Südens.

Links über mir hatte ich die Sterne des Centaurus, weiter draußen die Wage und die Jungfrau mit der weithin strahlenden Spica. Fast gerade im Norden schimmerte der Rabe, etwas weiter nach rechts der Becher und der Kelch, etwas zurück die Wasserschlange, an Helligkeit aber weit übertroffen von dem noch östlicher kreisenden Herzen. Ich hätte wohl gern noch weiter gesucht und die Frauen nach den hiesigen Namen all dieser Sterne gefragt, wenn meine Aufmerksamkeit nicht von der Priesterin auf einen besonderen Punkt gerichtet worden wäre, der weit über den Raben hinaus im Norden lag. Sie deutete mit dem ausgestreckten Arm dorthin und sagte:

„Merkt auf! Es scheint zu beginnen! Ich glaube, daß wir zur rechten Zeit gekommen sind."

„Was wird beginnen?" fragte ich.

Sie brauchte nicht zu antworten; denn der Himmel antwortete selbst. Es zuckte ein schneller, blitzartiger Schein über ihn hin, genau an der Stelle, wohin die Priesterin gedeutet hatte. Dieser Schein schien aber nicht von oben zu kommen, sondern von unten herauf. Und er war nicht hell und rein, sondern er hatte etwas Nachgemachtes, Gefälschtes an sich, wie wenn man Bärlappmehl durch eine Flamme bläst. Es sah also nicht so aus, als ob ihn der Himmel spende, sondern als ob er von der Erde stamme. Einige Zeit darauf wiederholte sich der Blitz, aber nicht an derselben Stelle, sondern mehr nach rechts. Und bald nachher erfolgte eine zweite Wiederholung, weit links davon. Dann verschwanden plötzlich die Sterne. Es wurde oben im Norden dunkel. Diese Finsternis blieb eine Weile stehen und senkte sich dann zur Erde nieder, langsam, nach und nach, nicht so plötzlich, wie sie aufgestiegen war. Das wiederholte sich einige Male. Ich war ganz still. Ich fragte nicht. Ich suchte in meinem Kopf nach alten Schulkenntnissen, die sich auf derartige Erscheinungen bezogen, konnte aber keine Erklärung finden. Ein Nordlicht war es nicht. Es kam von der Erde. Es wurde emporgeworfen, mit mächtiger Gewalt. Es war vielleicht — — — doch halt, da kam es wieder! Aber nicht so, wie vorher. Zuerst wieder in der Mitte. Da stieg es empor, nicht blitzartig, sondern langsam, aber mit Macht! Zunächst violett, aber doch leuchtend feurig, dann blau, dann dunkelrot, blutrot, glühend rot, orange, gelb und endlich als klares reines Licht zum Himmel strahlend. Es bildete eine gigantische Säule, die von unten nach oben in allen diesen Farben glänzte, unten violett, nach oben in der angegebenen Regenbogenskala immer heller werdend und oben in einer Art von lebendiger, flockenreiner Flammenkrone zum Himmel zuckend, als ob es gelte, ihn zu umarmen und herabzuziehen. Und so langsam diese Säule entstanden war, so langsam kehrte sie wieder in sich selbst zurück. Kaum aber war sie verschwunden und kaum schöpften wir, die wir von diesem überwältigenden Schauspiel tief ergriffen waren, tief Atem, so wiederholte sich dasselbe Phänomen in der gleichen Weise, erst rechts und dann links von der ersten Stelle. Diese Feuersäulen bestanden aus strahlengefärbter nach aufwärts immer reiner werdender Flammenglut. Sobald sie sich entwickelt hatten, standen sie wie Leuchttürme, die von ihrer Basis bis zu ihrer Spitze brennen, oder wie glühende Gebete hilfsbedürftiger Menschen, die sich zum himmelstürmenden Fanal vereinigen, um, sich im Steigen läuternd, in voller Reinheit Gott erreichen zu können. Sie wechselten im Aufstrahlen und Niedersinken miteinander ab. Bald wuchs und fackelte es hier, bald dort zum Himmel auf, erst in längeren, dann in immer kürzer werdenden Zwischenräumen, bis sich zuletzt feste, unbewegliche Mauern bildeten, die aus brennenden Regenbogenfarben bestanden und auf ihren Zinnen tausend weithin strahlende Fackeln trugen.

Ich war auf das Tiefste ergriffen. So etwas hatte

ich noch nicht gesehen, noch nie geahnt! Das stand in keiner Physik, überhaupt in keinem Buch! Die beiden Frauen schmiegten sich eng zusammen, wie man tut, wenn man sich fürchtet oder wenn irgend etwas wirklich Heiliges naht. Sie beteten. Das sah und hörte ich zwar nicht, aber ich fühlte es. Der Mensch wird schon noch begreifen lernen, daß man Gebete fühlt! Das Leuchten und Glühen, das Flackern und Flammen, das da oben im Norden aus der Tiefe zur Höhe stieg, war ein Gebet der Erde, und wenn die Mutter betet, so durchzuckt es alle ihre Kinder, mitzubeten! Wir standen auf dem Dach eines Tempels, eines ungeheuren Bauwerks, in dem sich Riesen versammelten, um Gott zu dienen. Was aber war dieses scheinbar große und doch so armselig kleine Haus gegen den heiligen Dom des Firmaments, in dessen unergründlicher Tiefe soeben das Herz der Erde brach, um in glühenden Atemzügen in alle Welt hinauszurufen, daß auch der scheinbar tote Stoff, die vielverkannte Materie noch Kraft, noch Leben und Seele hat!

So saßen wir lange, lange Zeit in den Anblick des unvergleichlichen Phänomens versunken, bis ich das Schweigen brach:

„Eine unbeschreibliche Pracht und Herrlichkeit! Und sie bleibt! Sie vergeht nicht wieder!"

„Sie wird während der ganzen Nacht bleiben", antwortete die Priesterin, „und auch während des ganzen Tages, wo man sie aber nicht sieht. Du wirst sie morgen sehen und übermorgen und fernerhin, bis ihre Zeit vorüber ist. Sie hat sich schon seit mehreren Nächten angekündigt und wird nicht eher wieder verschwinden, als bis die Frage, die sie erhebt, beantwortet ist."

„Welche Frage?"

„Die Frage: Ist Friede auf Erden? Du kennst diese Frage nicht. Du hast wohl noch nie die Sage von dem zurückgekehrten Fluß gehört — — —"

„Ich kenne sie. Man hat sie mir gestern erzählt", fiel ich ein.

„Auch das vom geöffneten Paradies? Von den Scharen der Engel auf den Mauern und der Erzengel vor den Toren?"

„Ja."

„So wisse, daß der Tag, an dem so große Dinge geschehen, gekommen ist! Er ist kein Erden-, sondern ein Himmelstag; darum dauert er länger als vierundzwanzig irdische Stunden. Er beginnt heute, jetzt, in diesem Augenblick. Er wurde der Erde vorher angezeigt. Ein tiefes, unterirdisches Rollen, nur während der nächtlichen Ruhe zu hören, ging durch die Lande. Im Norden wetterleuchtete es, doch ohne Gewitter, Sturm und Regen. Das sind die Zeichen, daß das Paradies sich öffnen will. Ich habe das alles beobachtet. Und ich stieg jetzt wieder auf diese Tempelshöhe, um nachzuschauen, ob es abermals flamme und leuchte. Die Voraussage war aber schon vorüber; es kam das Ereignis selbst. Wir erreichten gerade im rechten Augenblick diese Stelle hier. Erhebe deine Augen und schau nach Norden! Was du siehst, das ist das Tor des Paradieses. Du kannst seine Säulen, Mauern, Türme, Ecken, Kanten und Linien ganz deutlich erkennen. Ob es sich öffnen wird, das weiß ich nicht. Es kommt vor, daß es zwar erscheint, aber doch verschlossen bleibt. Aber dann verschwindet es sehr bald wieder. Glaubst du daran?"

Ich antwortete:

„Ich glaube allerdings an die Vorbildlichkeit aller Naturerscheinungen. Sie entwickeln sich nicht etwa nur, um überhaupt da zu sein, sondern sie stehen im Zusammenhang auch mit denjenigen Ereignissen, die wir mit unseren Sinnen jetzt noch nicht erfassen können. Aber — — —"

„Still! Jetzt kein aber! In diesem Augenblick nicht!" bat sie mich. „Du sprichst von Naturerscheinungen. Was das sagen soll, das weiß ich wohl. Da oben im Norden, der jetzt so überirdisch erleuchtet wird, stehen ganze, große Reihen von mächtigen Vulkanen, die einst täglich flammten und sich auch jetzt noch nicht beruhigt haben. Sie erwachen in Zwischenräumen von ungefähr hundert Jahren, die nach und nach immer länger werden, um zu zeigen, daß sie nur eingeschlafen, nicht aber gestorben sind. Sobald sie sich zu rühren beginnen, bebt die Erde. Die unterirdischen Gewalten, die sich im Verlauf dieser hundert Jahre ansammeln, vereinigen und vermehren konnten, sind stark genug geworden, sich von dem Druck zu befreien, der auf ihnen lastete. Sie steigen auf; sie brechen hervor; sie verwandeln sich in Licht und reißen alles, was sich ihnen in den Weg stellt, mit zur Höhe. ‚Was ist das weiter?' fragt da der Mensch, dessen Herz nicht stark genug ist, an den Zusammenhang der Dinge mit dem Plan ihres Schöpfers zu glauben. ‚Ein ganz gewöhnlicher Ausbruch von Vulkanen, der von einem kleinen, nur wenig wahrnehmbaren Erdbeben eingeleitet worden ist. Die Flammen, die der Erde entströmen, entstammen dem Feuer, das in ihrem Innern wütet. Die verschiedenen Färbungen, die Schatten und Linien, die sich nur für den Blick aus der Ferne bilden, werden von dem Ruß und Rauch und Schlamm und Staub gegeben, der mit emporgerissen wird!' So, so sagt der Gelehrte oder der Ungläubige. Wir aber, die wir weder gelehrt noch für den Himmel verloren sind, wir wissen recht wohl, daß diese Behauptung richtig ist, aber von einer Richtigkeit, deren nackte Kälte uns innerlich frieren läßt. Denn noch viel besser, als wir dieses wissen, ist es uns auch bekannt, daß alle sichtbaren Dinge dem Schöpfer dazu dienen müssen, uns die Geheimnisse jenes unsichtbaren Daseins zu enthüllen, dessen Gesetzen wir in unserem Innern, in unserem seelischen Leben Rechnung zu tragen haben. Für den Gottesfeind hat sich da draußen die Erde geöffnet, um mit Flammenfäusten ihren Schmutz und ihre Schlacken auszuwerfen; für uns aber, die wir von dem Äußeren auf das Innere und von dem Niedrigen auf das Hohe schließen, werden die Tore des Paradieses aufspringen, damit ihnen jenes Licht entströme, bei dessen Wahrheit und Klarheit die Engel sehen können, ob endlich, endlich Friede auf Erden sei, oder leider immer noch nicht!"

Ich staunte über das, was ich hörte. Woher kamen dieser Frau solche Gedanken? Woher diese Kenntnisse, diese Anschauung, diese Erfahrung? War sie eine Ussul, oder nicht? Sie war von ihrem Sitz aufgestanden, während sie sprach. Sie stand an der nördlichen Brüstung der Plattform, während ich an der südlichen saß. Ihre weiße Gestalt ragte vor mir inmitten der Glut, die das hochliegende Bergland zu uns herniedersandte. Sie erschien von heiligem Licht eingerahmt, wie ein Wesen, das nicht von der Erde stammt, so wissend, so rein, so heilig. Ich mußte an die Norne Urd, die altgermanische Schicksalsgöttin, denken, die ebenso, dem Geschlecht der Riesen entstammend, auf dem Gewordenen steht und das Werdende überschaut, um das Werdensollende zu erkennen. Es stieg ein unbeschreibliches Gefühl in mir auf, aus der Tiefe meiner Seele, ein Gefühl, das ich bisher noch nie empfunden hatte. Es war nicht Liebe; es war nicht Bewunderung, nicht Hochachtung oder Vertrauen, aber dennoch war es das, und noch viel mehr als dieses alles. Es kam auch eine ganz besondere Gabe von Mitleid hinzu. Was sollte dieses Gefühl? Wer gab es mir! Floß es aus ihrer Atmosphäre auf mich über? Da drehte sie sich, als ob sie von diesen meinen Gedanken berührt worden sei, nach mir um und sprach:

„Effendi, wundere dich nicht über das, was ich sage! Wundere dich auch nicht über die Art und Weise, in der ich rede! Meine Heimat ist Sitara, das Land der Berge Gottes, von dem du wohl noch keine Kunde hast. Zwar wurde ich nicht dort geboren, auch meine Eltern und

Voreltern nicht. Aber meine Ahnen stammen von dort. Sie wurden beide in dieses niedere, feuchte Land der Ussul gesandt, um diese armen Leute über Gott, ihren Herrn, und über die Aufgaben des Menschengeschlechts zu belehren. Ich glaube, ihr Europäer nennt das Mission. Sitara hat eine Herrscherin, keinen Herrscher. Dieses Prinzip folgte meinen Ahnen mit hierher. Die Überlieferungen aus der Heimat gingen als Erbe von Glied zu Glied stets auf die älteste Tochter über. Zwar wurde der Ussul, den sie sich zum Mann wählte, Priester, aber das Wissen, die Würde, die Befähigung, die kam von ihr. So ist es gewesen bis auf den heutigen Tag, und so darf und kann — — kann — — kann es leider nicht bleiben."

Sie hatte diese letzten Worte nur zögernd ausgesprochen und setzte sich dabei wieder nieder, als ob sie plötzlich müde geworden sei. Dann fuhr sie fort:

„Die Nachkommen meiner Ahnen sind verschwunden, sind Ussul geworden, sind ganz im Volk aufgegangen. Aber das war es ja, worin ihre Sendung bestand: Während sie herniederstiegen, hoben sie das Volk. Die Oberfläche dieses Menschenmeeres ist reiner, gesünder und bewegter geworden. Und in der Tiefe ruhen nun die hinabgesunkenen Muscheln, damit es möglich sei, daß Perlen entstehen. Auch ich bin Ussula geworden. Aber ich habe das, was ich von den Ahnen ererbte, bewahrt, beschützt und vermehrt, wie man Juwelen behütet. Gott gab mir ein Kind, eine liebe, kluge, für alles Edle begeisterte Tochter. Ihr fiel die Aufgabe zu, meine Nachfolgerin zu werden. Darum schmückte ich ihren Geist und ihre Seele schon von früher Jugend an mit den Schätzen, zu deren Behüterin und Bewahrerin sie berufen war. Ich legte ihr, während sie emporwuchs, ein Juwel nach dem anderen an, und es war meinem Mutterherzen eine Freude und Wonne zu sehen, daß sie an Erkenntnis, Innerlichkeit und Tiefe wohl alle ihre

Vorgängerinnen übertreffen werde. Ihr Vater, der Sahahr, der niemals aufgehört hat, mich zu lieben und mich zu ehren, fühlte sich nicht weniger glücklich als ich. Er setzte sein ganzes Hoffen und Wünschen allein nur auf dieses Kind. Sein Glaube an Gott nahm eine andere Richtung an. Er stieg vom Himmel auf die Erde nieder. Sein Glauben und sein Hoffen auf die Zukunft dieses Kindes wurde ihm zur Religion. Er war Ussul, aber ein Ussul mit aufrichtig edlem Streben. Dieses Streben gipfelte in den einstigen Aufgaben seiner Tochter. Er arbeitete ihr mit allem Fleiß im tiefsten Innern voran, um ihr die Lösung zu ermöglichen. Wer nach dieser Tochter griff, der griff nach seinem Glauben, und wenn diese Tochter starb, so starb auch sein Glaube, seine Religion, sein — — Gott! Kannst du das begreifen, Ssahib?"

„Sehr wohl!" antwortete ich, innerlich tief bewegt. Denn nun war mir der Haß des Sahahr kein schmerzliches Rätsel mehr. Ich konnte ihn verstehen und entschuldigen.

„Da kam der Dschinnistani", fuhr sie fort. „Als Arzt berühmt, so weit die hier bekannte Erde reicht, war er ein schöner, seelengroßer Mann, an Geist uns alle überragend, und dabei doch so einfach und bescheiden, daß er alle Herzen gewann, auch das meines Kindes."

Sie unterbrach sich selbst, streckte den Arm nach Norden aus und forderte uns auf:

„Habt acht, habt acht! Das Tor beginnt, glaube ich, sich zu bewegen!"

Ja wirklich! Es bewegte sich, es zitterte! Wie ein sich von innen näherndes Licht, das durch Mauern leuchtet, so stach ein scharf glänzender Punkt durch den unteren, violetten, blauen und dunkelroten Teil der Flammenwand. Der Punkt durchbohrte diese Wand. Sie öffnete sich. Es entstand eine Spalte, die nach der Basis trachtete und, als sie diese erreicht hatte, immer breiter und höher wurde, ein Tor, ein Riesentor zwischen violett, blau und dunkelrot strahlenden Feuerpfeilern, die sich oben zu einer blutig hellrot glänzenden Spitze vereinigten. Aus diesem Tor brach ein Stern des hellsten, klarsten Lichtes, von unwiderstehlichen, elementaren Gewalten herausgetrieben. Sobald er das Tor verlassen hatte, verbreiterte er sich nach allen Seiten, und zwar in einer solchen Weise, daß sogar wir von ihm überflutet und beleuchtet wurden. Die Nacht um uns her verwandelte sich in Dämmerung. Das Firmament schien zurückzutreten, und einige Gestalten, die soeben da unten auf dem Denkmalplatz aus dem Tor des ‚Palastes' traten, waren so deutlich zu erkennen, daß man sah, wie sie sich bewegten. Welch eine Eruption! Welch eine Fülle von leuchtender Kraft und glühendem Stoff entströmte dem Innern der Berge, die man zu übersteigen hatte, um hinauf nach Dschinnistan zu kommen! Der Anblick dieses unbeschreiblichen Schauspiels ergriff und packte mich. Es war mir, als würde ich von ihm emporgehoben. Ich begann, zaghaft zu werden, und hielt mich am Geländer fest. Die Priesterin aber bog sich weit vor und rief so laut, als ob man sie da oben am leuchtenden Tor des Paradieses hören solle:

„Das ist es! Ja, das ist es! Das geöffnete Tor des verlorenen Paradieses! Hätten wir nicht sterbliche, sondern unsterbliche Augen, so würden wir die Heerscharen der Engel sehen! Und hätten wir nicht ein sterbliches, sondern ein unsterbliches Gehör, so würden wir jetzt die Stimme des Obersten dieser Heerscharen vernehmen, die über den ganzen Erdkreis schallt: Ist Friede auf Erden?"

Sie rief in ihrer Begeisterung diese Frage viermal von hier oben in die Tiefe hinab, und zwar in die verschiedenen Himmelsrichtungen, nach Norden und Süden, nach Osten und Westen. Fast hätte auch ich begeistert und ebenso laut wie sie die Antwort meiner Überzeugung und meines Herzens in alle Winde hinausgerufen: „Noch ist nicht Friede, aber Gott hat ihn uns verheißen; die ganze Erde bittet um ihn, und darum wird er kommen!" Aber ich bezwang mich und war still. Und das war gut. Denn wie auf der Erde das Böse gleich beim Guten und der Schatten gleich beim Lichte steht, so auch das Lächerliche gleich beim Erhabenen. Kaum war die Frage der Priesterin verklungen, so scholl von da unten, wo die Männer vor dem Tor des ‚Palastes' standen, die Stimme meines kleinen Hadschi Halef herauf:

„Fällt uns gar nicht ein! Wir fangen schon morgen an zu exerzieren und zu marschieren! Unser Kriegsplan steht schon fest. Kannst du mich sehen, Sihdi?"

„Ja", antwortete ich, natürlich vollständig entgeistert.

„Ich dich auch! Jedenfalls noch besser als du mich. Was ist denn das für eine Helligkeit?"

„Sie kommt von feuerspeienden Bergen."

„Muß das bei Nacht sein? Können die nicht warten? Ich muß schlafen. Dieser Simmsemm drückt mir die Augen zu. Der Oberst und die beiden Leutnants führen mich heim. Gute Nacht, Sihdi! Komm bald nach!"

„Wer war dieser Mann?" fragte die Priesterin beinahe zornig; denn auch sie fühlte sich wie aus einem Himmel gerissen.

Taldscha klärte sie über den kleinen Mann und seine Verdienste auf. Da verrauchte der Zorn der Greisin sehr schnell, und sie sprach:

„Da hast du gleich den ganzen Gegensatz zwischen Erde und Himmel! Bei uns hier oben ertönen Engels- und Friedensworte; da unten aber führt der Simmsemm das Wort und spricht vom Exerzieren und Marschieren! Aber, Ssahib, sorge dich nicht um die Macht des Himmels! Und sorge dich auch nicht um das Schicksal der Erde! Der Krieg, den heute der Simmsemm beschlossen hat, den wirst du schnell zum guten Frieden führen. Es hat schon mancher Halef Omar behauptet, der Kriegsplan stehe fest, und sich dann trunken heimführen lassen;

aber die Ausführung und das Gelingen dieses Plans liegt in der Hand eines Höheren, und da dieser Höhere will, daß sich die Völker lieben, so sind sie wohl beide längst schon unterwegs, nämlich der Friede zum Kommen und der Krieg zum Gehen!"

Sie stemmte den einen Arm auf die Balustrade und schaute weit hinaus, dahin, wohin ihre Gedanken gingen.

„Daß Friede werden muß, das fühle ich. Ja, ich weiß es gewiß. Ich stamme aus Sitara, wo man den Krieg nicht kennt und jedes Wort ein Wort der Liebe und Versöhnung ist. O, du mein Vaterland, mein herrliches und liebes! Ich sah dich nie. Jedoch den letzten Blick, den meine Ahnen scheidend auf dich warfen, den haben sie als heiliges Vermächtnis hinterlassen. Er ist von Glied zu Glied auf mich gekommen. Mit ihren Augen sehe ich dich schon heute, doch mit den meinen erst, wenn ich gestorben bin, du Land der Seelen, Land der Liebe, Land der — — —"

„Der Sternenblumen!" fiel ich ein.

Sie fuhr mit einem schnellen Ruck zu mir herum, richtete sich hoch auf und fragte:

„Der Sternenblumen? — Kennst du sie?"

„Ja", antwortete ich.

„Was weißt denn du von ihnen?"

„Daß Taldscha nach ihnen duftet; nur wußte ich nicht, woher. Jetzt aber weiß ich es: Sie ist deine Freundin. Dir ist dieser Dufthauch angeboren. Sie hat ihn von dir!"

Sie trat einen Schritt näher und fragte:

„Aber du? Woher ist er dir denn bekannt? Dir, dem Fremdling, dem Europäer?"

„Auch ich habe ihn!"

„Von wem?"

„Von Marah Durimeh."

„Von Marah Durimeh?" rief sie nicht, sondern schrie sie laut. „So ist auch sie dir bekannt?"

„Bekannter als du und Taldscha und alle hier am Ort! Sie ist meine Freundin, meine Beraterin, meine Beschützerin."

„So hast du sie gesehen? Mit ihr gesprochen — wirklich?"

„Schon oft, schon oft! In verschiedenen Gegenden! Auch in Sitara schon!"

„Du warst — —" sie unterbrach mich, ergriff meine Hand, zog mich näher zu sich heran, sah mir in die Augen und fuhr fort: „Du warst schon in Sitara selbst?"

„Ja!"

„Sag mir die Wahrheit! Ist es wirklich so?"

„Ja, wirklich!"

„Höre, ich prüfe dich! Was du sagst, ist fast unmöglich!"

„So prüfe!"

„Das werde ich tun. Höre, und antworte mir! Es soll dort eine Schmiede geben, eine ganz sonderbare, berühmte, alte Schmiede. Sie liegt im tiefen Walde. Es wird nicht Eisen dort geschmiedet, sondern etwas ganz anderes. Wenn du bei Marah Durimeh gewesen bist, so kennst du diese Schmiede unbedingt! Sie liegt in Sitara."

„Nein, sondern nur an der Grenze von Sitara, nämlich in Märdistan. Nur wer in dieser Schmiede zu Stahl gehärtet worden ist, darf nach Sitara kommen."

„Aber — — aber — — du sagtest doch, daß du in Sitara gewesen seist?"

„Allerdings!"

„Also auch in der Schmiede?"

„Ja."

„Im Feuer, auf dem Amboß, im Schraubstock?"

„In allen Qualen, die es dort gibt."

Sie war von dem, was sie hörte, fast außer sich. Sie atmete tief und schwer.

„So kennst du den Bericht? Kennst seine Worte?“ fragte sie.

„Schon längst!“

„So sag sie! Sag wenigstens den Anfang!“

Ich gehorchte ihr, indem ich die meinen Lesern wohlbekannte Schilderung rezitierte:

„Zu Märdistan, im Walde von Kulub,
Liegt einsam, tief versteckt die Geisterschmiede.
Nicht schmieden Geister; nein, man schmiedet sie!
Der Sturm bringt sie geschleppt um Mitternacht,
Wenn Wetter leuchten, Tränenfluten stürzen.
Der Haß wirft sich in grimmer Lust auf sie.
Der Neid schlägt tief ins Fleisch die Krallen ein.
Die Reue schwitzt und jammert am Gebläse.
Am Blocke steht der Schmerz, mit starrem Aug
Im rußigen Gesicht, die Hand am Hammer — —“

Die Priesterin hatte mich bis hierher zitieren lassen; aber ihre Erregung ließ sie nicht länger schweigen. Sie unterbrach mich, um selbst fortzufahren:

„Da, jetzt, o Mensch, ergreifen dich die Zangen.
Man stößt dich in den Brand; die Bälge knarren.
Die Lohe zuckt empor, zum Dach hinaus,
Und Alles, was du hast und was du bist,
Der Leib, der Geist, die Seele, alle Knochen,
Die Sehnen, Fibern, Fasern, Fleisch und Blut,
Gedanken und Gefühle, Alles, Alles
Wird dir verbrannt, gepeinigt und gemartert
Bis in die weiße Glut — —“

Da wurde auch sie unterbrochen. Die Herrin der Ussul ergriff das Wort, um die Schilderung der Vorgänge in der ‚Geisterschmiede‘ fortzusetzen:

„Da reißen dich die Zangen aus dem Feuer.
Man wirft dich auf den Amboß, hält dich fest.
Es knallt und prasselt dir aus jeder Pore.
Der Schmerz beginnt sein Werk, der Schmied, der Meister.
Er spuckt sich in die Fäuste, greift dann zu,
Hebt beiderhändig hoch den Riesenhammer
Und schmettert ihn gefühllos auf dich nieder.
Die Schläge fallen. Jeder ist ein Mord,

Ein Mord an dir. Du meinst, zermalmt zu werden.
Die Fetzen fliegen heiß nach allen Seiten,
Dein Ich wird dünner, kleiner, immer kleiner.
Und dennoch mußt du wieder in das Feuer — —
Und wieder — — immer wieder, bis der Schmied
Den Geist erkennt, der aus der Höllenqual
Und aus dem Dunst von Ruß und Hammerschlag
Ihm ruhig, dankbar froh entgegenlächelt.
Den schraubt er in den Stock und greift zur Feile.
Die kreischt und knirscht und frißt von dir hinweg
Was noch — —"

„Halt ein!" rief da die Priesterin. „Das ist nicht Sage und nicht Märchen, sondern Wahrheit! Das ist wirklich und wirklich die Schmiede, in der ein jeder, der nach Sitara will, vom Schmerz und seinen riesigen, erbarmungslosen Gesellen geglüht, gehämmert, gefeilt und gestählt werden muß, um aus einem Gewaltmenschen in einen Edelmenschen verwandelt zu werden! Nur wer dies geworden ist, der weiß, durch welche Leiden, Qualen und Martern er gehen mußte, und doch haben all die Tausende, die um ihn und mit ihm leben, keine Ahnung davon! Nicht seine Worte, sondern seine Werke verraten es. Höchstens vielleicht noch seine Augen, diese armen, für alle Zukunft noch qualerfüllten Augen, aus deren tiefstem Hintergrund das dunkle Bild der Geisterschmiede schimmert! Wunderst du dich, Ssahib, daß ich diese Schmiede kenne?"

„Nein, denn du hast mir ja gesagt, daß deine Ahnen aus Sitara stammen. Aber daß auch Taldscha von ihr wisse, das habe ich nicht gedacht."

„Sie erfuhr es von mir. Ich mußte es ihr sagen, denn selbst erleben kann sie es nicht, weil sie zu den anderen gehört, denen Gott es erlaubt, nicht durch das Leid, sondern durch das Glück veredelt zu werden. Aber nun frage ich dich, ob du wohl errätst, welche Bitte mir auf dem Herzen liegt, seit ich erfahren habe, daß du nicht nur von Marah Durimeh weißt, sondern daß du sie persönlich kennst und daß sie sogar deine Freundin ist?"

„Es ist sehr leicht zu erraten", antwortete ich.

„So bitte, sage es!"

„Ich soll dir erzählen, wann, wo und wie ich Marah Durimeh kennengelernt habe."

„Ja, das ist es. Bist du bereit, uns diesen Wunsch zu erfüllen?"

„Sehr gern! Wenn du Zeit hast, mich zu hören."

„Die habe ich. Nachdem der Sahahr Opium getrunken hat, wird er nicht vor Anbruch des Morgens erwachen. Und müde bin weder ich noch Taldscha, meine Freundin. Wenn wir von Marah Durimeh hören können, wird für uns sogar die Nacht zum Tage. Und schau der heutigen Nacht in die klaren, offenen Augen! Auch sie schläft nicht, sondern sie wacht. Fordert uns nicht alles, was unter, über und um uns ist, geradezu auf, von der großen, wundertätigen Herrin von Sitara zu reden? Unter uns der dunkle Raum des Ussultempels, der für mich den Anfang aller Glaubenswege bedeutet, die zu Gott führen. Über uns die strahlenden Sternenwelten, die unseren Blick nach oben ziehen, um uns die Richtung dieser Wege zu zeigen. Und rings um uns her das farbenreiche, mystische Licht, in das sich die schwere, feste und starre irdische Hülle auflöst, weil sie uns zu offenbaren hat, daß sie einst aus der Höhe kam und durch diese Wandlungen und Läuterungen nun wieder nach dort zurückgeführt wird. Dieses Licht berührt auf diesem seinem Himmelspfade unser Gemüt. Es klopft im Vorüberstrahlen an unser Herz. Es gibt uns heilige Stimmung und macht uns empfänglich für jede Botschaft, die aus dem Land der Liebe und Güte zu uns kommt. Auch du bist ein Bote für uns, Ssahib, und was du sagen wirst, ist heilig. Darum setze dich! Setze dich uns gegenüber, und sprich von ihr! Von der herrlichen, mächtigen Frau, welche die höchste und die reinste irdische Seele ist, weil alles Gute, was wir tun, indem wir das Böse überwinden, sich erst an ihr zu formen und zu verewigen hat, bevor es unsere eigenen Gestalten verschönert und verklärt. Komm, setze dich — und erzähle!"

Ich folgte dieser Aufforderung. Mein Bericht über mein Verhältnis zu Marah Durimeh war weniger ein Erzählen als vielmehr eine Beantwortung von Hunderten von Fragen, die von den beiden begeisterten Frauen an mich gerichtet wurden. Wir saßen noch stundenlang, in stiller Nacht, auf der Zinne des innerlich dunklen Tempels, aber im Flammenschein der Licht und Wärme schleudernden Vulkane. Es wäre wohl manchem meiner Leser interessant zu erfahren, was meine beiden Zuhörerinnen zu fragen und zu forschen hatten, und ich möchte gern einen jeden, der diese meine Zeilen in die Hand bekommt, in dieses Allerheiligste der Menschenseele blicken lassen; aber ich muß alles vermeiden, was zu der falschen Meinung leiten könnte, daß ich mit meinen Erzählungen sonderreligiöse oder aftertheologische Zwecke verfolge, und so will ich, wie so oft, auch hier über alles das hinweggehen, was lehrhaft erscheinen könnte.

Wenn ich gesagt habe, daß wir noch stundenlang saßen, so ist das sehr reichlich gemeint. So oft ich mich von meinem Sitz erhob, um Schluß zu machen, wurde ich gebeten, noch zu bleiben. Als aber endlich im Osten der erste blasse Gruß des Tages mit dem auch dorthin dringenden Licht der Vulkane zusammenfloß, sahen die beiden Freundinnen ein, daß es notwendig sei, sich mit dem, was sie jetzt gehört hatten, einstweilen zu begnügen. Wir verließen die Plattform des Tempels, um wieder hinabzusteigen. Der Diener war trotz der Geduldprobe, die man ihm zugemutet hatte, noch da. Er bekam das Zeichen, den Leuchter wieder emporzuziehen. Vom Schein der fast gänzlich niedergebrannten Lichter begleitet, gelangten wir hinab und traten in das Freie. Die Frauen bedankten sich. Die Priesterin hatte noch einen besonderen Auftrag für mich, der ihr unendlich am Herzen lag.

Ich hatte im Verlauf unserer Unterredung Veranlassung gefunden, meinen Besuch bei dem Erdschani auf der ‚Insel der Heiden' anzudeuten. Sie kam jetzt hierauf zurück, indem sie sich erkundigte, wann ich diesen Besuch zu machen gedächte.

„Er hat mich um die Mitte des Vormittags bestellt", berichtete ich ihr.

„Möchtest du mir die Güte erweisen, ihm eine Bitte von mir zu überbringen?"

„Gern! Befiehl über mich!"

„Er ist mein Enkel, der Sohn meiner Tochter, und doch war es mir verboten, mit ihm zu verkehren. Es gab Rücksichten, die mich zwangen, dies dem Sahahr zu versprechen. Wir lieben uns, wie Gott und die Natur es verlangen, auch grüßen wir uns, doch nur von weitem. Jetzt aber ist der Sahahr so schwer verletzt, daß nur die Kunst seines Enkels ihn vom Tod zu erretten vermag, und da fühle ich mich nicht nur berechtigt, sondern auch verpflichtet, für diesesmal mein dem Sahahr gegebenes Versprechen aufzuheben. Ich bitte dich, dem Sohn meiner Tochter zu sagen, daß ich genau um die Mittagszeit im Tempel sein werde, um mit ihm zu sprechen. Und auch noch um ein anderes muß ich dich bitten. Es betrifft den Sahahr. Seit er verwundet heimgebracht worden ist, haben ihn ganz eigenartige Gedanken ergriffen. Es ist, als ob er phantasiere, aber doch ist er bei Sinnen. Erst hielt ich es für ein sehr frühzeitig auftretendes Wundfieber, bis mich der Puls überzeugte, daß dies ein Irrtum sei. Was aus diesen Gedanken wird, weiß ich noch nicht. Sie beschäftigen sich auch mit dir. Aber mögen sie sich entwickeln, wie sie wollen, so bitte ich dich, überzeugt zu sein, daß der Sahahr deine Hochachtung verdient und ein Mann ist, der nur das Glück und Wohl seines Volkes will. Er haßt seinen Enkel nur als den Sohn des Dschinnistani, der den Ussul den Stamm ihrer Priesterinnen vernichtete; als den Sohn seines Kindes aber liebt er ihn heimlich um so inniger. Und dieser innere Kampf, dieser Zwiespalt ist es, der ihn nach außen hin so hart und grausam macht."

„Konnte deine Tochter denn nicht auch als Frau des Dschinnistani deine Nachfolgerin werden?" fragte ich. „Er war ja doch Ussul geworden!"

„Nur äußerlich, doch nicht innerlich. Sein Glaube war ein anderer als der unsere, und er zog den ihrigen zu sich hinüber. Wäre sie dem Glauben ihrer Väter und Mütter treu geblieben, so wäre sie auch als Frau dieses Mannes Priesterin geworden, aber er hätte der Nachfolger meines Mannes, also Sahahr, werden müssen, und das, das wies der Dschinnistani streng von sich zurück."

„War sein Glaube so verschieden von dem euren?"

„Ja. Zwar hat er ihn nie in Worten gelehrt, ihn aber immer in einer Weise bekannt, die tiefer und länger wirkt, als Worte wirken können. Du wirst das sehen, sobald du die ‚Insel der Heiden' betrittst. Wirst du mir meine Bitte, die sich auf den Sahahr bezieht, erfüllen?"

„Sie ist bereits erfüllt. Ich achte ihn. Darum bedaure ich es von Herzen, daß wegen seiner Verwundung nun wohl ein anderer die Zeremonie unserer Aufnahme unter die Ussul leiten wird."

„Welche Zeremonie?" fragte da die Frau des Scheiks.

„Von der er gestern sprach, nachdem ich den Adler geschossen hatte. Er sagte, das sei eine heilige Zeremonie, die er als Priester vorzunehmen habe."

Da lachte Taldscha lustig auf und rief:

„Um diese heilige Zeremonie habe ich ihn und euch gebracht, indem ich eure Aufnahme nicht im Tempel, sondern während des Abendessens beim fröhlichen Genuß des Simmsemm geschehen ließ. Aber sorge dich nicht etwa um ihre Gültigkeit! Es kann kein Mensch etwas an ihr ändern! Du bist Ussul und bleibst Ussul, wenn die Zeremonie auch keine so ernste gewesen ist, wie der Sahahr sich gestern dachte!"

Hierauf begleiteten wir die Priesterin nach ihrem in der Nähe liegenden Haus; ich brachte Taldscha nach dem ‚Palast' und wandte mich dann heim, unserer gastlichen Wohnung zu. — —

Es war, wie gesagt, beim Morgendämmern, als ich nach Hause kam. Ich brauchte kein Licht. Man konnte deutlich sehen. Von den beiden Dienern war keiner da. Sie hatten, wie ich später erfuhr, gegen Morgen die Geduld verloren und sich entfernt, vorher aber noch gewaltige Holzklötze, die jetzt noch brannten, in das Feuer geworfen. Es herrschte also in dem für mich bestimmten Raum eine angenehme, trockene Temperatur. Ich schaute nach dort hinaus, wo Halef liegen mußte. Ich sah ihn nicht. Ich suchte ihn in den anderen beiden Stuben. Auch da befand er sich nicht. Da ging ich hinaus nach dem Pferdestall. Die Türe war nicht mehr verriegelt, sondern nur angelehnt. Ich schlug sie auf. Da fiel mein Auge auf zwei voneinander getrennte, aber sehr erfreuliche Gruppen. Links lagen die beiden Pferde eng aneinandergeschmiegt. Sie begrüßten mich, indem sie leise wieherten, so leise, daß Halef nicht aufwachte. Dieser lag nämlich zur rechten Hand auf der weichen Blätterstreu bei den Hunden. Der eine von ihnen diente ihm als Kopfkissen; der andere lag, lang an ihm hingestreckt, von den Armen des Schläfers zärtlich umfangen. Beide waren wach. Sie wedelten, als sie mich sahen, mir ihre Morgengrüße zu, regten sich aber nicht, damit der kleine Hadschi nicht gestört werde. Rundum lagen große, abgenagte und zerbissene Knochen.

Halefs Schlaf schien aber doch nicht allzu tief zu sein. Die durch die offene Tür eindringende frische Luft wurde von ihm empfunden. Er machte eine Wendung und sagte:

„Laß das Lecken!" Und dann fügte er hinzu: „Es wird von den Gesetzen des Anstands untersagt!"

Aber gerade dieses Lebenszeichen, das er da gab,

bestimmte den Hund, das zu tun, was verboten worden war. Er begann ihn zu lecken.

„Keine Vertraulichkeit!“ befahl Halef. „Ich bin der Scheik; du aber bist nur der Hund!“

Da wachte er vom Klang seiner eigenen Stimme auf, blinzelte mit den Augen und erklärte ihm:

„Der Hund darf den Scheik höchstens nur dann in das Gesicht lecken, wenn er von diesem vorher geleckt und also dazu aufgefordert — —“

Er hielt trotz seiner Schlaftrunkenheit mitten im Satz inne, weil er die Gefährlichkeit dessen, was er sagte, fühlte.

Er machte also die Hinzufügung:

„Da aber ein Scheik seinen Hund niemals lecken wird, so hast du mir neben deiner Liebe auch diejenige Hochachtung zu —“

Er unterbrach sich wieder. Er sprach sich immer munterer. Erst hatte er nur geblinzelt; nun aber öffnete er die Augen ganz. Er sah mich vor sich stehen. Da setzte er sich schnell auf, fiel aber gleich wieder um.

„Du hier, Sihdi, du?“ fragte er. „Wie kommst — — kommst — — kommst denn du dazu, in — — in — — in — —“

Er versuchte immer wieder, zum Sitzen zu gelangen, fiel aber noch drei- oder viermal um, bis er es endlich fertigbrachte.

„Verzeihung, Sihdi!“ bat er da. „Kennst du mich?“

„Eigentlich nicht!“ antwortete ich.

„Kein Wunder!“ nickte er, während er sich mit den Händen nach dem Kopf fuhr. „Du hast doch gewiß noch nie einen Menschen mit so vielen Köpfen gesehen! Ich habe fünf oder sechs! Und alle, alle sind sie bis oben voll Simmsemm! Wie schwer das ist! Und wie sie alle wackeln! Siehst du, daß ich sie mit den Händen festhalten muß, damit sie mir nicht herunterfallen, einer nach dem anderen?“

„Leider — leider!“

„Schweig mit deinem ‚Leider‘, ich bitte dich! Du freilich hast es dir gut und bequem gemacht! Du hast dich schlauerweise nur über gewöhnliche Dinge unterhalten, die kein Kopfzerbrechen verursachen, und hast dich dann, als es schwierig wurde, sehr einfach aus dem Staub gemacht! Aber auf mich ist alles abgeladen worden, alles, alles, was Klugheit, Nachdenken und Kenntnisse erforderte! Und als du dich entfernt hattest, legte man die ganze Last der diplomatischen und kriegerischen Verwickelungen nur ganz allein auf meine Schultern! Denke dir doch nur diese Verantwortlichkeit! Und diese Kopfarbeit für mich! Da reicht ein einzelner Kopf gar nicht mehr aus! Ist es da ein Wunder, wenn man mehrere Köpfe bekommt? Ich habe sieben oder acht! Und weil das einzige Gehirn, das man hat, für so viele Köpfe nicht ausreicht, so ist es doch wahrlich kein Wunder, daß sie sich nach und nach mit Simmsemm füllen und so ungeheuer schwer werden, daß sie nur immer herunterfallen wollen! Und wie das summt und brummt! Hörst du es, Sihdi? Ich wollte, deine Köpfe brummten, aber nicht meine!“

Um ihm diesen Wunsch in heiterer Weise zu vergelten, antwortete ich:

„Das glaube ich, daß du das möchtest! Aber sag, Halef, ist dir die hundertundneunte Sure des Koran bekannt?“

Er sann nach, rieb sich die Stirn und brummte:

„Hm! Warum gerade diese hohe Ziffer? Du weißt, Sihdi, daß ich im Koran gut bewandert bin, aber wenn du gleich so über die Hundert hinausgehst, muß ich erst meine Köpfe alle versammeln, ehe ich dir antworten kann. Ich habe neun oder zehn! Mit Ziffern kann ich mich in diesem Augenblick nicht gut befassen. Sobald ich nach einer fassen will, die im dritten Kopfe steckt, springt sie mir in den sechsten oder siebenten hinüber, und wenn ich da so töricht wäre, ihr zu folgen, so rissen mir inzwischen alle anderen aus. Sag also nicht, die wievielte du meinst, sondern ihre Überschrift, ihren Namen!"

„Man nennt sie El Imtihan, die Prüfung", antwortete ich.

Die huntertundneunte Sure des Koran trägt diesen Namen, weil man sich ihrer zur Feststellung der Nüchternheit oder Betrunkenheit eines Menschen bedient. Sie lautet: „Im Namen des allbarmherzigen Gottes! Sprich: O ihr Ungläubigen, ich verehre nicht das, was ihr verehret, und ihr verehret nicht das, was ich verehre, und ich werde auch nie verehren das, was ihr verehret, und ihr werdet nie verehren das, was ich verehre. Ihr habt eure Religion, und ich habe die meinige." Das klingt im Deutschen einfach und ganz ungefährlich, bietet im Arabischen aber sprachliche Schlingen, denen jemand, der betrunken ist, mit fast unbedingter Sicherheit verfällt. Halef wußte das ebenso gut wie ich; darum sagte er, als er den Namen hörte:

„Die Sure El Imtihan? Willst du mich prüfen? Denkst du vielleicht gar, daß ich betrunken bin?"

„Daß du es warst, ist sicher. Ob du es noch bist, bezweifle ich, möchte es aber doch bewiesen sehen."

„Sofort! Sofort!" rief er aus. „Ich und betrunken! Der berühmte Scheik der Haddedihn vom großen Stamm der Schammar soll zuviel getrunken haben! Welch eine Schande! Welch eine Anklage! Welch eine Lästerung! Ich sage dir, Sihdi, nur meine Köpfe sind schwer; mein Magen aber ist leicht, ist völlig leer! Komm, und greif her! Du wirst sofort fühlen, daß nichts drin ist! Habe ich da zu viel getrunken? Oder ist das nicht vielmehr der allerbedeutendste Beweis, daß ich im Gegenteil zu wenig, viel zu wenig getrunken habe? Und da verlangst du von mir die hundert — — die hundert und — — na, kurz und gut, die Sure!"

„Ja, die verlange ich!"

„Mit welchem Recht? Ebensogut kann ich sie auch von dir verlangen! Du warst auch mit beim Fest, beim Essen und beim Trinken! Und — — du wackelst! Sihdi, du wackelst! Du wackelst wirklich; ich sehe es ganz deutlich!"

„So fordere sie von mir!"

„Schön! Gut! Abgemacht! Sihdi, ich fordere sie von dir! Also, fang an! Aber wehe dir, wenn du falsche Worte bringst oder gar steckenbleibst! Ich lasse keinen einzigen Fehler durch! Nicht den geringsten!"

Ich rezitierte die Sure. Als ich fertig war, schüttelte er den Kopf und sagte:

„Sehr gut! Sehr genau und richtig! Ohne allen Anstoß! Das habe ich genau gehört, denn ich kann sie nämlich auch! Und doch hast du dabei gewackelt! Hin und her gewackelt! Aber wie! Das beweist nur, daß auch Leute, die nicht betrunken sind, wackeln können. Merke dir das, Sihdi! Wenn ich also vielleicht ein bißchen wackeln sollte, so beweist das eben nur, daß ich gerade und genau ebenso nüchtern bin wie du. Nun komme also ich an die Reihe! Soll ich dazu aufstehen?"

„Natürlich! Die Sure Imtihan wird zu diesem Zweck stets nur im Stehen gebetet. Das weißt du ja!"

„Ja, ich weiß es. Darum stehe ich auf!"

Er wollte mit einem einzigen, schnellen Ruck in die Höhe. Es gelang ihm aber nicht. Er setzte sich also wieder nieder. Auch ein zweiter und ein dritter Versuch mißlang.

„Du, das bin nicht ich", entschuldigte er sich. „Das sind die Köpfe! Und das sind auch die Hunde! Die sitzen mir im Weg! So fange ich es also anders an! Besser, viel besser!"

Er begann, zu knien. Dann stemmte er beide Hände nach vorn in die Streu und stellte sich hinten auf die Füße. Er stand also jetzt, wie man sich auszudrücken pflegt, auf allen vieren. Die Hunde sahen ihm erstaunt zu.

„Siehst du, wie prächtig das geht, Sihdi?" fragte er. „Paß nur auf! Du wirst dich wundern!"

Er nahm erst die eine und dann die andere Hand von der Erde und versuchte sich aufzurichten. Ein bißchen, noch ein bißchen höher, und wieder ein bißchen höher. Er benahm sich ganz wie ein zaghafter Akrobatenlehrjunge, der zum erstenmal auf das hohe Turmseil gesetzt wird und sich nun weder aufrichten noch vor oder rückwärts gehen kann. Er begann zu zittern, erst an den Beinen, dann am ganzen Körper.

„Auf, auf!" rief ich ihm zu.

Das erboste ihn.

„Du hast gut reden!" antwortete er zornig. „Du bist schon auf! Aber wie steht es mit mir? Das Schwerste bekomme doch immer nur ich zu tun! Aber ich werde dich beschämen! Sieh! Jetzt, jetzt! Nur Pulver hinein, dann geht's!"

Wie gesagt, so getan. Er machte Pulver hinein. Leider aber wirkte das nicht auf-, sondern abwärts. Im nächsten Augenblick saß er wieder zwischen den beiden Hunden.

„Diese Hunde, diese Hunde!" klagte er. „Was die mich irremachen! Du hast keine Ahnung davon, Sihdi! Dieses immerwährende Lecken während der ganzen Nacht! Und dieses immerwährende Im-Wege-Stehen jetzt am hellen Tag! Schau sie nur an, was für Gesichter sie machen! So spöttisch! Ich glaube gar, sie wagen es, mir Hohn zu lächeln! Da sollen sie staunen! Ich fange wieder an! Und diesmal komme ich aus einer anderen Gegend."

Er drehte sich nach der Mauer um, stellte sich wieder auf alle viere und ging dann Griff um Griff mit beiden Händen an der Wand empor. Als er sich in dieser Weise aufgerichtet hatte, drehte er sich um, lehnte sich fest an, nickte mir triumphierend zu und fragte:

„Na, was sagst du nun? Du wunderst dich! Du bist überrascht, im höchsten Grade überrascht! Ja, man kann es; man hat es eben gelernt! Und nun sieh dir einmal die Gesichter dieser Hunde an! Ganz anders als vorher! Wie sie staunen! Jetzt erkennen sie endlich, daß ich der Scheik bin, sie aber nur die Hunde! Und nun gehen wir zur Sure! Die willst du noch?"

„Allerdings!"

„Die Sure Imtihan, die ich auswendig kann?"

„Ja."

„Soll ich da auch die Einleitung sagen: Im Namen des allbarmherzigen Gottes?"

„Nein. Das ist nicht notwendig und das gehört nicht zu ihr, weil diese Einleitung vor jeder Sure steht. Du kannst also gleich anfangen mit: „Sprich: O ihr Ungläubigen, ich verehre nicht das, was ihr verehret."

„Gut! So fange ich also gleich damit an. Halte mir nur die Hunde vom Leibe, daß sie mir nicht etwa beide in mein Gedächtnis hereinspringen und du dann glaubst, daß ich betrunken bin. Soll ich?"

„Ja — also?"

Da nahm er seine ernsteste Miene an, streckte die Arme nach beiden Seiten aus, machte die Augen zu und begann:

„Sprich: O ihr Hunde, ihr verehret nicht, was ich verehre, und ich — —"

„Halt, falsch!" fiel ich ein. „Du hast doch ‚Hunde' gesagt!"

„Jawohl!" antwortete er, während er die Augen wieder öffnete. „Das ist doch nicht etwa falsch?"

„Der Prophet richtet seine Worte an die Ungläubigen, nicht aber an Hunde. Es muß also heißen: ‚O ihr Ungläubigen!'"

„So muß es allerdings heißen. Und so habe ich nicht gesagt?"

„Nein."

„Daran bist du schuld, nicht aber ich!"

„Wieso?"

„Siehst du nicht ein, daß mir die Hunde schon mitten im Gedächtnis sitzen? Und habe ich dich nicht gebeten, sie mir vom Leibe zu halten? Wenn du nicht besser aufpaßt, ist es um meine ganze, schöne Sure El Imtihan geschehen!"

„Fang nochmals an!"

„Gut! Aber sei aufmerksamer als bisher!"

Er breitete die Arme wieder aus, machte die Augen wieder zu und fing wieder an:

„Sprich: O ihr Ungläubigen, ihr verehret — —"

„Falsch!" rief ich dazwischen. „Es beginnt nicht mit ihr, sondern mit ich!"

Da verbesserte er sich:

„Sprich: O ihr Ungläubigen, ich beginne nicht mit ihr, sondern ihr beginnt mit ich, und ich — —"

„Halt!" fiel ich wieder ein. „Es ist doch nicht vom Beginnen, sondern vom Verehren die Rede!"

„Ach so! Also besser! Nun aber wird's."

Er nahm sich zusammen und fing von neuem an:

„Sprich: O ihr Ungläubigen, ich verehre nicht das, was ich verehre, und ihr verehret nicht das, was ihr verehret —"

„Aber was denn sonst?" rief ich ihm zu. „Sie können doch nichts anderes verehren als eben das, was von ihnen verehrt wird!"

„Sehr richtig!" stimmte er bei. „Ich aber auch nicht!"

„Und doch hast du soeben das Gegenteil davon gesagt!"

„Ich? Das Gegenteil? Du irrst, Sihdi! Ich kann beschwören, soviel du willst, daß ich in meinem ganzen Leben noch nicht ein einziges Mal das Gegenteil von dem gesagt habe, was ich sage! Wenn du solchen Unsinn redest, muß ich annehmen, daß der Rausch, den du in meinen elf oder zwölf Köpfen suchst, in deinem eigenen Kopfe steckt!"

„Die Zahl deiner Köpfe wird, wie es scheint, immer

größer. Du hast behauptet, daß du nicht verehrest, was du verehrst."

„Das ist nicht wahr, Sihdi, das ist nicht wahr! Ich weiß zwar, daß du niemals lügst, und das ist wohl die einzige Tugend, die ich an dir entdecken kann, aber Irrtümer und Verwechslungen sind auch beim wahrhaftigsten Menschen möglich, zumal du mich immer und immer unterbrichst. Laß mich doch einmal ausreden, richtig ausreden! Vom Anfang bis zum Ende! Da wirst du gleich hören, daß alles prächtig stimmt!"

„Gut! So rede dich aus!"

„Ohne, daß du mich unterbrichst?"

„Ja."

„So halte Wort! Und paß auf, wie gut und richtig ich es bringen werde!"

Und abermals streckte er die Arme aus, und abermals machte er die Augen zu. Dann begann er zu deklamieren:

„Sprich: O ihr Ungläubigen, ich rede nicht aus, was ihr ausredet, und ihr unterbrecht nicht das, was ich unterbreche, und ich werde nie das verehren, was ihr ausredet, und ihr werdet nie verehren, was ich unterbreche. Ihr habt meine Religion und ich habe die eurige!"

Als er damit fertig war, machte er die Augen wieder auf, ließ die Arme fallen und schaute erwartungsvoll zu mir herüber. In seinem Gesicht war sehr deutlich zu lesen, daß er überzeugt war, das größte Lob von mir zu ernten.

„Nun, Sihdi, was sagst du dazu?" fragte er, als ich schwieg.

„Du hast den tollsten Unsinn geschwatzt, den es geben kann!" antwortete ich.

„Unsinn? Toll?" wiederholte er erstaunt. „Was wird Mohammed, der Prophet, dazu sagen, wenn er das erfährt?"

„Warum gerade dieser?"

„Weil das, was du als Unsinn bezeichnest, aus seinem Munde stammt, sogar aus Gottes Mund. Denn ich habe wörtlich wiederholt, was Mohammed im heiligen Buch sagt. Und was da steht, das ist dem Propheten vom Himmel herabgekommen! O, Sihdi, wie betrübst du mich! Ich kenne dich gar nicht wieder. Es steht schlimm, sehr schlimm um dich! Du bist entweder ein Spiritustrinker oder ein Gotteslästerer geworden! Eines von beiden! Ein Drittes gibt es nicht! Wenn du den Inhalt des Koran als Unsinn bezeichnest, bist du entweder ein Religionsschänder oder ein Trunkenbold. Um dich vom Trunk zu retten, muß ich dich für einen Lästerer halten, und um dich von dem Religionsfrevel zu befreien, bin ich gezwungen, dich als Trunkenbold hinzustellen. Beides ist schrecklich. Eines immer schrecklicher als das andere! Aber ich will dich doch lieber für einen Trinker als für einen Verleumder der Sure El Imtihan halten und fühle mich darum verpflichtet, dich zu warnen. Hüte dich vor dem Simmsemm! Ich sage dir, hüte dich! Dieser Simmsemm gleicht einem alten Weibe, das äußerlich schöne Kleider trägt, innerlich aber voller Mucken und tiefer Abgründe ist."

„Die kennst du wohl?" fragte ich in etwas anzüglicher Weise.

„Ja, die kenne ich!" bestätigte er. „Denn ich bemerke sie an dir. Du bist betrunken, Sihdi, vollständig betrunken! Du kannst dich schon nicht mehr auf den Beinen halten! Ich habe dich an die Wand gelehnt; aber du hast nicht einmal die Kraft, dich an ihr aufrechtzuerhalten. Du rutschest — —"

Während er das sagte, rutschte er selbst.

„Rutschest — an der Wand hernieder", fuhr er fort, während er den Halt verlor und mehr und mehr zusammensank. „Dann kommt — — dann kommt — — dann kommt ein großer, ein gewaltiger Plumps, und dann — — dann liegst du da!"

Genauso, wie er es sagte, so geschah es. Der Plumps kam, und dann lag er da, der berühmte Scheik der Haddedihn vom großen Stamm der Schammar. Ich machte den Versuch, ihn wieder zu ermuntern, vergeblich. Der Simmsemm war mächtiger als alles, was ich tat und sagte. Halef wachte nicht wieder auf. Ich brachte ihn in eine bequeme Lage und ging dann zu den Pferden, die erwarteten, liebkost zu werden. Als ich den Stall verließ, machten die beiden Hunde nicht den geringsten Versuch mitzugehen. Sie blieben bei dem kleinen Hadschi liegen, der sich, wie er mir hernach sagte, nach dem Festessen mit einer tüchtigen Portion von Fleisch und Knochen an sie herangevettert hatte.

Ich ging in meine Stube und streckte mich auf dem weichen Fellager aus, um zwei kurze Stündchen zu schlafen. Nach dieser Zeit wachte ich wieder auf. Ich habe infolge der Gewöhnung den Schlaf fest in der Hand. Ich wache niemals später auf, als ich mir vorgenommen habe. Das erste, was ich nun tat, war, daß ich ein Bad im Fluß nahm. Ein kleiner, rings von Sträuchern eingefaßter Platz war hierzu für die jeweiligen Insassen unseres Hauses vorhanden. Dieses Bad erfrischte mich so, als ob ich während der ganzen Nacht geschlafen hätte und darum vollständig ausgeruht sei. Als ich hierauf vom Fluß zurückkehrte, wurde die Tür des Stalles von innen aufgestoßen, und Halef trat heraus, langsam, matt und eingefallenen Gesichts. Zu gleicher Zeit ließen sich unsere beiden Diener sehen. Sie brachten das Frühstück, das aus Brot und Fleisch bestand. Ein kleiner Krug voll Simmsemm stand dabei. Ich hatte guten Appetit, Halef aber nicht, doch setzte er sich mit zum Essen nieder. Ich legte ihm vor, und er nahm, um wenigstens zu probieren. Als ich ihm aber den Krug hinschob, spreizte er alle zehn Finger dagegen aus und sagte:

„Nein! Um keinen Preis! Hinweg mit dem Zeug, hinweg!“

„Warum?“ fragte ich ganz unbefangen.

„Weil — weil — — hm — — hm!“

Während er so brummte, warf er einen ungewissen, forschenden Blick auf mich. Dann fragte er: „Sihdi, weißt du, wo ich geschlafen habe?“

„Ja. Im Stall.“

„Im Stall! Denke dir! Während man uns doch hier im Hause so vorzügliche Lagerstätten zubereitet hat! Und nun noch eine zweite Frage, um deren aufrichtige Beantwortung ich dich bitte. Nämlich: Bist du bei mir im Stall gewesen?“

„Ja.“

„Allah sei Dank, daß es kein anderer war!“

„Warum dieser Seufzer? Hast du Grund dazu?“

„Das mußt du doch ebensogut und noch viel besser wissen als ich selbst! O Sihdi, lieber Sihdi! Ich schäme mich! Wenn ich mich nicht irre, so habe ich geglaubt, eine Menge Köpfe zu haben!“

„Ja. Erst waren es vier oder fünf. Zuletzt wurden es zwölf —“

„Sei still, sei still!“ unterbrach er mich. „Ich mag es nicht hören! Was mag ich geschwatzt haben, was für entsetzlich lächerliche Dinge, ich, der berühmte Scheik der Haddedihn! — Mein Kopf ist noch immer unendlich groß! Und hohl, ganz hohl! Es ist nichts darinnen als ein immerwährendes Brausen und Brummen und einige Worte aus der Sure El Imtihan. Du hast mich doch nicht etwa diese Sure beten lassen?“

„Das habe ich allerdings.“

„Allah sei mir gnädig! Wie ist es abgelaufen?“

„Du brachtest nicht zehn richtige Worte fertig und hast behauptet, daß ich der Betrunkene sei. Dann rutschtest du wieder zu den Hunden nieder und schliefst ein, ohne zu erwachen.“

„Gräßlich, gräßlich! Sihdi, ich schäme mich! Dieser Simmsemm ist an allem schuld!“

„Ja, dieser Simmsemm! Die beiden anderen aber sind unschuldig, völlig unschuldig!"

„Welche beiden?"

„Der eine, der das liebe, ehrliche, nahrhafte Getreidekorn gezwungen hat, Gift zu werden, und der andere, der dieses Gift förmlich in seinen Körper hinunterzwingt, obgleich sich alle Nerven des Geschmacks und Geruchs dagegen sträuben!"

„Du hast recht. Verzeih! Auch ich hatte mich erst zu zwingen; dann aber wurde mir der Trank vertrauter. Weißt du, Simmsemm, das klingt so beruhigend, so unschädlich, so verführerisch! Das schmeichelt sich so an den Menschen heran. Aber wenn man es innerlich betrachtet, so hat es zehntausend Teufel im Leibe. Und zu was für Dummheiten es verführt, das ist ja gar nicht auszusagen! Ich glaube, ich darf mich heute vor keinem Menschen sehen lassen, wenigstens vor dem Oberst und den beiden Leutnants nicht, die mich nach Hause geführt haben."

„Warum?"

„Wenn sie mich an alles das erinnern, was ich gestern abend aus mir und ihnen gemacht habe, so bin ich hier für immer unmöglich!"

Er stützte den Kopf in beide Hände und schaute trostlos vor sich nieder.

„Allah, Allah, was soll daraus werden!" klagte er. „Denke dir nur, Sihdi, was wir gestern alles getan haben. Wir haben erst die Tschoban besiegt, nachher ganz Ardistan mit Krieg und Sieg überschwemmt, und endlich auch ganz Dschinnistan erobert. Ich war der Großwesir, der die Offiziere befördert, die Orden verteilt und die Gehälter bezahlt. Auf mich kam alles an. So habe ich es denn im Laufe unserer gestrigen Feldzüge an den nötigen Standeserhebungen nicht fehlen lassen. Unseren alten Oberst, der aber noch gar nicht Oberst, sondern erst Oberstleutnant ist, habe ich zunächst zum wirklichen, türkischen Mir Alai[1] befördert, dann zum Liwa[2], zum Ferik[3] und zum Muschir[4]. Wenn ich mich recht besinne, ist er sogar Ferik Bahrir[5] geworden. So ähnlich sind auch die beiden Leutnants emporgestiegen. Sie wollten persische anstatt türkische Rangbezeichnungen haben. Das gestattete ich ihnen. Der eine wurde infolge seiner Tapferkeit sehr schnell Sultan[6], Yavär[7], Särtir[8] und Mir tuman[9]. Der andere schien mir nicht recht glauben zu wollen. Darum hat er es nur bis zum Särhäng[10] gebracht und wird auf dieser Stelle sitzen bleiben, wenn er sich nicht besser zu benehmen weiß. Dem alten Oberst habe ich fünfmalhunderttausend, dem einen Leutnant hundertfünfzigtausend und dem anderen Leutnant hunderttausend Piaster Gehalt versprochen, und nun frage ich dich, wo ich das alles hernehmen soll, wenn sie mich heute bei meinem Worte fassen? Es wird mir angst, himmelangst! Wie rette ich mich vor den innerlichen Vorwürfen, die in mir aufsteigen wie eine Menge kleiner, bissiger Hunde, die mir drohen, meine Seele anzuknabbern?"

„Die beste Beruhigung liegt in dem Gedanken, daß die drei Offiziere, die du so hoch befördert und so reich besoldet hast, höchstwahrscheinlich keinen geringeren Schwips gehabt haben als du selbst."

„Schwips? Wo denkst du hin! Schwips? Das klingt so niedlich. Aber was wir hatten, war gar nicht lieblich und klein, sondern riesengroß und menschenfresserisch. Mein Schwips war ein Schakal, der erst zum Fuchs und dann zum Wolf und zur Hyäne wurde; ihre Schwipse aber waren Panther, Tiger und Löwen, gegen die man ohne geladene Flinte gar nicht aufkommen kann. Und du mußt mir doch ehrlich zugeben, daß ich unmöglich nach meiner Flinte laufen konnte, um den

1 Oberst 2 Brigadegeneral 3 Divisonsgeneral 4 Feldmarschall 5 Admiral
6 Hauptmann 7 Major 8 Oberst 9 General über 10000 Mann
10 Oberstleutnant

Oberst und die Leutnants von ihren Räuschen zu befreien!"

„Und die haben dich nach Hause geführt? — Das sagtest du mir doch!"

„Ja, sie wollten es; sie versprachen es, und ich rief es dir hinauf, als ich dich trotz meiner Trunkenheit da oben auf dem Turm erkannte, den sie den Tempel nennen. Aber es kam anders, als wir dachten. Nämlich der Simmsemm wollte nicht, daß sie mich nach Hause brachten. Der Leutnant, der von mir die hundertfünfzigtausend Piaster bekommen hatte, setzte sich schon nach zehn Schritten nieder und verlangte einen neuen, vollen Krug. Er dachte, wir säßen noch im Palast. Eine kleine Strecke weiter legte sich der Oberst mit seiner halben Million Piaster in das Gras und behauptete, er sei daheim, und ich solle mich ganz leise entfernen, damit seine Frau und seine Kinder nicht aufgeweckt würden. Und der Dritte setzte oder legte sich gar nicht erst, sondern er machte noch viel weniger Umstände. Nämlich er fiel gleich aus freien Stücken um. Da lag er mit seinen hunderttausend Piastern und sagte kein Wort, kein einziges Wort; so gänzlich weg war er! Ich sprach zwar auf ihn ein, um ihn zu ermuntern, er aber blieb ganz stumm. Da stand ich wieder auf und suchte mein Fleisch und meine — —"

„Ah!" unterbrach ich ihn. „Du standest wieder auf?"

„Ja! Natürlich!" antwortete er.

„Bist also auch mit umgefallen?"

„Selbstverständlich! Er führte mich ja. Er hielt mich fest, damit ich nicht etwa straucheln möge. Er meinte es ungeheuer gut mit mir. Konnte ich da etwa stehenbleiben, als er das Unglück hatte, bei diesem Liebesdienst so ganz aus freiem Himmel herabzufallen? Er ist Offizier. Das verpflichtet zur Kameradschaft. Ich fiel also mit hin. Als ich dann aufstand, suchte ich mein Fleisch und alle meine Knochen einzeln zusammen — —"

„Was?“ fragte ich, indem ich ihm abermals in die Rede fiel. „Dein Fleisch und deine Knochen?“

„Ja. Als wir nach dem Festmahl aufstanden, sah ich, daß wir nicht alles aufgegessen hatten. Es gab noch viel, viel Fleisch, dazu eine Menge Knochen. Da dachte ich an unsere beiden Hunde. Ich nahm also meinen Haïk vorn hoch in die Höhe und tat diese Reste alle hinein, um sie ihnen zu bringen.“

„Das werden die Hunde sehr lieb und schön von dir gefunden haben, aber was wird man nun drüben im Palast von dir erzählen?“

„Von mir? Hm! — Hoffentlich denkt man nicht, daß ich die Knochen für mich mitgenommen habe! Und wenn man es denken sollte, so ist es mir sehr gleichgültig. Ich mußte sie alle einzeln wieder zusammensuchen, als ich mich von dem zweiten Leutnant entfernte. Ich trug sie den Hunden in den Stall. Die freuten sich. Es war dämmernd hell. Ich brauchte kein Licht dazu. Es war so warm und so weich auf der Streu da drin. Da setzte ich mich nieder und bin eingeschlafen.“

Als er dieses erzählte, kam von Taldscha ein Bote, durch den sie mir sagen ließ, daß ich mich von jeder Verpflichtung frei betrachten möge. Ich könne mich ausruhen, mich in der Stadt umsehen, ganz nach Belieben. Aber zwei Stunden nach Mittag seien wieder Gäste geladen; da solle ich mich einfinden und, wenn es möglich sei, mein berühmter Halef mit mir.

Als der Bote sich entfernt hatte, fragte mich der kleine Hadschi, der die Einladung gehört hatte:

„Du, Sihdi, sie hat mich den ‚berühmten Halef‘ genannt. Ob sie das wohl ernst meint?“

„Wie anders denn?“ fragte ich, obwohl ich ihn sehr gut verstand.

„Nun, vielleicht ein bißchen spöttisch. Von wegen dem Simmsemm. Der ist doch wohl gestern stärker und berühmter gewesen als ich!“

„Frage sie selbst! Ich weiß es nicht."

„Ich werde mich sehr hüten! Solche Erinnerungen frischt man nicht auf. Darum werde ich mich heute stets an deiner Seite halten. Da wagen sich diese Erinnerungen nicht heran an mich. Wann gehen wir zum Erdschani?"

„Jetzt. Ich bin mit dem Frühstück fertig, und die Mitte des Vormittags ist da. Wir fahren im Kanu."

Der ‚Aussätzige'

Nun kümmerte ich mich um die Pferde. Sie hatten Futter und Trank bekommen. Ich nahm sie aus dem Stall und koppelte sie an langer Leine an, daß sie sich bewegen konnten. Auch die Hunde wurden herausgelassen. Sie begrüßten zwar auch mich, zunächst aber doch den Hadschi, der ihnen, wie es schien, an das Herz zu wachsen begann. Sie hatten sehr kurze Namen. Sie waren zweierlei Geschlechtes und hießen Hu und Hi[1]. Das sagten uns die beiden Diener. Von diesen erfuhren wir auch, wo die ‚Insel der Heiden' lag; sie war leicht zu finden.

Hu und Hi begleiteten uns nach dem Landungsplatz. Als wir in das Kanu stiegen, wollten sie mit hinein; das war aber wegen der Kleinheit des Fahrzeugs unmöglich. Ich befahl den Dienern, sie während unserer Abwesenheit anzubinden, damit nichts geschehen könne; aber sobald wir vom Ufer stießen, sprangen sie ins Wasser, um uns zu folgen. Schon wollte ich umkehren, um mich ihrer zu entledigen, da sah ich, wie sie schwammen. So etwas hatte ich noch nicht gesehen. Das war schon mehr ein Laufen als ein Schwimmen! Die Schwimmhäute waren derart entwickelt und elastisch,

1 ‚Er' und ‚sie'

daß sie wie helle Blasen zwischen den Zehen erschienen. Das griff so viel Wasser, daß die Körper nicht nur mit den Köpfen, sondern auch mit den Rückenlinien aus der Flut ragten. Die dicken, aber leichten, buschigen Schwänze lagen wie Steuer hinterher. Dazu die langhaarigen, zottigen, sich fettig anfühlenden und also für die Feuchtigkeit fast undurchdringlichen Felle! Ich sah, daß das Schwimmen den Hunden gar keine Anstrengung, sondern nur Freude bereitete. Sie bellten laut und haschten nacheinander. Darum war ich mit Halef einverstanden, der mich bat, sie doch mitzunehmen. So schnell, wie wir mit den Rudern vorwärts kamen, konnten sie allerdings nicht schwimmen; wir mußten also ein langsameres Tempo nehmen, doch hatten wir ja Zeit.

Die Ufer waren von Häusern besetzt, die oft weit in das Wasser ragten, oft auch ganz darin lagen. Zuweilen erschien eine kleine Insel, oder der Fluß teilte sich, eine größere zu bilden, die bewohnt war. Das bot uns reichliche Gelegenheit, die hochinteressante Pfahlbauart der Ussul kennenzulernen. Als wir unser Ziel, die ‚Insel der Heiden' erreichten, sahen wir ein sehr einfaches, sichtlich erst heute neu geflochtenes Floß, das aus Weidenruten bestand und aus dem Wasser gezogen war, am Land liegen. Wir stiegen aus, befestigten das Kanu an dem hierzu bestimmten Pfahl und traten dann schnell zurück, um aus der Nähe der Hunde zu kommen, die auch gelandet waren und sich das Wasser aus den Haaren schüttelten. Die Insel war ziemlich groß. Wir sahen zunächst nichts als Busch und Gras, und zwar alles verwildert. Der Besitzer war ja gefangen gewesen, und niemand hatte sich um sein Eigentum gekümmert. Heute aber war er wieder da. Wir sahen seine Spur, die durch das hohe Gras führte, und folgten ihr. Es ging durch höheres Gebüsch und dann unter Bäumen hin. Da merkte man nun wohl, daß diese Bäume ihre

Plätze nicht von der Natur, sondern von einer künstlerischen Berechnung angewiesen bekommen hatten. Es gab Gruppen, die nicht nur schön, sondern sogar reich und prächtig wirkten. Unter hohen, riesenblätterigen Linden lag ein zwar niedriger, aber köstlich ausgedachter und ausgeführter Bangalo[1], der erfreulicherweise nicht aus dem gewöhnlichen, schnell vergänglichen Material derartiger Wohnungen, sondern aus besserem und haltbarerem bestand. Als ich es untersuchte, sah ich, daß es Holz war, das jahrhundertelang im moorigen Wasser gelegen hatte und hart und schwer wie Stein geworden war. Alles, nicht nur die Pfeiler, Säulen und Balken, sondern ebenso auch kleinere Teile, sogar die Verzierungen, bestanden aus diesem Holz. Welche Mühe hatte diese schwere, harte Arbeit gemacht! Der Dschinnistani war der Erbauer. Er hatte die Tochter des Sahahr so lieb gehabt, daß ihm nur das schönste und gesündeste Haus des ganzen Landes gut genug zur Wohnung für sie gewesen war. Und dieses war der Bangalo gewiß!

Die Tür war zu, und man konnte nicht hinein. Auch die Läden waren verschlossen. Niemand war zu sehen. Ich rief. Niemand ließ sich hören. Aus allem, was man sah, sprach der Geist und der Geschmack des Dschinnistani. Aber gab es außer diesem Geist denn wirklich niemanden hier? Die Spur führte hier herein, in das Haus, aber nicht wieder heraus. Darum fiel es uns auf, daß wir keine Antwort erhielten. Wir gingen weiter, über den freien Platz, auf dem der Bangalo stand, zwischen blühenden und duftenden Sträuchergruppen hindurch. Da sahen wir den See, den Teich, den Weiher, von dem mir erzählt worden war. Wir blieben sofort stehen, entzückt von dem Anblick, der sich uns bot.

Wir standen am südlichen Ufer des Sees, der fast ganz mit Lotosblumen bedeckt war. Zwischen ihnen

1 Indisches Landhaus

glänzten wunderbar gefärbte Blütenrispen, deren Namen ich nicht kannte. Sie waren der amerikanischen Thalia dealbata ähnlich. Phantastisch schön wirkten die zweiteiligen, hellglänzenden Ähren einer noch wenig bekannten, indischen Aponogetonart. Es war ein Farbenreichtum, eine Farbenfrische und eine Farbenpracht sondergleichen! Aber alle diese Herrlichkeit entfaltete sich aus stehendem Wasser, auf sumpfigem Boden, und allen diesen Blumen muß doch, so schön sie sind und so heilig sie gehalten werden, jene feine und reinere, jene zugleich höhere und tiefere Art der Herzenswirkung abgesprochen werden, durch welche die auf gutem, festem Land erzeugte Blume zu uns redet. Die Lotosblume ist Sumpferzeugnis, ist einfach nur irdisch schön. Die bildliche Bedeutung, die sie besitzt, wurde ihr nicht von der Natur gegeben, sondern künstlich in sie hineingelegt. Aber Blumen, wie unser Schneeglöckchen, unser Veilchen, unser Maiblümchen, die ganze liebe, herrlich duftende Reihe bis zu unseren Rosenköniginnen hinauf, sie alle wirken edler, reiner, keuscher, inniger. Wer mit mir glauben kann, daß auch die Blumen Seelen haben, dem könnte ich das allerdings noch viel deutlicher sagen.

Also, wir standen an der Südseite des Weihers. Rechts und links schoben sich Baum- und Strauchpartien heran, die wie Kulissen wirkten, indem sie unseren Blick verhinderten, zur Seite abzuweichen, und ihn zwangen, sich auf die Perspektive zu richten, die sich vor ihm entwickelte. Gerade vor uns stand, diese Perspektive ganz verhüllend, ein zwei Meter breites und über vier Meter hohes, vierseitiges Prisma, aus weißen Marmorquadern zusammengesetzt und auf allen vier Seiten mit glänzend tiefschwarzen Inschriften versehen. Dieses große Prisma war von einer ganzen Menge kleinerer Säulen umgeben, die auch Inschriften trugen. Wir lasen sie. Die auf den kleineren Säulen stehenden Zitate waren den vier Vedas, dem Zend Avesta, den fünf King der Chinesen, der Bibel und dem Koran entnommen. Die Inschriften des Prismas schienen anderen Ursprungs zu sein. Als wir sie betrachteten, sahen wir zunächst vier Überschriften, von denen zwei und zwei miteinander zu korrespondieren schienen. Nach Süden stand ‚Schöpfung' und nach Norden ‚Erlösung'. Nach Osten lasen wir ‚Sünde' und nach Westen ‚Strafe'. Unter der Überschrift ‚Schöpfung' im Süden war zu lesen:

„Keine Seele kam zur Erde nieder,
die nicht vorher Geist im Himmel war!"

Auf der nach Norden gerichteten Seite war unter der Überschrift ‚Erlösung' zu sehen:

„Es stieg kein Geist zum Himmel auf,
der nicht vorher Seele auf der Erde war!"

Nach Osten zu stand unter der Überschrift ‚Sünde' das geheimnisvolle Wort zu lesen:

„Nur ein einziger weigerte sich,
Seele zu werden!"

Und dem gegenüber wurde auf der nach Westen gerichteten Seite unter der Überschrift ‚Strafe' gesagt:

„Darum kann er nicht zum Himmel zurück.
Das ist der Teufel!"

Ich kann sagen, daß ich erstaunt war, als ich das gelesen hatte. Nicht etwa, daß mir das Monument an sich oder eine seiner Inschriften wunderbar vorgekommen wären, o nein. Der Dschinnistani hatte diese Marmorstücke von seinen Reisen einzeln mitgebracht und hier zusammengesetzt. Das war ganz und gar nichts Wunderbares. Und es ist, solange es Menschen gibt, so viel gerätselt und geheimnißt worden, daß man in der Absicht des Dschinnistani, auch einmal etwas Mystisches zu sagen, wohl gar nichts Unbegreifliches finden kann. Aber daß diese vier Inschriften, deren jede ein gänzlich unlösbares Problem zu enthalten schien, in ihrem inneren Zusammenhang genau dasselbe sagten, was unsere christliche Offenbarung einem jeden, der es hören will, wohl täglich und stündlich sagt, das überraschte mich, und das ließ in mir die Frage aufsteigen, ob dem Dschinnistani, als er diese Inschriften entstehen ließ, klar gewesen ist, was sie eigentlich bedeuten. Wenn es seine Absicht war, den tiefsten Grundgedanken der Religion seines Heimatlandes auf diesem Monument darzustellen, dann war es der christlichen Mission sehr leicht gemacht, die Anhänger dieses Glaubens für die Hauptreligion des Abendlandes zu gewinnen! Hierzu kam, daß das Marmorprisma mit ganz besonderer Umsicht und Liebe gerade hier an dieser Stelle errichtet worden war. Denn nun wir uns an seiner nördlichen Seite, also zwischen ihm und dem Wasser befanden, stand es uns nicht mehr im Wege, und der Ausblick, den es uns verhüllt hatte, lag jetzt offen vor uns da.

Jenseits des Weihers stand das Grab der Mutter des Erdschani, von Blüten und Duft umhüllt, wie bereits beschrieben wurde. Von ihm ausgehend, führte ein breiter, freier Wiesenstreifen in schnurgerader Richtung, hüben und drüben von dichtem, dunklem Grün eingefaßt, bis an den Fluß, dessen gegenüberliegendes Ufer frei von Häusern war. Von dort aus erschienen zunächst nur Gärten und Felder, dann ein breites, sich weit hinausziehendes Band von niedrigem, neugewachsenem Gestrüpp, wo die Ussul gerodet hatten, um die Stämme zu ihren Bauten zu benutzen. Es läßt sich nicht beschreiben, was das für eine eigenartige Perspektive gab. Gerade zu unseren Füßen das zwar durchsichtige, aber moderbräunliche und moderduftende Wasser, aus dessen Auflösungs- und Verwesungsstoffen die Lotosblume ihr Leben und ihre leuchtenden Farben sog. Am jenseitigen Ufer das Grab der verstorbenen menschlichen Lotosblume, von Blüten umglänzt und von Wohlgerüchen umduftet, hinter diesem Grab die nach weit hinaus und nach oben gerichtete Perspektive. Sie führte nach dem Fluß, über die dunklen Wasser hinüber und dann auf jenem scheinbar immer schmaler werdenden Band des niedrigen, neugewachsenen, vom hohen Wald umfaßten Gestrüpps durch das ganze Schwemmland der Ussul, über Niederardistan und Oberardistan bis zu jenen hohen Bergen hinauf, die auch jetzt, um das geöffnete Paradies anzudeuten, in glühenden Flammen leuchteten, obwohl wir es nicht sehen konnten, weil die Morgennebel des Tieflands uns noch umhüllten.

Während dieser Ausblick nicht nur unsere Augen, sondern auch unsere Gedanken fesselte, hörten wir hinter uns ein Geräusch. Wir drehten uns um und sahen, daß das Monument sich öffnete und der Erdschani ihm entstieg.

„Maschallah!“ rief Halef aus. „Allah tut Wunder! Das Denkmal ist hohl!“

Auch ich war überrascht. Das Kunstwerk war allerdings nicht massiv; es bestand nicht aus kubischen Blöcken, wie es den Anschein hatte, sondern aus starken, fest zusammengefügten Platten, zwischen denen eine Reihe von Stufen abwärts führte. Einige dieser Platten bildeten die Tür, die von innen und von außen geöffnet werden konnte, ohne daß Menschen, die vor dem Monument standen, diese Vorrichtung bemerkten.

Der Erdschani war genau so gekleidet wie gestern. Er wollte uns begrüßen, wurde aber von den Hunden daran gehindert. Sie, die im Fall des Fluchtversuchs ihn hätten zerreißen sollen, zeigten jetzt eine geradezu rührende Freude, ihn wiederzusehen, und sprangen an ihm empor, um sich seine Liebkosung zu erschmeicheln.

„Wo ist der erzwungene, der Natur von dem Menschen aufgedrungene Haß?“ fragte er. „In Liebe verwandelt! Ich grüße euch und danke, daß ihr gekommen seid!“

Er verbeugte sich. Ich reichte ihm die Hand. Er ergriff sie nicht, sondern streichelte die Hunde.

„Weißt du, was du mir da bietest, Ssahib?“ fragte er. „Kennst du die Gefahr, in die du dich bringst?“

„Ich halte es für keine Gefahr, sondern sogar für meine Pflicht, diesem Irrtum zu begegnen. Gib mir deine Hand! Und ich bitte dich, sie mir auch fernerhin vor aller Augen zu reichen!"

Er tat es und sagte, während er mir die meine warm und kräftig drückte:

„Das ist Erlösung; ja wahrlich, das ist Erlösung! Ssahib, das werde ich dir nie vergessen!"

Es verstand sich ganz von selbst, daß auch Halef ihm die Hand entgegenstreckte und die seinige bekam. Dann hielt ich es für richtig, den Auftrag auszurichten, den mir die Priesterin für ihren Enkel gegeben hatte.

„Gerade um den Mittag bestellt sie mich! In den Tempel?" fragte er nachdenklich, ohne überrascht zu sein. „Du hast also mit ihr gesprochen?"

„Ja", antwortete ich.

„Nur kurz — oder längere Zeit?"

„Fast die ganze Nacht. Wir stiegen nach dem Festmahl auf die Zinne des Turms, um den Ausbruch der Vulkane zu beobachten, und konnten uns erst, als der Morgen graute, voneinander trennen. Die Herrin der Ussul war dabei."

„Du hast mit ihnen gesprochen", sagte er. „So lange Zeit und gerade mit diesen beiden. So weißt du, wenn auch nicht alles, doch viel, und ich — —"

„Wir sprachen meist über Marah Durimeh", unterbrach ich ihn, um seine Gedanken nicht auf Abwege geraten zu lassen.

„Von Marah Durimeh?" rief er aus, während er sich hoch aufrichtete. „Von der Beherrscherin von Sitara? Wie kommt die Frau des Scheiks und die Priesterin dazu, mit dir von dieser geheimnisvollen Frau zu reden?"

„Weil sie erfuhren, daß ich mit Marah Durimeh befreundet und erst kürzlich ihr Gast in Sitara gewesen bin. Ich wohnte bei ihr im Schloß von Ikbal."

Da wich er einige Schritte von mir zurück und ließ

einen Blick über mich gleiten, in dem sich das tiefste Erstaunen aussprach. Aber nach und nach verlor sich dieses Staunen, um einem hochbefriedigten Ausdruck Platz zu machen. Seine Augen begannen zu leuchten, und seine Stimme klang froh, fast jubelnd, als er sprach:

„Welch eine Freude, welch ein Glück! Wie war es möglich, daß ich dich gestern zwar sofort für einen mir von Gott gesandten Menschen hielt, aber doch nicht deutlich fühlte, daß du nur aus Sitara kommen kannst — — allein von dort! Aus keinem anderen Land! Und nun ich dies erfahre, ist es mir recht und lieb, daß die beiden Frauen von mir zu dir gesprochen haben. Du bist über mich unterrichtet, und ich brauche nichts zu wiederholen. Auch ich bin unterrichtet — — über dich! Wenn auch nicht ausführlich, sondern nur über einiges, was außerordentlich wichtig ist. Deine Person und deine Verhältnisse sind mir völlig unbekannt, um so gewisser aber weiß ich, daß du hierher gekommen bist, um zum Mir von Dschinnistan zu gehen."

„Welche Veranlassung hast du, dies zu vermuten?" fragte ich.

„Ich weiß, daß du es geheimzuhalten hast; aber wenn du der Richtige bist, so wirst du mir vertrauen und mir es gern gestehen."

Er trat wieder näher zu mir heran und fuhr in wichtigem Ton fort:

„Ich bitte dich, aufrichtig zu sein und mir eine Frage zu beantworten, die Vater und Mutter mir hinterlassen haben!"

„Sprich!" forderte ich ihn auf.

„Trägst du einen kleinen Schild auf deiner Brust, den Marah Durimeh dir mitgegeben hat?"

„Ja", antwortete ich, denn ich fühlte, daß ich hier verpflichtet war, offen zu sein.

„Aus welchem Metall ist er? Aus Gold oder aus Silber? Aus Kupfer oder Bronze?"

„Aus keinem von diesen. Mir ist das Metall, woraus er besteht, unbekannt. Wahrscheinlich ist es eine Legierung."

„Ganz recht, ganz recht! Warte, warte!"

Er sagte das im Ton der größten Freude, des Entzückens. Dann eilte er die Stufen des Denkmals hinab und verschwand im Innern der Erde.

„Sihdi, ist das nicht wunderbar?" fragte Halef. „Klingt das nicht, als ob unser Kommen hier vorbereitet sei?"

„Nichts ist wunderbar", antwortete ich ihm, „wenigstens nicht hier in diesem Land. Ich bin überzeugt, daß wir noch Dinge erleben werden, die dir zehn- und zwanzigmal wunderbarer erscheinen werden, als diese unerwartete Frage nach meinem Schild oder dieses Marmormonument, das sich öffnet, um Menschen aus der Erde steigen zu lassen."

„Er sagte, er habe die Frage von seinem Vater und seiner Mutter geerbt. Also haben schon diese gewußt, daß wir kommen!"

„Wir? Gewiß nicht! Es war ihnen bekannt, daß jemand aus Sitara kommen werde, der einen ihm von Marah Durimeh mitgegebenen Schild besitzt. Daß gerade wir dies sein werden, hat sich erst später herausgestellt."

„Horch! Er kommt! Was wird er bringen?"

Der Erdschani kehrte zurück. Er hielt ein ungewöhnlich großes, ledernes Etui in der Hand, das er öffnete und uns dann zeigte.

„Das ist dein Schild, Sihdi!" rief Halef aus. „Ganz genau dein Schild! — Dasselbe Metall und auch dieselbe Form!"

Es war so, wie er sagte. Das Etui enthielt ein vollständig genaues Duplikat meines Schildes. Ich zog diesen unter der Weste hervor, um nachzuweisen, daß beide einander glichen. Es war nicht der geringste Unterschied zu entdecken.

„Es ist richtig! Es ist so, wie ich dachte!" jubelte der

Erdschani: „Steigt voran, bis ihr Licht zu sehen bekommt! Ich folge sofort nach, sobald ich die Tür verschlossen habe.“

Er winkte nach den Stufen. Ich band die Hunde an zwei Säulen und gab ihnen zu verstehen, daß sie hier zu warten hätten. Sie begriffen, was ich meinte, und legten sich nieder. Hierauf stieg ich mit Halef die Stufen hinunter. Ich vergaß, sie zu zählen; mehr als zehn aber waren es auf jeden Fall, denn der unterirdische Raum, nach dem sie führten, trug eine wenigstens sechs Fuß hohe Erddecke über sich und war dennoch so hoch, daß der Erdschani, der doch viel größer war als ich, sich bewegen konnte, ohne sich bücken zu müssen. Sie führten zunächst in eine kleine, viereckige Stube, die von dem Fundament der Marmorsäule gebildet wurde. Da standen einige Körbe und Kisten; weiter war nichts zu sehen. Ein schmaler, gerader Gang leitete weiter; es war finster, doch von da, wo er mündete, glänzte uns Licht entgegen. Als wir diesem folgten, gelangten wir erst in einen kleinen, dann in einen bedeutend größeren und hierauf wieder einen kleinen Raum, die alle drei durch brennende Sesamöllampen hell erleuchtet waren. Man sah sofort, daß die beiden kleineren als Vorratskammern dienten. Der größere aber glich dem Arbeitszimmer eines Gelehrten. Man sah Bücher, Karten, Pläne, Schreibzeuge, allerlei Geräte mit bekanntem oder unbekanntem Zweck, eine Menge ärztliche, physikalische, chemische und andere Instrumente, auch orientalische und europäische Waffen. Diese letzteren bestanden allerdings nur in einem Doppelgewehr und zwei Revolvern, die aber, obgleich fast veraltet, von vorzüglicher Konstruktion waren und für die hiesigen Verhältnisse einem jeden, der sie zu führen verstand, ein bedeutendes Übergewicht sicherten. Wo kamen all diese hochwichtigen Dinge her? Es ist wohl nicht erst nötig, zu bemerken, daß sie mein lebhaftes Erstaunen erregten.

Da kam der Erdschani uns nach. Er sagte:

„Wundert euch nicht über diese geheimnisvollen Räume. Und wundert euch auch nicht über die Unbedenklichkeit, mit der ich sie euch sehen lasse. Ich wurde von meinem Vater unterwiesen, so und nicht anders zu handeln, doch ohne daß ich weiß, warum und wozu. Er verschwand; er soll ermordet worden sein. Ich glaube es nicht; ich glaube es nicht! Er war kein Mann, der sich beschleichen, überlisten und ermorden läßt! Dann starb auch meine Mutter; man sagt, aus Gram um seinen Verlust. Ich glaube auch das nicht; ich glaube es nicht! Sie hat nie und nie behauptet, daß sie ihn verloren habe! Ich weiß bestimmt, daß sie überzeugt und sicher war, ihn wiederzusehen. Sie grämte sich nur über den Haß ihres Vaters und über die seelische Trennung von ihrer Mutter. Als ich kurz vor ihrem Tode für eine Woche Abschied von ihr nahm, um einen Besuch bei verwandten Ussul zu machen, schärfte sie mir noch einmal alle Vorschriften des Vaters, die sich auf diese beiden Schilde beziehen, mit einem so auffallenden Nachdruck ein, daß sie unbedingt gewußt hat, was dann folgte. Sie starb sehr kurz nach meiner Entfernung und war, als ich zurückkehrte, schon begraben. Die Verwesung hatte verboten, die Leiche aufzubewahren. Von heute an bin ich verpflichtet, meinen Schild zu tragen, wie du den deinen."

Er hängte ihn sich um den Hals. Dabei sah ich, daß er so, wie mir erzählt worden war, ein Buch auf seiner Brust trug. Er bemerkte, daß mir das nicht entgangen war.

Darum erklärte er mir:

„Mein Vater hat einige Bücher für mich geschrieben, die meine Wegweiser sind. Ich kann mich nicht von ihnen trennen und trage stets eines von ihnen auf meinem Herzen. Sie sind die Wohnungen seines hohen, edlen, weitschauenden Geistes, und ich besuche ihn da, sooft ich kann, um demütig zu seinen Füßen kniend seinen Worten zu lauschen."

Er steckte einige chirurgische Instrumente und ein Paket Verbandbast zu sich, gab uns jedem ein brennendes Licht in die Hand, blies die Lampen aus und forderte uns dann auf, ihm zu folgen. Er führte uns durch einen gleichen, aber längeren Gang nach einer zweiten Stube, in der er nur kurz verweilte, um ein Schränkchen zu öffnen und ihm einen kleinen Gegenstand zu entnehmen. Diese Gänge, Stuben und Kammern waren alle aus dem schon erwähnten versteinerten Holz gebaut und darum frei von jeder Feuchtigkeit. Der Gegenstand, den er aus dem Schränkchen genommen, war eine geschliffene Glasphiole, aus der er nur einen einzigen Tropfen in ein winziges Fläschchen gab, um sie dann wieder einzuschließen. Trotz des kurzen Augenblicks, den die Phiole geöffnet gewesen war, verbreitete sich ein unbeschreiblich feiner, belebender, ja entzückender Duft um uns her. Ich kannte ihn nicht, ich hatte ihn noch nie und nirgendwo gespürt. Sein Name stand in keinem Verzeichnis aller Wohlgerüche der Erde geschrieben. Und dennoch war es mir, als hätte ich ihn schon gespürt, vielleicht schon oft, aber aus unendlich weiter Ferne. Halef sog die Luft in vollen Zügen ein, machte sein begeistertstes Gesicht und rief:

„Welch ein Duft! Ich glaube, nur noch ein wenig mehr, so kommt die Ekstase; man wird Dichter und Prophet und verfällt in Vision. Darf man den Namen dieses Wohlgeruchs erfahren?"

„Kommt er dir unbekannt vor?" fragte der Erdschani, während er das Fläschchen sorgfältig einwickelte und in die Tasche steckte.

„Vollständig unbekannt!" versicherte der Hadschi.

„Du hast ihn aber schon oft genug gerochen!" versicherte der Erdschani.

„Unmöglich"!

„Er stinkt sogar! Du hast dir die Nase zugehalten!"

„Nein! Sag mir den Namen!"

„So erschrick aber nicht! Es ist — — der Tod!"

„Der — — Tod — —?" fragte Halef. Dann war er still, ich auch.

„Ja, der Tod!" fuhr der Sohn des Dschinnistani fort. „Untersucht das Land, in dem wir wohnen! Was findet ihr weiter als Moder, Verwesung, Schimmel und Gestank? Und was findet ihr weiter als Leben, Schönheit, Kraft, Unsterblichkeit und Duft? Heute sage ich: Das Leben duftet, der Tod aber stinkt! Und morgen sage ich: Der Tod duftet, das Leben aber stinkt! Was von beidem ist richtig? Ich sage, beides! Denn Leben und Tod sind eins. Mann kann nicht leben, ohne immerfort zu sterben. Und man kann nicht sterben, ohne dabei das Leben zu erneuern. Merke es dir, o Hadschi Halef Omar, daß du nicht an deinem letzten, sondern an deinem ersten Atemzug stirbst! Und du hast dafür zu sorgen, daß nicht etwa beide stinken, dein Leben sowohl wie dein Tod, sondern daß beide duften. Du lebst, indem du ohne Unterlaß verwesest. Du hast den Gestank dieser Verwesung in Duft zu verwandeln, wie es dort in der Phiole und hier in diesem winzigen Fläschchen geschehen ist. Tust du das, so ist Tod und Leben in deine Hand gegeben, wie ich beide in der meinen halte, wenn ich das Fläschchen bei dem Sahahr öffne, um ihn für kurze Zeit zu töten, damit er gegen den Schmerz des Lebens unempfindlich sei. Kommt weiter!"

Der Gang, dem wir nun folgten, war noch länger als der vorherige. Das Ende bestand in einem ähnlichen Stübchen wie dem, welches unter dem Monument lag. Auch hier führte eine Reihe von Stufen empor. Der Erdschani stieg voran. Mit der einen Hand leuchtend, hob er mit der anderen eine Falltür auf, die, wie wir bald sahen, in eine abgelegene Stubenecke des Bangalo mündete. Ich blieb stehen und wartete, bis er die Läden öffnete. Ich betrachtete die Falltür. Sie bestand aus einer doppelten Balkenlage des schon erwähnten versteinerten Holzes, und war so stark und dick gemacht worden, damit nicht etwa der Widerhall der Schritte verrate, daß sich ein hohler Raum unter ihr befand. Sie war also nicht leicht, sondern weit mehr als nur einen Zentner schwer. Das hatte er wie spielend mit einer Hand gehoben! Das hatte ich bemerkt. Und deshalb war ich stehengeblieben, um sie mir anzusehen. Ich schämte mich fast, mich bisher für einen kräftigen Menschen gehalten zu haben!

Es war nicht seine Absicht, im Bangalo zu bleiben, vielleicht um uns den inneren Bau des Hauses zu zeigen. Als er die Falltür geschlossen hatte, machte er auch die Fenster wieder zu und führte uns in das Freie, wo wir vorher gestanden und nach ihm gerufen hatten, ohne gehört worden zu sein. Er verschloß die Tür des Hauses mit einem Schlüssel, der ganz jenen Tempelschlüsseln des Altertums glich, von denen wohl nur sehr wenige ausgegraben worden sind. Man kennt ihre Form nur aus den Abbildungen auf altertümlichen Gefäßen.

Hierauf kehrten wir nach der Marmorsäule zurück, um die Hunde loszubinden. Sie lagen ruhig an ihrer Stelle und hatten sich wohlverhalten. Wir spazierten von da um den Weiher herum nach dem Grab. Unterdessen erklärte er uns die Gründe seines heutigen Verhaltens:

„Die unterirdischen Räume, die ihr gesehen habt, hat mein Vater gebaut, und zwar in größter Heimlichkeit. Niemand kennt sie, und niemand weiß, was für Gegenstände sich auf der ‚Insel der Heiden' befinden. Welche Zwecke er hierbei verfolgte, ist mir heute noch nicht klar, aber ich weiß, daß sie auf alle Fälle gut und lobenswert gewesen sind. Seine Kenntnisse machten ihn jedem Ussul, auch dem Zauberer, überlegen, und es konnte nicht seine Absicht sein, diesen Leuten Werkzeuge in die Hände zu geben, deren Anwendung ihnen geschadet hätte. Daß man so unbemerkt vom Bangalo nach dem Monument gelangen konnte, war sehr vorteilhaft. Mein Vater konnte, ohne gesehen zu werden, alles hören, was dort gesprochen wurde. Und besonders während der Belagerungen, wo die Tschoban das Haus umstellten, brachte es große Vorteile, daß es ihm trotzdem möglich war, es jederzeit zu verlassen. Vieles, wie zum Beispiel das Doppelgewehr, die Revolver und eine Menge von Patronen, die dazu gehören, hat er nicht für sich, sondern für mich von seinen Reisen mitgebracht, obgleich ich damals noch ein Knabe war. Er bestimmte es zur Ausrüstung für die Aufgabe, die er mir hinterließ."

„Ist es mir erlaubt, mich nach dieser Aufgabe zu erkundigen?" fragte ich.

„Du darfst. Du hast sogar das Recht dazu, denn du sollst höchstwahrscheinlich mein Begleiter sein. Du willst zum Mir von Dschinnistan, ich auch. Nach dem Grund, der dich zu ihm führt, will ich dich nicht fragen, denn du stehst hoch über mir und hast mir keine Rechenschaft zu geben, und ich bin überzeugt, daß du es mir freiwillig sagen wirst, wenn die Zeit dazu gekommen ist. Von mir aber will ich dir offen, doch unter dem Siegel der Verschwiegenheit anvertrauen, daß die Zeit, wenn ich nach Dschinnistan aufzubrechen habe, genau bestimmt ist. Nämlich sobald ich erfahre, daß der Mir von Ardistan gegen den Mir von Dschinnistan rüstet, habe ich nur noch zu warten, bis ein Fremder kommt, der denselben Schild besitzt wie ich. Mit diesem Fremden reite ich; er wird mein Führer und Beschützer sein, dem ich zu gehorchen habe, obgleich mir freisteht, dies auch nicht zu tun. Doch werde ich, sooft ich ihm widerstrebe, zu Schaden kommen, der schwer zu büßen ist."

„Kennst du Ardistan?"

„Ich war niemals dort, aber ich habe sehr genaue Karten und Pläne, die es sonst nirgends gibt, auch nicht in Ardistan selbst. Sie stammen aus Dschinnistan."

„Es überrascht mich freudig, dies von dir zu erfahren. Beziehen sich diese Karten auf alle fünf Länder, die zu Ardistan gehören?"

„Ja, und nicht nur auf diese. Ich habe auch eine vom Land der Ussul und eine vom Land der Tschoban, die beide nicht eigentlich zu Ardistan gehören, sondern ihm nur tributpflichtig sind. Ardistan besteht aus dem eigentlichen Ardistan mit der Hauptstadt Ard, die früher an dem zurückgegangenen Fluß Ssul lag. Es ist umgeben im Norden von Schimalistan, im Osten von Scharkistan, im Westen von Gharbistan und im Süden von Dschunubistan, das uns am nächsten liegt, weil es an das Gebiet der Tschoban grenzt. Möchtest du diese Karten sehen?"

„Oh, natürlich!"

„So warte! Ich hole sie. Du kannst sie mitnehmen, um sie zu studieren, darfst sie aber niemandem zeigen!"

Er ging fort und kehrte sehr bald mit ihnen zurück. Ich wartete nicht bis später, sie zu betrachten, sondern tat dies gleich. Es waren Meisterwerke, die ich leider jetzt nur kurz überfliegen konnte. Auch auf der Karte des Landes der Ussul war jeder, sogar der kleinste und unbedeutendste Kanal genau verzeichnet. Ich war darüber befriedigt, daß ich sie zu mir stecken und mitnehmen durfte.

„Ich werde dir wahrscheinlich noch manches mitzuteilen haben", nahm der Erdschani seine unterbrochenen Worte wieder auf. „Du bist mir zu schnell gekommen, und ich habe es fast als ein Wunder zu bezeichnen, daß sich die Voraussage meines Vaters so pünktlich erfüllt. Kaum habe ich erfahren, daß in Ardistan gegen Dschinnistan gerüstet wird, so hat sich der Fremde, der den Schild besitzt, auch schon eingestellt! Ich habe mich zu sammeln, um mir alles zu vergegenwärtigen, was ich über unseren Ritt nach Dschinnistan erfahren habe. Es ist unmöglich, sich gleich auf alles zu besinnen."

„Hast du zu jemandem von deinem Schild gesprochen?“ erkundigte ich mich.

„Nein“, antwortete er.

„Auch zu deinem Großvater und deiner Großmutter nicht?“

„Kein Wort! Du nennst den Sahahr meinen Großvater?“

„Natürlich! Oder ist deine Mutter nicht seine Tochter gewesen?“

„Ja, er war der Vater meiner Mutter, aber weiter nichts! Keine Faser meines Körpers, kein Hauch meiner Seele und keine Regung meines Geistes stammt von ihm. Denkt man in deiner Heimat hierüber anders? Wir beide, er und ich, haben nicht den geringsten Teil aneinander! Nicht die Verwandtschaft, sondern nur die Liebe könnte uns verbinden, wenn sie vorhanden wäre.“

„Aber man sagt, daß er dich nur öffentlich verfolge, heimlich aber liebe er dich!“

„Möglich! Für mich aber ist diese Liebe nicht vorhanden, da er mir niemals einen Grund gegeben hat, sie auch nur zu ahnen. Ich sah nur Haß. Er haßte meinen Vater nicht nur deshalb, weil dieser ihm die Tochter nahm, sondern auch, weil dieser ein größerer Arzt und überhaupt ein bedeutenderer Mensch war als er. Jede Kur, die nicht ihm, dem Zauberer, sondern meinem Vater, dem Heiden, gelang, vergrößerte den Haß. Dennoch achte ich ihn und wünsche, daß auch du ihn achtest; denn er ist trotz dieser einen Schwäche in jeder anderen Beziehung ein guter, edler Mensch. Und die Großmutter? So wirst du fragen. Ich liebe sie, denn ich liebe mich. Meine Mutter war Fleisch von ihrem Fleische und Seele von ihrer Seele, und beides ging über auf mich. Aber sie war mehr Priesterin als Mutter. Sie verzichtete um des Zauberpriesters willen auf ihr Kind und auf ihren Enkel. Sie grüßt mich nur von weitem, und auch das verschweigt sie ihm. Kannst du das begreifen?

Wir waren während dieses Gesprächs in der Nähe des Grabes langsam hin- und hergegangen. Nun blieb er vor dem Hügel stehen und fuhr in seiner Rede fort:

„Jetzt liegt der Sahahr in Todesgefahr; da ruft sie mich. Ich soll ihn retten. Ich werde es tun. Sie soll nicht vereinsamen wie ich, sie soll ihn behalten. Aber ich tue es ohne Wohlwollen, ohne Liebe, ohne Freude. Ich bin nur noch Körper und Geist. Meine Seele ist tot, die hat man mir begraben, hier in diesem Moder, in dieser verwesenden Feuchtigkeit!"

Er schlug die Arme auf der Brust übereinander, hielt das Grab mit seinen Blicken fest, als ob er es durchdringen wolle, senkte den Kopf und sagte:

„Ich bitte dich, über das, was ich dir jetzt gestehe, nicht zu lächeln! Sooft ich vor diesem Grab stehe, ist es mir, als ob mein Auge die Kraft habe, durch die Erde und durch die Wände des Sarges zu dringen, und ich sehe ihn immer leer; denke dir, Ssahib, immer leer! Ist das Wahnsinn? Man behauptet ja, daß ich wahnsinnig sei! Das quält mich ungemein! Das hat mich schon seit Jahren gepeinigt und peinigt mich auch noch heute. Es packt mich oft so, daß ich kaum widerstehen kann. Jetzt in diesem Augenblick, an dem ich mit dir hierüber spreche, ist es so stark und so deutlich, daß ich die Erde mit den Händen aufscharren möchte, um dir zu zeigen, daß der Sarg leer ist!"

„Das wäre doch ein fürchterlicher Betrug!"

„Ja, das wäre es! Ich möchte scharren und scharren, um diesen Betrug aufzudecken und die Bretter des leeren Sarges den Eltern meiner Mutter in das Gesicht werfen zu können; aber diese Tat wäre so ungeheuerlich, daß ich über den Wahnwitz erschrecke, sie mir zu denken. Auch frage ich, wo die Mutter denn sein soll, wenn nicht hier? Und ich hatte und habe sie ja noch viel, viel zu lieb, als daß ich die Sünde auf mich nehmen möchte, ihr Grab geöffnet und geschändet zu haben!"

In diesem Augenblick war ein starker, tiefer und langgezogener Ton zu hören. Er klang fast wie von einem Alpenhorn. Er kam vom Fluß her. Ihm folgten weitere Töne, die ganz dieselbe Klangfarbe besaßen, aber entweder höher oder tiefer waren als der zuerst erklungene. Es schien ein Signal oder richtiger eine Fanfare sein zu sollen.

„Das ist das Zeichen der Hukara[1]!" rief der Erdschani aus, sichtlich freudig überrascht. „Ich habe ihnen gestern sagen lassen, daß du heute um diese Stunde bei mir sein werdest. Sie haben sich bis jetzt beraten und kommen nun, mir mitzuteilen, was sie beschlossen haben."

„Wer und was sind diese Hukara?" fragte ich.

„Die Zurückgesetzten, die Geringgeschätzten, die Verachteten", antwortete er. „Ssahib, du wirst jetzt erfahren, daß ich nicht der törichte, untätige Knabe bin, als der ich dir erscheinen mußte. Meine Gefangenschaft war nicht ganz unfreiwillig. Sie hat empört. Das wußte ich, und das wollte ich. Zu den Hukara gehören alle, die unsere bisherige Feigheit den Tschoban gegenüber für eine Schande halten. Sie protestieren, so oft und so laut sie können, gegen das bisherige Verfahren. Sie haben mich zu ihrem Anführer gewählt. Das gab dem Sahahr Veranlassung, mich wieder einmal für irrsinnig und für moralisch räudig zu erklären und mich gar in den Stachelzwinger zu stecken. Weil ich, ihr Anführer, ein Verachteter und Verfolgter war, wurden sie mir gleichgestellt und mit dem Namen Hukara bezeichnet. Sie lachten darüber. Da kam die Kunde, daß die Tschoban einen neuen Einfall beabsichtigen und daß zwei fremde Gäste kommen würden, die den Erstgeborenen der Tschoban gefangengenommen haben. Das gab hellen Jubel. Es wurden übermenschliche Heldentaten von euch erzählt, und jedermann glaubte an sie. Da kamt ihr gestern

1 Der ‚Verächtlichen'

selbst, und gleich euer erstes Auftreten war diesen Berichten angemessen. Du holtest mich aus dem Zwinger, worauf mein Erstes war, die Hukara zu benachrichtigen, daß unsere Zeit gekommen sei. Ich sprach mit den wichtigsten von ihnen. Sie hatten schon gehört, daß du dich anheischig gemacht hast, die Tschoban im Engpaß Chatar gefangen zu nehmen, ohne daß ein Tropfen Blut zu fließen braucht. Es wurden sofort nach allen Richtungen Boten gesandt. Heute vormittag ist Beratung gewesen. Nun kommen sie, mir das Ergebnis mitzuteilen. Erlaube, daß ich gehe, sie zu empfangen. Ich kehre dann schnell zurück."

Der Erdschani entfernte sich. Während seiner Abwesenheit nahm ich die Karte des Landes der Ussul vor, die er mir geholt hatte. Es kam mir besonders auf die Gegend des Engpasses Chatar an. Sie war sehr deutlich und sehr eingehend gezeichnet. Als ich sie betrachtete und über diese Linien nachdachte, wurde ich in Gedanken nach dem Palast von Ikbal und auf das Schiff Wilahde versetzt, wo ich diesen Engpaß und seine Umgebung mit ganz besonderem Interesse studiert hatte. Die damals gemachten Aufzeichnungen hatte ich zwar vergessen, mit vom Schiff zu nehmen; jetzt aber kehrten sie zu mir zurück. Sie standen so deutlich vor mir, als ob ich diese Studien soeben erst beendet und die Notizen hierüber noch gar nicht niedergeschrieben hätte. Und als ob mir diese ebenso klare wie ausführliche Erinnerung gerade zur richtigen Zeit gekommen sei, stellte sich in diesem Moment der Erdschani wieder ein und sagte:

„Ssahib, der gegenwärtige Augenblick ist ungeheuer wichtig. Es scheint sich eine Umgestaltung aller jetzigen Verhältnisse vorbereiten zu wollen. Sag mir aufrichtig, ob es wirklich möglich ist, die Tschoban am Engpaß zu besiegen, ohne daß es uns einen Tropfen Blut kostet!"

Ich hatte mich niedergesetzt, bei dieser Frage aber stand ich schnell auf. Ihre Bedeutung wollte sich mir fast fühlbar auf die Schultern legen. Auch der junge, edle Ussul war ernst; aber es war ein freudiger, begeisterter Ernst, der aus seiner Stimme sprach, und so klang auch die meinige zuversichtlich heiter, als ich antwortete:

„Ja, es ist möglich! Doch setze ich voraus, daß die Bedingungen vorher erfüllt werden, ohne die es nicht geschehen kann."

„Nenne sie mir, diese Bedingungen!"

„Erstens, daß die Tschoban höchstens viermal stärker sein dürfen, als wir — —"

„Was sagst du? Wie?" unterbrach er mich. „Wir müssen nicht stärker sein als sie? Und werden dennoch Sieger?"

„Ja, wir brauchen nur ein Viertel ihrer Stärke. Zweitens verlange ich unbedingten Gehorsam gegen unseren Anführer."

„Selbstverständlich! Der bist natürlich du!"

„Nein!"

„Wer sonst?"

„Du!"

„Ich — —?"

„Natürlich! Du bist der Herr. Wir werden deine Berater, deine Helfer, deine Freunde sein, weiter nichts. Wir wünschen nichts für uns, gar nichts, sondern alles nur für dich und deine Freunde."

„Wie ist — — ist — — ist das möglich!" rief er aus. „Solche Leute, wie ihr seid, waren noch nie bei uns! Kommt, kommt zu meinen Hukara, damit sie euch sehen und hören! Und daß sie euch lieben und verehren! Aber erfahrt zuvor eins, ehe ich euch zu ihnen führe. Es ist ein bezeichnender Charakterzug dieser lieben, prächtigen Menschen. Bei den Ussul gibt es nämlich ein Gesetz, nach dem gewisse Vergehen mit dem Verbot, einen Bart zu tragen, bestraft werden können. Ich bin ein derart Bestrafter. Und nun denke dir, Ssahib: Als ich soeben zu den Hukara kam, waren sie alle bartlos erschienen, alle! Das ist eine Demonstration, die mehr sagt, als lange Reden sagen können. Sie wird wirken, und ich werde ihnen diesen Beweis ihrer Liebe und Treue niemals vergessen — nie! — Nun kommt!"

Er führte uns nach dem freien Platz vor dem Hause. Da standen sie, dicht gedrängt, wohl drei- bis vierhundert Mann, eine Zahl, die sich aber von Stunde zu Stunde vermehrte. Es waren lauter hohe, breite, eindrucksvolle Gestalten, höchst einfach gekleidet und nur mit langem Messer, Spieß und weitspannenden Bogen bewaffnet. Gewehre sah ich nur einige, so daß sie gar nicht zu rechnen waren. Es jubelte in mir. Was ließ sich mit solchen Leuten, mit solchen Muskeln und Sehnen erreichen! Diese vom Wetter gegerbten, ehrlichen, offenen Gesichter mit dem scharfen, zuverlässigen Blick in den treuen, arglosen Augen! Und das sollten Ausgestoßene, Verachtete sein! Und ganz richtig: sie zeichneten sich alle durch dichte, lang herabhängende Haarschöpfe aus, aber kein einziger trug einen Bart. Man sah es den Wangen an, daß sie alle erst heute früh rasiert worden waren. Ihre breiten, meist ein wenig stumpfnäsigen Ussulgesichter glänzten vor Genugtuung über diese Kundgebung und vor Freude, die beiden Beschützer ihres Anführers begrüßen zu dürfen.

Der Erdschani bat mich, zu ihnen zu reden. Ich tat es, indem ich ihnen mitteilte, wie ich mir den Zusammenstoß mit den Tschoban dachte. Ein Zusammenstoß sollte es überhaupt nicht sein, sondern das außerordentlich bequeme und vollständig ungefährliche Stellen einer Falle, in welche die Gegner ahnungslos zu laufen hatten, um darin steckenzubleiben. Ich sagte ihnen, daß ich ihnen diese Mitteilung nur in größtem Vertrauen mache, und daß sie selbst gegen Freunde und Verwandte kein Wort sagen dürften, weil auch nur ein einziger, unbeabsichtigter Verrat genüge, die Ausführung des Plans unmöglich zu machen. Sie begriffen meine Darstellung sofort und leicht und waren nicht nur einverstanden, sondern sogar begeistert. Am liebsten wären sie unverzüglich aufgebrochen, um nach dem Engpaß zu ziehen. Das ging aber nicht. Wir hatten noch viel Zeit und durften nichts übereilen. Es galt nicht, einen rohen Stoß, einen ungestümen Streich auszuführen und dann mit Beute beladen heimzukehren, sondern die Aufgabe war, mit dem kurzen Kampf einen langen Frieden zu erzwingen und aus dem augenblicklichen, blitzschnellen Sieg einen bleibenden Nutzen zu ziehen. Man mußte den Tschoban endlich einmal imponieren und sich ihnen als mindestens gleichwertig zeigen, um bei ihnen den Wunsch zu erwecken, das bisherige unfreundliche Verhältnis in ein Bündnis zu verwandeln, das beiden Stämmen die nötige Stärke verlieh, um sich von den drückenden Fesseln des Mir von Ardistan zu befreien.

Als ich diesen Gedanken aussprach, jubelten sie laut auf. Daß der Mir von Ardistan seine Leibgarde aus lauter Ussul zusammensetzte und daß die beiden Söhne des Scheiks der Ussul an seinem Hof leben mußten, das fühlten sie nicht als Ehre, sondern als Schande. Sie hielten es schon längst für ihre Pflicht, dieses Joch abzuschütteln, nur hatten sie nicht gewußt, wie es anzustellen sei. Darum nahmen sie meinen Gedanken, durch die friedliche, wenn auch erzwungene Vereinigung mit den Tschoban stark genug zum Widerstand zu werden, mit Freuden auf und erklärten sich bereit, für diesen Zweck zu leben und zu sterben. Sie fragten, ob ich gewillt sei, mit ihnen nach dem Engpaß zu ziehen und ob ich ihnen den redegewandten Scheik der Haddedihn für einige Stunden abtreten möge, damit sie ihn jetzt mit nach ihrem großen Versammlungsplatz nehmen könnten, um sich von ihm belehren und unterrichten zu lassen. Als ich beides bejahte, nahmen sie den kleinen Hadschi samt seinen Hunden in die Mitte und marschierten jubelnd nach dem Ufer, wo wir sie in ihre Boote und auf ihre Flöße steigen und sich entfernen sahen. Halef stand, die Hunde neben sich, auf einem der größten Flöße und winkte uns Abschied zu. Er fühlte sich als wichtige Person, und das bereitete ihm stets eine Wonne.

Somit war nun mein Aufenthalt auf der ‚Insel der Heiden' beendet. Er hatte eine unvorhergesehene Entscheidung gebracht und sollte auch noch weitere Folgen zeitigen, an die ich jetzt nicht dachte. Auch der Erdschani mußte fort. Es nahte die Zeit, für die er zu der Priesterin bestellt worden war. Wir verließen die Insel, er auf seinem kleinen Floß und ich in meinem Kanu. Wir ruderten auf demselben Weg zurück, den ich zu ihm gekommen war. Als wir hierbei an einer der bereits erwähnten, im Fluß liegenden Inseln vorüberkamen, hörten wir laute, klatschende Schläge und das pfeifende Winseln von Hunden, die mit der Peitsche bestraft wurden.

„Das sind Aacht und Uucht", sagte der Erdschani.

„Die beiden hochedlen Hunde?" fragte ich, während ich die Ruder schnell einzog.

„Ja. Der Wärter dressiert sie. Sie scheinen nicht gehorchen zu wollen. Daher die Schläge."

„Das soll er bleiben lassen!" rief ich zornig aus und lenkte nach dem Ufer. Er folgte mir.

Das Inselchen war der Zwinger nur für die beiden Hunde. Eine dicke, hohe Mauer von lebenden Dornen umgab sie rings, um die Tiere festzuhalten. In dieser Mauer befand sich eine sehr schmale Pforte, die jetzt offenstand. Als wir sie passiert hatten, befanden wir uns auf einem freien Grasplatz, wo zwei starke Pfähle in die Erde gerammt waren. An diesen Pfählen hingen die Hunde, und zwar mit den Köpfen fest an den Erdboden gebunden, wie man es in manchen Gegenden noch heute beim Schlachten starker Ochsen macht. Da ist in der Mitte der schwersten Steinplatten des Fußbodens ein eiserner Ring angebracht, durch welchen der Strick, an dem das

Tier hängt, derart gezogen ist, daß ihm der gesenkte Kopf tief unten mit dem Maul an die Platte gefesselt ist. Mit angstvollem Blick schielt es von da unter dumpfem Gebrüll zu dem Schlächter empor, der mit der Axt weit ausholt, um ihm den tödlichen Schlag auf die Stirn zu versetzen. Nicht immer gelingt dieser Hieb. Dann ist es fürchterlich, mit dabei zu sein. Ich selbst habe gesehen, daß ein Ochse, den dieser erste Hieb nicht tötete, in wahnsinnnigem Schmerz und mit der Kraft der Todesangst die mehrere Zentner schwere Steinplatte aus der Erde riß, aber doch nicht fliehen konnte, weil sie ihm die Beine zerschmetterte. Der Ochse brüllte, auch der Fleischer brüllte wie ein Stier und schlug mit dem Beil solange auf das arme Opfer los, bis es blutüberströmt zusammenbrach.

Genauso waren auch hier die Hunde mit den Köpfen tief unten angebunden, daß sie sich ja nicht wehren konnten. Und außerdem hatte der Dresseur ihnen mit einer Art von Beißkörben die Mäuler so fest zusammengepreßt, daß sie weder bellen noch beißen, sondern nur noch winseln konnten. Dabei schlug er mit einer Riemenpeitsche unbarmherzig auf sie ein. Ich sprang auf ihn zu, riß ihn zurück und fragte ihn zornig:

„Warum schlägst du meine Hunde? Wer hat dir das erlaubt?"

„Deine Hunde?" rief er erstaunt. Er war viel länger, breiter und stärker als ich und dabei so dicht bebartet im Gesicht, daß man kaum noch die Augen und die Nasenspitze sehen konnte.

„Ja! Sie sind mein!" antwortete ich.

„Das ist nicht wahr. Sie gehören jetzt dem Scheik und seiner Frau. Sie werden für einen Fremden aufgehoben, der einen Schild auf der Brust trägt; ich aber bin der eigentliche Herr. Ich strafe sie, wenn sie nicht lernen wollen, und niemand hat mir da dreinzureden. Auch du nicht! Das werde ich dir zeigen!"

Er holte wieder aus und versetzte zweimal jedem der Hunde einen klatschenden Hieb. Er wollte fortfahren; da aber riß ich ihm die Peitsche aus der Hand und zog sie ihm schnell einige Male über den Rücken, so daß er zunächst vor Schreck und Schmerz vergaß, mir Widerstand zu leisten. Dann aber wollte er mit den gewaltigen Fäusten nach mir langen, doch kam er nicht dazu, mich anzufassen, denn ich gab ihm von unten her einen solchen Stoß in die Achselgrube, daß er ausgehoben und zu Boden geschleudert wurde. Da raffte er sich auf, stieß einen Wutschrei aus und warf sich wieder auf mich, um sich zu rächen, hielt aber mitten im Sprung ein, weil sich ihm jetzt auch der Erdschani entgegenstellte. Dieser war am Eingang stehengeblieben und von ihm gar nicht bemerkt worden. Nun kam er schnell herbei und griff mit beiden Armen nach dem Mann, um ihn von mir abzuhalten. Dieser ihn sehen, sich umdrehen und davonlaufen war eins.

„Der Dschirbani! Der Aussätzige! Fort, fort!" —

Mit diesem Ruf schnellte er sich durch den schmalen Eingang hinaus.

Der Erdschani warf ihm einen verächtlichen Blick nach und fragte mich dann:

„Weißt du, daß ich staune, Ssahib?"

„Worüber?" fragte ich.

„Über deinen Achselstoß, mit dem du diesen schweren, riesigen Menschen von dir hinweg und zur Erde schleudertest! Eine solche Körperstärke ist Leuten deiner Gestalt nicht zuzutrauen. Nun du sie mir aber gezeigt hast, bin ich froh darüber. Es stehen uns schwere Kämpfe bevor, und da beruhigt es mich sehr zu sehen, daß du, mein Beschützer und Führer, es auch in der rein äußerlichen Kraft mit jedem Ussul, jedem Tschoban und jedem Ardistani aufzunehmen vermagst!"

„Da sorge dich ja nicht! Die rohe Kraft ist, außer wenn sie von Kopf und Herz geleitet wird, nicht eine

Stärke, sondern eine Schwäche des Menschen. Sie wird durch den Einfluß des Geistes, des Willens verdoppelt, durch Zucht und Übung verdreifacht, und wenn du sie dann nur nach der Länge und Breite des Körpers missest, so setzt du dich Täuschungen aus, die dich in Nachteil bringen. Mein kleiner Hadschi Halef Omar ist nur ein Knirps gegen euch, aber ich möchte es keinem Ussul raten, einen ernsten Gang auf Leben und Tod mit ihm zu wagen. Seine Knochen sind von Schmiedeeisen und seine Sehnen von Stahl! — Doch nun zu den Hunden!"

Vor allen Dingen band ich die beiden Tiere los und befreite sie von den peinigenden Maulkörben. Da sprangen sie vor Freude hoch auf, jagten drei- bis viermal rundum und kehrten dann zu mir zurück, um sich zu meine Füßen niederzulassen und mir die Hand zu lekken. Ich hatte ihrem Peiniger die Peitsche entrissen; sie sahen mich als ihren Retter an, und in ihren großen, schönen, unendlich ehrlichen Augen war die Bitte zu lesen, mir dafür dankbar sein zu dürfen. Welche Freude sie hatten, als ich ihnen erlaubte, sich an mir hoch aufzurichten, und sie dann mit beiden Armen an mich drückte! Wie schön sie waren! Wie edel und stark! An Größe überragten sie sogar noch die Bärenhunde der Ussul. Der berühmte Dojan, von dem ich in dem Band „Durchs wilde Kurdistan' erzähle, war ein Windspiel gegen sie. Auch ihre Farbe war ganz eigenartig. Ich kann sie nicht besser beschreiben, als indem ich sie mit jener Art von Pferden vergleiche, die man Schwarzschimmel nennt, nur daß bei diesen Hunden das Schwarz einen frappierenden Übergang zur blauen Farbe zeigte. Hierzu kam, daß ihre sehr feine, seidenweiche Behaarung mittellang, nicht kurz war, was die Seltsamkeit dieser Färbung ungemein erhöhte. Sie waren wirklich vornehme, fast möchte ich sagen, königliche Tiere!

„Diese herrlichen Abkömmlinge der Hunde von Dschinnistan übertrafen als Wasserfinder sogar die besten und berühmtesten Hunde, die es bei den Ussul gegeben hat", sagte der Erdschani.

„Als Wasserfinder?" fragte ich. „Das kenne ich nicht."

„Die Gewöhnung an die immerwährende, große Feuchtigkeit unseres Landes läßt uns die jenseits der Grenze liegenden trockenen Wüsten unerträglich erscheinen. Wir vertragen den Durst nicht. Sobald wir hinüberkommen, bangen wir nach Wasser. Nicht nur wir, sondern auch unsere Pferde und Hunde. Die letzteren wissen dann mit ihren feinen Nasen jede Spur von Feuchtigkeit, auch die geringste, zu entdecken. Wo sie die Erde scharren, ist in der Tiefe Wasser zu finden."

„Also Wasser gibt es in diesen vertrockneten Gegenden doch?"

„Ja, aber in welcher Tiefe! Wer hat Werkzeuge mit? Und wenn man graben wollte, würde man verdursten, ehe man die betreffende Tiefe erreichte. Dennoch ist es vorgekommen, daß Hunde ihre Herren vor dem Verschmachten gerettet haben. Es scheint also doch Stellen zu geben, wo die Wasser der Tiefe bis nah an die Oberfläche emporsteigen. Mein Vater reiste alljährlich einmal nach Dschinnistan. Er tat das nie, ohne einen zuverlässigen Hund mitzunehmen, und hat alle feuchten Orte genau verzeichnet, die er mit Hilfe dieser Tiere fand. Aacht und Uucht[1] aber sind die scharfrüchigsten und zuverlässigsten von allen, die es bisher gegeben hat. Das wurde ausgeprobt. Vor allen Dingen zeichnen sie sich dadurch aus, daß sie den Durst mit Leichtigkeit ertragen, alle anderen aber nicht."

„Hast du diese Verzeichnisse deines Vaters noch?"

„Ja. Es ist ein kleines, aber sehr eng beschriebenes Buch, in dem alle Orte, die er von hier bis Dschinnistan berührte, geschildert sind."

„Das ist ja kostbar für uns! Ich bitte dich, es mitzunehmen!"

1 ‚Bruder' und ‚Schwester'

„Das werde ich tun. Ich habe überhaupt viel mitzunehmen."

„Nur nichts, was uns belästigt, ohne Nutzen zu bringen. Wie schwimmen Aacht und Uucht?"

„Wie ein Fischotter, also noch besser als Hu und Hi, die Halef bei sich hat. Möchtest du sie nicht gleich mitnehmen? Sie schwimmen so schnell, wie wir rudern."

„Wenn sie uns freiwillig folgen, ja."

Wir gingen nach dem Wasser. Die Hunde folgten sofort. Als wir unser Fahrzeug bestiegen, sprangen sie freudig bellend in den Fluß, als ob es sich ganz von selbst verstehe, daß sie nun zu mir gehörten. Sie blieben bei mir, ich mochte schnell oder langsam rudern, Aacht rechts und Uucht links von meinem Kanu. Und wie es jetzt, gleich beim erstenmal war, so war es von nun an immerfort: Beide waren stets getreu an meiner Seite, der Bruder rechts, die Schwester links von mir, als müsse dies so sein. Ich stieg an meinem Landungsplatz aus, und die Hunde gingen mit ans Ufer. Sie machten nicht den geringsten Versuch, dem Erdschani zu folgen, der, um nicht auffällig gesehen zu werden, erst hinter dem Tempel aussteigen wollte. Es war genau Mittag, als wir uns trennten.

Da ich jetzt nichts zu tun hatte, beschloß ich, bis zum Essen zu schlafen, um das während der Nacht Versäumte nachzuholen. Aacht und Uucht schüttelten sich das Wasser aus den Fellen und kamen mit ins Haus. Als ich mich niederlegte, taten sie das auch, der eine rechts, der andere links von mir. Ich schlief schnell ein, wachte aber pünktlich, also kurz vor zwei Uhr, wieder auf. Ich übergab die Hunde den beiden Dienern, denen ich befahl, sie gut zu füttern. Dann ging ich nach dem ‚Palast', um mich zum Essen einzustellen.

Vorzeichen

Heute gab es weit mehr Gäste als gestern. Die Ältesten des Stammes und überhaupt alle, die irgend etwas zu bedeuten hatten, waren geladen. Ich saß wieder zwischen dem Scheik und seiner Frau. Es ging sehr lebhaft zu. Mein Halef fehlte. Von den Offizieren, die er so schnell befördert und so hoch besoldet hatte, war keiner da. Ich hörte, daß sie noch schliefen. Hatte der Simmsemm gestern seine Wirkung getan, so tat er sie auch heute. Man wurde lustig. Aber in diese Lustigkeit hinein fiel eine Szene, die den Scherz sofort in strengen Ernst verwandelte. Es traten nämlich zehn mit Spieß, Bogen, Köcher und langem Messer bewaffnete Riesen bei uns ein, die meldeten, daß sie die bevollmächtigten Offiziere von fünfhundert Hukara seien und mit dem Scheik und seinen Ältesten zu sprechen hätten. Ihr Anführer war eine Prachtgestalt, körperlich ein Hüne und, wie ich später sah, auch in Beziehung auf Intelligenz den gewöhnlichen Ussul weit voraus. Er hieß Irahd und war einer der wohlhabendsten Männer der Stadt. Er führte das Wort, und zwar in ebenso geschickter wie energischer Weise.

Er schilderte die bisherige Feigheit der Ussul ihren Feinden gegenüber und betonte, daß diese Feigheit gar keine Veranlassung habe, auf die Hukara, die wehrhafte mutige Männer seien, verächtlich herabzublicken. So weit die Erde reiche, halte man den Ussul für ein Zerrbild, für eine Lächerlichkeit. Das müsse unbedingt anders werden, und zwar noch heute, wo sich die beste Gelegenheit biete, die Achtung anderer Stämme und Völker zu gewinnen. Wahrscheinlich sei den anderen der Begriff der Völkerehre noch nicht verständlich, den Hukara aber liege außerordentlich viel daran, sich anderen Nationen als moralisch ebenbürtig zu erweisen, und so hätten sie sich fest entschlossen, nach dem Engpaß Chatar zu ziehen, um die Tschoban nach Gebühr zu empfangen. Ihr Feldherr sei schon erwählt, nämlich der Erdschani, der Räudige, der für verrückt Gehaltene, den man zu verachten wage, obgleich er der Einzige sei, der die Befähigung besitze, die Ussul auf die Höhe gebildeter Völker emporzuheben. Er befinde sich jetzt auf dem großen Versammlungsplatz, um seine fünfhundert Hukara einzuexerzieren. Hadschi Halef Omar, der berühmte Scheik der Haddedihn, helfe ihm dabei. Auf die alten, invaliden Soldaten verzichte man; die Kriegsspielerei mit ihnen sei kindisch und führe zu nichts. Mit zehn gesunden, kräftigen Hukara könne man mehr erreichen als mit einer großen Schar dieser alten, vom Mir von Ardistan verbrauchten Leute. Darum seien die Hukara entschlossen, die ganze Schar der Feinde auf sich allein zu nehmen und auf jede andere Kameradschaft zu verzichten. Aber man müsse Bedingungen stellen, deren Erfüllung zum Sieg erforderlich sei, und das wolle man sofort tun in einer Beratung mit den Ältesten. Bei dieser hochwichtigen Angelegenheit dürfe man keine Minute verlieren.

Dieser Vorgang kam nicht nur dem Scheik, sondern auch den anderen überraschend. Die Hukara hatten allerdings schon längst gedroht, diese Sache in die Hand zu nehmen; aber daß sie es wirklich tun würden, das hatte man nicht erwartet. Und nun diese Plötzlichkeit, diese Energie und Eile! Man sah es den Ältesten allen an, daß sie sich in Verlegenheit befanden.

Aller Augen waren auf den Scheik gerichtet, der sich im Gefühl seiner Unselbständigkeit, wie immer, an seine Frau wandte. Er tat das zwar mit leiser Stimme, aber da ich zwischen ihnen beiden saß, hörte ich deutlich, was sie sprachen.

„Was sagst du hierzu?“ fragte er sie. „Man hat uns da vollständig überrumpelt! Ich weiß nicht, was ich antworten soll! Aber ich meine, es würde eine Schwäche sein, auf solch ein Verlangen einzugehen!“

„Im Gegenteil! Eine Stärke wäre es! Du mußt ihren Wunsch erfüllen!“ antwortete sie.

„Diesen Unreinen, Verächtlichen, Tiefstehenden? Sie sind nur Pöbel!“

„Gerade deshalb!“

„Warum gerade deshalb? Und wer soll sie befehligen? Der Verrückte, der Räudige! Welch eine Schande für uns, wenn man dann überall höhnt, daß wir unsere Ehre nur Ehrlosen oder Verrückten anvertrauen!“

„Gerade deshalb!“ bestand sie darauf.

„Das verstehe ich nicht! Was meinst du damit?“

Sie hielt ihm keine lange Rede. Als kluge Frau wußte sie, wie sie ihren Mann zu nehmen hatte. Sie ging auf seine Ansichten ein und überfiel ihn mit seinen eigenen Waffen, indem sie erklärte:

„Gerade weil sie nichts taugen, weder die Hukara noch der Erdschani, mußt du tun, was sie wollen. Schicke sie gegen den Feind, so bist du sie los!“

Er staunte. Dann schaute er sie bewundernd an und sagte:

„Taldscha! Wie ungeheuer klug du bist! Und wie recht du hast! Das ist so einfach! Wir erfüllen ihnen ihren Wunsch und jagen sie dadurch fort. Dann sind wir frei von ihnen! So wird es gemacht, so, so!“

Hierauf wandte er sich an den Sprecher und erklärte ihm, daß einer Beratung nichts im Weg stehe. Man werde sich mit dem Essen beeilen, und dann könnten sie sofort beginnen. Die zehn Hukara nahmen Platz, um zu warten.

„Sihdi, weißt du davon, daß dein Halef die Hukara übt?“ fragte mich Taldscha.

„Nein. Ich weiß nur, daß sie ihn mit fortgenommen haben. Jedenfalls aber ist das, was er tut, nicht gegen euch gerichtet!“

„Das weiß ich! Wenn die Beratung beginnt, entferne ich mich.“

„Ich natürlich auch."

„So bleiben wir, wenn es dir recht ist, beisammen. Ich möchte nach dem Versammlungsplatz, um das Exerzieren zu sehen. Reitest du mit?"

„Gern."

„Aber nicht auf meinen, sondern auf deinen Pferden. Oder hat Halef das seinige mit?"

„Nein."

„Wird es stark genug sein, mich zu tragen?"

„Gewiß. Ben Rih ist zwar nicht so stark wie zum Beispiel euer wunderbarer Smihk, aber doch stark genug, um selbst vom schwersten Ussul geritten zu werden."

„Und darf ich meine Hunde mitnehmen?"

„Welche?"

„Aacht und Uucht, von denen ich dir schon erzählte. Ich möchte gern wissen, wer schneller und ausdauernder ist, sie oder eure Pferde. Du hast sie noch nie gesehen; ich zeige sie dir."

„Ja, nimm sie mit", bat ich, wobei ich ihr verschwieg, daß sie sich bereits bei mir befanden.

„Vorher aber gehe ich einmal zur Priesterin, um mich zu erkundigen, wie es mit dem Sahahr steht. Darum breche ich schon eher von hier auf als du."

Sie ging noch vor Beendigung des Mahls, und ich dann auch. Zu Haus bekam ich eine rührende Tiergruppe zu sehen. Syrr, mein hochedler Rapphengst, hatte sich niedergelegt. Aacht und Uucht lagen bei ihm und leckten ihn mit einem so fleißigen Eifer, als ob sie damit ihr Brot zu verdienen hätten. Ihm war deutlich anzusehen, daß er sich über diese Liebe freute. Warum fand ich die Hunde gerade bei ihm, nicht aber bei Ben Rih? Es war, als ob sie wüßten, daß sie zu ihm und mir und nicht zu Ben Rih und Halef gehörten. Als ich sie jetzt liebkosend streichelte, fühlte und hörte ich sehr deutlich die winzigen, zahllosen elektrischen Funken, die von ihren Fellen auf meine Hand übersprangen. Dasselbe geschah, wenn ich das Haar Syrrs strich. Hier war wohl das Band zu suchen, durch das sie zusammengehörten, und daß sie diese Zusammengehörigkeit fühlten, war nun ja doch erwiesen.

Ich sattelte die Pferde. Als die Frau des Scheiks kam, war sie überrascht, die Hunde bei mir zu sehen. Sie hatte mit mir nach der gegenüberliegenden Uferseite reiten und sie von da aus zu uns herüberrufen wollen. Ich erzählte ihr mein Zusammentreffen mit dem Wärter. Sie billigte es, daß ich sie mitgenommen hatte, wenn auch nur leider für einstweilen, weil sie für den betreffenden geheimnisvollen Fremden aufzuheben seien. Dann stiegen wir auf und begannen den interessanten Ritt, der uns in einem weit gezogenen Kreis rund um die ganze Stadt führen sollte.

Wir umritten da auch die beiden großen Seen, die im Osten und Westen der Stadt lagen. Man fischte auf ihnen. Von allen, die uns begegneten, wurden wir in einer Weise gegrüßt, die deutlich zeigte, wie geliebt und geachtet meine Begleiterin war. Sie hatte von den unvergleichlichen, windesschnellen Pferden der Araber gehört. Sie hatte gewünscht, einmal ein solches Pferd zu sehen, und fühlte sich nun glücklich, diesen Wunsch in so reichlicher Weise erfüllt zu bekommen. Sooft das Gelände es gestattete, ließen wir die Rappen laufen, was sie konnten und wollten, und Taldscha gestand, daß sie solche Schnelligkeit nicht für möglich gehalten habe und daß es eine königliche Lust sei, ein solches Tier zu reiten. Sie selbst kam dabei außer Atem, die Pferde aber nicht. Ben Rih, der den kleinen hageren Hadschi gewohnt war und heute nun eine fast mehr als doppelte Last zu tragen hatte, hielt sich vortrefflich, blieb stets im gleichen Schritt mit meinem Syrr und zeigte weder eine Flocke Schaum noch die geringste Spur davon, daß er von der größeren Last ermüdet werde. Was die Hunde betrifft, so will ich nur sagen, daß ich sie fortwährend bewunderte. Diese

Kraft und Eleganz, diese Ausdauer und Geschmeidigkeit! Jeder einzelne Sprung war eine Schönheit an sich! Und Wie stolz und frei sie im stärksten Lauf die Köpfe trugen! sooft wir hielten, gab es kein Jappen und Schnappen nach Luft, kein Husten und Pusten, kein Ringen und Schlingen nach dem verschwendeten Atem, sondern die Herzen schlugen unerregt, und die Lungen arbeiteten so ruhig, gleichmäßig und gelassen, als ob man nur so still und sacht spazieren gegangen sei. Ich versprach mir von diesen köstlichen Tieren viel; sie konnten uns auf unserem Weg nach Dschinnistan von unbezahlbarem Nutzen werden. Ich machte mir den Spaß, diesen Gedanken gegen die Frau des Scheiks auszusprechen. Da sah sie mich verwundert an und fragte:

„Also handelt es sich nicht nur um den Kampf am Engpaß Chatar?"

„Nein."

„Ihr wollt dann gleich weiter? Durch ganz Ardistan? Hinauf nach Dschinnistan?"

„Ja."

„Und diese Hunde sollen mit?"

„Ich denke es!"

„So hast du mich noch immer nicht verstanden! Ich begreife das nicht. Ich habe dir doch gesagt, daß ein Fremder kommen wird, der — —"

Da fiel ich ihr schnell in die Rede:

„Der dir nur dieses vorzuzeigen hat, so gibst du ihm die Hunde, die der Mir von Dschinnistan ausdrücklich für ihn bestimmte!"

Während ich das sagte, zog ich mein Obergewand vorn auseinander und zeigte ihr den Schild auf meiner Brust. Da hielt sie ihr Pferd an, hob die Arme empor und rief:

„Gott sei Dank! So hat auch hier der Glaube über den Zweifel gesiegt! Marah Durimeh hält das Wort, das sie uns gegeben hat! Wir Blinden! Daß du es sein müssest, das konnten wir uns doch denken! Ich befand mich in großer Verlegenheit. Ich gönnte die Hunde keinem anderen als nur dir allein und mußte sie doch für einen anderen aufheben. Nun bist du dieser andere selbst! Wie mich das freut! Hier hast du meine Hand. Ich danke dir!"

Also, anstatt daß ich mich bei ihr bedankte, bedankte sie sich bei mir! Sie folgte da einer Regung, die nicht oberflächlich, sondern tief zu beurteilen war. Als wir dann weiterritten, war sie sehr still. Sie dachte nach. Erst nach längerer Zeit traten diese ihre Gedanken zutage, als sie sagte:

„Das Leben ist doch etwas ganz, ganz anderes, als gewöhnliche Menschen denken! Gott dirigiert; gewoben aber wird es nicht nur von uns selbst, sondern außer uns auch von Personen und Kräften, auf die wir zu achten haben; von großen Meisterinnen und Meistern; von Gesellen, die noch nicht Meister sind, und von Lehrlingen, deren Hand, wenn man sich auf sie verläßt, meist alles verdirbt. Die größte Meisterin, der alles gelingt, ist Marah Durimeh. Auch der Dschinnistani war ein Meister. Der Sahahr ist Lehrling. Seine Frau, die Priesterin, denkt schon höher als er. Sie weiß zwar noch nichts, aber sie ahnt den Zusammenhang der Dinge. Ich bin ihre Vertraute, ich allein. Effendi, willst du ehrlich sein und mir aufrichtig bekennen, daß ihr Bild nicht klar und rein vor deinem inneren Auge steht?"

„Ich bekenne es."

„Es kann nicht anders sein. Aber es tut mir weh, sie von dir noch ungekannt zu sehen. Sie ist edel; sie ist rein. Wenn du mir versprichst, zu schweigen, so will ich dir ein Geheimnis mitteilen, dessen Kenntnis dich befähigt, die Wahrheit zu schauen. Es betrifft den Erdschani. Wenn ich es dir erzähle, so tue ich das aus zwei Gründen. Nämlich um die Ehre meiner Freundin in deinen Augen zu retten und um dich zu befähigen, meinen

Schützling, den Erdschani, von falschen Gedankenwegen abzulenken. Ihm aber darfst du nur in der höchsten Not etwas davon sagen. Versprichst du mir das?"

„Ich verspreche es."

„So erschrick nicht über das, was ich dir berichten werde! Du warst bei ihm. Hast du das Grab seiner Mutter gesehen?"

„Ja."

„So wisse: es ist leer!"

Ich war betroffen, sagte aber nichts und sah sie fragend an.

„Du wirst erschrocken sein", fuhr sie fort.

„Erschrocken nicht", antwortete ich. „Doch staune ich, daß er so richtig fühlt und richtig ahnt."

„Wie? Er ahnt es?"

„Ja. Er bezweifelt, daß seine Mutter gestorben sei. Es gibt Augenblicke, in denen er das Grab mit den Händen aufkratzen möchte, um nachzuweisen, daß der Sarg leer ist."

„Er ist nicht leer. Er enthält an Stelle der Leiche eine wohlverwahrte Schrift, die alles aufdeckt, was damals geschah. Der Sohn war verreist, um ferne Verwandte zu besuchen. Die Mutter, die wir alle für verwitwet hielten, war also allein. Sie wohnte, wie du weißt, auf der ‚Insel der Heiden'. Des Abends, als niemand ihn sah, erschien ihr Mann bei ihr, der Dschinnistani, der bei uns für tot gegolten hatte. Er lebte noch. Er wohnte in Dschinnistan und kam, sie dorthin abzuholen. Aber nur sie, den Knaben nicht. Der hatte noch zu bleiben. Und dennoch wurde er von beiden geliebt, wie nur Vater und Mutter lieben können. Begreifst du das, Sihdi?"

„Sehr gut! Es gab höhere Rücksichten, denen man zu gehorchen hatte. Diese Rücksichten hatten dem Dschinnistani bisher verboten, zurückzukehren oder auch nur etwas von sich hören zu lassen. Sie untersagten ihm jetzt, den Sohn mitzunehmen oder ihm auch nur mitzuteilen, daß der Vater dagewesen sei, um die Mutter zu holen. Diese kam zu euch, um euch das zu erzählen, um Abschied zu nehmen und euch das Wohl ihres Sohnes ans Herz zu legen? Sie war vorher bei ihren Eltern gewesen? Der Sahahr schied im Zorn von ihr? Er jagte sie fort, weil er geistig nicht hoch genug stand, die Verhältnisse, von denen sie sich leiten ließ, zu begreifen? Aber von ihrer Mutter wurde sie verstanden? Die gab ihr sogar ihren Segen mit, ihren Segen und die Hoffnung auf ein glückliches Wiedersehen?“

Da hielt Taldscha ihr Pferd wieder an. Sie staunte.

„Woher weißt du das?“ fragte sie. „So richtig und so ausführlich! Du kannst es unmöglich wissen und weißt es doch! Es ist ein Wunder!“

„O nein! Es ist vielmehr ganz natürlich! Man kann, ja man muß es sich denken, weil es so außerordentlich einfach ist. Als sie fort war, dünkte es den Sahahr unmöglich, öffentlich einzugestehen, daß seine Tochter, die spätere Priesterin der Ussul, aus Liebe zu ihrem Mann ihr Land und Volk verlassen habe, um nach Dschinnistan zu gehen. Auch konnte er nicht begreifen, daß eine Mutter dies tun könne, ohne ihr Kind mitzunehmen, ohne es auch nur erst noch einmal zu sehen. Seine Tochter war für ihn eine Verbrecherin. Er begrub sie in seinem Herzen, und er begrub sie auch auf der ‚Insel der Heiden‘, um das, was er für eine Schande hielt, verschweigen zu können. Aber wie das Begräbnis auf der Insel eine Unwahrheit war, so ist auch das Begräbnis im Herzen eine Lüge. Er hat geglaubt, die Ussul zu täuschen, und täuschte doch vor allen Dingen sich selbst. Wie er weiß, daß seine Tochter körperlich nicht gestorben ist, so weiß er auch, daß sie in seinem Vaterherzen lebt. Das quält und peinigt ihn. Er kann die Lüge nicht loswerden. Sie läßt ihm Tag und Nacht keine Ruhe. Wie jede Lüge zur Wahrheit treibt, so auch diese. Der Sahahr wird nicht eher Ruhe finden, als bis es an den Tag gekommen ist, daß man in jenem Grab nicht die Spuren des Todes, sondern gerade im Gegenteil die Beweise des Lebens zu suchen hat."

„Hat er mit dir hiervon gesprochen?" fragte sie.

„Nein."

„Aber woher weißt du das? Ich bin die einzige Vertraute seiner Frau, der Priesterin, und weiß also, daß auch sie dir hiervon nichts verraten hat. Du sagst, es sei so einfach und so selbstverständlich, es sich zu denken, ich aber begreife es nicht."

„Schau um dich, und schau in dich, so wird dir nicht nur diese, sondern auch so manche andere, scheinbare Unbegreiflichkeit des Lebens sehr leicht verständlich werden. Es gibt ein zweifaches Leben, ein äußerliches und ein innerliches. Das innerliche ist die Hauptsache, denn es gehört der Ewigkeit an. Das äußerliche ist Nebensache, weil es sich aus Vergänglichem zusammensetzt. Das äußerliche ist für das innerliche da, daß es sich offenbare. Man soll durch das Äußere auf das Innerliche schließen. Wer seine Aufmerksamkeit nur auf das Außenleben richtet, der bleibt, mag er nach dieser Richtung hin noch so viel erreichen, in Beziehung auf das eigentliche, höhere, wirkliche Leben doch nur ein armer, beklagenswerter, blinder Mann. Wer sich aber gewöhnt, in allem, was er empfindet, denkt und tut, vom Niedrigen auf das Höhere, vom Körperlichen auf das Geistige und Seelische zu schließen, dem tun sich tausend, tausend Wunder auf, indem er sehen lernt, während der andere erblindet. Vor allen Dingen lernt er unser gegenwärtiges Leben als einen Anschauungs- und Übungsunterricht betrachten, den der Himmel der Erde erteilt, damit sie dann, wenn der Tod die Schule schließt, sich für die neue, herrliche Gotteswelt, in die sie tritt, bereits hier in der alten, nun für sie vergangenen, vorbereitet habe. Wer sich gewöhnt, in dieser Weise zu trachten und zu forschen, der lernt nicht nur, von außen nach innen zu folgern, sondern ebenso auch von innen nach außen zurückzuschließen und kommt dabei zu Erkenntnisschätzen, von denen andere keine Ahnung haben. Was ihr in Beziehung auf den Dschinnistani, seine Frau und seinen Sohn geheimzuhalten trachtet, weil ihr glaubtet, daß es euch vor dem Volk der Ussul bloßstelle, das wiederholt sich täglich und stündlich hier in allerbreitester Öffentlichkeit, so daß es nur die Blinden, von denen ich sprach, nicht sehen."

„So bin auch ich noch blind?" fragte sie. „Denn ich sehe nichts!"

„Ja", antwortete ich. „Du glaubst zu sehen. Aber was in dein Auge fällt, ist nur erst ein leiser, leichter, kaum bemerkbarer Schein des strahlenden Lichts, für das sich deine Augen langsam, nach und nach, öffnen sollen. Und was ich dir jetzt sagte, das sage ich eben nur dir und niemand anderem. Dein Auge kennt schon jenen leisen, dämmernden Schein, der dir den vollen, hellen Tag verspricht, und ich finde also Glauben, wenn ich von dieser Helligkeit, von diesem Tag zu dir spreche; ein Blinder aber würde wahrscheinlich zweifeln, würde den Kopf schütteln, würde vielleicht gar lachen."

„Da hast du recht!" sagte sie sehr ernst. „Ein Blinder würde lachen! Ich aber lache nicht! Der ahnende Schein, der meinen Augen gestattet worden ist, stammt aus dem Paradies, dessen irdisches Bild wir während der Nacht in Flammen vor uns liegen sahen. Durch die Worte, die du jetzt zu mir gesprochen hast, will er mir lichter werden. Und wenn ihr nun von hier nach Dschinnistan reitet, begleite ich euch auf den Pfaden meiner Seele hinauf. Wenn ich nicht vorwärts kann, müßt ihr mir Botschaft geben, denn ich will und darf nicht so töricht sein, den Augenblick zu versäumen, an dem die alte, fromme Sage der Ussul zur Wahrheit wird. Komm! Reiten wir weiter nach dem großen Versammlungsplatz, wo die Hukara exerzieren! Bis dahin erzähle ich dir, daß es dem Erdschani gelungen ist, seinem Großvater, dem Sahar, den alten, schlechten Verband abzunehmen und einen neuen anzulegen, ohne daß dieser es bemerkt hat. Ich glaube, das Leben des Zauberers ist gerettet."

Der Versammlungsplatz war eine große, quadratische Lichtung, wo bei unserer Ankunft ein außerordentlich reges Leben herrschte. Über fünfhundert Hukara exerzierten, und zwar zu Pferde. Eine große Menge von Ussul, Männer, Weiber und Kinder, waren gekommen, um zuzusehen. Der Erdschani war anwesend; er leitete das Ganze, aber mehr genehmigend als ausführend. Der eigentliche Kommandant war Halef, der eine zwar sonderbare, aber keineswegs lächerliche Rolle spielte. Er, das kleine, schmächtige Kerlchen, saß auf einem so dicken, breiten und fetten Gaul, daß seine Beine nur von der Kniekehle an über den Sattel herunterhingen. Mit den Füßen die Bügel zu erreichen, davon konnte keine Rede sein. Aber er hatte es verstanden, mit Hilfe einiger gut angebrachter Maulknoten in den Zügeln das alte Trampeltier derartig in seine Gewalt zu bringen, daß es gehorchte. Wir hatten unter den letzten Bäumen des Waldes gehalten und ließen uns nicht sehen. Halef führte soeben eine höchst interessante, taktische Übung aus, die ihm sehr gut gelang. Da seiner Truppe die Gewehre fehlten, konnte er sich nur auf Pfeil und Spieß verlassen. Darum hatte er es seiner Schar vor allen Dingen beigebracht, sich im Gebüsch zu verbergen, aus diesem Versteck zwei oder drei dichte Pfeilwolken schnell hintereinander auf die Gegner niederschwirren zu lassen und dann auf die Erschrockenen mit angelegten Spießen loszugaloppieren. Eine heitere Wirkung brachte es hervor, daß Hu und Hi, die beiden Bärenhunde, dem Hadschi überall auf Schritt und Tritt folgten und immer gleiches Tempo mit ihm hielten. Taldscha versicherte mir, daß sie ihn bitten werde, diese anhänglichen Tiere als ein Geschenk von ihr zu behalten.

Wir hatten uns entfernen wollen, ohne uns gezeigt zu haben, wurden aber entdeckt. Das Auge des Erdschani war zufällig gerade auf die Stelle gerichtet gewesen, an der wir uns befanden. Da sah er uns. Wir mußten infolgedessen unter den Bäumen hervor. Man freute sich unseres Kommens. Halef verdoppelte sofort seine Tätigkeit und gab sich alle mögliche Mühe, uns zu zeigen, was für ein Exerziermeister er sei. Wir aber stiegen von unseren Pferden und ließen uns bei dem Erdschani nieder, um die Gelegenheit, mit ihm allein zu sein, zur notwendigen Aussprache mit ihm zu benützen. Mochten andere Leute von Verhandlungen sprechen, und mochten sie so gern glauben, daran beteiligt zu sein, das, was sie als Verhandlung bezeichneten, war doch nur Einbildung. Das, was zu geschehen hatte, ja, vielleicht gar die ganze Zukunft der Ussul, hing in Wirklichkeit lediglich von den zwei Personen ab, mit denen ich jetzt beisammensaß. Mochten die Dinge, die man soeben im Palast beschloß, noch so wichtig erscheinen, die eigentliche und wirkliche Entscheidung hing nur von dem ab, was zwischen uns Dreien jetzt besprochen wurde. Der Erdschani teilte uns mit, daß seine gegenwärtige Botschaft an den Scheik und an die Ältesten vor allen Dingen zwei Zwecke verfolge: erstens solle der Zug gegen die Tschoban nur von ihm und seinen Hukara zu unternehmen und die Beteiligung anderer, etwa gar der Invaliden, unbedingt ausgeschlossen sein, und zweitens sollte der Scheik gezwungen werden, ihn, den am meisten Verachteten, und die zehn Hukara heute mit den Ältesten und den anderen Vornehmen zum Abendessen einzuladen. Diese Einladung war unbedingt notwendig, um die Gleichwertigkeit der Hukara mit allen anderen Ussul festzustellen und dem Hochmut der Ältesten einen Dämpfer aufzusetzen. Erst, wenn das geschehen war, konnte nach dem Essen eine Besprechung der Forderungen erfolgen, welche die Hukara zu stellen, die Ältesten aber zu erfüllen hatten, sollte der Zug nach dem Engpaß überhaupt ermöglicht werden. Es versteht sich von selbst, daß wir ihm recht gaben. Taldscha war überzeugt, daß die Ältesten sich zwar lange weigern, endlich aber doch nachgeben würden. Was mich betraf, so teilte ich meinen Entschluß mit, schon morgen früh mit meinem Halef die Stadt zu verlassen und dem Zug voranzureiten, um Zeit zu finden, die Gegend zu studieren und die Ankunft der Feinde zu erspähen. Ich zählte die Punkte auf, die ich vorzubringen hatte, weil ohne ihre Erfüllung ein Gelingen unserer Pläne nicht möglich war. Besonders betonte ich gute, sichere Zwischenstationen, ausreichende Verpflegung, die eben durch die Stationen ununterbrochen frisch nachzuliefern sei, und vor allen Dingen eine ausreichende Menge von Wasserschläuchen; denn es sei nicht nur möglich, sondern höchst wahrscheinlich, daß unser Zug dann von dem Engpaß aus nicht heimwärts, sondern quer durch die trockene Wüste der Tschoban nach Norden gehen werde.

So saßen wir weit über eine Stunde lang und brachten alles vor, was wir vorzubringen hatten. Ich kann hier diese hochwichtige Besprechung übergehen, weil sich ihre Resultate im Verlauf unserer Erlebnisse deutlich zeigen werden. Selbstverständlich verlangte ich, daß die drei gefangenen Tschoban unter sicherer Bedeckung mitgenommen würden, weil sie für uns ein Kapital bildeten, dessen Wert bei den Verhandlungen mit unseren Gegnern sehr schwer in die Waagschale fallen mußte. Und schließlich erklärte ich, daß ich heute abend nicht zum Essen erscheinen würde, auch Halef nicht. Ich war der Meinung, daß der geplante Zusammenprall der neuen mit den alten Anschauungen viel schneller einen friedlichen Verlauf nehmen werde, wenn Fremde nicht zugegen seien. Taldscha gab mir recht. Sie erwies sich überhaupt als eine so verständige, mutige und opferbereite Verbündete, daß ich wiederholt ihre Hand an meine

Lippen zog, worüber sie sich außerordentlich freute, weil sie sehr wohl wußte, daß ich es mit dieser Anerkennung ernst und aufrichtig meinte.

Da die Hukara ihre Übungen noch bis zur Dämmerung fortsetzen wollten, so stiegen wir zwei wieder zu Pferde und verabschiedeten uns von Halef und dem Erdschani. Dieser fragte mich, ob ich heute um Mitternacht der Einsegnung seiner Krieger beiwohnen werde, und als ich ihm antwortete, daß dies ganz selbstverständlich meine Absicht sei, bat er mich, eine Stunde eher zu kommen und auf der Zinne des Tempels auf ihn zu warten, damit er mir über die Ergebnisse des Abends Bericht erstatten könne. Ich sagte zu und ritt dann mit der Frau des Scheiks fort und in die Stadt zurück. Aacht und Uucht, meine beiden edlen Hunde, hatten während dieser Zeit ruhig neben mir gesessen und sich durch kein Geschrei und keinen Lärm der Reiterei aus ihrer Ruhe bringen lassen. Nur einmal, als Halef mit seinen beiden Bärenhunden zu uns kam, hatten sie leise, leise mit den Spitzen ihrer Schwänze gewackelt und ein wenig mit den Ohren gezuckt, genauso, wie der hochgeborene blaublütige Orientale einen unter ihm stehenden Menschen auch nicht mit dem ganzen „Sallam aaleikum", sondern nur mit den beiden Wortanfängen „Sal-al" begrüßt. Wäre ich mein Hadschi Halef Omar gewesen, so hätte ich geglaubt, daß ein Abglanz dieser Hoheit auch auf mich, den Herrn, gefallen sei!

Unterwegs begegneten uns die zehn Abgesandten der Hukara, die nach dem großen Versammlungsplatz gingen, um ihrem Kommandanten Bericht zu erstatten. Sie hatten erreicht, was sie erreichen wollten, aber nicht, weil man ihnen recht gab, sondern, wie es den Anschein hatte, nur um sie los zu werden. Heute abend aber sei der Erdschani selbst dabei; da werde man in einem anderen Ton mit den Ältesten reden! So sagten und so erzählten sie uns; dann gingen sie weiter.

Zu Hause angekommen, verbrachte ich die Zeit bis zur Dämmerung damit, unser Sattel- und Riemenzeug nachzusehen, meine Gewehre und Revolver instand zu setzen und meinen Anzug, soweit es nötig war, zu reparieren. Das tut man am besten immer selbst. Dann kam Halef. Er war überglücklich und überschwemmte mich sofort mit einer solchen Fülle taktischer und strategischer Pläne, daß ein freundliches und ein feindliches Heer von je einer Million Soldaten dazu gehört hätte, nur die Hälfte von ihnen wenigstens auszuprobieren. Ich ließ ihn reden und hörte lächelnd zu. Er hatte sich den ganzen Nachmittag lang ehrlich geplagt, und so war ihm diese Art von Selbstbelohnung, die er sich erteilte, wohl zu gönnen. Der Fluß seiner Rede stockte nach und nach von selbst, je mehr er bemerkte, daß ich ihm zwar meine Aufmerksamkeit schenkte, selbst aber kein einziges Wort zur Sache sprach.

„Was ist das, Sihdi?“ fragte er mich. „Du redest nicht. Warum?“

„Weil du redest“, antwortete ich. „Wenn zwei sich miteinander unterhalten, so erfordert die Höflichkeit, daß der eine schweigt, während der andere spricht.“

„So habe ich wohl unaufhörlich gesprochen?“

„Ja.“

„Dir keine Lücke gelassen, einzuspringen?“

„Keine.“

„So bitte ich dich um Verzeihung! Aber mein Herz ist voll, und mein Kopf gleicht einem Lesebuch, in welches tausend Feldherren und zehntausend Helden ihre Erfahrungen und Kenntnisse eingetragen haben! Sihdi, ich verlange Krieg! Ich muß Krieg haben, unbedingt Krieg! Denn nur durch Krieg und wieder Krieg kann ich dir zeigen, was für ein außerordentlicher, ganz unvergleichlicher und berühmter Kerl ich bin! Glaubst du das? Und begreifst du das?“

„Ja. Ich habe es selbst erlebt.“

„An dir selbst?“

„An mir und anderen. Auch ich bin das gewesen, was du noch heute bist!“

„Was?“

„Ein Knabe! Ein dummer Junge!“

„Oho! Was soll das heißen?“ fuhr er auf.

„Genau das, was ich damit sagen will! Ich habe als Knabe mit anderen dummen Jungen sehr oft Soldaten gespielt. Fast regelmäßig endete das Spiel mit einer wirklichen, ernst gemeinten Prügelei. Und ebenso regelmäßig brachten wir derartige Spuren des Kampfes mit heim, daß unsere lieben, zärtlichen Väter und Mütter, die leider nicht von der Notwendigkeit des Krieges zu überzeugen waren, dann zu den Stöcken griffen, um uns die hohe Politik und Strategie zu vertreiben.“

„Und das hast du erlebt? Wirklich selbst erlebt?“

„Jawohl!“

„Wirkliche Schläge bekommen, wirkliche Prügel?“

„Wirkliche! Ich fühle sie noch heute!“

„Und das sagst du, ohne dich zu schämen?“

„Schämen? Ich bin stolz darauf“!

„Pfui! Sihdi, du hast kein Ehrgefühl! Ich kündige dir meine Freundschaft. Oder meinst du, daß es ehrenvoll ist, sich im Kampf als Held und Sieger zu gebärden und dann, wenn man nach Hause kommt, vom Vater Prügel zu erhalten? Mein Vater hat das nie getan!“

„Der meine aber stets! Er war vernünftig und betrachtete mich und die Prügelei mit himmlischen, nicht aber mit irdischen Augen!“

„Mit himmlischen? Ah, verzeih, Sihdi! Du hast ironisch gesprochen! Du hast es bildlich gemeint, wie fast immer, wenn ich Dummheiten machte! Du meinst mit deinem Vater also Gott?“

„Ja. Und nun frage ich dich: Was hilft mir, dem kurzsichtigen Knaben, mein ganzer Ruhm vor anderen kurzsichtigen Knaben, wenn ich dadurch den Vater, anstatt ihm zu gehorchen und ihm Freude zu machen, mit aller Gewalt zwinge, mich hinterher immer wieder von neuem zu verhauen, zu verwichsen und zu versohlen? Schau in die Weltgeschichte! Wie mancher Knabe hat sich mit anderen, besseren und edleren Knaben herumgeschlagen, anstatt sie in Ruhe zu lassen, damit sie sich naturgemäß und friedlich entwickeln könnten! Und dann am Schluß: Wer hat den Schaden auszugleichen, die Risse und Schmisse zu heilen, die Verluste zu ersetzen, die Spuren zu vertilgen gehabt? Etwa der sogenannte Held? Der sicher nicht! Wir wissen ja heute, daß ihn der Vater dann hernahm und ihm den Stock zu kosten gab!"

„So bist du also gegen den Krieg?"

„Nicht gegen den heiligen Krieg, den Gott gesegnet hat und immer segnen wird! Das ist der Krieg, in dem die Menschheitsseele in eigener Person zum Schwerte greift, um den Entwicklungsgang der Sterblichen zu schützen. Stets aber bin ich gegen den Krieg unter Knaben, der nur den Zweck hat, um eines kulturgeschichtlich unreifen Apfels willen einander Hose und Rock zu zerreißen und dann die Nadel und den Zwirn der Mutter und den Stock des Vaters in Bewegung zu setzen. Frag die Völker, denen das grausame Los beschieden war, infolge solcher Versündigungen an Gottes ‚Friede auf Erden' jahrhundertelang zu hungern und zu kummern, um abzubüßen, was Knaben sündigten! Und ich bin ganz besonders gegen jeden Krieg, der sich auf das armselige, elende Gerede gründet, das ich vorhin aus deinem Munde vernommen habe: ‚Sihdi, ich verlange Krieg! Ich muß Krieg haben, unbedingt Krieg. Denn nur durch Krieg und wieder Krieg kann ich dir zeigen, was für ein außerordentlicher, ganz unvergleichlicher und berühmter Kerl ich bin!' Halef, ich kenne dich anders, als du dich da gezeichnet hast, und das ist dein Glück! Denn wenn dir diese Verlästerung unserer herrlichen Marah Durimeh wirklich aus dem Herzen gekommen wäre, würde ich dich auf der Stelle zum Teufel jagen!

„Würdest du das? Wirklich?“ fragte er kleinlaut.

„Ja, und zwar sofort!“

„So ist es ein wahres Glück, daß man gerade jetzt in diesem Augenblick das Abendessen bringt! Setze dich, Sihdi! Setz dich und iß! Ich lege dir vor! Ich schneide dir alles zurecht! Ich selbst! Du ersiehst daraus, wie sehr ich dich liebe, wie gern ich dir gehorche und daß wir eigentlich ein Herz und eine Seele miteinander sind! Von diesem Krieg aber sprechen wir nicht weiter! Ich brauche ihn ja nicht! Ich bin auch ohne ihn berühmt! Und was du nicht willst, das mag ich auch nicht haben! Komm also, iß! Du siehst, ich kaue schon!“

Wir befanden uns in der Stube. Die Diener hatten das Essen gebracht, weil ich gesagt hatte, daß wir nicht kommen würden. Das war Wasser auf Halefs Mühle. Er nahm ihnen alles schnell ab und schob sie dann wieder hinaus, um mich selbst bedienen und dadurch besseres Wetter erwirken zu können. Dennoch verlief das Essen fast ohne jedes Wort. Nicht etwa, daß ich ihm zürnte, sondern weil er Zeit und tiefe Stille brauchte, über sich nachzudenken. Und überdies war für ihn, ohne daß er es ahnte, gerade heute ein wichtiger Tag. Er sollte heute zum letztenmal der sein, der er bisher gewesen war. Ich wünschte, daß mit seinem äußeren Ritt hinauf nach Dschinnistan auch seine innere Läuterung und Erhebung beginne. Um dies zu erreichen, mußte ich ihn anders behandeln als bis jetzt. Sein Wille war gut, aber seine innere Kraft bedurfte eines festen, immerwährenden Haltes. Und der hatte ich ihm zu sein, nur ich allein, weiter keiner!

Als er mich nach dem Essen fragte, womit wir nun den Abend auszufüllen hätten, sagte ich ihm, daß ich jetzt auf die Zinne des Tempels steigen würde, um das ‚Feuer der Berge‘ zu betrachten. Was ich erwartet hatte, das geschah: Er bat mich, ihn mitzunehmen, und ich willigte ein; denn gerade diese Bitte war ja mit berechnet worden. Der Eindruck, den ich erwartete, sollte in ihm die Pforte öffnen, die, wenn sie sich dann einmal hinter ihm geschlossen hatte, ihm nicht erlaubte, jemals wieder in sein früheres Naturell zurückzukehren. Wir fanden die Tür des Tempels geöffnet. Es wurden für den heutigen Einsegnungsgottesdienst neue Lichter aufgesteckt. Das gab uns Gelegenheit, die hohe Treppe einigermaßen erleuchtet zu finden, so daß Halef mir folgen konnte, ohne sich allein nur auf den Tastsinn verlassen zu müssen. Als wir oben aus dem Innern in das Freie traten, rief Halef aus:

„Ja Maschallah — welch ein Gotteswunder! Schau, Sihdi, schau! Die Erde steht in Flammen!"

Er war sehr wohl zu diesem Ausruf berechtigt. Im Norden von uns loderten fünf, sechs gewaltige Flammen hoch zum Himmel empor. Von uns aus hatte es sogar den Anschein, als ob sie das Firmament erreichten und die Sterne verdunkelten. In Wahrheit aber stiegen sie, wie jedes irdische Licht, nicht über den Dunstkreis ihres Entstehungsortes hinaus. Ein starker Luftzug trieb sie hin und her; sie loderten, zogen ihre Riesenleiber bald tief und breit zusammen, bald streckten sie sie dünn und lang empor bis in die Wolken. Eine dunkle Färbung dämpfte ihren Schein; er war matt und vermochte nicht, wie gestern, das Dunkel unserer Nacht zu mildern.

Da plötzlich sanken sie in sich zusammen; sie verschwanden. Es wurde auch da, wo sie soeben noch gelodert hatten, dunkle Nacht. Darum traten nun auch an dieser Stelle die Sterne ebenso hervor wie anderwärts. Aber die Kraft, die unterirdisch arbeitete, ruhte nicht. Die Erde zitterte leise. Man vernahm und empfand ein knirschendes Rollen. Wir hatten das Gefühl, als ob die Zinne des Tempels hin- und herzuschwanken beginne. Darum setzten wir uns. Da plötzlich gab es einen Stoß und gleich darauf einen Krach wie von vielen ungleich starken und darum ungleich klingenden Kanonenschlägen. Ein Feuerstrom entstieg der Erde, doch nur für einen kurzen Augenblick. Nichts folgte nach. Erst glich er einer hohen, runden Säule. Dann nahm er die Gestalt einer Birne an, mit dem Stiel nach unten. Nach und nach näherte sich diese Gestalt der Kugelform, worauf sie sich in sich selbst zusammenzog und allmählich erlosch.

„Allah ist groß!" rief Halef aus. „Sihdi, so etwas habe ich noch nicht gesehen!"

Er faltete die Hände. Er war hingerissen und tief im Innern bewegt! Da tat es einen zweiten, lauten Knall. Ein Schwaden brennender Gase fuhr hoch empor, um sofort zu zerstäuben. Ihm folgte eine dunkelglühende, schwere, dicke Masse, die zu kochen schien. Sie flog nicht in die Höhe, nein, sondern sie stieg langsam, ganz langsam, wie eine nur halbflüssige, quellende Masse, der nach und nach mehr zugegossen wird. Und je mehr sie stieg, desto dunkler wurde sie, desto mehr verlor sie die Glut, desto weniger bewegte sie sich in sich selbst, und desto schärfer wurden die Konturen, die sie bekam. Dann stand sie fest, still, unbeweglich, wie ein kolossaler Serpentinquader mit Reliefornamenten an den Ecken und Kanten, der von innen erleuchtet wird. Das sah aus wie ein riesiger Altar, an dem unsichtbare Giganten beschäftigt sind, ein nächtliches Feueropfer zu bringen. Und das Feuer blieb nicht aus. Der Altar öffnete sich. Es entstieg ihm ein so gewaltiges Flammenmeer, daß es ihn selbst verzehrte, nach allen Richtungen hin weit auseinanderfloß und die Nacht ringsum in Tag verwandelte. Doch dieser Tag war nicht hellen, klaren Angesichts, sondern dunkelorangegelb, und in der Mittellinie der Eruption arbeitete eine immer höher aufsteigende, finstere Rauch- und Schlackenesse, der große Massen unreiner Asche entströmten, die, während sie sich ausbreitete, den Himmel des

Nordens gänzlich unsichtbar machte und einen Eindruck hervorbrachte, als ob Mensch und Tier sich vor Entsetzen verkriechen müßten. Mich faßte Grauen. Halef wurde noch tiefer erschüttert. Er glitt von seinem Sitz herab, kniete nieder, faltete die Hände und betete:

„Im Namen des allbarmherzigen Gottes. Der Klopfende! Wer ist der Klopfende? Wer lehrt dich begreifen, was der Klopfende ist? An jenem Tage werden die Menschen sein wie umhergestreute Motten, und die Berge wie verschiedenfarbige, gekämmte Wolle. Der nun, dessen Wagschale mit guten Werken beladen sein wird, der wird ein glückliches Leben führen, und der, dessen Wagschale zu leicht befunden wird, dessen Mutter wird der Abgrund der Hölle sein. Was lehrt dich aber begreifen, was der Abgrund der Hölle ist? Es ist das glühendste Feuer!"

Das war die hundertste Sure des Koran. Der Mensch mag sich in späteren Jahren noch so sehr von den Anschauungen seiner Jugend entfernen, bei tiefen, seelischen Erregungen wird er aber fast stets zu den Bildern, Ausdrücken und Hilfsmitteln seiner ersten Lebenszeit zurückkehren. So auch mein Halef jetzt. Er war Moghrebiner, das heißt, er stammte aus dem Westen von Nordafrika. Dort ist es üblich, in der Angst vor Tod und Verdammnis die hundertste Sure zu beten. Und obwohl Halef in seinem Innern schon längst Christ geworden war, flüchtete er sich in seiner jetzigen, außerordentlichen Ergriffenheit zum Gebet seiner Kindheit zurück, weil diese Kindheit ihm den Glauben gab, der überhaupt beten lehrt. Meinen kleinen Hadschi beherrschten keine höheren Erwägungen, sondern Naturell und Temperament. Seine Seele war noch Leibesseele, nicht aber schon Geistesseele; sie trachtete vor allen Dingen nach dem körperlichen anstatt nach dem geistigen Wohl; sie verwechselte in Beziehung auf Leib und Geist den Herrn mit dem Knecht, die schaffende Hand mit dem Werkzeug, die Ursache mit der Folge. Sie hatte noch nicht jenen Schritt getan, der sich vom Leib zum Geist, vom Vergänglichen zum Ewigen wendet, und wurde darum von dem sich vor unseren Augen entwickelnden, rein physikalischen Schauspiel viel tiefer und nachhaltiger bewegt als durch eine noch viel wunderbarere Erscheinung auf rein geistigem Gebiet. Ich hoffte aber, daß die erwähnte Wendung zum Höheren sich heute durch den Anblick des packenden Naturereignisses in ihm vorbereiten werde, und hütete mich darum, diesen Vorgang dadurch zu stören, daß ich meine Gefühle in Worte kleidete. Auch ich konnte und wollte mich der vollen Wirkung dieser wunderbaren Erscheinung nicht entziehen. Und auch ich fühlte in mir das unwiderstehliche Bedürfnis, den in mir erklingenden Tönen und Akkorden äußerlich Ausdruck zu geben. Aber während der Hadschi, der Erdenmensch, sich ohne eigene Gedanken in geistiger Hilflosigkeit an Mohammed wandte, stieg in mir ganz plötzlich ein Strahl der Erkenntnis noch viel lichter und noch viel höher auf, als da draußen die Aschenflamme der Vulkane von Dschinnistan, so daß ich mich beeilen mußte, das Notizbuch zur Hand zu nehmen, um das, was an mich herantrat, festzuhalten. Es war ja hell genug zum Schreiben.

Als ich fertig war, fragte Halef, der nun wieder neben mir saß, ob er das, was ich geschrieben hatte, hören dürfe.

„Es ist ein Gedicht", antwortete ich. „Man liest Gedichte nicht vor, zumal in solchen Augenblicken. Aber um deinetwillen soll die Ausnahme gelten, nicht die Regel. Du hast nur den Flammen- und Aschenstrahl gesehen, weiter nichts. Mir aber wurde mehr gezeigt als dir. Und was ich da sah, und was ich da beschloß, das sollst du hören. Die Zeilen sind deutsch. Ich werde versuchen, sie dir zu übersetzen."

Ich las ihm die sechzehn Zeilen vor, langsam und deutlich. Er hörte sehr aufmerksam zu. Als ich geendet hatte, bat er mich, es noch einmal zu tun, da er noch nicht alles verstanden habe. Natürlich erfüllte ich ihm diesen Wunsch. Das, was er hörte, lautete zu deutsch:

Entschluß

Ich saß so manchen langen Tag
bei dir vor dem Katheder,
jedoch, was deine Weisheit sprach,
das wußte fast schon jeder.

Ich saß so manche lange Nacht,
um dich auch noch zu lesen,
doch, was du mir da eingebracht,
ist nicht von dir gewesen.

Und gestern hab ich dich belauscht,
als du die Psalmen lasest
und, wie von ihrem Duft berauscht,
die Weisheit ganz vergaßest.

So stell' ich nun das Grübeln ein
und will dich nicht mehr fragen.
Der Herrgott soll Professor sein;
der wird mir alles sagen!

Als ich zum zweiten Mal fertig war, schwieg Halef. Er hielt seinen Blick nach Norden gerichtet, um das Erstaunliche voll und ganz in sich aufzunehmen, und äußerte zunächst kein Wort. Nach einiger Zeit aber sagte er:

„Du hast recht, Sihdi. Ich habe weniger gesehen, als du, nicht nur heute, sondern immer, immer. Daran bin ich aber nicht schuld, sondern Allah. Wo etwas Schönes, Edles, Beglückendes, Großes, Erhabenes geschieht, da ist euer Gott und Vater stets zu finden, unser Allah aber nie! Der bewacht für seine Gläubigen die sieben Paradiese und rasselt gegen die Ungläubigen mit dem Säbel! Den Gedanken deines Gottes und Vaters findest du in jedem, auch im kleinsten seiner Werke; der Gedanke Allah aber steckt weder in der Morgenröte, noch in der Zärtlichkeit der Nachtigall oder in der Lieblichkeit der Blume auf dem Felde. Wir sind arm, bitter arm! Wir kennen kein liebes, freundliches Band, das die irdische Natur mit dem himmlischen Schöpfer vereint. Allah spricht weder im Donner noch im Blitz, weder im Sausen des Sturms noch im Brausen des Meeres. Er ist überhaupt gern still. Er hat, glaube ich, nur ein einziges Mal gesprochen, durch Mohammed. Und auch das war nicht er selbst, sondern der Erzengel, den er sandte. Euer Vater aber ist überall! Du bist Dichter! Jeder Baum erzählt dir von ihm; hinter jedem Strauch lugt sein gütiges Auge hervor, um dir Liebe zu erweisen. Allah aber wohnt nur in den alten, schmutzigen, leblosen, papierenen Blättern des Koran, sonst nirgendwo! Sihdi, glaube mir, es gibt mehr, viel, viel mehr Gottessehnsucht auf Erden, als du denkst! Aber es fehlt an einem anderen und natürlichen Weg, Gott kennenzulernen, als durch den Koran oder durch den Sahahr!"

„Es gibt einen anderen Weg!" antwortete ich.

„Wo?"

„Hier! Von diesem Tempel aus! Es ist der Weg, den wir morgen früh zu reiten haben. Der Weg vom Land der Ussul hinauf nach Dschinnistan."

Um die Richtung, die ich meinte, anzudeuten, hob ich den Arm und zeigte nach Norden, wo die Glut der Erde zum Himmel flammte, als ob sie die Sehnsucht, von der Halef gesprochen hatte, zu versinnbildlichen habe.

„Gibt es da oben wirklich den Vater, nach dem die Menschheit sucht?" fuhr Halef fort. „Ich sehe da oben nur Berge, die Feuer speien. Das überwältigt mich, gibt mir aber keine Antwort auf meine Frage. Du aber hast, wie Moses einst im glühenden Busch, in diesem Feuer Gott gesehen und bist dir sofort darüber klar geworden, daß nur er allein Professor sein und bleiben könne. Ist es denn möglich, daß auch ich zu einem solchen scharfen Auge und zu einer so beseligenden Erkenntnis komme?"

„Nicht nur möglich, sondern wirklich!"

„Wieso?"

„Du selbst hast es bewiesen. Deine ersten Worte, als du hier heraufkamst, waren: ‚Welch ein Gotteswunder!' und ‚Allah ist groß!' Du hast also sofort und wiederholt in diesem Feuer, wenn auch nicht Gott erkannt und gesehen, aber doch seine Macht und sein Wirken herausgefühlt. Es wird — —"

„Sei still! Sei still und schau!" unterbrach er mich, während er an das Geländer trat und seine ganze Aufmerksamkeit nach den Bergen richtete.

Dort dunkelte es für einen Augenblick, und dann begannen die gestrigen Erscheinungen sich in genau derselben Weise abzuspielen, wie ich sie beschrieben habe.

„Das ist ja das Paradies!" rief er aus, als sich die Feuermauer bildete und dann das große Tor sich öffnete. „Das ist ja die Sage der Ussul! Von der großen Engelsfrage, ob Friede auf Erden sei, und von dem Gott, der aus dem Paradies herniedersteigt, um — — still, sei still, und störe mich nicht!"

Ich hatte gar nichts gesagt und auch nichts sagen wollen. Er sank wieder auf die Knie nieder, legte die Arme auf die Balustrade, faltete die Hände und hängte sich mit den weit und begierig geöffneten Augen so fest an das sich vor ihm entwickelnde Bild, daß es eine Sünde von mir gewesen wäre, seine Aufmerksamkeit von dort ablenken zu wollen. Da blieb er knien, bis das Paradies verschwunden war, und noch beträchtliche Zeit länger. Er sog den Anblick in sich wie ein Verdurstender, dem man Wasser reicht. Er rückte in unbeschreiblicher Spannung auf den Knien hin und her. Er sprang wiederholt vor Erregung auf, um sich aber gleich wieder niederfallen zu lassen. Er ließ die verschiedensten Ausrufe hören, und als er sich endlich zu sehr ergriffen fühlte, hob er die Arme hoch empor und betete die ‚Beschließerin', die hundert Namen Gottes:

„O Allbarmherziger! O Allerbarmender! O Allbesitzender! O Allheiliger! O Allfehlerfreier! O Allsichernder! O Allbedeckender O Allgeehrter! O Allersetzender! O Allherrlicher! O Schöpfer! O Allhervorbringender!“ und so weiter bis zum Schluß: „O Allwundervoller! O Allwährender! O Allerbender! O Allgerader! O Allgeduldiger! O Gott!“

Durch das laute Hersagen dieses langen mohammedanischen Gebetes war er innerlich zwar noch nicht ganz wieder auf das gewöhnliche Niveau herabgestiegen, aber doch nun so weit gelangt, sich wieder mit mir beschäftigen zu können.

„Sihdi“, sagte er, „lache mich nicht aus! Ich habe einen Wunsch, einen großen, mächtigen Wunsch, der mir aber leider nicht erfüllt werden kann.“

„Warum nicht?“ fragte ich.

„Weil seine Erfüllung überhaupt unmöglich ist. Ich möchte nämlich so gern ein Engel sein!“

Er sagte das in vollstem Ernst. Hundert andere hätten wohl über diesen seinen Wunsch gelacht; ich aber blieb nicht nur ernst, sondern freute mich sogar über ihn, und zwar von ganzem Herzen.

„Ein Engel möchtest du sein?“ fragte ich. „Nun, so sei doch einer!“

„So sei doch einer!“ wiederholte er meine Worte im Ton des Erstaunens. „Als ob das nur so auf mich ankäme!“

„Auf wen denn sonst?“

„Sihdi, du scherzest! Aber ich sage dir: Wenn ich ein Engel wäre, so würde ich gewiß nicht einer von denen sein, die immer hundert Jahre lang warten und dann einmal zur Tür herausschauen, ob endlich auch Friede auf Erden sei. Sondern ich würde zum Herrgott gehen und offen und ehrlich zu ihm sagen: ‚Laß mich hinaus! Ich will mit der Menschheit reden! Mit dem ewigen Warten erlangen wir nichts! Und das bißchen Licht, alle hundert Jahre einmal, das reicht kaum bis zur nächsten Woche! Die Menschen tun nichts von selbst! Sie verlangen, daß man sich Mühe mit ihnen gebe. Und so bitte ich dich, mich hinabzusenden, um ein ernstes Wort mit ihnen zu reden! Sie sind gar nicht so widerstrebend, wie es scheint, sie sehnen sich auch nach Frieden, nach Glück! Es muß ihnen nur richtig gesagt werden, nämlich vom richtigen Mann, zur richtigen Zeit und in der richtigen Weise. Aber gerade hieran hat es bisher gefehlt. Sobald ich hinunterkomme, wird es anders. Ich rede ihnen ins Gewissen. Schnell geht das freilich nicht. Sogleich komme ich nicht zurück. Aber ehe die hundert Jahre vergangen sind, bin ich wieder da; darauf kannst du dich verlassen!' So würde ich mit ihm reden, Sihdi, und ich bin überzeugt, daß er einverstanden wäre! Die Engel sind doch nicht etwa da, um hundert Jahre lang für sich zu leben und dann der Menschheit nur einige kurze Tage oder Stunden zu widmen! Du weißt doch, was ein Engel ist?"

„Ja", antwortete ich.

„Und du glaubst, daß es Engel gibt?"

„Selbstverständlich!"

„Es soll aber Leute geben, die es leugnen?"

„Die gibt es allerdings, und doch möchte ich zugleich auch sagen: nein, die gibt es nicht. Es kommt ganz darauf an, zu welcher Meinung man sich stellt. Die einen behaupten, Gott habe Legionen himmlischer, unsichtbarer, reiner Wesen geschaffen, die hoch über dem sündhaften, abgefallenen Menschen stehen und doch dazu bestimmt sind, ihm zu dienen. Und die anderen beteuern, daß dies unmöglich sei, weil es gegen Gottes Weisheit und Gerechtigkeit verstoße, denn die Erde würde dann für die Engel eine wahre Hölle sein, und wie kämen denn die Menschen dazu, von Wesen bedient zu werden, die unendlich wertvoller sind als sie? Die Heilige Schrift spreche zwar von Engeln, aber das sei nur die bekannte orientalisch-bildliche Ausdrucksweise. Unter der Bezeichnung Engel seien nur gute Menschen gemeint, die ihre höhere Einsicht, ihre Güte und Liebe dem Bedürftigen zur Verfügung stellen, ohne einen Lohn zu erwarten."

„Und welche Meinung von beiden ist wohl die deinige, Sihdi?"

„Ich glaube, was die Bibel sagt, und ich glaube auch an das, was mir das Herz sagt. Und dieses Herz stellt es mir als mit der Zeit erreichbar hin, daß ein jeder Mensch, wenn er es nur will, recht wohl der Beschützer, Helfer und Engel seiner Nebenmenschen sein kann. Darum — —"

Ich mußte die Rede abbrechen, weil jetzt der Erdschani kam. Halef rückte nach der äußersten Ecke der Bank. Der junge, geistvoll ernste Ussul kam ihm nicht nur körperlich als Riese vor. Der Erdschani grüßte kurz und freundlich und trat dann an die Balustrade. Er schaute geradewegs in das soeben wieder hoch emporlodernde Feuer der Berge hinein. Seine riesige Gestalt stand wie in Flammenglut. Dann sagte er:

„Und da hinauf wollen wir! Mitten durch diesen Brunst und Brand hindurch! Wie schwer, wie schwer! Und wie gefährlich! Mein Vater sagte, wenn er von seiner Heimat sprach, daß nur der nach Dschinnistan gelange, der einen Schutzgeist, einen führenden Engel finde."

Hierauf nahm er an meiner Seite Platz und gab mir Kunde vom Verlauf des Abendessens und der darauffolgenden Besprechung seiner Forderungen. Er hatte einen vollen und ganzen Erfolg errungen; nichts war ihm abgeschlagen worden. Und er gestand es fröhlich ein, daß er das nicht etwa seiner Klugheit und Geschicklichkeit im Verhandeln, sondern nur dem Einfluß der Herrin der Ussul zu verdanken habe.

Nun sahen wir einen langen Fackelzug, der sich von weit draußen her dem Tempel näherte.

„Das sind meine Hukara. Es ist fast Mitternacht",

sagte der Erdschani. „Siehst du die Menschenmenge auf dem Platz?"

Erst jetzt bemerkte ich, von ihm darauf aufmerksam gemacht, daß sich eine zahlreiche Menge vor dem Tempel angesammelt hatte. Alle waren so still, so ruhig! Wie sonderbar doch diese halbwilden Menschen sind!

„Sie wollen der Einsegnung zuschauen", erklärte mir mein junger Freund, „dürfen aber nicht eher hinein, als bis geläutet wird."

„Geläutet?" fragte ich. „Gibt es hier Glocken?"

„Nein. Wir läuten mit Hörnern."

„Mit solchen, wie ich heute bei dir gesehen und gehört habe?"

„Ja."

Wir hörten unter uns die Räder des großen Leuchters schwirren. Er wurde angebrannt. Der Fackelzug erreichte den Platz, marschierte rund um ihn herum und verschwand dann im Eingang des Tempels, ohne daß die Fackeln ausgelöscht wurden. Dann begann das Läuten. Zunächst erklang ein einzelner, tiefer, außerordentlich starker langgezogener Ton. Ihm folgten drei andere Töne von verschiedener Höhe. Diese vier Töne wurden zunächst zusammen lang ausgehalten, dann aber, wie läutende Glocken, einzeln angeschlagen, wie ein gebrochener Akkord. Das machte auf uns, die wir hoch oben standen, wo die Tonwellen sich alle vereinigten, einen so gewaltigen Eindruck, daß es gar nicht möglich ist, ihn durch Worte auch nur anzudeuten. Es war, als sei die Zinne, auf der wir standen, ein kleines Boot, das auf einem brausenden Meere von Tönen und Akkorden umhergetrieben wurde, das nicht zur Ruhe kommen konnte, während der Grundton seine sehnsuchtsvollen Rufe immer wieder von neuem begann. Wer das hörte, den zog es mit innerer Gewalt zum Tempel hin.

Aber außer diesen Tönen sammelte sich noch etwas anderes gerade unter unseren Füßen, nämlich der Rauch und Qualm von über sechshundert Fackeln, die im Innern des Tempels brannten. Dieser böse, dicke Dunst gelangte zwar auch zwischen den Holzsäulen, die das Dach trugen, heraus in das Freie. Er entschlüpfte dort dem Innern und bildete, indem er sichtbar rund um uns aufstieg, einen fast erstickenden Ring um uns, der uns die freie Aussicht nach den Bergen und nach dem Himmel raubte. Aber die hartnäckigsten und stinkigsten Schwaden legten sich gerade unter unseren Füßen an, und es war nicht tröstlich, daß wir uns da hindurchzuatmen hatten, um dorthin zu gelangen, wo man uns erwartete.

„Das ist schlimm!" lächelte der Erdschani. „Hoffentlich ersticken wir nicht! So wie uns jetzt, muß es dem Gott zumute sein, wenn er aus dem Paradiese tritt, um nach Ardistan zu gehen! Und so muß es jedem reinen Geist und jedem edlen Menschen grauen, in die Atmosphäre derer, die in Stickluft leben, hinabzusteigen. Weißt du Ssahib, daß wir für immer von hier gehen?"

„Ja."

„Tut es dir nicht leid?"

„Nein. Die einzige, die mich hier halten könnte, Taldscha, folgt uns ja sicher nach."

„Das denke auch ich. Reichen wir uns die Hände, daß einer den anderen in der Ohnmacht halte und stütze! Nur einmal noch durch diesen Dunst und Rauch und Qualm der Tiefe! Dann aber fort, empor zur reinen, freien Luft von Dschinnistan!"

Wir öffneten den nach unten führenden Treppenweg. Ein fürchterlicher Brodem von Ruß und Pech und Teer drang uns entgegen. Wir aber mußten hindurch. Wir nahmen uns bei den Händen. Hinein, hinein! Hinunter!

DER ENGPASS DER GEFAHR

Der Engel in der Wüste

Wenn ich die Ereignisse der letzten Tage überdenke, so stellen sie sich mir derart zwingend und drängend dar, daß es fast zum Verwundern ist. Am Montag war es, als die Ussul meinen Halef ergriffen und ich dafür ihren Scheik gefangennahm. Am Dienstag waren wir nach Ussula geritten, und nachts stand ich mit der Priesterin und Taldscha auf dem Tempel. Am Mittwoch, also gestern, wurde der Kriegszug gegen die Tschoban und unsere Beteiligung daran zur fest beschlossenen Sache. Und am Donnerstag, heute, befand ich mich mit Halef schon unterwegs, um nach dem Schauplatz dessen, was geschehen sollte, voranzureiten. Das war doch wohl ein Stringendo, das zum Nachdenken trieb. Ich habe die Erfahrung gemacht, daß, wenn die Ereignisse einander so trieben, der Schluß fast immer nicht befriedigend war. Warum wohl das? Höchst wahrscheinlich aus dem Grunde, daß der Mensch dabei die innere Ruhe und den scharfen Blick des Auges verliert, die beide unumgänglich nötig sind, wenn man wünscht, Herr der Begebenheiten zu bleiben. Was die Schärfe des Blickes betrifft, so war sie mir wohl nicht verlorengegangen; ich hatte vielmehr Gelegenheit gefunden, sie zu üben. Auch die innere Ruhe war mir geblieben. Nichts hatte mich aus dem Gleichgewicht gebracht, und selbst wenn so etwas geschehen wäre, so hätte mir die tiefe Einsamkeit und Stille des Urwalds, durch den wir heute während des ganzen Tages geritten waren, die vortrefflichste Gelegenheit gegeben, mich selbst wiederzufinden.

Es waren große, verantwortungsvolle Pflichten vor mir aufgetaucht, aber ich stand ihnen außerordentlich sachlich gegenüber. Ich war plötzlich sozusagen unpersönlich geworden. Ich befand mich in einer mir unbekannten Stimmung und hatte das Gefühl, als ob sich das, was mir bevorstand, gar nicht auf mich beziehe und nur darum von mir miterlebt werden müsse, weil es bestimmt war, nicht nur den Beteiligten, sondern auch mir zum Segen zu gereichen. Es kam mir vor, wie eine Übung in der schweren Kunst, Gottes führende Hand im Leben zu erkennen, um dadurch die Befähigung zu erlangen, dann auch mit eigenen Händen die Zügel der Ereignisse zu führen. Es gibt Menschen, die nicht leben, sondern gelebt werden, weil sie erst lernen müssen, was leben heißt. Einst hatte auch ich zu ihnen gehört. Ich war gelebt worden und hatte dies mit schwerem, bitterem, viele Jahre langem Weh bezahlen müssen. Dann hatte ich mich von denen, die mich lebten, frei gemacht. Eine böse, mühe- und enttäuschungsvolle Lehr- und Gesellenzeit war gefolgt. Und heute nun sah ich mich endlich, endlich vor die Notwendigkeit des Beweises gestellt, nicht mehr Knecht, sondern Herr meiner selbst zu sein.

Das war es, was ich bei Beginn unseres weiten Ritts über mein Inneres zu sagen habe. Halef mag für sich selbst sprechen. Ich will nur andeuten, daß er sehr ernst gestimmt war, ernst und weich. Er sprach ganz wenig, nur das Allernotwendigste. Infolgedessen, was er am gestrigen Abend auf der Zinne des Tempels gesehen und empfunden hatte, schaute er heute tief in sein Inneres hinab und suchte mir dies dadurch zu verbergen, daß er sich äußerlich sehr lebhaft mit Hu und Hi, seinen beiden Hunden, beschäftigte. Er hatte sich vor unserer Abreise über ihre Dressur genau unterrichtet und versuchte nun zunächst, sie in allen ihren Stücken durchzuprobieren. Es freute mich, daß sie sich als sehr brauchbar erwiesen. Meine beiden Riesen Aacht und Uucht standen aber auch in dieser Beziehung hoch über ihnen. Sie gingen auf Mann und Tier in jeder Lage. Sie rissen den Reiter im Galopp vom Pferd; sie gehorchten in allen Stücken sofort und unbedingt. Aber was sie taten, das taten sie nicht aus Angewöhnung, sondern mit Einsicht und Überlegung. Sie wußten mit beinahe menschlicher Intelligenz sehr wohl zwischen den rechten und den falschen Mitteln zu unterscheiden, und es wird sich im Lauf der Ereignisse wohl oft herausstellen, daß sie zuweilen richtiger und klüger handeln als ich selbst.

Alle vier Hunde waren mit Riemenzeug und einer Art von Sattel ausgerüstet, auf dem sie ihren eigenen Proviant und einen Wasserschlauch trugen. Der letztere war für Gegenden bestimmt, die jenseits der Tschobangrenze lagen. Die Traglast war so berechnet, daß sie ihnen nicht zu schwer wurde. Sie freuten sich im Gegenteil, sooft sie ihnen angeschnallt wurde. Diese Freude tat sich niemals in lautem, unnützem Bellen kund, sondern nur im Mienenspiel. Einer ihrer größten Vorzüge war die Schweigsamkeit, die sie stets beobachteten. Wir kamen ja sehr oft in Lagen, in denen jeder laute Ton zu vermeiden war. Gelegentlich aber, wenn es ohne Nachteil geschehen konnte, gab ich den braven Tieren dann auch gleich selbst die Veranlassung, sich nach Herzenslust auszubellen.

Was nun unsere eigene Ausrüstung betrifft, so waren wir so vortrefflich beritten wie nur immer möglich. Ben Rih, den Halef ritt, ist schon oft beschrieben worden. Wie ich zu meinem Syrr kam, ist in meiner Erzählung ‚Im Reiche des silbernen Löwen' zu lesen; dort sind auch die hervorragendsten Eigenschaften dieses unvergleichlichen Pferdes beschrieben. Auch unsere Waffen waren vortrefflich, die meinigen sogar unschätzbar, wir selbst dabei kerngesund und frohen Mutes, voller Unternehmungslust und Zukunftsfreude.

Wir waren von heute früh an fast den ganzen Tag geritten, hatten nur zu Mittag eine Stunde Rast gemacht und sahen uns darum jetzt, wo der Abend nahte, nach einem Platz um, der sich zum Nachtlager eignete. Wir befanden uns mitten in einem uralten Cedrela-Wald, der sich längs des Wassers, an dem wir ritten, hinzog. Leider aber waren diese Cedrelen von der Gattung Toana, deren Rinde, Blätter und Früchte einen starken, knoblauchartigen Geruch aushauchen. Es war ratsam, eine Rast unter solchen Bäumen zu vermeiden, und so wollten wir nicht eher halten, als bis wir eine andere und weniger duftende Vegetation erreichten. Das geschah erst dann, als es bereits zu dämmern begann. Da ging der Toana-Bestand in einen fast reinen, lederblättrigen Schorea-Wald über, der nur dann und wann von einer Gruppe von Sissu-Bäumen unterbrochen wurde. Das Unterholz bestand teils aus immer-, teils aus nur sommergrünen Sträuchern.

Wir hielten an. Auch die Hunde blieben stehen. An Hu und Hi war nichts zu bemerken. Aacht und Uucht aber schauten mich fragend an, als ob sie sagen wollten: „Ihr haltet hier? Warum gehen wir nicht weiter?“ Das war jedenfalls nicht ohne Grund. Uucht ging noch einige Schritte vor, hob den rechten Vorderfuß, sog die Luft in die Nasenflügel und richtete, leise mit dem Schwanze wedelnd, die Augen dann wieder auf mich.

„Da vorn gibt es etwas!“ sagte Halef.

„Und zwar Menschen!“ stimmte ich bei.

„So bleibe ich mit den Hunden und Pferden hier?“

„Ja. Und ich gehe, um zu sehen, wer es ist. Sorge dafür, daß alles still bleibt!“

Wir stiegen ab und ließen die Pferde sich legen. Die wußten nun, daß sie nicht schnauben und überhaupt nicht laut werden durften. Die Hunde mußten sich zu ihnen setzen und bekamen das Zeichen, sitzen zu bleiben und sich ruhig zu verhalten. Dann legte ich die beiden Gewehre ab, die mich im Anschleichen gehindert hätten, und ging zunächst, um mich unsichtbar zu machen, vom Flusse weg, etwas tiefer in den Wald hinein, worauf ich die Richtung einschlug, die ich eigentlich beabsichtigte. Am Fluß, über dem der freie Himmel lag, war es noch hell gewesen; hier unter den Bäumen aber, deren Kronen ein dichtes Dach bildeten, war es fast schon dunkel. Dennoch versäumte ich nicht die gebotene Vorsicht, von Baum zu Baum hinter den starken Stämmen Deckung zu suchen, um nicht etwa eher entdeckt zu werden, als ich entdeckt sein wollte. Ich legte mehrere hundert Meter zurück, ohne etwas zu spüren. Indem ich parallel mit dem Flusse ging und den Wasserstreifen, der zwischen den Büschen und Baumstämmen schimmerte, nicht aus den Augen ließ, mußte ich alles entdecken, was nicht in diesen Teil des Waldes gehörte. Kein Lüftchen regte sich. Kein Geräusch war zu vernehmen. Aber der Geruch, der bekanntlich der schärfste aller Sinne ist, sagte mir, was Gesicht und Gehör mir jetzt noch nicht sagen konnten: ich roch Feuer. Erst leise, ganz leise, dann aber, je weiter ich ging, immer stärker und stärker. Zunächst roch es nur ein klein wenig nach Kien, dann nach schwelendem Harz, hierauf nach Holz und rußendem Harz und endlich nach bratendem Fleisch. Der Schorea-Baum liefert bekanntlich ein sehr reiches, wertvolles Harz, das sogar bis nach Europa durch den Handel vertrieben wird. Aber Fleisch an harzigem Holz zu braten, dessen Geruch und Geschmack es annimmt, das fiel doch keinem Menschen ein, der auch nur einigermaßen vertraut ist mit dem Leben im freien Feld und im freien Wald, und so wurde mir durch diesen einzigen Umstand schon verraten, daß die Personen, die da ihr Abendessen bereiteten, weder Ussul noch Tschoban sein konnten. Sie waren auf alle Fälle Leute, welche die Pfahlbauten-, Jäger-, Fischer- und Nomadenzeit überstanden hatten und nun schon nicht mehr wußten, wie ein saftiger, reinschmeckender Braten unter freiem Himmel zubereitet werden muß.

Endlich, nachdem ich fast einen Kilometer weit gegangen war, sah ich auch das Feuer. Man denke sich, wie glücklich ich mich fühlte, zwei Hunde mit so scharfen Sinnen zu besitzen! Um so weniger bewunderte ich die Leute, die so unvorsichtig gewesen waren, dicht am Flußufer ein so großes Feuer anzuzünden, daß man einen Ochsen daran hätte braten können. Der Fluß bildete eine sehr breite, für das Auge völlig freiliegende Strecke. Ein an seinen Ufern brennendes Feuer mußte weithin gesehen werden. Es war gewiß nur Zufall, daß er hier eine Biegung machte, sonst hätten wir die Flamme sicher schon vor einer Stunde entdeckt. Vielleicht hatten diese Leute es nicht nötig, sich zu verbergen; um so geratener aber war es für mich, nicht offen hinzugehen, sondern mich heimlich anzuschleichen, um zunächst zu sehen, wer sie wären. Ich hatte mich also dem Flusse nun wieder zu nähern.

Es war inzwischen Nacht geworden. Das Feuer blendete, und so kam es, daß ich auch den Fluß nicht mehr von weitem sah. Als ich mich genug genähert hatte und hinter einem der letzten Bäume stand, war es mir möglich, den Lagerplatz zu übersehen. Hier herrschte die Zahl Sechs. Ich zählte sechs Männer, sechs Pferde und sechs Kamele. Man schien bereits seit Stunden hier zu lagern. Das Feuer wurde wirklich mit kienigem Schorea-Holz genährt. Es stammte von alten, abgefallene Ästen, die in der hiesigen Feuchtigkeit sehr schnell vermodert waren, so daß der unzerstörbare Rückstand harzige Knorren bildete, die zwar leicht brannten, im übrigen aber nicht nur wertlos, sondern schädlich waren. Die Kamele waren schwere Lasttiere. Man hatte ihnen die Lasten abgenommen. Sie lagen frei und ungefesselt und kauten wieder. Sie hatten eine ziemliche Anzahl von Wasserschläuchen und einige wenige Pakete zu tragen gehabt. Die lagen jetzt neben ihnen, zu einem Haufen aufgestapelt. Die Pferde waren nicht übel; sie gefielen mir sogar sehr. Eine persisch-indische Kreuzung, bei der aber nur der persische, nicht auch der indische Teil von wirklichem Adel war. Wer weithin leuchtende Schimmel zu reiten wagt, darf keine bösen Absichten haben, oder er ist ein dummer, unerfahrener Mensch! Vier von den Männern waren Untergebene; das sah man ihnen mit dem ersten Blick an. Sie beschäftigten sich teils mit den Tieren, teils auch mit dem Fleisch, das über dem Feuer hing. Es schien von einer Tschikara[1] zu sein und war durch den Qualm des Harzes schon ganz verdorben. Die beiden übrigen Männer waren die Herren. Sie saßen abseits, an den dicken Stamm eines uralten Sissu-Baums gelehnt, von Feuer, Mensch und Tier so weit entfernt, als ob sie sich fürchteten, durch die Berührung mit ihnen verunreinigt zu werden. Solche Absonderung kommt doch nur bei den Kastengenossenschaften Indiens vor! Wer waren also diese beiden? Sie trugen krumme Säbel in ledernen Scheiden; aber die Ringe, Schnallen und anderen Metallteile dieser Scheiden und Wehrgehänge waren aus purem Gold. Ihre Gürtel und ihre Pistolengriffe funkelten von Halbedelsteinen. An ihren Händen blitzten schwere Diamanten, Rubine und Smaragde. Ihre Turbane, nach indischer Art gewunden, waren mit Perlenschnüren verziert, und der eine von ihnen, der Augengläser trug, hatte es sogar fertig gebracht, in die Scharniere seiner Brille rechts und links einen Diamanten von der doppelten Größe einer ausgewachsenen Linse einsetzen zu lassen. Er schien der Vornehmere von ihnen zu sein. Wozu im Urwald solche Pracht? Diese beiden Männer trugen Anzüge aus jenem unendlich feinen, gelblichweiß glänzenden Dholera-Gespinst, das in hindostanischen Gedichten als ‚gewebte Luft' gepriesen wird! Was sollte man hierzu sagen?

Ich bitte meine Leser, mich nicht falsch zu verstehen, wenn ich eine solche Frage ausspreche. Ich war zu ihr nicht nur berechtigt, sondern sogar verpflichtet. Diese sechs Männer kamen von Norden, nicht von den Tschoban,

1 Vierhornantilope

sondern noch weiter her. Sie ritten nach Süden, also zu den Ussul. Wer waren sie, und was wollten sie? Hinter den Weidegebieten der Tschoban liegt Dschunubistan und dann das eigentliche Ardistan. Konnte von dorther etwas Gutes kommen? Zumal in jetziger Zeit, wo die Tschoban hier hereinbrechen wollten? Hing die Absicht dieser Leute etwa mit diesem Einbruch zusammen? Warum kleidete man sich in dieser sumpfigen, dunstigen Niederung genauso köstlich wie auf der offenen Straße oder dem sonnenbeleuchteten Tempelvorplatz von Delhi oder Benares? Doch nicht nur, um zu prunken! Vor wem denn wohl? Natürlich nur, um auf die einfachen, bescheidenen Ussul gleich beim ersten Zusammentreffen solchen Eindruck zu machen und sie derart zu blenden, daß man das, was man wollte, ebenso schnell wie sicher erreichte. Aber was wollte man? Ich hoffte, etwas hierüber zu erfahren, falls es mir gelang, zu hören, was man sprach.

Die Erfüllung dieses Wunsches war nicht nur möglich, sondern sogar sehr leicht. Der Sissu-Stamm, an dem die beiden Herren saßen, wurde rechts und links von so fetten und so dicht stehenden Farnkräutern flankiert, daß man bis zur anderen Seite des Stammes kriechen und sich dort unter den schützenden Wedeln verbergen konnte, ohne gesehen zu werden. Es fiel mir gar nicht schwer, dies zu tun. Ich erreichte den Stamm des Sissu, ohne bemerkt zu werden, und lag dann, auf der weichen Modererde lang ausgestreckt, so bequem wie auf einem Kanapee. Nur der Baum trennte mich von den beiden Männern. Sie sprachen nicht laut, sondern mit halber Stimme, aber doch so, daß ich alles hörte, was sie sagten. Eben als ich diese meine Stellung eingenommen hatte, schnitt einer der Diener zwei Stücke Fleisch von dem Braten und legte sie auf eine funkelnde Metallplatte, die gewiß aus Gold war. Er tat zwei kleine Kuchen dazu, die schon vorher gebacken worden waren, und trug die

Platte dann den beiden Herren zu. Der eine von ihnen schien Hunger zu haben. Er zog sein Messer aus dem Gürtel, um sofort mit dem Essen zu beginnen. Der andere aber, der die Diamantenbrille trug, hielt ihm die Hand und sagte:

„Nicht so! Ich verbiete es dir! Vergiß nicht, daß du der oberste Minister des Scheiks von Dschunubistan bist und zur höchsten Kaste der Menschheit gehörst! Du darfst keine Speise genießen, die von der Hand einer niederen Kaste berührt worden ist, außer sie wird vorher von Priesterhand gesegnet und geheiligt."

„Das weiß ich wohl", antwortete der Gescholtene. „Aber auf der Reise ist es doch erlaubt!"

„Nur dann, wenn kein Priester vorhanden ist. Ich aber bin nicht nur Priester, sondern sogar der höchste aller Priester, die es gibt. Ich bin der Maha-Lama von Dschunubistan! Ich bin sogar noch mehr! Ich bin Gott! Ich werde, wenn ich in dem einen Leibe sterbe, in dem anderen immer wieder von neuem als Gott geboren! Es würde also nicht nur zehnfache, sondern hundert- und tausendfache Sünde von dir sein, in meiner himmlischen Gegenwart eine Speise zu genießen, die aus der Hand eines Menschen kommt, der niedriger steht als du! Halte sie mir her! Ich werde sie von der Sünde befreien und für uns genießbar machen."

Der ‚Minister' hielt ihm die goldene Platte hin; der ‚Maha-Lama' machte mit beiden Händen die Bewegung des Segnens darüber, und dann begannen sie zu essen, und zwar in jener lauten, schmatzenden Weise, die bei gewissen Leuten für vornehm gilt. Diese beiden hohen oder gar allerhöchsten Personen aßen wie die Ferkel. Sie verschlangen das Fleisch und das Gebäck fast ungekaut und ließen sich noch zweimal neue Portionen geben, die ebenso wie die erste gesegnet wurden. Während des Essens fiel kein einziges Wort. Es wurde dabei soviel geschnalzt, geschmatzt, geschnauft und gerülpst, daß weder Zeit noch Raum für eine gesprochene Silbe blieb. Auch die Dienerschaft aß nun, also die Niedrigstehenden, die Verachteten, deren Berührung den Vornehmen verunreinigt; aber sie taten es in stiller, anständiger Weise und machten darum einen viel besseren Eindruck auf mich als ihre Herren.

Meine Leser wissen, daß es für mich keinen Zufall gibt. Darum kann ich auch nicht sagen, es sei ein günstiger Zufall für mich gewesen, daß ich gleich bei den ersten Worten dieser Leute erfuhr, wer sie waren. Der eine bezeichnete sich selbst als den Maha-Lama von Dschunubistan. Maha-Lama heißt so viel wie ‚Großpriester'. Aber damit nicht genug. Er nannte sich sogar ‚den höchsten aller Priester, die es gibt'. Es ist möglich, daß sich hier und da irgend jemand findet, der dies für unbescheiden hält. Der andere war der ‚oberste Minister des Scheiks von Dschunubistan'. So hohe Personen waren wohl noch nie von auswärts her nach dem Land der Ussul gekommen. Was wollten sie da? Offiziell war ihre Reise wohl nicht, denn ihr Stand hätte in diesem Fall eine viel größere, prunkende Begleitung verlangt. Sie kamen vielmehr in auffällig heimlicher Weise, wie es schien. Aber heimlich für wen? Für die Ussul oder für die Tschoban? Jedenfalls für die letzteren. Aber diese Karawane von sechs Reitern, sechs Pferden und sechs Kamelen hatte doch durch das Gebiet der Tschoban gemußt! War es gelungen, es unbemerkt zu passieren? Die Bewohner von Dschunubistan werden Dschunub genannt; ein einzelner ist ein Dschunubi. Sie leben mit den Tschoban in Feindschaft. Wenn der Scheik der Dschunub eine Botschaft zu den Ussul sendet, die sich heimlich durch das Land der Tschoban zu schleichen hat, so muß der Grund wohl wichtig sein. Und wenn er mit dieser Botschaft nur seinen höchsten Geistlichen und seinen höchsten Minister betraut, so hat man sich diese Wichtigkeit als ganz außergewöhnlich zu denken. Ich muß gestehen, daß ich gespannt war, etwas hierüber zu erlauschen; aber es hatte nicht den Anschein, als ob die hohen Herren gesonnen seien, sich über diesen Gegenstand zu äußern. Sie verhielten sich auch nach dem Essen noch eine Weile still. Dann sprachen sie sehr einsilbig über gewöhnliche Dinge, die mich gar nicht interessierten. Aber die Diener, die jetzt mit ihrer Arbeit und auch mit dem Essen fertig waren und nun tabakrauchend beieinander saßen, führten ein Gespräch, das zwar leise begonnen hatte, aber nach und nach lauter wurde, so daß ich wenigstens einen guten Teil von dem zu hören bekam, was sie sagten. Sie unterhielten sich über den Verlauf ihrer bisherigen Reise. Deren eigentlichen Zweck schienen sie nicht zu kennen, aber daß er den Tschoban verschwiegen zu bleiben hatte, das wußten sie Ebenso wußten sie, daß die Tschoban einen Kriegszug planten, um in das Land der Ussul einzufallen. Die Tschoban hatten aus diesem Grunde ihre Krieger in der Mitte ihres Landes zusammengezogen und die Seiten von ihnen entblößt. Darum war es den Dschunub gelungen, ihre heimliche Reise durch den westlichen Teil längs der Meeresküste auszuführen, ohne auch nur ein einziges Mal bemerkt zu werden. Dieses gute Gelingen war besonders auch dem Umstand zuzuschreiben gewesen, daß sie sich, wie bereits erwähnt, sehr reichlich mit gefüllten Wasserschläuchen versehen hatten und also nicht gezwungen gewesen waren, im Land nach Wasser herumzusuchen und sich dabei erwischen zu lassen. Vorgestern hatten sie den Engpaß von Chatar erreicht und dort übernachtet. Gestern früh waren sie von dort aufgebrochen und dem Fluß bis hierher gefolgt, um nach einem zweiten und dem heutigen dritten Nachtlager morgen früh nach Ussula weiterzureiten.

Als das Gespräch der Dienerschaft bis hierher gelangt war, fühlten sich nun endlich auch die beiden Herren angeregt, ein Wort dazu zu sagen, aber nur unter sich, ohne daß die Untergebenen es hörten. Ich aber lag nahe genug bei ihnen, um die halblaut gesprochenen Sätze zu vernehmen, die sie miteinander wechselten. Der ‚Minister‘ begann zuerst. Er sagte:

„Nur weiter solches Glück, wie bisher! Die Tschoban sahen uns nicht. Ob wohl die Ussul uns zu sehen bekommen?“

„Körperlich jedenfalls, denn das wollen wir ja, doch geistig aber nicht!“ antwortete der Maha-Lama.

„Du meinst, sie dürfen uns sehen, aber nicht durchschauen?“

„Ja, das meine ich.“

„Nichts leichter als das! Der Scheik ist ein Dummkopf. Seine Frau ist klüger, aber arglos. Sie glaubt alles. Sie wird auch glauben, daß wir nur das Glück ihres Volkes wollen. Wie aber steht es mit der Priesterin? Sie soll großen Einfluß haben.“

„Das glaube ich nicht“, entgegnete der Lama in geringschätzigem Ton. „Wie kann ein Weib als Priesterin von Einfluß sein!“

„Dann aber wohl ihr Mann, der Zauberer, der Sahahr?“

„Auch dieser nicht. Er ist ja nur der Abglanz oder vielmehr der Schatten seines Weibes! Und was für eine Religion ist das! Ein Gott, der geistig verborgen bleibt! Der nie sich zeigt, niemals geboren wird, wie ich geboren bin und immer von neuem geboren werde! Wer mich sieht, der sieht Gott. Wer mit mir spricht, der spricht mit Gott! Also, wer mich hat, der hat Gott! Wen aber haben die Ussul? Ein Nichts, eine Null, einen Dunst, ein Schemen, das sie als Gott bezeichnen. Der Sahahr ist der einzige Mann dieses unwissenden Volkes, von dem zu glauben ist, daß man mit ihm sprechen kann. Was aber ist er gegen mich, der ich als wahrer, wirklicher Gott und Herr der Welt in menschlicher Gestalt erschienen bin! Wenn er den Mund zu öffnen wagt, schmettere ich ihn mit zwei, drei Worten derart nieder, daß er ihn für immer schließt und niemals wieder öffnet! Ich bin vom Himmel herniedergestiegen, um so lange immer wieder von neuem geboren zu werden, bis ich die Menschheit von den Leiden des irdischen Kreislaufes befreit habe. Dies geschieht, indem alles, was auf Erden lebt, in das Nirwana sinkt. Ist dies geschehen, so ist mein irdisches Werk vollbracht, und ich steige zu anderen Sternen auf, um es dort fortzusetzen. In dieser meiner Erlösungstat bin ich jetzt bis Dschunubistan gelangt und beabsichtige nun, die Gebiete der Tschoban und der Ussul hinzuzufügen. Unser Scheik hat mich begriffen. Er vereint seine weltliche Macht mit meiner geistigen und geistlichen. Indem er das tut, wird er alles Land, das südlich von uns liegt, erobern. Wir schließen einen Bund mit den Ussul. Wir sagen ihnen, daß wir ihnen die Tschoban zugetrieben bringen. Indem wir die Tschoban zwischen uns und den Ussul zerquetschen, zermalmen und vernichten, ziehen wir in das Land der Ussul ein, darauf Bedacht nehmend, daß auch sie durch die Tschoban aufgerieben werden. Dieser Einzug wird eine Besitzergreifung sein, denn wir werden das Land der Ussul nie wieder verlassen — —“

„Vorausgesetzt, daß es uns gelingt, jetzt Glauben dort zu finden!“ fiel der Minister ihm hier in die Rede.

Da warf der Maha-Lama einen Blick so unendlichen Erstaunens und so unendlicher Entrüstung auf ihn, als ob er ihn damit vernichten wolle, beobachtete ein minutenlanges, empörtes Schweigen und antwortete dann mit ganz besonderer Betonung:

„Als ob es überhaupt einen Menschen geben könnte, der mir keinen Glauben schenkt, sobald ich persönlich mit ihm spreche! Ich bin der Maha-Lama von Dschunubistan, der höchste aller Priester, die es gibt! Das merke dir! Wie der Glanz unserer äußeren Personen die Ussul augenblicklich für uns gewinnen wird, so werden sie sich auch innerlich sofort beugen, sobald ich nur erscheine und meine Stimme erschallen lasse. Bedenke die Ehre, die ungeheure Ehre, die ihnen widerfährt, indem wir zu ihnen kommen und sie mit unserer Gegenwart beglücken!"

„Kämen wir mit großem, glänzendem Gefolge, würde es mehr Eindruck machen!"

„Sehr richtig! Man stehe innerlich noch so hoch, so darf man doch das Äußere nicht versäumen. Selbst Gott, der Geist, braucht die Körperwelt, um angebetet zu werden. Aber wir mußten für dieses Mal verzichten. Die Tschoban durften nichts erfahren. Es war die strengste Heimlichkeit geboten. Aber auch das hat Vorteile, die von hohem Wert sind, wenn wir sie nur zu benutzen wissen. Was uns an Prunk und Pomp verlorengeht, gewinnen wir an Vertraulichkeit und Wohlwollen zehnfach wieder. Diese niedrig stehende Menschheit mag an Liebe glauben, an Humanität, Barmherzigkeit und Frieden auf der Erde. Sie ist nicht reif. Sie würde sich entsetzen, wenn sie die Wahrheit hörte. Die Liebe ist die größte Lüge, die es gibt; nur der Haß allein ist wahr. Jedes lebende Wesen trachtet nach sich selbst, ist Egoist. Auch Gott! Je größer ein Wesen ist, desto gewaltiger ist seine Selbstsucht. Gott ist der Größte, der Höchste; darum ist sein Egoismus ohnegleichen. Es ist ein Wahnsinn, ihn als ‚Vater' zu beschreiben. Er ist nur der Verderber, weiter nichts. Er gibt nicht das Leben, sondern nur den Tod, nicht den Frieden, sondern nur den Kampf, den Streit, die Vernichtung. Als er das All schuf, vernichtete er sich selbst. Der Geist verwandelte sich in Stoff; der Schöpfer wurde Geschöpf. Um sich als Gott wiederherzustellen, muß er den Stoff in Geist zurückverwandeln, muß er die Schöpfung wieder vernichten, Schritt um Schritt, in umgekehrter Reihenfolge, wie sie entstanden ist. Das ist nicht Liebe und Leben, sondern Haß und Tod, Zerstörung, ewiger, endloser Weltenmord! Je höher Gott wächst, um so kleiner wird das Geschöpf. In dem Augenblick, an dem der letzte Rest des Alls verschwindet, wird Gott am größten sein. Darum klug und selig der Mensch, der nicht nach Erdenglück und Menschenwohl, sondern nach Gottes Größe trachtet! Er wird immer unwägbarer, immer kleiner und kleiner werden, bis seine Existenz vollständig zu Ende ist und er ganz in Gott verschwindet. Dieses Aufhören alles eigenen Seins, dieses völlige, restlose Aufgehen in Gott, so daß es nicht mehr die geringste Spur von Erinnerung gibt, ist unsere Seligkeit, ist unser einziges und höchstes Ziel, ist — — Nirwana!"

Er hatte, während er sprach, seinen Sitz verändert, war mehr nach der Seite gerückt. Darum sah ich jetzt sein Gesicht, zwar nur im Halbprofil, aber wenn er es dem Minister zuwandte, hatte ich es beinahe en face vor mir. Es war ein schönes, beinahe ehrwürdiges, geistreiches Männergesicht mit silberglänzendem Vollbart; aber es hatte einen Fehler, der ihm alle seine Schönheit und Würde wieder benahm; er schielte nämlich, und zwar so stark, daß es jedermann gleich beim ersten Blick auffallen mußte, sogar solchen Leuten, die nicht gewohnt sind, auf die Fehler ihrer Mitmenschen aufzupassen. Ließ schon dieses sein Äußeres erraten, daß er kein gewöhnlicher Mensch sei, so zeigten auch seine Worte, daß er ebenso auf intellektuellem Gebiet auf Wegen wandelte, die der Fuß alltäglich denkender Menschen nicht betritt. Er schien sich sogar über die Grenzen, die den Gedanken der Sterblichen gezogen sind, hinausgewagt zu haben. Ich bin überzeugt, daß gar mancher andere an meiner Stelle das, was ich gehört hatte, für puren Wahnsinn erklären würde; ich aber war geneigt, es einstweilen als die allerdings höchst seltsame Übertreibung einer an sich gesunden Idee zu betrachten, der man im geistigen Leben der Völker auf Schritt und Tritt zu begegnen pflegt, ohne sie sonderlich zu beachten. Während diese Idee dem gebildeten Europäer nur als nebensächlich erscheint, lieferte sie dem Maha-Lama das Milieu, in dem er aufgewachsen und unterrichtet worden war. Aus ihr bestand seine ganze Atmosphäre. Er atmete in ihr. Sie verursachte die religiöse Überspanntheit, an der er litt. Darum fiel es mir nicht ein, mich über das, was er gesagt hatte, zu wundern oder gar darüber zu lächeln. Ich sah ihn in diesem Augenblick nicht als Oberhaupt einer Glaubenssekte vor mir, sondern als einen mächtigen, hochinteressanten Gegner meiner Freunde, der gekommen war, sie zu überlisten und um ihre Selbständigkeit zu betrügen. Gerade jetzt, in diesem Augenblick, wo sie einem raffinierten Feind so viele und so gefährliche Angriffspunkte boten! Ich konnte über das, was ich zu tun hatte, nicht im Zweifel sein. Ich hatte erreicht, was ich erreichen wollte. Ich wußte, wen ich vor mir hatte. Ich kannte sogar die Absichten, die diese beiden Männer verfolgten. Nun fragte es sich, ob ich mich wieder zurückziehen oder ob ich bleiben sollte, um vielleicht noch mehr zu erfahren. Da wandte sich der Lama den Dienern zu und sagte in befehlendem Ton:

„Die Zeit des Nachtgebetes ist gekommen!"

Einer von ihnen stand auf und holte einen Gong, der bei den Gepäckstücken lag. Dann beiseite tretend, verbeugte er sich nach den vier Himmelsgegenden und ließ bei jeder dieser Verbeugungen das Metallbecken dreimal erklingen. Dann kniete er nieder und betete. Auch die anderen falteten die Hände und murmelten die vorgeschriebenen Worte. Nur der Maha-Lama betete nicht. Er war ja Gott selbst. Zu sich selbst zu beten, hielt er für unsinnig; aber sich für Gott selbst zu halten, das dünkte ihn kein Wahnsinn! Es waren nur wenige Augenblicke, aber sie ergriffen mich doch tief. Vor mir hatte ich das langsam sich bewegende Wasser des Flusses, der mit phosphoreszierendem Schein aus dem Dunkel des Urwaldes trat und dann quer durch den farbigen Glanz des brennenden Feuers flutete: die phantastisch beleuchteten Gestalten der Pferde und Kamele; die fünf am Boden knienden Beter; den einzigen sechsten, der nicht betete, sondern hoch und stolz erhobenen Angesichts hinauf zu den Sternen sah, als ob er die emporsteigenden Gebete da oben in Empfang zu nehmen habe. Die zwölf Schläge des Gongs hatten jenseits des Flusses an der dichten Wand des Urforstes ein zwölffaches Echo erweckt, das abwärts bis an die Krümmung des Wassers schallte und von dort wieder zurückgeworfen wurde. Das gab in die bisherige Stille hinein ein plötzliches, schmetterndes Rasseln, Donnern und Dröhnen, als ob all die Kämpfe, die man in das friedliche Land der Ussul schleppen wollte, schon ausgebrochen seien. Ich sah unwillkürlich hinter mich. Es überkam mich eine Art von Angst. Nicht daß ich mich etwa um mich selbst sorgte; o nein! Aber es ergriff mich eine Art von Grauen um den vor mir sitzenden, immer wieder von neuem geborenen Gott, in dessen Gefolge dieses Getöse entstand, ohne daß er davon berührt zu werden schien. Es gehört zur Eigenart solcher überspannter Wesen, daß sie bei allem Unheil, das sie anzurichten pflegen, so ruhig bleiben, als ob sie völlig unschuldig daran seien. So saß auch der Maha-Lama da. Sein Bart glänzte; sein Angesicht leuchtete im Schein der flackernden Flammen. Er schien tief in seine persönliche Gottheit versunken und ganz entrückt zu sein. Da war nicht daran zu denken, noch etwas Weiteres zu erfahren. Ich gab meinen Lauscherposten auf und zog mich so leise und so vorsichtig zurück, wie ich gekommen war.

Mittlerweile war es nicht nur unter den Bäumen, sondern auch draußen am freien Flusse Nacht geworden. Ich hatte also nicht nötig, mich, um nicht gesehen zu werden, im tiefen Schutz des Waldes zu halten, wie es beim Herbeischleichen notwendig gewesen war. Ich blieb nur so lange unter den Bäumen, bis ich den Schein des Feuers hinter mir hatte; dann aber trat ich heraus auf den baumlosen Uferstreifen und konnte nun den Rückweg verfolgen, ohne auf Schritt und Tritt gegen die Bäume zu stoßen.

Als ich bei Halef ankam, fand ich ihn genau so, wie ich ihn verlassen hatte. Ich setzte mich an seine Seite und erstattete ihm Bericht. Früher hätte er in seiner bekannten Lebhaftigkeit meine Erzählung gewiß zehn- und zwanzigmal unterbrochen. Aber er hörte mich ruhig an. Als ich geendet hatte, ließ er ein kurzes, vergnügtes Lachen hören und sagte:

„Also Gott ist da! Allah, der allmächtige und allweise Herr und Schöpfer des Himmels und der Erde! Und den nehmen wir gefangen! Dem fesseln wir die Hände und die Füße! Den binden wir auf sein Pferd, damit es ihm nicht einfallen kann, uns auszureißen! Welcher Mensch hat wohl schon so etwas fertiggebracht!"

„Du wohl nicht!" antwortete ich.

„Nein, noch nicht! Allah war noch nicht so dumm, mir in die Hände zu laufen. Jetzt aber kommt er doch! Er sitzt schon da! Bei seinen Kamelen und Pferden! Und ich gehe hin, um ihm zu zeigen, daß Hadschi Halef Omar, der Scheik der Haddedihn, sogar den Schöpfer und Regierer aller Welt beim Kragen nimmt!"

„Das wirst du bleiben lassen!"

„Bleiben lassen? Ich? Fällt mir nicht ein! Ich bin ein Freund der Ussul! Ich habe sie zu behüten und zu bewahren! Und das werde ich tun, denn es ist meine Pflicht! Ich würde sie gegen den Teufel verteidigen, wenn er käme, um sie zu bekämpfen! Und ich werde mich ihrer auch gegen den falschen Allah annehmen, der da am Fluß herabgeritten kommt, um sie zu überlisten! Ich halte ihn fest und zwinge ihn, auf die Fortsetzung seiner Reise zu verzichten!"

Er sagte das in sehr energischem Ton; ich aber wiederholte meine Worte:

„Das wirst du bleiben lassen!“ und fügte dann hinzu: „Du kommst ja gar nicht dorthin, wo er jetzt lagert. Du bekommst ihn gar nicht zu sehen, wirst gar nicht mit ihm sprechen.“

„Nicht sehen? Nicht sprechen?“ fragte er erstaunt. „Aber wir müssen doch unbedingt hin, um ihn gefangenzunehmen!“

„Nein, das müssen wir nicht, und das werden wir nicht. Unsere Aufgabe ist, so schnell wie möglich nach dem Engpaß Chatar zu reiten, um dort die Einleitung für spätere Ereignisse zu treffen. Meinst du, daß wir uns da mit Gefangenen herumschleppen können?“

„Hm!“ brummte er. „Freilich! Sie zählen sechs Personen; wir aber sind nur zwei! Aber laufen lassen können wir sie doch auch nicht!“

„Warum nicht?“

„Weil, weil — — hm, ja! Wenn man wüßte, daß sie dem Erdschani in die Hände fallen und daß der sie genauso behandelt, wie wir sie behandeln würden!“

„Ich bin überzeugt, daß er das tut.“

„Ich nicht.“

„So können wir es auch nicht ändern. Er ist sein eigener Herr und tut, was ihm beliebt.“

„So will ich hoffen, daß er diesen Maha-Lama von Dschunubistan auch wirklich erwischt und mit nach dem Engpaß bringt, wo wir ihn zwischen die Fäuste nehmen werden, um ihm zu zeigen, daß wir ihn sofort in sein Nirwana sperren, wenn er uns nicht gehorcht. Aber sehen werde ich ihn doch, denn wir müssen ja morgen früh aneinander vorüber.“

„Nein. Wir tun das schon heute.“

„In dieser Dunkelheit?“

„Ja. Und zwar nicht am Flusse hin, sondern in einem Bogen durch den Wald, um sie herum.“

„Das ist höchst unbequem. Wir rennen an die Bäume!"

„Ja, das würde allerdings geschehen, wenn wir diesen Umweg zu Fuß machen und unseren Pferden vorangehen wollten. Aber wir reiten. Du weißt, daß die Pferde des Nachts besser sehen als wir. Der Wald hat nur am Rande Unterholz. In der Tiefe sind die Zwischenräume frei. Es wird also besser gehen, als du denkst. Übrigens gibt es hier viel langes, dünnes Stangenholz am Wasser. Wenn wir uns jeder eine solche Stange herausschneiden und sie so wie die Schnecken ihre Fühler, voraushalten, bewahren wir uns vor den Zusammenstößen, die du fürchtest."

„Sehr richtig, Sihdi! Der Emir Kara Ben Nemsi und der Scheik der Haddedihn sind zwei Schnecken, jede mit einem hölzernen Fühlhorn vorn am Pferdekopf! Sihdi, das wird gemacht, und zwar gleich! Je länger wir hier bleiben, desto mehr drücken wir das Gras nieder, und das muß doch morgen früh wieder aufgestanden sein, damit die Leute aus Dschunubistan, wenn sie hier vorüberkommen, nicht sehen, daß jemand hier gewesen ist. Ich werde die Fühlhörner schneiden, ich selbst, weil ich es als meine Aufgabe betrachte, dir die kluge Vorsicht und die zarte Empfindlichkeit der hiesigen großen, schwarzen Waldschnecken beizubringen. Du siehst, wie entzückt ich darüber bin, daß du, wie überall so auch hier, dich bemühst, nur edlen Vorbildern nachzustreben."

Er wählte zwei lange Schößlinge aus, schnitt sie ab und gab mir einen davon. Dann stiegen wir auf die Pferde und begannen, um die Stelle, an der sich die Fremden befanden, langsam einen Halbkreis zu reiten, dessen Halbmesser so groß war, daß wir von ihnen nicht gehört werden konnten. Für unsere Pferde ebensowohl wie auch für unsere Hunde genügte das einfache Wort „uskut"[1], sie zu veranlassen, jeden Laut und jedes Geräusch zu vermeiden. Indem wir die Stangen wie Lan-

1 Schweig!

zen vor uns hielten, war es uns nicht schwer, jedem Baumstamm, der uns im Wege stand, auszuweichen. Übrigens waren die Augen unserer Pferde so gut, daß wir auf diese ‚Fühlhörner' füglich hätten verzichten können. Trotzdem dauerte es eine ziemlich lange Zeit, bis wir den Bogen geschlagen hatten und weit oberhalb der Dschunub das Ufer des Flusses wieder erreichten. Wir stiegen da noch nicht ab, sondern wir ritten noch einige Kilometer weiter, um ganz sicher zu sein, auf keinen Fall bemerkt werden zu können. Dann machten wir halt und lagerten zur Ruhe für die Nacht, ohne ein Feuer anzuzünden. —

Ich habe nicht die Topographie des Landes, durch das wir ritten, zu behandeln, sondern meine Leser wünschen, daß ich ihnen soviel wie möglich Ereignisse bringe, für die sie sich interessieren. Da wir von jetzt an unterwegs nichts erlebten, überschlage ich die Zeit, bis wir unser Ziel erreichten, und beginne da von neuem, wo das allmähliche Versiegen des Wassers uns darauf aufmerksam machte, daß wir uns der Landesgrenze näherten. Der Fluß wurde immer seichter und seichter. Seine Breite blieb, denn die war von alters her, als er noch aus dem hochgelegenen Norden kam, fest in das Land gegraben, aber der Inhalt schwand und verlor sich in dem porösen, schwammig weichen Boden. Der Grund trat zutage, erst stellenweise, so daß sich Inseln bildeten, die nach und nach immer größer und immer häufiger wurden. Dann gab es längere, zusammenhängende Bänke, die durch schmale Wasserstreifen, später nur durch Pfützen voneinander getrennt wurden. Und endlich verliefen diese Streifen und Pfützen in vereinzelte Tümpel, deren Wasser immer schlechter schmeckte und zuletzt gar nicht mehr zu genießen war. Da machte Halef ein sehr bedenkliches Gesicht und sagte:

„Sihdi, du hast einen großen Fehler begangen!"

„Welchen?" fragte ich.

„Du hättest da, wo das Wasser noch schmeckte, anhalten sollen, um unsere Schläuche zu füllen."

„Wer? Ich?"

„Ja, du!"

„Du nicht auch?"

„Nein, ich nicht! Was gehen denn gerade mich die Fehler an, die gemacht werden? Ich bin doch nicht verpflichtet, mir welche auszusinnen. Das überlasse ich dir."

„Schön!" lachte ich. „So denke wenigstens darüber nach, in welcher Weise es möglich ist, diesen Fehler wieder gutzumachen!"

„Ja, Sihdi, das werde ich. Und ich bin überzeugt, daß es gar nicht lange dauern wird, so habe ich es gefunden."

Von jetzt an zeigte sein Gesicht einen sehr tiefsinnigen Ausdruck; ich sollte hieraus ersehen, wie angestrengt er nachdachte. Zuweilen tat er einen tiefen Atemzug, oder es erklang ein schwerer Seufzer. Die Trinkwasserversorgung hat schon manchen Oberbürgermeister von London, Paris, Peking, Berlin und ähnlichen Orten viel Kopfschmerzen bereitet. Mein guter Hadschi Halef war jetzt von ähnlichen Sorgen erfüllt. Seine Brauen zogen sich immer mehr zusammen; seine Mundwinkel hingen abwärts, und seine Augen bekamen einen sehr finsteren, verhängnisvollen Blick. Endlich, nach fast einer Stunde, stieß er einen Jubelruf aus, schnalzte mit der Zunge und rief mir zu:

„Hamdulillah! Ich hab's! Komm, Sihdi, komm!"

Er drehte sein Pferd herum und machte Miene, dahin zu reiten, woher wir soeben kamen.

„Wohin?" fragte ich.

„Zurück! Selbstverständlich zurück! Das ist das einzige, das unbedingt Richtige!"

„Beweise es!"

„Beweise? Wozu? Das sagt doch schon der gesunde Menschenverstand!"

„Was?“

„Daß wir umkehren und zurückreiten müssen bis dahin, wo das Wasser noch trinkbar war. Dort füllen wir unsere Schläuche!“

„Hm! Dieser Gedanke kommt dir erst jetzt?“

„Ja, erst jetzt! Und ich bin glücklich darüber, daß er mir überhaupt gekommen ist. Du nicht auch? Ohne ihn würden wir für heute kein Wasser haben.“

„Also dauert es bei dir eine volle Stunde, ehe dir das kommt, was du als den gesunden Menschenverstand bezeichnest! Was hattest du denn vorher für eine Art von Verstand?“

„Deinen jedenfalls nicht, Sihdi! Denn der wäre wohl nicht auf den einzig richtigen Gedanken gekommen, wieder umzukehren!“

„Allerdings nicht!“

„So komm und folge mir zurück! Ich führe dich dorthin, wo wir heute früh getrunken haben. Dort war das Wasser noch gut.“

„Also über sechs Stunden weit rückwärts, denn jetzt ist es Mittagszeit! Ich danke!“

„So reite ich allein!“

„Tue es! Leb wohl, Halef! Laß deinen gesunden Menschenverstand ja nicht in das Trinkwasser fallen. Du wirst ihn nötig haben, um mich im Lauf dieses Jahres wieder einzuholen!“

Ich ritt weiter; er aber blieb halten. Er schickte mir verschiedene Rufe und Ermahnungen nach. Ich antwortete nicht; ich sah mich nicht einmal um. Nach einiger Zeit wurde es hinter mir still. Dann hörte ich die Sprünge und lauten Atemzüge seiner Hunde, die bei ihm geblieben waren, mir aber jetzt nachkamen. Und als hierauf wieder eine Weile vergangen war, ertönte hinter meinem Rücken der scharfe Trab seines Pferdes. Er holte mich ein, kam an meine Seite und klagte in seinem vorwurfsvollsten Ton:

„Sihdi, es ist nicht auszuhalten mit dir! Willst du es denn mit Gewalt herbeiführen, daß wir verschmachten und verdursten?"

„Willst du ewig im Sumpf und Moor der Ussul bleiben?" antwortete ich.

„Wie kommst du zu dieser Frage? Ich begreife sie nicht!"

„So sag, wo wollen wir hin?"

„Zunächst nach dem Engpaß Chatar und dann in das Land der Tschoban."

„Kennst du dort Wasserquellen?"

„Nein!"

„Willst du alle Tage zurückreiten, um hier Wasser zu holen?"

„Gewiß nicht! Da kämen wir ja gar keinen Schritt vorwärts!"

„Aber Wasser brauchen wir dort doch auch!"

„Wir werden schon welches finden!"

„Wo?"

„Das weiß ich freilich nicht. Ich verlasse mich da auf dich."

„Ah, so! Warum denn nicht auf deinen gesunden Menschenverstand?"

„Allah w' Allah! Das ist Hohn! Das ist Spott! Das ist nicht schön von dir!"

„Wenn nicht schön, so doch jedenfalls sehr richtig. Wer in seinem Leben so glücklich ist, das Land des Sumpfes hinter sich zu haben, der soll lieber verschmachten, als sich vom ordinären Durst verleiten lassen, in den Sumpf zurückzukehren! Wasser gibt es überall, sogar auch in der ödesten, trockensten Wüste; man muß es nur zu finden wissen. Und daß es im Sand der Wüste reiner und bekömmlicher ist als im Moderboden des Schwemmlandes, das weißt du, der du aus der Wüste stammst, doch ebenso gut wie ich."

„Ja, freilich!" nickte er. „Aber was du sagst, das

klingt, als ob du auf solch reines, lauteres Sandwasser rechnest?"

„Das tue ich allerdings. Der Fluß kann doch unmöglich aus dem Gebiet der Tschoban gekommen sein, ohne den dortigen Sand mit herüber zu schwemmen. Je mehr wir uns dem Engpaß nähern, desto größer wird für uns die Wahrscheinlichkeit, auf sandige Stellen zu stoßen — —"

„Aber nicht auf Wasser", unterbrach er mich.

„O doch! Nach den dir allerdings vollständig unbekannten Gesetzen der Fenni mizani mejah[1] und nach den Regeln der — —"

„Schweig!" fiel er mir in die Rede, während er sich für einige Augenblicke mit den Händen beide Ohren zuhielt. „Ich mag von dieser deiner Fenni mizani mejah ebenso wenig wissen wie von allen deinen anderen Wissenschaften! Es kommt dabei doch weiter nichts heraus, als daß man aus dem Unterbewußtsein in das Oberbewußtsein klettert und aus diesem schmählich wieder herunterstürzt! Ich habe das erlebt! Nein, wenn ich Durst habe, will ich keine Fenni mizani mejah, sondern Wasser trinken, und ich bitte dich also — —"

Er hielt mitten in der Rede inne. Er sah etwas, was ihn verstummen ließ. Das war eine helle Stelle im alten, dunklen Moorboden des Flußlaufes. Ich sagte nichts, sondern lächelte nur. Als er mich wieder anblickte, und dieses Lächeln bemerkte, senkte er den Blick und gestand mir in seiner lieben, aufrichtigen Weise:

„Sihdi, ich bin ein Ochse, ein Esel, ein Schaf, kurz und gut, ein jämmerlicher Kerl, bei dem der gesunde Menschenverstand eine ganze, volle Stunde braucht, um sich auf sich selbst zu besinnen. Und selbst dann, wenn er das getan hat, kommt nichts Gutes heraus, sondern immer nur etwas Dummes! Nicht wahr, diese lichte Stelle da drüben ist Sand?"

1 Hydrostatik

„Ich vermute es. Laß uns nachsehen! Wir nähern uns dem Engpaß. Ich hoffe, daß wir ihn schon lange vor Abend erreichen."

Wir stiegen von den Pferden und gingen nach der betreffenden Stelle. Ja, sie bestand aus Sand, der nur wenige Zentimeter tief trocken war, dann aber feucht zu werden begann. Diese Feuchtigkeit wuchs mit der Tiefe. Halef pflegte jeden Fehler oder Irrtum, den er eingesehen hatte, mit wahrer Begeisterung wieder gutzumachen; so auch hier. Er eilte zu den Pferden zurück und schnallte seine beiden metallenen, arabischen Steigbügelschuhe aus den Riemen. Ihrer Gestalt nach waren sie zu Handscharren vortrefflich geeignet. Er nahm einen und ich einen. Wir gruben in kürzester Zeit ein Loch, in dem sich ein klares, wohlschmeckendes Wasser sammelte. Es war durch den Sand filtriert. Wir tranken uns beide satt. Auch die Hunde bekamen genug. Wir erweiterten die Grube und tränkten auch die Pferde. Dann sickerte das Wasser so rasch nach, daß wir es abklären lassen und die Schläuche füllen konnten. Als wir damit fertig waren, hatten wir zu alledem nicht viel über eine halbe Stunde gebraucht. Nun stiegen wir wieder auf und ritten weiter. Halef fühlte sich beschämt. Er sagte:

„Wie rasch und bequem das gegangen ist! Ich aber hätte über zwölf Stunden gebraucht, um Wasser zu finden und dich wieder einzuholen!"

„Falls ich gewartet hätte, ja! Ich aber wäre weitergeritten, und so hättest du mich in zwölf Stunden nicht erreicht. Zudem mußt du bedenken, daß wir jetzt gutes, gereinigtes Sandwasser haben, während du nur gewöhnliches Moorwasser hättest bringen können."

„Meinst du, daß wir auch jenseits des Engpasses immer Wasser haben werden?"

„Ich hoffe es."

„Aber die dortige Wüste ist berüchtigt. Sie soll die trockenste sein, die es gibt."

„Das glaube ich nicht. Ich bin überzeugt, daß sie besser ist als ihr Ruf. Sie ist im Norden von Bergen umkränzt, hinter und über denen sich die Gebirgsmassen von Dschinnistan erheben. Das ergibt einen Wasserdruck, der jedenfalls auch bis in das Land der Tschoban reicht. Übrigens habe ich auf der Landkarte, die der Erdschani mir gegeben hat, Ortszeichen gefunden, die jedenfalls Wasserstellen bedeuten. Sie stammen von seinem Vater, der die Wüste oft durchquerte und sie darum sehr gut kannte. Man sagt, er habe das Gelingen dieser seiner Reisen nur dem Spürsinn seiner Hunde zu verdanken. Ich will das nicht in Abrede stellen, füge aber hinzu, daß seine eigene Kenntnis der Wasserstellen noch wichtiger gewesen ist als die Nasen seiner vierfüßigen Begleiter. Ich glaube nicht, daß du ahnst, wie groß diese Wichtigkeit auch für uns werden kann."

„Für uns? Wieso?"

„Wir wollen doch die Tschoban besiegen. Nicht?"

„Ja. Aber wir wollen nicht nur das, sondern wir wollen sie unterwerfen, wollen von ihrem Land Besitz ergreifen."

„Ganz recht! Was gehört aber zu einem solchen Sieg?"

„Tapferkeit."

„Weiter nichts?"

„Freilich noch viel mehr. Mut, List, Klugheit, Übung, Ausdauer, Geschicklichkeit und noch vieles andere. Sihdi, du lächelst! Du machst dich lustig über mich. Gestehe!"

„Ein wenig allerdings. Deine Aufzählung paßt ebenso gut auf jede Prügelei unter zweien. Wie wir seit gestern abend wissen, wird es nicht nur einen Kampf zwischen den Ussul und Tschoban geben, sondern auch die Dschunub werden sich beteiligen. Den Sieger kenne ich schon heute."

„Der sind natürlich wir!"

„Oho! Der wirkliche Sieger heißt ganz anders als wir!"

„Kenne ich ihn?"

„Ja."

„Wie heißt er?"

„Wasserschlauch."

„Was — —!"

Das Wort blieb ihm im Munde stecken. Er sah mir ganz verständnislos ins Gesicht. Dann aber schien ihm die Einsicht zu kommen. Er schloß den Mund, der ihm offengeblieben war, nickte mir zu, machte ein pfiffiges Gesicht und fuhr fort:

„— — serschlauch! Ganz richtig! Der Wasserschlauch! Wer genug Wasser hat, der hält es am längsten aus. Wer aber keins hat, der muß verschmachten, und sei er noch so stark oder noch so klug. Daher also die Tausende von Wasserschläuchen, die du bestellt hast! Du, Sihdi, ich glaube, der Hinweis auf diese Schläuche war Eingebung. Nicht?"

„Vielleicht hast du nicht ganz unrecht, wenn du es so nennst."

„Aber woher das viele Wasser nehmen für eine solche Menge von Gefäßen?"

„Du meinst für eine solche Menge von Tieren und Menschen. Denn diese sind doch die Hauptsache, die Gefäße aber Nebensache."

„Mir wird angst, wenn ich daran denke!"

„Mir nicht."

„Aber gerade von dir wird man es fordern! Auf dich wird die Verantwortung fallen! Wirst du sie tragen können?"

„Wahrscheinlich. Ich habe da drei Verbündete, die mich nicht im Stich lassen werden."

„Höre, Sihdi, was machst du für ein Gesicht, während du das sagtst! Diese deine Miene kenne ich! Wenn du die vorsteckst, so hast du immer einen guten, pfiffigen Gedanken! Bin etwa ich einer von diesen deinen drei Verbündeten?"

„Nein, mein lieber Halef, du leider nicht. So viel Wasser, wie ich brauche, wirst du mir wohl nicht schaffen können."

„Ganz sicher nicht! Aber auch du hast doch nicht, wie einst Musa[1], einen Stock, mit dem du nur an den Felsen zu schlagen brauchst, damit Wasser aus ihm springe!"

„Ich habe sogar drei solcher Stöcke!"

„Wo? Wieso? Du meinst das natürlich nur bildlich?"

„Allerdings. Ich meine natürlich unsere drei Verbündeten. Der erste von ihnen ist die Landkarte des Erdschani, die ich hier in meiner Tasche habe. Ich glaube, daß sie sich außerordentlich gut bewähren wird."

„Wenn du dich nicht täuschst!"

„Ob ich mich täusche, wird sich noch heute vor Abend zeigen. Täusche ich mich aber nicht, so ist diese Karte von einem Wert, den man gar nicht taxieren kann."

„Weiß das der Erdschani?"

„Nein. Es handelt sich um ein geheimnisvolles Zeichen des Dschinnistani auf der Karte. Wenn ich es richtig deute, werden wir wohl nie zu dürsten brauchen."

„Und der zweite Verbündete?"

„Ist eben mein Zweifel daran, daß die Wüste der Tschoban so ganz und gar wasserlos sei. Wie ich dir bereits andeutete, weisen die Gesetze der Fenni mizani mejah daraufhin, daß — —"

„Allah sei mir gnädig!" fiel er mir da schnell in die Rede. „Laß mich mit dieser deiner Fenni mizani mejah in Ruhe, und sage mir lieber, wer dein dritter Verbündeter ist!"

„Mein dritter sind die Vulkane von Dschinnistan."

„Die feuerspeienden Berge?"

„Die jetzt allabendlich in Glanz und Flammen stehen?"

„Dieselben."

„Das begreife ich nicht!"

1 Moses

„Du mußt bedenken, daß sie nicht nur allabendlich in Glanz und Flammen stehen, wie du sagst, sondern Tag und Nacht, also immerfort, nur daß man es beim Licht des Tages nicht so sehen kann wie während der Dunkelheit der Nacht. Diese vulkanischen Ausbrüche wiederholten sich, wie Taldscha und die Priesterin erzählten, in Zwischenräumen von ungefähr hundert Jahren, und jetzt besinne ich mich, in der Bibliothek unserer Marah Durimeh gelesen zu haben, daß Ssul, der Fluß, der ausgetrocknet ist, weil er gezwungen war, nach seiner Quelle zurückzufließen, in jedem Jahrhundert einmal den Versuch macht, aus dem Paradies zurückzukehren. Es stand da: ‚Dann wird sein Lauf von Sehnsuchtstränen feucht, und Nachtigallen trinken Morgentau, wo sonst sogar der Stein vor Durst verschmachtet!‘ Diese beiden Sagen, nämlich daß die Vulkane alle hundert Jahre leuchten und daß Ssul, der Fluß des Friedens, in jedem Jahrhundert einmal seinen Lauf befeuchtet, scheinen meiner Ansicht nach im Zusammenhang miteinander zu stehen. Das eine scheint die Ursache oder die Folge des anderen zu sein.“

„Daß die Vulkane speien, wenn der Fluß feucht wird?“ fragte Halef ernst.

„O nein“, lachte ich. „Sondern gerade umgekehrt. Nämlich, daß der Fluß Wasser bekommt, wenn die Vulkane sich in Tätigkeit befinden. Denke dir die Massen ewigen Eises, die da oben in den Bergen aufgestapelt liegen. Dieses Eis, das man mit dem Tode vergleicht, verbirgt eine unendliche Fülle des Lebens; nur muß man das dem kurzsichtigen Menschen erst extra zeigen und sagen. Und denke dir zu diesem Eis eine wochen- oder gar monatelange Periode vulkanischer Ausbrüche, durch die eine Glut entwickelt wird, der keine Kälte, und sei sie noch so stark, wiederstehen kann. Da schmelzen ganz gewaltige Mengen Eises. Sie werden zu Wasser. Sie rauschen, stürzen und fließen zu Tal: Je größer die Hitze ist und je länger sie dauert, desto mehr wird das tiefere Land vom Wasser getränkt und gesättigt. Die Feuchtigkeit füllt nicht nur Bäche und Flüsse, sie wird auch von der durstigen Erde aufgesogen wie von einem ausgetrockneten Schwamm und geht in ihren Poren heimlich und ungesehen abwärts bis in die Wüste, wo sie gezwungen ist, in den tiefen Rinnen alter, verschmachteter Wasserläufe zutage zu treten und sich zu offenbaren. Ich halte es für ein großes Glück für uns, daß gerade jetzt eine solche Periode begonnen hat. Sie wird unsere Verbündete sein. Sie wird uns selbst in der trockensten Wüste der Tschoban das Wasser geben, das wir brauchen, um unsere Zwecke zu erreichen. Wir haben weiter gar nichts nötig, als daß wir die Gegend, durch die wir ziehen, nach den Gesichtspunkten der Wasf ul arz oder der Ilmi tabakat-i-arz[1] auswählen. Wenn wir das tun, so — —"

„Sei still, sei still!" fiel er mir in die Rede. „Wir brauchen Wasser, aber keine Wasf ul arz und auch keine Ilmi tabakat-i-arz. Nimm Rücksicht auf mein Unterbewußtsein, wenn ich oben sitze, und erbarme dich meines Oberbewußtseins, wenn ich unten liege, aber verschone mich mit diesen Wissenschaften, die man weder in Schläuche füllen noch in der Kaffeekanne wärmen kann!"

„Gut, lieber Halef! Ich wollte dir nur andeuten, daß es gar nicht schwer ist, eine Gegend daraufhin zu betrachten, welcher Teil von ihr verborgenes Wasser enthält. Wir werden welches finden; ich bin fest überzeugt davon. Und das wird dann wie die Erfüllung einer Verheißung sein, wie die Offenbarung eines großen, seligmachenden Zusammenhangs. Da oben in Dschinnistan öffnen sich in feuersprühender Nacht die Pforten des Paradieses, und die Flammen leuchten die Engelsfrage in alle Welt hinaus, ob endlich Friede sei auf Erden.

1 Geologie

In der Glut dieser Flamme schmelzen die Gletscher und Firne und kommen dem Menschen mit ihrer Hilfe sogar bis in die Wüste entgegen, damit es ihm möglich sei, den Frieden, der ihm von aller Welt verweigert wird, mit dem Säbel zu erzwingen.“

Da zuckte ein Strahl des Glücks über das Gesicht meines guten Hadschi und er rief aus:

„Sihdi, du weißt, daß ich die Feigheit hasse, die Tapferkeit aber liebe und mich vor keinem Feind fürchte. Der Kampf ist mir, wenn er gute Gründe hat und ehrlich vor sich geht, eine Wonne. Aber ich sehe ebenso ein wie du, daß der Friede besser ist als der Krieg. Wir beide, du und ich, haben kriegerischen Ruhm wohl mehr als genug geerntet; es ist uns darum wohl erlaubt, nun nach dem Frieden zu trachten, ohne daß man uns für mutlos hält. Wir können heimziehen aus der Welt, die sich niemals verträgt und darum unaufhörlich schlägt. Wir können uns Wohnungen bauen, in die der Haß und Streit nicht dringen können. Ich kehre heim zu meiner Hanneh, der herrlichsten Blume, die auf Erden duftet, und bringe ihr zehn Kamelladungen von Teppichen, Decken, Schals und Leinwand mit, um ihr das schönste aller Zelte zu bauen, das man jemals gesehen hat. Und auch du kehrst heim zum harrenden Weibe, das du deine ‚Seele‘ nennst. Du bringst ihr — — — ja, Sihdi, was bringst du ihr denn mit? Ihr wohnt ja nicht in Zelten, die man aus leinenen oder baumwollenen Stoffen macht, sondern in Häusern, die man aus — — — höre, Sihdi, woraus werden diese Häuser gemacht?“

„Aus Mauer- und Ziegelsteinen, aus Holzbalken und Brettern und so weiter.“

„Womit werden sie gedeckt?“

„Mit Schiefer, Ziegeln, Schindeln, Dachpappe und so weiter.“

„Ist ein Garten drum herum?“

„Bei dem meinigen, ja.“

„Und wie heißt so ein Haus, das mitten im Garten steht und nur Vergnügen macht?“

„Man pflegt es eine Villa zu nennen.“

„Nun gut, so kannst du dich bei deiner Heimkehr nicht mit Teppichen, Decken und Schals und Leinwand beladen, die dir unnütz sind, sondern du nimmst aus Ägypten, Arabien oder Persien folgendes mit nach Hause.“

Er spreizte, während wir weiterritten, die fünf Finger der linken Hand weit auseinander und zählte an ihnen mit dem Zeigefinger der rechten Hand die einzelnen Posten ab, die er der Reihe nach aufführte:

„Erstens zehn Kamelladungen Mauersteine und Ziegelsteine und so weiter. Zweitens zehn Kamelladungen hölzerne Balken und Bretter und so weiter. Drittens zehn Kamelladungen Dachschiefer und Dachziegeln und so weiter. Viertens zehn Kamelladungen Dachschindeln und Dachpappe und so weiter. Und fünftens zehn Kamelladungen heilige Erde aus Mekka, Medina, Jerusalem und Kaïrwan, auf die du dem Weib deines Herzens eine neue Villa baust. Auch in den Garten, der drumherum liegt, kannst du von dieser Erde streuen, weil sie die köstliche Eigenschaft besitzt, alle wilden Tiere und alle bösen Menschen von euch abzuhalten.“

„Gut, ich werde das tun“, nickte ich belustigt. „Was soll ich noch mitnehmen?“

„Weiter nichts, denn ich bin doch schon bei Fünftens angelangt und habe keine Finger mehr, um fernere Sachen daran herzuzählen. Begnüge dich also mit dem, was ich dir angegeben habe. Es ist genug. Bedenke, das macht schon fünfmal zehn Kamele, also fünfzig! Wenn du die von Persien, Arabien oder Ägypten bis nach Deutschland führen, in Ordnung halten und ernähren sollst, hast du unterwegs so viel zu tun, daß du fast gar nicht fertig wirst. Ich rate dir also, ja nichts weiter mitzunehmen und dich mit dem zu bescheiden, was du hast! Ein wahrhaft kluger Mann verlangt von Allah niemals zu viel!"

„Besonders, wenn es sich um Balken, Bretter und Dachschindeln handelt!"

„Schweig! Ziehe die Villa nicht ins Lächerliche! Ich habe sie ernst gemeint! Du hast überhaupt die Eigenheit, über mich zu lachen, wenn ich ernstlich rede, und mich nur dann ernst zu nehmen, wenn ich scherze. Das muß ich mir verbitten und — — schau, Sihdi, hier hat ein Feuer gebrannt."

Er hielt an, ich auch. Wir befanden uns noch immer an dem Flußbett, das aber nun ohne Wasser war. Auch heute hatten wir zu unserer Rechten den Wald, doch war er nicht so dicht wie gestern, weil hier die Feuchtigkeit fehlte. Unten im Flußbett gab es hier eine Wasserlache mit sehr trübem Inhalt, aus der, wie wir aus den Spuren ersahen, die Pferde und Kamele getränkt worden waren. Die Reiter hatten am Waldesrand gelagert und gegessen. Das waren natürlich die Dschunub gewesen. Wir stiegen gar nicht von den Pferden. Der Umstand, daß diese Leute hier kurzen Halt gemacht hatten, war mir von keiner Wichtigkeit. Ich überflog den Platz nur oberflächlich mit den Augen und ritt dann weiter. Halef aber war unruhig. Er drehte sich wiederholt um und schaute zurück.

„Was hast du?" fragte ich ihn.

„Eigentlich nichts, gar nichts", antwortete er. „Aber es ist mir so sonderbar."

„Wie?"

„Wie eine Ahnung."

„Was für eine Ahnung?"

„Daß wir noch dort hätten bleiben sollen."

„Etwa wie ein böses Gewissen? Wie eine Angst, als ob wir etwas Gutes unterlassen hätten?"

„Ja, eine Angst! So, genauso ist es."

„Das kenne ich! Wir kehren zurück und werden den

Platz genau untersuchen. Ich bin überzeugt, daß wir etwas finden werden, was nichts Gleichgültiges ist."

Wir lenkten also wieder um. An dem Platz angekommen, stiegen wir ab und untersuchten ihn, fanden aber nichts. Wir wiederholten das Nachforschen, doch ebenso vergeblich. Die Spuren stammten zwar von gestern, waren aber noch ziemlich deutlich zu sehen, weil die Dschunub keine Veranlassung gekannt hatten, vorsichtig zu sein. Zwei Diener waren mit den Pferden und Kamelen unten an der Wasserpfütze gewesen. Die anderen zwei hatten oben am Rand gesessen und dem Tränken zugeschaut. Die beiden Herren hatten sich abseits davon nebeneinander an einer Stelle niedergelassen, die eine sehr dunkelbraune, sammetweiche Moosdecke besaß. Weggeworfene Haut- und Sehnenstücke des genossenen Fleisches bewiesen, daß gegessen worden war. Aber mehr als das war trotz allen Suchens nicht zu entdecken. Ich ging also zu meinem Pferd zurück und gab das vergebliche Forschen auf. Da warnte mich Halef:

„Sihdi, bleibe noch! Es wird mir bang, ganz eigentümlich bang, wenn ich sehe, daß du fort willst. Es muß etwas hier geben, was wir wissen sollen; es muß, es muß! Ich habe noch nie in meinem Leben eine solche Angst gehabt wie jetzt. Schau mich an!"

Er kam zu mir herbei, damit ich ihn betrachten möge. Ich sah, daß seine Wangen feucht waren. Über seinen Brauen glänzte die Stirn von Schweiß.

„Das ist Angstschweiß!" sagte er, während er ihn wegwischte. „Ich bin noch nie so voller Unruhe gewesen wie in diesem Augenblick. Mein Herz schlägt so laut, daß ich es innerlich höre. Ich bitte dich, suchen wir noch einmal!"

„So wird auch mir fast angst! Derartige innere Erregungen pflegen ihren guten Grund zu haben. Verfahren wir also sorgfältiger! Wir haben bis jetzt nur stehend gesucht. Knien wir nun nieder! Wenn etwas

Wichtiges zu finden ist, liegt es wahrscheinlich da, wo die beiden Gebieter gesessen haben. Also komm!"

Wir kehrten zu der betreffenden Stelle zurück und knieten nieder, um das Moos nun nicht nur mit den Augen, sondern auch mit den Fingern abzutasten. Kaum war das geschehen, so rief Halef: „Hamdulillah, ich hab's!" und ich sagte zu gleicher Zeit: „Hier ist es, da, im Moos!" Und in demselben Augenblick griff er zu und auch ich. Wir zogen, er mit seiner Rechten und ich mit meiner Rechten, ein Messer heraus, das bis ans Heft im Moos steckte. Dieses Heft war von Metall, aber so gedunkelt, gealtert, verrostet oder vergrünspant, daß es genau die Farbe des Mooses hatte und, von oben betrachtet, nicht von ihm zu unterscheiden gewesen war. Die Klinge war blank und scharf, als käme sie erst heute vom Messerschmied, war aber doch vom feinsten, besten, altindischen Stahl. Man konnte mit ihrer Schärfe ein frei schwebendes Haar durchschneiden. Bei näherer Betrachtung sah man, daß das Heft eingravierte Linien und Punkte zeigte, doch waren sie nicht deutlich zu erkennen, und wir gaben uns in diesem ersten Augenblick selbstverständlich nicht gleich die Mühe, diese Figuren zu enträtseln. Unsere Aufmerksamkeit richtete sich vielmehr sofort auf den starken, sonderbaren Rükken der Klinge, der rechtwinklig eingekerbt war, und zwar verschieden breit und tief. Ich kann das nicht deutlicher machen, als indem ich bitte, an unsere neuen, seit einiger Zeit in Mode gekommenen Kofferschlüssel zu denken, die nur aus dem breiten Bart bestehen und deren eingeschnittene Kerben mit den im Schloß vorhandenen Sicherheitsstiften korrespondieren. Diese eigentümliche Klinge steckte nicht fest und unbeweglich im Heft, sondern sie war durch ein Scharnier mit ihm verbunden und konnte also eingebogen werden.

„Ein Messer, ein Taschenmesser!" sagte Halef. „Das hat entweder der ‚erste Minister' oder der ‚höchste aller

Priester, die es gibt' während des Essens hier in das Moos gesteckt und dann vergessen. Wenn es dem Letzteren gehörte, so haben wir das Messer gefunden, mit dem der ‚Gott' ißt! Hier nimm es, Sihdi! Und nimm noch etwas dazu!"

Er gab mir das Messer, das er festgehalten hatte, und zu gleicher Zeit auch einen Kuß gerade auf den Mund. Auf den fragenden Blick, der ihn deshalb aus meinen Augen traf, entschuldigte er sich:

„Verzeih den Kuß, Sihdi! Ich kann nicht anders. Ich mußte ihn dir geben. Aus Dankbarkeit, daß du erlaubt hast, noch einmal zu suchen. Es ist etwas in mir, was ich nicht selbst bin. Dieses Etwas freut sich unendlich darüber, daß wir das Messer gefunden haben. Es ist für uns bestimmt. Sein Eigentümer ist gezwungen worden, es hier in das Moos zu spießen und dann steckenzulassen. Dieses innerliche Etwas sagt mir, daß dieses Messer von einem Wert für uns ist, den wir noch gar nicht ahnen. Ich bin so froh, so glücklich, daß es von uns entdeckt worden ist! Begreifst du das? Ich nicht! Wozu aber die Einschnitte im Rücken der Klinge! Ich habe das noch bei keinem anderen Messer gesehen. Errätst du ihren Zweck?"

„Dieses Messer war einst das Schlachtmesser für kleinere Opfertiere und zugleich der Schlüssel zu dem Tempel, in dem diese Opfer gebracht wurden."

„Ein Schlüssel? In welcher Weise?"

„Schau her! Man schlägt das Einbiegemesser auf und steckt die Klinge in das Schlüsselloch. Dann macht man das Messer halb wieder zu, indem man das Heft nach unten drückt. Ist dies geschehen, so bildet das Heft einen Drehling, also eine Kurbel, und die Klinge den eigentlichen Schlüssel, den man am Heft so lange dreht, bis das Schloß geöffnet ist."

Indem ich das Messer abwechselnd einbog, öffnete, halb wieder zusammenbog und dann am Griff drehte, zeigte ich dem Hadschi, wie dieser altindische Messerschlüssel zu handhaben war. Er sah mir zu, schüttelte dann langsam den Kopf und sagte:

„Die Sache ist zwar hochinteressant, aber sie erscheint mir nicht als sehr hoffnungsvoll. Wir haben einen Schlüssel, aber kein Schloß dazu. Und wenn wir es hätten, woher nehmen wir den Tempel, zu dem es gehört? Dieser Tempel hat im alten Indien gestanden. Steht er noch? Und wo? Mit diesem Schlüssel steht es ganz so, wie wenn ich z. B. einen Sporen habe, aber kein Pferd dazu. Ja, wir sind sogar noch schlimmer daran, denn ein Pferd läßt sich jedenfalls eher und auch leichter beschaffen, als ein alter hindostanischer Götzentempel, der höchst wahrscheinlich längst in Trümmern liegt. Ich freue mich unendlich darüber, daß mein Gefühl mich nicht betrogen, sondern uns dazu geführt hat, diesen Schlüssel zu finden; lieber aber wäre es mir, wenn wir anstatt des Schlüssels den Tempel gefunden und anstatt des Tempels nur noch den Schlüssel zu erwarten hätten!“

„Du verlangst zu viel. Mir genügt das, was ich habe!“

„Also der Schlüssel!“

„Nein. Denn wir haben nicht nur ihn, sondern noch viel mehr.“

„Möchte wissen, was!“

„Nicht was, sondern wen. Nämlich den, der ihn hierhergebracht und steckengelassen hat. Ob dies der Maha-Lama oder der Minister ist, das bleibt sich für mich gleich. Ich werde bis zum Beweis des Gegenteils der Ansicht sein, daß nicht der Minister, sondern der Oberpriester das Messer besessen hat; der Besitz steht höchstwahrscheinlich mit seiner heiligen Würde in irgendeiner Beziehung. Es ist nicht ausgeschlossen, daß er weiß, zu welchem Gebäude der Schlüssel gehört. Ist dies der Fall, so erfahren wir es von ihm; denn wir kommen ja wieder mit ihm zusammen. Dann wird sich herausstellen, ob der heutige Fund uns Nutzen bringt.“

„Wenn es nach dem Gefühl geht, das mich zwang, wieder umzukehren und nochmals nachzuforschen, so ist er uns von Nutzen, und zwar von einem sehr großen. Ich bitte dich, Sihdi, das Messer gut aufzuheben. Wenn du wirklich ahnst, daß wir das finden werden, was dazu gehört, nämlich den Tempel, dessen Schlösser es öffnet, so will ich meinen Ausdruck, daß die Sache nicht sehr hoffnungsvoll sei, hiermit zurücknehmen. Auf alle Fälle habe ich hier etwas gelernt, was ich nicht wußte, nämlich, daß es geheimnisvolle Dinge oder gar Personen außer uns gibt, deren Stimmen bis tief in unser Inneres reichen. Denn die Mahnung, zurückzukehren und noch einmal zu suchen, stammte nicht von mir selbst, sondern sie kam von außen; das habe ich deutlich gefühlt. Ich bitte dich, jetzt nicht mit mir zu sprechen. Die Sache kommt mir außerordentlich wichtig vor. Ich werde über sie nachdenken."

Als er dies sagte, kam mir ein ironischer Hinweis auf seinen ‚gesunden Menschenverstand' auf die Lippen, ich drängte ihn aber zurück, weil der liebe Kleine hier nur Aufmunterung, nicht aber Spott verdiente. Er verhielt sich, während wir nun weiterritten, vollständig schweigend. Auch ich war still, doch in Gedanken ebenso beschäftigt wie er, wenn auch auf anderem Gebiet. Meine Aufmerksamkeit richtete sich auf die Gegend, durch die wir kamen, und auf die Veränderung, die sie erlitt, je weiter wir vorwärts rückten. Der Boden verwandelte sich. Der Humus verschwand. Die Moorerde ging in Sanderde über. Es versteht sich von selbst, daß diese Veränderung sich auch auf die Pflanzenwelt erstreckte. Unser Weg lag zwischen den beiden Extremen des Urwalds und der Wüste. Er führte von dem einen zu dem anderen. Es war, als ob wir jetzt den Vorzug hätten, den weiten Weg vom hinterindischen Dschungel nach den westafrikanischen Wüstenregionen in der Zeit von wenigen Stunden zurückzulegen. Der Wald verschwand schließlich ganz. Wir ritten durch eine Steppe, die der Kalahari glich. Ich sah Bastard- und Kameldorne stehen, und daß sich da auch sofort die wilde Gurke einstellte, ist selbstverständlich. Nur da, wo der Sand noch Moor enthielt, traten einzelne oder weitläufig gruppierte Bäume auf, doch glichen sie den weitästigen Lebbach- und anderen schattenlosen Albizzi-Arten, die den Ausdruck der Wüste nicht mildern, sondern steigern.

Halef schien von dem allen nichts zu bemerken. Sein Blick irrte zwar überall herum, war aber inhaltslos. Auch die Arm- oder Fußbewegungen, welche die Verbindung mit dem Pferd forderte, waren rein mechanisch. Er sann und sann und ließ zuweilen einen entweder freudigen oder verdrießlichen, kurzen Ausdruck hören, je nachdem er etwas gefunden zu haben glaubte. Schließlich aber wurde er doch auch auf das, was vor unseren Augen lag, aufmerksam und rief aus:

„Maschallah — Wunder Gottes! Seit ich mich nur immer von innen betrachtet und gar nicht mehr nach außen geschaut habe, ist ja die Gegend ganz anders geworden! Ganz anders und viel schöner, viel schöner!"

„Schöner? Wirklich?" fragte ich.

„Ja, wirklich schöner!" antwortete er. „Der Wald ist weg! Der Fluß ist weg! Die Bäume, Sträucher und Gräser sind weg! Die fruchtbare Erde ist weg! Es ist nichts mehr zu sehen als Sand, nur immer Sand, weiter nichts als Sand!"

„Und das nennst du schöner?"

„Natürlich! Genauso wie hier war es da, wo ich geboren wurde! In den Wüsten des Moghreb[1]! Der Mensch findet alles schön, was ihn an seine Heimat, an seine Jugend, an das Glück seiner Kinderzeit erinnert. Schau, wie unsere Pferde hier ganz anders atmen! Wie ihre Muskeln schwellen, ihre Schweife wehen und ihre Hufe spielen! Das kommt vom Sonnenschein, vom Licht

1 Westen von Afrika

und von der freien Luft. Kein stehendes Gewässer dunstet mehr; kein Moderholz, kein giftiger Schwamm hemmt unseren Weg! Der reinste Sand rundum, wie durch ein feines Sieb herabgeweht, im Lichte bläulich wie Perlmutter schimmernd. Das ist die Wüste, die ich liebe! Komm, machen wir den Pferden diese Freude! Laß uns einmal jagen! Galopp, Galopp, Galopp!"

Er ließ sein Pferd ausgreifen, und ich war ihm ganz und gern zu Willen. Wir flogen über die vollständig vegetationslose Ebene wie im Sturm dahin. Ben Rih schnaubte vor Wonne. Die Hunde bellten jauchzend. Mein edler Syrr war still, aber jeder Sprung, den er tat, war ein ebenso schöner wie beredter Ausdruck des Entzückens, das in ihm wohnte und seinen herrlichen Gliedern heute einen ganz besonderen Bewegungsausdruck gab.

Wir ritten so, daß wir eng nebeneinander blieben.

„Schau, Sihdi!" sagte Halef, während er nach vorn deutete. „Siehst du es?"

„Ja", antwortete ich.

„Wie herrlich! Was mag das sein?"

Es gab da vor uns ein Leuchten, Blitzen, Sprühen und Glühen, wie aus einem mitten aus der Wüstenebene hoch emporragenden Leuchtturm, der aber nicht nur oben auf seiner Zinne leuchtete, sondern in seinem ganzen Bau aus Flammen bestand. Aber dieses Feuer loderte nicht. Es blitzte ihn kurzen, durcheinander gezückten Strahlen, wie aus lauter eng aneinanderliegenden, geschliffenen Facetten. Es war, als rage dort ein riesiger Diamant empor, an dem Millionen von Edelsteinschleifern jahrhundertelang gearbeitet hätten, um seiner ganzen, ungeheuren Fläche die Fähigkeit zu erteilen, das große, ewiggewaltige Unisono des Sonnenlichts in unzählbare, zeitlich kurze Minuten und Sekunden zu differenzieren. Nach langem, schwerem Urwalddunkel bot dieser Strahlenjubel auf unbegrenzter, offener Erdenfläche einen Anblick, den kein Mensch, der ihn gehabt hat, in seinem Leben jemals vergessen kann.

„Was mag das sein?“ fragte der Hadschi, während er sein Pferd zügelte, um wieder langsam zu reiten und so das Schauspiel länger zu genießen.

„Fragst du die Poesie des Gottesglaubens? Oder fragst du die kalte, zersetzende Wissenschaft?“ antwortete ich. „Die erstere nennt dieses Zwiegespräch des scheinbar toten Steins mit der Sonne ein Wunder. Wie stets und überall, so führt die wissenschaftliche Erklärung des Wunders aber auch hier zur nüchternen Alltäglichkeit zurück. Sie sagt: Was wir da vor uns sehen, ist ein aus dem Boden emporragendes, glimmerreiches Felsenstück, dessen glasähnliche Partikelchen im Sonnenstrahl funkeln.“

„So? Das ist also eine wissenschaftliche Erklärung?“

„Ja.“

„Dann sage dieser deiner Wissenschaft, daß ich ihr nicht erlaube, mir das Wunder, das ich vor mir sehe, zu verkleinern. Was Glimmer ist, weiß ich nicht. Ob dieses Zeug in das Reich der Pflanzen oder der Elefanten gehört, ist mir gleichgültig; ich mag es gar nicht wissen. Ich sehe nur, daß es funkelt, viel schöner und viel entzückender als deine ganze, dunkle Wissenschaft; und daß nicht der Glimmer, sondern dieses Funkeln für mich ein Wunder und eine Wonne ist, das darfst du mir wohl glauben! Schon eher möchte ich fragen, wie dieser hohe Stein hier mitten in die niedrige Wüste kommt?“

„Wahrscheinlich befinden wir uns eben nicht mitten drin. Wir nähern uns der Landenge, von der wir wissen, daß sie aus Felsblöcken besteht, welche die Überreste eines gewalttätigen Naturereignisses sind. Wahrscheinlich ist dieser Glimmerfelsen der am weitesten vorgeschobene Block aus jener Periode und — — ah, schau! Jetzt wird er dunkel. Siehst du die Gestalt?“

Von dem feuchten Land, das hinter uns lag, war eine

Wolke aufgestiegen und so vor die Sonne getreten, daß ihr Schatten zu uns her nach Norden fiel. Er verdunkelte den Felsen für eine kurze Zeit, so daß seine Konturen hervortraten und die Figur, die er bildete, in ihrer ganzen Schärfe zu sehen war.

„Ein Melek[1], ein Melek! Wahrhaftig, ein Melek!" rief Halef aus. „Mit einem Friedenszweig in der Hand! Er hat zwei Flügel und steht auf einem Postament von mehreren Felsentrümmern!"

Es war so, wie Halef sagte; der Steinkoloß besaß die von ihm beschriebene Gestalt. Als ich das sah, hielt ich mein Pferd ganz an und griff in die Tasche, um die Karte hervorzuziehen, die mir der Erdschani gegeben hatte.

„Was willst du? Warum hältst du an?" fragte Halef.

„Um die Landkarte zu befragen. Ich sagte dir, ob sie uns täusche, das werde sich heute noch vor Abend finden. Diese Zeit ist nun gekommen."

„Es handelte sich da aber nicht um das Funkeln dieses Steins, sondern um das Vorhandensein von Wasser!"

„Ich werde mich auch nicht um das Funkeln, sondern nur um das Wasser kümmern."

Ich trieb mein Pferd eng an das seinige hin, schlug die Karte auf, zeigte sie ihm und fuhr dann fort:

„Hier ist der Engpaß, die Grenze zwischen dem Land der Ussul und dem Gebiet der Tschoban. Das letztere ist zum großen Teil wüst. In diese Wüste siehst du hier eine Reihe von Punkten gezeichnet, die sich von Süd nach Nord ziehen und alle mit einem Mim und Hah[2] bezeichnet sind. Erkennst du sie?"

„Ja", nickte er. „Was sind das für Punkte, für Orte?"

„Ich weiß es nicht."

„Aber du scheinst etwas zu vermuten?"

[1] Engel [2] Arabische Buchstaben M und H

„Allerdings. Diese Punkte, die mitten durch die Wüste führen, haben unbedingt etwas zu bezeichnen, was für die Wüste wichtig ist. Und was ist da wohl als das Wichtigste zu nennen?"

„Wasser?"

„Ja, freilich! Ich nehme also an, daß wir es hier mit Stellen zu tun haben, an denen Wasser gefunden wird und zwar kein salziges oder überhaupt ungenießbares, sondern trinkbares."

„Und was sollen da diese beiden Buchstaben m. h. bedeuten?"

„Moje hilwe[1]; es ist fast gar nicht anders möglich. Meinst du nicht, Halef?"

„Ja; das meine ich auch. Diese Punkte liegen jedenfalls auf dem Weg, den der Dschinnistani jedesmal eingeschlagen hat, wenn er nach seiner Heimat reiste. Für sich brauchte er diese Aufzeichnung nicht, wohl aber für seinen Sohn, dem die Karte gewidmet war."

„Wenn das stimmt, so ist uns der Sieg fast nach allen Richtungen hin gewiß, denn wir haben die Hauptsache, nämlich Wasser."

„Was aber hat das mit dem heutigen Tag zu tun? Daß wir noch vor Abend sehen würden, ob die Karte stimmt?"

„Schau her! Hier liegt der Engpaß. Ganz nahe, südlich davon, ist ein Punkt, der als ‚El Melek' bezeichnet wird, also der Engel, den wir da vor uns sehen. Und darunter stehen dabei dieselben Buchstaben m. h., die wir als ‚Wasser' deuten. Wenn wir jetzt bei dem Engel Wasser finden, so ist es für mich gewiß, daß es auch in der Wüste der Tschoban an allen den Punkten Wasser gibt, die mit m. h. bezeichnet sind. Begreifst du nun, wie wichtig dieser Felsen hier für uns ist?"

„Gewiß! Aber, Sihdi, erlaube mir, ein wenig zu zweifeln. Ich frage dich, wo hier das Wasser herkommen

1 Trinkbares Wasser

soll? Betrachte diesen Sand! Es ist Flugsand, fast wie Mehl so fein! Vom Wind aus der Wüste der Tschoban über die Landenge herübergetragen. Und er ist tief, sehr tief. Kein einziger Grashalm läßt sich sehen! Ich glaube, hier wird kein einziger Tropfen Wasser zu finden sein."

„Warten wir es ab! Wer nach Wasser sucht, der darf nicht nach dem Sand der Oberfläche urteilen. Die darunter liegende Formation hat das entscheidende Wort zu sprechen."

„Ahah! Jetzt kommt wieder deine berühmte Ilmi tabakat-i-arz! Laß sie sein; laß sie sein! Ich mag nichts von ihr hören! Wenn wir Wasser finden, bin ich zufriedengestellt, denn nicht die Ilmi, sondern das Wasser will ich haben!"

„So komm! Ich hoffe, wir werden es finden!"

Wir ritten weiter. Die Wolke war inzwischen fortgegangen; darum funkelte der Engel wieder, doch nicht für lange Zeit, denn je mehr wir uns dem Felsen näherten, desto mehr veränderte sich sein Sonnenwinkel zu uns, und endlich waren alle die strahlenden Reflexe verschwunden, obgleich die Sonne noch immer schien. Und nun sahen wir etwas, was mich mit Freude erfüllte. Nämlich der Felsen des Engels war, obgleich er mitten in unfruchtbarem Flugsand lag, von Sträuchern umgeben, über die sogar die kräftigen Wipfel einiger Bäume emporragten. Und ringsum wuchs Gras, das um so gesünder und saftiger war, je näher es dem Engel stand.

„Sihdi, du hattest doch recht. Es gibt hier wirklich Wasser", sagte Halef, indem er sein Pferd traben ließ, um die letzte Strecke schnell zurückzulegen. Ich aber blieb bei dem bisherigen Tempo. Ich wußte wohl, was er beabsichtigte. Er wollte vor mir am Felsen sein, um des Ruhms willen, das Wasser entdeckt zu haben. Er pflegte dann aber fast stets das Gegenteil von dem zu erreichen, was er erreichen wollte. So auch diesmal. Als ich bei dem Engel ankam, war Halef schon längst vom Pferd gestiegen und kroch hin und her, rund um den Felsen herum, ohne aber eine Spur von Wasser zu finden. Ich wartete geduldig, bis er schließlich eingestand:

„Ich finde nichts, Sihdi, gar nichts! Wir haben uns getäuscht."

„Das glaube ich nicht", antwortete ich.

„O doch! Wäre Wasser hier, so müßte ich es finden!"

„Warum gerade du? Bist du klug genug dazu?"

„Ich denke doch!" fuhr er auf.

„Wirklich? So hast du also nachgedacht, ehe du suchtest?"

„Nein. Ich habe eben gesucht. Ist das nicht genug?"

„Ja, es ist allerdings genug, nämlich um nichts zu finden! Schau, ich bin noch nicht einmal vom Pferd gestiegen. Vielleicht suche ich gar nicht, sondern bleibe im Sattel sitzen und finde das Wasser doch. Und warum? Weil ich überlege, anstatt blind darauf loszusuchen."

„Erlaubst du mir, mit zu überlegen?"

„Ja. Zwei bringen immer mehr fertig, als nur einer."

„So laß uns anfangen, nachzudenken! Wer soll beginnen? Ich oder du."

„Du natürlich, denn du bist eher dagewesen, als ich."

„Ich danke dir, Sihdi! Aber beim Nachdenken ist es immer besser, daß du den Ersten machst, und ich komme später dazu, um die Sache zu bestätigen. Denn, weißt du, in der Bestätigung liegt ja alles!"

„Sehr richtig! Fangen wir also an! Du wirst gleich sehen, wie schnell wir auf das Wasser kommen, ohne daß wir lange suchen. Sag mir vor allen Dingen, wo es zu finden ist!"

„Spotte nicht, sondern denke nach! Was nützt es uns da unten? Wir brauchen es hier oben!"

„Das weiß ich ebensogut wie du! Es wird wohl eine Stelle geben, die da hinunterführt!"

„Aber wo?"

„Das weiß ich nicht."

„So such nach ihr!"

„Suchen? Ich? Höre, Sihdi, ich begreife dich nicht! Erst lachst du mich aus, daß ich gesucht habe, ohne vorher nachzudenken, und nun störst du mich im tiefsten Nachdenken, damit ich suchen soll! Ich sage dir, mein Nachdenken ging so tief, daß ich beinahe schon unten beim Wasser war! Warum hast du mich gestört? Wenn ich nun nichts finde, bist nur du daran schuld, du allein!"

„Ich habe nicht gemeint, daß du ausschließlich nur denken und sinnen sollst. Du sollst auch sehen! Schau dir den Felsen des Engels an! Meinst du, daß seine Gestalt rein natürlich, rein zufällig ist? Je länger ich ihn betrachte, desto wahrscheinlicher kommt es mir vor, daß Menschenhände nachgeholfen haben. Das Wasser in der Wüste gleicht einem Rettungsengel. Dieser Stein inmitten der Wüste hatte eine Form, aus der sich leicht ein Engel hauen ließ. Man tat dies, allerdings nur in der rohen, kunstlosen Weise, die du vor dir siehst. Wir stehen wahrscheinlich an einem uralten Brunnen, der aber nur für Freunde war; der Weg zum Wasser wurde verborgen gehalten."

„Und du willst ihn finden? So schnell? Nach so langer, langer Zeit?"

„Vielleicht habe ich ihn schon!"

„Oho!"

„Jawohl! Der Eingang zum Wasser kann nicht in der Ferne, sondern muß hier in der Nähe sein. Er ist nicht offen, sondern verborgen, verdeckt. Es gibt ein Loch, das hinabführt, mit einem Deckel darauf. Wenn dieses Loch im Sand oder Gras läge, würde sich seine Form und seine Stelle trotz des Deckels abzeichnen, infolge der Feuchtigkeit, die den Deckel von unten herauf direkt berührt. Siehst du eine solche Stelle?"

„Nein."

„Ich auch nicht."

„So liegt diese Stelle nicht im Sand und nicht im Gras, sondern im Gesträuch."

„Nein. So sehr viele Büsche gibt es hier nicht, daß man ein Wasserloch zwischen ihnen verbergen könnte. Und zu denken, daß man es mit Erde bedeckt und auf diese Erde dann Sträucher gepflanzt habe, wäre ganz und gar verfehlt, weil jeder Gang zum Wasser diese Sträucher töten würde, und dann wäre das Geheimnis verraten. Bleibt also nur noch der Stein selbst."

„Wie? Du meinst, im Felsen selbst sei der Weg zum Wasser hinab?"

„Ja, ganz unbedingt."

„So muß ich gleich suchen!"

„Unten herum?"

„Natürlich!"

„Würde vergeblich sein. Das Loch ist oben."

„Maschallah! Bist du allwissend?"

„Nein. Aber ich öffne die Augen, und ich denke nach. Wäre das Loch in die Seiten des Felsens gehauen, so würde sich die Decke gewiß auf irgend eine Weise verraten. Man hat es also da angebracht, wohin das Auge nicht dringt, und das ist oben auf der Höhe des Blocks, auf dem der Engel steht. Es scheint, man kann nicht hinauf; aber in die hintere, linke Kante sind Vertiefungen gehauen, von denen ich annehme, daß sie für die Fußspitzen und Finger bestimmt sind. Traust du dir zu, da hinaufzuklettern?"

„Aber gewiß! Paß auf, wie schnell es geht!"

Er ging nach der angegebenen Stelle, griff sich leicht an der Kante empor, sah sich oben um und sagte dann:

„Auch da ist nichts zu sehen, am allerwenigsten aber ein Loch!"

„Das habe ich nicht anders erwartet. Oder meinst du, daß man so töricht gewesen sei, das Loch zu einem verborgenen Brunnen offen zu lassen?"

„Aber ich sehe auch keinen Deckel!"

„Wenn der Deckel so dumm gearbeitet wäre, daß man ihn sofort sieht, so hätte man das Loch doch lieber gleich offen lassen können! Wahrscheinlich ist die Fläche da oben, auf der du stehst, mit Flugsand überweht?"

„Ja, das ist sie."

„Sehr hoch?"

Halef bückte sich, um zu probieren, und antwortete dann:

„Fast einen Finger hoch."

„Und ist dieser Flugsand unberührt?"

„Ja. Es gibt einige Spuren von Vogelfüßen, weiter nichts."

„So ist höchstwahrscheinlich niemand da oben gewesen, seit der Dschinnistani seine Frau holte und sich hier mit Wasser versorgte. Es steht zu erwarten, daß die Brunnenöffnung sich an einer der Seiten des Steins befindet, nicht aber in der Mitte, also entweder rechts oder links."

„Warum nicht in der Mitte? Ich hätte gerade das gedacht!"

„Weil es sich hier ganz unmöglich um einen Ziehbrunnen, sondern einzig um einen Steigbrunnen handeln kann. Es führen also Stufen hinab. Stufen aber brauchen Platz. Sie gehen nicht senkrecht, sondern schief nach unten. Führen sie von rechts nach links, so ist das Loch auf der rechten Seite des Felsens zu suchen. Führen sie von links nach rechts hinab, so liegt es auf der linken Seite. In der Mitte würde es nur dann sein, wenn die Stufen senkrecht nach unten gingen, was ich aber für ausgeschlossen halte. In diesem Fall würde es sich nicht um eine Treppe, sondern um eine sogenannte ‚Fahrt', also um eine Leiter mit Sprossen handeln, und das wäre ganz und gar gegen die Gewohnheiten derer, von denen vor vielen Jahrhunderten dieser Brunnen angelegt worden ist."

„Du meinst also, daß ich zunächst nur an den Seiten suche?"

„Ja."

„Gut! Also zunächst hier links."

Halef war an der linken Seite des Felsens emporgeklettert. Er stand noch dort. Jetzt band er sich seinen Schal von den Hüften, legte ihn mehrfach zusammen und begann an der Stelle, wo er sich befand, den Flugsand fortzustäuben. Nachdem er eine ziemliche Stelle freigelegt hatte, erklärte er:

„Hier ist nichts. Ich werde es also drüben auf der rechten Seite versuchen."

Er ging hinüber. Der Engel stand nicht, wie der Hadschi von weitem gemeint hatte, auf einem Postament von mehreren Felsentrümmern, sondern auf einem einzigen, kompakten, riesigen Block. Nur infolge der Bäume hatte es aus der Entfernung den Anschein gehabt, als ob dieser Block geteilt sei. Die Figur des Engels war nicht etwa nach ihrer Anfertigung auf den Felsen gestellt worden, sondern sie gehörte zu ihm; sie war sein oberster Teil; sie bildete mit ihm ein Ganzes. Der untere Teil, der Block, war breiter als der obere. Als ich dann selbst hinaufstieg, sah ich, daß hier künstlich nachgeholfen und mittels Werkzeugen eine ebene Fläche gebildet worden war, auf die sich das breite, faltige Gewand des Engels stützte, ohne daß die Füße daraus hervortraten. Kaum hatte Halef angefangen, in der Nähe der äußersten rechten Falte des Gewands die Sanddecke zu entfernen, so hielt er wieder inne, bückte sich zum Boden nieder, betrachtete ihn und rief:

„Hier ist etwas, Sihdi! Etwas, was von Menschen stammt, nicht von der Natur."

„Was?" fragte ich.

„Eine Figur mit drei Spitzen."

„Was für eine Figur und was für Spitzen?"

„Frag doch nicht so unklug, Sihdi! Es ist eine Figur mit drei Spitzen! Anders kann ich es doch nicht sagen!"

„Aber die Figur muß doch eine Gestalt haben!"

„Nein. Sie hat keine Gestalt, sondern nur die drei Spitzen!"

„Sonderbar! Warte! Ich komme selbst hinauf!"

„So komm! Aber du wirst es auch nicht anders finden, als ich es gefunden habe!"

Ich sprang aus dem Sattel und stieg in derselben Weise hinauf wie Halef. Als ich zu ihm getreten war und die Stelle sah, die er meinte, mußte ich lachen.

„Da sagt man doch nicht, das ist eine Figur mit drei Spitzen!" verbesserte ich ihn.

„Wie denn?" fragte er.

„Man sagt sehr einfach, das ist ein Dreieck!"

„So! Ein Dreieck! Ich ahne schon! Da willst du mir wieder einmal mit irgend einer Wissenschaft kommen! Wie heißt sie? Sprich!"

„Ilm el mesacha[1]."

„So? Also Ilm el mesacha? Bilde dir ja nicht ein, daß du stolz auf diese deine Mesacha sein darfst! Es geht dir mit ihr nicht besser, als mit allen deinen andern Wissenschaften, die gar keine Wissenschaften sind, sondern denen, die sich mit ihnen befassen, nur die Köpfe und den Verstand verdrehen. Schau dir den Stein hier an! Ist das, was du da siehst, eine Figur oder keine?"

„Es ist eine", antwortete ich, innerlich belustigt.

„Also habe ich recht! Ferner: Wieviel Ecken hat sie? Etwa vier oder fünf?"

„Nur drei."

„Also habe ich recht! Ferner: Sind diese Ecken etwa rund?"

„Nein."

1 Geometrie

„Sondern wie?"

„Spitz."

„Also habe ich recht! Ich wiederhole infolgedessen mit allergrößter Feierlichkeit: Eine Figur mit drei Spitzen! Du siehst also, wie schlimm es um deine Wissenschaften steht. Sie sind mir vollständig gleichgültig! Auch diese lächerliche Ilm el mesacha, die nicht einmal weiß, daß jede Ecke spitz verläuft! Aber der Klügere ist immer auch der Noblere. Ich will mich also zu deiner Ausdrucksweise herablassen und mich so stellen, als ob wir hier nicht eine Figur mit drei Spitzen, sondern ein Dreieck vor uns hätten, und frage dich, von wem dieses Dreieck stammt."

„Das werden wir sehr bald erfahren."

Während ich dieses sagte, kniete ich nieder, um die Figur genau zu betrachten. Das Dreieck war vertieft, sein Inneres aber wieder als Relief behandelt. Die Vertiefung war mit feinstem, mehligem Flugsand ausgefüllt, den der nächtliche Tau in eine Kruste verwandelt hatte, die man nicht einfach durch Fortblasen entfernen konnte. Ich mußte die Spitze des Messers zu Hilfe nehmen, und als ich dies tat, trat der Inhalt des Dreiecks immer deutlicher als ein Auge hervor, ungefähr in der Weise, wie es als Symbol Gottes, des Vaters, gebraucht zu werden pflegt, nur daß an dem, dem ich hier vor mir hatte, auch die oberen und unteren Wimperhärchen angebracht waren, und zwar in einer Anordnung und Feinheit, durch die der Bildner dieses Symbols als Künstler erschien.

„Ein Auge!" rief Halef aus. „Ein richtiges, wirkliches Auge! Ich frage dich, was es sagen soll? Was hat es zu bedeuten!"

„Wie ich von Sitara her weiß, ist dieses Auge das Handzeichen und Siegel des Mir von Dschinnistan", antwortete ich. „Wir wissen also, daß dieser Engel weder von den Ussul noch von den Tschoban stammt, sondern auf Anregungen aus Dschinnistan entstanden ist. Wann, wie und warum dies geschah, muß uns jetzt gleichgültig sein. Wir haben es nur mit der Frage zu tun, was dieses Auge gerade hier an dieser Stelle soll."

„Das ist doch sehr einfach und leicht zu sagen! Man soll dadurch erfahren, wer der Schöpfer des Brunnens ist."

„O nein! Hätte das Auge nur diesen Zweck, so wäre es an einer ganz anderen Stelle angebracht worden. Hier ist es von unten nicht zu sehen, und die Stelle ist, wenn kein anderer Grund vorläge, so vollständig unsymmetrisch und täppisch gewählt, daß man sich darüber verwundern müßte. Ich bin überzeugt, daß dieses Symbol gerade die Stelle betonen soll, auf der es angebracht worden ist. Diese Stelle ist wichig! Von welcher Art aber kann diese Wichtigkeit nur sein?"

„Meinst du, daß sie sich auf den Eingang zum Brunnen bezieht, Sihdi?"

„Das meine ich allerdings. Das Auge ist das Zeichen für den Brunnendeckel. Ich nehme an, daß man es nicht am Rand, sondern in der Mitte des Deckels angebracht hat. Wir haben also rund um das Auge herum nach der Linie zu suchen, welche die Kante des Deckels mit dem Stein bildet. Haben wir sie entdeckt, so ist der Deckel gefunden."

„Das soll schnell geschehen!" meinte Halef, während er sich zu mir niederkauerte, um suchen zu helfen.

Aber es ging nicht so rasch, wie er dachte. Es zeigte sich nicht die geringste Spur einer Spalte, eines Risses, einer Linie. Der Stein schien kompakt zu sein, und nichts, gar nichts, deutete darauf, daß es möglich sei, einen Teil von ihm zu entfernen.

„Sihdi, es ist nichts, und es wird nichts!" sagte Halef. „Du hast dich geirrt. All dein Denken ist überflüssig gewesen! Das meinige aber nicht! Hättest du mich nicht gestört, als ich mit meinen Gedanken fast unten beim Wasser war, so wäre uns jetzt das nutzlose Suchen erspart!"

„Und das Auge, das wir gefunden haben?"

„Das Auge? Hm, das ist allerdings etwas!"

„Und, horch!"

Ich klopfte in der Nähe des Auges auf den Stein, und ich tat es in angemessener Entfernung von ihm.

„Das klingt allerdings anders, ganz anders", gestand der Hadschi ein.

„Es klingt nicht nur anders, sondern es sieht auch anders aus. Schau her!"

Die von dem Auge entfernte Stelle war durch die Berührung meiner Hände und durch das Klopfen vom Flugsand frei geworden. Der Fels erschien, und es fiel mir sogleich auf, daß er von anderer Beschaffenheit und anderer Farbe war. Diese Verschiedenheit war freilich nicht groß, entging mir aber nicht. Ich untersuchte, betastete und verglich, bis sich das erfreuliche Resultat ergab:

„Dieser Dschinnistani ist ein außerordentlich kluger, umsichtiger Mann. Er versteht es, mit Tatsachen zu rechnen, an die kein anderer denken würde. Er hat den Brunnendeckel mit Wasser begossen und dann Flugsand daraufgestreut. Unter der hierdurch entstandenen Kruste sind die Spuren des Deckels derart verschwunden, daß kein Auge sie entdecken kann. Der Wind hat dann das Übrige getan und die Umrisse völlig verweht. Hol Wasser, Halef, hol Wasser! Steig hinab und binde mir einen der vollen Hundeschläuche an den Lasso! Ich ziehe ihn mir herauf, und dann wirst du sehen, wie schnell sich uns das Geheimnis dieses Engels und seines Brunnens offenbart!"

Er stieg hinab und tat, was ich ihm aufgetragen hatte; dann kam er wieder herauf. Ich befeuchtete den Stein rings um das Auge her, und er scheuerte gleich mit der bloßen Hand die sich rasch auflösende Kruste weg. Und richtig, da geschah, was ich erwartet hatte: Die Umrisse des Brunnendeckels erschienen, und zwar sehr deutlich, scharf und bestimmt. Auch darin hatte ich recht gehabt, daß sich das Auge mitten auf dem Deckel befinde. Diesen Umrissen nach war der Deckel ungefähr anderthalb Meter lang und ebenso breit und stieß eng an die letzte, rechte Falte des steinernen Gewandes der Figur. Aber wie nun den Deckel entfernen? Sein Gewicht war auf weit mehr als einen Zentner zu schätzen; er lag in tiefen, fest geschlossenen Fugen und besaß weder ein Loch, einen Griff oder irgend eine Spur einer Vorrichtung, die es ermöglicht hätte, ihn zu fassen, zu heben und zu bewegen. Ich sann und sann; ich versuchte alles und alles, doch vergeblich. Die Ritze zwischen Deckel und Stein schloß so vorzüglich, daß man nicht die dünnste Messerklinge zwischen sie hineinschieben konnte. Und selbst wenn dies möglich gewesen wäre, hätte man nicht daran denken können, eine zentnerschwere Last mit einer solchen Klinge emporzuwuchten! Halef machte seinem Mißmut Luft, indem er klagte:

„Da sitzen wir nun wie die Kamele, kauen wieder und sehen einander an! Ich bin mit meinem ganzen Witz zu Ende, und du wohl auch!"

„Ich noch nicht! Es fällt mir gar nicht ein, schon aufzugeben. Es handelt sich nur darum, unser Nachdenken nicht auf falsche Wege geraten zu lassen. Wir haben eine Steinplatte hier, die gehoben werden soll. Das kann nur durch mechanische Kraft geschehen. Aber von welcher besonderen Art ist diese mechanische Kraft? Werkzeuge sind ausgeschlossen, denn es gibt weder ein Schlüsselloch noch sonst etwas, wo ein Werkzeug angesetzt werden könnte. Die Steinplatte, die wir vor uns haben, ist also lediglich durch sich selbst zu bewegen. Aber wie? Geht sie auf Rollen oder Rädern? Nein! Ist sie zu verschieben? Nein! Wahrscheinlich handelt es sich um eine sehr einfache und sehr leichte Verlegung des

Schwerpunkts, die an sich weder Kraft noch Anstrengung erfordert! Für den, der es weiß, ist es zum Lachen, daß man darüber nachdenkt, ohne es zu finden!"

„Dem Kerl, wenn ich ihn erwische, haue ich die Peitsche über das Gesicht, sobald er lacht!" zürnte Halef in seiner drolligen Weise. Und in ironischem Ton fügte er hinzu: „Sei doch so gut, und wende dich an deine Wissenschaften, auf die du so große Stücke hältst! Ist es ihnen denn nicht möglich, dich aus dieser Verlegenheit zu reißen?"

„Nur möglich? Ich sage dir, sie können und werden mir helfen! Nur darf ich nicht so dumm sein, mich in verkehrter Weise an sie zu wenden."

„Wie heißen sie denn? Nämlich diejenigen, welche?"

„Es sind ihrer zwei: die Ilm tabijat[1] und die Dscherri eskal[2]. Ich habe sie bereits zu Rate gezogen, denn die Fragen, die ich aussprach, waren an sie gerichtet."

„Und da antworteten sie nicht?"

„O doch! Sie haben mir ja gesagt, daß es sich jedenfalls um eine höchst einfache und sehr mühelose Verlegung des Schwerpunkts handelt. Wir müssen also nachforschen, wo er jetzt liegt, und wohin wir ihn sodann zu verlegen haben."

„So bitte ich dich, diese Aufgabe zwischen uns zu teilen: Du schaust jetzt nach, wo er liegt, und ich lege ihn dann weiter; wohin, das wird sich finden! Übrigens, wer ist denn das eigentlich, dieser Schwerpunkt? Wenn er nicht bald aufhört, uns den Punkt so schwer zu machen wie bisher, kann er uns nicht zumuten, uns noch länger mit ihm abzugeben! Es ist jammerschade daß der Engel, zu dessen Füßen wir uns über deine Ilmi tabijat und Dscherri eskal die Köpfe zerbrechen, nur von Stein ist. Wenn er ein wirklicher Schutzengel wäre, würde ich mich an seine Hilfe wenden und — —"

1 Physik 2 Mechanik

„Er ist einer; er ist einer!“ unterbrach ich da den Hadschi. „Paß auf, er wird uns helfen!“

„Er? Der Engel? Dieser hier?“ fragte der Hadschi verwundert.

„Ja, er, dieser Engel“, antwortete ich. „In dem Augenblick, an dem du ihn nanntest, kam mir der Gedanke, der höchstwahrscheinlich der richtige ist. Und als mein Auge diesem Gedanken folgte, stieß es auf das, was uns bisher entgangen ist, obwohl wir es sofort hätten sehen sollen. Halef, wir sind dumm gewesen, außerordentlich dumm!“

„Ihr? Also du und deine Wissenschaften? Da sagst du mir nichts Neues! Das weiß ich ja schon längst! Sie werden dir nie von Nutzen sein! Dagegen aber ich! Schau mich an, Sihdi! Kaum öffne ich den Mund, um von dem Engel zu sprechen, so kommt dir sofort der richtige Gedanke! Der ist also doch von mir! Hoffentlich siehst du nun ein, wie hoch ich über deiner Gelehrsamkeit stehe, die dich stets und gerade dann im Stich läßt, wenn du sie brauchst! Aber sag, was ist denn das, was du erst jetzt gesehen hast und was wir doch sofort hätten sehen sollen?“

„Ich frage dich, welche Form hat die Steinplatte, die den Deckel des Brunnens bildet?“

„Sie ist viereckig.“

„Wieviel Kanten muß sie also haben?“

„Vier. Das ist ja selbstverständlich!“

„Zeig sie mir, nämlich diese vier!“

Das Viereck lag vor uns, aber nur von drei Seiten sichtbar umrissen. Die vierte stieß an die schon erwähnte Gewandfalte des Engels, und es gab da weder eine Spalte noch auch den dünnsten Strich oder Riß, der die Platte von der Falte trennte. Beide bildeten vielmehr ein Ganzes; sie gehörten zusammen. Das war es, was ich erst jetzt gesehen hatte, und dann allerdings auch noch etwas anderes dazu. Halef kam meiner Aufforderung nach und zählte die Seiten des Vierecks, indem er auf die sichtbar gewordenen Umrisse deutete:

„Hier die erste; hier die zweite; hier die dritte, und hier — —"

Da hielt er inne, denn nun sah auch er, daß die Platte nicht aufhörte, wo sie die Falte erreichte, sondern mit ihr ein Ganzes bildete.

„Sihdi, sie hat nur drei; die vierte fehlt", fuhr er fort.

„Sie fehlt nicht; nur ist sie an einer anderen Stelle, nämlich wahrscheinlich weiter oben, quer über der Falte", antwortete ich. „Wir haben bisher nicht beachtet, daß auch der Saum dieser Falte über einen Meter hinauf mit der künstlichen Sandkruste überzogen ist, die wir von der Platte zu waschen hatten."

„Maschallah!" rief er aus, als er die Stelle betrachtete und befühlte. „Das ist richtig! Also Wasser her, Wasser! Wir wollen uns sofort Gewißheit schaffen!"

Er griff wieder zum Schlauch, benetzte die Falte mit Wasser und scheuerte dann die Kruste weg. Da geschah, was ich erwartet hatte. Es erschienen die bisher verborgenen Umrisse, und nun sah man deutlich, daß die Platte nicht eine gerade Fläche, sondern einen rechten Winkel bildete und halb zum waagerecht liegenden Fußboden, halb aber zur senkrecht auf ihn stoßenden Falte des Gewandes gehörte. Sie ruhte da, wo sie den Winkel bildete, wahrscheinlich auf einer im Loch befestigten Achse, auf der sie sich bewegte. Ihre aufrecht stehende Hälfte war genau so hoch wie die Breite oder Länge ihres waagerecht liegenden Teils. Es war also anzunehmen, daß beide einander das Gleichgewicht hielten und es eines gar nicht bedeutenden Drucks bedurfte, den Schwerpunkt zu verlegen und die Platte dadurch zu bewegen, daß man den aufrechten Teil in das Innere der hohlen Falte drückte und dadurch den liegenden Teil in die Höhe hob. Es machte mir Spaß, dies nicht selbst zu tun, sondern es Halef tun zu lassen. Er stand vor der Gewandfalte, betrachtete sie und sagte:

„Sihdi, deine Wissenschaften sind doch vielleicht nicht ganz so dumm, wie ich dachte; aber daß auch ein Teil des Gewandes dieses Engels mit zum Brunnendeckel gehört, darauf bist du nur durch mich gekommen. Was soll nun geschehen?“

„Schiebe den Teil des Deckels, der zur Falte gehört, in die Falte hinein!“ forderte ich ihn auf.

Er versuchte es zu tun, brachte es aber nicht fertig, weil er auf dem andern Teil des Deckels, der gehoben werden sollte, stand.

„Es geht nicht, Sihdi“, sagte er. „Wie kommst du überhaupt auf die Idee, daß hier etwas hineingeschoben werden kann?“

„Tritt vom Deckel herunter auf die Seite und schiebe noch einmal!“ antwortete ich.

Er tat es und schrie fast erschrocken auf, als der Teil des steinernen Gewandes, den er berührte, unter seinem Druck nach innen wich, während die waagerechte Hälfte des Deckels sich zu seinen Füßen aus dem Boden hob und nun das Brunnenloch zu sehen war, nach dem wir trachteten. Nie habe ich bei ihm ein so erstauntes, ja fast betroffenes Gesicht gesehen wie jetzt, in diesem Augenblick. Er starrte mich, das viereckige Loch in der Falte und die Brunnenöffnung abwechselnd an, blieb eine Zeitlang offenen Mundes stumm und jubelte dann:

„Hamdulillah! Das Loch ist gefunden! Sihdi, du bist ein Zauberer, ein Hexenmeister. Zwar taugen deine Wissenschaften alle nichts, doch bist du glücklicherweise zuweilen so klug, deine eigenen Gedanken zusammenzunehmen, und dann sind wir immer, besonders wenn ich auch die meinigen dazu gebe, eines guten Erfolges sicher. So auch hier. Schiebe ich die Falte ganz hinein?“

„Ja.“

Indem er den quadratischen Teil der Falte, der beweglich war, in diese hineinschob, wurde der andere Teil, der den eigentlichen Brunnendeckel bildete, so völlig in die Höhe gehoben, daß sich das Brunnenloch vollständig öffnete. Wir schauten hinein. Es führten Stufen hinunter, feste, steinerne Stufen, von rechts nach links in den harten Fels gehauen. Sie waren fast gar nicht feucht, und die kühle Luft, die aus dem Innern stieg, zeigte nicht die geringste Spur von Moder. Halef wollte sofort hinabsteigen. Ich hielt ihn aber zurück, um ihn auf das Gebaren unserer Hunde aufmerksam zu machen, die mit lautem, freudigem Bellen an dem Felsen emporsprangen.

„Schau! Sie spüren das Wasser", sagte ich.

„Ja; es scheint so", antwortete er. „Aber ich schlage vor, sie noch besonders auf die Probe zu stellen."

„Warum?"

„Weil ihr Bellen und Springen auch nur den einfachen Grund haben kann, bei ihren Herren sein zu wollen."

„Gut; steigen wir also hinab!"

Wir taten das. Aber als wir dann unten waren, achteten sie gar nicht auf uns. Vielmehr verdoppelte sich ihr Eifer, am Felsen in die Höhe zu kommen. Das war freilich, weil keine Stufen hinaufführten, unmöglich. Auch wären sie bei der Untersuchung des wahrscheinlich sehr tief hinabgehenden Brunnenschachts gewiß hinderlich gewesen. Darum machten wir ihnen begreiflich, daß wir sie verstanden hätten, daß wir wüßten, was sie uns sagen wollten, worauf sie sich schnell beruhigten und neben den Pferden wieder niederlegten.

Hierauf turnten wir uns wieder hinauf und stiegen in das Innere des Hügels hinab. Dieses bestand aus mehreren untereinander liegenden Abteilungen, die ich als Stockwerke bezeichnen will. Zum oberen Stock führten genau zwanzig Stufen. Als wir die letzte hinter uns hatten, drang das Licht des Tages nur noch als Dämmerung zu uns herab. Aber schon nach kurzer Zeit, als unsere Augen sich daran gewöhnt hatten, konnten wir deutlicher sehen. Zur rechten Hand von uns stand ein großer, steinerner Würfel, auf dem eine dünne Steinplatte lag, die sich verschieben ließ. Als wir sie ein Stück zurückschoben, sahen wir, daß er hohl war und also einer Lade oder einer Kiste glich, in der sich allerlei Gegenstände befanden, die uns natürlich in hohem Grade interessierten. Obenauf lagen Rollen aus starkem Leder, die oben und unten zugebunden waren, um ihren Inhalt gegen Feuchtigkeit zu schützen. Wir öffneten eine. Sie enthielt eine sehr gut erhaltene Kerze, aus ungereinigtem Bienenwachs hergestellt. Wir wickelten noch eine zweite aus und brannten beide an. Sie hatten dicke, gut brennbare Dochte und spendeten für unsere Zwecke Licht genug. Außer diesen Kerzen gab es ein sehr wohl verwahrtes, uraltes Fiedelbogen-Instrument zum Licht- und Feuermachen. Wir brauchten es nicht, weil wir Zündhölzer bei uns hatten. Auch Schnuren, Stricke, Schläuche und ähnliche Dinge waren da, die mit dem Zweck des Ortes in Verbindung standen. Es gab lange, breite Riemen aus festem Rindsleder, deren Zweck uns nicht sofort in die Augen fiel. Bald aber sahen wir, daß sie zur Reparatur des Schöpfwerks dienen sollten, das wir zunächst erblickten.

Nämlich in der Mitte des ziemlich großen, unterirdischen Raums, in dem wir uns befanden, stand ein langer, breiter Felsentrog mit je einem Rad vorn und hinten. Wenn man das eine drehte, bewegte sich auch das andere mit. Über die beiden Räder war ein Lederriemen gelegt, an dem in gewissen Abständen Krüge hingen, die, mit geschöpftem Wasser gefüllt, auf der einen Seite aus dem Boden kamen, im Weitergleiten sich ihres Inhalts in den Trog entleerten und dann auf der anderen Seite nach unten zurückkehrten. Zur Reparatur des Riemens, der die Krüge trug, lagen die anderen Riemen gewiß schon seit vielen Jahrhunderten da. Der Schöpfer dieses Werkes hatte einen Blick besessen, der sich durch keine zeitliche Schranke beirren ließ. Wer war er gewesen? Hoch über der Treppe, die wir heruntergekommen waren, sah ich das Zeichen des Mir von Dschinnistan eingegraben und darunter im alten Brahmavartadialekt das einzige Wort ‚Erbaut'. Dieses Wort bildete den Anfang eines Satzes; die Fortsetzung und das Ende fanden wir, als wir weiter abwärts stiegen, was uns durch die Kerzen sehr erleichtert wurde.

Im nächsttieferen Stock fanden wir ganz die gleiche Einrichtung und auch die gleichen Gegenstände, nur daß hier der Krüge tragende Riemen hinzukam, der nach oben führte. Über der Treppe war unter demselben Zeichen und in demselben Brahmavartadialekt das Wort ‚zum Sieg' zu lesen. Eine weitere Treppe tiefer, wo der Raum den beiden vorigen Räumen bis auf das Tüpfelchen glich, stand unter dem Auge ‚im Kampfe' eingemeißelt. Und ganz unten, wohin die vierte Treppe führte, fanden wir ein weites, sehr tiefes Wasserbassin, dessen Inhalt für viele Hunderte von Menschen und Tieren reichte und, wie es schien, aus adernweise eingesprengtem Sandgeschiebe immer nachfiltriert und nachgesickert kam. Hier schöpfte das unterste Rad, um den Bottich der nächsthöheren Etage zu füllen. So wurde das Wasser von Trog zu Trog nach oben getragen, und während dies geschah, kam es derart mit der Luft in Berührung, daß es sich mit Kohlensäure sättigte und die Eigenschaft annahm, nicht nur durstlöschend, sondern auch erquickend zu sein. Über der Treppe war hier unter dem Auge die Inschrift ‚Für den Frieden' zu sehen, so daß der ganze Satz nun also lautete:

„Erbaut zum Sieg im Kampfe für den Frieden."

Wie mich das ergriff! Auch Halef wurde doppelt ernst, als ich ihm die Zeichen, die er nicht kannte, erklärte. Wir standen im Innern der Erde. Achtzig Stufen tief.

Über uns der Engel von Stein. Inmitten der Wüste. Sie hatte Sonne, aber nicht Wasser. Hier aber gab es Wasser die Hülle und die Fülle, doch keinen Sonnenstrahl. Um die Wüste zu befruchten, hatte das Wasser zur Sonne emporzusteigen. So tief und noch viel tiefer, als dieses Wasser lag, ruhte die Vergangenheit, in der dieser Brunnen erbaut worden war, unter der Gegenwart, in der wir beide, Halef und ich, vor seinem Wasser standen. Auch sie, die Vergangenheit, hatte, um für die Gegenwart fruchtbar zu werden, zur Sonne emporzusteigen, und Gott, der allweise und allgütige Mir von Dschinnistan, hat auch zum Wohl der Gegenwart einen hochragenden, weit über die Wüste dahinleuchtenden Engel erbaut, in dessen wunderbarem Gedankeninnern wir in die Tiefe zu steigen haben, um mit dem befruchtenden Wasser der Vergangenheit die Gegenwart und Zukunft zu durchtränken. Wer dieser Engel ist, bedarf wohl nicht erst der Frage.

Wir kosteten von dem Wasser des Bassins. Es war sehr frisch und rein und ohne jede Spur von Beigeschmack, aber tot. Da begannen wir, die Räder zu drehen. Ich hatte gedacht, daß dies nach so langem Stillstand ein lautes Knarren und Kreischen ergeben werde; dem war aber nicht so, denn die Achsen bewegten sich in einer dicken, fettartigen Masse, die zwar eingetrocknet war, durch die Reibungswärme aber sofort wieder in ihren ursprünglichen halbweichen, elastischen Zustand zurückgeführt wurde. Als das Wasser von Trog zu Trog nach oben gestiegen war und wir dann in der höchsten Etage kosteten, war es nicht mehr tot, sondern hatte beinahe den lebendigen Geschmack einer fließenden Quelle. Dieses Wasser war bedeutend besser als das, welches sich in unseren Schläuchen befand; wir ließen das letztere also auslaufen, um sie neu zu füllen, und gaben auch unseren Pferden und Hunden soviel zu trinken, wie sie konnten. Nachdem dies geschehen war, verschlossen wir das Brunnenloch, indem wir den Deckelstein in seine vorherige Lage zurückbrachten.

„Streuen wir nun auch Sand auf Wasser, um die Spuren und Ritzen verschwinden zu lassen?“ fragte Halef.

„Nein“, antwortete ich. „Diese Vorsicht ist für uns nicht nötig, weil es keinen Feind gibt, der den Brunnen entdecken wird und wir ihn unseren Freunden nicht zu verbergen, sondern vielmehr bekanntzugeben haben. Ich sage dir, lieber Halef, daß dieser Brunnen mir als wahrer Engel erschienen ist und zwar nicht aus nur einem Grund. Erstens hat er mich aus aller Sorge um unseren Zug durch die Wüste der Tschoban befreit, denn so genau, wie die Karte des Dschinnistani hier an dieser Stelle stimmt, wird sie gewiß auch an den andern Punkten stimmen, und ich kann also sicher sein, daß wir nicht dürsten werden. Und zweitens erleichtert uns dieser Brunnen den Sieg an der Landenge in höchst willkommener Weise. Nämlich, um Blutvergießen zu vermeiden, werden wir die Tschoban auszuhungern und auszudursten haben. Um dies zu können, müssen wir aber selbst sehr reichlich mit Proviant und Wasser versehen sein. Das letztere ist die Hauptsache. Wir hätten eine immerwährend bewegte Reihe von Reitern gebraucht, um die große Menge Wasser, die für uns nötig ist, vom Fluß her nach der Landenge zu schaffen. Die uns nächstliegende Stelle des Flusses, die ein solches Quantum liefert, ist aber wenigstens einen und einen halben Tagesritt von hier entfernt. So lang müßte die Reihe der Reiter sein, und du kannst dir also denken, welche Zahl von Menschen und Pferden und welche Zeit und Arbeit uns dieser Brunnen erspart, der so nah an der Landenge liegt, daß man die Entfernung gar nicht mit in Berechnung zu ziehen braucht.“

„Glaubst du wirklich, daß wir uns ihr bereits so sehr genähert haben? Man sieht noch keine Spur von ihr!“

„Aber die Spur von ihrem Gegenteil!“

„Ihr Gegenteil? Was ist das?“

„Das Meer.“

„Allah w’ Allah! Du siehst es?“

„Ja. Da rechts, genau im Osten. Schau hinaus!“

„Das tue ich ja. Aber ich sehe nichts als nur den Sand der Wüste, der vom Licht der sich neigenden Sonne leicht gerötet wird.“

„Und dann? Noch weiter hinaus?“

„Dann kommt der Himmel, der unten, wo er auf der Erde liegt, einen Glanz wie Silber zeigt.“

„Dieses Silber ist nicht der Himmel, sondern das Meer. Stände die Sonne im Osten, so würde dieser jetzt lichte Streifen dunkel erscheinen; da sie aber im Westen steht, so sehen wir ihn in silbernem Licht. Wenn aber das Meer so nah herangetreten ist, daß wir es bereits sehen können, so dürfen wir annehmen, daß wir bis zur Landenge nicht mehr weit zu reiten haben.“

„Seit wann siehst du schon das Meer?“

„Erst nur seit wenigen Augenblicken. Als ich von dem Engel sprach, fiel mein Blick dort in die Ferne hinaus. Wenn wir uns nicht hier oben auf der Figur befänden, hätte ich es wohl noch gar nicht bemerkt. Steigen wir hinab, und reiten wir weiter.“

Unten von der Erde aus war die See allerdings kaum mehr zu sehen, aber je weiter wir nun kamen, desto näher trat sie uns. Ihr Streifen wurde breiter und breiter, verlor aber dadurch seinen Silberglanz. Man sah, daß das, was dort lag, eine Wasserfläche war. Bald bemerkte man auch, daß sie sich in Bewegung befand. Es schien, als atme sie. Auch der Boden unter uns veränderte sich. Der Sand begann sich in Grus und Geröll zu verwandeln, und dieses vermischte sich nach und nach mit Steinbrocken, die an Größe immer mehr wuchsen. Es erschienen Felsenstücke, die zerstreut im weiten Kreis umherlagen, bald aber sich einander näherten und dabei zur Höhe wuchsen. Das alte, eigentliche

Flußbett trat mit größerer Deutlichkeit hervor als bisher. Es war steil und tief und von Blöcken besät, deren abgerundete Kanten Zeugnis dafür ablegten, daß sie in früheren Zeiten mit dem Wasser in Berührung gestanden hatten. Die Ufer wurden von Felswänden begleitet, deren Höhe sich immerwährend vergrößerte. Sie bildeten Hügel, dann sogar Berge, die sich kulissenförmig ineinander schoben und das Auge hinderten, einen freien Ausblick nach rechts oder links zu suchen. Wir konnten also das Meer nicht mehr sehen, aber das Grün, mit dem diese Felsenzüge bewachsen waren, deutete seine Nähe an. Ohne die Feuchtigkeit der See wäre diese Vegetation unmöglich gewesen. Sie bestand allerdings nur aus Salzstauden, Gestrüpp und niedrigen Büschen; ein Baum war nicht zu sehen.

Boten aus Dschinnistan

Wir mochten wohl eine Viertelstunde lang zwischen diesen Höhen dahingeritten sein, als sie ganz nah aneinandertraten und eine Stelle bildeten, die genauso aussah, als ob ein Geschlecht von Giganten hier vor Tausenden von Jahren aus riesigen, rohen Felsstücken einen Tunnel gebaut habe, um die Landenge quer abzuschließen, dabei aber dem Wasser des Flusses die Fortsetzung seines Weges zu gestatten. Einem der größten Quader waren die Worte eingegraben ‚Fum es Ssachr‘, was soviel wie ‚Felsenmündung‘ oder ‚Felsenloch‘ bedeutet. Der Durchmesser dieses Loches war höchstens fünf oder sechs Schritte größer als die Breite des Flußbettes. Zu beiden Seiten aber stiegen die Felsen so steil in die Höhe, daß es nur an einer einzigen Stelle möglich war, zu Fuß emporzuklettern. Das taten wir, nachdem wir von den Pferden gestiegen waren. Der Zweck, der uns hierher geführt hatte, machte es uns zur Pflicht, gerade diesen wichtigen Teil der Gegend so genau wie möglich kennenzulernen. Die beiden Hunde Halefs blieben bei den Pferden, ohne daß wir es ihnen besonders zu befehlen brauchten. Als aber die meinen sahen, daß es sich um eine Kletterpartie handelte, gaben sie ihren Wunsch, mitzudürfen, in zwar nicht lauter aber doch so bittender Weise zu erkennen, daß ich ihn erfüllte. Unser Ziel lag hoch oben im Bergland, und so wollte ich gern sehen, was sie für Kletterer waren. Sie machten mir Freude. Kaum hatten sie die Erlaubnis bekommen, so schnellten sie uns voran von Kante zu Kante, von Zacke zu Zacke die in steilem Winkel ansteigenden Felsen hinan, nicht laut, sondern still, und nicht etwa unvorsichtig und unbedächtig, sondern von Schritt zu Schritt vorausschauend und überlegend, wo leichter und sicherer Fuß zu fassen sei, hier oder an einer anderen Stelle. Es war, als ob sie sich die Aufgabe gestellt hätten, den besten Weg für uns zu suchen, und als wir ihnen folgten, sahen wir allerdings, daß wir nicht klüger hätten wählen können als sie. Und dabei trugen sie ihre vollen Packsättel auf dem Rücken! Wir hatten noch nicht den vierten Teil des Aufstiegs hinter uns, so standen sie schon oben auf der höchsten Felsenkante, gerade senkrecht über dem ‚Fum es Ssachr', eng nebeneinander und mit den Schweifen uns die Bitte zuwedelnd, ihnen doch schnell nachzukommen. Andere Hunde hätten gebellt oder wenigstens Laut gegeben; sie aber taten das nicht; sie waren von echtem Adel und, wie wir gesehen haben, auch streng erzogen.

Es gab eine Überraschung, die unser da oben wartete. Wir befanden uns auf der Ostseite. Noch hatten wir die Höhe nicht ganz erklommen, so traten da, wo wir waren, die Spitzen der Felsen auseinander, und was sahen wir vor uns liegen? Das Meer, das Meer, das weite, blaue Meer, das inzwischen ganz zu uns herangetreten war, ohne daß wir es hatten bemerken können. Und als wir den höchsten Punkt erreichten, wo die Hunde auf uns warteten und nun auch die andere Seite vor uns lag, schrie Halef vor Verwunderung laut auf, denn auch da war inzwischen das Meer erschienen und, einen jähen, tiefen Einschnitt des Landes benutzend, so schnell und so nah zu uns herangekommen, daß es nun genau zu unseren Füßen lag.

„Die See! Das Meer! Der Ozean!“ rief Halef aus, die Hände zusammenschlagend. „Hältst du das für möglich, Sihdi? Hast du dir das gedacht? Das herrliche, blauwallende Wunder ist da! Nicht bloß hier, sondern auch dort! Auf beiden Seiten! Und was ist das da draußen, ganz im Norden? Es sieht aus wie ein Baum von so riesiger Höhe, daß er bis zum Himmel ragt. Man sieht den Stamm, und man sieht auch die Krone, die er trägt. Es scheint, als ob Bewegung in ihr sei!“

„Das ist die Rauchsäule der Vulkane von Dschinnistan“, antwortete ich.

„Die des Nachts zur Feuersäule wird, ganz so, wie es im heiligen Buch und von dem Volk Gottes geschrieben steht! Der Herr ging ihm voran, des Tages in einer Rauch- und des Nachts in einer Feuersäule. Und schau, wie sonderbar! Dies Tor, gerade vor uns! Es scheint, wie diese unsere Sperre, auf deren Höhe wir uns jetzt befinden, auch die ganze Breite der Landenge einzunehmen. Wir können nicht weiter, weder nach hüben noch drüben; wir müssen wieder hinab, woher wir emporgestiegen sind.“

Das ‚Tor‘, von dem er sprach, lag gerade im Norden von uns, vielleicht eine halbe Wegstunde entfernt. Es war gewiß auf ganz natürliche Weise entstanden, hatte aber das Aussehen, als ob es ein Werk von Menschen- oder vielmehr von Titanenhänden sei. Eine hohe, festgefügte Mauer lag quer über der Enge, von Küste zu Küste, von Wasser zu Wasser. Gerade in der Mitte der

Landzunge ging eine einzige Lücke von oben nach unten durch diese Mauer. Sie war so breit, daß einst der Fluß und neben ihm ein schmaler Weg hindurchgekonnt hatten. Oben lag eine Felsenplatte querüber, auf der es einige Büsche und eine von uns aus winzig erscheinende Erhöhung gab, die man für einen Steinhaufen halten mußte. Wenn diese Mauer keinen andern Durchlaß hatte als nur die Mittelspalte, die wir sahen, so war der Raum zwischen uns und ihr die vortrefflichste Falle für die Tschoban. Als ich dem Hadschi das sagte, stimmte er mir gern bei. Leider war es für heute zu spät, noch bis dorthin zu kommen. Die Sonne stand bereits am Horizont, und die Nacht bricht in jenen Gegenden so schnell herein, daß es uns nichts genützt hätte, uns zu beeilen. Wir hätten die Mauer höchstens erreicht, aber doch keine Zeit gefunden, sie noch heute zu untersuchen. Wir begnügten uns also damit, festzustellen, daß es wenigstens hier am ‚Felsenloch' kein anderes Durchkommen gab als eben nur durch dieses Loch. Dann stiegen wir wieder hinab, um unten die Passage zu betrachten.

Sie war, wie schon gesagt, so eng, daß, wenn der Fluß Wasser gehabt hätte, nur ein vielleicht drei Meter breiter Weg geblieben wäre, um durch das Loch zu kommen. Dieser Weg war wohl fünfzig Schritte lang; er ging durch Felsen, war also unterirdisch, verlief aber so frei, daß er auf seiner ganzen Strecke mit Kugeln bestrichen werden konnte. Die unten im Flußbett zerstreut liegenden großen Steinblöcke boten zwar einigen Schutz gegen Schüsse, aber nur vereinzelten Personen, nicht etwa ganzen Ansammlungen von Menschen. Das war uns sehr günstig.

Wir stiegen wieder auf und ritten durch das Loch. Jenseits davon war es auf beiden Seiten unmöglich, die Höhe zu ersteigen. Wenn sich meine Vermutung bestätigte und die vor uns liegende, eine halbe Gehstunde lange Strecke als Falle für die Tschoban ausersehen werden sollte, so war vor allen Dingen die Frage zu erledigen, ob die Felswände, welche die Seiten des Engpasses bildeten, leicht gangbar seien oder nicht. Dieser Paß hieß Chatar, ein Name der soviel wie ‚Gefahr' bedeutet. Das ließ vermuten, daß es nicht ungewagt sei, ihn im Kriegsfall zu passieren. Wahrscheinlich hatten Ereignisse dies bewiesen. Wir durften also annehmen, daß die Beschaffenheit der Strecke für uns günstig, für die Tschoban aber ungünstig sei, und es stellte sich auch sehr bald heraus, daß es so war. Wir ritten nur langsam vorwärts, um beide Seiten des Weges zu betrachten. Wir legten wohl drei Viertel seiner Länge zurück und kamen dem Felsentor, das wir von weitem gesehen hatten, ziemlich nahe, ohne eine einzige Stelle gefunden zu haben, an der es möglich war, an den regellosen, schroffen, oft sogar weit überhängenden Steinwänden emporzusteigen. Wenn es uns gelang, die Tschoban hier herein zu locken, so gab es für sie kein Entrinnen.

Auch die Wasserverhältnisse waren für uns günstig. Wir hatten ganz selbstverständlich angenommen, daß es hier gar kein trinkbares Wasser gebe, und waren daher einigermaßen überrascht, als wir an einer tieferen und sandigen Stelle des Flußbetts bemerkten, daß sie feucht war. Wir stiegen sofort hinab, um sie zu untersuchen. Da stellte sich zu unserer Beruhigung heraus, daß sie bei längerem Nachgraben allerdings Wasser gab, aber dieses enthielt soviel Salz und widerlich schmeckende Bestandteile, daß es sowohl für Menschen als auch für Tiere vollständig ungenießbar war. Diese Stelle hing mit dem Meer zusammen, das hier am Engpaß nur eine geringe Tiefe besaß. Die gutes Trinkwasser führende Ton- oder überhaupt undurchdringliche Schicht, die von den fernen Bergen kam und sich im Brunnenengel öffnete, schien tiefer als der Meeresboden zu verstreichen.

Wir fanden, noch ehe die Dämmerung vorüber war, eine Stelle, die sich zum Lagern eignete. Gras gab es freilich nicht, aber weich war das Fleckchen doch, weil es aus einer Ansammlung von Flugsand bestand, der eine kleine, abgeschlossene Bucht im Felsen bildete. Da machten wir es uns bequem. Die Hunde bekamen jeder ein Stück Fleisch, die Pferde ihre erste Wüstenration getrockneter Körner, und für die Menschen hatte Taldscha so gut gesorgt, daß wir noch auf Tage hinaus mit Delikatessen versehen waren, das heißt mit dem, was bei den Ussul als Delikatesse bezeichnet wird. Mit dem Wasser wurde gespart. Pferde und Hunde bekamen nur einige Schlucke, mehr um sich die Mäuler anzufeuchten, als um den Durst zu stillen, den sie auch gar nicht haben konnten, weil sie sich am Engelsbrunnen mehr als satt getrunken hatten. Ein Feuer wurde nicht angebrannt, einesteils weil es keine besonderen Gründe gab, es zu tun, und andernteils weil es hier schwer war, das nötige Brennmaterial zusammenzusuchen. Auch war keineswegs anzunehmen, daß wir vollständig sicher seien, nicht gesehen zu werden. So einsam die Gegend war, in der wir uns befanden, wer von drüben herüber und von hüben hinüber wollte, mußte sie doch passieren; der Prinz der Tschoban war hier vorübergekommen, ebenso der Maha-Lama und der oberste Minister von Dschunubistan; es konnten also wohl auch noch andere kommen, vor denen wir uns nicht sehen lassen durften. Wir nahmen uns vor, baldigst einzuschlafen. Das konnten wir, denn die Hunde hielten Wacht.

Es wurde Nacht; aber ihr Dunkel dauerte nicht lange; der zunehmende Mond stieg herauf. Es herrschte ringsum tiefe Stille, und doch war diese Stille nicht vollständig still. Was war es doch, die Meeresbewegung oder etwas anderes, was ich vernahm, als ob es nicht innerlich, sondern äußerlich und doch nicht äußerlich, sondern innerlich sei? Es schien in der Luft zu sein, und doch auch in der Erde, auf der wir lagen. Der Mond war sonderbar goldig gelb. Sah man ihm direkt in das freundliche

Profil, so erschienen seine Strahlen bläulich gefärbt, wohl infolge der Feuchtigkeit der Luft. Es ging ein leises, heiliges Auf- und Niederatmen durch die sonst vollständig ruhende Welt. Kam das etwa von den Bewegungen der See? Halef betete still, ich auch. Eben hatte ich in meinem Innern Amen gesagt, da klang es plötzlich laut und vernehmlich durch die stillhelle Nacht:

„Ja Kudah, ja Kudah, ja Kudah — — o Gott, o Gott, o Gott!"

Es kam wie von oben, wie von einer schönen, volltönenden, reinen Altstimme, die aus dem geöffneten Himmel niederklingt. Und als ob dieser Gottesgruß im Herabschweben auch eine tiefere Stimme erhalte, wiederholte er sich im weithin schallenden Bariton:

„Ja Kudah, ja Kudah, ja Kudah — — o Gott, o Gott, o Gott!"

„Sihdi, was ist das? Wer ist das? Wo kommt es her?" fragte Halef, während er sich überrascht in die sitzende Stellung aufrichtete.

„Still!" bat ich. „Hören wir weiter!"

„Glaubst du, daß es sich wiederholt?"

Ja, es wiederholte sich und zwar mit vereinten Stimmen. Im Alt und Bariton zugleich scholl es zu uns herab:

„Ja Kudah, ja Kudah, ja Kudah — — o Gott, o Gott, o Gott!"

Das klang so un-, so überirdisch! Es war, als ob Geister über uns schwebten, deren Stimmen uns fassen wollten, um uns hinaufzuheben. Nach einer kurzen Stille folgte diesen einleitenden Ausrufungen etwas vollständig Unbeschreibliches, für das wir in unserer abendländischen Musik und Kunst nicht einen einzigen Ausdruck haben, mit dem es möglich wäre, das, was wir hörten, auch nur annähernd zu bezeichnen. Es waren zwei Stimmen. Ein wunderbarer, jugendlich frischer Alt oder Mezzosopran und ein ebenso wunderbarer, tief ergreifender Baßtenor, bei uns Bariton genannt, die so fern voneinander und doch so nahe beieinander klangen, als seien alle himmlischen und alle irdischen Lobpreisungen in diesem einen „Ja Kudah“ vereint. Und was nun hoch in den Lüften über uns betete und flutete, das war ein Duett und dennoch keines; das waren Lieder, ohne Lieder zu sein; das war Gesang in seiner allerhöchsten, weil einfachsten Kunst, und doch kein Gesang, sondern nichts als Sprache, nur Sprache, aber jene vollendete Sprache, die erst dann über die ganze Erde klingen wird, wenn die Kunst nicht mehr zu herrschen, sondern zu dienen strebt und die Güte und Barmherzigkeit die Grammatik des einen, großen, humanisierten Menschheitsvolkes lehren.

Warum ich da gerade die köstlichen Eigenschaften der ‚Güte‘ und der ‚Barmherzigkeit‘ in Erwähnung bringe, wird der Leser wohl morgen früh schon merken, wenn wir erfahren, wessen Stimmen es waren, die wir hörten. Es handelte sich jedenfalls um eine männliche und eine weibliche Person, die, wie es schien, hoch oben auf der Platte des Felsentors standen. Sehen konnten wir sie nicht. Höchstwahrscheinlich aber hatten sie uns gesehen. Daß sie trotzdem sangen, sich also nicht vor uns verbargen, war ein Beweis ihrer Friedfertigkeit und Ungefährlichkeit. Und auch fromme Menschen waren sie. Wer an nichts glaubt und kein Bedürfnis hat, sich innerlich zu erheben, dem fehlen Worte und Töne, wie die waren, die wie auf Engelsflügeln jetzt droben im Mondschein schwammen. Sie verklangen in einer langsamen, feierlichen Melodie, die von dem Alt gesungen, vom Bariton begleitet wurde und mit demselben Ruf schloß, mit dem der Gesang begonnen hatte: „Ja Kudah — — o Gott!“

Als nun wieder Stille um uns herrschte, versuchte Halef, seiner Gewohnheit nach, sich in Fragen und Vermutungen über den Sänger und die Sängerin zu ergehen;

ich aber wollte mir den tiefen Eindruck, den die Stimmen auf mich gemacht hatten, nicht hinwegschwatzen lassen und gab ihm eine so kurze Antwort, daß er mich begriff und infolgedessen schwieg. Als ich dann einschlief, trat ein lieber, holder Traum zu mir heran und zeigte mir herrliche Wesen, die mich umschwebten. Ihre Farbe war die des leuchtenden Goldes und weißer, duftiger Rosen. Ihre Gestalten erschienen mir köstlicher und schöner, als Menschen je gestaltet gewesen sind. Und ihre Stimmen erklangen in liebevollen, beglückenden Tönen, die mir die Brust so weit und selig machten, daß ich tief Atem holte, die frische, weiche Morgenluft einsog und dann die Augen öffnete. Ich wachte auf. Die Gestalten waren nicht mehr zu sehen, aber ihre Stimmen erklangen weiter, nicht mehr so nahe bei mir, sondern, wie gestern abend, von hoch oben herab. Ich schaute hinauf und konnte die beiden Singenden deutlich erkennen. Es war so, wie ich vermutet hatte: Sie standen auf der Querplatte des Felsentors, ganz vorn, auf einer kühn vorspringenden Stelle. Sie mußten völlig schwindelfrei sein, um dies zu wagen. Es war eine männliche und eine weibliche Person, deren Alter ich der Entfernung wegen nicht bestimmen konnte. Ihre hellen, weiten Gewänder flatterten im Hauch des jungen Tages, der da oben natürlich kräftiger war als hier unten bei uns in der geschützten Tiefe. Vom Morgenrot umflossen, erhielten sie dadurch, daß die Falten ihrer Kleidung sich bewegten, den Anschein, als ob sie selbst in Bewegung seien und den Fels verlassen wollten, um zu uns niederzuschweben.

„Sihdi, die springen noch herab!" sagte Halef, der schon munterer als ich und nur noch nicht aufgestanden war, um mich nicht zu stören. Jetzt sprang er auf, wirbelte die beiden Arme in der Luft und schrie zum Fels empor, daß man sich doch um Allahs willen in acht nehmen und ja nicht heruntergeflogen, sondern heruntergelaufen kommen möge.

Da verstummte der Gesang. Sie lauschten. Sie hatten zwar gesehen und gehört, daß er sprach, ihn aber nicht verstanden. Er legte die Hände als Schalltrichter an den Mund und wiederholte, was er gesagt hatte. Da wurde er verstanden. Die Sängerin machte mit ihren Händen denselben Gebrauch wie er mit den seinen, und rief uns zu:

„So wartet! Ich komme hinunter!" Dann traten beide von der gefährlichen Stelle zurück, worauf sie verschwanden. Halef atmete erleichtert auf.

„Allah sei Dank! Das war ja gar nicht mehr anzusehen! Soviel Augenblicke es gab, so vielmal schienen sie im Abstürzen zu sein! Darf ich denn endlich von ihnen sprechen? Gestern abend war es verboten."

„Weil man so tiefe, heilige Regungen zu achten hat, lieber Halef! Auch jetzt wäre es besser gewesen, wenn du ihren Gesang nicht vor dem Schluß abgebrochen hättest."

„Verzeih, Sihdi! Ich konnte es nicht länger aushalten. Ich hatte Angst, sie würden stürzen. Sag, wer werden sie sein?"

„Das weiß ich nicht. Ihre Sprache ist kein Dialekt, sondern rein und edel, wie nur ein vornehmer Mund sich auszudrücken pflegt. Wir werden ja sehen. Sie will kommen. Wir reiten ihr die wenigen Schritte entgegen."

Gereinigt und gesattelt war schnell. Dann stiegen wir auf und wandten uns dem Tor zu, das zu erreichen nur kurze Zeit erforderte. Auch bis dorthin gab es weder auf der einen noch auf der anderen Seite des Flußbetts eine Stelle, an der man emporklettern konnte. Die Falle war also in unserem Sinn vollständig tadellos gebaut. Auch die beiden Sänger hatten nicht hier hinaufgekonnt. Der Weg, der die Altistin herunterführte, mußte jenseits des Tores liegen, auf der Nord- oder Außenseite. Wir ritten also hindurch. Jenseits angekommen, eilten wir nur noch einige Schritte weiter und hielten dann, um die Ankunft der Frau — oder war es ein Mädchen? — zu erwarten.

Es vergingen einige Minuten. Niemand kam. Halef wurde ungeduldig. Er meinte, daß wir noch ein Stück weiter vorwärts müßten; ich aber riet, zu bleiben. Ich hielt still; er dagegen ritt langsam hin und her. Da sah ich, daß er plötzlich eine Bewegung der Überraschung machte, die Hand nach seinem Gesicht bewegte und dann nach oben sah.

„Was ist?“ fragte ich.

„Es fiel ein Steinchen herab“, antwortete er.

Nach einiger Zeit machte er dieselbe Bewegung, und dann auch noch zum drittenmal.

„Sihdi, man wirft!“ sagte er, während er wieder nach oben schaute. „Man zielt sehr genau, nämlich immer nach meinem Gesicht. Da oben steckt jemand!“

„Wohl kaum! Kein Mensch kann da hinauf und wieder herunter!“

„Und doch muß jemand es können, denn die Steinchen kommen von oben! Wer mag es sein, der es wagt, mit mir zu spaßen?“

„Ein Mädchen. Ein liebes, munteres Kind von noch nicht siebzehn Jahren.“

„Siehst du sie etwa?“ fragte er da schnell.

„Nein“, antwortete ich.

„Wie kannst du da wissen, daß sie lieb ist und munter und noch nicht siebzehn Jahre alt?“

„Weil eine, die nicht mehr so jung ist und auch nicht lieb und munter ist, wohl nicht mit dir scherzen würde.“

„Ja, das stimmt allerdings. Kennst du etwa auch schon ihre Gestalt?“

„So ziemlich.“

„Woher?“

„Ich beurteile sie nach der Kraft und Fülle und dennoch außerordentlichen Weichheit ihrer Stimme, denn ich nehme an, daß es die Sängerin ist, die versprochen hat, herabzukommen. Sie ist gewohnt, tief zu atmen; sie klettert gut; sie ist schwindelfrei. Sag, was hieraus zu schließen ist!"

„Hm!" antwortete er verlegen. „Willst du das nicht selbst sagen, Sihdi?"

„Nein. Ich möchte es von dir hören."

„Schön — — gut — — also, ich schließe daraus, daß sie scharfe Augen hat, eine kühne, vortretende Nase, einen kräftigen, breiten Mund, einen starken, dicken Hals, aus dem die lauten, vollen Töne kommen, sehr tüchtige Schultern und Achseln, zwei eisenfeste Kletterhüften — —"

Er wurde unterbrochen. Ein kurzes, fröhliches Lachen erscholl. Halef richtete den Blick wieder in die Höhe und fragte:

„Hast du es gehört, Sihdi. Sie lacht über ihre eigenen Hüften! Das kommt mir wie — —"

Jetzt unterbrach er sich selbst, griff sich mit der Hand nach dem Gesicht und fuhr dann fort:

„Da wirft sie wieder! Und zwar nicht mit einem, sondern gleich mit mehreren Geschossen! Ich steige ab; ich muß sie fangen!"

Er sprang aus dem Sattel und untersuchte den Riesenpfeiler des Tors, in dessen Nähe wir hielten, mit scharfen Augen. Er glaubte wirklich, der Schalk sei da oben versteckt. Ich aber hatte, sooft er getroffen wurde, aus seinen Bewegungen ersehen, aus welcher Richtung die kleinen, mit so großer Sicherheit geschleuderten Steinchen kamen. Sie kamen nicht von oben, sondern von unten her, aus der Nähe des Pfeilers, wo eine Menge zwei, drei und vier Meter hoher Felsenstücke wie durcheinander geworfen lagen, hinter denen sich eine vollständig senkrechte Tafelwand so glatt in die Höhe hob, daß sie nicht einmal für ein Eichkätzchen oder einen Kletteraffen, also noch viel weniger für einen Menschen zu passieren war. Hier konnte die Sängerin unmöglich herunterkommen, und darum hatte ich dieser Stelle gar keine Aufmerksamkeit geschenkt. Nun aber lenkte ich meinen Rappen hin.

„Sihdi!“ rief es da leise.

„Ja“, antwortete ich. „Wo bist du? Komm hervor!“

Niemand kam. Da ging ich auf den Scherz ein und stieg vom Pferd, um zu suchen.

„Sihdi!“ klang es wieder, und zwar links; aber als ich hinkam, stand ich vor der nackten Tafelwand, und kein Mensch war zu sehen. „Effendi!“ rief es von rechts. Ich wandte mich dorthin, zwischen allen Steinen hindurch, erreichte aber nur wieder die Wand und weiter nichts. „Sihdi — — Effendi“, und „Effendi — — Sihdi“, so klang es bald hier und bald dort, aber der Schabernack war nicht zu sehen, und also auch nicht zu fassen. Halef mußte jetzt einsehen, daß er sich geirrt hatte. Er gesellte sich zu mir und suchte mit, doch ebenso ohne Erfolg.

„Sie ist unsichtbar!“ lachte er, aber ziemlich ärgerlich.

„Nein, sondern nur barfuß“, antwortete ich. „Hätte sie Schuhe an, so würden wir sie hören.“

„Aber ein Mann, wie du sollte sich doch nicht von einem Mädchen, das noch nicht siebzehn Jahre zählt, an der Nase führen lassen!“

„Da hast du freilich recht. Ich werde sie also binnen zwei Minuten fangen!“

Da erklang links von mir ein halblautes, herzliches herausforderndes Lachen, aber nur einige Augenblicke später rief es rechts von mir:

„Sihdi, in zwei Minuten!“

„Wahrscheinlich schon in einer!“ antwortete ich. „Nimm dich in acht!“

Ich hatte den Spaß bis jetzt in aufrechter Haltung mitgemacht; jetzt aber, da es sich sozusagen um den Befähigungsnachweis handelte, drang ich schnell zwischen die Steine ein und legte mich dann nieder, um mich auf Händen und Füßen weiter zu bewegen. Ich ahnte die

Stelle, um die es sich handelte, hatte sie aber bisher vermieden, um der kleinen Humoristin die Neckerei nicht zu verderben. Es gab hier unbedingt ein Versteck, und zwar ein nicht leicht auffindbares Versteck. Dieses konnte nicht zwischen den einzelnen Steinstücken liegen, denn da war ich schon überall gewesen, ohne etwas zu sehen. Es mußte sich vielmehr in der Felswand selbst befinden und durch ein vorliegendes Felsenstück dem Auge entzogen sein. Einen solchen Ort gab es allerdings. Ich war beim Suchen schon vorbeigekommen, Halef auch. Da lag ein vielleicht fünf Meter breiter Stein, unten von der Felswand abgerückt, oben aber fest an sie gelehnt, wie ein schief abfallendes Dach. Der Zwischenraum war schmal und nicht so hoch, daß man drin stehen konnte. Man mußte sitzen oder knien. Ich hatte beim Suchen schon zweimal hineingeschaut, aber nichts gesehen. Der Raum war nach beiden Seiten offen; man sah hindurch. Aber von ihm aus mußte ein Loch oder so etwas Ähnliches in die Felswand gehen, und das war das Versteck, in das sich unser Kobold schnell wieder verbarg, sooft er uns beworfen oder angerufen hatte.

So dachte ich, und es zeigte sich sehr schnell, daß dieser Gedanke der richtige war. Ich kroch bis an den schief vorliegenden Stein, lehnte mich eng an ihn an, um möglichst wenig Raum einzunehmen, und wartete. Ja da kam es zu meiner linken Hand herausgehuscht und zwischen die Steine hinein, so schnell, daß ich nur etwas Weißes sah, weiter nichts. Ebenso schnell kroch ich nun zu meiner rechten Hand in den Zwischenraum hinein, und zwar bis in die Mitte desselben, wo ich zu meiner Genugtuung eine fast zwei Meter hohe und über mannesstarke Öffnung fand, durch die ich kroch, denn gehen konnte man nicht, da sie oben zu schmal war. Sie war gar nicht lang und führte zu meinem Erstaunen nicht in die Felsenwand hinein, sondern aus ihr schnell wieder heraus in das Freie. Diese Wand war nämlich nur auf ihrer vorderen Seite kompakt, hinten aber zerrissen und zerklüftet. Diese Risse und Klüfte griffen ineinander ein und bildeten in ihrer Gesamtheit einen gar nicht schwer zu gehenden Zickzackweg nach oben, der von der Außenseite nicht zu sehen war. Der Anfang dieses Zickzackweges, nämlich die Öffnung, die ich jetzt hinter mir hatte, war früher jedenfalls nicht verborgen, sondern unverdeckt gewesen; sie hatte offen in das Tal des Flusses gemündet. Später aber hatte es Gründe gegeben, diesen Zugang zu der Höhe des Felsentors zu verstecken. Der Stein war vorgelegt worden, um die Stelle so zu maskieren, daß man sie wenigstens nicht gleich beim erstenmal sah. Ich richtete mich zunächst auf, um das alles mit einem raschen Blick zu überfliegen; dann setzte ich mich auf einen Stein, der neben dem Loch lag, durch das ich soeben gekommen war und durch das nun schleunigst auch die Sängerin kommen mußte, um sich wieder zu verstecken, während wir draußen vergeblich nach ihr suchten.

Und sie kam wenige Augenblicke nach mir und genau so gekrochen wie ich! Dann richtete sie sich auf, von mir abgewandt, so daß ich hinter ihr saß und von ihr nicht gesehen wurde.

Ein halblautes, unbeschreiblich liebes, süßes Lachen entquoll ihrer Brust. Hätte man weiter nichts von ihr gehört als nur dieses eine, einzige Lachen, so hätte man sie doch schon lieben müssen! Sie trat einen Schritt zurück; dabei berührte sie mich. Sie fuhr augenblicklich herum, während ich mich zu gleicher Zeit erhob.

„Sihdi! Effendi!“ rief sie erschrocken aus, während ihr schönes, edles Gesicht in glühender Röte flammte.

„In einer Minute! Habe ich Wort gehalten?“ fragte ich.

„Ja“, antwortete sie, während ihr Auge, um mich zu betrachten, größer zu werden schien. „Du hältst wohl immer Wort?“

„Woher weißt du das?“

„Ich sehe es dir an. Ich wagte nur, nach ihm zu werfen, nicht aber nach dir. Wie heißt er?"

„Hadschi Halef Omar."

„Ein Hadschi ist er? Also ein frommer Mann? Das will mir wohlgefallen. Hätte ich das gewußt, so hätte ich nicht mit ihm gescherzt. Aber als ich ihn sah, kam es mir vor, als müsse man mit ihm spielen!"

„Er liebt den Scherz, doch nicht das Spiel. Er ist ein tapferer, treuer, weitgereister Mann, der oberste Scheik eines berühmten Stammes."

„Von welchem Volk?"

„Vom Volk der Araber."

„Von jenseits des Meeres?"

„Ja."

„Ein — — Araber! Von — — jenseits des Meeres!" wiederholte sie für sich, als ob ihr das von einem ganz besonderen, persönlichen Interesse sei. „Bist auch du Araber?"

„Nein. Ich bin Europäer."

„Ein Europäer?" fuhr sie auf. „Aus welchem Land? Verzeih, Effendi, daß ich dich frage?"

„Kennst du denn die Länder von Europa?"

„Auch ihre Völker. Mein Vater hat mich das gelehrt. Er weiß sehr viel, fast alles."

„Ich bin Alemani[1]."

Da schlug sie die kleinen, außerordentlich schön gebauten Hände froh zusammen und rief aus:

„Ein Alemani! Wie ihn das freuen wird! Sobald ich ihm das mitteile, wird er dich lieben! Wenn er mich fragt, wie du heißst, was soll ich ihm da sagen?"

„Man nennt mich Kara Ben Nemsi."

„Nemsi ist dasselbe wie Alemani. Mein Vater heißt Abd el Fadl[2], und ich, ich heiße Merhameh[3]."

„Wart ihr beide es, die gestern abend und heute früh gesungen haben?"

1 Deutscher 2 Diener der Güte 3 Barmherzigkeit

„Ja. Kennst du das, was wir sangen?“

„Nein.“

„Es ist das Morgen- und Abendgebet von Dschinnistan. Wir singen sie beide täglich.“

„So kennst du Dschinnistan?“

„Es ist mein Vaterland. Das Geschlecht Fadl ist so alt, wie die Menschheit dort überhaupt. Mein Vater ist ein treuer Diener des Herrschers. Er wurde von ihm ausgesandt, um —“

Sie hielt plötzlich inne, als ob sie etwas gesagt habe, was sie nicht sagen dürfe, und fuhr dann fort:

„Nun wohnen wir jetzt hier auf dem Felsentor und warten, daß in Erfüllung gehe, was uns verheißen wurde.“

Sie gab diesen Worten einen Ton, der mich zu der Frage drängte:

„Meinst du etwa eine Verheißung, die aus Sitara kommt?“

Da hob sie ihr Gesicht und ihre Augen mit dem Ausdruck größter Spannung zu mir empor und fragte:

„Kennst du Sitara, Effendi? Kennst du es?“

„Ich kenne es.“

„Aber nicht seine Herrscherin?“

„Auch diese.“

„Dem Namen nach?“

„Persönlich.“

„Du hast sie gesehen?“

Sie fragte so langsam, so gewichtig. Ihre langen, schweren Wimpern beschatteten dabei einen Blick, der voll Erstaunen, Wißbegier und verhaltener Freude zu mir herüberleuchtete.

„Nicht nur gesehen, sondern auch gesprochen. Ich war ihr Gast.“

„In Ikbal?“

„Ja, in ihrem Hause.“

„Du hast bei ihr gewohnt?“

„Ja.“

„Du kommst gar von ihr? Sie hat dich gesandt?"
„Warum fragst du das?"
Sie war wie begeistert gewesen. Bei diesen meinen Worten beherrschte sie sich und fuhr ruhiger fort:
„Verzeih, Sihdi! Ich weiß, ich bin noch zu jung zu solchen Fragen. Aber ich bitte dich: Erlaube mir, dich einmal zu berühren!"
„Gern! Greif zu!"
Ich nahm an, daß sie nach meiner Hand fassen wolle. Sie tat das aber nicht, sondern sie trat näher zu mir heran, hob die ihrige empor und klopfte mir mit den Spitzen des Zeige- und des Mittelfingers auf die Brust, während sie ihr Köpfchen mir horchend entgegenneigte.
„Er hat ihn; er hat ihn!" jubelte sie auf. „Ich dachte es mir! Ich habe es geahnt! Er hat ihn!"
„Wen habe ich? Was?"
„Den Schild! Ich fühle ihn! Oder ist die Platte, die dein Herz zu beschützen hat, nicht ein Schild, den dir die Herrin von Sitara mitgegeben hat?"
„Allerdings. Weißt du, wie diese Herrin heißt?"
„Marah Durimeh! Ich muß fort! Ich muß zum Vater! Ich muß ihm melden, daß — —"
Sie konnte den Satz, den sie angefangen hatte, nicht vollenden, denn in diesem Augenblick ereignete sich etwas, was mit dem tiefen Ernst, der uns beide beherrschte, in grellem Widerspruch stand. Nämlich zu unseren Füßen, ganz unten am Boden, bewegte sich etwas. Halefs Kopf erschien. Dann kamen die Hände und die Arme aus dem Loch heraus. Die Schultern schoben sich nach. Er sah unsere Füße, überhaupt die unteren Körperteile von uns, stemmte die Ellenbogen fest auf und hob den Kopf empor, um uns anzuschauen. Das sah so drollig aus, und sein Gesicht zeigte dabei einen so belustigenden Ausdruck, daß wir beide ganz den Ernst vergaßen und herzlich zu lachen begannen.
„Ihr lacht?" fragte er, während er nicht wußte, ob er

in unsere Heiterkeit mit einstimmen oder sich über sie ärgern sollte. „Ich finde die Sache gar nicht so lächerlich wie ihr! Sie ist sogar sehr wichtig!"

„Wichtig?" fragte Merhameh, ohne ihr Lachen einzustellen, weil er, ohne sich aufzurichten, mit halbem Leib im Loch stecken blieb. „Weshalb?"

„Als Beweis! Der Sihdi hat sein Wort gehalten, dich in einer Minute zu entdecken. Und ich habe bewiesen, daß auch ich nicht länger brauche, es zu tun. Das muß doch anerkannt werden! Oder nicht?"

„Allerdings!" stimmte ich heiter ein. „Wie hast du den Weg so schnell gefunden?"

„Auf die pfiffigste und einfachste Weise, die es gibt. Ich schlich mich heimlich und leise hinter dir her, denn ich sagte mir: Was der kann, das kann ich auch! Als du dich eng an den Stein lehntest, lag ich schon hinter dem nächsten Stein. Als du die — — die — — den Spaßvogel forthuschen sahst, sah ich ihn auch. Als du hinter den Stein krochst, nahm ich schnell die Stelle ein, an der du dich soeben befunden hattest. Ich hörte das Vöglein ‚Effendi, Effendi' rufen; dann kehrte es wieder zurück und verschwand, ohne mich zu sehen, zwischen dem Stein und der Felsenwand. Ich wartete noch einige Augenblicke und folgte ihr. Sie war verschwunden. Wohin? Ich suchte; ich fand das Loch und kroch hinein, genauso, wie auch ihr hineingekommen seid. Was lacht ihr mich da aus! Übrigens höre ich, daß sie dich bereits Sihdi nennt; ihr scheint also schon auf sehr vertraulichem Fuß miteinander zu stehen. Woher weiß sie denn, daß du mein Sihdi bist."

„Das habe ich nicht erst hier, sondern schon draußen gehört", antwortete sie. „Du hast ihn ja laut genug Sihdi genannt, als du immerwährend hinauf zum Himmel gucktest. Jetzt scheinst du die Erde zu lieben!"

„Die Erde?" fragte er. „Wieso — —? Ach so! Ich stecke noch drin!"

Er kam vollends herausgekrochen und richtete sich empor. Er sah sie nun nicht mehr von unten herauf, sondern in waagerechter Augenebene. Und da geschah etwas so Überraschendes, so Seltenes, so Tiefergreifendes, daß ich es selbst noch heute nicht ohne Rührung niederschreibe. Er sah sie an, trat einen halben Schritt zurück und sah sie wieder an. Sein Gesicht veränderte sich. Es wurde ernst, dabei aber weich und immer weicher. Sein Auge befeuchtete sich. Es nahm den mildesten und zartesten Ausdruck an, dessen es fähig war. Und doch strahlte es auch in Begeisterung auf. Es war, als ob er träume. Dann griff er nach dem Ärmel ihres weißen, leinenen Gewandes, küßte den Saum und sagte, sich an mich wendend:

„Sie ist schön! Sie ist sehr schön, Sihdi! Unendlich schön!"

Sie errötete nicht, und sie antwortete nicht, wie ein anderes Mädchen wohl geantwortet hätte, sondern sie sagte ebenso ernst und ebenso aufrichtig wie er: „Er sieht nicht mich; er sieht nur meine Seele; darum spricht er so!"

„Deine Seele?" fragte er. „Ja, diese auch! Doch meinte ich zunächst nur die Gestalt. Gerade so wie du muß Marah Durimeh, die Menschheitsseele, vor den Augen derer, die das Glück hatten, sie zu sehen, gestanden haben, als sie noch jung und von dem Schmerz des Lebens unberührt, in deinem Alter war!"

Da antwortete sie:

„Du küßtest mein Gewand. Dieser Kuß galt nicht mir, sondern ihr. Was von euch schön an uns gefunden wird, was euch an uns beglückt, veredelt und erhebt, das kommt von ihr. Ich sende ihr den heiligen Kuß, der ihr gehört, indem ich ihn dem gebe, der sie kennt."

Sie trat schnell zu mir heran und drückte ihre Lippen auf den Saum meines Ärmels. Dann fuhr sie fort:

„Vater läßt euch fragen, ob er herunterkommen soll, oder ob ihr vorzieht, zu ihm hinaufzusteigen?"

„Wir steigen hinauf", antwortete ich, „möchten aber unsere Pferde nicht in der Weise stehen lassen, daß jemand, der inzwischen kommt, sie sieht."

„Ich kenne einen Ort, der sich sehr gut zum Versteck für sie eignet", erklärte sie. „Er liegt ganz in der Nähe. Ich werde ihn Halef zeigen. Es genügt, daß er mit mir geht. Du aber, Effendi, steig voran! Der Weg ist nicht zu verfehlen. In kurzer Zeit holen wir dich ein."

Ich nickte ihr zu, sah nur noch, daß Halef sich bückte, um wieder im Loch zu verschwinden und wandte mich dann ab, nach ihrem Willen zu tun.

Der Weg war, wie bereits gesagt, ein Zickzackpfad und führte durch enge Risse und Klüfte zur Höhe hinauf. Während ich ihm langsam folgte, dachte ich an das junge, schöne, unendlich sympathische Wesen, das soeben in meinen Gesichtskreis getreten war. Sie hieß Merhameh, ‚Barmherzigkeit', und gehörte dem uralten, berühmten Geschlecht der Fadl, zu deutsch der ‚Güte', an. Viele Söhne dieses Geschlechtes sind erleuchtete Herrscher, bahnbrechende Gelehrte und berühmte Künstler gewesen. Wer die Geschichte der Menschheits- und Völkerentwicklung kennt, der weiß, wie groß die Zahl der bedeutenden und einflußreichen Männer gewesen ist, die Fadl, Ben Fadl oder Abd el Fadl geheißen haben. Und jetzt sollte ich so ganz unvermutet einen Abd el Fadl kennenlernen, der ein Abgesandter des Mir von Dschinnistan war und gegenwärtig mit seiner Tochter hier auf dem Felsentor wohnte! Welche Zwecke und Gründe hatte das?"

Es fällt mir nicht ein, die Schönheit Merhamehs zu beschreiben; die wahre Schönheit hat ja eben das Erkennungszeichen, daß sie nicht beschrieben werden kann! Ich will nur sagen, daß sie nicht etwa nach Art wohlhabender Leute, sondern sehr arm gekleidet war. Sie ging barfuß, also wirklich so, wie ich vermutet hatte. Darum, und weil der Boden aus Geröll und nicht aus

Sand bestand, hatte ich während des scherzhaften Suchens keine Fußspuren von ihr finden können. Ihr einfaches, orientalisches Gewand wurde von einem Ledergürtel zusammengehalten. Es bestand aus gewöhnlichem, billigem Linnen, war aber weiß und gänzlich fleckenlos, was ich bei der Seltenheit des Wassers in dieser Gegend besonders hervorzuheben habe. Ihr starkes, dunkles, welliges Haar war nicht geflochten, sondern wurde im Nacken von einer Schnur mit Blumen zusammengehalten und fiel von da wieder offen und in seltener Länge hernieder. Alles Übrige, was an ihr zu erwähnen ist, wird man im weiteren Verlauf der Ereignisse kennenlernen.

Ich war noch nicht weit gekommen, so hörte ich Geräusch hinter mir. Als ich mich umschaute, sah ich Aacht und Uucht, meine beiden Hunde, die von Halef die Erlaubnis bekommen hatten, mir sogleich zu folgen. Sobald sie mich erreichten, fragten sie mit den Augen und den wehenden Ruten, ob sie voraneilen dürften; ich aber bat sie, indem ich sie streichelte, bei mir zu bleiben. Da taten sie es gern. Man kann nämlich auch Tiere bitten, indem man das, was man von ihnen wünscht, nicht befehlend, sondern durch Liebkosungen sagt. Sie tun es da viel lieber, und ich meine, daß dies auch ihrer Zuneigung und Treue förderlich sei.

Der Zickzackweg hatte mich erst nach links und dann nach rechts geführt. Jetzt wandte er sich wieder nach links. Da hörte ich unter mir Stimmen. Merhameh und Halef kamen. Ich konnte sie ebenso wenig sehen, wie sie mich; aber ich hörte alles, was sie sagten. Soeben sprach Halef:

„Du kannst sehr ernst sein, aber auch sehr heiter, gerade so wie ich. Warum warfst du nach mir?“

„Es fiel mir so ein. Es kam mir so in die Hand. Ich konnte nicht anders. Du sahst so streitbar-sanftmütig und so — so — — scherzerweckend aus!“

„Scherzerweckend? Maschallah! Scherzerweckend

heißt doch so viel wie lächerlich! Da bitte ich doch sehr, deine Meinung über mich zu ändern! Wenn du wüßtest, wer ich bin, so würdest du — —"

„Wer du bist, das weiß ich!" fiel sie ihm in die Rede.

„Wirklich? Nun, also wer?"

„Du bist der Scheik eines berühmten Stammes!"

„Das stimmt!" bestätigte er stolz.

„Bist ein Araber!"

„Natürlich! Etwas anderes möchte ich gar nicht sein!"

„Bist ein tapferer, treuer und weitgereister Mann!"

„Auch das weißt du? Höre, das gefällt mir sehr von dir, sehr, sehr! Aber woher weißt du es?"

„Vom Effendi."

„Von ihm? Konnte es mir denken! Er hat es dir also mitgeteilt? Genauso, wie du es sagtest?"

„Ja, genauso!"

„Ein tapferer, treuer, weitgereister Mann?"

„Ja."

„Allah segne ihn! Er sagt niemals eine Lüge. Er redet stets die Wahrheit, stets. Besonders dann, wenn er mich lobt! Er ist ein ganz bedeutender Menschenkenner. Das sieht man aus der Meinung, die er von mir hat."

„Allerdings! Seine Menschenkenntnis ist jedenfalls größer als die deinige!"

„Oho! Warum denkst du das?"

„Weil seine Meinung über dich viel richtiger ist als die deinige über mich."

„Woher weißt du das? Wer hat dir diese Unwahrheit gesagt?"

„Du selbst!"

„Beweise es mir!"

„Sogleich! Denke doch an meine kühn hervortretende Nase!"

„Allah w' Allah! Welch ein Fehler von mir!" rief er bedauernd aus.

„An meinen kräftigen, breiten Mund!"

„O Traurigkeit!“

„An meinen starken, dicken Hals!“

„O Wehklage!“

„An meine tüchtigen Schultern und Achseln!“

„O Jammer!“

„An meine eisenfesten Kletterhüften!“

„Halt ein, halt ein! Das war ja bloß Vermutung! Das habe ich gesagt, noch ehe ich dich sah; die Menschenkenntnis aber beginnt doch wohl erst dann, wenn man die Person, von der man spricht, gesehen und beobachtet hat. Meine von dir beleidigte Menschenkenntnis zwingt mich, dir mitzuteilen, wie ich nun jetzt über dich denke, da ich dich hier bei mir gehen sehe. Ich fange da beim niedrigsten Reiche, nämlich beim Steinreich an, gehe auf das Pflanzen-, Tier- und Menschenreich über, komme von da zu den Engeln und höre dann droben bei den Sternen auf.“

„Du machst mich wißbegierig!“ versicherte sie.

„Ja, das glaube ich. Also höre! Du bist der schönste Edelstein, den es gibt. Kein Jaspis, kein Amethyst, kein Rubin, kein Diamant kann dich erreichen! Bitte, geh langsamer! Du bist sogar eine Perle! Aber sag, warum läufst du jetzt plötzlich so schnell?“

„Weil ich den Effendi einholen will.“

„Das ist gar nicht nötig. Wir erreichen ihn auch droben noch zeitig genug! Also du bist die prächtigste von allen Blumen. Kein Veilchen, kein Tausendschönchen, keine Lilie, keine — — so lauf doch nicht; so warte doch! — — Tulpe und Rose ist mit dir zu vergleichen! Langsamer, langsamer, sonst komme ich dir nicht nach!“

„Mach schnellere und größere Schritte!“ rief sie lachend zurück.

Da sie sich beeilte, ihm voranzukommen, erhob er seine Stimme immer mehr und mehr, während er nun zum Tierreich überging:

„Du bist der lieblichste aller Schmetterlinge — — ein

süßes, goldglänzendes Käferlein — — eine flötende Nachtigall — — ein schimmernder Paradiesesvogel — — ein — — ich bitte, bleib doch stehen! Du raubst mir sonst den Atem!"

„Wenn ich Schmetterling oder Vogel bin, so muß ich doch fliegen!" scherzte sie zurück.

Der Stimme nach schien sie ihm schon sehr weit vorangekommen zu sein. Um von ihr gehört zu werden, genügte es schon nicht mehr, laut zu sprechen, sondern er mußte rufen:

„So höre ich mit den Tieren auf und komme zu den Menschen! Du bist ein Kind der Holdseligkeit und Liebenswürdigkeit — — eine Tochter des Ebenmaßes und der Wohlgestalt — — so höre doch! Bleib an der Ecke stehen! — — eine Schwester der Anmut und Augenweide — — bist eine Prinzessin, eine junge Königin, zu deren Füßen — — o Qual, o Pein, o Schmerz; sie bleibt nicht stehen! Sie verschwindet um die Ecke! Und ich habe ihr noch gar nicht gesagt, daß sie ein Engel ist, sogar ein Stern, ein Stern, der sich — —"

Mehr hörte ich nicht, denn hinter mir rief es:

„Effendi, siehst du mich? Ich komme!"

Ich schaute zurück. Sie war soeben um die letzte Ecke des Weges gebogen und für Halef unsichtbar, für mich aber sichtbar geworden. Ich blieb stehen und ließ sie herankommen. Ihr Gesicht glänzte vor Vergnügen, und aus ihren Augen strahlte ein seelischer Lebensüberschuß, der in ihrer jetzigen Einsamkeit in Gefahr gewesen war, zu verkümmern. Es ging ihr genauso wie der großen Menschenfreundin, deren Namen sie trug, nämlich der Barmherzigkeit: wenn sie sich nicht betätigen kann, verschwindet sie in sich selbst.

„Ich bin nur zehn Minuten lang mit deinem Hadschi allein gewesen", sagte sie, „aber ich kenne doch schon seine ganze Berühmtheit nebst sämtlichen Vorzügen, die er besitzt. Auch Hanneh, die lieblichste unter den Blumen, kenne ich bereits, und ebenso auch Kara Ben Halef, seinen Sohn, der einst noch viel berühmter als sein Vater sein wird. Effendi, ich bin ihm entflohen, weil er die Absicht hatte, mich zu loben und zu preisen. Er wollte unten bei den Steinen beginnen und erst oben am Himmel aufhören. Aber nicht ich verdiene dieses Lob, sondern er selbst. Er funkelt wie ein Edelstein und leuchtet wie ein Stern. Zwischen beiden liegt das Pflanzen-, das Tier- und das Menschenreich mit all den schönen Namen, die auf ihn noch besser passen würden als auf mich. Seine Liebe zu dir aber ist so innig, so grenzenlos und rührend wie die Liebe des Leibes zur Seele. Sie hat ihm sofort mein ganzes Herz gewonnen!"

Wie die Liebe des Leibes zur Seele! Welch ein Ausdruck, welch ein Vergleich! Von einem so jungen Mädchen! Ich sah von der Seite in ihr liebes, schönes Gesicht herunter. Dessen Ausdruck war gar nicht so, als ob sie etwas Besonderes gesagt hätte. Wenn dieser Ton für sie der gewöhnliche war, in dem sie mit ihrem Vater verkehrte, so stand mir die Freude bevor, heute einen hochdenkenden Orientalen kennenzulernen.

Der Weg war an vielen Stellen so schmal oder so steil, daß Merhameh vorangehen mußte. Eine Unterhaltung zu führen, war also nicht bequem. Sie zog aber auch ohnedies meine ganze Aufmerksamkeit auf sich. Eine jede ihrer kräftig schönen, harmonischen Bewegungen nahm das Auge gefangen. Sie kam mir vor wie ein Gedicht, wie ein lebendiges Sonett, von Gott selbst in Fleisch und Blut geschrieben, um zu der Schönheit ihres Namens die gleiche Schönheit ihres Körpers zu gesellen.

Kurz bevor wir oben ankamen, holte uns Halef ein. Er hatte sich gesputet, meine Begrüßung mit Abd el Fadl nicht zu versäumen. Ich sah ihm an, daß er, als er uns erreichte, eine scherzhafte Bemerkung für die Tochter auf der Zunge hatte; dieser Scherz aber zog sich vor dem Ernst und der Erhabenheit des Ausblicks zurück, der sich uns jetzt bot, da wir die Höhe erreichten. Wir standen jetzt auf dem einen, dem westlichen Pfeiler des Tors und hatten nur noch die Querplatte zu erklimmen, die den oberen Schluß der Öffnung bildete. Als wir das getan hatten, sahen wir zu beiden Seiten das unendlich weite Meer und hinter und vor uns die scheinbar ebenso weite Wüste liegen. Kein Schiff, kein Boot belebte den Ozean, der nicht, wie gestern, in langgestreckten, blauen Wogen, sondern in kurzen, dunkelgrünen, schaumgekrönten Wellen ging. Es sah aus, als bestehe dieser Schaum aus den Atmungsperlen eines sich unten in der Tiefe vollziehenden, geheimnisvollen Lebens, das sich zwar nach oben sehne, dieser Sehnsucht aber nur in Gestalt dieser Perlen folgen könne. Zurückblickend sahen wir weiter nichts, als ganz draußen am Rand der sandigen Öde eine kleine winzige Erhöhung, die man kaum noch zu erkennen vermochte. Das war der Brunnen mit dem Engel. Und vorwärts schauend flog der Blick über eine ungemessene, trostlos erscheinende Wüsteneinsamkeit, die für unser Auge durch die vulkanischen Rauchwolken Dschinnistans abgeschlossen wurde. Und mitten in dieser Ausgeschlossenheit und Verlassenheit der schmale, steinerne Engpaß von Chatar, der in jedem Augenblick verschwinden kann, verschlungen von den beiden Meeren, die unaufhörlich nagend, an ihm zehren. Und auf dem schmalen Tor dieses Passes wir paar armselig schwachen Geschöpfe, die wir uns trotz dieser Armseligkeit mit großen Plänen trugen! Wenn wir von oben hinunterblickten, erschien es uns infolge der optischen Täuschung, als ob die Landenge auf dem Wasser schwimme und immerwährend hin und hergeworfen werde, um plötzlich umzukippen und mit uns in den Fluten zu verschwinden. Halef setzte sich schnell nieder und sagte:

„Sihdi, ich kann nicht stehen bleiben, denn mir kommt der Schwindel ins Gehirn. Ich muß mich niederlassen, sonst fliege ich hinab. Geht es dir nicht auch so?“

„Ein wenig, ja. Doch hoffe ich, daß es nur vorübergehend ist."

„Bei mir nicht. Ich fühle, daß ich nicht bleiben kann, sondern hinunter muß. Das Meer sperrt beide Rachen auf, einen rechts und einen links, um mich zu verschlingen!"

Und sich an Merhameh wendend, fuhr er fort:

„Was müßt ihr für Augen und für Nerven haben, du und dein Vater! Ich sitze hier auf der Mitte des Tors und bin doch voller Angst und voller Grauen. Ihr aber standet, als ihr gestern und heute sangt, ganz draußen auf der äußersten Ecke. Ich würde da schon gleich im ersten Augenblick hinunterstürzen!"

„Wir sind es gewohnt", sagte sie einfach. „Es ist uns unmöglich, den festen sicheren Felsen mit dem trügerischen, beweglichen Wasser zu verwechseln."

„Ich habe mir während des Emporsteigens eine Begrüßungsrede einstudiert, die ich deinem Vater halten wollte. Nun sitze ich leider da und kann sie nicht halten! Das tut meinem Herzen weh!"

„So erlaube, daß ich dir dieses Weh vom Herzen nehme! Steh auf, und komm! Ich werde dich führen."

„Du? Mich? Hm! Ja, das ginge vielleicht. Aber hältst du mich wohl auch fest?"

„So fest, daß du gar nicht wanken kannst! Schau, dort ist der Vater! Er wartet. Komm!"

Wie schon erwähnt, lag hier oben auf der Höhe des Tors ein Steinhaufen, von Büschen umgeben. Diese Büsche wurzelten in der steinernen Querplatte. Wie sie da ihr Leben fristeten, erschien mir wie ein Rätsel. Jetzt sah ich, daß dieser Steinhaufen eigentlich eine Hütte war. Abd el Fadl trat soeben heraus. Er war barfuß wie seine Tochter und ebenso sauberweiß gekleidet. Das einfache, haïkartige Gewand wurde an den Hüften von einer Schnur zusammengehalten. Um den Kopf war ein weißes Tuch von billigster Leinwand derart gewunden, daß zwei Zipfel in eigenartiger, von mir noch nie gesehener Weise bis auf die Schultern niederhingen. Darin steckte vorn eine Nadel, deren Knopf aus einer gewöhnlichen, bleiernen Flintenkugel bestand.

Abd el Fadl war von hoher, edler Gestalt. Seine ruhigen, sicheren Bewegungen verrieten Charakterfestigkeit und Klarheit über sich selbst. Sein Gesicht war das eines Mannes von schon über sechzig Jahren, der innerlich aber noch Jüngling ist. Die Familienähnlichkeit mit seiner schönen Tochter war nicht zu verkennen. Er besaß alle ihre Züge, nur daß die seinen ausgeprägter, gereifter, fester waren. Sowohl aus ihnen wie aus seinen Augen, seiner Stimme, seinem ganzen Wegen sprach der Ausdruck einer Güte, einer duldsamen Mäßigung und einer wohlwollenden Ritterlichkeit, die mich sofort für ihn gefangen nahmen, und zwar nicht etwa nur für diesen ersten, kurzen Augenblick, sondern für immer.

Unsere Begrüßung gestaltete sich ganz anders, als zu vermuten gewesen war, besonders aber ganz anders, als Halef es sich gedacht hatte. Dieser stand, sobald Abd el Fadl erschien, von seinem Sitz wieder auf und reichte Merhameh die Hand, um sich von ihr halten und führen zu lassen. Aber der Anblick des tief unten flutenden Meeres benahm seinen Schritten alle Festigkeit. Er wankte wie ein Betrunkener. Er streckte den einen, freien Arm weit aus und warf ihn hin und her, als ob er eine Balancierstange trage. Ich ging mit den Hunden langsam hinter ihm her. So näherten wir uns dem uns erwartungsvoll entgegenschauenden Vater unserer jungen Führerin. Halef konnte sich nicht entschließen, zu schweigen. Er wollte seine Rede loslassen und rief ihm also, noch ehe wir ihn erreichten, zu:

„Wir nahen dir, o Besitzer dieses festen Felsentors — — na — — pfui — — das wackelt alles! — — um dir zu sagen, — — daß uns deine Tochter — — Tochter — — Allah 'w Allah, sie wird mich hinunterstürzen lassen! — — zu dir heraufbegleitet hat, damit wir dich und du uns kennen — — kennen lernen — — o weh, o weh! — — kennen lernen sollen sollst! Indem ich dir sage, wer wir sind, hoffe ich, daß — — o Unglück, o Verhängnis! Ich glaube gar, das Tor bricht ein, noch ehe ich mit meiner Rede — — Rede fertig bin! — — hoffe ich, daß wir bei dir die Auskunft finden, die wir von dir erwarten. Vor allen Dingen — — Hamdulillah — — Allah sei Dank! Da ist die Hütte offen! Ich mache, daß ich hineinkomme! Da sehe ich hoffentlich das viele Wasser da unten nicht mehr! Sihdi, sprich du weiter! Ich muß mich wieder setzen!"

Es gibt in Deutschland einen Ausdruck, der heißt: ‚eine Lerche schießen'. Eine in der Luft geschossene Lerche pflegt in schnurgerader Linie auf den Acker niederzustürzen. Eine ‚Lerche schießen' heißt also: ganz plötzlich in schnurgerader Linie auf die Seite hinübertaumeln. Es gibt keinen bezeichnenderen Ausdruck für diese Art von unfreiwilliger und doch beabsichtigter Bewegung, die nur bei Betrunkenen oder vom Schwindel Ergriffenen vorzukommen pflegt. So auch jetzt bei Halef. Er riß sich von dem Mädchen los und ‚schoß eine Lerche' nach links hinüber und gerade in die Hütte hinein, wo er sich rund um seine eigene Achse drehte und dann sehr vollgewichtig niedersetzte.

„Da bin ich!" sagte er, während er sehr erleichtert Atem holte. „So bald stehe ich wohl nicht wieder auf!"

Ich hatte innerlich das Gefühl, als ob ich mich über diese Art, uns vorzustellen, vor Abd el Fadl etwas zu schämen hätte; die ‚Lerche', die Halef schoß, sah so possierlich aus, daß ich das laute Lachen kaum verbeißen konnte. Merhameh aber lachte hell und aufrichtig heraus, und auch auf dem Gesicht ihres Vaters glänzte eine so herzliche und so offene Fröhlichkeit, daß ich gar nicht dazu kam, mich verlegen zu fühlen, zumal er im Ton entschuldigender Güte sagte:

„Er ist der Erste nicht. Es ging fast allen so. Es ist nicht jedem Menschen gegeben, zu gleicher Zeit die Tiefe und die Höhe zu erfassen, ohne den eigenen Halt zu verlieren."

Das war eine ebenso vielsagende Ausdrucksweise wie vorhin bei seiner Tochter. Dabei waren seine Augen mehr auf Aacht und Uucht als auf Halef und mich gerichtet. Die beiden Hunde schienen ihn außerordentlich zu interessieren. Doch fügte er zu seiner Rede noch die Worte:

„Dein Begleiter ist nicht auf Bergeshöhen geboren."

„Nein", antwortete ich. „Seine Heimat ist die Ebene der Wüste. Darum vermißt er hier auf deiner Höhe das Gefühl für das Gleichgewicht."

„Er ist Araber", vervollständigte Merhameh, „der Scheik eines berühmten Stammes. Er heißt Hadschi Halef Omar Ben Hadschi Abul Abbas Ibn Hadschi Dawud el Gossarah."

Ihr Vater hörte gar nicht auf diese lange Reihe von Namen. Er entfernte seinen Blick nicht von den Hunden.

„Verzeih", bat er mich, „daß ich so unhöflich bin, mich zunächst nicht mit den Menschen, sondern mit diesen Tieren zu beschäftigen! Aber sie sind mir von ganz außerordentlicher Wichtigkeit. Ich sah ein Paar Hunde, nicht diese hier, sondern ähnliche, die von Süden nach Norden gingen, als Geschenk. Und ich sah ein Paar andere Hunde, die von Norden nach Süden gingen, auch als Geschenk — —"

„Das erste Paar ging nach Dschinnistan, das zweite in das Land der Ussul", fiel ich beistimmend ein.

„Und diese hier?" fragte er schnell.

„Sind Bruder und Schwester, die Kreuzung beider Rassen", antwortete ich.

Da trat er einen Schritt zurück, sah mich mit einem leuchtenden, langen Blick an und erkundigte sich:

„Sind sie dein Eigentum?"

„Ja. Sie wurden mir geschenkt."

„Geschenkt?" rief er in frohem Ton aus. „So bist du — — bist du — — bist — —?"

Er wagte den angefangenen Satz nicht auszusprechen; aber seine Tochter fiel schnell ein:

„Er ist's, mein Vater, er ist's; er hat den Schild! Hörst du?"

Sie trat zu mir heran und klopfte mir auf die Brust, so daß er den Ton des Metalls hörte. Darauf klopfte sie auch an seine Brust, und ich vernahm genau denselben Klang. Da ging ein sonnenhelles Lächeln des Glücks über sein Gesicht; aber er machte nicht viele Worte. Er nahm mich bei der Hand und sagte nur:

„Sei mir willkommen! Komm mit, an deinen Platz."

Er führte mich zu einer weichen grünenden Rasenbank, die neben der Hütte stand, und bat mich, auf ihr Platz zu nehmen. Ich tat dies, ohne mir etwas Besonderes dabei zu denken. Sofort saßen Aacht und Uucht neben mir, zu meiner Rechten und zu meiner Linken. Dann sagte er:

„Ich bitte, uns nur für einen Augenblick zu beurlauben; dann sind wir zu deinem Dienst bereit. Komm, mein Kind"!

Er nahm seine Tochter bei der Hand und ging mit ihr so weit von uns fort, wie die Felsenplatte reichte. Das war die äußerste Spitze, auf der sie standen, wenn sie sangen. Während sie dorthin gingen, sprach Merhameh zu ihrem Vater. Sie schien ihm kurz zu berichten, was sie von Halef und mir erfahren hatte. Dann standen sie eng nebeneinander, sie ihr Köpfchen an seine Schulter gelehnt, still, fast ohne sich zu bewegen, hinausschauend in die irdische Ferne und auch hinauf zum Himmel, mit dem sie sprachen, ohne daß ein Wort davon zu hören war.

„Sihdi, ich glaube, sie beten", sagte Halef.

Ich antwortete nicht. Es war hier oben so ungewöhnlich, so sonderbar, so heilig. Ich fühlte, daß unsichtbare Rätsel um mich schwebten, daß ihre Lösung aber nur scheinbar da draußen in der weiten Meeres- und Wüstenferne, in Wirklichkeit aber in mir selber lag. Als Vater und Tochter zurückkehrten, waren ihre Augen feucht; auf ihren Gesichtern lag es wie eine besorgte Frage. Er setzte sich zu meinen Füßen nieder, während seine Tochter eine bescheiden zurück-, aber doch so liegende Stelle suchte, daß sie hörte, was wir sprachen. Abd el Fadl begann:

„Meine Tochter hat mir gesagt, daß du aus dem Land der Alemani bist und Effendi oder Sihdi genannt wirst. Erlaubst du, daß auch ich dich so nenne?"

Ich neigte zustimmend den Kopf. Da fuhr er fort:

„Du hast den Schild; ich habe ihn auch. Wir brauchen uns nicht zu kennen und kennen uns aber doch! Wer und was du in deiner Heimat bist und wer und was ich in der meinigen bin, das ist in dieser Stunde und an diesem Ort Nebensache; wir wollen uns nicht damit beschäftigen. Ich bitte dich, mir zu sagen, von wem du den Schild hast, ob wirklich von Marah Durimeh!"

„Von ihr selbst. Sie gab ihn mir in Ikbal, als ich mit meinem Hadschi Halef Omar Gast ihres Schlosses war. Ich bekam ihn, als sie mir den Auftrag gab, nach Dschinnistan zu reisen."

„So bist du der, den ich erwarte, doch nicht dich allein. Noch einer ist dabei, der auch den Schild besitzt."

„Auch er wird kommen, in wenigen Tagen schon."

„Wer ist es?"

„Ein junger Mann aus dem Land der Ussul. Man pflegt ihn dort den Dschirbani zu nennen."

„Den Räudigen? Auch hält man ihn für wahnsinnig?"

„Ja."

„Allah sei Dank! Und dir für diese Botschaft ebenso!"

Den Blick auf seine Tochter richtend, nickte er ihr freudig zu und fuhr fort: „Er ist es; er ist es! Es gibt wohl keine große Idee auf Erden, die nicht in den ersten Tagen ihrer Zeit für Wahnsinn galt. Die Stunde der Erfüllung scheint zu nahen. Die Berge brennen. Das Eis des Nordens strebt dem Süden zu. Die Wüste füllt sich mit Speise und Trank. Der ‚Wahnsinn', der uns den Frieden bringen soll, kann kommen! Aber wie kommt er? In welcher Weise?"

Diese letzten, fragenden Worte waren wieder an mich gerichtet. Aber ich kam nicht dazu, sie zu beantworten, denn Halef fiel schnell ein, und zwar in seiner allbekannten, prunkvollen Weise: „Er kommt nicht klein, sondern groß, nicht allein, sondern an der Spitze eines ganzen Heeres, nicht als Bittender, sondern als Befehlender, dem alle Welt zu gehorchen hat."

„An der Spitze eines Heeres?" fragte Abd el Fadl.

„Ja."

„Gegen wen?"

„Gegen die Tschoban. Sie kommen herangezogen, um die Ussul zu überfallen und auszurauben. Die Mutigen unter den Ussul aber, die man Hukara nennt, ziehen ihnen unter der Anführung des Erdschani, den man den Dschirbani nennt, entgegen. Beide Heere werden gerade hier, an diesem Engpaß aufeinanderstoßen — —"

„Wann, wann?" unterbrach ihn Abd el Fadl.

„In einigen Tagen. Wir sind dem Heer vorausgeritten, um den Engpaß zu prüfen und die Annäherung der Tschoban zu erkundschaften."

„Also Krieg?" rief der ‚Diener der Güte' aus, während er hocherregt die Hände zusammenschlug. „Krieg und Blutvergießen! Weil sich der Friede nur durch Blut erringen läßt?"

„Nein, kein Blutvergießen!" wiedersprach Halef. „Wir wollen durch List und Güte siegen, nicht durch Haß und Blut."

„Unmöglich!“ rief Abd el Fadl aus, doch wohl nur, um uns zu prüfen.

„Wie? Nicht möglich? Ich sage dir, daß wir Übung haben in dieser Art, zu siegen. Ich werde euch erzählen. Hört zu!“

Schon öffnete ich den Mund, um ihn zu hindern, seine Absicht auszuführen, da kam er mir schnell zuvor:

„Schweig, Sihdi, schweig! Ich bitte dich! Du kannst alles, aber reden kannst du nicht! Mir aber hat Allah die Gabe verliehen, die Welt mit dem Mund zu beherrschen. So bist du also verpflichtet, zu schweigen, mich aber reden zu lassen. Zudem weißt du doch, daß ich krank bin, daß ich den Schwindel habe und hier in dieser Hütte sitzen muß, um nicht von dieser Höhe hinab und mitten in das Meer hineinzufallen. Kranken aber hat man den Willen zu tun, sonst werden sie nicht wieder gesund!“

„Was das betrifft“, antwortete ich ihm lachend, „so will ich dich schon wieder gesund bringen, ohne daß du — —“

„Nein, niemals ohne das!“ fiel er mir in die Rede. „Also, ich darf?“

„Ich bitte dich, laß ihn sprechen“, nahm sich Abd el Fadl seiner an. „Er gefällt mir auch, dein berühmter Hadschi Halef!“

„Mir ebenso!“ lächelte Merhameh mit einem leisen, heimlichen Augenzwinkern. Dieses liebe Einverständnis, in das sie sich zu mir stellte, entwaffnete mich vollständig.

„So sprich!“ nickte ich dem kleinen Hadschi zu. „Aber mach es gnädig!“

„Ich werde es so gnädig machen, daß selbst du von dieser meiner Gnade nicht nur gerührt, sondern auch überwältigt bist“, antwortete er.

Und er hielt Wort. Er erzählte zwar in seiner poetischen Weise, aber er hütete sich vor jeder Übertreibung.

Er sprach so objektiv und sachgemäß, wie ich es aus seinem Mund noch nie gehört hatte. Es war diesmal wirklich eine Freude, ihm zuzuhören, auch für mich. Das war um so mehr zu verwundern, als er doch so hochtrabend begonnen hatte. Aber es gab in der ganzen Zeit, während er sprach, einen pfiffig-ironischen Zug in seinem Gesicht, von dem ich mir die Aufklärung über diese ungewöhnliche, rednerische Enthaltsamkeit und Selbstbeherrschung versprach. Und richtig, es kam auch wirklich ganz so, wie ich dachte! Er erzählte aus vergangene Zeiten, vom ‚Tal der Stufen' und von verschiedenen Ereignissen aus unserem Leben, die bewiesen, daß die Klugheit über die Gewalt und die Güte über das Unrecht geht. Dann erzählte er, wo und wie wir mit Marah Durimeh bekannt geworden waren und sie dann wieder getroffen hatten. So kam er schließlich nach Sitara und von da aus zu den Ussul. Er sprach dabei so kurz und bündig, so treffend und vorsichtig, daß er seine gewöhnliche Art und Weise vollständig verleugnete. Und was er bisher noch niemals fertig gebracht hatte, diesmal gelang es ihm: Er vermied alles Indiskrete; er griff mir nicht vor, und er unterließ jedes Lob und jeden Tadel, der nicht in der Sache selbst lag und also unvermeidlich war. Er ließ von unsern Erlebnissen bei den Ussul und während unseres Ritts hierher nichts weg, so daß am Ende Abd el Fadl über alles unterrichtet war, was er wissen mußte. Als Halef geschlossen hatte, wandte er sich an mich:

„Nun, Sihdi, bist du mit mir zufrieden; Ich hoffe, daß du an dem, was ich gesprochen habe, nichts auszusetzen hast?"

„Es war gut, sehr gut!" lobte ich ihn.

Er nickte mir herablassend und verzeihend zu und fragte dann Merhameh, wobei er die ironische Pfiffigkeit seines Gesichtes deutlicher hervortreten ließ:

„Und du? Bist auch zufrieden?"

„Ja", versicherte sie.

„Nein! Gewiß nicht!" behauptete er.

„Warum nicht?"

„Weil du meinem Sihdi heimlich mit den Augen zugezwinkert hast! Du dachtest, ich sehe es nicht; ich bemerkte es aber gar wohl. Darum habe ich genau wie Kara Ben Nemsi gesprochen, nicht aber wie Hadschi Halef, der im Reden berühmter ist, als jeder andere Mensch. Du hast also nicht mich gehört, sondern ihn. Das ist meine Rache erstens für das hinterlistige Zwinkern und zweitens auch dafür, daß du mir vorhin ausgerissen bist, als ich alle Stein- und Pflanzen-, Tier- und Menschenreiche zu deinem Lob in Bewegung setzte. Du hörtest mich jetzt sprechen, aber nicht reden! Das hast du nun davon!"

Vater und Tochter hatten mit außerordentlicher Spannung zugehört. Die Wirkung auf Abd el Fadl war ungewöhnlich. Er sagte nichts. Er stand von seinem Sitz auf und ging langsamen Schrittes dorthin, wo er vorhin mit Merhameh gestanden hatte. Sie bat:

„Verzeih es ihm, daß er sich entfernt, ohne zu sprechen! Er ist tief bewegt. Wir baten vorhin Gott, daß der, den wir erwarten, nicht ein Mann der Gewalt, sondern ein Held der Güte sein möge. Und nun wir gehört haben, daß dieser Wunsch in Erfüllung geht, ging Vater fort, um Allah Dank zu sagen. Er tut stets so; er kann nicht anders! Wir haben uns euch schon lange Zeit entgegengesehnt. Wir wir uns auf euch gefreut haben, kann ich dir nicht sagen. Aber der Teppich, auf dem du sitzest, sagt es dir."

Sie deutete auf die Rasenbank. Ich schaute an mir hernieder und auf die weiche, grünende Fläche, die ich durch das Gewicht meines Körpers niederdrückte. Da ging mir plötzlich das Verständnis dessen auf, woran ich gar nicht gedacht hatte, als ich mich vorhin niedersetzte. Ich stand schnell auf.

„Dieser Teppich!" rief ich aus. „Er ist eine Kostbarkeit in dieser Gegend! Habt ihr Wasser?"

„Wir sammeln den Tau der Nacht und trinken den Saft der Narasfrüchte", antwortete sie.

„Aber dieses Gras stand nicht ursprünglich hier? Ihr habt es gesät?"

„Ja. Wir holten den Samen aus der Ferne."

„Und womit habt ihr es begossen?"

„Mit dem Tau, den wir nicht tranken, damit der Teppich wachsen möge."

„Und für wen sollte er wachsen?"

„Für — — für — — für — —"

Sie sagte es nicht sogleich. Sie sah sich ängstlich um, als ob sie nicht gehört werden dürfe.

„Ich darf nicht davon sprechen. Es ist ein Geheimnis. Aber dir möchte ich es doch sagen, dir, nur dir allein. Der Vater schaut nicht hierher, und dein Halef hört es auch nicht, wenn ich leise spreche. So sollst du es erfahren. Aber ich bitte dich, sage es keinem Menschen wieder, keinem einzigen!"

Sie trat ganz nahe zu mir heran, legte beide Hände an den Mund und raunte mir zu:

„Für — — für den neuen Mir von Dschinnistan!"

„Ist denn der alte tot?" fragte ich schnell.

„O nein! Das möge Gott verhüten!"

„Und doch gibt es einen neuen?"

„Wir hoffen es!"

„Sonderbar! Und für den soll dieser köstliche Teppich sein?"

„Ja."

„Kommt er denn hierher?"

„Wenn die Weissagung in Erfüllung geht, so kommt er über diese Landenge gezogen."

„Warum mußte da ich mich auf den für ihn bereiteten, seltenen Teppich setzen? Ich bin es doch nicht!"

„Das kannst du doch nicht wissen!"

„Nicht?“ fragte ich erstaunt. „Ein Europäer kann doch ganz unmöglich Mir von Dschinnistan werden!“

„Warum nicht? Wenn er nun der Betreffende ist?“

„Der Betreffende? Welcher? Ich verstehe dich nicht!“

„Du wirst mich schon verstehen lernen. Da kommt der Vater zurück. Ich bitte dich, zu schweigen. Ich habe dir nichts gesagt!“

Das brachte mich ihm gegenüber in Verlegenheit, denn es wäre mir unmöglich gewesen, mich wieder auf den grünen Teppich zu setzen. Jeder einzelne Grashalm hätte mir leid getan, ganz abgesehen davon, daß auf keinen Fall ich es war, der auf diesen Sitz gehörte. Nachdem er mich wiederholt gebeten hatte, mich wieder zu setzen und ich mich schließlich nicht auf, sondern neben der Bank niederließ, wurde er aufmerksam. Er sah mich und seine Tochter prüfend an und bemerkte, daß sie tief und verlegen errötete.

„Warum setzt sich der Effendi anders?“ fragte er sie.

„Weil ich es ihm gesagt habe“, gestand sie sofort ein, während sie die Hände bittend zusammenlegte.

„Was hast du ihm gesagt?“

„Daß die Bank für den neuen Mir von Dschinnistan ist.“

Da erhob er nur den Zeigefinger; eine andere Strafe gab es nicht. Zu mir aber sagte er:

„Und du hast dich wohl nicht für den neuen Mir gehalten?“

„Weder für den neuen, noch für den alten“, lächelte ich.

„Wer der letztere ist, das steht fest. Wer aber der erstere ist, das kann noch niemand sagen.“

„Aber ich bin es jedenfalls nicht!“

„Weißt du das wirklich?“

„Ja.“

„Nein! Denn niemals wird der neue Mir von Dschinnistan in Dschinnistan geboren und erzogen!“

„Aber in Europa wahrscheinlich nicht!"

„O doch! Nichts hindert, daß er sogar aus Amerika zu uns kommt! In Dschinnistan gibt es sehr eigene Gesetze. Im gegenwärtigen Fall weiß ich allerdings, daß du der neue Mir nicht bist; aber dein Kommen hängt mit dem seinigen zu eng zusammen, und du hast, wie ich dir aufrichtig sage, gleich als ich dich sah, die Wirkung auf mich ausgeübt, daß ich dich bat, dich auf den Platz zu setzen, der eigentlich nur für ihn bereitet ist. Von dir kommt der Gedanke, die Tschoban hier zu fassen. Und nur von dir geht der gütige Vorsatz aus, dies ohne Blutvergießen zu tun. Darum ist es mir, als ob der von mir bereitete Sitz eigentlich viel mehr dir gehöre als dem andern, von dem wir sprechen. Nach allem, was der Scheik der Haddedihn soeben erzählte, ist es euch wohl zuzutrauen, daß euch gelingt, was ihr euch vorgenommen habt, aber ich bitte, euch auch unseres Beistands zu bedienen, falls es uns beiden möglich sein sollte, euch nützlich zu sein."

„Ich weise eure Hilfe nicht zurück, sondern ich bitte euch sogar ganz besonders darum, sie uns zu erweisen. Freilich muß ich dabei eine Bedingung stellen, von deren Erfüllung ich nicht abgehen kann."

„Welche ist es?" fragte er.

„Die Verschwiegenheit. Es soll sein, als ob alles direkt vom Erdschani ausgehe. Man soll nicht von uns sprechen, sondern von ihm. Auf ihn sollen Ruhm und Ehre fallen; aber uns zu rühmen und zu preisen, daran soll man gar nicht denken."

„Maschallah!" rief Abd el Fadl da aus. „Gibt es bei euch in deinem Vaterland auch ein Dschinnistan?"

„Wie meinst du das?" fragte Halef, der den Ausdruck nicht sofort verstand.

„Ein Dschinnistan vielleicht auch bei euch in Arabien? Ich meine einen Kreis von höher stehenden, weiter denkenden und tiefer fühlenden Menschen, bei dem ein jeder verpflichtet ist, der gute Engel eines seiner Nächsten zu sein, ohne daß dieser eine Ahnung davon hat? Denn das ist es doch, was ihr euch vorgenommen habt! Ihr wollt die Schutzengel des Erdschani sein, ohne daß er oder ein anderer davon erfährt. Das ist ja von euch derart im Sinn von Dschinnistan gedacht, daß ich euch von Herzen gern meine Hilfe zur Verfügung stelle und mit ihr auch unsere Verschwiegenheit. Nur möchte ich da wissen, in welcher Richtung und in welcher Weise wir euch unterstützen können. Großes freilich werden wir euch nicht bieten können; ihr seht, wir sind arm."

„Wie der Reiche oft ärmer als der Arme ist, so ist auch der Arme oft reicher als der Reiche", sagte ich. „Ihr könnt uns wahrscheinlich mehr geben, als ihr selbst denkt oder ahnt. Ich will dir sagen, wie ich mir den Zusammenstoß der Tschoban mit den Ussul denke. Dann wird sich leicht finden, ob und womit ihr uns unterstützen könnt."

Ich teilte ihm mit, was der Leser bereits weiß, und fügte noch einige Gedanken hinzu, die mir gekommen waren, während ich mich seit gestern hier an Ort und Stelle befand. Er stimmte nicht nur bei, sondern er fühlte sich begeistert. Er fand nicht das geringste an dem, was ich beschlossen hatte, zu ändern.

„Ich bin dir unendlich dankbar, Sihdi, daß du uns für wert gehalten hast, diese Mitteilungen aus deinem Mund zu hören. Nun wissen wir ja, daß es uns möglich ist, das unsere zum Gelingen beizutragen. Unsere Hilfe wird sich über zwei Gebiete erstrecken, nämlich über den Engpaß selbst und sodann auch über die Steppe und Wüste der Tschoban, durch die ich so oft in meinem Leben gekommen bin, daß wohl keiner dir bessere Auskunft geben kann als ich. Den Engpaß kennen wir beide ganz genau. Wir haben genug Zeit gehabt, ihn bis in seinen kleinsten Winkel zu durchsuchen. Erlaubst du mir, dir einen Vorschlag zu machen?"

„Ich bitte dich, ihn auszusprechen!"

„Ihr reitet heute nicht weiter, sondern ihr bleibt bis morgen hier. Der Paß ist für euch von so großer Wichtigkeit, daß ihr ihn nicht vernachlässigen dürft. Ihr müßt ihn kennenlernen; ich zeige ihn euch. Das geschieht zu Fuß, eure Pferde haben also Ruhetag. Am Vormittag werden wir die eine Hälfte und am Nachmittag die andere Hälfte der Landenge durchforschen. Merhameh bleibt hier, um uns für den Mittag und für den Abend das Mahl zu bereiten, wenn wir nach Hause kommen."

„Zu diesem Mahl kann ich ihr Fleisch und auch noch anderes liefern", fiel ich ein.

„Wir danken dir!" antwortete er abwehrend. „Eure Vorräte sollen nicht angegriffen werden. Wir brauchen nicht zu hungern. Das Meer liefert uns köstliche Fische; aus der Wüste holen wir uns Manna, und an der Küste ziehen wir uns schmackhafte Naras-Äpfel, die euch sicher schmecken werden. Morgen aber bleibt der Scheik der Haddedihn bei Merhameh zurück, weil ihr nur zwei Pferde habt; wir beide aber, du und ich, wir reiten nach dem Norden auf Kundschaft aus, um nach den Kriegern der Tschoban zu spähen. Die Gegend ist mir bekannt. Wir werden also wahrscheinlich mehr Erfolg haben, als wenn du mit Halef rittest, der doch hier vonnöten ist, für den Fall, daß während unserer Abwesenheit etwas nicht Vorausgesehenes geschieht."

Dieser Vorschlag gefiel dem Hadschi so, daß er ohne lange Überlegung ausrief:

„Allah w' Allah, Tallah! Das finde ich sehr gut! Ich bleibe morgen hier, den ganzen langen Tag! Da werde ich wohl sehen, wohin Merhameh überall laufen wird, um vor meinen Diamanten, Blumen, Paradiesvögeln, Prinzessinnen und Engeln auszureißen! Ich stimme also bei! Du natürlich auch, Effendi! Oder nicht?"

„Ja." Auch ich gab meine Einwilligung, wenn auch aus anderen Gründen als er. Dieser Vater und seine

Tochter waren uns ja fast wie von der Vorsehung gesandt! Daß sie unter Geheimnissen standen, die sie uns nicht gleich in der ersten Stunde des Bekanntwerdens entdecken konnten, das war kein Grund für mich, ihre Güte und Hilfe zurückzuweisen. Und was beschlossen war, das wurde sofort ausgeführt. Wir brachen auf, um wieder hinabzusteigen und Abd el Fadl mitzunehmen. Hoch oben mußte Halef wieder geführt werden. Sobald ihm aber die wogende See aus dem Auge verschwand, war er seiner Füße wieder ganz sicher.

Auf den Felsenhöhen

Unten angekommen, führte mich Merhameh nach dem Versteck der Pferde. Dieser Ort war sehr pfiffig ausgedacht und als ganz sicher zu bezeichnen. Wir sattelten ab, nicht nur die Pferde, sondern auch die Hunde. Die letzteren sollten uns begleiten und also frei von ihren Lasten sein. Unser Wasser und unsere Speisevorräte übergaben wir Merhameh, unsere Gewehre auch, meinen Stutzen ausgenommen. Es genügte, daß ich nur diesen mitnahm, da eine Gelegenheit oder gar ein Zwang zu schießen wohl kaum zu erwarten war. Wir brauchten den Vormittag, um denjenigen Teil des Engpasses, durch den wir gestern gekommen waren, genau kennenzulernen. Der Nachmittag war dem Teil gewidmet, der noch vor uns lag, also nach der Seite der Tschoban. Es liegt kein Grund vor, dieses schmale Felsenband, das aus dem einen Land in das andere hinüberführte, ausführlich zu beschreiben. Es gab einige so schmale Stellen, daß man von Ufer zu Ufer rufen konnte und deutlich verstanden wurde. Seine größte Breite war in einer kleinen Viertelstunde zu überschreiten. Seine Küsten fielen auf beiden Seiten so steil in die Tiefe, daß es unmöglich war, da hinabzuklettern. Wenn Abd el Fadl fischen wollte, so ging er nach dem südlichen Ende der Landenge, also dahin, wo sie an das Land der Ussul stieß. Dort hatte er zwischen Felsen ein Rutenfloß versteckt, mit dem eine Uferfahrt und Fischpartie zu wagen war, aber nur bei ruhiger, nicht aber auch bei stürmischer See. Dort hatte er sich ein kleines, sehr gut verstecktes Bassin gebaut, in dem die gefangenen Fische aufgehoben wurden, für die Zeit, in der er sich nicht auf das Wasser wagen konnten. Und auf derselben Seite, doch nicht direkt am Wasser, sondern eine ziemliche Strecke in das Land hinein, gab es eine halb natürliche, halb künstliche Pflanzung von einer Art Kukurbitacee, die er Naras nannte, obwohl es nicht die eigentliche Naras war, die meines Wissens nur in Südafrika vorkommt. Aber sie hatte große Ähnlichkeit mit Acanthosicyos horrida und bedeckte mit ihren vielverzweigten, durcheinander gewirrten Ranken eine so bedeutende Strecke, daß man mit ihren Früchten ganze Wagen hätte füllen können. Die Früchte haben die Größe einer Apfelsine bis zu der eines kleinen Zierkürbis. Unreif schmecken sie bitter, später aber sehr angenehm aromatisch. Getrocknet werden sie als Nahrungsmittel aufbewahrt. Die Samen schmecken wie Nüsse und sind auch ebenso nahrhaft sie wie. Wir waren gestern von weitem an dieser Stelle vorübergeritten, ohne sie zu sehen und ohne zu ahnen, daß hier mitten im Hunger der Felsen-, Sand- und Wasserwüste ein Brotkorb geöffnet stand, an dem sich viele Menschen erquicken konnten.

Diese Früchte waren es, von denen uns Merhameh zu Mittag ein Gericht vorsetzte, das ich fast als köstlich bezeichnen möchte. Hierzu gab es Fische und eine Art Manna-Brot, das aus dem stärkehaltigen Thallus einer Lecanora-Art bereitet wird, die in Wüstengegenden nicht nur vereinzelt, sondern sogar in großen Mengen vorkommt. Diese kleinen Thallus-Brocken gleichen den Weizenkörnern, sind aber so leicht, daß sie durch den Wind emporgehoben werden, der sie über weite Strecken trägt und in den Vertiefungen der Wüste sammelt. Man pflegt dann zu sagen, daß es Manna geregnet habe. Es gibt in jenen Wüsten Löcher, die man, wenn sie mit Wasser gefüllt wären, als Teiche oder Seen bezeichnen würde. Sie enthalten aber nicht Wasser, sondern Lecanora-Körner, die vom Wind so tief zusammengetrieben worden sind, daß er sie nicht wieder emporheben und forttragen kann. Wenn er sie dann noch mit einer Schicht von Sand bedeckt, so daß die Stelle der Umgebung völlig gleich ausschaut, legt er verborgene Brotkammern an, von denen eine einzige, falls man sie zur rechten Zeit entdeckt, imstande ist, eine Karawane vom Hungertod zu erretten. Abd el Fadl sagte mir, daß eine solche Kammer nur eine halbe Stunde im Nordosten der Landenge liege; er habe sie nur durch Zufall entdeckt, da er keinen Manna-Hund besitze.

„Gibt es denn Hunde, mit deren Hilfe man das Manna findet?“ fragte ich.

„Ja“, antwortete er. „Weißt du das etwa noch nicht?“

„Nein. Ich habe noch nichts davon gehört. Welche Rasse mag das sein?“

Da nahm sein Gesicht einen ganz anderen Ausdruck an. Er nickte bedeutungsvoll vor sich hin und fragte:

„Aber das weißt du, daß die Hunde der Ussul das Wasser finden?“

„Ja.“

„So finden die Hunde von Dschinnistan das Brot. Kein Ussulhund wird stehen bleiben, wenn er über Manna läuft; er merkt es gar nicht. Der Hund von Dschinnistan aber meldet es sofort, nämlich der Hund von echter, reiner Rasse, und deren gibt es nicht etwa sehr viele. Ihr Preis ist außerordentlich hoch.“

Als er das sagte, ging mir, wie man sich auszudrücken pflegt, ein Licht auf.

„Also darum die Kreuzung!" rief ich aus. „Hunde, deren Nasen auf beides gerichtet sind, nicht nur auf Wasser allein! Wie weitsichtig und bedachtsam von dem Mir! Und das erste Paar dieser neuen Hunde wird gerade mir geschenkt, der ich — —"

„Das erste Paar?" fragte er, mich unterbrechend. „O nein! Der Mir von Dschinnistan war doch der erste, der ein Hundepaar vom Scheik der Ussul empfing. Er machte sofort die Probe, und erst als die Kreuzung glückte, erwiderte er das Geschenk mit zwei Exemplaren seiner edlen Dschinnistanirasse. Der erste, der diese neue Rasse besaß, ist also er."

„Wie ist sein Name? Ich hörte ihn nie. Man spricht stets nur vom ‚Mir von Dschinnistan', sagt aber niemals, wie er heißt."

„Weil er keinen Namen hat!"

„Keinen Namen?" rief Halef verwundert aus. „Der Name ist doch die Hauptsache! Denke zum Beispiel an den meinen!"

„Das ist in deinem Land Sitte, in dem meinen aber nicht. Es gibt Länder, in denen der unverträglichste Mensch Friedrich heißen kann; ein Ungläubiger wird Gottlieb und Gottlob genannt, und einer, der vor lauter Kummer, Not und Sorge nicht weiß, wohin, wird Felix gerufen; das heißt ‚der Glückliche'. Das kommt in Dschinnistan nicht vor. Dort ist der Name wahr. Er stimmt mit dem Wesen, mit der Tätigkeit, mit dem Beruf. Ich heiße Abd el Fadl, und so ist es auch wirklich mein Beruf, ein ‚Diener der Güte' zu sein. Meine Tochter wird Merhameh genannt; bald werdet ihr sehen, daß sie nur von der Barmherzigkeit geleitet wird, die gewohnt ist, alles mit zu tragen, auch wenn es verschuldet ist. So wird unser Herrscher ganz kurz nur Mir genannt; aber das, was dieses Wort besagt, das ist er auch in voller Wirklichkeit. Mir ist die Abkürzung des Wortes Emir, was so viel wir Fürst, Herr, Herrscher bedeutet. Das ist er im vollsten Sinn des Wortes. Wozu da noch andere Namen? Bei uns gibt es keine Herrscherlisten mit Hunderten von Namen und Zahlen, die man auswendig zu lernen hat. Bei uns gibt es nur den Mir, den Mir. Du willst zu ihm; du wirst ihn sehen, vielleicht gar ihn kennenlernen. Darum kann ich darauf verzichten, dir lange Reden über ihn und uns zu halten, die doch nicht sagen, was zu sagen ist."

Als wir gegen Abend mit unserer Rekognoszierung fertig waren und ich annahm, den ganzen Engpaß kennengelernt zu haben, drückte ich Abd el Fadl meine große Befriedigung über dessen Lage und Beschaffenheit aus. Die Örtlichkeit konnte für unsere Zwecke gar nicht passender sein. Wenn es uns gelang, die Tschoban zwischen das Felsenloch und das Felsentor zu bekommen, so war uns der Erfolg im höchsten Grade sicher. Der einzige Wunsch, der mir versagt zu bleiben schien, war der, auch oben in der Höhe einen Verbindungsweg zwischen dem Loch und dem Tor zu haben. Wenn die Feinde als Gefangene unten steckten und es einen verborgenen Weg in der Höhe gab, auf dem man zwischen unsern Abteilungen hin und her gelangen konnte, ohne daß die Tschoban es merkten, so hatte man Vorteile in der Hand, die großen Wert besaßen. Als ich dies Abd el Fadl mitteilte, zeigte er mir ein sehr befriedigtes Gesicht und sagte:

„Ein solcher Weg ist da. Er führt von der Höhe des Lochs nach der Höhe des Tores hin; du hast aber weder seinen Anfang noch sein Ende gesehen, weil er sich nicht im Gebrauch befindet und also nicht ausgetreten ist. Ich und meine Tochter gehen immer nur unten hin, nicht aber da oben."

„Kann man von diesem Höhenpfad direkt nach unten gelangen?"

„Nein, nicht ganz. Wir haben es versucht, konnten aber von der letzten, unteren Felsenplatte nicht weiter."

„Ist es dann noch sehr weit hinab?"

„O nein. Wenn man auf dieser Platte steht, befindet man sich kaum vier Mann hoch über dem Ufer des Flusses."

„Das ist ja doch nicht viel. Habt ihr nicht versucht, den Weg bis vollends hinabzuführen?"

„Nein. Der Stein ist zu hart, und es fehlen uns die Werkzeuge, ihn zu bearbeiten. Willst du die Stelle sehen?"

„Ich bitte dich, mir diesen Höhenweg überhaupt zu zeigen. Dann wird es sich finden, ob der Pfad, der nicht ganz nach unten führt, uns nützlich werden kann oder nicht."

Als wir dies besprachen, befanden wir uns in dem Versteck unserer Pferde, für die Merhameh auf das beste gesorgt hatte. Sie fraßen Manna-Körner, und es war mir eine große Genugtuung zu sehen, daß ihnen dies für sie ganz ungewohnte Futter vortrefflich schmeckte. Es schien sogar eine Delikatesse für sie zu sein. Nun war die sehr wichtige Frage nach der Fütterung unserer Pferde in der Wüste nicht mehr imstande, mir Sorge zu bereiten.

Wir stiegen von da zum Tor empor. Noch ehe wir seine Zinne erreichten, zweigte der Höhenweg ab. Nur weil er nicht begangen wurde und also keine Spuren vorhanden waren, hatten wir ihn gestern, als wir zum erstenmal vorüberkamen, nicht entdeckt. Sein Anfang verlief in Verborgenheit; dann aber fiel er ganz von selbst in die Augen. Später wurde er sogar bequem und verlor diese Eigenschaft erst in der Nähe des Felsenloches, wo er wieder unbemerkbar wurde. Erst hatte ich einen solchen Weg nicht für möglich gehalten, und nun war es nicht nur erwiesen, daß es einen gab, sondern jetzt, wo es Mondschein gab, getraute ich mich sogar, ihn auch des Nachts zu gehen. Das konnte für uns außerordentlich nützlich sein. Wir waren ihn jetzt direkt von seinem Anfang bis an sein Ende gegangen, ohne daß Abd el Fadl uns die Stelle gezeigt hatte, an der ein Seitenpfad von ihm nach unten führte. Nun aber, als wir zurückkehrten und die Stelle erreichten, bogen wir um eine Felsenkante, die wir vorhin gar nicht beachtet hatten, und bemerkten, hinter ihr angelangt, eine ganze Reihe von ausgewitterten natürlichen Stufen und Absätzen, die den Abstieg so weit ermöglichten, bis man auf die Platte gelangte, von der Abd el Fadl gesprochen hatte. Diese Platte lag gewiß vier Meter hoch über dem unteren Weg, der längs des Flußufers hinführte, und war so groß, daß man, wenn man auf ihr lag, von unten nicht gesehen werden konnte. Höchst willkommenerweise lagen die Stufen, die nach der Platte führten, nicht etwa frei, sondern sie leiteten in Gestalt einer Rinne nach unten, welche den, der von oben herunterkam, den Blicken der Untenstehenden entzog. Das war ein Umstand, den ich für außerordentlich günstig hielt. Für die Zwecke, die ich im Auge hatte, nämlich ein heimliches Eindringen mitten unter die Feinde, war mir die Höhe der Platte nicht hinderlich. Mein Lasso war genügend lang, um da hinabzureichen, und Spitzen, Löcher und Spalten gab es genug, ihn so zu befestigen, daß man sich ihm anvertrauen konnte. Doch sagte ich jetzt hiervon nichts. Später, wenn es sich als nötig zeigte, war immer noch Zeit genug dazu, es auch andern mitzuteilen.

Als wir am Felsentor wieder ankamen, neigte sich die Sonne zwar schon dem Untergang zu, aber ich wollte gern sehen, was Abd el Fadl für ein Reiter sei, und uns für unsern morgigen Ritt mit frischem Wasser versorgen. Darum schlug ich ihm vor, noch vor Nacht mit mir nach dem Brunnenengel zu reiten, den er zwar kannte, ohne aber zu wissen, daß sich ein vollgefülltes Bassin unter ihm befand. Er hatte das nun erst von uns erfahren und war sofort und gern bereit, das Innere des hochinteressanten, uralten Wasserwerks kennenzulernen. Wir leerten sämtliche Schläuche für Merhameh und nahmen dann alle vier Hunde mit, um volle Wasserlast zurückzubringen.

Abd el Fadl war aus der Übung gekommen, ritt aber nicht schlecht. Wir kamen sehr schnell hin zum Engel, aber nicht so rasch wieder fort. Das Innere des Brunnens beschäftigte meinen neuen Freund in außerordentlicher Weise. Er sagte, daß in der ‚Stadt der Toten' ganz genau der gleiche Engel stehe, ohne daß aber jemand wisse, welchen Zwecken er gedient habe, als die Totenstadt noch voller Leben war. Als ich ihn fragte, was er unter dieser ‚Stadt der Toten' verstehe und wo sie liege, sagte er mir, daß es die alte Hauptstadt von Ardistan sei, die verlassen werden mußte, als der ‚Fluß des Friedens' plötzlich umgekehrt und nach Dschinnistan und dem Paradies zurückgekehrt war. Diese herrlichste und ernsteste aller Ruinenstätten der Erde liege zwar nicht auf unserm jetzigen, geraden Wege nach Dschinnistan, aber er rate uns trotzdem, sie zu besuchen, weil sich uns im ganzen Leben niemals wieder ein solcher Anblick bieten werde.

Als wir nach dem Felsentor zurückgekehrt waren, nahmen wir drei, er, seine Tochter und ich, das Abendessen oben ein, während Halef es sich hinunterholte. Er sagte zwar, dies geschehe der Pferde wegen, bei denen er während der Nacht schlafen werde, in Wahrheit aber erschien ihm die Gefahr des Abstürzens in der Nacht noch größer als am Tage, und darum hatte er sich entschlossen, in der sicheren Tiefe zu bleiben. Ich aber zog die Höhe vor, erstens um ihretwillen überhaupt, zweitens um der beiden lieben, hochinteressanten Menschen willen, mit denen ich den Abend verbringen wollte, um sie besser kennenzulernen, und drittens um des vulkanischen Feuers willen, das man unten nicht sehen, oben auf dem hohen Tor aber jedenfalls noch besser beobachten konnte als auf der zwischen Baumkronen liegenden Tempelzinne der Ussul.

Während ich mit Abd el Fadl beim Brunnenengel und seine Tochter mit Halef allein gewesen war, hatte dieser die Gelegenheit benutzt, ihr so viel wie möglich von sich und mir zu erzählen. In ihrer Unbefangenheit wiederholte sie während des Essens das alles, damit auch ihr Vater es kennenlernen möge. Als er hörte, daß ich Schriftsteller sei und mehr als ein Buch geschrieben habe, schien sich sein Interesse für mich plötzlich zu verdoppeln. Er sagte aber noch nichts, sondern fragte mich zunächst nach dem Zweck und dem Inhalt dieser Bücher. Ich gab ihm Bescheid. Da schlug Merhameh die kleinen Hände zusammen und rief voller Freude aus:

„So schreibst du ja über ganz dasselbe, worüber auch Vater schon so viel geschrieben hat! Du wirst in Dschinnistan ein lieber und willkommener Gast unseres Palastes sein und da in der Bibliothek die Bücher sehen, deren Verfasser er ist."

Sie hatte wohl noch mehr sagen wollen, hörte aber schon nach diesem Satz auf, weil sie den freundlich strafenden Blick bemerkte, den ihr Vater auf sie warf. Sie errötete. Wahrscheinlich hatte sie nicht verraten sollen, daß er, der hier so einfach, ja ärmlich gekleidete Mann, daheim Paläste und Schlösser besaß und einer der höchsten Würdenträger des Reiches war. Er suchte den Eindruck ihrer Worte sofort wieder zu verwischen, indem er in bescheidenem Ton sagte:

„Ich habe nur ein einziges Buch geschrieben, mit dem ich, ehrlich gestanden, noch gar nicht fertig bin. Der Reichtum des Stoffes erfordert viele Bände."

„Darf ich den Titel erfahren?" fragte ich.

„Kann es nach unsern Gesetzen ein anderer sein als nur mein Name? Du würdest wahrscheinlich ‚Insanija' sagen, die Menschlichkeit, die Humanität, ich aber, der ich Fadl heiße, sage nur ‚die Güte'. Du hast dir die

Aufgabe gestellt, in Reiseerzählungen nachzuweisen, daß es in jedem Konflikt des Lebens keine dauernde Siegerin geben kann als nur die wahre Humanität, die wahre Menschlichkeit. Ich behaupte ganz dasselbe von der wahren, menschenwürdigen Güte. Wir sind Brüder, du und ich! Unser Vater ist der Verstand und unsere Mutter die Güte. Laß uns als Geschwister gegeneinander handeln und auch alle unsere Leser bitten, dies zu tun, du die deinen und ich die meinen!"

Er reichte mir seine Hand. Wie gern schlug ich da ein!

Nach diesem Anfang konnte das weitere Gespräch sich unmöglich über alltägliche Dinge erstrecken. Ich entdeckte an diesem köstlichen Abend immer neue Vorzüge an dem hochgebildeten Vater unserer lieben, schönen Merhameh. Er war Staatsmann und Gelehrter; er war auch Dichter. Und ebenso war er auch Krieger, und zwar was für ein Krieger! Wir werden es im Verlauf der Tatsachen erfahren! Er schien für gewöhnlich ein schweigsamer Mann zu sein; heute aber sprach er gern. Und ich hörte ebenso gern zu. Es war für mich eine unerwartete Bereicherung, ein schnelles, freudiges, geistig erhebendes Lernen. Ich erfuhr an diesem Abend über die Psychologie des Orients mehr, als ich sonst in Monaten, ja vielleicht in Jahren erfahren hatte. Dazu verwandelten sich die Rauchwolken des Nordens nach und nach wieder in glühende Flammen. Die Berge warfen ihre großen, strahlenden, ewigen Worte in unser Gespräch. Kurz, es ist mir unmöglich, diesen Abend zu beschreiben. Merhameh saß nur immer mit gefalteten Händen da und sagte nichts, gar nichts. Welch ein Glück, das Kind eines solchen Vaters sein und von Jugend auf in so hoher, reiner Atmosphäre leben zu dürfen!

Ich habe Abd el Fadl einen Staatsmann genannt. Er war ein geborener Diplomat. Er hatte eine so eigene, durch ihre Güte unwiderstehliche Weise, zu erfahren, was er wissen wollte. Obgleich ich eigentlich nur sehr wenig sprach, befand er sich doch bald im Besitz allen Wissens über meine literarischen Zwecke und Ziele und über die im Abendland noch ungewohnte Art und Weise, in der ich diese Ziele zu erreichen suche. Ganz selbstverständlich interesssierte er sich besonders auch für die Frage, ob ich die Absicht habe, auch die gegenwärtige Reise zu beschreiben. Als ich dies bejahte, erkundigte er sich:

„Wo wirst du da beginnen? Natürlich schon bei den Ussul, weil sie die fruchtbare Humuserde bilden, aus der sich dein Werk zu erheben hat, um emporzustreben und Blüten und Früchte zu bringen?"

„Allerdings", antwortete ich.

„So wird der erste Teil deines Buches langweilig werden!"

„Das kann ich leider nicht vermeiden!"

„Der Humus ist ja für den Leser niemals interessant. Und tust du doch noch so sehr deine Pflicht, ihn mit den Wurzeln der kommenden Ereignisse zu beseelen, so wird man dich trotzdem nicht begreifen. Man wird dir vorwerfen, mystisch zu sein, weil jede Bewurzelung, auch die schriftstellerische, sich im mystischen Dunkel vollzieht. Man wird dich tadeln, vielleicht sogar verdächtigen. Aber laß dich das ja nicht anfechten! Du mußt hakken, düngen, pflanzen und bewurzeln, ganz gleich, ob dies denen, die keine Gärtner sind, gefällt oder nicht! Wenn sich dann die Erde öffnet und die ersten gesunden, frischen Keimblätter erscheinen, aus denen der Stamm emporzuwachsen hat, dann wird man anderer Meinung werden und dir Recht zu geben beginnen. Kennst du die Stelle, an der diese Blätter sich zeigen werden?"

„Ja. Hier, bei euch. Die ersten Lebenszeichen, mit denen mein Baum aus der Ussulerde steigt, seid ihr beide, du und deine Tochter, die Güte und die Barmherzigkeit. Aus ihnen wird sich in kurzer Zeit die Kraft des Stammes entwickeln — —"

„Des Erdschani?“ unterbrach er mich.

„Ja. Denn nur dieser ist es, an dem, mit dem und durch den wir andern alle wachsen werden.“

„Du hast es begriffen, du hast es begriffen!“ rief er in aufrichtiger, herzlicher Freude aus. „Laß sie tadeln, laß sie tadeln! Wie das Land der Ussul hinter dir liegt, so wird auch bald dieser Tadel hinter dir liegen. Du hast zunächst in den dumpfen Niederungen und den dunklen Wäldern des Moderlandes zu schreiben. Das einzige Licht, das es da gab, kam aus Vulkanen. Kein Wunder, daß man da dich selbst für rätselnd und für mystisch hält, während du doch nur von wirklichen, alltäglichen Dingen berichtest, die aber noch niemand kennt. Die Landenge, auf der wir uns heute und hier befinden, führt nicht nur dich, sondern auch deine Feder aus dem Land der notwendigen, natürlichen Unklarheiten hinüber in das Land des offenen, ungehinderten Sonnenscheins, wo sich das Leben nicht im Verborgenen, sondern offen und ungescheut vor Gottes Auge und dem Auge der Menschheit vollzieht. Schon morgen werden wir dieses Land betreten. Und von morgen an werden so, wie deine Leser es wünschen, sich Tausende von Gestalten und Hunderte von Taten und Ereignissen aus der Wüste der Tschoban und aus den Gefilden der Dschunub erheben, um denen, die an deinem Buch zweifeln, zu beweisen, daß du in deiner Schilderung der Ussul ganz richtig gehandelt hast und gar nicht anders konntest! Ich kenne dieses Land. Ich weiß, wie überraschend sich sogar die Wüste zu beleben versteht. Wir wissen auch sonst, was uns bevorsteht. Die Tschoban und die Ussul ziehen heran, um ihre rohen Kräfte miteinander zu messen. Die Dschunub sammeln sich von weitem, um über diese beiden herzufallen. Der Mir von Ardistan rüstet gegen den Mir von Dschinnistan. Und hier stehen vier arme, schwache Menschen, die aber ein so gütiges Wollen und ein so großes Gottvertrauen besitzen, daß sie fest entschlossen sind, den Kampf gegen alle diese Heere aufzunehmen und in Liebe und Versöhnung zu schlichten! Effendi, du wurdest nicht in dem Erdteil geboren, über den du schreiben willst; ich aber stamme aus Dschinnistan und weiß, was kommen und sich ereignen wird. Wir werden viel erleben, und du wirst sehr viel zu erzählen haben. Deine Leser werden zufrieden mit dir sein!"

Er reichte mir die Hand, als ob er mir ein festes Versprechen gebe. Dann war es Zeit, zur Ruhe zu gehen, denn nach dem Stand der Sterne befanden wir uns schon jenseits der Mitternacht, und am nächsten Tag wollten wir unsern Rekognoszierungsritt in möglichst früher Stunde beginnen. Als ich mich niederlegte, erglänzte der nördliche Himmel von zuckenden, goldenen Strahlen, die wie Engelsflügel nach dem Süden strebten. Und als ich wieder erwachte, stand das Morgenrot im Osten, und Merhameh hatte schon das Frühstück gerüstet. Wir nahmen es ein und stiegen dann zu Halef hinunter, der uns erwartete. Die Pferde und meine beiden Hunde waren gesattelt. Die seinigen gingen natürlich nicht mit; sie blieben bei ihm. Ich berechnete unsere Abwesenheit auf zwei Tage, einen hin und einen zurück. Wahrscheinlich hatten wir in diesen zwei Tagen wenigstens vier gewöhnliche Tagesritte zurückzulegen. Das konnte ich unseren Pferden wohl zumuten; ob aber auch meinem Begleiter, das hatte sich erst zu zeigen.

Ich instruierte Halef für alle Fälle, deren Eintritt mir möglich erschien. Merhameh hörte sehr aufmerksam zu. In ihren Augen lag eine so große Offenheit und Ruhe des Verständnisses, daß ich mich auf sie fast ebenso verließ wie auf den Hadschi selbst. Abd el Fadl war heute nicht barfuß. Er hatte leichte lederne Reitstrümpfe an, durch die seine arme Habe, die er hier besaß, vervollständigt wurde. Anstatt der Hüftschnur trug er einen breiten Linnengürtel, in dem ein Messer und zwei

Pistolen steckten. Als mein Blick auf diese Waffen fiel, sagte er in entschuldigendem Ton:

„Sie sind nicht für den Angriff, sondern nur für die Verteidigung bestimmt, falls es gar nicht anders geht."

Die Sonne stieg soeben aus der See empor, als wir aufbrachen. Der Abschied war kurz. Wir nahmen nicht an, daß wir Gefahren entgegengingen. Die Wasserschläuche waren gefüllt; da gab es keine Not. Und in Beziehung auf den Proviant waren wir vollauf versehen. Merhameh hatte uns, während wir schliefen, Manna-Brot gebacken und unsern Fleischvorrat so trefflich angebraten, daß er sich gewiß bis morgen abend hielt. Um Feuer zum Backen und Braten zu machen, besaß sie Holz genug. Zwar war es unmöglich, dies aus der Nähe zu beziehen, aber die täglich vom Süden heraufsteigende Meeresflut trug aus den Küstenwaldungen der Ussul so viel Brennstoff herbei, daß er niemals fehlte.

Gleich in der ersten Viertelstunde unseres Ritts wurde mir von seiten der Hunde eine Freude zuteil, die ich hier erwähnen muß, weil sie sich auf später sehr Wichtiges bezog. Noch hatten wir uns nämlich, in gerade nördlicher Richtung reitend, nicht weit von dem Engpaß entfernt, so blieben Aacht und Uucht plötzlich stehen und gaben Laut. Sie baten durch Gebärden, nach links hinüber zu dürfen. Abd el Fadl lächelte.

„Laß ihnen den Willen!" sagte er. „Sie wollen dir zeigen, was sie können. Zum erstenmal in ihrem Leben und, wie es scheint, sogleich mit größter Sicherheit."

Wir folgten den Hunden in die angegebene Richtung. Schon nach kurzer Zeit hielten sie an, untersuchten mit gesenkten Nasen den Boden und begannen dann, ihn aufzukratzen, und zwar an einer Stelle, wo sichtbare Spuren bewiesen, daß schon vor uns jemand hier gewesen war und an demselben Punkt gegraben hatte.

„Was gibt es da?" fragte ich. „Wohl Manna?"

„Ja", antwortete mein Begleiter. „Das ist die Manna-

Kammer, die wir entdeckt haben, und von der wir seitdem zehren. Ich war außerordentlich gespannt darauf, ob sie den Ort finden und uns zeigen würden. Daß sie es getan haben, beruhigt mich für alle fernere Zeit. Solange diese Hunde bei uns sind, werden wir nicht zu hungern brauchen. Schlagen wir unsere Richtung getrost wieder ein!"

Er wollte weiter. Ich aber stieg vom Pferd, um die braven Hunde zu beloben. Ich holte eine Handvoll Manna-Körner unter dem Sand hervor, hielt sie ihnen hin, streichelte und liebkoste sie mit der anderen Hand und wiederholte dabei den Namen Manna so oft, bis sie einsahen, daß ich damit diese Körner meinte, die sie gefunden hatten. Durch Schweifwedeln und einige fröhliche Sprünge gaben sie zu erkennen, wie sehr sie sich freuten, dies begriffen zu haben. Nun erst stieg ich wieder auf und folgte Abd el Fadl, der bereits vorangeritten war.

Ich brauche wohl nicht erst zu sagen, daß er Ben Rih, den Rappen Halefs, ritt, denn auf meinen Syrr hätte ich wohl keinesfalls verzichtet. Die Gegend, durch welche wir kamen, zu beschreiben, kann ich hier unterlassen, weil ich sie später wieder zu berühren habe. Ich will nur kurz in das Gedächtnis zurückrufen, daß der südliche Teil des Tschoban-Gebiets Wüste war, der nördliche aber Steppe. Durch beide ging das leere Bett des ausgetrockneten Flusses, das Land in eine östliche und eine westliche Hälfte teilend. Die Zeichen, die auf der Karte des Dschinnistani Wasser bedeuteten, lagen auf der westlichen Hälfte. Auch Abd el Fadl war der Ansicht, daß dieser Teil des Landes mehr verborgenes Wasser besitze als der andere Teil. Es gab da sogar außer dem alten, versiegten Fluß noch mehrere andere, allerdings auch ausgetrocknete Wasserrinnen, die noch heute davon zeugten, daß außer dem Hauptstrom hier noch andere Flüsse und Flüßchen existiert hatten. Andere

Leute aber, nämlich die Ussul und auch die Tschoban selbst, behaupteten, daß die östliche Landeshälfte wasserreicher sei, weil es da eine Anzahl oasenähnlicher Punkte gab, die sich von Zeit zu Zeit mit frischem Grün bekleideten und den Pferden, Kamelen, Rindern, Eseln, Schafen und Ziegen der nomadisierenden Bewohner Nahrung boten. Ich freilich führte das nicht auf eine größere Wassermenge, sondern auf eine andere Beschaffenheit des Bodens zurück, der hier weicher und erdiger war und den oft mehrere Meter langen Wurzeln gewisser Kalligonum- und Mimosenarten gestattete, senkrecht in größere Tiefe zu steigen, bis die Grundfeuchtigkeit erreicht war. Ich also hätte zu jeder Wanderung, sei es nun eine kriegerische oder eine friedliche, den westlichen Teil des Landes vorgezogen; da aber bei den Tschoban der Osten für feuchter galt, so war mit Sicherheit anzunehmen, daß ihr Kriegszug gegen die Ussul nach dort verlegt worden sei. Wir konnten also getrost so tun, als ob der Westen gar nicht vorhanden sei, und unsere Aufmerksamkeit nur auf den Osten richten. Darum ritten wir bis zur Hälfte des Nachmittags genau nach Norden, wobei wir uns in der Nähe des alten Flusses hielten, denn dieser bildete die äußerste westliche Linie, die von dem Heer der Tschoban berührt werden konnte. Wahrscheinlich aber hatten sie einen weiter östlich liegenden Weg gewählt, der von der südlichsten Oase ausging, auf der ihre Tiere die letzte Gelegenheit zur Weide fanden. Darum bogen wir nun aus unserer bisherigen Richtung in einem rechten Winkel genau nach Osten ab, um auf alle Fälle unsern Zweck zu erreichen. Denn falls sie schon vorüber waren, so trafen wir ganz unbedingt auf ihre Fährte und wußten dann also, woran wir waren. Und falls wir keine Spuren entdeckten, so waren sie eben noch nicht unterwegs und wir konnten in aller Ruhe auf ihr Kommen warten.

Wir hatten nur einmal kurz nach Mittag, in der größten Sonnenhitze, Rast gemacht und wollten auch nicht eher wieder aus dem Sattel steigen, bis es Abend geworden war oder uns ein besonderer Grund zwang, es zu tun. Gesehen hatten wir bisher nichts, gar nichts. Die Pferde waren zu loben und Abd el Fadl auch; sie hatten sich vortrefflich gehalten. Zwar hatte die Spannkraft ganz selbstverständlich nachgelassen, aber ein Zeichen der wirklichen Ermüdung gab es nicht, obgleich wir bis jetzt, um die Mitte des Nachmittags, eine Strecke zurückgelegt hatten, zu der das Heer der Tschoban voraussichtlich über zwei Tage brauchte. Und wir ritten noch einige Stunden weiter, bis die bisher vollständig glatte, langweilige Ebene sich mit jenen Erhöhungen zu beleben begann, die der arabisch sprechende Beduine mit dem Namen ‚Shiwahn el Handal' zu bezeichnen pflegt. Dieser Ausdruck bedeutet so viel wie ‚Koloquintenzelt' und ist gewählt worden, weil diese Erhöhungen meist die Form eines größeren oder kleineren, oft riesigen Zeltes besitzen und ihre Entstehung den Koloquinten oder ähnlichen Wüstenpflanzen verdanken. Durch den Widerstand, den der regelmäßige Tageswind an den Ranken der Gewächse findet, wird er bewogen, sie zu übersanden. Die Pflanze ist bemüht, aus diesem Sand emporzusteigen; sie treibt neue Ranken nach der Seite und nach oben, die der Wind dann wieder bedeckt. Aus diesem Kampf zwischen Wind und Vegetation steigt nach und nach ein Hügel empor, der meist die Form eines runden, oft aber auch vielseitigen Zeltes besitzt und zu bedeutender Höhe gelangen kann. Ist die Unterlage anstatt einer Koloquinte eine Naras-Pflanze, deren armdicke Ranken und Wurzeln eine Länge von fünfzehn Metern erreichen, so können sich Sanddünen bilden, die zwanzig Meter hoch sind. Eine von solchen ‚Shiwahn el Handal' durchzogene Gegend bietet von weitem den Anblick eines Zeltlagers, der aber nur den Neuling täuschen kann. Aber die seelische Wirkung äußert sich auch auf den Kenner. Wer sich zwischen diesen natürlichen Sandbauten befindet, den überkommt ein Gefühl der Unsicherheit. Es ist ihm, als ob jeden Augenblick ein Feind oder sonst irgend eine unliebe Überraschung zwischen den Zelten hervortreten werde.

Darum war ich eigentlich nicht dafür, inmitten dieser Erhöhungen zu übernachten; aber sie erstreckten sich, so weit der Blick reichte, und nun stand die Sonne schon fast am Verscheiden. Es blieb also nichts übrig, als den Umständen Rechnung zu tragen. Wir suchten daher eine passende Stelle, einen Platz, der rundum von Sandhügeln umgeben war und uns die notwendige Verborgenheit bot. Er war bald gefunden; wir stiegen ab, und ich umging ihn in einem weiteren Umkreis, um mich zu überzeugen, daß sich nicht etwa schon andere Leute in der Nähe befanden. Es zeigte sich keine Spur irgend eines lebenden Wesens, und so sattelten wir ab und machten es nicht nur uns, sondern auch unseren Pferden und Hunden bequem. Sie hatten ihre Pflicht vollauf getan und die Fürsorge wohl verdient, die der Mensch so edlen, arbeitswilligen und treuen Geschöpfen schuldig ist. Schon unterwegs hatten wir ihnen die Lippen und Nüstern wiederholt mit Wasser gekühlt; während der Mittagspause waren ihnen, ebenso wie uns, nur einige Schluck gestattet worden; jetzt aber bekamen sie ein vollauf genügendes Quantum zu trinken und dann auch so viel Futter, daß sie gesättigt wurden. Ich darf nicht vergessen zu erwähnen, daß Aacht und Uucht uns im Lauf des Tages noch zweimal auf Manna-Lager aufmerksam gemacht hatten. Beide Gelegenheiten waren von mir benützt worden, ihnen das Wort Manna so oft vorzusagen, daß sie es nun genau kannten.

Wir waren nun müde und schliefen sehr bald ein. Zu wachen brauchten wir nicht, denn wir konnten uns auf die scharfen Sinne und ebenso auch auf die Klugheit der Hunde verlassen. Daß dies der Fall sei, wurde uns gleich heute, am ersten Abend unseres Ritts, bewiesen. Nach dem Stand der Sterne war es noch nicht Mitternacht, so weckten mich die Hunde. Das hatte einen Grund. Ich setzte mich auf und lauschte. Zu sehen und zu hören war nichts. Aber ein ganz eigenartig scharfer und bitterlicher, mir bisher unbekannter Geruch war zu spüren, und zwar so leise, daß eine gute Nase dazu gehörte, ihn zu bemerken. Die Stelle, der er entströmte, lag also nicht so in unserer Nähe, daß wir befürchten mußten, entdeckt zu werden. Ich roch, daß er von einem Feuer kam. Es handelte sich ohne Zweifel um Menschen, und so verstand es sich von selbst, daß ich nachschauen mußte, wer und wo sie waren. Ich weckte also Abd el Fadl und teilte ihm das Nötige mit; dann ging ich fort, dem Geruch entgegen, der, je weiter ich kam, immer stärker wurde. Die Hunde ließ ich zurück; ich brauchte sie nicht.

Schon nach kurzer Zeit erkannte ich den Geruch. Es war der unangenehme Bitterstoff der Koloquinten. Man hatte die abgestorbenen dürren Wurzeln dieser Pflanzen aus dem Sand gegraben und als Brennmaterial verwendet. Klug war das nicht. Ich schloß daraus, daß wir es nicht mit vorsichtigen und erfahrenen Leuten zu tun hatten. Ich mußte mich zwischen einer ganzen Anzahl von Sandzelten hindurchwinden, ehe ich die Stelle erreichte, um die es sich handelte. Da fand ich drei Menschen, drei Pferde und drei Kamele. Das Feuer war so klein, daß es mehr stank als leuchtete. Ich sah und roch sofort, daß es nur dem Zweck gedient hatte, Kaffee zu kochen. Der war soeben fertig geworden, und nun ließ man das Feuer ausgehen. Es kam mir höchst sonderbar vor, mit stinkendem Koloquintenholz sich aromatisch duftenden Kaffee kochen zu wollen; für uns aber war es gut, daß man es getan hatte, denn wer weiß, was geschehen wäre, wenn uns nicht gerade diese Unklugheit in den Stand gesetzt hätte, diese Leute zu entdecken.

Nichts konnte mir beim Heranschleichen und Belauschen förderlicher sein als die Sanderhöhungen, hinter denen man so leicht verborgen bleiben konnte. Der Mond, der an unserm ersten Abend bei den Ussul uns nur als schmale Sichel erschienen war, hatte jetzt den Halbkreis erreicht. Sein Licht genügte, mir das, was ich sah, so deutlich zu zeigen, daß ich mich nicht irren konnte, wenn es auch nicht möglich war, alle Einzelheiten und Kleinigkeiten zu erkennen. Was ich jetzt nicht sehen konnte, das sah ich dann am folgenden Morgen um so deutlicher, und so ist es mir schon heute möglich, unsere neue Bekanntschaft eingehender zu beschreiben, als ich sie jetzt hier liegen sah. Ich fange bei den Tieren an. Die Kamele waren nicht zwei-, sondern einhöckerig; ihr schlanker, lang gegliederter Bau verriet, daß sie nicht Last-, sondern Reitkamele, ja sogar vielleicht Eilkamele waren. Jetzt allerdings wurden sie nicht zum Reiten, sondern zum Lasttragen benützt. Das zeigten die Sättel, die man ihnen abgenommen und neben sie gelegt hatte. Ihre Ladung bestand aus Wasserschläuchen, Proviant und einigen wenigen Kleidungsstücken, und Decken. Aus dem Umstand, daß man diese Art von Kamelen gewählt hatte, war zu schließen, daß es einen eiligen Ritt galt. Zwei von den Pferden waren von demselben hohen, knochigen, aber nicht so schweren unbeholfenen Schlag, den ich an den Pferden der drei von uns gefangenen Tschoban beschrieben habe. Sie waren zwar keine Renner, jedenfalls aber gute, ausdauernde Läufer. Das dritte Pferd war edler. Es gehörte zu derselben Perser-Rasse, zu der die Schimmel des Maha-Lama und des obersten Ministers der Dschunub zu zählen waren. Was nun die drei Männer betrifft, so war einer von ihnen allem Anschein nach ein gewöhnlicher Mensch. Seine Kleidung bestand nur aus einem Kopftuch und einem hemdartigen Haïk. Er saß abseits und war, wie ich am nächsten Tage erfuhr, von den beiden anderen als Führer mitgenommen. Diese beiden saßen miteinander am Feuer. Der eine von ihnen hatte den Kaffee gekocht und goß ihn jetzt aus der mitgebrachten Bronzekanne in kleine Tassen. Er tat dies mit sehr wenig Geschick. Es war anzunehmen, daß er sonst ganz andere Dinge zu tun hatte, als Kaffee kochen. Ein gewöhnlicher Mann war er nicht. Seine Kleidung war die eines wohlhabenden Nomaden. Die grüne Farbe seines Turbans zeigte, daß er als Nachkomme Mohammeds galt und also den Ehrentitel ‚Sejjid' führte. Er war ein schon älterer Mann, behandelte aber seinen viel jüngeren Genossen mit einer Liebe und Aufmerksamkeit, aus der zu ersehen war, daß der letztere im Rang doch über ihm stand. Dieser Jüngere kam mir gleich beim ersten Blick bekannt vor. Es war mir, als ob ich ihn schon einmal gesehen hätte. Sein Alter schätzte ich gegen dreißig Jahre. Er trug weißen Turban, Hose, Weste, Jacke und einen mantelähnlichen Umhang in bunten Farben, dazu lederne Halbstiefel mit sehr großräderigen Sporen. Sein Gesicht war äußerst sympathisch, obgleich es durch zwei vorn herabhängende Haarzöpfe einen fremdartigen, fast möchte ich sagen, hunnenhaften Ausdruck bekam. Seine Waffen bestanden, wie auch bei den andern, aus Lanze und Flinte, Pfeilen, Bogen und Messer. Als ich ihn so betrachtete, stieg in mir das Gefühl oder vielmehr die Überzeugung auf, daß er zu den nicht sehr oft anzutreffenden Menschen gehöre, die man lieb haben muß, man mag wollen oder nicht.

Seine beiden, vorn herabhängenden Zöpfe verrieten mir, warum er mir so bekannt vorkam. Zwei solche Zöpfe trug unser Gefangener, Palang, der Panther, der ‚Erstgeborene' der Tschoban. Der jetzt vor mir sitzende junge Mann war einige Jahre älter als Palang, sah ihm aber so ähnlich, daß der Gedanke, er müsse verwandt mit ihm sein, sehr nahe lag. Jedenfalls gefiel er mir aber viel besser als der ‚Panther'. Aus dieser Ähnlichkeit und aus diesem starkknochigen Bau der Pferde war, wenn auch nicht gerade mit Sicherheit, zu schließen, daß die Leute, die ich belauschte, Tschoban seien. Wenn diese meine Vermutung richtig war, so hatten wir es hier vielleicht mit den ersten Vorposten oder Kundschaftern zu tun, die dem Heer vorausgeritten waren. Aber dieser Gedanke erschien mir nicht unbedingt als annehmbar. Die Zeit stimmte nicht. Ich kannte ja den Tag, an dem die Tschoban den Engpaß von Chatar passieren wollten. Falls diese Zeit eingehalten wurde, mußten sie schon weiter vorgerückt sein als die drei Männer, die ich jetzt vor mir hatte. Es war ja meine Berechnung gewesen, heute hinter sie zu kommen, um aus ihren Spuren alles ersehen zu können, was uns zu wissen nötig war. Mit unseren schnellfüßigen Pferden konnte es uns dann nicht schwer fallen, ihnen wieder vorauszueilen.

Jetzt tranken beide von dem eingegossenen Kaffee. Sie führten die Tassen fast zu gleicher Zeit an den Mund. So stellte sich die Wirkung auch gleichzeitig auf beiden Seiten ein: sie spuckten das, was sie in den Mund genommen hatten, sofort wieder aus.

„Pfui!" rief der Sejjid aus. „Allah verdamme die Bitterkeit! Wer soll das trinken können!"

Er ließ eine Gebärde des höchsten Abscheus folgen und warf die Tasse in den Sand.

„Ich warnte dich!" sagte der junge Mann herzlich lachend, während auch er sich seiner Tasse entledigte, freilich in ruhiger, nicht zorniger Weise. „Es ist das erstemal in deinem Leben, daß du Kaffee kochst."

„Und gerade mit solchem Holz!" zürnte der Sejjid. „Wie kann der Kaffee so unvernünftig sein, den Gestank und Geschmack der Koloquinten an sich zu ziehen! Ich bin zornig. Nicht meinetwegen, sondern deinetwegen. Verzeihe mir, o Prinz!"

Prinz? Dieses Wort fiel mir sofort auf. ‚Prinz' wurde

ja auch der ‚Panther' genannt, der sich sogar als ‚Erstgeborenen' bezeichnete. Er erkannte nämlich seinen älteren Bruder nicht an, weil dieser zwar von demselben Vater, aber nicht von einer mohammedanischen, sondern von einer christlichen Mutter stammte. Man wußte, daß er sich alle mögliche Mühe gab, diesen Bruder aus der Nachfolge zu verdrängen oder, falls ihm dies nicht gelingen sollte, sich eine eigene, persönliche Herrschaft zu gründen. Dieses Zerwürfnis mit Vater und Bruder bildete den Grund, daß der ‚Panther' fast nie daheim bei den Seinen war. Er lebte meist bei dem Mir von Ardistan, und man erzählte sich, daß er der ganz besondere Liebling dieses sehr kriegerisch gesinnten Herrschers sei und sich sein unbeschränktes Vertrauen gewonnen habe. Daß der ‚Panther' jetzt, bei dem geplanten Einbruch der Tschoban in das Gebiet der Ussul als Kundschafter vorausgeritten war, durfte nicht als ein Beweis von Heimatsliebe oder Patriotismus angesehen werden. Vielmehr lag ein ganz gegenteiliger Gedanke viel näher, nämlich daß er Zwecke verfolgte, die gegen den jetzigen Scheik und seinen Nachfolger, also gegen den Vater und Bruder gerichtet waren.

Dieser Bruder, also der wirkliche Ilkewlad, der eigentliche Erstgeborene, wurde von jedermann gelobt. Er war allgemein beliebt. Man stellte ihn in jeder Beziehung über den nachgeborenen Prinzen, den ‚Panther'. Sollte er es sein, dem ich hier mitten in der Wüste begegnete? Welch ein Glück für uns, wenn es so wäre! Eine schnelle, kluge und energische Ausnutzung dieses Umstands konnte in äußerst günstige Folgen für uns umzusetzen sein!

Der Sejjid wollte den Kaffee, der sich noch in der Kanne befand, wegschütten. Da bat der Führer, ihn trinken zu dürfen. Er bekam ihn. Die beiden Herren aber stopften sich ihre Tschibuks, um den Geruch der Koloquinte durch den Duft des Tabaks zu vertreiben.

„Nur einige Züge wollen wir tun; dann müssen wir

schlafen", sagte der, welcher Prinz genannt worden war. „Wir müssen schon vor der Sonne wieder auf. Meinst du, daß wir den Engpaß Chatar dann morgen noch vor Nacht erreichen?"

„Ja", antwortete der Sejjid.

„Da dürfen wir aber unterwegs keine Ruhepause machen", fiel der Führer ein. „Es ist von hier aus bis zum Engpaß so weit, daß unsere Krieger über zwei Tage brauchen würden, um hinzukommen. Ich glaube, daß wir es mit unseren guten Pferden und Kamelen in diesem einen Tag machen; aber sie werden, wenn wir dort eingetroffen sind, so ermüdet sein, daß sie nicht weiterkönnen."

Da erkundigte sich der Prinz:

„Und wann hätten wir unsere tausend Krieger erreicht, wenn wir ihnen auf ihrem Weg nachgeritten wären, anstatt diesen direkten und geraden Weg nach dem Engpaß einzuschlagen?"

„Erst übermorgen", antwortete der Sejjid.

„So war es richtig von uns, diesen schnurgeraden Weg zu wählen, obgleich es da keinen grünen Halm für unsere Tiere gibt. Wir wollen nur hoffen, daß die Tausend nicht unterwegs zu darben haben! Sonst verzögert sich ihr Zug und wir kommen zu spät, um meinen Bruder zu retten. Welch ein Glück, daß die andern, von denen er sich getrennt hatte, ehe er mit seinen beiden Begleitern gefangen wurde, ihm dennoch nachritten, weil sie Angst um ihn bekamen! Und noch klüger war es von ihnen, daß sie keine Zeit auf die vergebliche Mühe verwendeten, ihn zu befreien, sondern sofort in einem Atem heimwärts ritten und es meinem Vater meldeten! Mein Bruder wollte sich an die Spitze des Kriegszuges stellen. Nun er aber gefangen ist, hat mein Vater die Führung selbst übernommen, während ich als der stets friedlich Gesinnte daheimzubleiben hatte, um dort seine Stelle zu vertreten. Nun handelt es sich leider nicht mehr um den gewöhnlichen Beutezug, sondern um die endgültige Eroberung des ganzen Gebiets von Ussulistan. Wie gern wäre ich dabei, um so viel wie möglich die Härte des Krieges zu mildern und um in Liebe zu erreichen, was im Haß so schwere Opfer kostet! Wehe den Ussul, falls wir siegen! Und daß wir siegen, daran ist nicht zu zweifeln! Ich würde es ihnen verzeihen; ja, ich finde es sogar ganz selbstverständlich und richtig, daß sie meinen Bruder festgenommen haben. Er aber kennt keine Gnade; er wird es sie blutig entgelten lassen. Er wird das Leben unserer eigenen Krieger nicht schonen, um Rache an den Ussul nehmen zu können. Es wird zu Kämpfen kommen, die auch auf unserer Seite viele Menschenleben kosten werden. Und doch brauchen wir diese Menschen gerade jetzt viel nötiger als sonst — —"

„Die Dschunub, die Dschunub!" fiel der Sejjid lebhaft ein.

„Ja, die Dschunub! Wer hätte an einen so plötzlichen Krieg mit ihnen gedacht! Und gerade jetzt, wo tausend unserer Krieger, und zwar die besten und bewährtesten, nach Süden gezogen sind, der Vater an ihrer Spitze! Er weiß noch kein Wort von dieser Gefahr. Durfte ich ihn etwa durch einen Boten unterrichten?"

„Nein, keinesfalls!"

„Ganz richtig! Die Sache ist zu wichtig. Ich muß ihm diese schlimme Botschaft selbst überbringen, muß mich mit ihm besprechen, muß aus seinem Mund selbst hören, was er bestimmt, damit ich es richtig auszuführen vermag. Das Geratenste ist, daß wir uns möglichst beeilen, Ussula mit einem Handstreich zu überrumpeln. Nicht erst nach der alten Kampfweise lange zögern und unnütze Reden und Verhandlungen halten, sondern über die Stadt herfallen wie ein Dieb in der Nacht. Ich bin überzeugt, daß sie sich da ergibt, ohne Widerstand zu leisten. Das bietet uns Grund und Gelegenheit, human und menschlich zu verfahren. Auch wird dadurch mein

Bruder sofort frei und kann die Unterwerfung von Ussulistan zu Ende führen, während hingegen mein Vater Zeit gewinnt, schleunigst in die Heimat zurückzukehren und sich gegen die Dschunub zu wenden. Mein Freund, ich ahne, es naht eine schwere Zeit, aber auch eine große Zeit. Es gilt, diese Zeit zu begreifen! Glaube mir, der Säbel ist es nicht mehr, der entscheidet! Ich sage dir, die Schlachten der Völker wurden früher durch die rohe Faust und später durch die Intelligenz gewonnen. Heute ist auch diese Intelligenz nicht stark genug, den Sieg allein zu erringen. Es kommt noch etwas Neues, etwas in der Kriegsgeschichte bisher Unbekanntes hinzu, nämlich die Menschlichkeit, die Schonung, die Güte und Barmherzigkeit! Ohne diese neue Heldengestalt ist jede Schlacht verloren, selbst wenn man sie gewinnt — —!"

Er sprang von seinem Sitz auf und sprach begeistert weiter. Dabei blieb er aber nicht auf seinem Platz stehen, sondern ging hin und her. Er kam mir dabei wiederholt so nahe, daß es nur noch eines Schritts bedurfte, so mußte er mich sehen. Ich hielt es also für geraten, mich zurückzuziehen. Ich hatte ja genug erfahren, und was ich noch nicht wußte, das konnte ich mir durch einiges Nachdenken selbst ergänzen. Übrigens stand es schon jetzt bei mir fest, daß ich mit diesem prächtigen Menschen schon morgen ganz anders sprechen würde, als er jetzt mit seinem Sejjid sprach. Ich zog mich also aus meinem Versteck zurück und ging nach unserem Lagerplatz, wo Abd el Fadl auf mich wartete.

Wie erstaunte er, als er hörte, wen ich gesehen hatte! Und wie überrascht war er von dem, was gesprochen worden war! Als ich meinen Bericht beendet hatte, sagte er:

„Es sind also doch noch mehr Kundschafter der Tschoban in Ussulistan gewesen, als man dachte! Ich habe sie nicht gesehen. Wer feindliche Absichten hat, der passiert den Engpaß meist des Nachts, weil da die Gefahr, jemandem zu begegnen, wegen der Enge des Raums am allergrößten ist. Sie wissen, daß Prinz ‚Panther' gefangen ist! Der alte Scheik hat darum den Oberbefehl selbst übernommen! Und hierauf erfährt der in Tschobanistan zurückgebliebene ältere Prinz, daß die Dschunub es mit den Tschoban geradeso machen wollen, wie diese mit den Ussul! Er reitet seinem Vater schleunigst nach, um ihm dies zu melden und ihn zu warnen! Aber er reitet in sehr kluger Weise direkt nach dem Engpaß, während sie sich weiter östlich gehalten haben, um einiger weniger, schlechter Futterplätze willen, die ihnen gar nichts nützen, sondern ihren Zug nur aufhalten können! Das ist ein Zeichen, daß sie schlecht mit Proviant und Futter versehen sind. Sie rechnen jedenfalls darauf, gleich jenseits des Engpasses verwüsten, brandschatzen und plündern zu können, ganz wie es ihnen beliebt! So haben sie ja stets getan. Wie aber, Effendi, denkst du über ihren jetzigen Plan?"

„Genauso wie du! Sie irren sich!" antwortete ich.

„Das meine ich allerdings auch. Was hast du für heute beschlossen?"

„Wir schlafen ruhig ein und schlafen ruhig aus."

„Ohne uns des weiteren um den Prinzen zu bekümmern?"

„Ja."

„Wird er uns nicht entdecken?"

„Nein. Wir liegen nicht in der Richtung, die er einzuschlagen hat. Er reitet nach Süden; wir aber lagern westlich von ihm. Er will noch vor der Sonne aufbrechen, hat also keine Zeit, sich vorher lange hier umzusehen."

„So willst du ihn fortlassen, ohne mit ihm gesprochen zu haben?"

„Ja."

„Und wohl nach weiteren Spuren der Tschoban suchen?"

„Nein! Dieser Prinz ist mir wertvoller und nützlicher als tausend Spuren, die wir noch entdecken könnten. Wir suchen nicht weiter; denn wir haben mehr als genug gefunden. Wir kehren also um. Wir reiten ihm nach."

„Um ihn gefangen zu nehmen?"

„Warum das? Der wäre doch wohl ein schlechter Polizist, der sich mit einem Menschen quälen wollte, der ganz von selbst und ohne allen Zwang nach dem Gefängnis läuft. Ich würde nur im Notfall Gewalt anwenden, nur beim Eintritt zwingender Ereignisse, von denen ich jetzt noch nichts weiß. Schlafen wir ruhig ein!"

„Aber wenn wir aufwachen, ist er fort!"

„Das soll er auch!"

„Vielleicht ganz anderswohin, als du jetzt denkst! Er kann leicht seine Beschlüsse ändern!"

„So reiten wir ihm einfach nach. Nun ich ihn einmal habe, gebe ich ihn nicht wieder her!"

„Bist du denn deiner Sache so sicher, ihm folgen zu können, ohne daß du ihn siehst?"

„Vollständig! Wie hier die Verhältnisse liegen, wird seine Fährte wie eine feste, unzerreißbare Schnur sein, die ich immer in der Hand behalte. Gute Nacht, mein lieber Freund!"

„Gute Nacht, Effendi!" sagte er, tief Atem holend. „Wenn du glaubst, zuversichtlich und zufrieden sein zu dürfen, so bin ich es auch. Allah gebe uns Frieden! Nicht nur für diese Nacht!"

Ich schlief schnell wieder ein, und zwar so fest, daß ich nicht von selbst aufwachte, sondern von Abd el Fadl geweckt werden mußte.

„Steh auf, Effendi!" sagte er. „Der Prinz ist längst schon fort."

„Woher weißt du das?" fragte ich.

„Ich vermute es, weil die Sonne längst schon aufgegangen ist und er doch vorher aufbrechen wollte. Willst du nicht einmal nachsehen?"

„Sogleich!“

Ich stand auf und schlich mich zu der Stelle, an der die Tschoban gelagert hatten. Sie war leer. Es gab so viele Reste und Beweise ihrer Anwesenheit zu sehen, daß ein arabischer Beduine über eine solche Sorglosigkeit im höchsten Grade erstaunt gewesen wäre. Was es heißt, sich auf dem ‚Kriegspfad‘ zu befinden, davon schienen diese Leute keine Ahnung zu haben! Ihre Spuren waren so deutlich, als ob sie mit Absicht gemacht worden seien, und keiner von ihnen hatte sich auch nur die geringste Mühe gegeben, sie wieder zu verwischen. Als wir ihnen eine Viertelstunde später folgten, bedurfte es nicht der geringsten Anstrengung, ihre Fährte zu entdecken. Sie bildete in Wirklichkeit die feste, unzerreißbare Schnur, von der ich gesprochen hatte.

Unsere Pferde gingen von selbst schneller als die ihren. Darum dauerte es gar nicht lange, bis wir ihnen so nahe waren, daß wir sie von weitem sahen; da hielten wir an. Das wiederholte sich so oft und in immer so gleicher, eintöniger Weise, daß es uns langweilig wurde. Wir beschlossen, sie zu überholen, doch nach der Seite hin, so daß sie uns nicht sehen konnten. Wir durften dies sehr wohl tun, weil sie nun schon stundenlang die Richtung nach dem Engpaß eingehalten hatten und es keinen Grund für uns gab anzunehmen, daß sie von ihr abweichen würden. Wir wandten uns also ein Stück nach Norden hinüber, und als wir glaubten, uns weit genug von ihnen entfernt zu haben, bogen wir wieder in die südliche Richtung ein, so daß wir nun eine Linie innehielten, die mit der ihren parallel ging, ihr aber nicht so nahelag, daß sie uns sehen konnten. Infolge unseres rascheren Tempos überholten wir sie sehr bald und kamen ihnen Stunde um Stunde immer weiter voran, so daß wir den Engpaß eher erreichen mußten als sie, obgleich wir zu Mittag eine Ruhepause machten, sie aber nicht. Abd el Fadl war voll des

Lobes für unsere unvergleichlichen Pferde. Er behauptete, so etwas noch nie gesehen zu haben. Er hatte sie liebgewonnen und liebkoste und streichelte sie ohne Ende, denn auch zu dem meinigen langte er herüber.

Es war ungefähr zwei Stunden nach der erwähnten Ruhepause, als am Horizont zu unserer rechten Hand ein Reitertrupp auftauchte, der uns ein Rätsel war. Zunächst konnten wir, der großen Entfernung wegen, den Trupp eben nur als Trupp sehen, nicht aber die einzelnen Reiter unterscheiden. Als diese Unterscheidung möglich war, zählten wir acht Personen. Sie hatten eine südliche, später mit der unseren zusammenlaufende Richtung eingehalten; als sie uns aber sahen, kamen sie auf uns zu. Hinter ihnen tauchte bald darauf ein zweiter Trupp auf, der aus vielen Kamelen und nur soviel Reitern bestand, wie nötig waren, die Kamele zu dirigieren. Das waren die Wasserschlepper für die acht vorausreitenden Personen. Diese selbst waren sehr gut beritten, und zwar mit dunkelfarbigen Perserpferden. Nur einer von ihnen saß auf einem Schimmel, der sehr edlen Blutes war. Dieser eine ritt voran. Er war eine sehr langbeinige, aber um so kurzleibigere Gestalt. Fast konnten sich seine Füße unter dem Bauch des Pferdes berühren. Seinem Oberkörper aber fehlte es derart an Höhe, daß es aussah, als ob ein junger, noch in der Entwicklung stehender Mensch von siebzehn Jahren im Sattel sitze. Natur und Kunst hatten versucht, diesen Mangel durch einen ganz besonders martialischen Ausdruck seines Gesichtes auszugleichen, das außerordentlich voll- und langbärtig war. Demselben Zweck diente wohl auch die ungewöhnlich hohe, militärische Pelzmütze, auf der ein ebenso hoher Busch von Reiherfedern prangte. Auch seine sieben Begleiter trugen solche Mützen; nur waren die Reiherbüsche von so abnehmender Größe, daß der Busch des sechsten nur aus einer einzigen kleinen Feder bestand, bei dem siebten aber ganz fehlte. Das lag wahrscheinlich im Rangunterschied begründet.

Der Eindruck, den diese Leute machten, war ein außerordentlich kriegerischer. Sie waren ganz gleich gekleidet, zwar orientalisch bequem und bunt, aber nach derselben Farbe und auch demselben Schnitt. Wir hatten ihre Anzüge also als ‚Uniformen' zu betrachten. Bewaffnet waren sie mit allen im Orient gebräuchlichen Schuß-, Hieb- und Stechinstrumenten. Eine Ausnahme hiervon machte nur der eine, der auf dem Schimmel saß. Er trug einen kostbaren Säbel und im Gürtel eine Pistole, weiter nichts. Als er uns mit seinen Leuten erreichte, kommandierte er ein lautes, gebieterisches „Halt!". Sie gehorchten sofort.

Wir zwei aber ritten weiter.

„Halt!" rief er nun auch uns zu.

Wir taten, als hätten wir es gar nicht gehört.

„Halt!" rief er noch einmal, und zwar mit nicht nur lauter, sondern brüllender Stimme. Wir aber ritten eben weiter. Da kam er uns nach; die andern aber blieben halten.

„Warum gehorcht ihr nicht?" donnerte er uns an. „Haltet an, sagte ich; haltet an!"

Wir ritten trotzdem weiter. Er kam neben uns her und fuhr fort:

„Seid ihr etwa taub, so sagt es mir! Könnt ihr hören oder nicht?"

Ich antwortete trotz der Lächerlichkeit seiner Aufforderung:

„Wir sind nicht taub. Wir hören, was du sagst."

„Warum gehorcht ihr da nicht?"

„Wer bist du, daß wir dir gehorchen müßten?"

„Sag mir erst, wer du bist!"

„Ich bin Ussul."

Diese Auskunft war ganz richtig, denn ich war ja Ussul geworden.

„Ussul?“ — fragte er erstaunt, während er mich mit verwundertem Blick musterte. „Ich habe mir die Ussul anders gedacht! Ich will zu ihnen. Ich komme aus Dschunubistan. Weißt du, daß vor einigen Tagen zwei sehr hohe Herren aus Dschunubistan zu euch gekommen sind?“

„Ja; das weiß ich.“

„Hast du erfahren, wer sie sind?“

„Der oberste Minister und der Maha-Lama, der höchste aller Priester.“

„Das stimmt! Wie sind sie aufgenommen worden?“

„Ganz ihrer hohen Würde und ihren Absichten gemäß.“

Da wurde sein Gesicht freundlicher, und auch seine Stimme verzichtete auf den zürnenden Ton, als er sagte:

„Das freut mich! Aber du weißt natürlich nicht, was sie bei euch wollen!“

„Warum soll ich das nicht wissen? Sie wünschen, ein Bündnis mit uns abzuschließen, ein Bündnis gegen die Tschoban.“

„Allah!“ rief er aus. „Auch dieses stimmt! Wer hat es dir gesagt?“

„Sie beide selbst.“

„Sie beide selbst? Ist das wahr?“

Er musterte mich noch schärfer als bisher.

„Warum sollte ich etwas sagen, was nicht wahr ist?“ fragte ich in schärferem Ton.

„Verzeih! Die beiden hohen Herren können solche Mitteilungen keinem gewöhnlichen Ussul machen!“

„Habe ich gesagt, daß ich ein gewöhnlicher sei?“

„Nein! Und eure Pferde — —! Maschallah! Was für hochfeine, köstliche Tiere! Ich denke, ihr Ussul habt nur dicke, unförmliche Ungetüme, die den Nashörnern und Nilpferden gleichen!“

„Was das betrifft, so wirst du noch manches andere über uns erfahren, was dich verwundern wird!“

Er betrachtete, während wir immer weiterritten, uns, besonders aber unsere Pferde noch eingehender als bisher. Deren hoher Wert leuchtete ihm sichtbar ein. Aber meine nicht ganz einheimische Erscheinung und der ärmliche Anzug meines Begleiters beirrten ihn. Doch kam er zu dem Resultat:

„Solche Pferde, wie diese hier, kann nur ein vornehmer und reicher Ussul besitzen. Ich bitte dich, mir zu sagen, wer du bist!"

„Es ist bei uns Sitte, vorher zu erfahren, mit wem man spricht", wies ich ihn zurück.

„Das sollte ich eigentlich verschweigen; aber ich höre, daß du in das Geheimnis eingeweiht bist, und halte es also für erlaubt, dir Auskunft zu geben. Ich bin nämlich der Tertib We Tabrik Kuwweti Harbie Feninde Mahir Kimesne von Dschunubistan."

Da hielt ich mein Pferd an und sagte:

„Wenn dieser dein Titel etwa noch länger ist, so verzeih, daß ich dich unterbreche. Schau dich nach deinen Leuten um! Sie warten dort, wo du ihnen Halt geboten hast, auf deine Erlaubnis, weiterreiten zu dürfen. Wenn du sie ihnen nicht augenblicklich gibst, werden wir für sie verschwunden sein, noch ehe du mit deinem Titel zu Ende bist!"

Sie hielten wirklich noch an derselben Stelle und schauten hinter uns drein, ohne ihrem Vorgesetzten folgen zu dürfen. Dieser überhörte die in meinen Worten liegende Ironie, hob den Arm befehlerisch in die Höhe und schrie zurück:

„Vorwärts, vorwärts; ich erlaube es!"

Da ritten sie weiter. Auch wir setzten unsere Pferde wieder in Bewegung, wobei er uns mitteilte, wer sie waren:

„Wer ich bin, das wißt ihr nun, nämlich der allerhöchste Offizier von ganz Dschunubistan. Auf Ritten, wie der jetzige ist, haben mich alle Bestandteile des

Heeres zu begleiten. Darum seht ihr hier einen General, einen Oberst, einen Major, einen Hauptmann, einen Leutnant, einen Unteroffizier und einen gewöhnlichen Soldaten."

„So ist der Zweck dieses deines Ritts gewiß sehr militärisch oder, sagen wir, strategisch?" erkundigte ich mich.

Nämlich sein ganzer, langer Titel bedeutete weiter nichts als nur den einen kurzen Ausdruck ‚Stratege'. Er war, um mich europäisch auszudrücken, wahrscheinlich der Generalstabschef des Scheiks von Dschunubistan.

„Sogar sehr!" antwortete er, während er mit der Hand an den Säbel schlug und sein Pferd zu einer demonstrierenden Lançade zwang. „Daß die Tschoban euch überfallen sollen, das weißt du schon?"

„Allerdings."

„Und daß wir euch helfen wollen, sie zu besiegen, auch?"

„Ja."

„Dergleichen Bündnisse sind gewöhnlich äußerst geheim zu halten. Unser Scheik aber, der bekanntlich ein berühmter Diplomat ist, beschloß aus wohlerwogenen Gründen, auf diese Heimlichkeiten zu verzichten. Wir haben in der Nähe des Scheiks der Tschoban unsere besten Spione. Wir erfuhren, daß er seinen Sohn, den ‚Panther', auf Kundschaft nach Ussula geschickt habe. Diesem ‚Panther' fällt die Aufgabe zu, die Eroberung von Ussulistan zu leiten. Er hat einen älteren Bruder; der ist ein außerordentlich kluger Mensch, den wir als Ratgeber zu fürchten haben. Solange er und sein Vater, der alte Scheik, daheimbleiben, sind wir gezwungen, zwei Heere zu halten, nämlich eins zur Beobachtung dieser beiden und eins als Verbündete für euch. Darum sannen wir auf ein Mittel, den Scheik samt dem älteren Prinzen zu zwingen, an dem Zug ihrer Krieger nach Ussulistan teilzunehmen. Mit den dann führerlos zurückbleibenden Tschoban hätten wir hierauf leichtes Spiel.

Aber wir fanden kein derartiges Mittel. Da plötzlich sandte uns einer unserer Spione einen Eilboten mit der Nachricht, daß der ‚Panther' von den Ussul ergriffen worden sei und der alte Scheik sich schnell selbst an die Spitze seiner Krieger stellen werde, um den Engpaß von Chatar zu überschreiten und den Gefangenen zu befreien. Wie lieb uns diese Botschaft war, kannst du dir denken! Nun handelte es sich darum, auch den älteren Prinzen zu entfernen. Wir waren überzeugt, dies durch den Verrat unseres Bündnisses mit euch zu erreichen. Wenn der Prinz erfuhr, daß wir euch zu Hilfe kommen, war er gezwungen, seinen Vater hiervon sofort zu benachrichtigen. Eine so wichtige Botschaft aber vertraut man nicht anderen an, sondern man bringt sie möglichst selbst, zumal der Sohn sich unbedingt mit dem Vater zu beraten hat, was geschehen soll, um uns sowohl im Norden bei den Tschoban als auch im Süden bei den Ussul abzuwehren. Darum schickten wir dem Sohn des Sef el Berinz seinen Eilboten schnell wieder zurück und wiesen ihn an, dem Prinzen zunächst unser Bündnis mit euch mitzuteilen und sodann ihn auf den Gedanken zu bringen, seinem Vater diese Kunde nicht durch einen Boten, sondern in eigener Person zuzutragen."

„Ist ihm das gelungen? Hat er das erreicht?" erkundigte ich mich, als er eine Pause machte.

„Das weiß ich nicht, denn ich hatte keine Zeit, es abzuwarten", antwortete er. „Ich bin aber überzeugt, daß der Prinz jetzt schon unterwegs ist. Aber nicht nur er, sondern ich bin es auch! Weil sie beide nach Süden sind, der Scheik der Tschoban und sein älterer Prinz, brauchen wir kein besonderes Beobachtungskorps im Norden. Unser Heer darf also beisammen bleiben und ist sofort nach dem Süden aufgebrochen, nach dem Engpaß von Chatar, um sich mit euren Kriegern zu vereinigen. Ich aber bin selbst vorausgeeilt, um eure Verhandlungen mit unserem Maha-Lama und unserem Minister, falls sie noch zu keinem Resultat geführt haben sollten, schnell zu Ende zu bringen. Vielleicht ist es gut, daß ich schon unterwegs auf euch gestoßen bin. Was sagst du dazu?"

Ich stellte mich tief nachdenklich und sagte zunächst nichts. Ich wollte Zeit gewinnen. Die unvorhergesehenen Tatsachen und Verwicklungen stürmten ja förmlich auf uns ein. Es war, als ob es hoch oben im Norden eine mächtige, starke Hand gebe, die uns die Ereignisse wie Kugeln zuschob, mit denen sie Kegel spielte. Wir aber hier unten dienten als Kegelknaben. Wir hatten weiter nichts zu tun, als jeden Kegel zur rechten Zeit an die richtige Stelle zu setzen.

Vor allen Dingen hatte dieser Tertib We Tabrik Kuwweti Harbie Feninde Mahir Kimesne einen außerordentlichen, ja unverzeihlichen Fehler begangen, ohne es zu ahnen. Er hatte in seinem Eifer einen Namen genannt, den er gar nicht nennen wollte und durfte. Er hatte damit verraten, daß der Mensch, der die Tschoban an die Dschunub verriet, der Sohn jenes ‚Schwert des Prinzen' sei, der unser Gefangener war. Hieraus ließen sich Schlüsse ziehen, an die ich mich in diesem gegenwärtigen Augenblick unmöglich wagen konnte.

Sodann drängten sich dadurch, daß die Tschoban von den Dschunub nicht an der im Norden zwischen ihnen liegenden Grenze, sondern hier im Süden angegriffen werden sollten, die Tatsachen so eng und so zwingend zusammen, daß fast gar keine Zeit zum Überlegen blieb. Heute war nämlich schon Sonntag, und für morgen, also den Montag, stand das Eintreffen der Tschoban am Engpaß bevor, falls es bei dem Plan blieb, den uns der Sef el Berinz auf der Insel, als ich mit dem Scheik der Ussul lauschte, verraten hatte. Was gab es bis dahin noch alles zu tun! Würde der Erdschani zur rechten Zeit mit seinen Hukara eintreffen? Diese höchst wichtige Frage und viele andere, ebenso wichtige, wollten sich mir jetzt aufdrängen; aber ich konnte mich nicht mit ihnen beschäftigen, denn der ‚Stratege‘ mit dem langen Titel nahm mich in Anspruch. Er sagte:

„Nachdem ich euch gesagt habe, wer wir sind, erwarte ich dieselbe Höflichkeit auch von euch. Ich bitte zunächst dich, mir Auskunft zu geben!“

Diese Aufforderung war an Abd el Fadl gerichtet. Er antwortete:

„Ich heiße Abd el Fadl.“

„Bist auch aus Ussula?“

„Nein.“

„Was dann?“

„Mein Vaterland ist Dschinnistan.“

Da fuhr der ‚Stratege‘ so hoch im Sattel in die Höhe, wie es bei seinem kurzen Oberkörper möglich war, und rief im Ton des Mißtrauens aus:

„Also ein Dschinnistani, ein Feind von uns? Und gibst dich für einen Ussul aus?“

„Wann hat er das getan?“ fragte ich. „Ihr habt noch kein einziges Wort miteinander gesprochen!“

Er antwortete streng:

„Weil du ein Ussul bist, mußte ich selbstverständlich auch ihn für einen halten! Ich bitte nun auch um deinen Namen!“

„Man nennt mich Kara Ben Nemsi.“

Kaum hatte ich das gesagt, so hielt er sein Pferd schnell an, griff auch dem meinigen in die Zügel und fragte, noch strenger werdend:

„Ben Nemsi? Bist etwa auch du kein Ussul?“

„Ich bin einer“, antwortete ich.

„Aber dein Name deutet auf eine andere Herkunft! Wo bist du geboren?“

„In Dschermanistan.“

„Das zwischen Inglistan, Frankistan, Russistan und Osterandscha liegt?“

„Ja.“

„So bist du doch nicht Ussul! Du hast mich belogen!"

In jedem andern Fall hätte ich dieses letztere Wort energisch zurückgewiesen; hier aber erklärte ich in aller Ruhe:

„Ich bin nicht als Ussul geboren und habe dich aber trotzdem nicht belogen. Ich bin Ussul geworden. Die Ussul wünschten es so."

„Wer nicht als Ussul geboren ist, kann auch kein Ussul sein und niemals Ussul werden! Ich glaube euch also nicht. Die Ussul sind nicht so klein wie ihr und haben auch nicht solche Pferde. Übrigens kommt ihr nicht von den Ussul her, sondern ihr reitet nach ihrer Gegend hin. Das heißt, ihr kommt aus dem Land der Tschoban. Das ist im höchsten Grade verdächtig. Ihr seid entweder Tschoban oder Freunde und Verbündete von ihnen. Vielleicht ist der ältere Prinz doch daheimgeblieben, und ihr seid die Boten, die er seinem Vater nachsendet, um ihn über unser Bündnis mit den Ussul zu unterrichten!"

„Aber bedenke, daß ich doch wußte, daß euer oberster Minister und der Maha-Lama zu den Ussul geritten sind! Ich muß also Ussul sein!"

„O nein! Denn der Sohn des — —" er hielt mitten in der Rede inne und verbesserte sich, indem er fortfuhr: „Unser Spion bei den Tschoban hat gewußt, daß wir diese beiden schicken wollten. Er hat das dem Prinzen gleich auch mit gesagt, und von dem hast dann du es erfahren. Oh, ich durchschaue dich! Ich muß mich sicherstellen. Ich nehme euch gefangen. Hoffentlich leistest du keinen Widerstand, der dir schlecht bekommen würde! Ich bin der Tertib We Tabrik Kuwweti Harbie Feninde Mahir Kimesne des Reiches Dschunubistan! Verstanden?"

„Das imponiert mir nicht", antwortete ich.

„Aber wir sind acht Personen, und ihr seid nur zwei. Bedenke das!"

„Auch das würde mich nicht hindern, mich zu wehren, wenn ich mich überhaupt wehren wollte. Es wäre aber Unsinn, dies zu tun; denn wir reiten zu den Ussul, und ihr reitet zu den Ussul, und wenn wir hinkommen, wird sich sofort finden, wie die Sache steht. Ich habe also gar nicht nötig, Widerstand zu leisten."

„Das meine ich auch. Du scheinst mir, deine Verdächtigkeit abgerechnet, ein anständiger und besonnener Mensch zu sein, den man nicht wie einen gemeinen Kerl zu behandeln braucht. Ich müßte dir eigentlich die Waffen abnehmen, will es aber nicht tun, wenn du mir versprichst, dich als unseren Gefangenen zu betrachten und keinen Versuch zu machen, uns zu entfliehen."

„Ich verspreche beides."

„Dein Gefährte auch?"

„Ja", antwortete Abd el Fadl.

„Das genügt!" entschied der Stratege. „Ihr werdet einsehen, daß ein Mann von meinem Rang nicht mit Leuten verkehren kann, die seine Gefangenen sind; ich ziehe mich also zurück von Euch. Wir werden zwei Abteilungen bilden: Vier von uns reiten vorn, vier hinten; ihr aber reitet in der Mitte. Also, rückt ein!"

Es geschah, wie er gesagt hatte: er setzte sich mit dem General, dem Oberst und dem Major an die Spitze; der Hauptmann, der Leutnant, der Unteroffizier und der Soldat schlossen sich hinten an, und wir, na, wir, wir rückten eben ein! Dann setzte sich der Zug wieder in Bewegung. Jedermann war still, auch Abd el Fadl. Ich sah, als ich neben ihm herritt, scheinbar ohne ihn zu beachten, daß er mich wiederholt und prüfend betrachtete. Endlich gab er seinen Gedanken Ausdruck, indem er in zurückgehaltenem Ton fragte:

„Willst du wirklich in dieser Weise weiterreiten? Als Gefangener, Effendi?"

„Ja", antwortete ich.

„Was wird dein Halef dazu sagen! Wie er dich mir

und meiner Tochter geschildert hat, habe ich ein ganz anderes Verhalten von dir erwartet."

„So hat er mich eben falsch geschildert."

„Was würdest du aber tun, wenn du wirklich kein Ussul, sondern ein Freund der Tschoban wärst?"

„Ich würde den Mann mit dem unendlichen Titel auslachen, und alle seine Chargen dazu. Hierzu habe ich aber doch, wie die Verhältnisse liegen, nicht den geringsten Grund. Ich würde uns, wenn ich jetzt so ganz unnötig widerstrebte, das Vergnügen verderben, das uns daheim erwartet. Unter diesem ‚Daheim' verstehe ich natürlich deinen Engpaß, auf dem deine Wohnung liegt."

„Das Vergnügen? Welches Vergnügen?" fragte er.

„Das Wiedersehen unserer verschiedenen Gefangenen. Als Gefangene betrachte ich schon im voraus auch alle, die wir noch nicht eigentlich festgenommen haben."

„Auch diese acht Offiziere hier?"

„Ja", nickte ich. „Es wird sich doch wohl sehr interessant gestalten, wenn die beide Prinzen der Tschoban ganz unerwartet aufeinandertreffen oder wenn unsere jetzigen Begleiter nebst dem Maha-Lama und dem obersten Minister einander eingestehen müssen, daß sie trotz all ihrer vermeintlichen Klugheit, Vornehmheit und Würde unendlich dumm gehandelt haben."

„Und wenn du dann beide einander gegenüberstellst, die Tschoban und die Dschunub, die erst die Ussul und dann sich gegenseitig selbst überlisten und umbringen wollen und nun zu ihrer Beschämung einsehen müssen, wie sehr sie selbst überlistet worden sind!" fiel Abd el Fadl mit schnellem Verständnis ein. „Ja, du hast recht, Sihdi; es erwarten uns höchst interessante Szenen, die vielleicht schon heute beginnen können. Wir sind nämlich dem Engpaß schon sehr nahe. In einer Stunde haben wir ihn erreicht. Wer aber ist das da draußen?"

Er deutete bei diesen Worten nach der Ebene vor uns hin, auf der ein dickes, vierfüßiges Tier erschien, auf dem irgend etwas saß. Es kam gerade auf uns zugelaufen, und zwar im Zotteltrab. Man kann sich denken, wie verwundert ich war, als ich Smihk, den Dicken, erkannte! Der kleine Kerl, der auf ihm saß, war Halef. Abd el Fadl hatte recht: die interessanten Szenen begannen schon heute, schon jetzt.

Die beiden sonderbaren Wesen, die, das eine auf dem anderen sitzend, so gar nicht zueinander paßten, erregten erst das Erstaunen und dann die Heiterkeit der Offiziere. Sie hielten an und begannen, herzlich zu lachen. Ich nahm ihnen das nicht übel, denn wir lachten beide ja mit, Abd el Fadl sowohl wie auch ich selbst. Dieser Reiter auf diesem Pferd, oder dieses Pferd mit diesem Reiter, das sah allerdings schon an und für sich zu komisch aus, wurde aber noch drolliger dadurch gemacht, daß Halef, der Kleine, anhalten wollte, Smihk, der Dicke aber nicht. Der Urgaul hatte den Kopf gesenkt, starrte nur immer gerade vor sich hin und rannte in schnurgerader Linie weiter und immer weiter, ohne auf die Bitten und Drohungen, Stöße und Püffe seines Reiters zu achten. Dieser hielt zwar die Zügelriemen fest in den Händen, doch war es ihm unmöglich, mit ihrer Hilfe dem kolossalen Nacken des eigenwilligen Ungetüms eine andere Richtung zu geben. Hier konnte nur ich allein helfen. Ich ritt also einige Schritte aus dem Trupp der lachenden Dschunub heraus, sprang vom Pferd und stellte mich dem Durchbrenner mit ausgebreiteten Armen in den Weg. Da sah und erkannte mich der Hadschi sofort.

„Hamdulillah!“ jubelte er auf. „Du, Sihdi, du? Rette mich, rette mich! Das Vieh ist übergeschnappt! Die Bestie ist verrückt geworden! Halte sie an, die Lokomotive — halte sie an!“

Jetzt war der Gaul mir nahe.

„Smihk, Smihk!“ rief ich ihm entgegen. „Smihk, Smiiihhhk!“

Er erkannte meine Stimme. Er hob den Kopf. Aber die Kraft der Beharrung wirkte derart auf seine Bewegungsnerven und infolgedessen auf seine ungeheure Fleisch-, Fett- und Knochenmasse, daß es ihm unmöglich war, sogleich stehenzubleiben. Ich mußte auf die Seite springen; er rannte vorüber. Aber während er das tat, sah und erkannte er mich und stieß einen Schrei der Freude aus, der aber so entsetzlich klang, als ob ihm durch diesen meinen Anblick die ganze Seele mitten entzwei gerissen worden sei. Dann endlich gelang es ihm, zu stoppen. Er drehte sich nach mir um, blieb aber fest, wie angenagelt stehen, warf den Kopf hoch empor, riß das Maul sperrangelweit auf und vollführte dann ein Geschrei, ein Gebrüll, ein Freudengeheul, als ob einige Dutzend Drehorgeln und Leierkästen auf uns losgelassen worden seien. Da verwandelte sich das Lachen der Dschunub in ein förmliches Brüllen. Sie konnten nicht anders; sie mußten. Es war geradezu unmöglich, der Lächerlichkeit der Szene zu widerstehen. Auch ich brüllte mit; aber Smihk, der Dicke, überbrüllte uns alle! Dann machte er einen gewaltigen Sprung, noch einen und noch einen, bis zu mir her, zog mir seine Zunge erst quer und dann lang von unten herauf über das Gesicht und war mir für die Ohrfeige, die ich ihm dafür gab, so dankbar, daß er vor lauter Wonne wieherte, grunzte, kläffte, blökte, meckerte, schnurrte, gluckste, gackerte, kollerte und girrte, als ob er im Besitz aller Tierstimmen sei, durch die es möglich ist, diejenige Art der Zuneigung auszudrücken, deren auch die tief unter dem Menschen stehenden Geschöpfe fähig sind.

Ich sah und hörte im Leben wohl viele Menschen lachen, aber mit solcher Urkraft und Ausdauer wie damals die Offiziere der Dschunub nie wieder. Nur einer von uns allen lachte nicht mit, und dieser eine war gerade der Held dieses homerischen Gelächters, nämlich mein kleiner Halef Omar, der gar wohl einsah, was für eine komische Rolle er spielte, und uns darum unsere laute Lustigkeit nicht übelnahm, sich an ihr aber nur mit einem ganz kleinen, leisen Lächeln beteiligte. Er wartete geduldig, bis wir aufgehört hatten, und sagte dann zu mir:

„Ich danke dir, Sihdi! Mit dir ist das Viehzeug ins Wasser gesprungen. Mit mir wollte es in fünf Minuten rund um die Erde. Wer sind diese lustigen Leute hier?"

Ich legte meine beiden Hände eng zusammen, was in der Gebärdensprache der Haddedihn die Aufforderung ist, vorsichtig zu sein, und antwortete hierauf, auf den Strategen deutend:

„Dieser hier ist der Tertib We Tabrik Kuwweti Harbie Feninde Mahir Kimesne des Scheiks von Dschunubistan, und die anderen sind seine Offiziere."

Halef war gewiß verwundert, als er dies hörte, ließ sich das aber nicht merken, sondern zuckte die Achseln und antwortete mit einem Blick auf den kurzen Oberkörper des Genannten:

„Sein Titel ist länger als er selbst. Wenn er auf Smihk, dem Dicken, säße, würde er wohl nicht königlicher aussehen als ich! Soll ich mit ihm tauschen? Sein Schimmel gefällt mir sehr!"

„Schweig!" fuhr ich ihn scheinbar zornig an. „Ich bitte mir Achtung aus vor diesem Helden! Wir sind nämlich seine Gefangenen!"

„Seine Gefangenen? Ihr? Du? Gefangener dieser paar Menschen?" fragte er.

Sein Blick, den er im Kreis rund herumgehen ließ, zeigte zunächst nur Überraschung, nahm aber sehr schnell einen anderen Ausdruck an. Sein Gesicht wurde heiter und immer heiterer. In seinen Mund- und Augenwinkeln begann jener Schalk zu spielen, den ich sehr wohl kannte. Wenn die kleinen Fältchen da so zuckten und zitterten wie jetzt, war stets ein Streich unterwegs, mit dem er einen anderen übertölpelte. Da fragte zu seinem eigenen Schaden der Stratege:

„Wer ist dieser kleine Kerl, der es wagt, mit mir tauschen zu wollen?"

„Wer ich bin?" antwortete Halef. „Ein Bewunderer deines Schimmels? Das habe ich dir ja schon gesagt! Gib ihn her! Ich will dir zeigen, wie schnell es mit der Gefangenschaft meines Effendi zu Ende ist!"

Er trennte sich mit einem raschen Sprung von dem Urgaul, den er stehen ließ. Mit einem zweiten Sprung schnellte er sich zu dem Strategen hin, und mit einem dritten schwang er sich zu ihm auf den Schimmel, so daß er hinter dem Sattel zu knien kam, riß den Reiter aus den Bügeln, warf ihn vom Pferd, setzte sich selbst fest, griff nach den Zügeln und ritt davon, während er mir zurief:

„Der Tausch ist gemacht. Er mag nun den Smihk reiten!"

Er eilte im Galopp dahin, woher er gekommen war, also dem Engpaß zu. Der zur Erde gestürzte Stratege sprang wieder auf und tat das Allerdümmste, was er tun konnte, nämlich er rief seinen Leuten zu:

„Ihm nach, ihm nach! Sofort! Fangt ihn! Schießt ihn nieder! Bringt mir mein Pferd zurück!"

Sie gehorchten. Sie ritten davon, aber genau dem Rang nach. Erst der General, zuletzt der ‚gemeine Soldat'. Jeder wartete, bis sein Vorgesetzter die Verfolgung begonnen hatte, und ritte erst dann hinter ihm her. Das sah nicht nur dumm aus, sondern war auch wirklich dumm, denn Halef bekam dadurch einen Vorsprung, der sich dadurch, daß der Schimmel das beste und schnellste aller Dschunubipferde war, von Minute zu Minute vergrößert. Als der letzte, nämlich der Soldat, hinter dem Unteroffizier her in Bewegung kam, war der kleine Hadschi beinahe schon am Horizont verschwunden. Da jammerte der Mann mit dem langen Titel:

„Sie holen ihn nicht ein! Sie bekommen ihn nicht! Mein Pferd ist verloren! Ich muß ihm schleunigst nach! Herunter von deinem Rappen! Herunter, augenblicklich!“

Dieser Befehl war nicht an mich gerichtet, denn an mich schien er sich denn doch nicht zu wagen, sondern an Abd el Fadl. Dieser sah mich fragend an, ob er absteigen und ihm Ben Rih überlassen solle. Da deutete ich auf Smihk und antwortete dem Strategen:

„Diese Rappen gehören uns. Nimm dir das Ussulpferd!“

„Das mag ich nicht!“

„So bleib hier sitzen!“

Wir setzten uns in Bewegung. Da griff er Abd el Fadl in den Zügel und rief:

„Her mit dem Hengst! Ihr seid meine Gefangenen und habt zu gehorchen!“

Abd el Fadl aber riß ihm den Zügel wieder aus der Hand und ritt davon. Ich folgte. Als Smihk das sah, warf er den Kopf empor und begann, zu jammern. Er wollte nicht mit. Der Stratege aber bekam Angst; er eilte zu ihm hin und kletterte hinauf. Das stimmte den Urgaul sofort um. Sobald er den fremden Reiter auf sich fühlte, brüllte er zornig auf und rannte uns nach, und zwar mit gleichen Beinen. Natürlich konnte er nicht mit uns Schritt halten. Das ärgerte ihn gewaltig. Er brüllte immer lauter.

Als ich nach einiger Zeit nach ihm zurückschaute, sah ich, daß der Stratege sich trotz seiner langen Beine alle Mühe geben mußte, sich auf dem breiten Rücken des Pferdes festzuhalten. Er saß nicht mehr, sondern er lag auf ihm. Da er sich mit beiden Händen an die Mähne klammerte war von ihm weiter nichts als nur die Kopfbedeckung zu sehen, und es bekam dadurch den

Anschein, als ob sich der hohe, wehende Federbusch auf dem Schädel Smihks befinde. Das sah unendlich drollig aus, konnte von uns aber leider nicht ausgekostet werden, weil wir keine Zeit hatten, uns weiter um dieses Pferd und diesen Reiter zu kümmern. Wir hatten uns zu bemühen, die vor uns reitenden Dschunub zu überholen, und zwar so rasch und so weit wie möglich. Darum machte ich kurzen Prozeß und rief unseren beiden Hengsten ihre Geheimnisse zu. Was das bedeutet, weiß jeder meiner Leser. Kaum hatten die Rappen die betreffenden Worte gehört, so schienen sie nicht mehr zu laufen, sondern zu fliegen. Der Beduine sagt von dieser fast unglaublichen Schnelligkeit: „Die Hufe fressen die Erde!“

Die Rangachtung verbot, daß irgend einer der Dschunub seinen vor ihm reitenden Vorgesetzten überholte. Darum ritten sie so, wie sie einander gefolgt waren, nämlich genau in der Rangordnung, und wir überholten sie so, wie sie einander folgten, nur umgekehrt, nämlich zuerst den Soldaten und zuletzt den General. Wie erstaunt sie waren, als wir wie im Sturm an ihnen vorüberflogen! Nun hatten wir nur noch Halef einzuholen, den wir jetzt noch nicht sahen, so weit war er ihnen voraus.

So lächerlich die Begegnung mit Smihk gewesen war, so ernst und so wichtig hatten wir sie zu nehmen. Hinter uns kamen die Heere unserer Feinde, der Tschoban und der Dschunub, doch ließen beide mich in diesem Augenblick vollständig unbesorgt; ich glaubte an den Sieg. Viel mehr beunruhigte mich das so unerwartete Erscheinen meines Hadschi und des Urgauls. Wo Smihk war, war natürlich auch sein Herr, der Scheik der Ussul. Warum war er gekommen? Was wollte er? War der Erdschani auch schon da? Es mußte etwas außerordentlich Wichtiges geschehen sein, sonst hätte Halef den Engpaß und Merhameh gewiß nicht verlassen, um uns in die Wüste hinein entgegenzureiten. Ich ahnte, daß wir jetzt während dieses schnellen Rittes ganz ungewöhnlichen Dingen entgegenflogen, und daß mich diese Ahnung nicht täuschte, wird schon die nächste Folge der vorliegenden Erzählung beweisen, die eigentlich jetzt erst zu leben beginnt. —

Die Falle im Engpaß

Als wir die Offiziere der Dschunub überholt hatten, befanden wir uns bereits im geologischen Gebiet der Landenge. Der Sand wechselte mit festem Gestein. Felsenstücke lagen zerstreut umher. Es bildeten sich Bodenerhebungen, die erst nur leise begannen, dann aber um so kräftiger wurden, je weiter wir kamen. Und da sahen wir Halef weit draußen am Horizont, zunächst nur als kleinen Punkt, doch kamen wir ihm so rasch näher, daß wir sehr bald Reiter und Pferd voneinander unterscheiden konnten. Er ritt nicht mehr Galopp, sondern Trab. Darum zügelten wir unseren rasenden Lauf, zumal Halef anhielt, um auf uns zu warten, als er uns kommen sah. Er lachte mit dem ganzen Gesicht.

„Ist er auf den Dicken gestiegen?" fragte er uns schon von weitem entgegen.

„Ja", antwortete ich.

„So sei Allah ihm barmherzig und gnädig! Was es heißt, auf diesem Ungetüm zu sitzen, das können nur meine Knochen und Knöchelchen schildern; leider aber bin ich es allein, der ihre Sprache empfindet. Wie kommst du zu diesen Menschen? Was wollen sie? Warum nahmen sie dich gefangen? Oder vielmehr, warum gingst du darauf ein, als Gefangener zu gelten?"

„Davon später, lieber Halef. Vor allen Dingen muß ich wissen, wie du auf den Gedanken gekommen bist, uns entgegenzureiten, und zwar auf Smihk, der doch in der Hauptstadt zu sein hat!“

„Er hat da zu sein, wo sich sein Herr befindet!“

„Ganz recht! Ich habe mir auch, sobald ich ihn sah, sofort gesagt, daß Scheik Amihn uns nachgekommen ist.“

„Nicht nur er, sondern auch Taldscha, seine Frau!“

„Auch sie? Was ist geschehen?“

„Etwas außerordentlich Wichtiges. Du sollst es sofort hören!“

Dieses ‚Sofort‘ war bei ihm niemals wörtlich zu nehmen. Er pflegte Dinge, die er für wichtig hielt, stets so ausführlich wie möglich zu behandeln. Darum machte er, während wir weiterritten, eine kleine Kunstpause, um unsere Spannung zu erhöhen, und begann dann an einem Punkt, der scheinbar gar nicht zur Sache gehörte:

„Sihdi, weißt du, daß Ardistan zwar bis an das Meer reicht, aber ohne Häfen und darum auch ohne Schiffahrt ist?“

„Ja. Nur zuweilen kommt ein kühner Indochinese oder Sundamalaie auf leicht gebautem Segler nach der unwirtlichen Küste von Ardistan, um bei den wenigen Menschen, die da wohnen, Waren einzutauschen.“

„Ganz recht, Sihdi! Und mit so einem Malaien ist der Diener gekommen.“

„Welcher Diener?“

„Welcher — —? Ah, richtig! Das weißt du ja noch nicht! Also, der Mir von Ardistan hat jetzt endlich dem Mir von Dschinnistan den Krieg erklärt, offen, gerade heraus oder — — wie nennt man das in eurem Abendland?“

„Amtlich, offiziell.“

„Ja, so ist es richtig: amtlich, offiziell. Daß die beiden Söhne des Scheiks der Ussul zur Leibwache des Mir von Ardistan gehören, ist dir bekannt?“

„Ja. Doch glaube ich, daß sie trotz dieser Stellung

nur Bewachte, nicht aber Wächter sind. Ich halte sie nicht für Kommandierende, sondern für Geiseln, durch die sich der Mir Gehorsam erzwingen will."

„Diese Vermutung scheint sich zu bewähren. Denn die beiden Söhne des Scheiks sind ganz plötzlich verschwunden. Der Mir hat verlangt, daß ihm der Scheik tausend Ussulkrieger sende, um ihm gegen Dschinnistan beizustehen. Da haben die Söhne sich geweigert, dies ihrem Vater zuzumuten. Sie haben erklärt, daß die Ussul nicht den geringsten Grund haben, den Mir von Dschinnistan zu bekämpfen. Hierauf sind sie mitten in der Nacht, als alles schlief, ergriffen und mit einem ihrer Diener, der sich bei ihnen befand, heimlich fortgeschafft worden. Wohin, das hat man ihnen nicht gesagt. Der Diener aber behauptet, wahrscheinlich nach der Totenstadt, denn sie sei der schon von alters her gebräuchliche Ort, mißliebig gewordene hohe Personen verschwinden zu lassen. Sie wurden auf Pferde gebunden. Der Ritt dauerte lang. Am zweiten Abend gelang es dem Diener zu entwischen. Er entkam nach der Küste und wurde dort von einem malaiischen Schiffer aufgenommen, der ihn gegen das Versprechen einer guten Belohnung quer über die Bai und dann den Fluß hinauf fast bis nach Ussula brachte. Er kam nach der Stadt, gerade als der Erdschani mit seinen Hukara von dort abgezogen war. Die Ältesten wurden schnell zur Beratung zusammengerufen, und man beschloß, dem Erdschani rasch zu folgen, um mit dir und ihm das Nötige zu besprechen. Die Angst hat den Eltern Flügel verliehen. Sie kamen heute früh hier an."

„Und der Erdschani?"

„Schon gestern abend."

„Aber nicht mit allen seinen Hukara? Das ist nicht möglich!"

„Nein, nur mit einigen. Die übrigen kamen dann während der Nacht, in der Reihenfolge der Leistung ihrer

Pferde. Er hat sich keinen Schlaf gegönnt, sondern sofort alle Vorbereitungen getroffen, denen du gewiß gern zustimmen wirst. Es wurden von dem Engpaß bis nach der Hauptstadt Zwischenstationen eingerichtet und bis zum Fluß Wasserposten gestellt, die erst die geleerten und dann die wiedergefüllten Schläuche einander zu reichen haben. Ich habe ihn auch schon zum Brunnen des Engels geführt, über dessen Wert er eine sehr hohe Meinung hat. Er untersuchte die Strecke vom Felsenloch bis zum Felsentor genau — —"

„Auch den verborgenen Weg?" unterbrach ich ihn.

„Ja, auch den. Und er sagte, daß es keine bessere Falle geben könne als diese. Seine Hukara sind auch schon ganz so aufgestellt und unterwiesen, als ob die Feinde augenblicklich zu erwarten seien. Ich glaube nicht, daß du noch irgend etwas hinzuzufügen hast. Du wirst zufrieden sein."

„Wie steht es mit dem ‚Panther' und seinen beiden Gefährten?"

„Die stecken in einer Felsenenge gefangen, aus der sie nicht entkommen können, und werden von meinem Hu bewacht."

„Und der oberste Minister und der oberste Geistliche von Dschunubistan?"

„Die stecken in einer anderen Felsenspalte, aus der sie nicht herauskönnen, und werden von Hi bewacht."

„Also auch gefangen?"

„Natürlich! Sie waren unterwegs dem Erdschani begegnet und von ihm veranlaßt worden, mit ihm umzukehren, da er derjenige sei, der über ihre Wünsche zu bestimmen habe. Er hatte an ihre Ehrlichkeit geglaubt und sie darum ihrem hohen Rang gemäß behandelt. Sobald er aber dann von mir erfuhr, was eigentlich ihre Absicht sei, wurden sie ebenso eingesperrt."

„Haben die Tschoban und die Dschunub einander gesehen?"

„Ja. Es ist nicht zu vermeiden gewesen."

„Nun, und warum kamst du uns jetzt entgegengeritten? War das der Wille des Erdschani?"

„Nein; der wünschte es nicht. Aber der Scheik und die Scheikin trieben mich; sie haben Angst um ihre Söhne, und sie glauben, sich mehr auf dich als auf den Erdschani verlassen zu können. Sie sind ungeduldig zunächst auf deinen Rat. Darum forderten sie mich auf, dir mit der Bitte entgegenzureiten, dich zu beeilen. Und als der Erdschani meinte, daß dies überflüssig, unter Umständen sogar gefährlich sei, veranlaßten sie mich, es ohne sein Wissen zu tun. Ich konnte nicht widerstehen und hätte gern ein Pferd der Tschoban oder der Dschunub genommen; das hätte mich aber dem Erdschani verraten, und so war ich denn gezwungen, auf Smihk, den Dicken, zu klettern und heimlich fortzureiten. Und der war gescheiter als ich. Ich wollte nach Nordost; er aber ging mit mir durch und rannte nach Nordwest; da, Sihdi, traf ich dich!"

Wir waren während dieses Berichtes so weit gekommen, daß wir jetzt die See erblickten und den Felsenzug des Engpasses vor uns liegen sahen. Ich erzählte Halef, was wir unterwegs erlebt und erfahren hatten. Dann war die Landenge erreicht; das Meer erschien auch auf der anderen Seite, und in einiger Entfernung stieg gerade vor uns das Felsentor empor. Noch eine Strecke weiter trat der erste Posten der Ussul, um sich uns zu zeigen, hinter Steinen hervor, die ihn verborgen hatten. Dieser Posten bestand aus Irahd, dem bekannten Anführer, und acht seiner Leute. Er hatte diesen wichtigen Platz selbst übernommen, um gewiß zu sein, daß nichts Fehlerhaftes geschehe. Und eben, als wir mit ihm sprachen, kam der Erdschani mit vielleicht einem Dutzend seiner Hukara geritten, um diesen Teil des Kampfplatzes zu besichtigen. Es war ein lieber, warmer, aufrichtiger Händedruck, mit dem er mich begrüßte; vor Abdl el

Fadl aber verbeugte er sich tief und feierlich, wie vor einer Person von höchstem Stand. Das fiel mir auf. Einige kurze Fragen und Antworten genügten für ihn und mich, uns gegenseitig das Nötigste mitzuteilen; dann bat er mich, mir die Aufstellung seiner Truppen zeigen zu dürfen. Ich willigte ein, obgleich es mir Spaß gemacht hätte, bei der Gefangennahme der Dschunub-Offiziere, die nun bald erscheinen mußten, zugegen sein zu können. Ich belehrte Irahd, wie das zu machen sei, und Halef versicherte mir mit sehr unternehmendem Lächeln, daß ich da unbesorgt sein könne, weil er selbst hierbleiben werde, um für einen festlichen Empfang dieser Herren einzutreten.

Der Erdschani ließ seine Begleiter hier, um bei der Gefangennahme der Dschunub behilflich zu sein. Er ritt den edlen Schimmel des Maha-Lama, der ein so schnelles Pferd war, daß wir unsere Besichtigung beträchlich verkürzen konnten. Ich war nämlich überzeugt, daß der ältere Prinz der Tschoban sich beeilen werde, noch vor Nacht auf der Landenge einzutreffen, und wollte unbedingt dabei sein, wenn er festgenommen wurde. Da galt es also, keine Zeit zu verlieren.

Wir ritten zunächst nach dem Felsentor, wo ich Merhameh begrüßte. Hier stand ein Posten von dreißig Mann, die sich aber bei der Annäherung der Feinde zurückzuziehen hatten. Von da ging es nach dem Felsenloch, wo wir auf einen gleichgroßen Posten trafen. Hier war die Stelle, an welcher der erste Stoß der Tschoban ausgehalten und zurückgewiesen werden mußte; für jetzt aber genügte diese schwache Zahl. Das Gros der Hukara lag noch weiter zurück, nämlich da, wo die Landenge auf ihrer südlichen Seite begann. Wir stießen da auf ein Kriegslager im wahrsten und romantischsten Sinn des Wortes.

Man denke sich die Gestalten dieser riesigen Ussul und ihrer ebenso riesigen Pferde, ihre Bewaffnung, die eigenartige Gewichtigkeit und Massigkeit in ihren Bewegungen und in allem, was sie taten! Nur ein Homer würde sich an die Beschreibung dieses Lagers wagen dürfen. Durch die Kunde, daß die beiden Söhne des Scheiks verschwunden seien, war der Zuzug zum Heer des Erdschani bedeutend vergrößert worden. Es zählte heute bereits zwölfhundert Mann. Und er wies keinen einzigen zurück, der zu ihm kam; denn sein eigentlicher Plan ging weit über die Landenge Chatar hinaus, und wer sich nicht zum Krieger eignete, der konnte noch im Troß von Nutzen sein. Zwei Relaisketten führten von hier weiter. Die eine nach dem Fluß und von da nach der Hauptstadt; sie hatte täglich den Proviant und das Wasser für die Pferde zu erneuern. Die andere bis nach dem Brunnen des Engels, von wo das Trinkwasser für die Menschen zu holen war.

Hier, im Lager, trafen wir den Scheik und seine Frau. Die Begrüßung war beiderseits herzlich, doch hatte ich keine Zeit, länger als nur einige Minuten zu verweilen, denn wir mußten nach dem nördlichen Auslauf des Engpasses zurück, weil von dieser Seite alles kam, was zu erwarten war. Vorher aber warf ich noch einen Blick in die beiden Felsenengen, in denen der ‚Panther‘ mit seinen beiden Gefährten und die zwei hohen Dschunub steckten. Ich überzeugte mich, daß es aus diesen Gefängnissen kein Entkommen gab, zumal vor jedem einer der Hunde Halefs Wache hielt. Es gab im hiesigen Felsengewühl noch ähnliche Orte in Menge. Wir suchten einen passenden auch für den älteren Prinzen der Tschoban aus, den wir mit seinem jüngeren Bruder nicht zusammenbringen wollten. Es waren teils rein menschliche und teils diplomatische Gründe, die es uns verboten, den letzteren wissen zu lassen, daß der erstere anwesend sei, und zwar auch als unser Gefangener.

Nun ritten wir wieder über den Paß zurück und hatten das Vergnügen, schon unterwegs die Beweise zu erhalten, daß Halef und Irahd ihre Pflicht sehr wohl, sogar mit Humor, erfüllten. Wir hatten nämlich, als wir uns wieder nordwärts wandten, das ‚Felsenloch' noch nicht erreicht, so kam uns ein kräftiger Vorposten entgegengeritten. Er saß auf dem Pferd des Generals der Dschunub. Dieser aber lief, gut gefesselt und mit der einen Hand an den Steigbügel gebunden, als Gefangener nebenher. Er wurde zu dem Maha-Lama und dem ‚obersten Minister' gebracht. Wir ritten sehr ernst vorüber und taten, als ob wir ihn gar nicht sähen; innerlich aber mußte ich doch lächeln, wenn ich an die ironischen Ermahnungen dachte, die Halef ihm auf alle Fälle mitgegeben hatte. Nur kurze Zeit später brachte ein anderer Ussul in gleicher Weise den Oberst geführt, dem schnell darauf der Major folgte. So ritten wir auch noch an dem Hauptmann, dem Leutnant und dem Unteroffizier vorbei und erreichten den Posten gerade in dem Augenblick, in dem auch der Soldat gefesselt worden war und soeben fortgeschickt wurde.

„Bist du mit uns zufrieden, Sihdi?" fragte Halef. „Mit diesen sind wir fertig. Und nun schau einmal dort hinaus! Da kommen auch noch die letzten zwei, aber nicht auf-, sondern hintereinander!"

Er deutete nach der Gegend, aus der wir vorhin gekommen waren. Da sahen wir zunächst Smihk, den dicken, der mit gesenktem Kopf im Zotteltrab auf die Landenge zusteuerte und uns schon ziemlich nahe war. Weit draußen kam der Stratege hinterhergelaufen, und zwar so schnell, wie seine langen Beine den kurzen Körper tragen konnten. Die Kopfbedeckung mit dem Reiherbusch hielt er in der einen Hand, den Säbel in der anderen. Am rechten Ort gelassen, hätten beide es ihm unmöglich gemacht, einen solchen Dauerlauf auszuführen.

„Seht, wie er kommt!" forderte Halef die Hukara auf. „Es ist der Tertib We Tabrik Kuwweti Harbie Feninde

Mahir Kimesne des tapferen Scheiks von Dschunubistan! Und — —"

Er hielt mitten in seiner Rede, die jedenfalls satirisch werden sollte, inne. Sein Auge war auf einen weiter nach rechts liegenden Punkt des nördlichen Horizonts gefallen, an dem eine Gruppe von drei Reitern erschien.

„Wer mag das sein?" fragte er.

„Der ältere Prinz der Tschoban", antwortete ich, „mit seinem Freund und seinem Führer."

„Hamdulillah! So ist dann unser Tagewerk vollendet! Wie gut, daß er noch vor Abend kommt! Wie soll er behandelt werden?"

Er richtete diese Frage nicht an mich, sondern an den Erdschani, weil ich ihn angewiesen hatte, nur allein diesen als den gebietenden Feldherrn zu betrachten. Dessen Antwort lautete:

„So, wie ein guter Mensch behandelt werden muß, selbst wenn er als Gegner erscheint. Ich will die Tschoban nicht vernichten, sondern sie aus Feinden in Freunde verwandeln. Und dieser Prinz ist es besonders, auf den ich mich dabei zu stützen habe. Allerdings nur derjenige Sieg ist ein wirklicher Sieg, der alle Feinde vernichtet und keinen einzigen von ihnen übrig läßt. In vergangenen, grausamen Zeiten suchte man dies dadurch zu erreichen, daß man sie ausrottete, sie tötete. Heute und noch viel mehr in der Zukunft aber kommt man viel leichter, viel sicherer und viel menschlicher zu ganz demselben Ziel, wenn man den Haß in Liebe kehrt und sich dadurch den Widersacher zum Verbündeten und Helfer macht. Diese Weise soll auch die unsere sein. Ich will durch Liebe siegen, nicht durch Blut und Tod!"

Nun war Smihk so weit herangekommen, daß er uns nicht nur sah, sondern auch erkannte. Er war des fremden Reiters überdrüssig geworden und hatte ihn abgeworfen. Nun er aber bekannte Gestalten erblickte, stieß er einen Jubelschrei aus, der alles überbot, was bis jetzt von ihm zu hören gewesen war. Ich ging ihm einige Schritte entgegen, um ihn zu liebkosen, wobei er den Schwanz in einen erstaunlichen Freudenwirbel versetzte. Kurze Zeit darauf stellte sich der Stratege ein, natürlich zu Fuß. Er war ganz außer Atem. Als er Halef und mich sah, blieb er pustend vor uns stehen und begann dann, ein Donnerwetter über uns loszulassen, wurde aber schnell unterbrochen: Zwei stämmige Hukara ergriffen ihn bei den Armen und zogen ihn fort, um ihn dahin zu bringen, wohin ihm seine Untergebenen vorausgeschickt worden waren.

Die Sonne war dem Untergang nahe, als der Prinz der Tschoban sich der Stelle näherte, an der wir uns befanden. Wir waren von den Pferden gestiegen, hatten diese versteckt und dann auch für uns selbst hinter Steinen so gute Deckung gesucht, daß wir nicht gesehen werden konnten. Die drei Reiter hielten sich für vollständig sicher. Sie waren darum nicht wenig überrascht, als wir plötzlich aus unserer Verborgenheit hervortraten und einen so dichten Kreis um sie bildeten, daß sich ihre Pferde nicht bewegen konnten.

„Ussul!“ rief der Prinz, der sofort aus dem Äußeren der Leute, die ihn überfielen, ersah, zu welchem Volk sie gehörten. „Wer bist du?“

Diese Frage war an den Erdschani gerichtet, der zu ihm herantrat und nach der Maulkette seines Pferdes griff, um vor allen Dingen dieses in seine Gewalt zu bringen.

„Man nennt mich den Erdschani“, lautete die Antwort.

„Der Erdschani bist du? Den man bei euch den Dschirbani nennt?“ sagte er, während er ihn mit einem langen, aufrichtig forschenden Blick musterte. „Ich habe dich noch nie gesehen, und doch anders von dir gedacht, als törichte Leute denken. Und nun ich dich zum erstenmal sehe, gefällst du mir, und ich möchte darauf schwören, daß ich mich nicht in dir geirrt habe. Was willst du von mir? Warum drängt ihr euch an uns heran?"

„Um euch gefangenzunehmen."

„Aus welchem Grund? Euch an uns zu vergreifen, habt ihr weder Ursache noch Recht. Der Engpaß von Chatar liegt zwischen euerem und unserem Gebiet. Nur seine südliche Hälfte gehört euch, die nördliche aber uns. Wir befinden uns jetzt auf der nördlichen, also auf unserem eigenen Gebiet. Wie könnt ihr es wagen, uns da gefangennehmen zu wollen?"

„Weil ihr nach der Landenge kommt, um sie zu überschreiten und uns zu überfallen."

„Kennst du mich?"

„Ja. Und ich will ebenso aufrichtig sein wie du, indem ich dir sage, daß ich dich achte. Aber wir haben deinen Bruder ergriffen, als er bei uns spionierte, und wir wissen alles. Du wirst sehr bald erkennen, daß ich weder dein Feind noch der deines Stammes bin, doch jetzt muß ich mich für einstweilen deiner Person versichern."

„Mit welchem Recht gerade du?"

„Ich bin der Anführer der Ussul!"

„Du? Du? Der Anführer der Ussul? fragte der Prinz erstaunt. „Seit wann haben die Ussul begonnen, klug und einsichtsvoll zu werden?"

Da trat Irahd an ihn heran und antwortete an Stelle des Erdschani:

„Seit sie sich entschlossen haben, die Verteidigung in den Angriff zu verwandeln. Du bist Sadik, der erstgeborene Prinz der Tschoban, und ich bin Irahd, der Unteranführer der Ussul. Es wird dir nichts geschehen. Du sollst nur für heute gefangen sein. Komm, wehre dich nicht!"

Der Prinz wurde mit seinen Begleitern von den riesigen Ussul derart zusammengedrängt, daß er sich abführen lassen mußte, ohne den geringsten Widerstand leisten zu können. Nachdem hierauf die nötigen Weisungen für die Nacht erteilt worden waren, ritten wir wieder am Engpaß entlang dem Lager zu. Dort war für den Scheik ein Zelt errichtet, vor dem das Abendessen auf uns wartete. Bewirtet wurden wir von ihm und seiner Frau. Geladen waren Abd el Fadl, Merhameh, der Erdschani, mein Hadschi Halef und ich. Der Erdschani hatte geglaubt, daß ich Abd el Fadl kenne. Erst während dieses Ritts zum Abendessen erriet er aus einer Äußerung von mir, daß dies nicht der Fall sei. Da fragte er mich:

„Wann hast du Abd el Fadl zum erstenmal gesehen?“

„Erst vor einigen Tagen, hier“, antwortete ich.

„Weißt du, wer er eigentlich ist?“

„Nein.“

„So erfahre und erstaune: er ist der Fürst von Halihm. An Reichtum kommt ihm keiner gleich im ganzen Ardistan. Und doch siehst du ihn einfacher und bescheidener, als mancher Bettler ist. Er hat ein Gelübde getan; welcher Art es ist, das weiß man nicht genau, weil er niemals davon spricht. Es ist das ein Geheimnis, das er nur mit Merhameh, seiner Lieblingstochter, teilt.“

„So ist sie nicht sein einziges Kind?“

„Nein. Er hat noch Söhne und Töchter, die hoch am Thron wohnen. Nimmt er sich unser an, so ist uns viel geholfen!“

Das heutige Nachtmahl war dadurch ausgezeichnet, daß der Simmsemm vollständig fehlte. Es gab nur Wasser zu trinken. Die Einladung kam aus dem Herzen, hatte aber auch noch den besonderen Zweck, uns die Befreiung der beiden Söhne des Scheiks ans Herz zu legen. Der letztere war mit dem festen Entschluß gekommen, an unserem Zug persönlich teilzunehmen, um den Mir von Ardistan zur Herausgabe der Gefangenen zu zwingen. Es kostete uns viele Mühe, ihn davon abzubringen, indem wir ihn zu der Überzeugung brachten, daß er uns viel eher hinderlich als förderlich sein werde. Seine brave, einsichtsvolle Frau ging uns hierbei recht wacker an die Hand. Sie war nur mitgekommen, um ihn von der Ausführung dieser seiner Absicht abzuhalten. Sie liebte ihre Söhne nicht weniger als er; aber sie wußte, daß er seinem ganzen Wesen nach weiter gar nichts als nur Ussul war und jenseits der Grenzen seines Landes und seiner persönlichen Verhältnisse auf Gehorsam und Erfolg verzichten müssse. Ich fühlte mich außerordentlich befriedigt, als es uns mit dieser ihrer Hilfe gelungen war, seinen Plan zurückzuweisen und ihn zur Heimkehr zu bewegen. Freilich sollte diese Heimkehr nicht eher angetreten werden, als bis der Sieg hier am Engpaß endgültig entschieden war; das machte er zur Bedingung.

Eine wirkliche Freude war es mir zu sehen, daß der Scheik sich schon heute, nach so wenigen Tagen, zum Erdschani ganz anders verhielt als bisher. Nun, wo nicht mehr die Materie, sondern der Geist zu gebieten hatte, ließ sie sich allmählich herbei, seine Rechte anzuerkennen.

Von Abd el Fadl und seiner Tochter sei heute nicht besonders gesprochen. Wir standen vor großen, hochbedeutenden Ereignissen, die sich auf dem Engpaß, und zwar genau auf der Mitte, vollziehen sollten. Es ist also wohl am Platz, heute, am letzten Abend vor Eintritt dieser Ereignisse, ein kurzes, deutliches Bild ihres Schauplatzes zu geben.

Die Landenge verband die im Norden von ihr liegende Wüste der Tschoban mit dem südwärts angrenzenden Land der Ussul. Im Süden gab es Wasser, im Norden aber nicht. Es war zu erwarten, daß die Tschoban mit ihren Pferden halbverdurstet anlangen würden. Sie rechneten jedenfalls darauf, über den Paß sehr schnell hinwegkommen und drüben den Fluß erreichen zu können. Dies ihnen unmöglich zu machen, darin bestand unser Plan. Sie mußten auf der Landenge festgehalten werden. Der Durst sollte unser Verbündeter sein. Wir hofften, daß er sie zwingen werde, sich uns auf Gnade oder Ungnade zu ergeben. Dazu war freilich nötig, daß die Einschließung sich so eng und so qualvoll für sie gestaltete, daß ihnen keine Hoffnung auf irgend eine andere Rettung blieb. Glücklicherweise kam uns die Natur durch die eigenartige Gestaltung des Engpasses in besonders freundlicher Weise entgegen. Er zerfiel nämlich in drei fast gleich lange Teile. Zwei Querhöhen reichten über ihn hinweg von einem Meer bis zum anderen. Es gab also einen nördlichen, einen mittleren und einen südlichen Teil, die vollständig voneinander getrennt gewesen wären, wenn sich nicht in jeder der beiden Querhöhen ein schmaler Durchgang befunden hätte, durch den die Verbindung sich ermöglichte. Diese beiden natürlichen Quermauern waren das ‚Felsentor' und die hohe, steinige Wand des ‚Felsenlochs'. Das erste, nördliche Drittel des Passes ging von der Wüste der Tschoban bis nach dem ‚Felsentor'. Das letzte, südliche Drittel reichte vom Land der Ussul bis an das ‚Felsenloch'. Zwischen beiden, also zwischen dem ‚Felsentor' und dem ‚Felsenloch', lag das mittlere Drittel, das die eigentliche Falle bilden sollte. Wenn meine Berechnung richtig war, so gingen die Tschoban bestimmt in diese Falle und zwar nicht etwa zögernd, sondern schnell. Ich glaubte nicht, daß sie sich Zeit nehmen würden, die Örtlichkeit genau zu untersuchen, sondern ich war überzeugt, daß der Durst sie treiben werde, so rasch wie möglich über den Paß hinüberzukommen. Das ‚Felsentor' stand ihnen offen, sollte aber hinter ihnen sofort besetzt werden. Wenn sie das ‚Felsenloch' erreichten, wurden sie nicht hindurchgelassen. Dann konnten sie weder vor- noch rückwärts und waren ganz in unserer Hand.

Es war mein Wunsch, daß kein Blut vergossen werde;

aber wenn ich mich in die kommende Situation hineindachte, erschien es mir als sehr wahrscheinlich, daß wenigstens an beiden Enden der Falle ein Kampf nicht zu vermeiden sei. Denn es war anzunehmen, daß die Tschoban den Versuch machen würden, sich hier oder dort, vielleicht gar an beiden Stellen, den Durchlaß zu erzwingen. Daß diese Versuche ebenso erfolglos wie blutig sein mußten, verstand sich von selbst. Als ich während des Abendessens gegen den Erdschani hierüber eine Bemerkung machte, sagte er:

„Sei ohne Sorge! Es wird kein einziger Tropfen Blut vergossen werden. Die Vorbereitungen sind schon getroffen, nur sahst du sie noch nicht, denn du hattest keine Zeit. Ich werde sie dir nach dem Essen zeigen. Ich habe mich mit allen vier Elementen verbunden — —"

„Etwa mit Feuer, Wasser, Luft und Erde?" unterbrach ich ihn.

„Ja. Und diese unsere vier Freunde sind, wie ich sehe, fest entschlossen, sich unserer Sache kräftigst anzunehmen."

Während er das sagte, warf er einen forschenden Blick auf die beiden Meere hinaus und dann nach dem Himmel empor.

„Von zwei Elementen gebe ich das zu", bemerkte ich. „Die Erde hat uns aus ihrem festesten Gestein die Riesenfalle gebaut, und das Wasser hält zu beiden Seiten die Tschoban ab, diese Falle zu verlassen. Wie aber steht es mit dem Feuer und der Luft?"

„Schau zum Himmel auf! Zwar scheint der Mond, aber kein einziger Stern ist zu sehen, obgleich ihrer Tausende dort stehen müßten. Das Firmament gleicht einer Stubendecke, die mit gelber, dicker Tünche angestrichen ist. Nur der Mond dringt da hindurch, ein Stern aber nicht. Das fällt nur dir nicht auf, der du ein Fremder bist. Wir aber kennen unser Land und ebenso auch unseren Himmel. Morgen gibt es Sturm, und dann wirst du deutlich sehen, daß die Luft mit uns im Bunde ist."

„Und das Feuer?" fragte ich.

„Das wird uns Pulver ersparen", antwortete er. „Sobald ich hier ankam, wurde ich von Halef und Merhameh auf das Felsentor geführt. Als ich von da oben herab die Falle überblickte, kam mir der Gedanke, ihre beiden Ausgänge nicht mit Pulver und Blei, sondern durch das Feuer bewachen zu lassen. Ich säumte nicht, die hierzu nötigen Vorbereitungen zu treffen. Eine Schar meiner Hukara mußte zurückreiten, um da, wo der Wald beginnt, das nötige Holz zu fällen und mit Hilfe ihrer starken Pferde herbeizuschleppen. Schon liegt ein großer Vorrat hier, und sie arbeiten noch immer. Während der heutigen Nacht wird davon so viel, wie wir brauchen, nach dem Felsenloch geschafft, um dort, sobald es morgen dunkel wird, in Brand gesteckt zu werden — —"

„Das ist ja ein ganz vortrefflicher Gedanke!" unterbrach ich ihn. „Natürlich geschieht ganz Ähnliches am Felsentor? Nur daß wir das Holz leider nicht vorher dort aufstapeln können, denn es würde uns verraten. Wie werden wir das machen?"

„Es ist bereits gemacht oder doch wenigstens schon im Gang. Dieses Holz wird nämlich in Gestalt von kleinen Flößen längs des Ufers der heute noch ganz ruhigen See nach dem nördlichen Ende der Landenge gerudert und dort so versteckt, daß die Tschoban, wenn sie kommen, vorüberreiten, ohne es zu sehen. Du weißt, wie prächtig die Ussul mit solchen Flößen umzugehen verstehen."

„Das weiß ich wohl, und ich muß dich herzlich loben. Wie vortrefflich wäre es, wenn wir die Passage nicht nur teilweise, sondern ganz und vollständig mit Feuer verstopfen könnten! Leider aber ist, um nur von der einen Stelle zu reden, das ‚Felsenloch' nicht ein wirkliches, kleines Loch zu nennen, das nur die Breite des Weges besitzt, sondern es kommt hierzu auch noch die ganze Breite des alten Flußbetts. Es ist aber unmöglich, so viel Holz herbeizuschleppen, um ein Feuer von solcher Ausdehnung anzünden und unterhalten zu können."

„Da kommt das Wasser zu Hilfe!" lächelte er. „Bei solchem Sturm, wie für morgen zu erwarten ist, füllt der Fluß sich schnell mit Wasser. Die Wogen werden hoch am Felsen emporgetrieben und treten da in Risse und Rinnen ein, die in das trockene Bett hinunterführen. Wenn der Sturm sich nach der Ebbe mit der steigenden Flut verbindet, kommt es vor, daß der alte Fluß das eindringende Seewasser nicht zu fassen vermag. Es tritt dann über die Ufer und steigt auch dort noch mehrere Fuß empor, um am Weg längs der Felsen Spuren zu hinterlassen, die du nur deshalb nicht bemerkt oder nicht beachtet hast, weil du so etwas für ausgeschlossen hältst."

„Höchst wunderbar! Und einen solchen Sturm vermutest du gerade für morgen, also für den Tag, an dem die Tschoban kommen und hier gezwungen werden sollen, Frieden zu halten. Ist das Zufall?"

„Zufall?" antwortete er. „Ich weiß, daß auch du nicht an den Zufall glaubst, Ssahib. Sobald der Mensch nicht künstlichen Gesetzen folgt, sondern nur den natürlichen, die ihm Gott gebietet, steht ihm die ganze irdische Natur als Helferin zur Seite. Dann geschehen Zeichen und Wunder, deren Zusammenhang mit unserem Wünschen und Wollen nur Gott allein erklären könnte, wenn wir klug und gläubig genug wären, ihn zu begreifen. Doch, philosophieren wir nicht, sondern bleiben wir praktisch! Fassen wir dankbar zu, wenn uns der Himmel Hilfe schickt, obgleich wir nicht glauben, sie auf uns beziehen zu dürfen. Sie ist dennoch für uns bestimmt!"

Als wir uns nach dem Essen von unserm Wirt und

unserer Wirtin verabschiedet hatten, führte er mich an die See, wo ich sah, wie die Flöße gebildet und dann längs der Küste fortgerudert wurden. Dann ritt ich mit Halef noch nach dem ‚Felsentor', wo wir an derselben Stelle schlafen wollten, an der wir am ersten Abend nach unserer Ankunft hier genächtigt hatten, im weichen Sand, der zwischen schützenden Felsen lag, die den Sturm abhielten, falls er sich schon während der Nacht erheben sollte. Bei unserer Ankunft am ‚Felsenloch' fanden wir vor diesem schon solche Mengen Holz aufgestapelt, als ob wir die beabsichtigten Feuer nicht nur einen Tag, sondern eine ganze Woche brennen lassen müßten. Und das war gut, wie sich bald zeigen wird!

Mein kleiner Hadschi Halef war, ganz gegen seine sonstige Art und Weise, heute abend auffallend still. Er fühlte, daß ich dies besonders bemerkte, und sagte, um mir eine Erklärung dafür zu geben:

„Wir haben schon viel erlebt, Sihdi, aber so Wichtiges wie jetzt wohl noch nie. Selbst jenes alte Ereignis im ‚Tal der Stufen', das dem gegenwärtigen so ähnlich scheint, hat mich nicht so tief ergriffen, wie mich die jetzige Zeit berührt. Und weißt du, was das Sonderbarste hierbei ist?"

„Nun? Was?"

„Daß ich dem Erdschani vollständig vertraue. Früher hätten alle Fäden in deiner und meiner Hand vereinigt sein müssen. Wenn nicht, so hätte ich von der ganzen Sache nichts wissen mögen. Und heute ist es ganz anders. Ich trete mit Vergnügen zurück. Ich gönne dem Erdschani die Kraft und den Mut, seinen eigenen, großen gefährlichen Weg zu gehen. Es ist mir ganz recht, daß wir nicht an der Spitze stehen. Wir wollen hinter ihm bleiben, ihn schützen, ihm helfen. Und so freue ich mich darüber, daß er jetzt beginnt, selbständig aufzutreten. Wie höflich er während des Essens mit dem Scheik war, und wie rücksichtsvoll gegen dessen Frau! Und doch wie energisch schob er jeden Versuch zurück, ihm Verhaltungsmaßregeln vorzuschreiben! Er sagte, es gebe hier nur einen einzigen Kommandanten, und der sei er. Der Scheik sei verpflichtet, für das Heer zu sorgen. Das nehme alle seine Kraft und Zeit so sehr in Anspruch, daß er sich unmöglich auch noch um die Taktik und Strategie kümmern könne. Und die Frau des Scheiks gab unserem Schützling recht! Er beginnt, sich zu fühlen und sich zu entwickeln!"

Es war still um uns her, als wir uns niederlegten, und es blieb auch ferner still. Wir schliefen, wie bereits gesagt, an derselben Stelle; aber heute erklang das ‚Gebet von Dschinnistan' nicht von der Höhe des Felsentors herab. Waren Vater und Tochter nicht oben? Oder schwiegen sie, weil ein Posten der Hukara hier in der Nähe lagerte? Übrigens verhielten sich diese Leute außerordentlich ruhig. Sie störten uns nicht. So schliefen wir prächtig, von meinen Hunden bewacht, die in der ganzen Zeit, auch während des Essens, nicht von unserer Seite gekommen waren.

Wir erwachten erst bei Tagesanbruch. Es war ein wichtiger Tag, der schon gleich früh durch sein ungewöhnliches Aussehen zeigte, daß er sich nichts Übliches, sondern ganz Absonderliches vorgenommen hatte.

Wir befanden uns zwischen engen, steil anstrebenden Felsen und hatten infolgedessen einen kleinen, sehr schmalen Horizont. Aber so unbedeutend das Stück Himmel war, das wir über uns sahen oder vielmehr gar nicht sahen, es war doch groß genug, uns zu zeigen, daß der Erdschani mit seiner Voraussage, es gebe heute Sturm, recht gehabt hatte. Als wir vom Schlaf erwachten, hörten wir ein Brausen wie von den allertiefsten Orgelstimmen, durch das von Zeit zu Zeit das hohe, spitze, schrille Pfeifen einer Klarinette fährt. Und dieses Pfeifen und Brausen hörte nicht auf; es dauerte fort. Wenn es ja einmal für einige Augenblicke schwächer wurde, so stieg es dann um so höher zur vollen Stärke auf. Für uns wurde es durch die Felsen gemildert, die uns wie mächtige Wände beschützten und das Toben des Sturms nicht direkt an unser Ohr gelangen ließen. Der Himmel hing, wie man sich auszudrücken pflegt, fast bis zur Erde herab. Er bestand nur aus dunklen, schweren Wolken, die aber keine kompakte Masse bildeten, sondern wie zerfetzte und zerrissene Teppiche, Tücher und Schleier quer über die Landenge dahingejagt wurden. Ich sage quer; denn der Sturm kam aus Ost und traf den Engpaß also in seiner ganzen Länge. Er wühlte die Wasser des Meeres auf, hob sie hoch empor und zwang sie, an den Felsen hinaufzuklettern und jene Risse, Rinnen und Rillen zu finden, die bereits erwähnt worden sind. Aus diesen ergoß sich die Flut dann zu uns herein in das alte Flußbett. Sie stürzte, so weit wir sehen konnten, wie in zahlreichen Sturzbächen nieder, die nicht kontinuierlich, sondern stoßweise arbeiteten, ganz den Stößen des Orkans gemäß, die von Pause zu Pause erfolgten. Die Menge des Seewassers, die in dieser Weise draußen empor-, und dann zu uns hereingetrieben wurde, war sehr bedeutend. Sie hatte bis jetzt schon den ganzen Grund des Flusses ausgefüllt und stieg immer höher und höher. Hierzu kam, daß die Nordwinde den Sand der Wüste jahrhundertelang wie durch ein Blasrohr über die ganze Länge des Engpasses gepustet hatten. Auf der anderen Seite, also im Süden, hatte er sich angesetzt. Hierdurch war das Gefälle des Flußbetts so verringert worden, daß es fast gar keins mehr gab. Das Wasser stand; es floß nicht ab, wenigstens jetzt noch nicht. Vielleicht konnte es später, wenn es höher gestiegen war, ins Fließen kommen. Es stand jetzt schon mehrere Fuß hoch. Wenn der Seegang in der bisherigen Weise arbeitete, handelte es sich nur um einige Stunden, so war das Flußbett vollständig unwegsam gemacht und wir konnten die beiden einzigen passierbaren Stellen, um mich des Ausdrucks zu bedienen, den der Erdschani angewendet hatte, „mit Feuer verstopfen“.

Eben als wir aufgestanden waren, kam Merhameh. Sie hatte gewußt, wo wir schliefen, und uns ein Frühstück zubereitet, das sie uns jetzt brachte. Während wir es verzehrten, kam der Erdschani, um nach Norden hin, woher wir die Tschoban erwarteten, Ausschau zu halten. Ich begleitete ihn. Er deutete nach dem Fluß und sagte:

„Du siehst, der Sturm ist da. Ich vermute sogar, daß er sich zum Orkan erhebt. Und auch die Wasser kommen. Nur noch zwei Stunden, so sind nicht nur wir, sondern auch alle Elemente vollständig bereit, die Tschoban zu empfangen.“

„Die, wenn sie einmal kommen“, fügte ich hinzu, „gewiß keinen Augenblick säumen werden, in die Falle zu gehen.“

„Zu dem Durst gesellt sich nun auch der Sturm, um sie schnell hineinzutreiben.“

„Mich und Halef aber hindert er, ihnen entgegen zu reiten.“

„Du wolltest?“ fragte er.

„Ja, natürlich! Unser Warten auf sie ist doch immerhin ungewiß; wir aber hätten euch Gewißheit gebracht. Darauf müssen wir nun leider verzichten. Draußen in der Wüste sieht es jetzt ja noch ganz anders aus als hier bei uns, die wir uns im Schutz der Felsen befinden. Da denke ich eben daran, daß sich die Flößerei des Brennholzes bei diesem Wogengang von selbst verbietet. Haben wir auf dieser Seite Holz genug?“

„Ich hoffe es. Wir werden ja gleich sehen. Der Transport auf dem Wasser ist nicht mehr möglich. Wird mehr gebraucht, als geschafft werden konnte, so muß es auf dem verborgenen Pfad geschehen, der das Felsenloch mit dem Felsentor verbindet. Komm!“

Mein und Halefs Schlaf war so fest gewesen, daß

wir von den Vorbereitungen, die während der Nacht getroffen worden waren, gar nichts bemerkt hatten. Es lag in der Möglichkeit, daß die Tschoban sich nicht erst heute, sondern schon während der Nacht einstellten. Darum hatte der Erdschani schon gestern abend, noch während wir aßen, so viele Hukara nach Norden geschickt, wie nötig waren, die Falle hinter den Hineingeratenen zu schließen. Eine Anzahl von ihnen hatte sogar hinaus in die offene Wüste reiten müssen, um auch während der Nacht die etwaige Ankunft der Erwarteten zu erspähen und zu melden. Diese Leute lagen auch jetzt noch draußen, trotz des Sturms und trotz der ungeheuren Mengen von Sand, mit denen er die Luft erfüllte und die es unmöglich machten, einen Blick in die Ferne zu werfen.

Die Hukara, die außerhalb des Felsentors postiert waren, bildeten ein Drittel unseres Heeres, also vielleicht vierhundert Mann. Das ist schon eine nicht unbedeutende Zahl. Dennoch war, als wir jetzt hinauskamen, keine Spur von ihnen zu sehen, so gut hatten sie sich versteckt. Auch das Brennholz lag verborgen. Der Erdschani, der die Stelle kannte, führte mich hin. Es war kaum glaublich, welche Haufen von Stämmen, Klötzen, Ästen und Reisern man da zusammengeschleppt hatte. Mir kam es weit mehr als genügend vor, und doch stellte sich dann später heraus, daß es noch nicht reichte. Es mußte noch mehr hinzugetragen werden, und zwar auf dem geheimen Bergpfad, ganz so, wie der Erdschani gesagt hatte.

Hier auf diesem nördlichen Drittel des Engpasses befehligte Irahd. Als er uns sah, kam er aus seinem Versteck hervor und begleitete uns weiter. Das Wasser stieg im Fluß zusehends. Das Heulen des Sturms war hier außen noch ganz anders zu hören als innerhalb des Felsentors. Und je weiter wir kamen, um so stärker fühlten wir die Luftbewegung, die auch uns erfaßte.

Der Sturm wurde so kräftig, daß es schien, als ob er uns umwerfen werde. Und als wir das Ende der hohen uns schützenden Felsendünen erreichten, war die Luftbewegung viel richtiger eine Sandbewegung zu nennen. Das ganze Sandmeer der Wüste schien aufgewühlt zu sein. Es wurde in riesigen Streuwürfen und Schwaden vor dem Wind hergetrieben, eine fliegende Wüste, die der Geist der Lüfte mit tausend Geißeln peitschte!

Wie gern wäre ich mit meinen Hunden mitten in dieses Unwetter hineingeritten, um selbst zu sehen, ob und wann die Tschoban zu erwarten seien! Ich traute den paar Ussul, die da draußen lagen, nicht die nötige Übung und Ausdauer zu. Aber mein Syrr war mir denn Augen, Ohren und Nüstern in zehn Minuten voller Sand doch zu kostbar, als daß ich ihm zumuten durfte, zu haben und um eines groben Dienstes willen, für den er viel zu fein und edel war, an einer Lungenentzündung zugrunde zu gehen. Ich verzichtete also darauf und kehrte mit dem Erdschani und Irahd nach dem Felsentor zurück, um sodann mit Halef nach dem Felsenloch zu reiten, wo auch vierhundert Hukara lagen, die den Anprall der Tschoban auszuhalten hatten. Sie waren hierzu so wohlgerüstet, daß an ein Mißlingen ihrer Absicht gar nicht gedacht werden konnte. Denn das Wasser im Fluß war mittlerweile schon über einen Meter hoch gestiegen und begann nun, auch auf der Leeseite hereinzuströmen, nachdem sich der ungeheure Wogenschlag auch nach der westlichen Seite der Halbinsel der Ussul fortgepflanzt hatte. Nun, da die Füllung der Flußrinne von zwei Seiten aus geschah, war das Passieren des Felsenloches nur auf dem schmalen Uferpfad möglich, und diesen hatte man mit einem mächtigen Holzhaufen versperrt, der nur angezündet zu werden brauchte, um jeden Versuch, ihn zu entfernen, zu vereiteln.

Dabei standen die Vierhundert mit ihren Waffen, um

das Feuer unablässig zu schüren und jedes Vordringen der Feinde zurückzuweisen.

Hierauf ritten wir nach dem südlichen Ende des Engpasses, wo sich, um mich militärisch auszudrücken, das Hauptquartier befand. Noch gestern abend hatte es draußen, vor den Felsenhöhen, auf der freien Ebene gelegen; jetzt aber war es wegen des Sturms hereinverlegt worden, wenn auch nur für die Menschen, denn für die vielen Pferde gab es hier innen keinen Raum. Die letzten vierhundert Ussul, das dritte Drittel, das nicht direkt mit dem Feind zu tun bekam, war mit der Unterhaltung der Zwischenposten, der Beschaffung von Wasser und Proviant und ähnlichen wirtschaftlichen Dingen betraut, die zwar nicht kriegerisch sind, aber doch zum Krieg und auch zum Sieg gehören. Ich erkundigte mich nach unseren Gefangenen und erfuhr, daß der Panther mich dringend zu sprechen wünsche; ich beschloß, noch im Lauf des Tages zu ihm zu gehen. Vor allen Dingen hatten wir unsere beiden Pferde, die wir jetzt nicht mehr brauchten, weil alle Wege zu Fuß gemacht werden mußten, so unterzubringen, wie es ihr Wert erheischte. Wir fanden zwischen schützenden Felsen einen Platz für sie, wo sie vor den Unbilden des Sturms geschützt waren und von niemandem belästigt werden konnten.

Von dem Augenblick an, da die Ankunft der Tschoban gemeldet wurde, war folgendes vorgesehen: Der Erdschani sollte als Kommandant seinen Platz möglichst in der Mitte der Aufstellung haben. Er wählte sich hierfür eine Stelle, die oben an dem verborgenen Pfad fast gerade auf halbem Weg zwischen dem Felsenloch und dem Felsentor lag. Da gab es ein überhängendes, ausgehöhltes Felsenstück, das Platz für wohl ein Dutzend Personen bot und selbst beim ärgsten Regen trocken blieb. Von hier aus hatte man gleich weit nach den beiden Punkten, wo die Feuer brennen sollten, und die

Meldungen und Befehle konnten hin und her gehen, ohne von den dazwischen, aber tief unten liegenden Tschoban bemerkt und aufgefangen zu werden. Der Erdschani bat Halef und mich, ihm an dieser Stelle Gesellschaft zu leisten; ich aber wollte ihm so viel wie möglich freien Willen und freie Hand lassen und erwirkte also seine Einwilligung, dahin zu gehen, wohin es mir beliebte.

Es war noch nicht Mittag, so gegen elf Uhr europäischer Zeit, als die in die Wüste hinausgesandten Posten mit der Meldung zurückkehrten, daß die Feinde im Anzug seien. Diese wackeren Hukara hatten vom Sand und vom Sturm viel auszustehen gehabt und ihre Sache sehr gut gemacht. Sie waren ungesehen geblieben und sahen sehr mitgenommen aus. In welchem Zustand mußten sich da erst die Tschoban befinden! Der Erdschani begab sich sofort nach seinem Posten. Wir beide, nämlich Halef und ich, schnallten meinen zwei Hunden so viel Proviant und Wasser auf, wie wir von heute bis morgen brauchten. Dadurch machten wir uns frei von Ort, Zeit und Pflege. Dann gingen wir am immer höher wachsenden Fluß bis zum Felsentor. Als wir hierbei die Falle in ihrer ganzen Länge durchschritten, sahen wir, daß die Hukara jede Spur von sich und uns sorgfältig vertilgt hatten. Das machte mich noch ruhiger und zuversichtlicher, als ich ohnehin schon war. Vom Felsentor aus nahmen wir genau denselben Weg empor, den wir mit Merhameh hinaufgestiegen waren. Da oben wütete der Sturm so heftig, daß man sich zuweilen festhalten mußte, um nicht umgerissen und weggefegt zu werden. Nach Abd el Fadls Steinhütte zu gelangen, war ganz und gar unmöglich. Wir waren froh, eine nach Norden offene Felsenritze zu finden, an welcher der von Osten wehende Sturm vorüberging. Wir setzten uns da hinein und brauchten auch gar nicht lange zu warten, so sahen wir sie kommen: es war ein dünner, oft unterbrochener, ewig langer Zug von ermüdeten, hungernden und durstenden Menschen und Pferden, denen man es schon von weitem ansah, daß sie sich kaum mehr aufrecht halten konnten. So, wie wir sie sahen, so konnten wir selbstverständlich auch von ihnen gesehen werden, und darum machten wir uns nun schleunigst von dannen, um ihre Ankunft in der Falle zu beobachten.

Wir gingen den heimlichen Hochpfad entlang, bis wir den Erdschani erreichten, der es sich mit seinem Stab unter dem oben beschriebenen Felsen möglichst bequem gemacht hatte. Hier in der Nähe zweigte der Treppensteig ab, der nicht ganz nach unten, sondern nur bis zu der offenen Platte ging, die ich bereits beschrieben habe. Wir stiegen nicht ganz bis zu dieser Platte hinab, denn wir trafen auf Merhameh und ihren Vater, die an einer sehr praktisch gelegenen Stelle saßen, von der aus man fast die ganze Falle überblicken konnte, ohne selbst gesehen zu werden. Wir nahmen bei ihnen Platz und entlasteten die Hunde, indem wir ihnen die Tragsättel abschnallten. Für unsere Bedürfnisse war nun gesorgt, selbst wenn wir bis morgen an dieser Stelle bleiben mußten. Wir hatten sogar unsere Decken mitgenommen, für den Fall, daß wir gezwungen sein sollten, hier zu schlafen.

Wir saßen so, daß der Durchgang durch das Felsentor, sobald wir uns nach der linken Seite wandten, gerade vor unseren Augen lag. Es dauerte ziemlich lange, bis dort der erste der Tschoban erschien. Ich vermutete, daß man draußen vor dem Tor haltgemacht hatte, bis der Scheik kam, und zwar aus dem sehr selbstverständlichen Grund, um seine Befehle für den Durchzug des Engpasses zu erfahren. Diese Vermutung war richtig; denn der erste, der endlich durch das Tor geritten kam, war der Scheik. Ich kannte ihn nicht; aber die Art und Weise, wie er sich gab und wie man ihn nahm, ließ es erraten. Er ritt ein starkknochiges, sehr kräftig gebautes

Pferd von derselben Rasse, wie ich bei dem Panther, seinem Sohn, gesehen hatte. Freilich jetzt schien es mit dieser Kraft des Tieres vorüber zu sein. Denn es war so ermüdet, daß es nur noch langsam gehen konnte, und als er so weit vorgeritten war, daß er sich uns gegenüber befand, begann es gar, zu wanken, blieb stehen und wollte nicht weiter. Er schlug es nicht und peinigte es nicht. Er trug überhaupt sehr kleine Sporen, nicht die großen, fürcherlichen Marterwerkzeuge, die ich bei seinem Sohn und dessen Begleitern gesehen hatte. Er liebkoste das Pferd; er streichelte ihm den Hals und versuchte, es in Liebe zum Weitergehen zu bringen. Das gefiel mir sehr von ihm, war aber ohne Erfolg. Das Pferd wollte zwar, konnte aber nicht weiter. Da stieg er ab. Sobald es sich seiner Last ledig fühlte, ging auch der letzte Rest der künstlich erregten Energie verloren. Es begann zu zittern und brach dann halb zusammen, halb legte es sich hin. Da setzte er sich bei ihm nieder, nahm seinen Kopf in den Schoß, streichelte ihn und fragte und schaute emsig aus, ob einer der Vorüberreitenden noch eine Spur von Wasser in seinem Schlauch habe.

„Sihdi, dieser Mann ist gut!" sagte Halef. „Der liebt sein Pferd. Dem darf nichts geschehen! Bist du einverstanden?"

Ich nickte nur. Meine ganze Aufmerksamkeit war durch die Menschen in Anspruch genommen, die sich durch das verhängnisvolle Tor, vom Durst getrieben, förmlich hereindrängten, ohne zu ahnen, daß sie sich dadurch um ihre Freiheit brachten. Und so, wie sie hereindrängten, so drängten sie weiter. Wie sahen ihre Kleider, ihre Gesichter, ihre Pferde aus! Jede Falte, jede Öffnung steckte voll Sand. Sowohl Mensch wie auch Tier konnte kaum noch aus den Augen sehen. Alles hustete, keuchte und ächzte. Die Pferde waren bis zum Umstürzen ermüdet, wurden aber mit Hilfe von Peitsche und Sporen doch noch vorwärts getrieben. Nur von Zeit zu Zeit blieb einer bei dem Scheik halten, um ihm ein aufmunterndes Wort zu sagen, aber Wasser hatte kein einziger mehr, um es ihm für sein Pferd zu geben. Wir erfuhren später, daß diese Leute laut aufgejubelt hatten, als sie den Fluß erreichten. Schnell aber hatte sich ihre Freude in Schreck verwandelt, als sie schmeckten, was für Wasser er enthielt. Und dieser Schreck hatte sich zum Entsetzen gesteigert, als sie sich sagen mußten, daß dieses Seewasser sich aus dem oberen, ausgetrockneten Fluß in den unteren Fluß ergießen und auch dessen Wasser, von dem sie Rettung erwarteten, ungenießbar machen werde. Und dennoch drängten sie mit aller Gewalt nach vorwärts. Das Flußbett war noch nicht so weit gefüllt, daß das Seewasser Abfluß fand. Man sah, daß es stand. Es hatte sich noch nicht in die trinkbare Flut des Unterlaufs ergossen. Also vorwärts, weiter, weiter!

Nun folgte die Bagage, Kamelreiter mit leeren Schläuchen und abgetriebenen Tieren, ermüdete Reiter zu Fuß, die ihre Pferde am Zügel hinter sich herzogen, weil die armen Geschöpfe vor Durst und Hunger nicht mehr imstande waren, ihre Herren zu tragen. Und da, da krachten von unten herauf, von dem Felsenloch her, einige Schüsse. Draußen in der Wüste hätte der Orkan ihren Schall verschlungen; hier aber, wo seine Kraft von den Felsen gebrochen wurde, hörte man sie. Sie waren das verabredete Zeichen für uns, daß die Tschoban das Felsenloch erreicht hatten, aber nicht weiter konnten, weil von unseren Hukara der Holzstoß angezündet worden war. Es erhob sich da unten ein Geschrei, das sehr schnell von Mann zu Mann bis zu uns herauf getragen wurde. Das Vorwärtsdrängen kam ins Stokken. Man blieb stehen. Von oben herab, also vom Felsentor her, kamen nur noch einige einzelne Tschoban, bis auch der Letzte in der Falle war. Da krachten auch von dorther einige Schüsse.

Jetzt sprang der Scheik auf und schrie in den Lärm hinein:

„Schweigt, schweigt! Was ist geschehen? Warum reitet ihr nicht weiter?“

Das Getöse war so groß, daß man seine Worte nicht hörte. Doch sah man, daß er fragte, und jedermann antwortete ihm. Es entstand dadurch noch ein viel schlimmerer Tumult, aus dem nur wenige deutliche Worte wie „Ussul! Gefangen! Wasser! Feuer!“ herauszuhören waren. Der Scheik wiederholte seine Frage, aber mit demselben Mißerfolg. Da stand Merhameh auf, von niemandem veranlaßt und nur ihre inneren Eingebung folgend. Sie ergriff einen unserer Wasserschläuche, stieg mit ihm bis zur Platte hinab, legte ihn dort hin, trat ganz bis an den Rand der Platte vor und gab mit erhobenem Arm den Befehl zu schweigen. Ich sage absichtlich, daß sie nicht das Zeichen, sondern den Befehl zum Schweigen gegeben habe. Wie sie so niederstieg, wie sie so dastand, mit erhobenem Arm und königlicher Haltung, das ist nicht zu beschreiben. Der Scheik war der erste, der sie sah. Er machte eine Bewegung der Überraschung, trat um einige Schritte zurück, um sie zu betrachten, deutete auf sie und gebot Ruhe. Auch diese seine Worte verhallten in dem allgemeinen Spektakel, aber man folgte mit den Augen seinem Wink, und jedermann, der Merhameh stehen sah, wurde still. Ihr Anblick besaß jene Macht, die nur dem begreiflich ist, der die unwiderstehliche Gewalt eines seelisch reinen Wesens an sich selbst erfahren hat. Jeder Blick war auf Merhameh gerichtet, und man hörte trotz des Sturms deutlich, was sie mit heller, klarer Stimme dem Scheik unten zurief:

„Wirf mir deinen Schlauch herauf! Ich will dir Wasser geben für dein armes Pferd!“

Sein Pferd war das müdeste und durstigste von allen. Er hatte es abgehetzt, um seine Schar im Sturm zusammenzuhalten, hatte wie ein Schäferhund unausgesetzt die Herde umkreist, damit kein Schaf verloren gehe.

„Wasser? Für mein Pferd?“ fragte er zu ihr hinauf. „Ja gib! Allah segne dich für deine Barmherzigkeit! Sag, wer du bist!“

„Ich bin Merhameh“, antwortete sie einfach.

„Merhameh? Also die, von der ich rede, die Allah segnen soll, die Barmherzigkeit?“

Er nahm den Schlauch vom Sattel und warf ihn ihr zu. Sie füllte ihn aus dem unseren und reichte ihn, niederkniend, so weit hinab, daß er ihn auffangen konnte. Er trat sofort zu seinem Pferd, um es zu tränken. Während er dies tat, schaute Merhameh froh lächelnd zu ihm nieder. Und die Menge der Tschoban hielt Mann an Mann da unten auf dem Weg und schaute zu ihr hinauf. Es war doch eigentlich gar nichts Sonderliches, was da geschah! Ein Mädchen gab einem Reiter Wasser für sein durstiges Pferd. Ähnliches hatte man schon tausendmal gesehen. Wie kam es, daß der Anblick gerade dieses Mädchens so unbedingt beruhigend wirkte und das vorherige Gezeter in plötzliches, tiefes Schweigen verwandelte?

Jetzt war der Schlauch leer. Der Scheik richtete sich aus seiner gebückten Stellung empor, und zu gleicher Zeit sprang sein Pferd vom Boden auf. Er schaute zu Merhameh hinauf, nickte ihr dankend zu und fragte dann:

„Hat sich die himmlische Barmherzigkeit in irdische Form gekleidet? Oder ist hier Merhameh der Name eines wirklichen Menschenkindes?“

„Ich bin wirklich!“ antwortete sie. „Mein Vater hat mich so genannt.“

„Dein Vater? Wer ist er?“

„Er heißt Abd el Fadl.“

Da trat der Scheik mit dem Ausdruck der Überraschung noch einige Schritte zurück und fragte:

„Etwa gar Abd el Fadl, der Fürst von Halihm, der das berühmte Gelübde tat?"

„Derselbe!" nickte sie.

„Ist er hier?"

„Ja."

„Darf ich ihn sprechen?"

„Nein. Sein Name sagt, was er ist und was er will. Er kennt keine andere Herrscherin als nur die Güte allein, der es verboten ist, mit Menschen zu verkehren, die rauben und morden und Blut vergießen wollen. Es gibt nur zwei, die mit euch reden können, nämlich die Strenge und die Barmherzigkeit."

„Die Barmherzigkeit bist du. Und wer ist die Strenge? Wer gebietet hier? Warum hält man uns auf? Man scheint das Felsenloch besetzt zu haben und uns nicht weiterlassen zu wollen. Wer ist es, der das tut?"

„Das bin ich!" erklang es neben Merhameh.

Der Erdschani war von seiner hohen Stelle herabgestiegen und neben Merhameh getreten. Er glich in seiner edlen Haltung, seiner vornehmen Art, sich zu bewegen, und seinem ledernen Gewand einem Winnetou in Riesengestalt, und mit der herabwallenden Haarmähne einem noch ungezähmten Löwen.

„Du?" fragte der Scheik der Tschoban. „Ich kenne dich nicht; ich habe dich noch nie gesehen."

Der Gefragte brauchte nicht zu antworten. Es erhob sich unter seinen Leuten eine Stimme:

„Der Dschirbani! Der Räudige, der Verrückte!"

Und eine andere Stimme fügte hinzu:

„Der, wenn er von den Ussul eingesperrt wurde, immer herüber zu uns floh, um hinauf nach Dschinnistan zu laufen. Wir aber ließen ihn nicht durch!"

„Der Dschirbani! Der Verrückte! Der Verachtete! Der Räudige!" rief ein Dritter und ein Vierter.

„Der Verachtete! Der Räudige! Der Verrückte!" schrien ihnen viele andere nach.

„Ist das wahr?“ fragte der Scheik zu ihm hinauf.

„Daß man mich den Dschirbani nennt, ist wahr“, antwortete der Geschmähte ruhig. „Ob ich verrückt oder räudig bin, das wirst du sehr bald selbst beurteilen können. Dein Sohn, der falsche Ilkewlad, der nicht der Erstgeborene ist, fiel in unsere Hände. Er plauderte eure Pläne aus. Da zogen wir euch entgegen, um euch eine Falle zu stellen. Wir sind weit über tausend Mann und haben da unten das Felsenloch besetzt, um euch nicht hindurchzulassen — —“

„Eine Falle?“ unterbrach ihn der Scheik. „Wir scheinen allerdings da unten nicht weiterzukönnen; wer aber hindert uns, dahin zurückzukehren, woher wir gekommen sind?“

„Der Hunger, der Durst und das Feuer. Schau hin!“

Er deutete nach dem Felsentor. Die wenigen Minuten hatten genügt, so viel Holz, wie nötig, herbeizuschaffen und in Brand zu stecken. Weil das Feuer draußen brannte, sah man es nicht; aber der Wind blies den Rauch herein, hinderte ihn, emporzusteigen, und zwang ihn, wie eine sich tief am Boden windende Schlange dem Ufer des Flusses zu folgen. Der Scheik stieß einen Schreckensruf aus.

„Auch dein anderer Sohn, der wirkliche Erstgeborene, geriet in unsere Hände“, fuhr der Erdschani fort. „Wir haben ihn gestern noch vor Abend ergriffen, als — —“

„Mein Sohn Sadik?“ unterbrach ihn der Scheik.

„Ja.“

„Das ist nicht wahr! Das ist Lüge!“

„Gut! Nimm es für Lüge!“

„Er kann nicht hier sein, ich glaube es nicht. Er ist daheim!“

„Ich wiederhole nur: Nimm es als Lüge! Und sei auch stolz genug, mit mir, dem Lügner, nicht weiter zu verkehren!“

Er wandte sich ab und stieg langsamen Schrittes wieder hinauf nach seinem Platz. Auch Merhameh verließ die Platte und gesellte sich wieder zu uns. Ich fand das sehr richtig. Des Erdschani Weise war ganz die rechte, sich in Respekt zu setzen. Der Scheik rief noch mehrmals nach ihnen herauf, bekam aber keine Antwort. Da beschied er eine Anzahl seiner Leute zu sich, in denen ich die Ältesten vermutete. Sie setzten sich in einem Kreis nieder, um mit ihm zu beraten. Eine solche Beratung der Stammesältesten wird bekanntlich Dschemmah genannt. Die jetzige fand gerade vor unseren Augen statt. Es wurden Leute sowohl nach dem Felsentor wie auch nach dem Felsenloch gesandt, um über diese beiden Orte zu berichten. Was sie nach ihrer Rückkehr sagten, konnten wir natürlich nicht hören. Wir hatten wegen des Sturms ja kaum verstehen können, was zwischen uns und ihnen vorher sehr laut gerufen worden war. So weit unsere Augen reichten, hatte sich die anfängliche Aufregung der Tschoban gelegt. Die noch nicht von ihren Pferden gestiegen waren, taten das nun jetzt; sie setzten sich nieder, um das Ergebnis der Dschemmah abzuwarten.

Ich muß erwähnen, daß das Wasser des Flusses noch immer stieg. Der nördlich vom Felsentor und südlich vom Felsenloch wehende Sturm trieb den Rauch der beiden Riesenfeuer in die Falle herein. Die stechend und brenzlig riechenden Wolken krochen von unten herauf und von oben herunter, bis sie sich in der Mitte, wo die Beratung stattfand, trafen. Der Luftdruck hielt den Rauch nieder. Zuweilen war dieser so dicht, daß er uns den Blick auf die Tschoban raubte. Dann mußten wir warten, bis ein pfeifender Windstoß hereinfuhr und den Rauch in die Höhe wirbelte. Das gab der ganzen Szene etwas eigentümlich Urwelt-Elementares. Die Tschoban erschienen wie eine verlorene Schar von Pygmäen, die von unwiderstehlichen, riesigen Gewalten zermalmt und vernichtet werden sollten. Sie waren sich über ihre Lage noch nicht im klaren und beschlossen also, sie zu untersuchen. Es wurde nach Wegen geforscht, die empor zur Höhe führten, zunächst hüben auf unserer Seite. Man fand keinen einzigen Pfad. Dann schwammen einige quer durch den Fluß; natürlich auf ihren Pferden, denn man weiß ja, daß die Tschoban das Wasser scheuen und keine Schwimmer sind. Man suchte hierzu Pferde aus, die noch kräftig genug waren; deren gab es aber nur sehr wenige. Diese Reiter sollten drüben suchen; sie kehrten aber ebenso unverrichtetersache zurück. Dann folgte wieder eine längere Beratung. Hierauf setzten sich zwei Abteilungen zu Pferde. Die eine ritt nach Süden und die andere nach Norden. An der letzteren sahen wir, welchen Zweck sie verfolgten. Sie ritt so weit an das Felsentor heran, als der qualmende Rauch erlaubte, und ging dann in das Wasser, um zu versuchen, ob wohl da hinauszukommen sei. Wir sahen, wie die Pferde sich weigerten; sie hatten Angst vor dem nassen Element. Derartige Mengen Wassers waren ihnen fremd. Und als man sie endlich hineingezwungen hatte, war es auch den Reitern erwünscht, daß ihre Tiere nicht vorwärts schwammen, sondern schleunigst nach dem sicheren Ufer zurückkehrten, weil von draußen auf sie geschossen wurde. Die Tschoban begriffen, daß an ein Hindurchkommen gar nicht zu denken war, und wandten sich der Dschemmah wieder zu. Bald kehrte auch die andere Abteilung zurück, die ebensowenig erreicht hatte.

Man sah es den Ältesten an, daß sie nun an das Ende ihres Witzes gelangt waren, was aber nicht etwa zur Folge hatte, daß sie sich zu ergeben beschlossen. Sie waren eingefleischte Moslemin und also Fatalisten. Sie hatten zu entkommen versucht, jedoch vergeblich. Damit, glaubten sie, hatten sie ihre Pflicht getan. Das war genug. Was nun geschah, das wurde Allah überlassen, der am besten weiß, was seinen Tschoban frommt. Dieser Fatalismus hätte vielleicht nicht so unmittelbar und augenfällig gewirkt, wenn ihm nicht die ebenso tiefe wie allgemeine Ermüdung zu Hilfe gekommen wäre. Wir sahen, daß viele sich hinsetzten und einfach die Hände in den Schoß legten. Andere wickelten sich in ihre Decken, um einzuschlafen. Über diesen Schlaf hinauszudenken, dazu fehlte ihnen die Energie. Auch bemerkten wir, daß die Dschemmah unter sich nicht einig war. Zwar konnten wir nicht hören, was die Mitglieder untereinander sprachen, aber aus ihren sehr lebhaften und sehr ausdrucksvollen Gebärden war zu schließen, daß sie vielfach gespaltene Meinungen vertraten. Erst nach längerer Zeit schienen sie sich über einen Entschluß geeinigt zu haben. Um ihn auszuführen, stand der Scheik von seinem Sitz auf, kam wieder näher herbei und rief nach Merhameh. Es war bezeichnend, daß er nicht mit dem Erdschani zu sprechen verlangte. Merhameh stieg wieder zur Platte hinab und ließ sich vor ihm sehen. Er war außerordentlich höflich gegen sie. Er gab zu, daß er mit seinen Tschoban eingeschlossen sei, doch behauptete er, durch einen kräftigen Vorstoß sofort entkommen zu können, selbst durch das Feuer. Es sei ja Wasser genug vorhanden, um sogar die größte Glut sofort zu löschen. Er forderte ein wahrheitstreues Bild der gegenwärtigen Situation und eine ebenso aufrichtige Darlegung über die Absichten der Ussul.

Wie konnte er ein derartiges Verlangen an ein so junges, unerfahrenes Mädchen stellen? So fragte ich mich. Aber Merhameh antwortete sofort, und wie! Weder der Erdschani noch ich hätten es besser machen können. Sie sprach völlig der Wahrheit gemäß, jedoch so vorsichtig und diplomatisch, daß ich erstaunte. Auf jede Frage, die er ihr dazwischen warf, war sie sofort mit der richtigen Antwort bei der Hand. Sie sprach wie ein Anwalt, der sich mit scharfem Geist auf alles, was zu sagen ist, wohl vorbereitet hat und dem Gegner keine Lücke läßt, etwaige Widerlegungen anzubringen. Und zugleich sprach sie auch als mild und freundlich denkendes Weib, dem es viel mehr darauf ankommt, zu verzeihen, als zu siegen. Und doch klang es auch wieder, als spräche nur ein Kind, dem es in seiner Natürlichkeit und Naivität ganz unverständlich ist, daß ein vernünftiger Mensch sich in der Weise benehmen kann, wie eben der Gegner sich benimmt. Es lag etwas Unwiderstehliches, etwas geradezu Siegreiches in den Worten, die sie wählte, und in dem herzlich eindringlichen Ton, den sie ihnen gab. Das kam alles so klar perlend, so selbstverständlich und so ungesucht. Das war nicht gemacht, das war angeboren; das war Talent oder gar vielleicht Genie. Ich habe viele hervorragende, ja sogar große Redner gehört; nie aber hörte ich in der unbeschreiblich hinreißenden, unbezwingbaren, zugleich überzeugenden und beseligenden Weise sprechen, in der Merhameh zu sprechen pflegte, wenn ihr das, was sie sagte, aus eigenem Herzen kam. Heute hörte ich sie zum erstenmal und zwar unter erschwerenden Umständen. Der Sturm verschlang die Hälfte ihrer Rede; der Haß stand ihr entgegen, und was sie sprach, sprach sie zu erschöpften Leuten, und doch war der Erfolg außerordentlich. Später habe ich sie noch oft, sehr oft gehört, unter Verhältnissen von viel günstigerer Resonanz, und niemals ist es mir eingefallen, etwa an ihrer Stelle einen anderen sprechen zu lassen oder das Wort gar selbst zu ergreifen. Es kam zuweilen vor, daß, wenn gar nichts helfen wollte, sie mit einigen kurzen Sätzen erreichte, was wir mit all unseren Reden nicht hatten erreichen können. Als sie jetzt sprach, saß Halef neben mir. Zufälligerweise glitt mein Blick auf sein Gesicht hernieder. Da sah ich, wie erstaunt er war. Seine Augen waren groß; sein Mund stand offen. Man sah es ihm an, daß er in diesem Augenblick nur für die junge, schöne Sprecherin vorhanden war. Als sie geendet hatte, holte er tief Atem und sagte:

„Hast du es gehört, Sihdi? Maschallah! Ich habe mich für einen unübertrefflichen Redner gehalten; aber weißt du, was ich bin?“

„Nun, was?“

„Ein blökendes Schaf, eine schreiende Krähe, ein gähnendes Kamel! Aber so eine Stimme und solche Töne und derartige —“

Er hielt inne, um den Scheik zu hören, der wieder zu sprechen begann. Dieser stand ganz unter dem Eindruck dessen, was er gehört hatte, und rief zu Merhameh herauf:

„Ich glaube dir alles, was du sagst. Denn alle Welt weiß, daß aus dem Mund von Abd el Fadl oder Merhameh nie eine Lüge kommt. Du bestätigst also, daß Sadik, mein ältester Sohn, bei euch gefangen ist?“

„Ja“, antwortete sie.

„So fordere ich vom Dschirbani, von jetzt an gerechnet, zwei volle Stunden Zeit, um unsere Lage genau zu untersuchen. Sobald diese Frist vorüber ist, bin ich wieder hier an dieser Stelle, um weiter mit dir zu sprechen. Ich bitte dich, ihm das zu sagen!“

Hierauf entfernte er sich, um, gefolgt von seinen Ältesten, weiter abwärts zu gehen, wo er noch nicht gewesen war. Er wollte mit eigenen Augen sehen, ob ihm vorhin von seinen Leuten der Wahrheit gemäß berichtet worden sei. Ich gedachte während dieser Pause zu dem ‚Panther‘ zu gehen, der verlangt hatte, mit mir zu sprechen. Ich nahm Halef mit, weil seine Hunde es waren, denen man die Bewachung der Gefangenen anvertraut hatte; sie sollten nur ihm gehorchen. Wir gingen auf dem Höhenpfad zunächst nach dem ‚Felsenloch‘ hinab. Unterwegs konnten wir den Scheik der Tschoban beobachten, wie er, von Gruppe zu Gruppe gehend, sich mit seinen Leuten verständigte. Sooft wir eine Stelle erreichten, an der wir von unten gesehen werden konnten, bemerkten wir, daß man zu uns heraufdeutete und sich über uns unterhielt. Das schadete nichts. Es war sogar für uns gut, wenn die da unten sahen, daß wir hier oben miteinander verkehren konnten, ohne daß es ihnen möglich war, es zu verhindern. Auf dieser Höhe fühlten wir den Sturm noch ganz anders als bisher, und wir waren froh, als der Pfad uns wieder zu Tal führte, wo die Felsen schützten. Die vierhundert am ‚Felsenloch' stehenden Hukara waren wohlgemut. Sie wußten wie wir, daß den Tschoban gar nichts anderes übrig blieb, als sich zu ergeben.

Über die Grenze

Unser Ziel, der Felsenriß, in dem der ‚Panther' steckte, lag noch weiter unten. Die Natur hatte da zwei große Steinblöcke aneinandergeschoben und dabei an ihrer vorderen Seite eine Lücke zwischen ihnen gelassen, die so groß war, daß sie ein Dutzend Männer fassen konnte. Oben war diese Lücke zu. Infolgedessen war es nur in ihrem vorderen Teil hell, im hinteren aber dunkel. Da hinein hatte man den ‚Panther' mit seinen beiden Begleitern gesteckt. Hu, der Hund des Hadschi, bewachte sie. Er saß vor der Spalte, als wir kamen, und begrüßte uns mit freundlichem Schweifwedeln, seinen besonderen Herren aber auch noch dadurch, daß er ihm die Hand leckte. Ich trat allein in das Gefängnis. Halef blieb draußen. Der Palang lag an der Erde, die beiden anderen saßen neben ihm. Sie standen auf, als sie mich sahen; sie blieben während des ganzen Gespräches stehen, weil auch ich stehen blieb und sie nicht aufforderte, sich wieder niederzusetzen. Ich grüßte und fragte dann:

„Du hast mit mir zu sprechen gewünscht. Sprich! Ich höre!"

Das war sehr kurz. Er warf einen langen und unsicheren Blick auf mich, ehe er antwortete:

„Darf ich dich, wie andere Leute, Effendi nennen?"

„Ja."

„Und darf ich so aufrichtig mit dir reden, wie man mit einem Mann spricht, dem die Wahrheit über alles geht? Ich habe nämlich gehört, daß du ein solcher Mann bist."

„Du darfst es. Ja, du mußt es sogar. Es würde dir überhaupt schwer fallen, mich zu belügen."

Da glitt ein Zug höhnischer Grausamkeit über sein nicht unschönes Gesicht, und er sagte:

„So wisse zunächst, daß ich dich hasse, glühend hasse! Daß ich dich so hasse, wie ich noch niemals einen Menschen gehaßt habe. Du hassest mich natürlich auch!"

„Ich dich? O nein! Gleichgültige Menschen haßt man nicht. Zudem bin ich Christ."

„Ja, Christ!" rief er, während er ausspuckte. „Das kenne ich! Und sollte ich dir wirklich gleichgültig sein, wie du sagst? Ich bin Prinz! Verstanden?"

„Und ich bin keiner! Das ist der ganze Unterschied! Sprich weiter!"

„Ich war, wie alle Prinzen von Geblüt, eine Zeitlang am Hof des Mir von Ardistan. Ich war sein besonderer Liebling und bin es auch noch heute!"

„Was geht das mich an? Nur weiter, weiter! Ich habe keine Zeit!"

„Nur Geduld, mein edler Christ! Du wirst sehr schnell lernen, dich für das, was ich sage, zu interessieren. An jenem Hof lernte ich nämlich den Offizier kennen, der jetzt der Oberstkommandierende des Heeres der Ussul ist."

„Du irrst. Der Oberstkommandierende ist der Erdschani. Du aber meinst jedenfalls jenen alten, verwundeten Oberst, dessen Pulver niemals trocken ist und der nur Invaliden kommandiert."

„Höhne nicht! Er hat mich während meiner jetzigen Gefangenschaft wiederholt besucht und stundenlang mit uns gesprochen, auch von dir."

Da horchte ich auf, ließ mir aber nichts merken. Sollte dieser sonderbare Held sich mit Verrätereien abgegeben haben? Zu meiner Beruhigung erfuhr ich bald, daß er das nicht getan hatte. Es war geschwatzt worden, weiter nichts! Der Prinz fuhr fort:

„Glaube ja nicht, daß er zu viel gesprochen hat! Es ist kein Wort über euren jetzigen Zug hierher aus seinem Mund gefallen. Doch warnte er mich. Er behauptete, wenn wir gekommen seien, nicht den Frieden, sondern den Krieg zu bringen, so würden wir in unser Verderben rennen. Seit deiner Ankunft sei ein ganz neuer Geist in die Ussul gefahren; mehr dürfe er nicht sagen. Was für ein Geist es ist, den er da meinte, das habe ich bis heute beobachten können. Kennst du den heutigen Tag?"

„Ich kenne ihn", versicherte ich.

Da stemmte er sich mit einem Arme auf, hob den Oberkörper und fragte:

„Du weißt, wer kommen will? Heute? Hierher?"

„Ich weiß es. Alle Ussul wissen es."

„Du hast es erlauscht und es ihnen verraten! Du sagst, du seiest ein Christ und bist doch nur ein Teufel! Und sag —" Er stemmte sich nun noch auf den anderen Arm, richtete sich noch weiter auf und fuhr fort: „Sind sie da? Sind sie eingetroffen?"

„Ja, sie sind da", nickte ich.

„Hier? Auf der Landenge?"

„Ja, hier? Ganz genauso, wie sie es beschlossen hatten."

„Und ihr? Was habt ihr getan? Wir hörten Schüsse fallen und Menschen schreien!"

„Wir haben sie nur bis zur Mitte des Engpasses kommen lassen. Nun sitzen sie fest. Vor ihnen haben wir das Felsentor besetzt. Sie können weder vor- noch rückwärts. Die brandende See hat den Fluß mit Wasser gefüllt, und an den beiden Durchgängen brennen Feuer, durch die kein Mensch zu kommen vermag. Die Tschoban haben im Orkan einen entsetzlichen Marsch gehabt. Sie sind vor Hunger und Durst beinahe verschmachtet. Das Pferd deines Vaters fiel vor Erschöpfung um —"

„Meines Vaters?" unterbrach er mich da schnell. „Mein Vater ist dabei? Er selbst?"

„Er selbst."

„So ist mein Bruder daheimgeblieben! Dadurch ist das Land und das Volk in die Hand dieses Knaben gegeben! Ich bin gefangen. Mein Vater steht ebenso in Gefahr, ergriffen zu werden! Dann wird es ja ganz anders kommen, als — als —"

Er vergaß, daß sein Fuß verletzt war; er wollte aufspringen, fiel aber mit einem Schmerzensschrei in sich zusammen. Da ballte er die Faust, schüttelte sie mir drohend zu und knirschte:

„Daran bist nur du allein schuld, nur du, nur du! Christenhund, verfluchter und verdammter!" Sein Gesicht war, als er das sagte, nicht allein häßlich, sondern von einer geradezu abstoßenden Widerlichkeit. „Was habt ihr vor mit den Tschoban?" brüllte er mich an. „Was werdet ihr tun? Heraus damit!"

Ich brauchte ihm nicht zu antworten; ich konnte einfach gehen. Aber ich hatte ein ganz eigentümlich geartetes Mitleid mit diesem jungen, reichbegabten aber vollständig un- oder falscherzogenen Menschen und gab ihm also in aller Ruhe die so stürmisch geforderte Auskunft: „Wir wollen euch besiegen, ohne daß ein Tropfen Blut fließt. Ergben sich die Tschoban freiwillig, so sind wir bereit, einen Frieden mit ihnen zu schließen, der beiden Teilen gleichgroßen Nutzen bringt. Ergeben sie sich aber nicht, so bleiben sie hier ohne Wasser und Nahrung eingeschlossen, bis sie verschmachten."

„Alle?“ fragte er in grimmigem Tone.

„Alle! Vom ersten bis zum letzten!“

„Hund!“ knirschte er. „Und das nennt sich einen Christen! Ich muß mit meinem Vater sprechen! Schafft mich hinaus zu ihm!“

„Du bleibst!“ antwortete ich.

„So bringt ihn zu mir herein! Aber vor dem Friedensschluß! Verstanden? Vorher, vorher! Ich befehle es dir!“

„Wurm!“

Ich sagte nur dieses eine Wort, aber es war genug. Zwar er wollte in seinem ungezügelten Temperament noch zorniger losbrausen als bisher, aber seinen Gefährten wurde es angst um ihn, um sich selbst und auch um das Schicksal ihrer Kriegerschar, die sich in einer Lage befand, welche die größte Vorsicht erheischte. Sie sagten ihm das, sprachen besänftigend auf ihn ein und beschworen ihn, sich zu beherrschen. In einer Situation, wie die jetzige sei, komme man mit Freundlichkeit viel weiter als mit Gehässigkeit und Beleidigungen. Er hörte sie mit gesenktem Kopf an, so daß ich sein Gesicht nun gar nicht sah. Plötzlich hob er es empor. Es war ein ganz anderes geworden. Es glänzte vor lauter Wohlwollen. Und seine Stimme klang weich und gewinnend, als er sagte:

„Ihr habt recht! Ich war ein Tor! Mein schneller Zorn übermannt mich allzu oft. Ich bitte euch, mich zu stützen, daß ich mich erheben kann. Ich will im Stehen zu dem Effendi sprechen. Mein hoher Stand und die Achtung, die er von uns fordern kann, gebieten das!“

Man hatte ihm den Beinamen ‚Panther‘ mit allem Grund gegeben. In dem einen Augenblick fauchend, drohend, die Zähne knirschend und fletschend, im nächsten Moment sammetweich! Er richtete sich mit Hilfe seiner beiden Mitgefangenen auf. Er konnte nur mit einem Fuß stehen. Darum stützte er sich mit den Armen auf die Schulter des einen, der neben ihm stand, und kniete mit dem verletzten Fuß auf die Achsel des anderen, der sich niedersetzen mußte. Inzwischen sah ich mich in dem Raum schärfer um, als ich bisher getan hatte. Ich kehrte meinen Rücken dem Ausgang zu, hatte also den hinteren dunklen Teil der Felsenspalte vor mir. Ich stand nur erst einige kurze Minuten hier, aber meine Augen hatten sich doch bereits an dieses Dunkel gewöhnt. Ich sah, daß die beiden aneinanderliegenden Steine, welche die Spalte bildeten, sich nicht vollständig schlossen und trafen. Es gab da einige kleine, schmale Öffnungen oder Löcher, die weiterführten. Und auf dem Boden lagen da Exkremente, die ich für die Ausscheidungen von Fledermäusen hielt. Hieraus schloß ich, daß die Spalte, in der ich mich jetzt befand, sich hinter diesem Raum weiter fortsetze, ohne daß die drei Gefangenen eine Ahnung davon hatten. In diesem Augenblick aber konnte ich diesen Gedanken nicht weiter verfolgen; denn der ‚Panther' hatte inzwischen seine aufrechte Stellung eingenommen und begann zu sprechen.

„Ich bitte dich, Effendi", sagte er, „mich so ruhig anzuhören, wie ich jetzt mit dir spreche! Du bist mit mir einverstanden, daß ich mich nicht zu scheuen brauche, mich nur an die Wahrheit zu halten. Aber die bedeutendste Wahrheit, mit der wir es hier zu tun haben, ist die, daß alles, was in der letzten Zeit geschehen ist und auch alles, was in der nächsten Zeit zu geschehen hat, von nicht mehr und nicht weniger als nur von zwei Menschen abhängig ist. Kennst du sie, diese beiden?"

„Vielleicht lerne ich sie durch dich kennen", antwortete ich.

„Wir beide sind es, ich und du!"

„Wieso?"

„Verstelle dich nicht! Du weißt, daß ich recht habe! Schieb deinen Dschirbani so weit wie möglich vor, ich sehe doch den, der hinter ihm steht und der eigentliche Lenker und Leiter ist; ich meine dich! Und halte von mir, was du willst, aber sobald du die Augen weiter öffnest als bisher, wirst du den erkennen, nach dessen Janitscharenmusik die Tschoban alle marschieren; ich meine mich! Hüben und drüben, ich und du, die beiden eigentlichen und wirklichen Gebieter! Gibst du das zu?"

„Sprich weiter!" forderte ich ihn auf, ohne seine Frage zu beantworten.

Er fuhr fort:

„Ich habe gehört, daß du den Frieden willst; ich will ihn auch! Du bist ein Christ, ich aber bin Moslem. Hieraus folgt, daß unsere Mittel und Wege, den Frieden zu erreichen, nicht dieselben sind. Einer von beiden muß sich irren, entweder du oder ich. Wer der Irrende ist, das lehrt die Geschichte. Der Islam begann mit Kampf und Krieg; das Christentum begann mit dem Frieden. Wohin du schaust, liegt jetzt der Islam im Frieden; das Christentum aber schwelgt, soweit die Erde reicht, in Eroberung, Blut und Krieg. Alle Länder und alle Völker, die es gibt, wissen es genau: Das Christentum geht von dem Frieden aus, bringt aber unbedingt Krieg; der Islam aber geht vom Krieg aus und führt unbedingt zum Frieden! Das ist doch richtig?"

Ich antwortete:

„Beide, das Christentum und der Islam, von denen du redest, sind mir ganz unbekannt. Ich bitte dich, fortzufahren!"

Er hatte jetzt so mild, so freundlich, so warmherzig gesprochen. Fast war es unmöglich, ihn für denselben Menschen zu halten, der soeben noch so rücksichtslos grimmig gewesen war. Er sprach in dieser außerordentlich artigen, einnehmenden Weise weiter:

„Sei nicht bescheiden, indem du sagst, du wissest es nicht! Beide, diese Bescheidenheit und diese Unwissenheit, sind Lüge! Ich aber sage die Wahrheit! Ich bin weder Europäer noch Christ, sondern ich bin Asiat und Bekenner des Propheten. Und vor allen Dingen, mein Vater ist kein Knecht und meine Mutter keine Magd; ich bin Prinz! Weißt du, was das heißt? Mein Vater hatte vier Frauen. Meine Mutter ist eine Mohammedanerin aus Sahrima, also von strengster Richtung; ich bin ihr Sohn. Die Mutter meines älteren Bruders ist eine Christin; Allah verdamme sie! Er neigt im stillen zu ihrer Lehre, nicht aber zum Glauben seines Vaters. Darum hat er mich, und ich habe ihn gehaßt, seit wir Söhne eines Vaters und also Brüder sind. Er blieb daheim, denn seine Mutter gab ihn nicht her. Ich aber kam zum Mir von Ardistan und lernte bei ihm alles, was zum höheren Kampf, also zur Kunst des Krieges gehört. Aber glaube ja nicht, daß ich dadurch ein Knecht und Sklave des Krieges geworden bin. Ich bin ja Prinz und werde einst regieren – —“

Er machte mit beiden Armen eine Rundbewegung, als ob er andeuten wolle, daß einst der ganze Erdkreis ihm untertan sein werde. Dann fuhr er, sich nach und nach begeisternd, in seiner Rede fort:

„Ich bin frei geblieben. Mir ist selbst der Krieg kein Herrscher, sondern nur ein Mittel zum heiligen Zweck. Und dieser Zweck ist eben nichts anderes als nur — — Friede. Begreifst du das?“

„Ja. Ich begreife es.“

„So sprich!“

„Deine Mutter ist Mohammedanerin; sie geizt nach Ruhm und Ehre für sich und dich, aber sie ist kein gewöhnliches, sondern ein edles Weib. Sie denkt sich den Ruhm und die Ehre auch wieder als Mittel, und zwar zu einem noch viel höheren Zweck. Und dieser Zweck ist das Glück aller derer, über die du einst zu herrschen gedenkst, mit einem anderen Wort — — der Friede.“

„Was sagst du da?“ rief er erstaunt. „Fast ihre eigenen Worte! Für mich ist der Krieg nicht um des Krieges, sondern um ganz anderer Dinge willen da. Die Seligkeit der Christen liegt im Himmel, also jenseits des gegenwärtigen Lebens. Ihr trachtet nach dem Frieden mit Gott, nach dem ewigen Frieden. Der Islam aber trachtet vor allen Dingen nach der irdischen Seligkeit, also nach dem Frieden aller Völker, der auch schon diesseits des einstigen Lebens liegt. Und diesen Frieden erlangt man weder durch menschenfreundliche Gottesdienste und Gebete, noch durch Gottes Gnade und Barmherzigkeit, sondern man hat ihn sich zu erkämpfen; man hat die, welche ihn nicht wollen, zu zwingen, Friede zu halten! Für mich ist der Krieg also das größte Friedenswerk, das es auf Erden gibt. Euer Christentum ist fast zweitausend Jahre alt, aber noch keinem einzigen Volk hat es den Frieden gegeben, obgleich es gleich sein erstes Wort durch die Friedensposaune blies. Ich aber, der Moslem, werde nicht vom Frieden sprechen, kein einziges Wort vom Frieden. Ich werde vielmehr die Faust des Krieges ballen, um mit ihr den Krieg zu zerschmettern und zu vernichten! ‚Auge um Auge, Blut um Blut', das ist das harte aber unendlich gerechte Gesetz des Islam. ‚Der Mörder werde ermordet!' Der Krieg, dieser scheußlichste aller Mörder, die es gegeben hat und jetzt noch gibt, unterliegt demselben Gesetz wie jeder andere Mörder. Und weil es Selbstmord ist, wenn die Menschheit sich selbst zerfleischt, so erfordert die göttliche Gerechtigkeit, daß auch der Krieg an sich selbst zugrunde gehe, am Selbstmord, am tödlichen Schuß oder Stich in die eigene, atmende Brust! Verstehst du das, Effendi?"

Was war denn das? Dieser junge Mensch hatte nachgedacht, und zwar tief, sehr tief! Und wie begeistert er jetzt vor mir stand! Seine Wangen glühten, und seine Augen leuchteten. Die Züge seines Gesichtes schienen ganz andere geworden zu sein; sie waren wie verklärt.

Vorhin hatte er mich förmlich angewidert und angeekelt, und jetzt war es mir, als ob ich ihm die Hand drücken und ihn lieb haben müsse.

„Ich verstehe es“, antwortete ich; „es sind dieselben Gedanken, die auch in mir nach Geltung riefen, als es noch keine Klarheit in mir gab.“

„Klarheit?“ fragte er. „In mir ist alles klar. Darum haben sie bei mir die bleibende Stätte gefunden, die sie bei dir unmöglich finden konnten, denn du bist auch noch heute nicht in dir klar. Dein Christentum erlaubt dir nicht — —“

Er konnte nicht weiter sprechen; er wurde unterbrochen. Der Eingang verdunkelte sich. „Ssahib!“ rief es hinter mir, und als ich mich umdrehte, sah ich den Erdschani vor der Spalte stehen, der mir sagte, daß er mich sprechen wolle. Ich verabschiedete mich mit einigen kurzen Worten von dem Prinzen und folgte dem Wunsch unseres Oberstkommandierenden, der, als wir uns weit genug, um nicht gehört zu werden, von dem Felsenriß entfernt hatten, mir die ebenso überraschende wie wichtige Mitteilung machte:

„Die Dschunub kommen!“

„Die Dschunub?“ fragte ich. „Welche Dschunub?“

„Das ganze Heer!“

„Wann?“

„In einigen Stunden schon!“

„Gott sei Dank!“

„Gott sei Dank?“ fragte er überrascht. „Ich glaubte nicht, dir eine Freudenbotschaft zu bringen!“

„Es ist aber eine!“

„Wirklich? Wir sind doch mit den Tschoban noch lange nicht zu Ende! Und das muß doch geschehen sein, wenn es uns gelingen soll, die Dschunub zu überwältigen.“

„So beeilen wir uns! Du sprachst von einigen Stunden; das ist eine lange Zeit für den, der gelernt hat, diese Zeit zusammen zu nehmen. Von wem hast du erfahren, daß und wann sie kommen werden?"

„Der Sturm hatte es ihnen verboten, untätig in der Wüste liegen zu bleiben. Er hätte ihr Lager mit seinem Sand verschüttet. Sie konnten dem nur durch möglichst schnelle Bewegung entgehen. Sie brachen auf und folgten ihren vorangerittenen Offizieren in viel kürzerer Zeit, als vorher bestimmt worden war. Aber der Ritt war fürchterlich. Der Wind trank ihnen das Wasser aus den Schläuchen und die Kraft aus den Knochen von Mensch und Tier. Die Müdigkeit überwältigte sie. Sie mußten wiederholt rasten und blieben endlich gar liegen, um für einen halben Tag lang auszuruhen und für den letzten Rest des Weges neue Kraft zu sammeln. Einige sehr gut berittene Leute aber, deren Pferde noch die nötige Fähigkeit besaßen, wurden vorausgesandt, um zu erkunden, wie es am Engpaß stehe. Die kamen, als du dich gerade entfernt hattest, bis zu uns an das Felsentor, wohin man mich holte, um sie zu vernehmen."

„Wie hast du sie empfangen?"

„Als Feinde, obgleich sie sich als Freunde gebärdeten. Wir haben keine Zeit, lange hin und her zu diplomatisieren. Wir müssen handeln, und so habe ich ihnen gedroht, sie sofort und glattweg erschießen zu lassen, wenn sie nicht augenblicklich eingestehen, daß sie gekommen sind, uns zu betrügen. Weniger infolge dieser Drohung als vielmehr auf Grund ihrer nicht bloß körperlichen, sondern auch seelischen Erschöpfung gestanden sie dies ein und ließen sich Mitteilungen entlocken, die außerordentlich wertvoll sind. Ich erzähle es dir später ausführlich. Jetzt liegt mir nur daran, dich vor allen Dingen zu benachrichtigen und zu hören, was du zu dieser unerwarteten Beschleunigung der Ereignisse sagst."

„Ich sage, daß sie uns nur willkommen sein kann."

„Aber die Tschoban — —?"

„Werden so schnell erledigt, wie du es nur wünschen kannst. Wie steht es mit ihrem älteren Prinzen?"

„Mit dem habe ich schon kurz gesprochen. Ich glaube nicht, daß er widerstreben wird."

„So sage mir schnell noch eins! Ist dir der Felsenriß, in dem der Panther steckt, gut bekannt?"

„Ja."

„Ich meine, nicht nur sein vorderer, sondern auch sein hinterer Teil?"

„Gibt es denn auch einen hinteren Teil?"

„Ich weiß es nicht bestimmt, doch ich vermute es."

Ich teilte ihm mit, welche einfachen Gründe mich zu dieser Vermutung geführt hatten. Er schüttelte den Kopf dazu und sagte:

„Warum das? Ich verstehe dich nicht. Hätte es irgend einen Zweck für uns, wenn die Spalte sich nach innen fortsetzte?"

„Einen ganz bedeutenden sogar!"

„Welchen?"

„Die Dschunub zu überführen und die Tschoban zu überzeugen. Man könnte sich mit den Tschoban in den hinteren Teil des Risses verstecken. Von da aus ist, wie ich erwarte, der vordere Teil zu überschauen. Ich nehme sogar an, daß man da hinten alles hört, was da vorn gesprochen wird. Während man mit den Tschoban im hinteren Teil wartet, werden die Offiziere der Dschunub nebst dem Minister und dem Maha-Lama von da, wo sie sich jetzt befinden, nach dem vorderen Teil der Spalte gebracht, wobei man ihnen sagt, daß dies ihr neuer Aufenthalt sei; dann entfernt man sich. Sobald sie sich hierauf allein wissen, werden sie sich darüber unterhalten, warum man ihnen ein anderes Quartier angewiesen hat, und ich müßte mich sehr irren, wenn dabei nicht auch einige Äußerungen fielen, durch die sie verraten, daß sie nur gekommen sind, uns und die Tschoban zu betrügen."

„Das ist richtig!“ stimmte der Erdschani bei. „Dein Plan ist gut.“

„Um ganz vorsichtig zu sein, muß ich mir freilich sagen, daß so hohe Herren, wie es der Lama, der Minister und der General sind, ihre Geheimnisse nicht vor so gewöhnlichen Menschen wie dem Unteroffizier und dem Soldaten ausplaudern werden, und darum schlage ich vor, die niedrigeren Personen da zu lassen, wo sie sind, und die anderen nur bis zum Major herab nach der Spalte zu versetzen.“

„Ja; das ist klug! Aber, sag, wie kommen wir nach dem hinteren Teil der Spalte, falls du dich nicht irrst und es wirklich einen gibt?“

„Das werden wir hoffentlich schnell erfahren. Ich klettere da hinauf. Da wird sich finden, ob ich mich in meiner Vermutung irrte oder nicht.“

Ich deutete bei diesen Worten auf die oben scheinbar eng zusammengepreßten Scheitel oder Firste der beiden Steine, die zwischen sich die Spalte bildeten. Sie waren über dreimal mannshoch. Man konnte also von unten nicht sehen, ob sie auch oben fest aneinanderlagen. Es gab da einige Vertiefungen, Kanten, Ecken und Vorsprünge, die es mir ermöglichten, hinaufzuklettern. Als ich oben ankam, fand ich meine Annahmen zu meiner Freude noch viel besser bestätigt, als ich erwartet hatte. Nämlich nur der vordere Teil der Felsenspalte, in dem sich der ‚Panther‘ befand, war oben zu, der hintere aber offen und so voller Sand geweht, daß man im Innern bequem hinabsteigen konnte. Als ich dies getan hatte, sah ich sofort die Öffnungen, die mir vorhin drin bei den Tschoban aufgefallen waren. Hier außen war die Spalte so breit, daß ich bequem an diese Löcher treten und hindurchschauen konnte. Von innen aber war das unmöglich, weil da der Riß sich so verengte, daß er ganz aufzuhören schien und sich kein Mensch bis an die Öffnungen heranzudrängen vermochte. Man konnte also wohl von hier außen hinein-, nicht aber von da innen herausschauen, und als ich jetzt mein Ohr an eins der Löcher hielt, hörte ich nicht nur, daß der Prinz sich mit seinen Gefährten unterhielt, sondern verstand auch sehr deutlich jedes Wort, das gesprochen wurde. Durch die Abgeschlossenheit und Enge des Innenraums wurden diese Worte förmlich zu mir herausgepreßt, so daß ich sie wahrscheinlich sogar noch deutlicher hörte, als sie im Raum selbst zu hören waren. Und, was die Hauptsache war, in diesem abgelegenen Winkel herrschte tiefste Stille; das Geheul des Sturms drang nicht bis hierher. Nur die Schüsse hatte man gehört, weil die scharfen Knalle mehr von der Erde als durch die Luft fortgepflanzt worden waren. Kurz und gut, ich konnte mir diesen Ort für meine Zwecke gar nicht passender wünschen, als ich ihn vorgefunden hatte, und holte den Erdschani zu mir herauf und herein, um ihm zu zeigen, wie und wohin wir uns mit den Tschoban zu plazieren hatten, um die Dschunub zu belauschen. Unter den Tschoban verstand ich da den Scheik und seinen Sohn, den ‚Panther'. Unter ‚uns' waren der Erdschani und ich selbst gemeint. Dieser war ebenso erfreut wie ich und mit allem einverstanden. Halef hatte hier an Ort und Stelle zu bleiben. Er wurde davon unterrichtet, um was es sich handelte, und dann stiegen wir beiden anderen wieder zur Höhe empor, um uns nach dem Felsenloch zu begeben, denn die festgesetzten zwei Stunden näherten sich ihrem Ende, und es war anzunehmen, daß der Scheik der Tschoban nun bald verlangen werde, mit unserm Kommandanten zu verhandeln.

Wir brauchten, als wir dann bei Abd el Fadl ankamen, gar nicht darauf zu warten. Der Scheik hatte soeben angefangen, mit Merhameh zu reden, und äußerte jetzt, als wir kamen, den Wunsch, seine beiden Söhne sehen und sprechen zu dürfen, um sich dann über das, was er tue, entscheiden zu können. Das konnte uns nicht nur lieb sein, sondern gerade das war es, was wir sorgfältig mit berechnet hatten. Er bekam also die Erlaubnis und wurde aufgefordert, zu uns auf die Platte zu kommen. Um dies zu ermöglichen, stieg er auf ein Kamel, das er bis ganz an den Felsen führte, und wurde mit Hilfe meines Lasso von da aus zu uns heraufgezogen. Als er dann vor uns stand, betrachtete er uns nacheinander, Merhameh und mich, sehr aufmerksam und sehr still. Dann ließ er den Blick über die verschiedenen Gruppen seiner entkräfteten Leute da unten gleiten und sprach:

„Der von euch, der sich den Gedanken ausgesonnen hat, uns in diese Falle laufen zu lassen, ist entweder ein höchst gefährlicher oder ein höchst nützlicher Mensch. Die Ehrlichkeit gebietet mir, zuzugeben, daß wir uns vollständig in der Gewalt der Ussul befinden; doch nur in diesem Augenblick. Allah ist allgütig und allmächtig. Er kann das Schicksal wenden, wie es ihm beliebt. Was forderst du von uns?“

Diese Frage war an den Erdschani gerichtet.

„Ergebung“, antwortete dieser in lakonischer Kürze.

„Was verstehst du unter dieser Ergebung?“

„Das wirst du erfahren, sobald du mit denen gesprochen hast, mit denen du reden willst und sollst. Komm, folge uns!“

Wir stiegen zum Pfad empor und folgten ihm bis nach dem Felsentor. Dann lenkten wir wieder hinab und gingen den Fluß entlang weiter abwärts. Wir hielten an der Stelle, wo der Sohn des Scheiks gefangen war, nicht an, sondern wanderten bis ganz in das Lager hinab, durch dieses hindurch und dann wieder aufwärts nach dieser Stelle zurück. Der Scheik sollte alles selbst sehen und selbst beurteilen können. Er sagte während des ganzen Weges kein einziges Wort; aber sein Auge war überall, und der Ausdruck seines Gesichts wurde immer bedenklicher. Als wir dann am Schluß vor der Spalte anlangten, in der sich sein Sohn, der ‚Panther', befand, trat ich hinein und sagte zu dem letzteren:

„Du hast gewünscht, deinen Vater zu sehen — —"

„Jawohl, jawohl!" unterbrach er mich. „Du aber wolltest nicht!"

„Ich bringe ihn dir dennoch, und zwar ganz wie du wolltest, noch vor dem Friedensschluß!"

Der Erdschani war mit dem Scheik gefolgt. Er fügte zu dem, was ich gesagt hatte, noch einige wenige Worte:

„Sprecht miteinander, doch macht es kurz! Ich gebe euch volle zehn Minuten Zeit, mehr aber nicht."

Dann traten wir wieder heraus und ließen sie allein. Halef, der hier gewartet hatte, wurde instruiert. Er entfernte sich für kurze Zeit, um alles zu besorgen. Er brachte, als er wiederkam, zwei starke Ussul mit, die den Auftrag erhielten, den Prinzen ‚Panther' nach vollendeter Unterredung mit seinem Vater aus der Spalte zu holen und über den Felsen weg nach dem von mir entdeckten hinteren Teil zu schaffen. Er konnte ja nicht gehen und noch viel weniger steigen oder klettern, sollte aber doch die Dschunub mit belauschen. Als die gegebene Frist vertrichen war, gingen wir wieder hinein.

„Wir sind noch nicht fertig!" erklärte der Panther. „Wir verlangen eine volle Stunde Zeit, um — —"

„Unmöglich!" fiel ihm der Erdschani in die Rede. „Das Reden führt zu nichts. Ihr habt Wichtigeres zu tun. Wir haben gefangene Dschunub hier, denen – —"

„Dschunub?" fuhr der Panther auf. „Gefangene? Wer hat sie gefangen? Wann? Wo? Sprich schnell!"

Das klang nicht nur wie Überraschung, wie Erstaunen, sondern fast wie Betroffenheit, wie Angst. Sein Gesicht hatte, gewiß ohne daß er es wollte, den Ausdruck ganz besonderer Besorgnis angenommen. Es fiel mir ein, daß der Sohn eines seiner Mitgefangenen mit den Dschunub in verräterischer Beziehung stand. Sollte er vielleicht hiervon wissen, die Hand mit im Spiele haben? Zwar, einen Verrat an seinem eigenen Stamm traute ich ihm trotz seines bisherigen Verhaltens doch nicht zu; aber er hatte Eroberungspläne und gab sich also wohl mit heimlichen diplomatischen Berechnungen ab, die ihn veranlassen konnten, hinter dem Rücken seines Vaters etwas zu tun, was wie ein Verrat aussah, aber keiner war. Hatten die Dschunub die Absicht, die Ussul und die Tschoban zu betrügen, so konnte ebensogut auch ein junger Mann wie dieser Prinz auf den Gedanken gekommen sein, sich mit ihnen zu verbinden, um nach erreichtem Zweck sie auszulachen.

Diese Gedanken kamen mir, als ich ihn jetzt so hastig fragen hörte und die Beklommenheit sah, die er nicht verbergen konnte. Der Erdschani merkte nichts hiervon und antwortete:

„Wir nahmen erst den Maha-Lama und den obersten Minister gefangen, dann auch noch den Tertib We Tabrik Kuwweti Harbie Feninde Mahir Kimesne mit fünf Offizieren, einem Unteroffizier und einem Soldaten."

Ich sah, daß der ‚Panther' erschrak, als er dies hörte; aber ich war der einzige, der hierauf achtete. Sein Vater war in hohem Grade erstaunt. Er fragte:

„Allah w' Allah! Diese hohen und höchsten Leute und Offiziere! Die kamen zu euch?"

„Ja."

„Ihr nahmt sie gefangen?"

„Ja."

„Warum? Kamen sie als Feinde zu euch?"

„Nein, sondern als Freunde. Aber gerade darum nahmen wir sie fest, weil wir es ehrlich mit euch meinen."

„Mit uns — —?"

„Ja, mit euch", nickte der Erdschani. „Sie kamen nämlich zu uns, um sich mit uns gegen euch zu verbinden."

Da fiel der Prinz schnell ein:

„Ist das möglich? Ist das wahr?"

„Was ich sage, ist niemals eine Lüge!"

„Kannst du es beweisen?"

„Es euch zu beweisen, ist eben der Zweck unseres Kommens. Ihr werdet jetzt diesen Raum verlassen. Da hinter ihm befindet sich noch ein zweiter, von dem aus man hier hereinschauen und hören und sehen kann, was hier geschieht und gesprochen wird. Dahin bringen wir jetzt dich und deinen Vater. In diese vordere Spalte aber werden die Dschunub geführt, damit ihr sie belauschen und euch überzeugen könnt, daß alles wahr ist, was wir euch berichten, und daß wir es ehrlich mit euch meinen. Hier sind die Männer, die dich tragen werden."

Er winkte sie herein, und dann begann die beabsichtigte Ortsveränderung, indem die beiden Ussul den Prinzen hinaustrugen und mit ihm in den hinteren Teil der Spalte kletterten, um ihn derart vor die niedrigste der vier vorhandenen Öffnungen zu plazieren, daß er bequem hindurchschauen konnte. Dann gingen sie fort, um seine zwei Gefährten, die wir nicht brauchten, mitzunehmen. Wir andern kletterten nach.

Es waren vier Öffnungen, die von hier aus nach innen führten. Vor der einen saß der Prinz. Vor die andere, die etwas höher lag, kauerte sich sein Vater nieder. Die nächst höhere lag so, daß ich sie gerade vor meinem Auge hatte, wenn ich vor ihr stand. Und die höchste paßte für den Erdschani, der ja der Längste von uns war. Der Prinz befand sich in einer großen Aufregung. Diese hatte jedenfalls nicht nur einen einzigen Grund. Zu der bereits schon angedeuteten Besorgnis kam eine zweite. Er sah jetzt, daß von hier aus alles, was da drin in der Spalte geschah, beobachtet und gehört werden konnte, und er wußte nicht, daß ich diesen Ort erst vor ganz kurzem entdeckt hatte. Darum nahm er an, daß auch er mit seinen beiden Gefährten belauscht worden sei, und da er mit ihnen jedenfalls sehr aufrichtig und über alles mögliche gesprochen hatte, so mußte er befürchten, daß alle ihre und seine Geheimnisse von uns entdeckt worden seien. Er sagte zwar nichts, doch sah man ihm und seiner großen Unruhe deutlich an, daß er diese oder ähnliche Gedanken hegte.

Es dauerte gar nicht lange, so entledigte sich Hadschi Halef des Auftrags, der ihm erteilt worden war: Die Dschunub wurden gebracht, vom Maha-Lama bis zum bestimmten Offizier herab, die andern, Tieferstehenden aber nicht. Wir konnten sie sehr deutlich sehen. Sie waren zunächst still. Sie beschäftigten sich damit, die Plätze nach Rang und Stand zu verteilen. Dabei wurde die größte Achtung dem Maha-Lama zuteil, den wir infolgedessen als den Höchstgestellten von ihnen zu betrachten hatten. Sie untersuchten ihren neuen Aufenthaltsort sehr aufmerksam, entdeckten aber die Löcher, durch die wir zu ihnen hinüberschauten, nicht, weil diese im Finstern lagen. Als sie sich niedergesetzt hatten, begannen sie, sich zu unterhalten, aber in ganz gewöhnlicher Weise und über vollständig gleichgültige Dinge. Hieran war wohl die übermäßige Verehrung dieser Leute für den Lama schuld. Es durfte kein Thema berührt werden, das nicht er selbst zum Gegenstand des Gesprächs machte. Dieser Umstand durchkreuzte unsere Absicht. Wir warteten eine Weile; dann sagte der Scheik der Tschoban, natürlich leise, um da drüben nicht gehört zu werden:

„Das sind Lamagläubige! Langsame, geistlose, indolente Menschen! Wer sie sprechen hören will, wird stundenlang zu warten haben!“

„Sie werden sprechen, und zwar sofort“, antwortete der Erdschani ebenso leise. „Effendi, ich bitte dich, zu ihnen zu gehen und sie zum Sprechen zu bringen!“

„Gibst du mir bestimmte Weisungen mit?“

„Nein. Du wirst das Richtige von selbst viel eher treffen, als wenn ich es dir sagte."

Da kletterte ich aus unserem Versteck hinaus und trat dann drüben bei den Gefangenen ein. Der Maha-Lama war von dem Erdschani zunächst als Freund behandelt worden; er hatte da auch von mir gehört; aber er und der Minister hatten mich noch nicht gesehen. Die Offiziere aber hatten mich gesehen, mich sogar als ihren Gefangenen betrachtet, aber nicht gewußt, wer ich war. Nun befanden sie sich schon längere Zeit beisammen, hatten einander ihre Erlebnisse berichtet und dann jedenfalls auch von mir gesprochen. Dementsprechend wurde ich von ihnen empfangen. Als der Stratege mich sah, rief er aus:

„Der Ungehorsame, den ich bestrafen werde!"

„Der Besitzer des schönsten Pferdes, das ich sah!" sagte der General, dem mein Syrr jedenfalls mehr imponiert hatte als ich selbst.

„Also wohl der Christ, von dem uns der Dschirbani erzählte, als er uns noch als seine Verbündeten betrachtete", fügte der Minister hinzu.

Ich verbeugte mich zunächst leichthin vor ihnen allen, dann vor dem Maha-Lama einmal noch etwas tiefer und sprach zu ihm:

„Ich bin gezwungen, dich zu belästigen. Der Oberstkommandierende der Ussul sendet mich zu dir."

Er runzelte die Stirn. Er war tiefere Verbeugungen und demütigere Worte gewöhnt.

„Wer bist du?" fragte er.

„Man nennt mich Kara Ben Nemsi — —"

„Also wirklich der Christ!" unterbrach er mich, zu dem Minister gewendet.

„Ganz richtig, der Christ!" bestätigte ich. „Ich bin zu euch gesandt, um euch zu sagen, warum man euch ein anderes Gefängnis angewiesen hat. Wir wünschen nämlich, daß — —"

„Was ihr wünscht, ist mir gleichgültig!“ unterbrach er mich abermals. „Nicht eure, sondern meine Wünsche haben in erster Linie beachtet zu werden. Ihr behandelt uns nicht nur als Feinde, sondern auch als niedrig stehende Menschen, während ich doch der Maha-Lama von Dschunubistan bin, der höchste aller Priester, die es gibt!“

„Bist du fertig mit diesem deinem Satz, den du begonnen hast?“

„Ja. Ich pflege überhaupt jeden angefangenen Satz zu beenden Warum fragst du so?“

„Weil auch ich gewohnt bin, mich nicht unterbrechen zu lassen. Ich ließ dich deinen Satz vollenden, weil ich gelernt habe, höflich zu sein. Du aber hast mich im dritten Teil einer Minute schon zweimal unterbrochen. Wenn du das so weiter tust, muß ich dich für den unhöflichsten aller Menschen halten, die es gibt, und komme im Leben nicht dazu, dir zu sagen, was ich zu sagen habe.“

Als er das hörte, wurden seine Augen noch einmal so groß, und sein Gesicht drückte den allerhöchsten Grad göttlichen Erstaunens aus. Ich aber fuhr fort:

„Soeben hat der oberste Minister des Scheiks von Dschunubistan erwähnt, daß ihr als Verbündete der Ussul betrachtet worden seid. Ist es denn eure Absicht gewesen, daß dies geschehe?“

„Natürlich!“ antwortete der Minister. „Man hat dich uns als den Vertrauten des Dschirbani bezeichnet; du scheinst das aber nicht zu sein, denn wärest du es, so könntest du nicht so fragen! Hat er dir nicht gesagt, daß wir gekommen sind, einen Bund mit den Ussul zu schließen?“

„Einen Bund? Gegen wen?“

„Gegen die Tschoban.“

„Warum? Sind die Tschoban eure Feinde?“

„Sie sind noch niemals unsere Freunde gewessen, seit

es überhaupt Tschoban und Dschunub gibt. Und genau ebensolange ist es her, daß sie auch Feinde der Ussul gewesen sind. Darum ist es uns als ebenso natürlich wie notwendig erschienen, daß die Ussul und die Dschunub sich verbinden, um diese ihre gemeinsamen Feinde zu vernichten. Die beste Gelegenheit hierzu ergab sich jetzt, als wir erfuhren, daß die Tschoban über den Engpaß Chatar gehen wollen, um die Ussul zu überfallen. Wir sammelten sofort unsere Krieger, um den Ussul zu Hilfe zu ziehen. Unser Scheik sandte seine beiden höchsten Männer des Landes, den Maha-Lama und mich, zu ihnen, um sie hiervon zu benachrichtigen und einen Bündnisvertrag mit ihnen abzuschließen. Und dann machte sich sogar auch noch der berühmteste Stratege unseres Heeres mit allen seinen Chargen auf den Weg, um den Ussul mitzuteilen, daß wir ihnen die Tschoban auf dem schmalen Engpaß entgegentreiben wollen, wo sie weder nach rechts noch nach links zu entfliehen vermögen und wie zwischen zwei Fäusten zerquetscht, zermalmt und vernichtet werden können!"

„Das, das habt ihr gewollt? Das, das habt ihr getan?" fragte ich im Ton der Verwunderung.

„Allerdings!" antwortete er. „Hast du das nicht gewußt?"

„Ich habe etwas ganz anderes gewußt! Wenn ich deinen Worten glauben soll, so muß ich dich bitten, daß der Maha-Lama sie mir bestätige. Es scheint, daß die Ussul in Beziehung auf eure Ehrlichkeit und auf euern guten Willen getäuscht werden sollen. Es ist also höchst wünschenswert, daß zwischen euch und ihnen die Wahrheit so klar und bestimmt festgestellt wird, daß jeder bisherige Irrtum schwindet. Darum frage ich hiermit den allerhöchsten Priester von Dschunubistan, ob er bereit ist, zu bestätigen, was der oberste Minister soeben hier behauptet hat."

Es war möglich, daß die drei Lauscher nicht alles deutlich verstanden hatten; darum griff ich zu der List, dem Maha-Lama die wichtigen Punkte nochmals vorzulegen und sie mir von ihm beantworten zu lassen. Ich hatte ihn den ‚allerhöchsten Priester von Dschunubistan' genannt; das genügte, ihn einigermaßen mit mir auszusöhnen Sein Gesicht nahm einen weniger finsteren Ausdruck an, und er antwortete:

„Ich bestätige es!"

„Daß die Tschoban eure Todfeinde sind?"

Ich legte ihm diese Frage und die hierauf folgenden so langsam und so deutlich vor, daß es gar nicht anders möglich war, sie mußten von den Lauschern verstanden werden.

„Ja", antwortete er.

„Daß ihr sie vernichten wollt?"

„Ja; mit Hilfe der Ussul."

„Daß ihr hierher kamt, zu diesem Zweck ein Bündnis mit den Ussul zu schließen?"

„So ist es. Mit den Ussul gegen die Tschoban."

„Euer Heer ist schon unterwegs?"

„Ja. Dreitausend Mann."

„Die Tschoban sollen hier auf der Landenge zwischen euch und die Ussul genommen und vollständig zerdrückt und ausgerottet werden?"

„Ja", antwortete er. „Das ist das richtige Wort: Zerdrückt und ausgerottet. Kein einziger darf übrigbleiben! Glaubst du nun, daß wir als Freunde der Ussul gekommen sind? Siehst du nun ein, wie unklug und wie undankbar sie handeln, indem sie uns, ihre Befreier und Erlöser, wie Verbrecher einsperren und von Hunden bewachen lassen?"

„Nein", antwortete ich. „Weder glaube ich das eine, noch sehe ich das andere ein. Unklug und undankbar habt nur ihr gehandelt, nicht aber die Ussul!"

„Wir? Beweise es!" fuhr der Minister auf.

„Beweise es!" rief mir der Maha-Lama befehlend zu.

„Beweise es! Beweise es! Beweise es!“ wiederholten auch die andern.

„Nichts leichter als das“, antwortete ich. „Ihr habt zugegeben, daß die Tschoban eure Todfeinde sind und daß die Ussul euch helfen sollten, euch von ihnen zu befreien. Schon die Dankbarkeit gebot euch also, ehrlich gegen uns zu sein; ihr werdet aber gleich hören, daß ihr das Gegenteil von ehrlich, also undankbar, gewesen seid. Und wie jede Undankbarkeit und Unehrlichkeit zugleich auch unklug ist, so habt auch ihr jede Spur von Klugheit von euch geworfen, als ihr des Abends da unten am Fluß lagertet und, ehe ihr euch schlafen legtet, über Dinge redetet, die kein Ussul jemals erfahren durfte. Ich kam desselben Wegs, doch euch entgegen. Ich sah euer Feuer. Ich stieg vom Pferd und schlich mich ganz zu euch heran. Ich lag auf der anderen Seite des Baums, an dessen Stamm ihr nebeneinander saßet. Ich hörte jedes Wort, das von euch gesprochen wurde — — —“

„Du hast uns belauscht?“ fuhr der Minister auf.

„Belauscht!“ rief der noch Höhere. „Belauscht! Mich, den Maha-Lama von Dschunubistan!“

„Ja, belauscht!“ antwortete ich. „Ich werde es euch beweisen, indem ich euch wiederhole, was ich da alles hörte.“

Ich tat es. Ich beschrieb ihnen die ganze damalige Situation und sagte ihnen jedes Wort, das, während ich in ihrer Nähe lag, von ihnen gesprochen worden war. Sie saßen ganz still und bewegungslos. Es sah aus, als ob sie gar nicht Atem holten. Sie wagten gar nicht, zu leugnen, zu widersprechen, sich zu entschuldigen. Sie waren einfach starr. Und da ließ sich plötzlich eine ganz eigentümlich dumpfe Stimme hören, die so klang, als ob sie aus den höchsten Wolken oder aus dem tiefsten Erdinnern ertöne:

„Effendi, es ist gut; es ist gut! Sprich weiter kein Wort mit diesen Lügnern, mit diesen Verrätern, mit diesen Schurken, Schuften und Halunken! Speie sie an! Spucke ihnen ins Gesicht! Und komm wieder heraus zu ehrlichen Leuten, zu uns!"

Die Dschunub erschraken auf das heftigste. Sie sprangen auf; sie schrien durcheinander. Da ging ich hinaus, an Halef und seinem Hund vorüber, zu den beiden Ussul, die den Prinzen vorhin nach seinem jetzigen Versteck getragen hatten. Ich gab ihnen den Auftrag, ihn wieder zu holen, und sie taten es. Er war es, der mir jene dumpfklingenden Worte zugerufen hatte. Als sie ihn aus der Spalte heraushoben und er mich stehen sah, wartete er gar nicht, bis sie ihn in meine Nähe brachten, sondern rief mir schon von weitem zu:

„Effendi, du hast gesiegt, vollständig gesiegt! Ich tue alles, was du willst! Ich bin mit allem, allem einverstanden, was ihr beschließt und tut, nur erlaube, daß ich mich als Hund da neben euren Hund setze, um diese elenden Buben zu bewachen!"

Er sagte diese Worte zu mir. Aber nicht ich, sondern der Erdschani antwortete ihm:

„Es sei dir erlaubt!" Und sich an die beiden Ussul wendend, fügte er hinzu: „Setzt ihn dahin, wo er gewünscht hat, zu sein. Er hat ein Recht, diesen Platz von uns zu fordern."

Sie taten es. Der ‚Panther' war von seinem Zorn so beherrscht, daß er jetzt wirklich nur an die dachte, von denen er sich betrogen fühlte, nicht aber daran, daß sich jetzt binnen wenigen Minuten das Schicksal seines Volkes zu entscheiden hatte. Hieraus war zu ersehen: Mochte er noch so begabt sein, ein großer Mann zu werden, war ihm versagt. Das Naturell herrschte wie ein wildes Tier in seinem Innern; es hieß wie er selbst auch — — Panther! Als ich mit ihm sprach, bevor der Erdschani mich von ihm wegholte, hatte ich ihm noch nicht alles gesagt, was ich ihm sagen wollte; es gab noch sehr Wichtiges hinzuzufügen. Das fühlte aber nur ich allein, nicht er. War er überhaupt fähig, zu wachsen wie ein organisches Wesen, oder wenigstens zu kristallisieren wie ein anorganisches, wie ein edler Stein? Oder wuchs er nur in der Weise, daß er festhielt, was ihm vom Augenblick angeblasen wurde, es mochte sein, was und wie es wollte?

Es war bezeichnend, daß sein Vater kein einziges Wort fallen ließ, ihn in seinem rachsüchtigen Wunsch zu unterstützen oder zu hindern. Auf ihn hatte das Erlauschte nicht weniger gewirkt als auf seinen Sohn; aber er dachte zunächst nicht an sich und an die Rache, sondern an sein Volk, das in Gefahr stand, das Beste zu verlieren, was ein Volk besitzt, nämlich seine Selbständigkeit, seine Freiheit, also sich selbst. Er war gewillt, in Verhandlungen einzutreten, aber der Erdschani ging nicht darauf ein, sondern sagte:

„Jetzt nicht. Du hast noch einen zweiten Sohn, den du ebenso sehen und sprechen mußt wie diesen hier. Komm mit!"

Wir entfernten uns von der bisherigen Stelle und suchten diejenige auf, an welcher der ältere Prinz untergebracht worden war. Sie war auch zwischen engen Felsen gelegen, wie eine kleine Kabine zwischen vier Wänden. Ein Ussul bewachte sie.

„Geh hinein und sprich mit ihm!" sagte der Erdschani zum Scheik. „Ich gebe dir hierzu zehn Minuten Zeit. Wir warten hier."

Als der Scheik im Innern dieses Raumes verschwunden war, setzten wir uns nebeneinander auf einen hierzu passenden Steinblock, um auf seine Rückkehr zu warten.

Wir sprachen kein Wort. Der Erdschani schaute still vor sich nieder, und ich betrachtete ihn, doch ohne daß er es bemerkte. Er sah nicht im geringsten älter aus als vorher, und doch erschien es mir fast auffällig, wie gereift und gefestigt seine Züge während der letzten

Tage geworden waren. Der große Mensch, der er innerlich war, hatte begonnen, nach außen zu treten.

Als die zehn Minuten vergangen waren, kehrte der Scheik zurück und zwar mit seinem Sohn. Beide waren außerordentlich ernst. Man sah ihnen an, daß sie sich zu einem festen Entschluß vereinigt hatten. Der Vater fragte, während er auf den Prinzen deutete:

„Ich bringe ihn gleich mit heraus. Ist er noch euer Gefangener?"

„Ja", antwortete der Erdschani.

„Wie lange?"

„Bis der Friede zwischen dir und mir, zwischen den Tschoban und den Ussul geschlossen worden ist."

Da sagte der Sohn:

„Dieser Friede wird geschlossen! Und es ist mein Wunsch, daß es sofort geschehe! Wer konnte ahnen, daß unser Kriegszug nach einem solchen Ziel, zu einem solchen Ende führen werde! Aber in allem, was geschehen ist, verspüre ich Gottes Finger, und dahin, wohin er zeigt, werden wir gehen. Wirst du meinem Vater erlauben, in diesem Sinn zu unsern Tschoban zu sprechen?"

„Gern."

„Auch mir?"

„Sofort! Kommt!"

Wir stiegen also, die beiden mit uns nehmend, wieder zur Höhe hinauf und folgten dem oben hinlaufenden Pfad, um uns nach der Platte zu begeben und dort den Tschoban ihren Scheik wieder abzuliefern. Dieser fragte unterwegs nach den Bedingungen des Friedens.

„Wähle sie dir!" antwortete der Erdschani.

Da blieb der Scheik stehen und sah ihn groß an.

„Habe ich recht gehört?"

„Ja", lächelte der Gefragte.

„Du willst sie mir nicht stellen, sondern ich soll sie mir wählen?"

„Ja, gewiß! Verwundert dich das? Wir wollen einander den Frieden schenken, ihn nicht etwa teuer erkaufen und bezahlen. Ich wünsche, daß ich dein Bruder werde und daß deine Nation die Schwester der meinigen sei. Für einen erzwungenen, unhaltbaren Frieden ist selbst der kleinste Preis zu hoch. Aber der allerhöchste Preis ist klein, wenn ich mir mit ihm die dauernde Liebe und Treue erwerbe, die deinen und meinen Stamm in Zukunft eng und brüderlich verbinden soll. Ich fordere nichts von euch; ich will euch geben. Verstehst du das?"

Da reichte ihm der Scheik beide Hände und antwortete:

„Ich verstehe es sehr wohl und werde deinem Hochsinn angemessen denken und auch handeln. Bist du im Geben groß, so will ich im Nehmen nicht kleiner sein, als du. Wie ich jetzt deine Hände in den meinigen halte, so seien nunmehr unsere Völker so vereint, als ob sie eins wären! Eure Freunde seien auch unsere Freunde und unsere Feinde auch eure Feinde. Ist das recht?"

„Ja, es ist recht!" antwortete der Erdschani. „Von heute an seien die Ussul und die Tschoban ein Geschwisterpaar von zwei einander treu und ehrlich helfenden Völkern. Die Probe werde gleich heute gemacht. Bist du bereit, dich mit mir gegen die Dschunub zu vereinigen?"

„Sofort!"

„Und ihnen aber, wenn wir siegen, ebenso zu verzeihen, wie ich jetzt euch verzeihe?"

Der Scheik wollte überlegen; da bat sein Sohn:

„Sag ja, mein Vater, sag ja! Wir stehen hier auf sturmumheulter Höhe. Wir haben freier und reiner und edler zu handeln als die da unten im Tal. Ich weiß, meine Mutter hat nicht nur mich allein, sondern auch dich zu Gedanken erhoben, die es wagen, unserer trägen, harten, unvernünftigen Zeit voranzueilen. Allah hat es gewollt, daß wir heute Menschen begegnen, die nicht nur genau so hoch, sondern noch viel höher denken als wir. Was sie wollen, ist nichts Gewöhnliches, sondern etwas wahrhaft Großes, Edles und unendlich Friedliches. Der höchste und schönste Gedanke meiner Seele hat aus seiner Tiefe und Verborgenheit hervorsteigen dürfen, um in Gestalt des Erdschani vor uns hinzutreten. Ich bin so glücklich, so unendlich glücklich darüber und bitte dich, mein Vater, sag ja, sag ja!"

Da zog der Vater den Sohn an sich, küßte ihn zärtlich auf Wange, Mund und Stirn und sagte:

„Nun wohl, es sei. Wenn du ihnen verzeihst, so verzeihe ich mit."

Da sprach der Erdschani in sehr ernstem Ton:

„Danke deinem Weib und diesem deinem Sohn! Bis zu diesem Augenblick stand deines Schicksals Wage noch unentschieden. Erst jetzt, da du verzeihen willst, ist nun auch dir in Wirklichkeit verziehen. Du bist frei; ihr alle seid frei, vollständig frei, ohne jede Strafe, ohne jedes Opfer, ohne die geringste Sühne. Ich werde mit dir von der Felsenplatte hinab zu deiner Dschemmah steigen, um im Sinn eines aufrichtigen, dauernden Friedens zu ihr zu reden. Ihr werdet alle Wasser und Speise bekommen, soviel ihr für euch und eure Tiere braucht. Binnen jetzt und einer halben Stunde darf hier kein Tschoban mehr zu sehen sein. Wir müssen den Dschunub, wenn sie kommen, verheimlichen, was hier geschehen ist und daß wir beide uns verbunden haben."

„Gib dir mit ihnen keine große Mühe", sagte der Scheik in sehr geringschätzendem, ja fast verächtlichem Ton. „Die Dschunub sind keine Männer, sondern Puppen zu den Schattenspielen des Mir von Ardistan. Er macht ihnen weiß, daß sie sich selbst regieren, in Wahrheit aber sind sie seine Sklaven. Er bewaffnet sie, als ob sie Helden seien, und doch sind sie die größten Memmen, die es gibt. Das Leben ist für sie ein Kef, ein Mittagsschlaf.

Sie sind sogar zu faul, zu Gott zu beten; sie spannen ihre Gebete in Mühlen, die sich im Wind und Wasser drehen, und halten Allah wirklich für so dumm, daß er sich darüber freut. Wenn sie kommen, werden sie zwar voller Waffen hängen und gute Pferde haben, aber große Taten von ihnen zu sehen, darauf mußt du verzichten."

Es war nicht das erstemal, daß ich die Dschunub in diesser Weise charakterisieren hörte, und was der Scheik da sagte, war ganz richtig. Ihr Land war, mit der Wüste der Tschoban verglichen, von ungeheurer Fruchtbarkeit. Sie brauchten kaum die Hand zu rühren, so fiel ihnen alles, was sie nötig hatten, in den Schoß. Das hatte sie entnervt, entkräftet und hochmütig gemacht und, wie wir bald sehen werden, feig, verächtlich feig.

Als wir die Platte erreichten, hatten sich die Tschoban an dieser Stelle eng zusammengezogen. Ihr Scheik war mit uns gegangen, und so erwarteten sie, daß nach seiner Rückkehr hier die Entscheidung fallen werde. Von hier oben aus konnte man weiter gesehen und gehört werden als von unten. Darum wartete der Scheik gar nicht, bis er zu ihnen hinunterkam, sondern er trat bis an den Rand der Platte vor und sprach gleich von hier aus hinab zu ihnen.

Wie lauschten sie! Was sie da hörten, das hatten sie nicht erwartet! Es kam ihnen so überraschend, daß, als er schwieg, kein lauter Ruf erfolgte. Nur ein frohes, aber im Wind schwer vernehmliches Summen ging von Mund zu Mund. Da ergriff der Erdschani das Wort. Er war ein besserer Redner als der Scheik und besaß die Gabe, zu überzeugen und zu begeistern. Er zählte in kurzen Zügen alle Vorteile des abgeschlossenen Bündnisses auf, deutete darauf hin, daß sie diese Vorteile erfassen könnten, ohne sie eigentlich verdient zu haben; er zeigte ihnen ihre Vergangenheit, ihre Gegenwart, ihr hartes, entsagungsreiches Leben in der Wüste. Und er entrollte ihnen das Bild ihrer Zukunft, wie es sich infolge des Bündnisses mit den Ussul entwickeln müsse. Da wurden sie warm; da stellte sich der Glaube, das Vertrauen bei ihnen ein. Die Freude drang in lauten Zurufen durch, und als er geendet hatte, erschallte ein Beifall, dessen Stimme vom Felsentor bis hinunter zum Felsenloch reichte.

Und da trat nun auch der Prinz vor und begann zu sprechen. Er wurde, als man ihn sah, mit Jubel empfangen. Man hörte an diesem nicht endenwollenden Frohlocken, daß nicht sein Bruder, sondern er der Liebling seines Stammes war. Als er die Hand emporhob zum Zeichen, daß er reden wolle, gehorchte man sofort; es trat augenblickliche Stille ein. Auch die Natur nahm teil an dieser Stille. Ein kurzer, scharfer, rasender Windstoß fuhr durch das Tal, um es von jedem störenden Geräusch zu befreien, und dann schwiegen für kurze Zeit alle Lüfte, um zu hören, was aus diesem für das Menschheitswohl und den Menschheitsfrieden begeisterten Munde kam. Er knüpfte an das an, was der Erdschani gesagt hatte, und begründete es. Es solle von nun an Friede sein zwischen denen, die sich bisher unausgesetzt befehdeten. Aber nicht jener lügnerische Friede, der schon im Entstehen heimlich nach der nächsten Feindseligkeit hinüberschielt, sondern der wahre, edle, heilige Friede, nach dem die Engel rufen, wenn sie aus dem geöffneten Paradies hervortreten und die Glut der Berge leuchten sehen. Dieser Friede steige jetzt von diesen Bergen nieder. Er sei da. Er stehe in Gestalt des Erdschani vor ihnen und reiche ihnen seine Hand, die es wahrhaft und ehrlich meine mit einem jeden, der auch wahrhaft und treu und ehrlich ist. Er selbst habe nach dieser Hand gegriffen und halte sie fest — — bei diesen Worten nahm er die Hand des Erdschani in die seinige und umarmte ihn. Da konnte er nicht weiter sprechen. Es brach ein Jubel, ein Beifall los, der nicht nur die Menschen, sondern auch die Lüfte zu ergreifen schien; denn diese erhoben im Augenblick ihre Stimmen plötzlich wieder und trugen den Enthusiasmus dieser frohlockenden Menschenkinder aus dem schmalen, engen Felsental hoch empor und hinaus in die unbegrenzte Weite. Man drängte sich nah an unsern Felsen heran. Man hob die Hände empor, als ob man nach dem Prinzen fassen wolle, der doch nicht zu erreichen war. Man rief ihm zu, herabzukommen. Als er kopfschüttelnd andeutete, daß er hier viel zu hoch stehe, um hinunterspringen zu können, warf man Leinen und Stricke herauf, die ich zusammenband, um ihn mit ihrer Hilfe hinunterzulassen. Als er unten ankam, verschwand er unter ihren Freudenbezeugungen und Liebeserweisungen sofort wie ein Tropfen im Wasser. Hierauf verlangte man auch nach dem Scheik, dann nach dem Erdschani, die ich beide hinunterließ. Aber als nun auch ich hinabkommen sollte, winkte ich ab, trat von der Platte zurück und stieg zu Abd el Fadl und Merhameh hinauf, um bei ihnen die weiteren Geschehnisse abzuwarten.

Sie entwickelten sich schneller, als man gedacht hatte. Die Dschemmah verzichtete auf jede Beratung. Die allgemeine Begeisterung beschleunigte das, was zu geschehen hatte, in wunderbarer Weise. Das Feuer am Felsenloch wurde ausgelöscht und der glühende Boden mit Wasser aus dem Fluß gekühlt, damit die Tschoban durch diese Öffnung abziehen könnten. Nachdem dies geschehen war, stellte man, um den Durchgang zu verschließen, den Brand wieder her. Das am Felsentor brennende Feuer aber hatte man ganz und vollständig zu beseitigen. Doch war dafür zu sorgen, daß es sofort, nachdem die Dschunub das offene Tor passiert hatten, wieder angebrannt werden konnte. Da ein jeder sich beeilte, zu tun, was er zu tun hatte, so dauerte es nur ganz kurze Zeit, bis die

Falle genau wieder in der Weise bereit und offen stand wie vor dem Erscheinen der Tschoban. Es läßt sich denken, daß diese letzteren noch neugieriger als die Ussul waren, ob die Dschunub ebenso vertrauensselig, wie sie selbst es getan hatten, sich überlisten lassen würden.

Bisher war der Sturm, um mich so ausdrücken zu dürfen, trocken gewesen; jetzt aber begann es, dünn, ganz dünn zu sprühen. Abd el Fadl kannte das. Er sagte, daß dies ein schlimmes Vorzeichen sei. Vorhin, als der Prinz sprach und es so still in den Lüften wurde, habe der Sturm nur Atem geholt, um dann von neuem, und zwar mit Wasserfluten, einzusetzen. Er hielt es sehr für nötig, uns auf diese Fluten vorzubereiten. Wir taten das, indem wir uns aus dem Lager Decken holen ließen und uns mit Felsenstücken derart verbarrikadierten, daß selbst der stärkste Regen uns nicht erreichen konnte. Wir waren hiermit gerade in dem Augenblick fertig, als die ersten Dschunub diesseits des Felsentors erschienen.

Irahd, der dort, wie bereits erwähnt, kommandierte, verhielt sich zu ihnen anders, als er sich zu den Tschoban verhalten hatte. Vor den letzteren hatte er sich versteckt; vor den Dschunub aber zeigte er sich. Er bewillkommnete sie und sagte ihnen, sie sollten nur weiterreiten, bis hinab zum Felsentor, wo ein warmes Feuer brenne. Ihr Oberlama, ihr Minister und ihre Offiziere seien schon da. Nur weiterreiten, nur weiter! Es sei für alles gesorgt!

Da kamen sie denn hereingeritten, ein Haufe eng hinter dem anderen. Langsam, erschöpft, auf ganz ermüdeten, vor Schwäche strauchelnden Pferden. Sie waren gut beritten und ebensogut bewaffnet, durchweg und gleichartig mit Gewehren. Auch ihre Kleidung war von einer Gleichmäßigkeit, daß man fast von Uniformierung sprechen konnte. Es war, wie man sah, für diese Truppe sehr ‚wohlhabend' gesorgt. Aber der Eindruck, den sie in diesem Augenblick machte, war traurig. Ich sah kein einziges emporgerichtetes Gesicht. Die Köpfe hingen alle tief herab; die Körper schlotterten. Überall, wohin man schaute, zuckte irgendeiner wie im Schlaf erschrocken zusammen. Es sah nicht aus, als ob diese Leute vorwärtsritten, sondern als ob ein jeder von dem, der ihm folgte, vorwärtsgeschoben werde. Der Flugsand, der auf ihnen lastete und sogar in ihren Bärten hing, gab ihnen das Aussehen aus Gräbern gestiegener Leichen, die sich über ‚es Ssireth', die Brücke des Todes, schleppen, um dann dem Wahrspruch des Gerichts zu verfallen. Da erklangen neben uns die Worte:

„Hier ist der Platz, an dem man alles sieht. Setzt ihn nieder und errichtet eine Hütte von Steinen über ihm, damit er Schutz vor dem Regen findet, der, wie ich hörte, wohl während der ganzen Nacht vom Himmel gießen wird."

Der so sprach, war Halef. Und die, zu denen er es sagte, waren mehrere, die den ‚Panther' hierhergetragen hatten und sofort begannen, den Befehl des Hadschi auszuführen. Seine beiden Hunde waren bei ihm. Darum fragte ich ihn:

„Wo sind die gefangenen Dschunub? Brauchen sie keine Wächter mehr?"

„Nein", antwortete er mit jenem Lächeln, das er stets dann zeigte, wenn ihm das bekannte ‚Schadenfreude ist die reinste Freude' durch die Seele ging. „Sie werden jetzt da oben den Pfad entlanggeführt und hinunter nach dem Felsentor geschafft, um, wenn die Dschunub ganz in der Falle sind, ihnen nachgeschoben zu werden."

„Sehr gut, sehr gut!" sagte ich. „Das erspart uns vieles Reden und vieles Verhandeln. Wer ist auf diesen klugen Gedanken gekommen?"

„Natürlich einer unserer gescheitesten Leute; nämlich dieser hier!" Er deutete auf sich selbst und fuhr dann fort: „Aber ich habe mir gar nichts Diplomatisches dabei gedacht, sondern nur etwas höchst Fröhliches und Behagliches. Nämlich als ich hörte, daß wir während der ganzen Nacht wahre Wolkenbrüche zu erwarten haben, welche die Dschunub da unten über sich ergehen lassen müssen, dachte ich, daß dem Maha-Lama, dem obersten Minister, dem Strategen mit dem langen Namen und allen ihren berühmten Chargen wohl ganz dasselbe Vergnügen zu gönnen sei wie ihren armen, halb verschmachteten Leuten. Ich beeilte mich, dies dem Erdschani zu sagen, und da bekanntlich zwei gleich gescheite Leute auch stets die gleiche Meinung haben, so stimmte er mir bei und gab den betreffenden Befehl. So sind die Wächter frei geworden, und ich lud den Prinzen, der die Gefangennahme der Dschunub gern vom Anfang bis zum Ende beobachten wollte, ein, sich hierhertragen zu lassen, wo es im ganzen Tal die beste und weiteste Aussicht gibt. Mein Platz wird bei ihm sein, nicht bei dir, Sihdi, denn es ist notwendig, es uns bis morgen früh so bequem wie möglich zu machen."

Er hatte Recht. Es gab für ihn und den Prinzen bei mir, Abd el Fadl und Merhameh keinen Platz, zumal er seine beiden großen Hunde bei sich hatte, wie ich die meinen. Was diese Hunde betrifft, so will ich schon jetzt gleich sagen, daß sie uns während der fürchterlich nassen Nacht sehr zustatten kamen. Sie verbreiteten eine wohltätige Wärme in unserem Zufluchtsort. Merhameh schlief zwischen Aacht und Uucht wie auf schwellenden Daunen, und ich, in meine Decke gehüllt, lag ganz vorn an der Wetterseite, um die etwa doch hereinsprühende Feuchtigkeit von ihrem Vater abzuhalten.

Freilich jetzt, wo es noch nicht dunkel, sondern noch eine kleine Stunde bis zum Abend war, hatte der Regen noch nicht begonnen. Es siebte und sprühte nur zunächst, und wir hatten ebenso wie die unten an uns vorüberziehenden Dschunub keine Ahnung von den Fluten, die sich über uns ergießen würden. Der Fluß war beständig gestiegen. Das Wasser erreichte fast schon das Ufer und schien noch immer nicht abfließen zu können. Während sich uns zu Füßen nach und nach die Falle füllte, wurden über uns auf dem Felsenpfad bedeutende Holzvorräte von dem Felsenloch nach dem Felsentor geschafft. Da der Regen drohte, reichte das dortige Quantum nicht, die Flammen so mächtig emporlodern zu lassen, daß sie von der aus den Wolken kommenden Flut nicht ausgelöscht werden konnten, und es war also sehr gut, daß der Erdschani gerade auf das Herbeischaffen des nötigen Brennmaterials ein so großes Gewicht gelegt hatte.

Während die von Halef mitgebrachten Ussul für ihn und den Prinzen ‚Panther' eine steinerne Hütte errichteten, beobachtete dieser letztere das Felsentor, durch das die Dschunub förmlich hereingequollen kamen, um dem draußen wütenden Orkan möglichst schnell zu entgehen. Hierbei lag auf seinem Gesicht der Ausdruck einer Gehässigkeit, der ganz und gar nicht geeignet war, es zu verschönern. Merhameh sah das auch und wandte ihren Blick, sooft er auf ihn fiel, schleunigst wieder von ihm ab. Sein Auge aber wurde wieder und immer wieder von dem schönen Mädchen angezogen, und er gab sich leider auch gar keine Mühe, ihr dies zu verbergen. Wer sie war, das wußte er; aber daß sich auch sein älterer Bruder hier befand, das wußte er noch nicht. Niemand hatte es ihm gesagt, sogar sein Vater nicht, und zwar aus Gründen, die in der Feindschaft lagen, die der eine, jüngere, gegen den anderen Prinzen hegte.

Die Dschunub hatten unten am Felsentor nicht weiter gekonnt; sie waren gezwungen gewesen zu halten. Von oben aber rückten sie immer nach, und so kam die Stauung durch ihre Reihen von unten heraufgelaufen und hatte uns schon überholt, als endlich ihre letzten Nachzügler durch das Tor geritten kamen. Hierauf vergingen einige Minuten, während derer, wie wir wohl wußten, von unserer Seite der verschwundene Holzstoß wieder instand gerichtet wurde. Dann fielen da oben einige Schüsse, die aller Augen nach dorthin zogen. Man schaute hinauf nach dem Tor. Da kam noch ein Trupp herein, aber nicht zu Pferde, sondern zu Fuß. Das waren unsere bereits gefangenen Dschunub, die Irahd noch zu guter Letzt hereingeschoben hatte; dann brannte er hinter ihnen den schnell errichteten Scheiterhaufen an. Voran schritt der Maha-Lama mit dem obersten Minister. Als der kam, der hinter diesen beiden ging, rieb sich Halef fröhlich die Hände und sagte:

„Das ist mein Tertib We Tabrik Kuwweti Harbie Feninde Mahir Kimesne, der mich und überhaupt uns alle in sein Herz geschlossen hat. Allah gebe ihm für morgen recht viel Sonnenschein, für heute nacht aber einen Regenschirm, der keinen Stiel, dafür aber hunderttausend Löcher hat, die alle tropfen!"

Während er dies sagte, trieb der Wind auch schon den Rauch des angebrannten Feuers zum Tor herein, und wir wußten nun, daß die Falle wieder geschlossen und aus ihr kein Entkommen war.

„Sie sind alle da, vom ersten bis zum letzten!" jubelte der ‚Panther', und seine Augen funkelten. „Kein einziger kann entkommen! Allah verdamme sie, die mich betrogen haben, bis in die allertiefste seiner Höllen!"

Noch war dieser Fluch nicht ganz verklungen, so ertönte neben mir die laute, liebe Stimme Merhamehs:

„Allah erbarme sich ihrer, daß sie nicht in die Hände eines Siegers geraten, der nicht wie ein Mensch, sondern wie ein Panther denkt!"

Das brachte eine ganz eigenartige Wirkung auf ihn hervor. Zunächst machte er eine Bewegung, als ob er die Hände ballen und aufspringen wolle; aber er brachte das infolge seines verletzten Fußes nicht fertig. Dann starrte er sie an mit fletschenden Zähnen und weit geöffneten Raubtieraugen. Plötzlich, wie mit einem Schlag, verschwand dies alles; sein Gesicht begann, eine fast naive, kindliche Gutmütigkeit zu zeigen, und im möglichsten Wohlklang seiner Stimme antwortete er:

„Ganz richtig; ja, ganz richtig! Allah erbarme sich dieser lieben Kerle! Er geleite sie aus dieser verfluchten und verdammten Falle in sein bestes Himmelreich!"

Er nickte ihr mit einem strahlenden Lächeln zu und richtete hierauf sein Auge wieder nach dem Fluß hinab und auf das, was dort weiter geschah. In diesem Augenblick zuckte ein Blitz quer über den Horizont; ein Donnerschlag folgte, als ob alle Felsen des Engpasses im Einstürzen seien, und dann öffneten sich in einem einzigen Nu die Schleusen des Himmels und gossen keine Tropfen, keinen Regen, sondern eine ganze, kompakte, festgeschlossene See von Wasser hernieder, durch die kein menschlicher Blick zu dringen vermochte. Alles, was bisher vor unserm Gesicht gelegen hatte, war verschwunden. Unser Auge reichte nicht einmal bis auf die naheliegende Platte hinab. Wir sahen nur die immerfort stürzende Flut, die uns umklatschte, umbrüllte, umbrandete und in gieriger Wut an uns vorüber in die Tiefe sprang. Das ging so fünf Minuten, zehn Minuten, eine Viertelstunde, eine halbe, ja eine ganze Stunde. Da zuckte wieder ein Blitz, noch einer und noch viele hintereinander. Die Donner brüllten und krachten, daß mir die Ohren zu schmerzen begannen; aber die zuckenden Funken ließen bald hier und bald da eine Stelle des Tals oder des Flusses erkennen, und so bemerkten wir, daß Fluß und Tal nicht mehr zweierlei waren, sondern daß der Fluß seine Ufer überflutete und ganz bis herüber an den Felsen reichte. Und als ob mit diesem eng zusammengedrängten Blitz- und Donnerschwall der aus dem offenen Himmel stürzende See sich erschöpft und das weitere nun den Wolken überlassen habe, trat plötzlich eine Pause ein, in der kein einziger Tropfen fiel. Sie währte aber höchstens nur eine halbe Minute; dann setzte ein regelrechter Regen, wenn auch nicht allerersten, aber doch gleich zweiten Grades ein, der den ganzen Abend und die ganze Nacht bis zum frühen Morgen dauerte und auch so völlig undurchsichtig war, daß wir nur einige Schritte weit sehen konnten, und das auch nur, solange der Tag noch dauerte. Dann war alles um uns her ein einziges fließendes Wasser und eine einzige feste, dicke, stehende Finsternis. Aber jene kurze Pause zwischen Wolkenbruch und Regen hatte uns gezeigt, daß Pferde und Menschen mitten im strömenden Wasser lagen und saßen und also imstande waren, ihren Durst weit gründlicher zu stillen, als ihnen lieb und heilsam war.

Glücklicherweise war die Steinhütte für Halef und den Prinzen bei dem Beginn des Wassergusses schon fertig gewesen. Beide saßen also, gerade so wie wir, im Trocknen. Aber unterhalten konnte ich mich mit dem guten Hadschi nicht, denn wir waren und blieben einander völlig unsichtbar, und um uns hörbar zu machen, hätten wir uns mehr anstrengen müssen, als das, was wir einander zu sagen hatten, wert gewesen wäre.

So verging der Abend und auch die Nacht, ich kann sagen, für mich ganz leidlich. Ich schlief mich einmal recht gründlich aus. Wenn ich hier und da aufwachte, so schläferte mich der ununterbrochene, monotone ‚Klatsch' des Regens sehr bald wieder ein. In diesen kurzen Pausen dachte ich an die armen Dschunub da unten am Fluß oder vielmehr im Fluß, denn das ganze Tal hatte sich wohl in einen einzigen, strömenden Kanal verwandelt. Auch gedachte ich der Tschoban und Ussul, die nicht so gut und trocken lagen wie ich. Aber die letzteren waren ja geborene Wasserratten, denen selbst so ein Guß gewiß nichts schadete und —

klang das nicht, als ob jemand um Hilfe rufe? Nicht nur jemand, sondern viele? Solche Hilferufe erklangen noch oft — — bald scheinbar nahe, bald scheinbar fern. Aber ich glaubte, es sei im Schlaf, und schlief also weiter, bis ich die bekannte Stimme meines Hadschi Halef hörte:

„Sihdi, du hörst ja nicht! Bist du denn tot?"

Ich wachte auf, rieb mir die Augen und schaute mich um. Ich lag nur noch allein in unserem improvisierten Steinpalast. Draußen war heller Sonnenschein. Da stand Halef mit seinen und meinen Hunden. Ich trat überrascht hinaus. Keine Spur von Wind, kein einziger Regentropfen mehr! Der Fluß war noch voll, doch ging er nicht mehr über die Ufer. Die Falle war leer, vollständig leer. Kein einziger Mensch, den ich sah! Da lachte Halef:

„So klug wie jetzt, hast du noch niemals ausgesehen, Sihdi!"

„Ich glaube es", antwortete ich. „Ich bin mehr als erstaunt; ich bin geradezu verblüfft. Was habe ich da alles verschlafen!"

„Nicht viel mehr als ich. Auch ich bin erst vor kurzem aufgewacht, als der Prinz sich wieder fortschaffen ließ, um zu seinem Vater zu kommen. Dieser seltsame Regen und diese wunderbare Luft haben auf dich und mich gewirkt wie ein Schlaftrunk, dem man nicht widerstehen kann."

„Aber wo sind sie alle, die hier waren?"

„Unten, weiter unten. Komm! Ich erzähle dir unterwegs!"

Was ich nun erfuhr, wenn auch nur andeutungsweise, denn Halef wußte selbst fast nichts genau, war mehr als überraschend und warf alle Berechnungen um, die ich mir in Beziehung auf die Dschunub gemacht hatte. Der Erdschani hatte mit seinem Stab eine entsetzlich anstrengende Nacht verbracht. Er hätte Halef und mich recht wohl brauchen können, war aber nicht imstande gewesen, uns das zuzumuten, was er nur sich selbst zumuten durfte. Ich hatte die Hilferufe nicht im Schlaf gehört, sondern in den Pausen, in denen ich wachte. Das Wasser des Flusses hatte eine solche Höhe erreicht, daß es den Pferden da unten auf dem Weg schließlich bis an den Leib und den Menschen bis an die Brust gegangen war. Die Dschunub standen in Todesangst. Sie schrien bis weit nach Mitternacht fast immerwährend um Hilfe. Einer solchen Wassermasse hatten die beiden Feuer kaum widerstehen können. Sie brannten nur noch an der Spitze der Scheiterhaufen, deren unterer Teil im Wasser stand. Und sie brannten auch nicht mehr im Freien, weil sie da vom Regen ausgelöscht worden wären, sondern im Innern der beiden Toröffnungen, wo kein Regen sie traf. Das hatte ihrer Größe und ihrer Wirkung so viel Eintrag getan, daß die Dschunub es wagen konnten, bis heranzukommen und die Wachen zu bitten, daß der Erdschani kommen möge, um mit ihnen zu verhandeln. Diese Angst und Not hatte sich der Erdschani zunutze gemacht. Er war bald am Felsenloch und bald am Felsentor mitten im Wasser erschienen, um hier mit dem Maha-Lama, dort mit dem Strategen zu reden. Auch der Minister und die Generäle waren gekommen, aber nicht zusammen, sondern einzeln. Denn ein jeder von ihnen hatte irgend etwas für sich allein erreichen wollen und zu diesem Zweck ein Bekenntnis oder Geständnis gemacht, das ihn entlastete, aber zugleich ein Verrat an den andern war. Diese einzelnen Mitteilungen vereinigt, hatten ein ganzes Bild ergeben, das der Erdschani dadurch vervollständigte, daß er diese Herren alle zusammenkommen ließ und sie verhörte, mitten im strömenden Regen, bis an die Brust im Wasser stehend und von hundert Speerspitzen der riesigen Ussul bedroht. Sie waren überzeugt, dem sicheren Tod zu verfallen, wenn sie sich weigerten, zu gestehen. Darum erzählten sie alle, was sie wußten. Keiner schwieg, keiner nahm sich aus.

„Was sie wußten? Von wem?" fragte ich Halef.

„Von ihrem Scheik. Vom Mir von Ardistan aber ganz besonders."

„Und dann?"

„Der Erfolg war anders, als sie dachten. Der Erdschani ging von ihnen, ohne ein Wort zu sagen. Aber kurze Zeit darauf wurde das Felsenloch geöffnet. Die Dschunub durften heraus, immer einer nach dem anderen. Ein jeder hatte sein Pferd und seine Waffen abzuliefern. Jetzt lagern sie, alle dreitausend Mann, im Süden der Landenge im Sand und werden mit ihren eigenen Waffen von uns in Schach gehalten."

„Also kriegsgefangen?"

„Nein, noch schlimmer, Sihdi!"

„Was sonst?"

„Gefangen wie die Kinder Israel in Babel. Der Erdschani gibt sie nicht wieder frei. Er läßt sie in die Urwaldungen der Ussul verteilen, wo ihre Aufgabe ist, die Wildnis in fruchtbares Land zu verwandeln."

„Sie alle, alle?"

„Alle! Auch den mit dem langen Namen, den Maha-Lama und den obersten Minister. Sag, was machst du für ein Gesicht?"

„Komm, komm! Ich muß hinunter; ich muß zum Erdschani!"

Ich eilte den Höhenweg dahin und dann zum Felsenloch hinab. Bis dahin war kein Mensch zu sehen, wohl aber die Spuren des gestrigen Unwetters. Von hier an aber gab es Leute, erst einzelne, dann mehr und mehr. Es waren lauter Ussul und Tschoban. Ich wurde von ihnen gegrüßt, dankte aber kaum, so sehr war ich innerlich beschäftigt. Ein Dschunubi war nicht zu sehen. Am Ende des Engpasses angelangt, sah ich rechts, weit draußen, Tausende von Pferden stehen. Links, auch weit draußen, lagerten ebensoviele Menschen — — die Gefangenen. Sonst wimmelte es überall von Ussul und Tschoban. Gerade vor mir wurde soeben das Zelt des Scheiks der Ussul wieder errichtet, das des Sturms wegen abgebrochen worden war. Vor ihm gab es einen eng gezogenen Kreis von Leuten, in dem irgend etwas wichtiges zu geschehen schien. Ich drängte mich mit Halef durch. Da standen in einer Gruppe beisammen Amihn und Taldscha, der Erdschani, der Scheik der Tschoban mit Sadik, seinem ältesten Sohn, ferner Abd el Fadl und Merhameh. Ihnen gegenüber hielten auf drei Pferden, zu einem langen Ritt vollständig ausgerüstet, trotz seines kranken Fußes der ‚Panther' und seine beiden Freunde und Berater, ‚die Feder und das Schwert des Prinzen'.

Als dieser mich sah, hielt er mitten in einem Satz inne, den er soeben sprach, und rief, während er auf mich deutete:

„Da kommt er ja. Fragt ihn! Er ist der Horcher. Er weiß alles zu erlauschen, zu erfragen, zu erforschen, zu erfahren! Er hat uns gelehrt, die Offiziere der Dschunub zu belauschen. In ganz demselben Raum saß ich vorher mit meinen beiden Gefährten. Es ist gewiß, daß er auch uns belauschte. So fragt ihn doch! Er wird euch sagen, weshalb ich sofort gehen muß, nachdem ich diesem hier begegnet bin!"

Er hob bei diesen Worten die Hand und zeigte auf seinen Bruder Sadik, dessen Anwesenheit er erst heute früh erfahren hatte. Dann ritt er bis nahe an Abd el Fadl heran und fragte ihn:

„Du bist Abd el Fadl, der Fürst von Halihm?"

„Ja", antwortete der Angeredete.

„Und das ist Merhameh, deine Tochter?"

„Ja."

„So warne ich dich! Gib sie niemals einem Mann zum Weibe, außer mir! Sie wagte gestern, zu segnen, wo ich verfluchte! Und sie ist schön! So sei sie mir verfallen! Ich hole sie mir!“

Er ließ sein Pferd einen engen Kreis beschreiben, um allen rundum Stehenden in das Gesicht zu sehen, und rief sodann mit lauter Stimme:

„Hört, ihr Tschoban! Und hört auch, ihr Ussul! Dort seht ihr Merhameh, das Kind von Abd el Fadl, des Fürsten von Halihm! Und hier bin ich, bis jetzt nur Prinz des Scheiks der Tschoban, bald aber mehr, viel mehr! Ich erkläre Merhameh für meine Braut. Wehe ihrem Vater, wenn er es wagt, mir einen anderen vorzuziehen! Wehe ihr, wenn sie sich mir nicht treu und heilig hält! Und wehe dem Unglücklichen, den ich an ihrer Seite finde, wenn ich komme! Er stirbt einen Tod, der schwerer wiegt als tausend andere Tode! Lebt wohl! Allah beschütze euch! Ihr habt es nötig!“

Er ritt davon, begleitet von seinen Gefährten. Ich stand da und schaute ihm nach, ohne das, was er tat, zu begreifen. Da kam der Erdschani, nahm mich bei der Hand und sagte:

„Komm mit, Effendi, komm! Es ist sehr Wichtiges geschehen. Wir warteten schon längst auf dich, um es dir mitzuteilen. Was gestern hier geschah und heute geschieht, ist keinesfalls das Ende. Es scheint, wir gehen doch hinauf, hinauf nach — — Dschinnistan — —!“

Verzeichnis der arabischen (Symbol-)Wörter

Aacht	= Bruder
Amihn	= treu, zuverlässig
Basch Islami	= Haupt des Islam
Basch Nasrani	= Haupt der Christen
Chatar	= Gefahr
Ed-Din	= der Glaube
Dschirbani	= der Räudige, der Aussätzige
Dschunub	= Süden
Gharb	= Westen
El-Hadd	= die Grenze
Halihm	= weise
Hi	= sie
Hu	= er
Hukara	= die Geringgeschätzten, die Verachteten
Ikbal	= die Schönheit, die Glückbringende
Irahd	= der Ehrenvolle, der Ehrliche
Kalam el Berinz	= die Schreibfeder des Prinzen
Madaris-See	= See der Wissenschaft
Dschebel Muchallis	= Berg der Erlösung
Sahahr	= Zauberer
Sadik	= Freund
Schark	= Osten
Schimal	= Norden
Sejf el Berinz	= Schwert des Prinzen
Sitara	= Stern
Sulh	= Friede
Syrr (Ssirr)	= Geheimnis
Tschoban	= Wüstenbewohner, Hirte
Ussul	= Ursprung (Mehrzahl von ‚Asl‘)
Ussulistan	= Urland
Uucht	= Schwester
Wilahde	= Geburt

DAS ALTERSWERK KARL MAYS, zu dem auch das vorliegende Buch gehört, liegt fernab von allen anderen Schöpfungen des Dichters. Mit ihm betritt er eine Bühne, auf der die Vorgänge nur noch scheinbar der wirklichen Welt angehören, in Wahrheit aber Ereignisse einer höheren Wirklichkeit sind. Das ist die Welt der Gleichnisse und Märchen, über deren Bedeutung für sich und sein Werk Karl May in seiner Selbstbiographie *Mein Leben und Streben* ausführlich gesprochen hat.

Bereits das erste Werk der Altersperiode, *Am Jenseits* (1899; Ges. Werke Bd. 25), sonst in vielerlei Hinsicht noch ein Vorläufer des eigentlichen Spätwerks, bringt solche Menschheitsgleichnisse vor dem gewaltigen Bildhintergrund der Arabischen Wüste, in deren geistiger Dürre sich die menschlichen Strebungen und Leidenschaften begegnen. Die größtenteils auf der Orientreise entstandenen *Himmelsgedanken*, religiöse Gedankenlyrik (1900; enthalten in Bd. 49 ‚Lichte Höhen'), spiegeln etwas von der inneren Wandlung und Erschütterung wider, die der Dichter auf dieser Reise erfuhr und die für sein ferneres Werk so erstaunlich fruchtbar wurde. Unmittelbar als Frucht der großen Orientreise darf man *Und Friede auf Erden* ansehen (1901/03; Bd. 30), ein bildgewaltiges, fesselndes Werk, das den Gedanken der Völkerversöhnung und des Völkerfriedens gewidmet ist und Wege der Verständigung zwischen Europa, Asien und dem Orient zu zeigen versucht.

Ein erster unvergleichlicher Höhepunkt dieser Schaffenszeit ist die Reiseerzählung *Die Schatten des Ahriman* (1902/03; Bd. 28 *Im Reiche des Silbernen Löwen* und Bd. 29 *Das versteinerte Gebet;* früher *Im Reiche des Silbernen Löwen* Bd. III und IV). In kunstvoller Form verbindet sie eine spannungsreiche Handlung mit einem höheren Mysterienspiel der Gleichnisse und zugleich mit einer verschlüsselten Selbstbiographie des Dichters, der darin Abrechnung mit seinem bisherigen Leben hält.

Die ‚arabische Fantasia' *Babel und Bibel* (1906; enthalten in Bd. 49 ‚Lichte Höhen') ist das einzige Drama, das Karl May vollständig hinterließ. Es steht in engem Zusammenhang mit dem ‚Märchen von Sitara' und schildert mit hoher dichterischer Kraft die Entwicklung des Gewaltmenschen Abu Kital zum Edelmenschen der Zukunft. Die Novelle *Abdahn Effendi*

(1908; enthalten in Bd. 48 ‚Das Zauberwasser') beschäftigt sich mit dem menschlichen Seelenleben und zeigt im scheinbar schlichten Gewand einer Schmugglergeschichte packende Erkenntnisse.

Überragende Krönung des Alterswerkes stellt der Roman *Ardistan und Dschinnistan* dar (1907/09; Bd. 31 *Ardistan* und Bd. 32 *Der Mir von Dschinnistan*), in dem Karl May den Schauplatz der irdischen Welt verläßt, um im Spiegel einer höheren gerade diese irdische Welt abzubilden. Die Entwicklung der ganzen Menschheit wird in dieser hintergründigen Reiseerzählung geschildert, an deren Ende als leuchtende Verheißung der ersehnte Ewige Friede steht. In der Novelle *Merhameh* (1910; enthalten in Bd. 48 ‚Das Zauberwasser') greift der Dichter das Friedensthema noch einmal gesondert auf; ebenfalls ihm gewidmet ist die letzte große Reiseerzählung *Winnetous Erben* (1909; Bd. 33), die sich, entstanden ganz aus den Eindrücken der Amerikareise von 1908, mit Geschichte und Aufgaben der indianischen Rasse auseinandersetzt.

Mit der Selbstbiographie *Mein Leben und Streben* (1910; enthalten in Bd. 34 ‚Ich') schließt das Werk Karl Mays: eine erschütternde Lebensbeichte gibt Auskunft und Antwort auf die brennenden Fragen eines einzigartigen Lebens.

Beiträge zur Karl-May-Forschung

Herausgegeben von Univ.-Prof. Dr. Heinz Stolte

„Zu den erstaunlichsten Erscheinungen des literarischen Lebens unserer Gegenwart gehört die seit drei Generationen anhaltende Beliebtheit, die die Werke des deutschen Volksschriftstellers Karl May genießen. Den Ursachen dieser Wirkung, den teilweise noch immer unbekannten Einzelheiten der Biographie des Schriftstellers, den soziologischen und psychologischen Aspekten seiner Gestalt, ihrer geistesgeschichtlichen Deutung, der Interpretation der mystisch-surrealistischen Alterswerke und der Radikalität ihrer antikolonialistischen und pazifistischen Tendenzen — all diesen Seiten des Phänomens Karl May wendet sich heute das Interesse der Literatur- und Geisteswissenschaften zu." — Mit der Monographienreihe Beiträge zur Karl-May-Forschung legt der Karl-May-Verlag die Ergebnisse jahrzehntelanger Untersuchungen von Leben und Werk Karl Mays vor.

KARL-MAY-VERLAG BAMBERG

KARL MAY

GESAMMELTE WERKE

1 Durch die Wüste
2 Durchs wilde Kurdistan
3 Von Bagdad nach Stambul
4 In den Schluchten des Balkan
5 Durch das Land der Skipetaren
6 Der Schut

7 Winnetou I
8 Winnetou II
9 Winnetou III

10 Sand des Verderbens

11 Am Stillen Ozean

12 Am Rio de la Plata
13 In den Kordilleren

14 Old Surehand I
15 Old Surehand II

16 Menschenjäger
17 Der Mahdi
18 Im Sudan

19 Kapitän Kaiman

20 Die Felsenburg
21 Krüger Bei
22 Satan und Ischariot

23 Auf fremden Pfaden

24 Weihnacht

25 Am Jenseits

26 Der Löwe der Blutrache

27 Bei den Trümmern von Babylon

28 Im Reiche des silbernen Löwen
29 Das versteinerte Gebet

30 Und Friede auf Erden

31 Ardistan
32 Der Mir von Dschinnistan

33 Winnetous Erben

34 „ICH"

35 Unter Geiern

36 Der Schatz im Silbersee

37 Der Ölprinz

38 Halbblut

39 Das Vermächtnis des Inka

40 Der blaurote Methusalem

41 Die Sklavenkarawane

42 Der alte Dessauer

43 Aus dunklem Tann

44 Der Waldschwarze

45 Zepter und Hammer
46 Die Juweleninsel

47 Professor Vitzliputzli

48 Das Zauberwasser

49 Lichte Höhen

50 In Mekka

51 Schloß Rodriganda
52 Die Pyramide des Sonnengottes
53 Benito Juarez
54 Trapper Geierschnabel
55 Der sterbende Kaiser

56 Der Weg nach Waterloo
57 Das Geheimnis des Marabut
58 Der Spion von Ortry
59 Die Herren von Greifenklau

60 Allah il Allah!

61 Der Derwisch
62 Im Tal des Todes
63 Zobeljäger und Kosak

64 Das Buschgespenst

65 Der Fremde aus Indien

66 Der Peitschenmüller
67 Der Silberbauer

68 Der Wurzelsepp

69 Ritter und Rebellen

70 Der Waldläufer

71 Old Firehand

72 Schacht und Hütte

73 Der Habicht

KARL-MAY-VERLAG BAMBERG

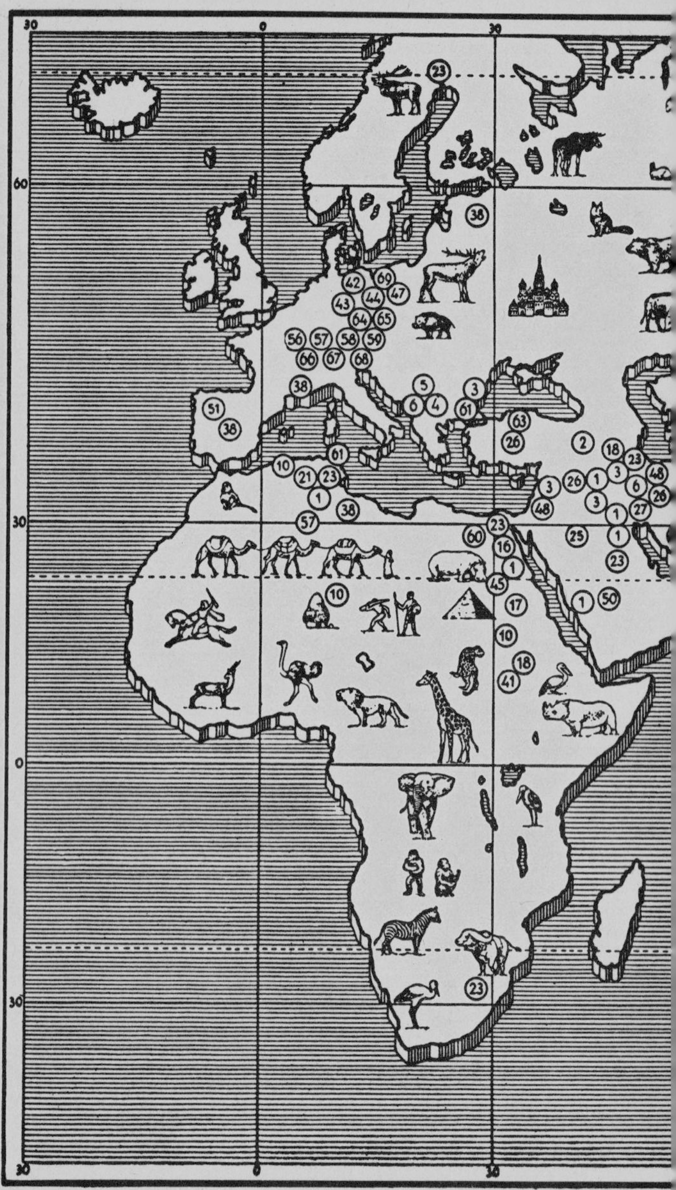
30
0
30
60
30
0
30
30
0
30
23
38
42
69
47
43
44
64
65
56
57
58
59
66
67
68
38
5
3
6
4
61
51
38
63
26
61
10
21
23
1
38
57
2
18
23
3
26
1
3
48
6
26
3
48
1
27
23
60
16
1
25
23
45
10
17
1
50
10
18
41
23